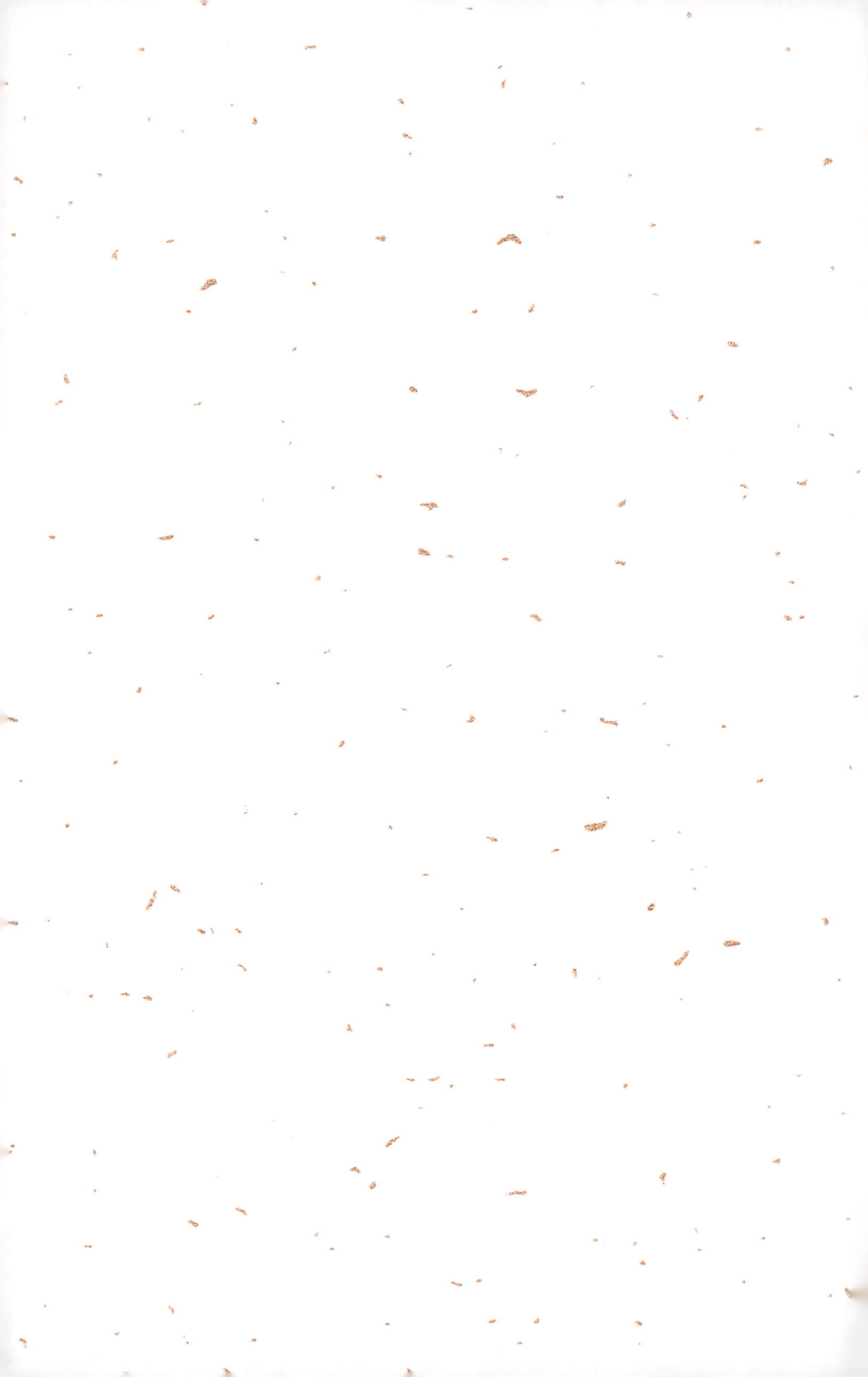

缔婚

法采 著

上 册

青岛出版集团 | 青岛出版社

图书在版编目（CIP）数据

缔婚 / 法采著. -- 青岛：青岛出版社，2025.

ISBN 978-7-5736-2785-8

Ⅰ．Ⅰ247.5

中国国家版本馆CIP数据核字第20247QN226号

	DIHUN
书　　名	缔　婚
作　　者	法　采
出版发行	青岛出版社（青岛市崂山区海尔路182号）
本社网址	http://www.qdpub.com
邮购电话	18613853563
责任编辑	李文峰
特约编辑	侯晓辉
校　　对	郭金乔
装帧设计	千　千
照　　排	梁　霞
印　　刷	三河市良远印务有限公司
出版日期	2025年1月第1版　2025年1月第1次印刷
开　　本	16开（640mm×920mm）
印　　张	34.5
字　　数	582千
书　　号	ISBN 978-7-5736-2785-8
定　　价	69.80元（全2册）

编校印装质量、盗版监督服务电话 4006532017　0532-68068050

目 录

上 册

· 1 ·

目录 下册

第一章

三载归

庭院里，深秋最后一场雨将梧桐树上的黄叶打得七零八落。

天还没亮，丫鬟乔荇出了房门，刚踏进院子，便一脚踩在湿滑的落叶上，险些摔倒。她连忙叫了院子里的粗使小丫鬟，说道："你快把这些落叶扫了，谁若是踩着滑倒了可就不好了。"

乔荇说完，便去茶房里烧水了，身后的小丫鬟不服气地背着她偷偷撇嘴。

乔荇利落地烧了水，提着壶到了正房门口，轻唤道："夫人，可醒了？"

"醒了。你进来吧。"静谧的室内传来一道柔和的嗓音。

乔荇推门进入，一眼便瞧见了坐在窗边的女子。冷清的房中没有旁人，只她一个，已经穿好了衣裳。衣裳是件半新的杏色暗花长袄，虽不是浓艳的色泽，但恰到好处地衬着她修长的脖子和白皙的脸。

她双唇水润，似淡粉的花瓣，鼻梁秀挺却不突兀，一双清亮如月下湖泊的眼睛半垂着。她没多看梳妆台上的铜镜，便利落地将一头青丝盘了上去，盘成了规规矩矩的妇人发髻。

乔荇并不喜欢夫人的妇人发髻。

夫人从前还是项家姑娘的时候，留着细长的辫子，浓密的青丝梳成堕云髻，只需坠几颗东珠，便令人见之忘俗。

自从嫁到了谭家，项家姑娘便成了谭家的宗家夫人，别说堕云髻了，连时下流行的妇人发髻也不梳了，每日规规矩矩地梳着最挑不出毛病的发髻，然后簪上一支银簪，就没有别的了。

在项家好端端的女儿家，嫁到谭家就褪了色。新婚一个月后，她的丈夫便留她一人在家，进京赶考，中了第后在京做官，三年没回家了。

"夫人要不把头发散了吧，奴婢昨儿看大姑娘梳了个江南流行的发髻，甚是好看，咱们便把那新发髻变变样子，也梳一个来。"乔荇满怀期待地看着自家夫人。

项宜听了笑了笑，说道："姑娘家金贵，自然要梳妆得俊俏一些。我如今难道还同姑娘一样吗？"

"怎么不一样？您也没比大姑娘年长几岁。"不过是姑娘有人疼，您在这里没人疼罢了。

乔荇是项宜奶娘的女儿，从小就跟项宜在一起。项宜知道她心疼自己，眼带笑意地说："好了，我们到谭家又不是攀比来了，做好我们的事便是了。"

乔荇就知道夫人会这么说。在夫人心里，到谭家就是做事来了，从不在意其他的事。可再怎么样，夫人也是嫁进谭家，嫁给了谭家宗子。

乔荇还要说什么，项宜已经起了身，说道："时候不早了，我该去给老夫人请安了。"

乔荇不好再说，只能不甘心地叹了口气，服侍项宜净了面，替她浅浅画了眉，便一路提着灯，伴她去老夫人的住处。

老夫人住的秋照苑离正院挺远，两个人顶着寒风一步没敢停留，到秋照苑的时候天已蒙蒙亮了，幸好没误了时辰。

虽说大家都称呼赵氏一声"老夫人"，但赵氏年纪其实不算大，还未到不惑之年。当年大赵氏留下谭廷、谭建两个年幼的儿子无人照看，而谭氏族人又对嫡支宗子的地位垂涎已久，谭家便与赵家商议，让小赵氏续弦进来照看两个幼子。赵氏性子散漫，在谭家做宗妇这些年十分辛苦，待项宜嫁过来，便急忙将事情推给了她。

眼下赵氏刚起床，用胳膊支着脸，由婆子伺候梳洗，见项宜来了才打起几分精神。

项宜请了安，外面忽然刮起一阵疾风，吹得窗子"啪啪"作响。

赵氏讶然地说道："这般大的风！"转而又问项宜，"今日外面是不是更冷了？"

项宜说："是。母亲多加件衣裳吧。"

赵氏说自己倒也无妨，顶多不出门便是了，转而又想起了旁人，便叮嘱身边的丫鬟："去传话给二爷和姑娘，今日都不要来请安了，免得着了风寒。"

小丫鬟听了话要去，赵氏又说道："让他们把炭火都烧起来，多穿衣服，不要出门，千万不要冻着了。他们两个又不是那种身强体健的人，冻着可怎么得了……"

旁边伺候的嬷嬷笑了起来："老夫人可太为二爷和姑娘着想了。"

项宜在一旁笑着接过丫鬟手里的茶壶，亲自斟了茶奉到赵氏手边。

赵氏这才想起了安静地坐在一旁的项宜，说道："对了，关于建哥儿的亲事，从今日算起可不到一个月了，你还得多上心，务必把这件喜事办好了。虽然天冷，但今年事多，你可不能马虎，里里外外的事情都要抓起来。"

项宜连声应下。

赵氏喝了一口热茶，忽然又想到了什么，放了茶盅，烦恼地揉了揉额头："还有，楚杏姑的事情不能再闹腾了，今日该有个了断了，你且看着办吧。"

然后她又提起了几件事，也都交给项宜去办，说不管项宜怎么办，只要能办妥，别惹麻烦就行。

项宜一一应了下来，这才出了赵氏的房门。

风从廊下裹着冬日的寒意吹过来，顺着脖子往衣服里钻。乔荇连忙替项宜拢了拢披风，说道："晨间的风太大，夫人先回房吧，等风小了再出来办事。"

天色灰蒙蒙的，这风还不知要刮多久才能停。项宜抬头看了一会儿，叹气说算了，而后转过身，顶着风往谭家善堂的方向走去，说道："老夫人吩咐的事情不能怠慢，咱们先把杏姑的事办了再说。"

楚杏姑的事不好办。

楚杏姑是清峒县一户秀才家中的姑娘，父亲楚秀才寒窗苦读二十年，只考取了个秀才，好在他虽科举不成，但学问甚好，甚至比一些举人还要强些，于是经人介绍后进了谭家族学，做了十五年的开蒙先生，谁知两个月前竟陡然被一场风寒夺去了性命。

楚杏姑自小有弱症，因此亲事也是一波三折，眼下楚秀才突然没了，她越发没了着落，唯一相依为命的老娘也病倒了。母女二人终日汤药不断，亲戚、朋友见状，无不避得远远的。

天寒地冻，杏姑母女无钱修缮漏雨的房顶，也吃不起药、买不起米，实在过不下去了，只好上了谭氏的门，请求谭氏帮扶一二。

到底楚秀才在谭家做了十五年的教书先生，项宜知晓后，直接将这对母女安置在谭氏善堂，又为她们寻医问药。

杏姑母女自是感激不尽。可还没过三五日，这事传了出去，谭家的族人竟然因此闹了起来。

"楚秀才在世的时候，是谭家给了他饭碗，月月发钱让他过上好日子，不然凭他一个寒门庶族的秀才，怎么可能安稳地在谭家教一辈子书？"

"他活着的时候不知感恩戴德，现在死了，他的妻女还赖上谭家了？"

谭家的族人议论纷纷，都说要把这对出身寒门庶族的母女赶走。

原本世家大族与寒门庶族的壁垒并没有这么分明，若是有寒门子弟科举顺畅，兴许还能与世家联姻，可是近些年，世家与寒门之间的关系冷了下来——世家看不起寒门的穷酸做派，认为即使是做了官的寒门子弟，也多半汲汲营营，丢了读书人的风骨；而寒门也瞧不起世家仗势欺人的行为，认为他们在各处占据要职，连科举选拔都要插手，让寒门书生难以出头。寒门人多势众，世家则占据高位，久而久之，不管是朝堂之上还是乡野之间，都充斥着无形的紧张气氛。

从前常有世家接济寒门的事情，而如今，若非寒门之人特意写了拜帖前来投靠，世家多半不会对寒门有什么帮扶。

谭家族人不愿意帮扶楚杏姑母女，还道年成不好，宗家不该把钱用到外人身上，叫嚷着要把这对母女赶走。

这些闹事的谭氏族人自己过得不好，在外面没本事赚钱，只能从族里捞点儿钱，眼下见族里拿钱给旁人花，便如同花了他们自家的钱。

项宜原先没理会他们，谁知他们竟闹到了秋照苑赵氏那里。

赵氏最不耐烦管这些事，在这种情况下，她觉得赶走杏姑母女过于无情，可若是照顾杏姑母女，这些族人口中必然是没什么好话的。思索之后，她决定不接手此事，只让项宜看着办。

眼下，这些族人一早便到了善堂，正聚在一起说三道四。

"不是我们不饶你们，是今年大家都不好过呀，又不单单你们不好过。"

"说到底，你们母女不是我们谭氏的人，就识相点儿赶紧走吧。"

还有个四十岁出头的瘦长脸妇人，一脸嫌恶地打量着病弱的楚杏姑，说道:"你一个未出阁的寒门女儿,赖在我们谭家算怎么回事?还想伺机嫁进来不成?"

她说着,"啧"了一声,继续说道:"我劝你最好别打这个算盘。"

听见这话,楚杏姑本就发白的脸顿时一丝血色也没有了。她娘听了这话,更是险些一口气没提上来,怒道:"谭有良家的,你别血口喷人!"

眼看着双方就要吵起来,这时有个小丫头喊道:"宗家夫人来了!"

众人都是谭氏旁支,一听宗家夫人来了,顿时安静下来,朝着项宜看了过去。

那瘦长脸的妇人是谭有良家的,嘴皮子很利索,先前闹到赵氏那里便是她起的头儿。她问道:"宗家夫人,这楚家母女在咱们谭氏的善堂吃住三四天了。谭氏是世家大族,这住宿钱、饭钱、药钱咱们可以不要,但也不能就这样让她们吃住下去吧?"

谭有良家的说得义正词严,说完还极快地看了楚杏姑一眼。只见楚杏姑穿着孝衣,一脸病容,颇有些病西施的样子,也难怪她那不争气的儿子对楚杏姑上了心。可笑,一个出身寒门庶族的女子,就算貌似天仙,也别想进他们世家的门。

谭有良家的把话说了,众人也都跟着吆喝起来,让项宜今日就把人赶走。

杏姑母女脸色苍白,双手不安地攥着包袱。

项宜的目光从众人身上扫过,而后她不紧不慢地开了口:"我今日过来,就是跟各位说一声,杏姑母女可留在谭氏善堂养病,不必离开。"

话音一落,众人哗然,杏姑母女也愣住了。

谭有良家的立刻急了,冲着项宜说道:"这是什么意思?难不成是老夫人的意思?"

听见她拿赵氏来压自己,项宜也只是淡淡地笑了笑:"老夫人体乏,令我照着族规办事。"

项宜说完,目光再次从众人的脸上扫过。

"谭氏族规有言,凡宗族子孙及与宗族交善之邻里,贫穷相给,祸难相恤,疾病相扶,此乃家世延长之道也。楚先生在谭氏家族做了十五年教书先生,难道不是交善邻里?楚先生过世未满百日,妻女有难,谭氏难道不该出手救助?按照族规,杏姑母女自然可以继续住在善堂,且瞧病吃药的花费皆由族中承担,至病情有所好转再搬离。"

项宜与杏姑母女并不相熟,但她认为楚秀才为谭家做了这么多年的事,谭家不该寒了他妻女的心。

面对族规，众人一时不敢反驳了，只有谭有良家的不服，还想争辩。

项宜在她开口之前提了个醒："再有阻拦此事者，便是藐视族规，我必施以惩戒。"

寒风将善堂里的浊气一扫而空，谭有良家的想要说的话也被阻在了口中。

杏姑母女止不住地流眼泪，相互搀扶着要给项宜磕头谢恩。

项宜连忙示意乔荇将二人扶起，温声说道："我也是照着族规办事罢了。"

说着，她又去吩咐看管善堂的谭庆山夫妇，让他们将杏姑母女的支出记在账上，方便厘清。

将事情吩咐完，项宜朝众人点了点头，便转身离去了。

寒风卷起了地上的落叶，闹事的谭氏族人们你看看我、我看看你，再次议论起来。

谭有良家的嚷道："呀，老夫人做宗妇的时候都不曾拿族规压过我们，她项氏凭什么？"

"就是，她凭什么啊？我们这些宗族子弟还没人照应呢，她倒是急着去照应寒门庶族。"

有人突然说："我明白了，她不也是出身寒门庶族吗？难怪不与咱们这些人亲近，只把咱们当贼防！"

这话一说出口，众人对项宜的不满立刻如沸腾的蒸汽涌了出来。

"可不是吗？她每次配合官府搭棚施粥，咱们想从中捞点儿油水，都要被她一笔一笔地记账。"

"合着她花咱们谭氏的钱救济她的同族去了。"

"啧，说不定她把多余的钱都拿回娘家了，毕竟项家被抄了家，她可不得拿咱们的钱去贴补？"

项家被查抄也是震惊朝野的大事。

谭有良家的听见众人都这么说，当即冷嘲热讽道："一个贪官污吏的女儿，仗着旧日婚约硬是嫁了进来，脸皮都不要了，能是什么好人？她说什么事事记账，要我说，只怕她自己的账最禁不住查！"

可项宜毕竟是宗家夫人，是宗妇，不是他们这些旁支族人说查就能查的。能查她的人倒是有，然而德高望重的族老不会去查一个小妇人的账，老夫人赵氏又是闲散的性子，不会没事找事，除非，谭氏宗子谭廷回来主事。

项宜还没走远，刺骨的寒风将这些话都送了过来。

乔荇瞪大了眼睛，说道："他们怎么敢说这样的话？我这就找他们去！"

她转身欲去，却被项宜叫住了。

项宜开口时，无所谓的语气中带着些许笑意："清白与否，是我们眼下能辩出来的吗？"

乔荇瞬间就说不出话了。她家老爷项直渊因贪污罪名被判流放，多少人为老爷鸣冤翻案，最终都没成，眼下这情况，她又能怎么辩呢？何况项宜当年也确实是拿着旧日婚约上门，才有了眼前这桩亲事的。

那时，项宜的妹妹奄奄一息，病倒在榻，弟弟又被人欺凌，科举无门，除了找谭家，她是真的走投无路了。

旁人都笑话项宜连脸面也不要了，上赶着前来攀附，而项宜对此的反应……

乔荇至今记得，项宜当时衣着单薄地立在谭家门口。项宜对她说："他们怎么说我，我无所谓；谭家怎么对我，我也无所谓，我只知道自己是长姐，父母没了，我不能眼看着自己的弟弟妹妹活不下去。我也是项家的长女，不能让亡父一直背负罪名，总要想办法让项家翻身。"

项宜就这么嫁进了谭家。面对旁人的嗤笑，夫君的冷淡，她从没感到过委屈。

"夫人就是太好气性了。他们这样说夫人就是不敬宗家，按照族规也该重罚。"乔荇为项宜抱不平。

项宜笑着看了她一眼，说道："若说他们不敬宗家，也不对，他们还是敬着老夫人的，只是不敬我罢了。"

乔荇瞪眼说道："难道夫人不是宗家的人，不是大爷的妻子？"

项宜听后顿了一下，笑意也淡了几分。自墙角下起了一阵旋风，与半空中的风交汇，将项宜的笑吹得似烟雾飘散了。

二爷的小厮烽烟在这时寻了过来，说道："夫人，大爷来家书了，二爷正在老夫人的院中读信呢，您快去吧。"

谭廷的家书把窝在房中避风的谭建和谭蓉都唤了出来。

秋照苑里，炭盆烤得人脸上红彤彤的，谭建拿着家书，认真地给母亲和妹妹读着，而后笑道："大哥真要回来了，回来的日子都定好了，正好能赶上我成婚！"

赵氏一听，一颗心总算落了下来，说道："你成婚这么大的事，你大哥若不在，我总是不放心，眼下总算好了。"

赵氏说着，又问谭建："你大哥还写了什么？"

"大哥问候母亲身体，又说姑母给了好些宫里赏赐的燕窝，他到时候都给母亲带回来。"

谭廷、谭建的姑母谭氏嫁到了昌明林家，姑父林言藩是当朝首辅林柏的嫡长子，如今就住在京城。

赵氏听了这话，自然高兴得不得了。

本朝的世家延续至今，已有百年不止，谭家本是能与林、陈、程、李并称"五大世家"的名门望族，然而谭廷的祖父故去后，家族连遭兵祸和疫病，谭廷之父作为继任宗子又英年早逝，族中也不稳定，先后有几支分宗迁去了各地，自此家业衰退，不如从前兴盛，也就无法与另外四大家族相提并论了。只是即便如此，谭氏一族仍是被大多数世家仰慕的存在。

谭廷十五岁时便成了一族宗子，若不是自己争气，年仅十九岁就中了进士，这宗子之位未必坐得稳当。如今他留在京中，与林家的往来越发密切，可见是得了林氏看重，以后自有光明前程。

谭廷虽不是赵氏亲生，却也是她养大的。她笑着说今岁的燕窝可够吃了，又叮嘱谭建："让你大哥别忘了去林家道谢。"

谭建连忙记下。

谭蓉搓了半天手，身上暖了起来，便也凑过来问道："大哥有没有提我呀？"

"当然提了。"谭建指着信上说，"大哥说京里近年时兴金丝翡翠头面做嫁妆，给你也备了一套压箱底。"

谭蓉听得眼睛都亮了，抿着嘴笑，依偎到了赵氏身边。赵氏摸了摸她的头发，又问谭建："你大哥给你写了什么？"

谭建闻言，尴尬地咳了两声，脸色古怪地说道："大哥说我婚事虽然紧要，但不许疏于读书，给我买了五套时文回来，让我全背一遍……"

谭建还没说完，赵氏便忍不住笑了，谭蓉更是前仰后合地倒在赵氏怀里，说道："大哥还是最疼二哥！"

项宜到的时候，正听见里面的笑声，待小丫鬟通传，引着她进了房门，赵氏他们的笑声才渐渐平复下来。

赵氏问了她今早办事的状况，项宜回了，道是此事已经定下来，族人们也没什么可说的。赵氏一听没事了，也就不再过问。

项宜看着谭蓉脸上未落的笑意，问道："母亲和妹妹在笑什么？"

谭蓉把话说了，笑着说道："二哥可有得忙了！"

项宜听了也露了笑。

这一封家书把母亲和弟弟妹妹都问到了，按理也该问候妻子了。谭蓉叫了谭建："二哥接着念，大嫂也来了呢。"

她这么说了，谭建的脸色却僵了僵：大哥的信把家里人都问候到了，还给他们带了许多东西回来，甚至连族里几个学子读书的事都过问了两句，可一整页字，独独没有提到大嫂半句。当然，这也不是第一次了……

见谭建支吾了一下，项宜便知道怎么回事。她的神情没有什么变化，一贯的温和，好像这样的情景，她已经不能更习惯。

谭建尴尬得不行，打圆场道："那什么，大嫂，其实是大哥要回来了，回程的日子都定好了。"

项宜这才有些意外地说："大爷要回来了啊。"

谭建连忙说道："是呢，正因为大哥要回来了，所以今次的信写得简要，只是问家里有什么要在京城采买的，大哥好让人一并办了，到时候带回来。"

项宜了然地点了点头。

谭建便又问道："母亲和大嫂有什么要置办的吗？"

谭蓉是赵氏亲生的孩子，快到及笄的年纪了，赵氏确有几样物什要为女儿置办，于是让谭建拿了笔墨过来，亲自写了几样上去。谭蓉用笔头敲着下巴，想了一会儿，也跟着写了一堆小玩意儿上去。谭建倒没什么想买的，思来想去，最后替学中同窗要了几块好墨。

笔被递到项宜这里，项宜便也写了几样。

谭建扫了一眼，眨了眨眼，有些讶异：大嫂要买的无不是家族所需之物，如药材、香料、木料等，却并无一件是她个人所需的东西。此时想来，大嫂好像从来没有表现出什么喜好……

谭建愣神儿的工夫，项宜已经写好清单，把纸张放回了赵氏面前，轻声说道："母亲看看还要增添些什么。"

项宜办事，赵氏还是放心的，眼看项宜把家里需要的东西想周全了，连给谭蓉打嫁妆箱子的木料也添了好几件，她满意地点头说道："就这样吧。"

项宜把纸递给了谭建，由他最后汇总写下回信。谭建接了纸，看了项宜两眼，想说点儿什么，却又没说出口。

入了冬的日子一天冷过一天，光秃秃的枝杈里，鸟窝都空了下来，剩下几根羽毛，风一吹也飞没了影儿。

项宜一早起了床，便让乔荇再把房中杂物收拾一遍："把不常用的东西放到箱子里，常用的留几件即可。我那套制印的器具，就先放到你房中吧。"

乔荇将杂物一一收拾了，来到窗下的书案前。书案上放了许多玉石，是项宜用来制印的。

项家之主项直渊在流放途中去世后，项家的日子艰难到了极点，项宜不擅女红，干脆学起了篆刻。

嫁到谭家后，谭家每月会给项宜发放月例钱，但因着世家媳妇们的陪嫁都甚是丰厚，所以家族发放的月例钱并不多，一点儿零花而已。而项宜嫁妆甚少，这点儿月例钱委实不够用，所以照旧做着玉石篆刻的生意，几年下来，手艺也越发纯熟了。

乔荇一边收拾，一边小声说道："夫人制印又不碍着旁人，难道这房里只许放大爷一个人的东西？"

项宜听见她嘟囔，不免好笑，解释道："这房间虽不是他一个人住的，但这些篆刻器具都是我私人的物件，刻了印章也是卖出去赚些补贴娘家的钱，若当着他的面来做，岂不成了变相向他要钱？"

项家在谭廷心里已经没什么好印象了，她若再跟他处处要钱，项家贪婪的罪名更会坐实。旁的她可以不顾及，但她爹在世时最看重的项家名声，她不能不顾及。

她感谢谭廷彼时没有落井下石，因此自会把她该做的事情都做好，至于更多的，钱也好，旁的也罢，她在嫁他之初就未曾有过设想。

乔荇听着夫人说话，觉得似乎有道理，可又有哪里不太对，只是她说不上来。项宜倒是想起了什么，又提醒她："这些账也都一笔一笔记清楚了。"

"这些账是夫人自己的账，又不是谭家的账，为何也要记得这么清楚？"

项宜一边将自己的书都收拢起来，放到了书架的下层，又将上层空出来的地方用鸡毛掸子扫了一遍，留给即将回来的人用，一边回答乔荇："账自然是要做清楚的。我如今管着谭氏的家，说不定哪日就有行差踏错的时候，届时要是有人查账，公私账目分开，账就容易算清了。"

道理是这么个道理，乔荇却更惊讶了："夫人可是宗妇！谁会来查夫人的账啊？"

若真有那么一天，夫人这个宗妇还有什么体面可言？

项宜没做更多回应，只是说："把账目做清楚、做细致总是没错的。"

乔荇只好把制印的一干器具收拾了，暂时放到了自己房中。

今天是谭廷信中写的归家的日子，项宜给赵氏请过安，就和谭建一起去了城外等人。

今岁冬天奇寒，这才刚入冬，一场场北风便扫荡般席卷而来，河湖也早早地结了冰。项宜和谭建让人把城外大道边的亭子用密实的席子围了起来，又烧了炭火，煮了滚烫的茶水，也才勉强御寒。

偶有路人经过，项宜都让人送杯热茶过去，或将人请到亭中来暖和一时。路人无不道谢连连。

一晃半晌过去了，谭廷的车马还没到。到了下晌，天色转阴，厚厚的云层压了下来，风也越发大了，亭子里冷得坐不住人。赵氏在这时派了人来唤谭建回去："二爷大婚在即，若是此时着了风寒可不得了，老夫人唤二爷速速回家去呢！"

赵氏的人催得紧，也传话让项宜不必等太久，天黑即可回去。

风越发大了，头顶的乌云越压越低，过了一个时辰，天就黑透了，北风卷着明灭不定的炭火，鹅毛大的雪花也终于落了下来。路上一个行人也没有，夜幕中也没有一点儿光亮。

有个守在外面看路的小厮突然晕倒了，被众人抬进亭子里，烤了一刻钟的火才转醒。

乔荇一边替项宜裹着披风，一边劝道："夫人回去吧。雪下起来了，大爷今日应是赶不到了。夫人要是不放心，留两个人在此守着便是。"

风吹得人立不住。项宜看了看晕倒的小厮，又看了看空无一人的长路尽头，说道："那不必等了，都回去吧。"

亭子里很快空了，只有竹席未取下，留给过路人避风。

项宜一行刚离开，寂静无人的道路上便有一队车马踏雪而至。

小厮正吉眼神儿好，远远地就看见了被竹席围起来的路边凉亭，说道："大爷，前面的亭子围了，是不是咱们家的人在此等候大爷？"

正吉说着，看向骑在黑色骏马上的男人。男人穿了一件灰鼠领墨蓝色暗纹长袍，黑色披风被风吹得"呼呼"作响。

男人闻言，神色一缓，吩咐道："过去看看。"

从前他外出而归，只要家信中提及了回程的日子，家中定然有人在此等待。那会儿还是母亲赵氏掌家，眼下虽然换了掌家人，但想来也不会有错。

一行人加快了脚步，到了亭子前。小厮正吉跑上前去，撩开帘子一看，却傻了眼——被竹席严严实实围着的凉亭里竟一个人也没有。

骑在黑色骏马上的男人也怔了。

车队里一个幕僚打扮的人打马上前，飞快地看了男人一眼，暗自嘀咕："项氏夫人竟没在此等候大爷？她不知道大爷离家三年，今日要回来了吗？"

凉亭里空荡荡的，只有风从竹席边缘掠了进去。风雪肆虐，让人周身发寒。

骑着黑色骏马的男人并未多言，脸色却沉了下来。末了，他收回目光，说道："好了，回家吧。"

谭廷一行晚到，乃临时因事停在了隔壁维平府。

两个时辰前。

鹅毛飞雪中，一众人站在潮云河的大堤上探看，眼见着雪越下越大，维平府的知府廖秋有意离开："大堤开裂不是我等在此讨论几句便能稳固的，谭大人，邱老爷，咱们不如回府衙慢慢商议？"

廖秋说着，着意看了谭廷一眼。

这位谭家大爷可是谭氏一族的宗子。当今世道，世家大族盘根错节，力量雄厚，似谭家这般出过阁老的大宗族，其宗子的地位怎么也不是他这区区知府比得了的，所以眼下到底如何，是继续商讨潮云河的大堤加固一事，还是各自散去，改日再议，都要看临时路过此地的谭廷的意思。

廖秋见谭廷不表态，便拿眼神示意一旁的邱老爷。邱老爷是维平府世族平泽邱氏的掌家人，邱氏在当地也算得上大族，可是比起清嵋谭氏的显赫，是远远不够格的。

邱老爷捋了把胡子，看向谭廷，说道："谭大人的意思……？"

谭廷未作声。

这维平府的大堤本与他并不相干，可维平府是项直渊做过知府的地方，前几年，项直渊被朝廷以贪污定罪，其中一项就是私吞维平府的修河款。最不巧的是，项直渊便是他那位正妻的父亲，他的岳丈。

眼下河堤毕竟还没出大事，知府廖秋也就没什么由头向朝廷申报修河款，若从府衙拿钱，他又舍不得，便谎称府衙银两不够，想让本地大族邱氏出些钱固堤。

邱老爷当然也不想出钱，可考虑到自家数十亩良田就在开裂的大堤不远处，固堤的事又不能不上心，思来想去，便在路上等了谭廷好几天，将他临时请到了此处。

往日翻涌的潮云河此时结了冰，谭廷负手立在河边，脸上浮现冷峻的神色，一双如墨眼眸静静地看着冻裂的大堤。

好半晌，他才缓缓收回目光，朝廖知府和邱老爷淡淡地说道："谭某改日去府衙拜访。"

廖知府一听，眼睛亮了，明白谭廷这是应下了，不由得说道："谭氏果然是名门望族，实为世家之表率。"

邱老爷也连声附和："像谭氏这样的诗礼之家，自然与寒门庶族不一样。寒门出身的人纵然读了书，做了官，也守不住本心，十有八九成了贪官污吏，最后出了事，还得谭氏这样的世家来扛。"

这话的言下之意不能更明确了。

廖知府见修河款有了着落，当下还想捧谭廷两句，却见那位谭家宗子已有了离开的意思，顿时不敢耽误，好言送他离开了。

谭廷一行继续赶路，小厮正吉跟在谭廷身后不敢说话，倒是幕僚秦焦开了口："那位项大人也太贪了，要不是早早被革了职，以后还不知要贪墨多少钱粮，唉。"

他这口气叹得悠长。

此人并不是谭家的幕僚，而是出自林阁老府上，只因是走了谭廷姑母谭氏的门路进的林府，来往上便与谭家更为亲近，此番也是替谭氏回乡清点嫁妆田产的。当然，谭氏并非只吩咐了他这一件事。

当下，秦焦小声说道："这事可千万别闹大了，毕竟项家的女儿还占着谭氏宗妇、大爷正妻的位子，牵连了大爷的仕途不是开玩笑的。"

他刚说完，就见大爷抿紧了薄唇。

秦焦暗暗扬了扬嘴角。他敢这么直说，一是知晓谭廷对发妻项氏并无感情——当年是那项氏拿着婚约上门"逼婚"的，这样嫁进谭家的女子，大爷怎么可能喜欢？二则是因为谭氏吩咐他的另一件事，便是留意谭廷的正妻项氏。

谭氏虽未多言，但秦焦知道她的心思：谭大爷年纪轻轻就入朝为官，日后前途不可限量，可项氏的出身不尽如人意，骄傲的林大夫人谭氏怎么会甘心侄儿被这样的女子拖累？

只不过谭廷并无意探究秦焦的想法。

他最后看了一眼开裂的大堤，沉着脸回了清崲县。不想到了清崲县门前，竟是这般冷寂光景，他们只能赶在城门关闭前，快马加鞭地进了城。

城中，谭家。

项宜在外面等了一日，冻得遍体生寒。到家后，乔荇煮了姜汤，又塞了手炉在项宜的手里。项宜笑道："这下驱寒可快了。"

"这哪儿够呢？"乔荇说着，提了热水倒进脚盆，"夫人快暖暖吧。"

项宜笑起来，长长地舒了口气。不想这口气还没落地，院中突然多了许多脚步声，接着，脚步声到了门口。

门被推开的一瞬，冬夜的风与雪灌了进来，项宜抬起头，看见了站在风雪里的男人。

谭廷也看见了他的妻子。她正坐在温暖如春的室内，泡着热汤，抱着手炉，安安稳稳地取暖。

房中静了一时。

项宜恍惚了一下，直到看见男人眼中的冷意以及嘴角紧抿的不悦，才回过神儿来。她只能将东西都放到了一旁，穿好鞋袜，走上前来迎他。

他的神色并没有因她上前而有所缓和，反而同身后的风雪凝在一起，显得越发冷峻。

即使过去了三年，一些东西也是不会改变的，比如他是清贵的世家宗子，而她只是污名在身的贪官之女。

项宜没有做任何解释，只是让乔荇将那些取暖的东西都撤了下去，自己则沉默地伺候谭廷换衣裳。

他的身形仿佛比新婚时挺拔了许多，京中三年官途也令他周身平添了许多冷肃的气息。

房中又是一阵寂静。

半晌，项宜想到了什么，才问了一句："大爷今日还去给母亲请安吗？"

外面天色黑透了，风雪交加，项宜想着赵氏方才身子不适的事，有心提醒一句，男人却先她开了口。

谭廷皱紧眉头，看了自己这位妻子一眼，而后冷冷地说道："孝敬父母，不分阴晴雨雪。"

话音落地，项宜想要提醒的话当即咽了下去。她点了点头，替他系好腰带，向后退了两步，退离了他的身边，轻声说道："大爷说得是。"

这句话说完，房中的气氛再次凝滞了。半晌，谭廷拉开房门，一脚踏出去，寒风则争先恐后地涌进来，将房中仅存的暖意席卷殆尽。冻了整整一日的项宜还没暖和过来，又一步不停地跟在他身后去了秋照苑。

见谭廷来了，赵氏自然惊喜，然而雪越发大了，赵氏又头痛不适，便没让谭建和谭蓉过来，道是明日一家人再见不迟。

在秋照苑坐了不到一刻钟，项宜又跟在谭廷身后回了正院。折腾了整整一日，她着实疲乏了，可男人毫无睡意，坐到了窗下的书案前，拨亮了书案上的灯。

房中的寂静仿佛外面的黑夜，无边无际的，将人笼罩其中。项宜的身上一直没能暖过来，此时一阵一阵发冷，可她没有多言。直到说不清是几更天，谭廷从书案边走到盆架旁，简单洗漱后上了床，项宜才终于得以躺下。

从谭廷回来到现在，两个人只说了三句话二十七个字。夜风吹得窗子窸窣作响，蜡烛熄灭，黑暗降临，沉寂、冷清与黑暗像聚集在头顶的乌云，不断地压下来，将气氛压到近乎凝固。

枕边人仅一拳之隔，身上散发着属于男人的温度，项宜很冷，却不贪恋那温度分毫。

冷气从二人之间的缝隙钻入锦被，可谁都没向对方主动靠近，也谁都没提出索性分离。

翌日，秋照苑里热闹非凡，赵氏干脆让管事照着逢年过节的份例，给一众仆从都发了钱。众人拿了钱，无不欢天喜地。

早饭就摆在秋照苑，谭廷一早到了，先关心了妹妹。他离家的时候，谭蓉才十一岁，三年过去，她已经是十四岁的大姑娘了。接着，他叫了二弟谭建到跟前来，二话不说就考起了学问，直把谭建问得满头大汗。

眼看谭廷的眉头皱了起来，谭建觉得自己要是再答不上来，今天的饭他就不用吃了……

他紧张得不行，偏偏赵氏正同谭蓉说话，奴仆们也各自忙碌，没有人能帮他把这一关渡过去。一旁的大嫂此刻倒是闲着，可是在大哥的眼皮子底下，谭建也不敢求助。

谁知大嫂仿佛能读懂人心一般，立马让仆从把饭菜都端了上来，然后温声道了一句："母亲，大爷，用早饭了。"

谭廷暂停了考问，不满的目光也暂时从谭建身上收了回去。谭建大松了口气，连连给项宜投去感恩的眼神。

要不是大嫂相助，他今天得死在这儿……

一家人聚齐不易，席上倒也热闹，只是项宜有些融入不了，不知是不是昨日在风里坐久了，着了风寒，她只觉头有些涨热。

赵氏头痛未消，项宜伺候她用了饭，最后才坐下吃了半碗粥。

饭后，谭廷有话要同赵氏说，便暂且留下了。他没让项宜留下，项宜自也无意去听，揉了揉额头，便去料理他带回来的诸多物什了。

非进士不入翰林，非翰林不入内阁，三年前，十九岁的谭廷中了进士，之后选馆入翰林，成为本朝最年轻的庶吉士，可谓前途无量。

如今，谭廷结束了在翰林院的观政，接下来便能正式做官。有林氏这门显赫的姻亲在，谭廷将来所领官职必是京中紧要差事，因而他此番返乡带的私人物件并不多，可见之后仍会回京城长住。

这样算来，他此番在家的时间拢共也才两三个月。

项宜有条不紊地指挥人收拾箱笼，将谭廷的私人物件放到了房中，剩余的便是带回来给众人的，如给赵氏的燕窝、给谭蓉的各种小玩意儿、给谭建的书和墨以及给族中的木料、香料等。

乔荇正收拾着，忽然发现一个没有归属的红木箱子，打开一瞧，忍不住"呀"了一声，喊道："夫人快看，好鲜亮！"

项宜走过去一看，箱子里装的竟然都是上好的毛皮，最上面是一张暗红色的狐皮，水亮光滑，映着雪后初升的太阳，极其好看；红狐皮下则是一张毫无杂色的纯白狐皮；底下好似还有其他毛皮。

乔荇看呆了，小心地抚摩着那张红狐皮，说道："夫人，这皮毛又厚实又顺滑，手指陷进去都觉得生暖。这也是大爷带回来的东西吗？"

项宜也不太清楚，于是叫了谭廷的小厮正吉过来，询问道："这也是大爷的东西？可说是什么用途？"

正吉向她行了礼，答道："回夫人的话，这是京里雁之皮货行的新货，抢手得不得了，爷特地让买了带回家给各位主子的。"

项宜之前随父亲住在京城时，听说过雁之皮货行的名号，知道那是一家屹立百年的老字号。

乔荇又摸了摸那张白狐皮，忍不住问正吉："这些真是给各位主子的？"

正吉微顿，飞快地看了项宜一眼，才点头称是。

乔荇没留意他的神色，数着箱中的皮子，自顾自地说道："这张暗红色的定是给老夫人的，白色的是给大姑娘的吧？"再往下是一张油亮的棕色貂皮，她说，"这张肯定是给二爷的……"

第四张一定是给夫人的吧？乔荇高兴地想着，夫人若是有了这般好皮子做件厚实衣裳，往后似昨日那般长时间外出就不会着寒气了。可当她往下翻去，手指竟碰到了箱底冰凉的木板。

没有第四张了。

乔荇一愣，正吉则心里一紧，跪在了项宜面前，解释道："夫人息怒！大爷差小人去买皮子，不想那雁之皮货行有个古怪的规矩，不管客人排队多长时间，每次最多只能买三张皮子，所以小人就只买了三张回来……"

听见他这般解释，项宜还没说什么，乔荇先开口了，瞪着他说道："每次只能买三张，那你就再去一次啊！"

正吉第二日原是又要去的，但家信刚好到了京城，还有旁的物什要采买，谭廷就说不必再去了……

正吉正要解释，项宜就摆手止住了乔荇，示意她不必再问了。乔荇不甘心，看着那三张各有归属的好毛皮，忍不住说道："夫人怎么就不该有一张皮子了？"

大爷惦记着家里的母亲、弟弟妹妹和族人，却独独没有惦记替他照看母亲、弟弟妹妹和族人的项宜，凭什么？

乔荇想为夫人讨个公道，但项宜不欲在此事上纠缠，朝她摇了摇头。

这时，谭廷到了门口，未进院门就听到了乔荇的话。他大步走进来，一眼看到了慌张地跪在地上的正吉，也看到了他那高高在上站着的正妻。

他眸色一沉，示意正吉不必再跪，站起身来。

谭廷看着项宜，又想起潮云河边因他那位岳父偷工减料而开裂的大堤，顿时更加不悦，冷冷地说道："京城事多，回程时紧，难能万事周全。不过是几张皮子，谭家库房里多的是，你想要便自己去挑，不必在此闹腾，惹人笑话。"

他不指望她如何温文尔雅、知书达理，只要莫无事生非，莫闹得家中鸡犬不宁，也就是了。话音落地，他负手错开项宜，大步进了屋子。

庭院角落里的枯草被风吹得"哗哗"作响，衬得院中更加寂静。正吉低着头不敢出声，乔荇则不可思议地睁大了眼睛，忍不住想替夫人辩解。

夫人怎么可能是大爷口中那般人品？

这时，院中的风掠到了檐上，檐上厚厚的积雪"窸窸窣窣"地下滑，而后一块块砸下来。

项宜毫无愠色，反而唇边浮现极淡的笑意。

"大爷说得是。"

第二日，雪化了许多，谭廷去了维平府。

他没有交代自己去了哪里，项宜也没有问。他前脚走了，乔荇就重重地松了口气，说道："大爷还不如不回家，他一回来，夫人这两日越发不自在了，连刻石头的时间也没有了。"

项宜坐在乔荇的小屋子里，将手头刚刻好的印章打磨了一遍，细细吹着上面的尘末，笑了笑，说："你少说点儿话比什么都强。"

乔荇语塞，后面要说什么都忘了。

项宜笑着将印章放到巴掌大的小匣子里，叮嘱她："你把这个送去吉祥印铺，跟掌柜的说声抱歉，耽误了两日的工夫。"

乔荇把小匣子收了，说道："夫人也太客气了，以您如今的手艺，他就算多等您两个月也不敢多说话的。"说着，她又高兴起来，劝道，"若是这印章卖得高价，夫人也打一套像样的头面吧？奴婢看见了老夫人给大姑娘新打的那套金丝点翠头面，又灵动又耀眼。"

夫人没什么嫁妆，首饰也少得可怜，拢共也就几支银钗并些簪花，梳妆台前的匣子里只有几个品相好的玉镯，夫人还都舍不得戴，留着见面时送人。

项宜也瞧见了谭蓉的新头面，说："我倒是不用，但若能给宁宁打一套就好了，放进嫁妆箱子里也漂亮。"

项宜有一对龙凤胎弟弟妹妹，分别名唤项宁、项寓，两人比项宜小五岁，到了下半年才满十五。想到弟弟妹妹，项宜的眸色和软下来，她吩咐乔荇："别忘了问一下有没有家里的来信。"

乔荇得了吩咐，很快去了县里的吉祥印铺。掌柜的见她来了，让伙计沏了茶，小声问她："听说谭家大爷回来了，夫人是不是不得闲了？"

吉祥印铺本来生意一般，一边制印卖印，一边帮木工、石匠介绍活计，赚的钱刚够维持店面。项宜嫁到谭家后，常做闲章委托吉祥印铺售卖，有时也接定制的篆刻。她的印制得慢，品相却相当不错，颇能卖上价钱，吉祥印铺也因此赚了不少。

项宜并不想出名，只想换些钱用，因而没让什么人知道这事。

乔荇哼哼两声："确实，夫人越发不得闲了。"不过乔荇琢磨着大爷应该不会在家待太久，便补充道，"夫人忙虽忙，但若是有好品相的玉石，还是烦请掌柜给我们夫人留着。"

夫人说过，旁的都是靠不住的，唯有本事靠得住。

乔荇又问了掌柜的有没有项家的来信。项寓不喜谭家，不愿意把信直接寄到谭家，都是寄到吉祥印铺，每半个月寄一封。可这次，掌柜的竟一口气拿出两封信来，可见是项家临时有事发生，项寓才补了一封。

乔荇不敢停留，连忙带着信回家去了，只是她没留神，有人在大街上一眼瞧见了她。

那人嗑着瓜子，将瓜子皮随口吐在地上，正是谭有良家的。她眼见乔荇匆匆忙忙离开吉祥印铺，眼中顿时精光一闪，仿佛嗅到了什么不同寻常的味道似的。

待乔荇走远，谭有良家的就进了吉祥印铺，想问出些什么来。可惜掌柜的和伙计皆嘴紧，她什么都没问出来。

她越想越觉得不对：掌柜的和伙计嘴这么紧，看来项氏跟这里确实有猫儿腻啊⋯⋯

家里一连来了两封信，项宜也觉得有些奇怪，不过，若是十分紧急的事情，项寓定然会将信直接寄到谭家来。

项宜拆开第一封信，信上是寻常的内容，由妹妹项宁执笔，说了些家中近况。

项直渊死后，项宜姐弟三人在老家守孝。孝期结束，项寓便要去报名科考。他并未因为父亲的事绝了科考之路，可没有人愿意为他作保——本朝的规矩，科考必得有人作保才能报上名。项寓若无法科考，项家就再也没了翻身的可能。

项宜便是在这般情形下嫁到了谭家——谭家是世家大族，名号响亮，甚至不必谭家人出面，只要有名号镇着，项寓便可踏入科场。

项寓也极争气，两年内连考三场童生试，顺利中了秀才，之后就同项宁搬到了维平府青舟县居住，眼下就在青舟书院读书。

青舟书院原本只是山间小私塾，在众多世家大族的族学面前毫不起眼，却是无依无靠的寒门子弟仅有的能读书的地方。项直渊任维平府知府时，一手将这小私塾办成了小有名气的书院。书院的先生都与项家人相熟，因此项宁、项寓在书院里过得还算顺当，且书院距离项宜所在的清峋县路程不远，姐弟之间也能有个照应。

项宁在信中先说了些平日里的琐事，接着说了项寓读书的事情。项寓中秀才快满一年了，想去参加今岁的乡试，可书院的先生认为他年岁尚小，不可能考中，就不让他去。而项寓性子执拗，非要先生出题给他，他若是答好了，便去考一回试试。先生无奈，给他出了题，没想到他还真交了一篇让众人惊喜的文章。几位先生一商量，就准了他，反正考不中也不要紧，继续学便是了。

项宜看得眼睛发亮，接着便瞧见项宁清秀的字迹后面，出现了一行苍劲有力的字："今次乡试，寓志在必得，届时必为长姐增光添彩。"

这是项寓的字。不等他中举，项宜就已经忍不住翘起嘴角。

后面仍是项宁清秀的字迹，小姑娘委婉地表达：虽然项寓骄傲得像一只公鸡，但一举中第也不是没有可能。

项宜看着信，眼角眉梢都浮现了笑意。

乔荇在一旁探头探脑地看着，突然问了个问题："要是咱们家小爷考中了举人，会不会接夫人回去呀？"

她总有些新奇的想法。项宜笑着看了她一眼，不答反问："为什么这么说？"

乔荇说道："夫人您想呀，小爷这么疼您，肯定舍不得您在谭家受委屈。等小爷中了举，就没人敢在小爷的科举路上使绊子了，小爷也算有了好的出身，说不定想让您和离回家呢。"

项宜听到乔荇的话，愣了愣。弟弟项寓刚考中秀才，还没有人想过他中举之后的事。

一阵风从窗外挤进来，将另一封信吹到了地上。乔荇连忙将信捡了起来，问道："夫人在想什么？信都掉了，您要看吗？"

第二封信是后送来的，项宜接过来，拆开一看，当即怔了怔。

项寓在维平府的青舟书院就读，前几日得了消息，听说潮云河大堤开裂，谭廷回程时去了维平府，与当地知府、乡绅商议了固堤一事。

不过项寓对谭廷的公事不感兴趣，此番来信是为了问项宜过得好不好，并在信中写道："他既返乡，长姐不如回家住些时日。长姐为他谭家辛劳三年，他难道还不许长姐回娘家吗？"

项宜看着信，无奈地笑了笑，也明白弟弟是担心谭廷回来后，她会过得不好……

项宜心中有些酸，又有些暖。她并未急着回信，而是又把信从头到尾看了一遍，不由得想到了谭廷刚回家时的态度。想必他是觉得项家的污名连累了他，让他这清贵的世家宗子沾了尘埃……

在一旁绣手帕的乔荇不知想到了什么，突然开口说道："反正大爷发话了，让夫人去库房里随便挑选皮子，夫人就去好了，挑上十张八张的，从头裹到脚。平日里，夫人把库房打理得井井有条，样样都在账簿上记得清清楚楚，从未动过一样东西，眼下夫人进去挑点儿皮子御寒又有什么不行……"

项宜听了乔荇的嘀咕，不免觉得好笑：维平府河堤的事情已经让她这位夫君十分嫌恶了，若是她再动了谭家库房里的东西，只会让他觉得项家都是贪婪无度的人。他怎么看待她，她无所谓，但是项家不该承受这般污名。

项宜说了不去，也不许乔荇再提此事，然后翻出压在箱底的一本旧手札，看着手札上的内容，给项寓回了一封信，并在信的末尾提醒项寓："吾弟若是见到谭家大爷，切勿过多言语，更不要与之争执，只将我等该做之事做到即可，切记切记。"

维平府。

加固河堤的方案一直无法落实，谭廷已在此留了两日。

知府廖秋看着谭廷所画的河堤加固图，为难地说道："谭大人，不是在下不肯用这办法，而是这天寒地冻的，如何按您的法子去丈量？所费时日甚多啊。不如还是按照笨法子，在河堤外面多砌两层，稳妥简易。"

邱氏的族长邱老爷在一旁捋着胡子，跟着点头。

谭廷见这状况，放下了笔，淡笑了一声。看来廖知府和邱老爷既不想出钱，又害怕麻烦，只想让他替他们把钱掏了，用笨办法了事。

他没有说话，端起茶盅坐到了一旁。

廖知府心虚，赶忙示意衙役给谭廷续茶，打圆场："谭大人辛劳了许久，先歇会儿吧。"

片刻后，廖知府和邱老爷各寻借口出去了，厅中只剩下谭廷和幕僚秦焦。秦焦说道："这廖知府只图省事，实在是短视。说到底，还是项氏连累了大爷，把谭家扯到了这摊污水里……"

至于这个项氏到底是指项家还是项宜，秦焦没有挑明。他说着不忘去瞧谭廷的神色，可惜还未看出什么，就见大爷起身往知府衙门的六房走去。

他赶紧跟了上去，问道："大爷要去工房？"

知府衙门效仿朝廷六部，设有六房，其中工房专司桥梁、河道等相应事宜。

谭廷大步走在前面，说道："河道是项氏在任时监督修建的，彼时朝廷已颁布法令，建筑工事须详细造册记录，既是如此，工房应该能查到修建河道时记录的一应数值。"

如果能查到详细数值，就不用派人前去丈量了。

谭廷刚走到工房门口，廖知府就带着邱老爷赶了过来，问道："谭大人可是要查看修建河道的造册记录？"

不等谭廷点头，廖知府立刻接着说道："可惜工房起过火，当年记录数值的册子都没了。"

邱老爷也说："是，早就没得查了。"

这么巧？谭廷皱着眉看了廖知府一眼。

廖知府赔笑劝道："您看，若是用老办法，虽然花费多些，但是明日即可动工。"

谭廷淡淡地瞥了他一眼。

看来这位廖知府还不知道，他这次拿出来的新办法，是按工部今岁刚定下的通用之法所改，不仅节省花销，而且固堤效果更好。堤坝不是寻常工程，一旦垮塌，影响的是方圆数百里的百姓和良田，因此容不得一丝一毫的马虎。

谭廷没有说话，负手立在廊下。

天空时不时有雪花飘下，房檐悬挂着一排冰锥，晶莹剔透。

眼下没有旧册可查，冰天雪地的，也确实无法差人去丈量，这廖知府又只图省事……谭廷不禁皱起了眉头。

就在此时，一个衙役拿着一封信跑过来禀告："各位大人，有人送了这个过来，说是固堤的法子。"

这话一说出口，众人皆讶然，拆开信一看，第一页是一张手绘的图，正是固堤方法，巧的是，这法子与谭廷提出的方案有异曲同工之妙！而第二页更是看得在场众人的脸色变幻莫测——纸上竟写着沿河大堤的一应数值！用此数值对应图中方案，固堤之事立时可解。

廖知府面露惊讶，邱老爷的脸色也有些古怪，只有谭廷的面色和缓了许多。谭廷问衙役："是何人送来这信？"

衙役却道并不认识，只说是个穿着青色长袍的少年，十五六岁的样子，发髻上簪了一支竹簪，将信送过来便走了。

谭廷不知那是何人，可还是心存感激——有了这封信上的数值，固堤之事一下容易起来。

廖知府有些犹豫地说道："这数值能当真吗？"

谭廷直接派了人去核实："只需核实几样，就知道这些数值能不能当真了。"

一个时辰后，派去核实的人就有了回话：信上的数值当真对得上。不仅如此，若按照图示办法改进，花费也能更少，这样一来，府衙就付得起固堤费用了。

廖知府有些尴尬地笑了笑，邱老爷见状，当即找借口打道回府了。

谭廷没有过多言语，只与廖知府定下工期，直接奉上白银，说道："河堤之事乃是关系百姓之大事，谭某力尽于此，余下便请廖知府多多费心了。"

廖知府尴尬得手脚都不知道往哪里放了：起先他怕河堤出事，可又不想花钱，邱老爷也不肯配合，他便想把事情都推给谭家，不想谭家这位宗子是个有见识的，拿出了更好的方案，不需什么花费就把事情办妥了。反观他这个知府，这点儿小事都办不好，端的是无能。

廖知府脸上发烫，还想说点儿什么找补一下，可抬头一看，那位谭家宗子已经离开衙门，渐行渐远了。

谭廷一行自府衙离开，过了青舟县即可返回宁南府清峋谭家，但这两日接连下雪，来时的路阻了，他们只好在附近镇子歇脚问路。

茶棚里有些学子打扮的人正饮茶谈天，谭廷刚下马，就有一个少年转头看了过来。

谭廷觉得此人有些眼熟，可他更留意到了此人的打扮——少年穿着一件洗得发白的青色长袍，发髻上簪了一支竹簪，身形清瘦，正是十五六岁的模样。

他不由得走上前去，询问道："这位小哥，此前可去维平府衙送了封信？"

那少年端着一杯茶，听见谭廷的问话，不知怎么竟哼笑了一声，然后才随意地点了点头。

这态度若落在旁人眼中，多少有些傲慢，但谭廷念着他一封信解了固堤之事，并不生气，只是问他："不知小哥姓甚名谁，又为何知道河堤之事？"

少年顿时笑出了声，接着仰头饮尽了杯中茶水，这才转头正经看了谭廷一眼，开了口："好叫谭大人知道，在下姓项，单名一个寓字。河堤之数来自家父手札。"

项寓？谭廷讶然地定在了原地：眼前的少年竟是他的妻弟。

他这才仔细看向项寓。

谭廷依稀记得三年前，项寓前来谭家送嫁的时候，还是个身量没长足的孩子模样，而眼下，项寓的个头儿竟长到了他视线平齐处。少年确实长着项家人的俊秀样子，只是比起他家中的妻子，项寓的眼眸更加冰冷、凌厉。这般亲近的关系，自己竟然没认出他来……

谭廷不自在地轻咳一声，这才问道："寓哥儿怎在此？"

项氏老家并不在此处，谭廷猜想：约莫是项宜为了方便照看弟弟妹妹，便让他们都搬到了谭家住，只是他刚回来，尚不知此事。眼下既知道了，他便叫了项寓："今日时辰不早了，你先随我回家吧。"

谭廷话音落地，项寓简直要大笑起来。他们项家的事情，这位谭大人还真是什么都不知道，恐怕他也不想知道吧？

"回谭大人的话，项某并不住在你谭家，就不劳谭大人费心了。"

项寓说完，根本不想再看这位"姐夫"一眼，担心自己会忍不住违背姐姐在信中的叮嘱，跟眼前这人争论起来。

"告辞。"他忍着脾气，拱手潦草行礼，转身出了茶棚，翻身上马，径直离去。

转眼的工夫，项寓的身影就消失在了谭廷的视线里，好像生怕被误会贴上了谭家一般。

谭廷顿在茶棚前。

秦焦不可思议地说道："这位项家小爷怎么如此无礼，见了您竟是这般态度，到底懂不懂礼数？"

听他这么说，一旁喝茶的学子们冷笑了起来，有人说道："这也不能怪人家吧？做姐夫的，不也不认识自己的妻弟吗？"

秦焦听了便要跟这些学子们争辩，被谭廷抬手止住了："此事原是我不对，莫要再说了。"

天色渐晚，谭廷让正吉去问路，然而这群学子没有一个肯告诉他的，无奈只能去问了掌柜，掌柜给指了路。

路上风紧雪大，一行人到家的时候，天色黑透了。谭廷回了正院，刚进门便看到了立在院中的妻子。

灯笼在廊下摇晃着，发出不甚明亮的光。她背对着他站着，正让小厮们将被风吹折的枝条从树上取下来，免得断枝突然砸下来伤到人。

她没留意到他的到来，直到他走到了她的身后，她这才惊讶地转过身来，然后在看到他的一瞬，下意识地连退两步，与他拉开了距离。

谭廷微怔，然后听见她略显疏离的声音："大爷回来了。"

折断的树枝很快就被清理干净，风小了许多，灯笼的光映在雪上，院中看起来一片宁静。

谭廷进了屋子，项宜这才走上前去，沉默着为他更衣。

她身量不高，半垂着头的时候，更是只到谭廷胸口。她穿了一件杏色长袄并蜜色比甲，半新不旧的。谭廷不禁想到了项寓身上那件洗得发白的青色长袍。

是他疏忽了。

他虽与她无甚夫妻感情，也不喜项家做派，但该做的地方，他还是应该做到。项家这些年的处境绝不会太好，项寓既然走了读书科考的路，想来花费也不算低。他可以每年给她一笔供项寓读书的钱，想来她是乐于收下的。

项宜替他将外袍解了，换了件适合在家穿的银色锦袍。他忽然开口问道："项寓可是在读书？如今住在什么地方？"

听他这么一问，项宜愣了一下："是不是项寓今日冲撞大爷了？"

她的口气有几分着急，谭廷没想到她的第一反应竟是这样，一时愣了愣，才说："并无冲撞。"

听他这么说了，项宜才松了口气，回答他的问话。

"项寓如今在青舟书院读书。"她只回了这一句，又连忙同他解释，"项寓性子急、脾气冲，若是有做得不对的地方，还请大爷别往心里去。"

谭廷不免想到了项寓对自己的态度，可自己彼时做得更加不好。

想到此处，他再看向项宜时，越发有些不自在，等着项宜借此机会提及项寓读书费钱、项家生计不易之类的事情，他便可以补贴项家一些。可项宜利落地替他换了衣裳，将衣裳一一放到衣架上，便转身去了侧间，完全没有开口的意思。

她不跟他提钱的事吗？谭廷不由得多看了她一眼。

这时院中有了脚步声，来人喊道："大爷，夫人，老夫人请你们去秋照苑用晚饭。"

项宜立时应了，换了衣裳出门。

谭廷有些诧异，又想着她可能会在路上说。可前往秋照苑的路那么长，他走在前，她走在他身后一丈远的地方，从头到尾没有开口。

秋照苑又是一番热闹景象。

后院的红梅开了，谭蓉特意折了几枝模样别致的带过来，一家人赏梅吃饭，倒也其乐融融。只是赵氏入了冬总是头疼，一顿饭的工夫，项宜多半时间是在伺候她。

吃完饭，赵氏又说了谭建大婚的事情。距离婚期也就十天了，赵氏实在无力打理，因此把外面的事交给谭廷，内宅的事都让项宜妥善处理。

这般说了会儿话，时候不早了，赵氏让谭建和谭蓉先回去，留下了谭廷和项宜，端着茶盅笑道："建哥儿眼看着就要大婚了，你们是不是也该有个孩子了？"

谭廷只有项宜这个妻，并没有侍妾、通房之类，这是谭家宗房的规矩。过去的三年，谭廷人在京中，眼下回了家，自然该考虑子嗣的事情了。

赵氏说完这话，看了二人一眼。

项宜一直安静地垂着头。谭廷看了她一眼，应道："让母亲操心了。"

赵氏见他们明白了，就笑着让二人回去了。

从秋照苑回正院的路很长，两个人同来时一样，一前一后地走着。

谭廷不由得想到了新婚时的场景。彼时春闱在即，他一个月后便要进京赶考，诸事繁杂，异常忙碌，因此除了新婚当夜，他便只在初五、十五和二十五碰了她。

项宜走在后面，也想着赵氏刚才提及的事情。她知道谭廷不喜自己，圆房也只是按章办事一般，而她恰好也如此想。

这样，大家都能轻快些。

她抬头向天上看去，只见乌云散去的天穹上，高悬着一轮满月。

今日不巧，正是十五。

天寒地冻，熄了蜡烛的房间似乎也随着光亮的减少而冷了几分。

项宜睡在床的外侧，里侧的人好像睡着了，沉默地平躺着，呼吸绵长。项宜见他虽然应了赵氏的话，但因着对她毫无兴致便没有照办，反而松了口气。

两个人中间依旧留着空隙，冷气从锦被边缘钻进来。项宜劳累一整日，身子疲乏，不去留意那冷气，双臂抱着自己快要睡着了。

然而下一刻，项宜身体陡然一僵——男人发烫的手掌越过空隙，竟落到了她微凉的腰间……

风在寒夜猛了起来，庭院中的槐树在这股劲风的吹拂下不停地颤动。

事后，谭廷起身去了浴房。项宜腰间酸得厉害，可还是起身披了衣裳，把帐中床褥一应换新。

谭廷很快从浴房回来，目光落在床前女人的身上。她穿了单薄的中衣，脸颊旁的青丝被额角滑落的汗水打湿，在月光下浮现些许脆弱之感。

谭廷心里微缓。

她随后也去了浴房，回来照旧睡在了外侧。

锦被下似还残留着方才的亲密潮热，谭廷的目光落在枕边女子的身上。他想：项家的事情还是应该再提一下，毕竟以项家的处境，她会想要那笔钱的……

他正想着如何开口，却见她似乎无意说任何话，刚闭眼就疲累得直接睡了过去。

谭廷微讶。

翌日一早，族中有人早早请了谭廷过去。

项宜照旧先去给赵氏请安，然后打起精神理理事务。

乔荇见她眼下发青，神色疲惫，却还要早早起床做事，不免心疼，愤愤不平地嘀咕了一个早上。

项宜怕她嘴巴生事，便将她撵了出去，让她去看吉祥印铺有没有上好的石料，顺便问一问上次的印章卖出去没有。

乔荇回来的时候带了一封信，说：“夫人上次刻的印极好，掌柜的说能卖上好价钱，因而虽有人询价，却也未着急出手。”

项宜上次刻的是一个罕见古体的“和”字，年关将近，“和”字讨巧，确实能卖上高价。

项宜并不着急用钱，也就没有多问，只是不清楚家中怎么又来了信。她拆开信封，看到第一行字时便觉得不妙，只见纸上写着：“长姐，家中与大哥的书信来往断了。”

信中所指的大哥并非项宜的亲兄，而是项直渊收养的义子，也就是项宜姐弟的义兄顾衍盛。

顾衍盛身份敏感，乃当年宫中一人之下、万人之上的前秉笔太监顾先英的亲侄儿。

顾先英在宫中掌权的年月，可谓呼风唤雨，不少大臣与之交好，被外人称为"顾党"。然而盛极必衰，顾先英先是因失仪惹得君王不快，接着又被群臣弹劾，失了帝心，被发落到行宫思过。没多久，行宫陡生大火，曾经权倾朝野的大太监顾先英就这么葬身在了火场。

顾先英生前有不少仇家，在他死后，那些人都盯上了他唯一的侄儿顾衍盛。项直渊往日与顾先英相交甚笃，不忍看顾衍盛被人欺凌，干脆将其认作义子，带在身边。可惜没多久，项直渊便被削官流放，死在了流放的路上。

顾衍盛担心再牵连项家姐弟，便在某天夜晚留下书信和身上唯一值钱的墨玉佩，只身离去。等项家姐弟醒来时，他早已走远了。

直到两年前，突然有人找上了项家，说了一个地址，是开封府的一间笔墨铺子。项寓拿着墨玉佩，亲自去了那间笔墨铺子，终于联系上了离开许久的义兄。

顾衍盛没有透露自己身在何处，项家姐弟亦没敢多问，这两年来，双方便只靠着开封府的笔墨铺子传信，悄悄来往。

眼下，项宁在信中说，他们找人送信过去，发现那铺子竟关门了，双方来往的途径突然断了。

项宜暗暗觉得有些不好：她这位义兄智勇双全，绝非久居人下之人，一直没有讲明如今的处境，可见在做隐秘之事。眼下他突然与项家断了联系，是出了事？

关于义兄的事情，项宜不敢妄下定论，只能让项宁、项寓小心留意。倒是谭建大婚在即，新娘娘家远在京城，嫁妆车马提前出发，不日就到了清峭谭家。

第二章

题贿金

是日，杨家的嫁妆浩浩荡荡地进了谭家的院子，整整六十四只装得满满当当的大红酸枝箱子，在日光下更富有光泽。

"呀，新娘家可真是阔绰啊，光嫁妆就这么多！"

"那可是忠庆伯杨家嫁女！杨家有太祖亲赐的丹书铁券，是有传承的门楣！"

杨家派来的嬷嬷甚是谦逊，抓了大把的红枣果子请众人吃，顺带打听谭家的事。

她说道："这也不算什么，京里人家嫁女，一百零八抬嫁妆的也不是没有。"

众人一听都吓着了，惊讶地问："真陪送这许多东西？"

嬷嬷说："你们谭府的姻亲，林阁老家的嫡孙女，可不就陪送了一百零八抬嫁妆？我们家夫人还担心给姑娘的六十四抬少了，谭家看不上。"

说完，她仔细听着众人的口风。家中夫人可交代了，若是谭家有一丁点儿不满意，她就赶紧说姑娘另有五百亩良田。她们家姑娘对女红什么的真不在行，只能用嫁妆撑一撑了。

不想谭家这些族人一个个朝着她摆手，其中一个瘦长脸的妇人说道："那你是不知道你们姑娘的大嫂当年带了多少嫁妆。"

"太太是说项氏夫人？"嬷嬷连忙问，"项氏夫人有多少抬嫁妆呀？"

她想：这项氏夫人的娘家没落前，父亲也算得京中新贵，应该多少有些家底在的。

听见她这么问，众人一个个捂着嘴笑。谭有良家的吐了一口瓜子皮，啐了老远，笑着比画了一个手势。

嬷嬷吓了一跳，惊呼道："八十八抬？！"

众人顿时笑出了声。

"是八抬！"

"啊？"哪怕是街上卖油郎的闺女出嫁，也至少得不少嫁妆吧？要知道本朝女子的嫁妆都是尽可能地丰厚，以免她们被婆家人看不起。

但嬷嬷不好乱说话，只好打圆场："这……这约莫是项家落魄了，项氏夫人也没办法吧……"

谭有良家的听了，冷哼一声，又想起项宜将杏姑母女安置在善堂的事，嘴里顿时没了一句好话，说道："做人就得知道自己几斤几两，学着看人眉高眼低来行事。落魄了就别巴巴地嫁进来呀！况且大爷可是我们谭家宗子，她嫁进来就是宗妇。谁家的宗妇是带着八抬嫁妆进门的？她不嫌害臊，谭家还嫌害臊呢！"

一旁的谭家女眷让谭有良家的小点儿声，提醒道："项氏到底是咱们谭家的宗妇。"

谭有良家的嗤笑一声，将最后一粒瓜子磕了，拍了拍手上的灰，说道："罢了罢了，我们也不指望她用嫁妆贴补我们，只要她别把我们谭家掏空也就是了！"

这些话都顺着风传到了一墙之隔的竹林小道上，而项宜和乔荇正从墙外路过。

乔荇闻言，顿时脸色发青，说道："谭有良家的在胡说什么，谁花谭家的一个铜板了？再者说了，夫人为他们谭家尽心尽力，就算花了谭家的钱，那也是应该的！"

她说着就要去同那些人争论，被项宜低声叫住了："好了。"

乔荇抬头看去，只见自家夫人仍是方才的平静神色，眼眸静若山间幽潭，哪怕有狂风吹来，水面也不动分毫。

"大喜的日子，何必找气呢？"项宜无所谓地笑笑，"回去了。"

说完，项宜径直离去。乔荇气得鼻孔直哼气，却也只能快步跟了上去。

竹林小道的另一头，谭廷刚从外面回来，正吩咐管事安排接待宾客的事宜，墙外人的议论自然也传到了他的耳朵里，而项宜劝说乔荇、领着乔莳转身走开的情景亦落在了他的眼底。

她穿了一件半新不旧的月白色长袄,身形如流云,逐渐消失在竹林外。

谭廷蓦然想起她嫁给自己时,八抬嫁妆让人取笑了好久,他虽然令谭氏族人不得提起此事,但大婚当日还是有人嘀咕:"只有八抬嫁妆,她还硬要嫁进来,是想让谭家给她添妆?"

"添妆?能让她嫁进来,已是宗家信守承诺、重情重义了,难道还要谭家给贪官之女撑面子吗?"

彼时,她蒙着盖头,牵着大红喜结,站在离他不足一步的地方。那些话传来的时候,他感觉到手中喜结的另一边紧了紧,可也只是一瞬,很快便恢复了正常。

挑盖头的时候,他以为自己会看到一张愁容满面或是怒气冲冲的脸,然而挑开盖头,就见她半垂着眼帘,姣好的面容上什么多余的情绪也没有……

风又送来许多不好听的话语,谭廷看了正吉一眼。正吉迅速明白过来,跑了出去,墙外立时静了下来。

谭廷抬脚离开,回了正院。

项宜在外面安排过两日大婚的内宅事宜,此刻并不在房中。谭廷没有让人服侍,自己去内室换了一身在家穿的衣裳。

他的衣裳都放在内室的花梨木雕花衣橱里,项宜的衣裳也放在此处。平日都是项宜替他备好衣裳,他还是第一次打开衣橱。

橱门打开,谭廷微微怔了怔:衣橱里的衣裳叠放得整整齐齐,一眼扫过去,竟全是他的衣衫。有那么一瞬间,谭廷还以为这是他一个人的衣橱,直到他在衣橱底层看见了她前些天穿过的杏色长袄和蜜色比甲,还有几身并不鲜亮的衣裙。

本朝女子的衣裳比男子的要繁复精巧许多,样式亦是层出不穷。不说旁人,只说自己的妹妹谭蓉,他回来这些日子,就没见她穿过重样的衣裳。可眼前的橱柜里,属于项宜的衣裳竟只有这么几件。

谭廷不由得又想起了自己没能认出项寓的事情,也想起了项寓身上那件洗得发白的长袍。

他默默地叹了口气。

当年他娶她,确实没那么心甘情愿,可他们成亲三年,她一直在家操持,母亲也好,弟弟妹妹也罢,从未说过她有何错处,他也不是不动容的。

谭廷看着那几件不起眼的衣裳,心想:即使她不提,自己也该寻个契机，把钱给她。

大喜之日在即，项宜越发忙碌，又因着快要过年，许多族人也从各地回到了清嵋，琐事繁多，无一不得项宜居中主持。她也没忘了借居善堂的杏姑母女，特意让乔荇办完事便过去看望一下。

不想乔荇耽搁了半刻钟才回来，还气呼呼的。项宜正在算账，见她这般神色，便放下账簿问她怎么了。

乔荇说道："夫人不知道，那谭有良家的又去善堂找事了，气得杏姑的娘差点儿没喘上气来。"

乔荇从小是能同家里的男孩子一较高低的性子，见状自然要打抱不平，当场就跟谭有良家的吵了一顿，并将项宜所说的族规搬了出来，把谭有良家的赶跑了。

乔荇气鼓鼓地说道："是她的儿子非要喜欢杏姑，她去骂杏姑做什么？真是个泼妇！"

项宜听得暗暗叹气。谭有良家的最喜欢四处闲逛，干涉别人家的事，没事还要生出是非来，更不要说碰上自己家的事了。

她劝了乔荇两句，让乔荇尽量不要同谭有良家的接触，便继续翻阅账簿了。

天气一日日冷了下来，谭氏一族喜事将近，回家过年的人也多了起来，分外热闹。

谭廷一早被族学请去议事，回来时经过善堂，恰好遇见几个妇人围在一起低声议论："咱们谭家是数得上的大族，谁不想嫁进来？若没有父母之命、媒妁之言，可不是得使些手段？"

"想嫁进来的多了，楚杏姑算是找对门路了，还有谁能比那位更知道怎么算计着高攀？况且那位穷酸得很，哪儿有来钱不要的道理？"

一旁还有人笑了一声："可真是好笑，两块玉佩也看在眼里了，真真掉钱眼儿里，家传的贪呢……"

这人话音未落，突然被旁边的人偷偷拉了一把。她回头一看，顿时僵住了，声音发颤："宗……宗家大爷……"

她们身后站着的，正是沉着脸的宗子。几个妇人都是谭氏女眷，发现自己竟是在宗子眼皮子底下议论宗妇，当即吓得冷汗都冒了出来。

"宗家大爷容禀，我们也是道听途说罢了。"

谭廷闻言，不由得想到他几次想同项宜提及补贴项家一些钱，可她都好似无意一般，从不开口……

他沉声说道："到底是什么事？"

见他并未护着项氏，只是想问清真相，众人默默地松了口气，当下不敢撒谎，将听来的都说了。

"今日谭有良家的发现楚杏姑贿赂项氏夫人，给夫人的丫鬟乔荇塞了两块玉佩，说是想在善堂多住些时日，借机同谭家子弟亲近，想办法嫁到咱们谭家来。"

那人说着，偷偷去看宗子的神色。

宗子脸色阴沉，冷冷地说道："然后呢？"

"然后谭有良家的赶去了乔荇房里，确实翻出了楚杏姑行贿的那两块玉佩。眼下，谭有良家的正在秋照苑请老夫人做主呢！"

秋照苑。

乔荇跪在厅中，百思不得其解。

今日一早，楚杏姑拿着两只绣花荷包来找她，说是感谢她前几天仗义执言，另又奉上两块玉佩，说是感谢夫人的收留。她素来知道夫人的行事准则，便只收下了荷包，将玉佩推拒了回去。不想她转身出了一趟门，那两块玉佩竟又出现在她的房里。

她惊讶不已地喊道："奴婢根本没有收下这玉佩！这是有人陷害奴婢！"

楚杏姑也脸色发白地解释道："老夫人，我没有贿赂夫人的意思，乔荇姐姐也没有收下玉佩，不知怎么就……"

她的话没说完，就被谭有良家的打断了。谭有良家的姓邱，出身维平府平泽邱氏，眼下，邱氏冷笑道："人人都看到你去找乔荇了，玉佩也是从乔荇房中搜出来的，你们竟然还敢抵赖？"

乔荇见邱氏咬住她们不松口，气得瞪大了眼睛，说道："说了没收就是没收！可话说回来，就算收了又怎么样？还不许杏姑感谢夫人吗？"

楚杏姑也说道："项氏夫人帮扶我们母女，我缘何不能谢她？"

邱氏当即笑了起来，斜着眼睛看向楚杏姑，而后扫过乔荇，最后落到了一旁站着的项宜身上。

"谢她？谁知道你是感谢她还是贿赂她？她为什么帮你一个外姓女，你住到谭家又是做什么来了，打量别人都不知道吗？"

邱氏越说越气，自从楚杏姑住进来，她那不争气的儿子便三天两头儿地往善堂跑，得知楚杏姑的娘想要换个药方，他也是跑前跑后地帮着请大夫。昨日她气极了，说要把楚杏姑撵走，他竟道："宗家夫人说了，谁都不可再议论此事，母亲也不能妄议。"气得她差点儿当场背过气去。

说来也巧，今日她去富三太太家瞧热闹，回来的路上正好看到楚杏姑去找乔荇，便偷偷跟上去了。那病秧子也是不中用，回善堂的时候，竟把一个锦盒落在地上，而锦盒里装的正是那两块没送成的玉佩。

邱氏正因着乔荇同她吵架的事而记恨呢，当下便拾了玉佩，使了点儿小钱，找了个不懂事的小丫鬟，把那两块玉佩塞到了乔荇房里，接着就闹到了赵氏面前，说乔荇收了贿赂，若是赵氏派人去搜，一搜一个准。

眼下，她一口咬定项氏和乔荇受贿，唯恐天下不乱地喊道："老夫人可要严惩啊！"

赵氏头痛，嗅了口鼻烟才缓过劲儿，叫了项宜问道："你怎么说？"

事发到现在，项宜并未心急说过一句话，直到赵氏问起，她才缓声答道："回母亲，我和乔荇从未与杏姑母女有钱财往来，至于我留她母女在善堂，完全是出于帮扶邻里的本分。"

她没有过多地辩解，却也不会无缘无故认了这样的污名。

赵氏揉了揉额头，儿媳项宜嫁入谭家数年，就算旁人不知项宜为人，她多少也是了解的，不然也不会放心把中馈都托过去了。可邱氏着实闹腾得厉害，眼下还在反复说着："老夫人，楚杏姑母女居心不良，住进谭家根本就是想要勾引谭家子弟！您断不能容她们了！"

赵氏一时有些犹豫。

楚杏姑闻言，脸上一丝血色也没有了，身子摇摇欲坠。

项宜见状，连忙上前扶住楚杏姑，说道："母亲，事情尚未查明，若是这般将她们撵出去，于杏姑清誉有损。况且眼下天寒地冻，若是她们母女出了事，外人会如何看谭氏？请母亲三思。寒门庶族的人也是血肉之躯。"

她说到后面，语气重了些许。

世家大族占着这天下的良田、禄米、锦缎、地位，寒门庶族本就没有什么出头的路了，何至于还将他们逼至绝境？

赵氏没说话，却在听到项宜的话后点了点头。

邱氏一看自己闹了这么一场，宗家竟然还不肯赶走杏姑母女，不由得着急起来。

"老夫人，这可是行贿受贿，败坏门风啊！我还见乔荇频繁出入吉祥印铺，定是她收了各种东西，不敢去银楼、玉楼典当换钱，所以偷偷摸摸找了个印铺，不然她一个丫鬟去印铺里干什么？"

这事赵氏倒是不知道，不禁有些意外地看了乔荇一眼。

乔荇想解释，又记起项宜并不想让谭家知道她们制印去卖，只得看着邱氏一副小人得志的样子，气得跺脚说道："我去印铺怎么了？印铺掌柜是我的远房舅父不行吗？"

之前为了遮掩，乔荇同姜掌柜是通过气的，因此倒也不怕。她抬手朝着门口指了过去，说："有本事你去印铺问！"

不想她刚抬手指过去，门帘一动，穿着墨色长靴的男人突然走了进来。

房中气氛霎时一凝。

谭廷一进来便看到了乔荇的动作，眸中顿时一片冷意。

他没有呵斥乔荇，反而把目光直直地落到了项宜身上。

房中一片寂静，门外的风抽打着门帘的下摆，发出"吧嗒吧嗒"的声音，在这寂静中异常刺耳。

项宜冲乔荇说道："乔荇，不得无礼。"

乔荇也不知怎会这般巧，吓得连忙缩回了手。

谭廷大步进了堂中，负手立在项宜的上首，周身气势给人一种无形的压迫感。

邱氏偷偷地看了看谭廷，又看了看项宜和乔荇，暗中得意。宗家大爷不喜贪官之女项氏，这并不是什么秘密，想必眼下也不会替项氏撑腰。

她忍不住出了声："不管怎么样，楚杏姑的玉佩就是到了项氏夫人的丫鬟乔荇房里，先不说旁人，我就想知道项氏夫人到底要如何解释。"

人证、物证可是都在的，邱氏的嘴角扬了起来。

众人的目光不由得都落到了项宜身上，谭廷亦看了过去。

他也想知道她到底要怎么解释这件事。

项宜一句话也没说，因为她解释不了——事发突然，她甚至是到了秋照苑才知道出了什么事，这般情形下，她拿什么解释？

项宜抿了抿唇，陷入了沉默。

见她这般表现，谭廷缓慢地闭上了眼睛。

这些年，他并未对她有什么过分严苛的要求，她若是缺钱，大可以开口向他要，他不会不给，如今她弄这些歪门邪道，难道不是有失身份吗？还是说，就如同那些族人议论的一般，她是项直渊的女儿，骨子里也有着所谓血脉相传的贪婪？

谭廷失望地摇了摇头。

乔荇还想说些什么，却被项宜用眼神阻止了。没有证据证明清白，她们说什么都是强辩。

众人陷入沉默，只有邱氏暗自高兴不已，一脸讨好地问赵氏："老夫人，您看……"

赵氏揉着额头，勉力直起了身子，说道："我看，此事先行搁置吧，家中还有喜事要办，大事为要。至于乔荇，先关几日再说。"

她让自己的嬷嬷将乔荇带了下去。

邱氏又问如何处置杏姑母女，这次不用项宜开口，赵氏便说道："天寒地冻，谭家没有撵人的道理，就先让杏姑母女留在善堂吧。"说完，她看向楚杏姑，说道："谭家暂且让你母女二人留下，事情查清楚之前，你们暂不要出善堂的门，可愿意？"

楚杏姑连声应下，说道："我们自然愿意，只望老夫人明察。"

邱氏差点儿一口气没喘上来，没想到闹了半天，杏姑母女还是留下了。可赵氏已起身回了内室，邱氏便是想争也不能了。

赵氏一走，众人便也散去，秋照苑的厅堂立刻空了下来。

赵氏捂着头叹气，回头瞧了一眼谭廷。

谭廷皱着眉看向项宜离开的方向，半晌才开口："若她真做出这样的事，母亲不必替她遮掩。"

话音落地，他亦拱手离开了秋照苑。

乔荇被关在了自己的房中，项宜并未着急去看她，而是将丫鬟春笋唤了过来。

春笋是谭氏的家生子，十三四岁，办事机灵，早就在廊下等着项宜了。项宜唤她过来，把事情低声说了，春笋脆声应道："夫人放心，这事有奴婢替您盯着。"

她说着又小声笑了起来，说道："奴婢的爹娘让奴婢给夫人道谢叩头，说多亏夫人将我姐姐调去庄子上。如今我姐姐在庄子上顺利生了个胖姑娘，她那恶婆婆想要欺负她可够不着了！"

项宜一听，也笑了起来，回房中拿了两支花簪，叫了春笋进来。

春笋一看就明白了，连连摆手，说道："夫人对奴婢家有大恩德，奴婢再不能受夫人的赏赐！夫人放心，您交代的事情，奴婢必然替夫人办妥！"

说完，她给项宜连叩三个响头，然后跑出去了。

一直到二更的更鼓响起，整个谭家的灯火渐渐熄灭，谭廷才踏着夜风回了正院。

房中并未熄灯，他那位妻子点了一盏小灯，正坐在窗边做针线活儿。

见谭廷回来了，项宜将针线放下，如平日般上前替他更衣。

"不必了。"谭廷避开了她的手，任由她怔在原地，自行利落地解了衣裳，撩起帘子回了内室。

项宜怔了片刻，才神情无波地回到窗边。不过她并未急着做方才的针线活儿，而是从架子上取下了厚厚一摞账簿。

她不紧不慢地翻着，将谭家这几年的账簿一一理好，然后放回了架子上。

也许有那么一天，他要查她的账，就会用到这些了。届时，希望他能查个清楚，查个明白。

年关将近，各家来往越发频繁。

前几日，秦焦正在清嶋替林大夫人谭氏清点田产，突然得了林大夫人让人传来的口信，问他事情办得怎么样了。

秦焦有些头疼，来到谭家这些天，他一直在留意那位宗妇项氏的错处，可是一桩也没有。他正愁怎么回话呢，玉佩的事情就闹了出来。

他得知了此事，立马就让身边的小厮将正吉叫了过来，问道："项氏夫人出事了？你细细同我讲讲。"

正吉不知道他为何一副兴高采烈的样子，但还是原原本本地把事情说了。

话音落地，就见秦焦禁不住抚掌而笑："好好好。"

"好？"正吉咽了口唾沫，不解地问道，"秦先生，大爷因为这事，连着两日没有好脸色了，哪里来的好呢？"

秦焦拍了拍他的肩膀，说道："这好处并不在眼下，而是在长远，等大爷回京之后就……"

"就怎么？"

秦焦却不肯说了，只是笑着说道："这话我不便太早说出来，总之是好事错不了。说来，项氏作为一族宗妇，竟行收受贿赂之事，枉了谭氏一族如此信任她。"

秦焦决定立马写信给林大夫人，当下便开始研墨了。

正吉却说道："这事还没来得及查明，未必就与夫人有关啊。"

"还有什么不一定？"秦焦不以为然。

他想着谭廷一直对项直渊贪腐的事情耿耿于怀，眼下项氏又是同她爹一样的做派，可见大爷心情不会好，便把正吉撵了，说："好了好了，你回去好生伺候大爷吧。"

待正吉离开，秦焦立刻将项宜如何收受贿赂、惹怒谭廷的事情写在了信上，而后叫了自己的小厮过来，吩咐道："你留意着些，这几日若是见到谭家安排进京的人，就让他们把信送到大夫人处，可记好了？"

小厮连忙说记好了。秦焦放了心，继续任劳任怨地替林大夫人做事去了。

寒门学子的出路就在世家了，他可不能似项氏那般惹得世家不高兴。

谭有良家。

那日邱氏闹事之后，谭江帆便把自己锁在了房中，连吃饭都不肯出来。偏谭五爷谭有良醉心于下棋，邱氏让他把儿子叫出来，他反而训斥邱氏："你又折腾什么，能不能不要无事生非了？"

邱氏管不了儿子，又被丈夫训斥，再想起自己白闹腾了一通，那楚杏姑还留在善堂没被撵走，宗家也只是把乔荇那丫头临时关起来，她顿时更加心烦意乱，就连邻居说富三太太家又来了一批好木料，她也没了闲心去看，就怕宗家真查起来，到时候查到她的头上。

思来想去，她回房抓了一把铜板，装进一个灰扑扑的荷包里，又换了一身不起眼的衣裳，刻意避着人，偷偷去了趟谭家宗房，将替她往乔荇房里放玉佩的小丫鬟找了出来。

那小丫鬟正因为事情闹大，怕得两日都没睡好觉，见了邱氏，不由得哭了起来。

邱氏连忙捂了她的嘴，低声说："哭什么？又没人来将你揪出去。你不说，我不说，老天爷不说，谁能知道事情是我们做的？"

她说完，将手里不起眼的荷包塞到了小丫鬟怀里，说道："这些钱给你买头花戴。记着嘴巴紧些，不然的话，我也保不了你！"

小丫鬟被她一哄一吓，捂着嘴不敢哭了。

邱氏松了口气。她当日指认乔荇和楚杏姑，是人证、物证俱在的，只要这小丫鬟不说出去，那两个人是不可能翻案的。

她瞧着左右没人，迅速离开了，也就没有看见墙角的柏树后面，有人影一闪而过。

忠庆伯府是京中体面的公侯伯府，谭、杨两家的亲事也是早在谭廷父亲健在时就定下的。如今谭建和伯府二小姐杨蓁都到了年纪，成婚自然顺理成章。尤其谭廷还特意从京城回来，这桩婚事便更加办得盛大风光。

清峋县城一半的宅邸铺面是谭氏一族的，忠庆伯府的花轿从北门进城，一路穿过半个县城，城中无人不知、无人不晓，都跑来看热闹，挤得骑着高头大马的新郎谭建差点儿无路可走。

好在谭廷早已料到，提前安排了人手清路，有他的面子在，知县也很快派了衙役前来吆喝，谭建迎亲的路总算又顺畅起来。

谭建翘着嘴角，忍不住偷偷去看身边的大红花轿，哪怕他知道新娘子定然蒙着红盖头，在花轿里安静地坐着，自己什么都看不到，但……

但，他怎么看见轿帘后面有一双水灵的大眼睛？！

那双眼睛的主人显然也看见了他，四目相对的下一刻，轿帘倏然一落，隔开了彼此视线。

谭建："……"

他眼花了？

好在婚事并未因这个小插曲受到任何影响。

项宜发现了谭建在不断地偷瞄新娘子，连拜天地的时候也在偷偷看她。项宜此时回想，自从杨家的嫁妆箱子进了谭家的门，谭建就每天红光满面的，定是很欢喜吧？

项宜温声笑笑，为这对新人感到高兴，至少谭建是期待他的新娘的，他们的婚事有一个好的开始……

一日的热闹过去，直到二更鼓响起，闹洞房的也都消停了，谭氏一族的大小巷子里才渐渐安静下来。

项宜趁着没人注意，去看了已被关了两日的乔荇。

乔荇见了她，甚是自责地说："奴婢是不是把夫人的名声带累了？……"

项宜摇了摇头，说道："现在最主要的，是要弄清楚这到底是怎么回事。"

她的嗓音温和平静，落在乔荇的耳朵里，自有一种令人心安的力量。

见乔荇眼睛发红，项宜投去安慰的眼神，对着她笑笑："你安心休息几日吧，只要记得把账簿收好便是。"

谭家的账簿都放在谭廷和项宜所居的正房，项宜的私人账簿则放在乔荐处。

乔荐隐约明白了项宜的意思，说道："夫人放心，奴婢都收好了！"

夜色深重，月光冷而清，铺在寒冬中的青石板路上。

项宜抬头看去，一轮残月悬在半空。

她突然问了一句："今日是二十几了？"

替她打灯笼的小丫鬟愣了一下，回答道："夫人忙忘了？今日是二十五了。"

二十五啊……

项宜没再让小丫鬟提灯，遣了她回去睡觉，然后独自踩着清冷的月光，缓步回了正房。

她在屋内收拾了一番，谭廷才回来。

尽管忙碌了一整日，可谭廷没有立时休息的意思，反而站在书案前写起了字。项宜则依旧坐在窗边的交椅上，挑了盏小灯，不紧不慢地给妹妹项宁做着衣裳。

房中的气氛仿佛凝固，没有人打破这片死寂。事实上，自打出了玉佩的事，这房中便越发静默，除了浅淡的呼吸声和偶尔的脚步声，就好像没有人存在一样。

直到三更天，谭廷才放下笔。两个人各自洗漱宽衣，躺到床上，同往日没有分别。

些许月光落在床前，项宜不由得想，今日是二十五，他会怎么做呢，是按惯例办事，还是将她晾在一旁？

冷风掠过二人之间的空隙，谭廷始终没有动作。

项宜突然觉得，被他讨厌也不失为一件不错的事。

翌日，新妇拜见尊长、认亲、拜祠堂，好一番忙碌，直到午间才结束。

新娘子长了一副有福气的面相，脸盘圆圆的，眼眸如杏，鼻梁高挺，红唇饱满，下巴上还长了一颗很精致的福痣。

项宜照着赵氏的吩咐，给这位新娘子讲家中的规矩。她才讲了半个时辰，就见新娘子困倦了，硬撑着才没睡过去。

项宜看着好笑，温声说道："弟妹你先回去吧，咱们改日再说。"

杨蓁揉了揉眼睛，说道："啊？这样行吗？我还能撑一会儿的。"

春笋听着都在一旁笑了起来，项宜连道不碍事，让杨蓁先回去歇着了。

这会儿得了空，项宜便想起了义兄顾衍盛失联的事情，也不知他现在怎么样了，家中有无消息。

这样想着，她索性让人套了马车，亲自去了一趟吉祥印铺。

项宜到店里的时候，姜掌柜和小伙计竟然都不在，她一路走到了后院，才看到姜掌柜在和一群人说话。

那是一群衣衫单薄的汉子，着急地与掌柜说着什么。姜掌柜见项宜来了，便让那群人先回去："他们说要么减一半的工钱，要么就请别人了，让咱们看着办。今日你们先回去，容我再想想办法。"

那些人佝偻着背，一脸愁苦地谢过他，叹着气走了。

项宜遥遥地看了他们几眼，问了姜掌柜才知道他们是木工，接的本就是工钱极低的散活儿，如今还被削了一半的工钱，日子越发不好过。

姜掌柜有些无奈："其实他们的手艺都不错，但世道如此……"

他并未多言，听项宜问起家书，便回道："最近并没有信送来，夫人再等等吧。"

项宜点点头，心想：没消息也算是好消息。若是有什么紧急的事情，项寓会直接把信递到谭府的。

姜掌柜让人上了茶，说起项宜上次刻的"和"字印来："夫人这印做得当真是上乘。来了不少问价的人，可我想着约莫能卖上高价，就做主没着急出手。"

项宜说："您比我更懂行情，看着办便是，只要别卖给谭氏族人即可。"

姜掌柜明白她是不想这事被谭家人知道，便说："夫人放心，我们不会把您刻的印卖给谭家人的。"

两个人又说了几句话，姜掌柜将他给项宜收的好玉拿了出来，便送她离去了。

项宜刚离开，就有一个男人走进了铺子。

谭廷今日见了几位打清嵋路过的友人。送别友人后，他顺路去了县衙大街上的书肆，从书肆出来，便看到了一个从前他没怎么留意的印铺。

他抬脚迈进铺子，一眼便看到了摆放在柜台中央的黄石小印。那小印只有拇指大小，上面雕了一朵荷花，雕工细腻，样式大方，印底则用罕见古体刻了个"和"字。

他眸色一亮，问道："这枚印怎么卖？"

看店的小伙计愣了一下，仔细看了看他，犹豫着问道："您是谭家大爷？"

谭廷点了点头，以为他会去请店中掌柜招待自己。不想那小伙计竟立刻将小印收了回去，还理直气壮地说："这个不卖。"

谭廷讶然挑眉。

姜掌柜闻声赶了过来，看到谭廷疑惑的神色，连忙解释："谭家大爷再看看店内其他摆件、闲章吧，那小印已经被旁的客官定了。"

谭廷淡淡地看了姜掌柜一眼，又看了看小伙计，明白这话只是托词。他们不肯把那枚印卖给自己，显然是别的什么原因。

他皱着眉，有些惋惜地又看了看那枚"和"字小印。那印刻得着实不错，难得合他眼缘，不知是怎样心灵手巧的人刻的。但他们不卖给他，他也没什么办法，只能空手离去。

见谭廷走远了，姜掌柜才松了口气，拍了小伙计一下，道："你小子说话怎么这般直？"

小伙计朝着谭廷离开的方向嘬了嘬嘴，说道："项夫人日子过得艰难，却从没见这位谭家大爷疼惜一二，可见他不是懂项夫人的人。既然如此，夫人的小印便不该由他买去，没得耽误了这印。"

他说得有板有眼，姜掌柜都听笑了。话说回来，他也没说错，但凡谭家这位宗子能多疼惜项夫人几分，她又何至于如此艰难？

项宜刚回到家，就见秋照苑的丫鬟迎上来，神色焦急地说："夫人快去秋照苑吧。"

项宜到的时候，赵氏的脸上还残留着怒气。

她知道赵氏不是爱发脾气的人，赶紧上前温声询问，才晓得原来是常替谭家做活儿的几个木工喜酒吃多了，因着几句口角便打起架来。

这点儿小事，赵氏本是不会管的，可他们打架时竟然动了给谭蓉打嫁妆箱子的木料，损坏了两块相当不错的料子。

旁的事情，赵氏都好说话，唯独涉及她独生女儿谭蓉的事情，可半分不让。

"咱们谭家给匠人的工钱一贯丰厚，可他们不念着谭家的好，反而恣意妄为。之前便有族人说他们做工越发懒怠，如今他们更闹出这种事来！这批木工不能要了。"她叫了项宜，吩咐道，"给你妹妹打嫁妆箱子的木工，必须换妥帖的人来。"

打架的这批木工，谭家用了有些年头儿了，听说是族里富三太太的娘家表亲。

富三老爷人如其名，家境在谭氏族人里算得富裕，只是考中举人后，就无论如何中不了进士了。

富三老爷这辈子没干过旁的事，只知读书会友，靠着祖产过日子。富三太太却不是死板的人，于经营一道相当上心，大大小小地揽了不少活计。只有钱流进她的手里，没听说有钱能从她的指缝里漏走的。

富三太太的表亲族里多出木工，前几年谭家换匠人的时候，就把活计都给了他们。

项宜想了想，给赵氏提了个醒："母亲若是直接换人，只怕富三太太要有说辞。"

然而赵氏不耐烦地摆手说道："活儿做得不好就该换人。你就道是我的意思，让她有说辞就来找我。眼下，你先替你妹妹定好靠谱儿的木工再说，活计繁多，须得早早定下来。"

项宜听了，只好点了点头。

此事并不好办，清嵋县虽大，但木工并不多，况且赵氏想要的还不是一般的木工，而是能给谭蓉的嫁妆箱子雕花刻木的木工。

项宜想了一阵，突然想到今日在吉祥印铺听见的事情。出了秋照苑，她就叫春笋往吉祥印铺走一趟，让那些木工送些像样的木样子来看看。

项宜吩咐完了事，便往正院走去，中途遇到了谭建。

因着忠庆伯府在京中，眼下年关将近，杨萦的三朝回门改成了三月回门，等到了明岁，再由谭建陪着杨萦回京小住一月，因此，这对新婚夫妇此时都还在谭家。

项宜本想打个招呼，然而谭建一脸疲色，耷拉着眼皮，也没有看到她，无精打采地走了。她猜测谭建约莫是因谭廷布置的繁重课业而烦恼，便也没过问。

当晚无星无月，正房里仍是与往日无异的凝滞气氛，似多年的冰雪从未融化分毫。

好在项宜早已习惯了。

翌日，谭家宗房门口早早就来了人，几个衣着朴素的汉子仔细抱着木样子，小心翼翼地请门房通传一声。

"是项氏夫人让我们过来送木样子的，还请小哥行个方便。"

门房打量了一番，见他们确实是木工打扮，打满补丁的衣衫上还有些许木屑，便让他们在此等候，自己进去通传了。

檐下悬着冰锥，木工们冷得直搓手，可也只敢仰望谭氏门口那块黑漆描金的门匾，并不敢莽撞地踏进门来。

项宜很快到了，让他们到门房里吃盏热茶："冰天雪地的，莫要冻着了。"

木工们却连连摆手，说道："咱们这样的人，能有幸登一次谭家的门，已是幸事！若是此番能得了谭家的差事，就是冻死在门口也值了！"

像这样的世家大族，好的活计都惠及了姻亲或者是有门路的工坊，而他们这些乡野木工便是手艺再好，也接不到活儿，只能接些散活儿，还要被压榨工钱。

项宜见他们这般，神色越发柔和了，连忙拿过他们带来的木样子看了看。诚如姜掌柜所说，这些木工出身虽低，手艺却不差。

她温声说道："若是老夫人能相中你们的手艺，谭氏必然以公道的价钱聘你们做工。"

木工们一听，无不兴高采烈，连跺脚搓手地取暖都越发有劲儿了。

项宜见了，再次让他们到门房里避寒，笑着说道："这会儿老夫人正好有时间，你们先去门房里等着，兴许立时就有好消息了。"

木工们惊喜不已，连声道谢。

项宜没停留，让人取了他们的木样子，赶去了秋照苑。

赵氏正得闲，见项宜送了木样子过来，便当场看了起来。

她来回看着，渐渐目露满意之色，对项宜说道："这活儿做得又细致又扎实。是州府里的木工吗？"

项宜笑着摇了摇头，说："他们就是本县的木工，只是从前没有这般际遇，只能四处做些散活儿。"

赵氏闻言，有些诧异，又将木样子细细看了，说："这块似乎还是新雕出来的……"

既然是连夜做的，可见是有真手艺了。

赵氏越发满意，又看了一阵，便吩咐项宜："那就让他们先做几个雕花箱笼试试，若是做得好，从此就留在谭家做活儿吧，不用东奔西走了。"

项宜听了，笑着说道："多谢母亲。"

说话间，谭蓉来了，听说要换新木工，便说道："我正想做些小玩意儿，不如也让他们做了来。"

项宜自然说好。

谭蓉笑道："那我回去仔细画了，改日给他们送去。"

项宜点了点头。只要谭蓉觉得好，此事也就成了。

门房里，木工们还在小心翼翼地等待。

见项宜这么快就回来了，他们都吓了一跳，问道："是不是咱们的东西老夫人看不上，觉得不好？"

几个壮汉紧张得额头都出了汗。

项宜连忙说道："不是不好，是很好。"

话音落地，那几个人怔怔的，都没敢说话。

项宜笑了起来，说道："老夫人已经应了，让你们先试做几个箱笼，若是做得好，便留你们在谭家做活儿。"

过了好几秒，众人才猛然回神，当即就要给项宜磕头，说道："感谢老夫人、夫人的大恩大德，竟然肯让我们来谭家做事！我们必不让老夫人、夫人失望！"

项宜不用他们行这般大礼，连忙让门房扶他们起来，说道："不必道谢，你们只要把活计做好，谨慎用心便是了。"

木工们连声应了："是！请夫人放心！"

谭家的活计等闲落不到他们头上，此番落下来，他们岂敢怠慢？眼下他们也不敢耽误项宜的事，连忙告退了，道是明日就去谭氏的工坊上工。

项宜也有旁的事情，便也带着春笋走了。

众人刚走，就有人凑上来问门房："那一伙破落户是做什么的，怎么上了谭家的门？"

来人正是邱氏。她因着诸事不顺，心里堵得难受，这两日便一直暗中盯着宗房和项宜的动静。

门房并未遮掩，把谭家换木工的事情说了。

邱氏听得瞪大了眼，惊呼道："这些人是从哪里冒出来的？好事怎么轮到他们了？"

"是我们夫人寻来的，手艺极好。"

听见门房这么说，邱氏露出了古怪的表情。

项氏总是帮扶一些寒门破落户，只是出于好心吗？莫不是当真收了贿赂吧？项氏的账目里，一定有禁不住查的东西！若是有谁能查项氏一番……

邱氏暗暗嘀咕了一阵，猛然想到了一个人。对了，项氏这是要换下富三太太的人，还不知道富三太太答不答应呢！

邱氏这么一想，转头直奔富三太太家中去了。

项宜还未走到正院，就见谭建在门口转圈，一副想进去却又不知道该不该进的纠结模样。

回想他之前的颓败神色，项宜走上前去，问道："二爷找我？"

今日谭廷并不在家，谭建上门自然是来找她的。

听项宜这么一问，谭建一咬牙，点了点头，然后上前给她鞠了个躬，用委屈的腔调说："请大嫂救我！"

项宜被谭建吓了一跳，干脆把他叫到了正院，又让人将院中清了，才问道："出了什么事？"

谭建一脸难以启齿的表情，半晌没有开口。

项宜心想，看来不是学业的问题了，便问："难道是和新娘子处得不好？"

话音落地，谭建的脸色顿时变了。

看样子她猜对了。项宜有些惊讶，新娘子活泼开朗，看起来与谭建甚是配合，怎么这才新婚两天，两人就闹别扭了？

"到底怎么回事？"

谭建还是支支吾吾不肯说。

"真不说吗？"项宜有些想笑。

他来寻自己，而不是寻谭廷，可见并不想让谭廷知道。可他若再不说，谭廷就该回来了。

谭建显然也想到了这种可能，紧张了起来。他四处张望，见左右无人，这才把声音压到极低地说道："新婚那天，我好像举止有些不当，当时我还没反应过来，就……就被她一脚踹到床下去了……"

项宜觉得幸好自己没喝水，不然这会儿就要失态了。

她看着谭建涨红的脸，追问道："之后呢？"

谭建委屈得不行，说："之后我给她赔礼道歉了，可她不让我上床了。"他的声音越来越小，"这两天，我都是睡在小榻上的……"

项宜揉了揉额角。

难怪他不敢告诉谭廷，以那位谭家大爷的性子，得知此事后定然训斥他，此外，他约莫也是怕谭廷因此对新娘子有不好的印象。

项宜这般一想，觉得他倒也有些担当，至少是知道护着自己媳妇的。

谭建都快哭了，说道："大嫂，这可怎么办？她现在都不跟我说话了。"

项宜有些想笑，又怕令谭建难堪，只好极力忍着，跟他低声说了几句。

谭廷听得一愣一愣的，说道："这……这样就行吗？"

"去试试吧。"

谭氏一族聚居的鼓安坊西南处，某家院中，富态圆脸的胖夫人手指灵活地打着算盘，看了一眼下首低头弯腰的男子："啧，现在想起来跟我讨主意了，早干什么去了？"

此人正是富三太太，下首站着的是她的表弟付桉。

付氏是本地一个小氏族，原不过比庶族们强一些，可自从搭上了富三太太的路子，进了谭家做事，整个家族的地位便水涨船高。他们本是木工起家，手艺也都不错，只不过这些年懈怠了，手艺下滑不说，也不肯用心做事了，那天喝了喜酒，竟然闹起事来，闯下了大祸。

付桉不敢抬头，低声说道："表姐别生气，我已罚了他们半年的工钱，他们这下都老实了。要是没有谭家的活计，我们这一族还不得喝西北风去？求表姐去宗家为我们说两句好话吧。"

谭氏富足，给的工钱多，对匠人也宽厚，他们偶尔昧下些许木料也没人发现，如今谭氏宗家要给姑娘打嫁妆，有的是好料子进来，他们不拿多，每样取一点儿，转手一卖就是一年的嚼用。

付桉继续央求富三太太："弟弟财路不断，也能给姐姐聊表心意，不比这活儿落到别人手里强吗？"

说着，他从袖中掏出一本账簿："表姐看看，这是今年的账目。要给表姐的抽成，我都替表姐记着，一分也不会少！"

付桉明白，这份活儿要想做得长久，首先就得把嫁进谭家的表姐喂饱，这位可是只进不出的主儿。

富三太太看着账簿上那数值，眼角的皱纹都笑出来了。片刻后，她说道："罢了，只当我欠你们的，少不得明日觍着脸去宗家，给你们求求情。"

付桉一听，笑出了一脸褶子。

这时，外面有小丫鬟通传，道是邱氏来了。

富三太太挑眉，让人把邱氏请了进来。

邱氏进了屋，开口就说道："富三姊子，我今天听说了一件事，立时来告诉您了。宗家要换木工了，连人都定好了。"

"啊？"富三太太脸上的横肉抖了一抖。

付桉当即跳了起来，惊讶问道："换成了谁？"

邱氏一脸鄙夷地说："是一伙穷酸模样的木工，走街串巷做散活儿的那种。"

听她这么一说，付桉和富三太太都有些迷糊了，疑惑地说道："这样的人是怎么进的谭家的门？"

这话算是问到点子上了，邱氏眼睛一眯，说道："还能是怎么进的啊，当然是被宗家那位项氏夫人招来的呀。"

富三太太皱了眉，说道："宗妇为何要替那些人作保？"

邱氏看了一眼富三太太手里的账簿，眉头一挑，说："富三太太怎么忘了，那勾搭我儿的楚杏姑，不就是把两块玉佩送到了项氏的丫鬟的手里，才住进善堂的吗？项氏家贫，还不想私下多捞点儿钱吗？毕竟是宗妇，又没人会查她。"

话音落地，厅里静了几分。

富三太太眯了眯眼睛，自己家境不错，尚且想要多添进项，更不要说娘家被抄的项氏了。只是项氏怎么捞钱不行，为何非要截她的财路？

富三太太慢慢地拨弄着手里的账簿，脸色阴冷，若有所思。

鼓安坊正东，古树环绕的谭家宗房。

夏英轩挂满了大红喜绸，廊下的红灯笼微微晃动，院中，谭建紧张地扯了扯领口，深吸一口气，这才走进屋子。

屋子里，杨蓁正坐在桌边摆弄着从娘家带过来的象棋，烦躁得不行：今日一早，李嬷嬷发现了谭建在榻上睡觉的事，吓得魂都飞了，求她万不能再这样对待二爷。可那天，他真把她弄疼了……

杨蓁不知道怎么办才好，正发愁呢，眼下见谭建进来，自然没什么好气，扭过了头去。

前两日见她这般，谭建也就知难而退地去小榻了，可他今日得了项宜的指点，便大着胆子走了过去，温声说道："娘子在下棋？要不要我陪娘子下一盘？"

话音落地，谭建便见杨蓁转头朝自己看了过来。

她的眼睛大大的，炯炯有神，但自从那天被她端下了床，谭建就总觉得她看他的眼神有点儿凶。

他心头一颤，想着今日项宜交代他的话，默默地深吸一口气，在杨蓁对面坐了下来。

"下棋之道，我也略懂一二，还请娘子指教。"

杨蓁打量了他几眼，然后把棋盘上的棋一推，抹了自己之前玩着的棋局，说道："来吧。"

谭建松了口气，将棋盘重新摆了。

他摆得认真，杨蓁不免多看了他两眼，不想他也正好看过来，杨蓁立刻转过了脸去。

谭建飞快地眨了下眼，听从大嫂的吩咐不敢乱来，与她各执红黑，下起了棋来。

今夜无风无雨，室内一片宁静，烛火无声地燃烧着。不知不觉二人竟已下到了第三局。

原本杨蓁以为谭建未必会下象棋，可两局下来，双方打了个平手，眼下这第三局也到了让她为难的时刻。

她用两只手托着下巴，盯着棋盘认真思考着。

谭建偷偷看着她，越看越觉得喜欢。他先前怕她输了生气，就偷偷放了水，没敢连赢她两局，谁知她并不是输了棋会生气的姑娘，反而大大方方地赞了他一句："好棋！"

彼时，谭建听见这两个字，心都快跳出来了。

这会儿，她思考着下一步棋怎么走，想着想着，突然眼睛一亮。

谭建觉得她眼中的神采比桌上的烛火还要明亮。

下一秒，她直起身，伸出胳膊，力气十足地落下一子，吃掉了他的"象"。

谭建不知道她到底练了多少功夫，这一落子，竟然将棋子的边缘震裂了。

木质棋子裂了开来，木刺扎进了杨蓁的手指。谭建讶然之余，下意识地一把握住她的手。

"怎么扎到了，疼不疼？"他语速极快，面露着急之色。

杨蓁眨了眨眼，看着他，说了句"不疼"，下一秒却听见他说道："木刺扎到肉里，怎么会不疼呢？"

谭建正要叫人拿药膏过来，刚抬起头，便与她四目相对，两个人的视线撞了个正着。

烛火"噼啪"响了一声，杨蓁回过神儿，飞快地收回了自己的手。

谭建愣了愣，又想起了大嫂的嘱咐。

大嫂说："对待新娘子要很温柔才行，不然她离开自己的家，千里迢迢地嫁到一个陌生的地方，连个靠得住的知冷知热的人都没有，是会害怕的。"

他把大嫂的话默念了两遍，深吸一口气，又将语气放柔了："娘子，那天的事情是我不好，你能别生我的气了吗？我给你赔礼道歉了。"

听见他这般小心翼翼地道歉，杨蓁一时没说话，脸却有点儿发红了。

谭建一下就读懂了她的意思，知道她这是肯原谅他了。

大嫂的指点果然是对的！

"那……那娘子在这儿等着，我去叫人拿药膏，然后我替你涂药，好不好？"

杨蓁脸红得更厉害了，飞快地点了点头。

谭建几乎要雀跃起来，大声吩咐着仆从拿药膏过来。

只一瞬，夏英轩就热闹了起来，连大红灯笼也随风摇曳起来，如水中红鲤般灵动。

相隔不远的正院，从房内到房外，一如既往地静得仿佛被冰雪覆盖。

项宜仍旧坐在窗下做着针线活儿，谭廷则坐在书案前，翻看一本记载了治水法子的书。

今日他去维平府查看大堤，见到了许多穷苦百姓。当年潮云河决堤，致使这些百姓流离失所，至今没有过上安稳的日子。若是当年项直渊在任时没有贪污朝廷拨的治水款项，这些百姓不至于如此。

房中越发安静，陷入一片死寂，这时，夏英轩的热闹声陡然从窗缝里传过来。

项宜细细去听，手下便没留意，尖尖的针头一下扎进了指腹。

这一下扎得极深，只一瞬，豆大的血珠就渗了出来。项宜轻抽了一口气。

听到动静，男人抬头向窗边看过来，然而只是目光微落，就收了回去。

夏英轩那边越发热闹了。

项宜笑笑，擦掉指腹渗出的血珠，继续手下的针线活儿。

翌日，谭家宗房夏英轩。

卢嬷嬷眼角含笑地撩了门帘，走进了屋子。

谭家规矩大，对年轻子弟的学业更是要求严格，尤其是谭建这等宗家嫡出的少爷，哪怕新婚也不能耽误了学业，因此，今日一早他就去了书房。

屋内，杨蓁坐在桌前，独自下着象棋，然而棋子半天未走一格。她托着腮，不知道在想些什么，脸蛋儿红扑扑的。

卢嬷嬷一进来，就忍不住笑了一声，说道："看来姑娘今日心情大好了。"

卢嬷嬷是杨蓁的奶嬷嬷，看着她长大的，先前还替她打听过许多关于谭家的事情。

杨蓁被嬷嬷这般取笑，脸色越发红了起来，哼哼着转过了头去，嗔怪道："嬷嬷在说什么，我可听不懂。"

说着，她胡乱走了几步棋。

卢嬷嬷越发笑起来，坐到了她的身边，温声说道："姑娘旁的可以不懂，只是人情世故这方面，万不能不懂。"

听到这话，杨蓁愣了一下，疑惑地说道："难道我又得罪人了？"

从前在京里，她与年岁相近的姑娘来往，总是不知道什么时候就得罪了人，连她娘亲都不得不特意提醒她："你以后有什么话，先在脑子里过三遍再说！"

杨蓁心想：我就是过三十遍，不还是那些话吗？

但她娘说了，婆家不是娘家，只有处理好跟婆家人的关系，才能过得舒服自在，不然就是找罪受。杨蓁生怕自己得罪了婆家人而不自知，连忙皱着眉头问卢嬷嬷："我得罪谁了？"

卢嬷嬷连忙解释："姑娘没有得罪谁，老奴只是给姑娘提个醒罢了。"说着，她特意看了杨蓁一眼，继续说道，"昨日二爷是不是同前两日不一样了？"

这话听得杨蓁心头一跳。

谭建是有些不一样了，头两日，他迷迷糊糊地犯痴，莽撞得很，昨日却极有耐心，举止极其温柔……

杨蓁没出声，飞快地眨了几下眼睛，这才红着脸点了点头。

"那就是了。"卢嬷嬷笑了笑，说，"二爷是得了贵人指点。"

杨蓁睁大眼睛，有些不解。

卢嬷嬷低声说道："昨日老奴见二爷在正院门口徘徊许久，想进又不敢进的样子，最后还是被大夫人碰上，叫进正院去了。"

杨蓁一下就明白过来，说："嬷嬷是说，是大嫂指点了二爷？"

卢嬷嬷点了点头，说道："老奴特意在正院附近停留了一阵，看到二爷从正院出来时眼睛亮亮的，显然不是之前迷糊纠结的样子了。"

"原来是这样啊……"杨蓁有些意外，转念又想到这样私密的事被谭建说给了项宜听，顿时脸更红了，似被烈日晒透了一样。

卢嬷嬷继续说道："大夫人是心善的，才教了二爷如何与您相处。若她是个不怀好意的人，岂不趁机挑拨离间？"

杨蓁心惊了一下，说道："大嫂确实最是和善。只是不知为什么，谭家族人好像并不怎么喜欢她。"

关于这件事情，卢嬷嬷比她清楚，便把八抬嫁妆的事说了。

"八抬？！"杨蓁从来没听说谁家嫁女只有八抬嫁妆的，不解地说道，"项家没钱置办嫁妆，谭家难道也不给她添妆吗？"

替家境不丰的新媳妇添妆，是夫家给的尊敬和体面。而谭家什么也没给项宜添，足见对她的态度了。

杨蓁瞧着那位宗子大哥是处事公允的做派，为什么竟会这般对待自己的妻子？

她想想项宜温柔和善的样子，又想想谭家和宗子大哥对项宜的态度，一下就坐不住了。

不等卢嬷嬷多说一句，她一下子站了起来，说道："我去趟正院！"

杨蓁突然登门，项宜不禁有些意外。

她是疾步赶来的，卢嬷嬷喘着粗气，小跑着跟在她后面。

项宜看着火急火燎的主仆二人，问道："弟妹突然过来，是有什么事吗？"

卢嬷嬷还没缓过气来，杨蓁也没急着说话，只是看向自己的这位大嫂。

大嫂是谭家的宗妇，照理该比自己更加体面，可面前的女子穿着一件纹样过时的素色衣衫，耳上戴了一对仅米粒大小的银耳坠，规规矩矩的发髻上也只簪了两支寻常花簪。

饶是如此，她仍清丽出尘，杨蓁一眼看过去，就恨不得把自己所有的好东西都捧出来送给她。

这么想着，杨蓁当即上前两步，从袖中拿出一只荷包，放到了项宜手边的茶几上。

荷包里的东西滑了出来，是一对质地极好的白玉镯，细如发丝的金线密密地缠绕出花样，一看就价值不菲。

"大嫂，这是我的一点儿心意。"杨蓁斩钉截铁地说道。

项宜愣了一下，待看到卢嬷嬷脸上略带尴尬的笑，才明白了杨蓁的意思。

她觉得好笑，将镯子推了回去，说道："弟妹太客气了。本是我该做的，不用这些东西。"

在这谭家，若说有谁待她心无芥蒂，约莫也只有谭建了，那么谭建有事情，她自然要帮的。况且，她也喜欢这个出身行伍之家的弟妹。

杨蓁却急起来："大嫂怎么不要呢？难道是不喜欢这花色？我不懂挑这些的……"

她急匆匆地出门，也没顾上挑拣花色，只把嫁妆里最贵重、最漂亮的一对镯子拿来了。

卢嬷嬷也劝道："大夫人，一点儿心意而已，您收下吧。"

项宜无奈地笑了笑，刚要说什么，突然听见院子里响起了谭廷的脚步声，顿时眼皮跳了一下，笑意也敛去了几分。

她正要再次让杨蓁把镯子收起来，不想杨蓁突然把自己手腕上的那对碧绿的翡翠镯子取下来，也放到了茶几上。

"大嫂是不是觉得金丝俗气？这对翡翠镯子的成色也还行，那大嫂收下这对吧，或者把两对都收下……"

脚步声渐近，项宜的眼皮跳得更厉害了。她晓得杨蓁是个直来直去的姑娘，此举没有旁的意思，但这镯子她当真不能收。

她把两对镯子都装进荷包，放回了杨蓁手里，说道："弟妹的心意我心领了，东西我不能要，你快拿回去吧。"

说着，她看了卢嬷嬷一眼，说："这会儿我就不多留弟妹了，改日得闲，再邀弟妹来坐坐。"

卢嬷嬷一下就明白了项宜的意思，急忙暗暗扯了自家姑娘一把，劝道："咱们先回去，改日再来拜访大夫人。"

说话间，卢嬷嬷拉着杨蓁便往外走。然而杨蓁想送的东西全没送出去，眼看到了门口，她一着急，趁着项宜不注意，手脚极其利落地把荷包放到了门边的小几上。

项宜并未发现杨蓁的动作，撩起门帘，将主仆二人送出了门去。

谭廷从外面回来，刚好也到了廊下。

众人相见，各自行礼。

杨蓁对这位宗子大哥的好感十分有限，匆忙给他行了个礼，就拉着卢嬷嬷走了。谭廷朝这位弟妹点头示意的动作甚至还只做到一半。

她们主仆一走，正房廊下就只剩谭廷和项宜了，两个人照旧无话。

项宜垂眸，安静地跟在谭廷身后进了屋子，却见他脚步一顿，停在门边的小几旁，看着小几上面的荷包。

荷包里的东西露出一角，正是那两对价值不菲的玉镯。

谭廷看了荷包许久，眉头紧紧地皱了起来，而后将目光落在项宜身上，脸沉了下来。

弟媳才进门三天，他的这位宗妇妻子想要如何？谭家什么时候有了弟妹要这般"侍奉"长嫂的规矩？

项宜看到这个本已被她归还的荷包，也愣了一下，然后就看到了谭廷阴沉难看的脸色。

她抿了抿嘴唇，开口："这是弟妹的东西，我会让人还回去的。"

男人依旧沉默地看着她。

有那么一瞬，项宜想要解释两句，可话到了嘴边，她又咽了下去。

此时不管她说什么，她这位夫君多半也是不会相信的，那么又何必多解释呢？

她恢复了往日的平静神色，将荷包重新系好，然后把春笋叫了过来，吩咐道："你去把这个送回夏英轩，同二夫人说我不便收下。"

春笋领命，立时去了。

春笋一走，正院房中再次静了下来，有一种令人窒息的氛围。

项宜无言地收拾着茶几上的残茶冷盏。

谭廷沉着脸，负手站在原地，周身气压极低。半晌，他才深深地吐了一口气，走到书案前研了墨，提笔写着什么。

写完，他重重地搁下笔，眼神凌厉地看了项宜一眼，冷冷地说道："把这个裱起来，就挂在房中的墙上。"

话音落地，他抬脚离开了，房中瞬间只剩项宜。

她转头看向书案，缓缓地走过去。

纸上墨迹未干，是一首名为《题贿金》的诗：

萧萧行李向东还，要过前途最险滩。
若有赃私并土物，任他沉在碧波间。

春笋从夏英轩回来，看见项宜站在书案前发呆，便走来问道："夫人，纸上的这些字是什么意思？"

项宜目光落在纸上，轻声说道："意思是，做人不要贪得无厌。"

"这……大爷写这个做什么？"

一阵风吹来，项宜的衣衫被吹得紧贴在身上，将她本就单薄的身形衬得越发清瘦。

项宜极淡地笑起来："用来挂在房中，时刻告诫我要为人清廉吧。"

当天晚上，谭廷留在了外院书房。

项宜挑着灯等到深夜，听见更鼓响起，还是没见着谭廷的人影，当即明白了他的意思，自行去床上睡觉了。

翌日一早，正院的一个小丫鬟趁着没人注意，匆忙跑去了谭有良家中。

邱氏听完小丫鬟的话，兴致勃勃地去了富三太太处。

富三太太昨夜睡得不好，眼下有些发青，也没什么精神，见邱氏溜了来，本不想理会，但想到自己和她是一条船上的人了，就留了她吃早饭。

邱氏得了富三太太一顿早饭的看重，高高兴兴地把早间听来的消息跟她说了。

"道是昨日宗家大爷甩了袖子，一脸怒色地离开了正院，当天晚上就留在了外院书房，一夜都没回去呢。"

富三太太惊讶于邱氏竟如此消息灵通，问道："当真？是何原因？"

关于这种细节，邱氏自然不得而知，只说道："好似是与二爷新娶的忠庆伯府小姐有关。"

富三太太想了想，还是没琢磨明白。

邱氏又说："还有另一个要紧的消息，说是大爷题了一首诗，好像暗示项氏要清廉持家，当天就让裱起来，挂在房中。"

这话一说出口，富三太太就做贼心虚似的激灵了一下，转瞬一想，似又明白过来，说道："你是说，诗是给项氏看的？"

邱氏一笑："反正不是给咱们看的，咱们也没有那样的权柄不是？"

富三太太不自在地干咳了一声，又忖道：项家那般贫穷，项氏难免要贴补一二，坐了那样的高位三年，怎么也不可能干净，私下收的好处不知凡几呢……

知道了这个消息，富三太太也没心思吃早饭了，立刻让人把表弟付桉叫了来。

秋照苑。

院中的红梅都开了，枝头喧闹，暗香扑鼻，赵氏一高兴，就把晚辈们都叫来了，午间一起用饭。

· 55 ·

项宜到的时候，其余人还没到，赵氏正在内室换衣裳，她便独自坐在厅中等候。

过了一会儿，外间有人来了。项宜只听那脚步声便知是谁，垂了头，待那人走进来，她也只是如常行礼，就没了下文。

厅中没有旁人，谭廷看了一眼自己的妻子，想到昨日的事，冷着神色坐到了上首。他不说话，嘴角绷成一条线，小丫鬟上了茶就吓跑了。

房中气氛压抑得不像话，连内室的赵氏也察觉了，小声问吴嬷嬷是怎么回事。

吴嬷嬷在内宅久了，消息自然比邱氏灵通得多，当下就把昨日的事情说了。

"依老奴看，多半是误会。"项宜是什么样的人，旁人不清楚，她这样老练通达的老嬷嬷还能不清楚吗？

赵氏听了，不禁叹了口气："怎么又闹出这样的误会？项宜也真是倔，就不能软下身段，小意温柔地同廷哥儿解释几句吗？廷哥儿又不是暴虐不讲理的人。"

吴嬷嬷不便多言，只说道："唉，夫人多少也有些傲气吧。"

赵氏叹了口气，说："罢了，少不得我出面劝两句。"

她往厅中看了一眼，那两个人仍未开口，不知道的还以为他们不认识呢。

赵氏也不想此时出去，不禁揉了揉额头，问起其他人怎么还没来。

"姑娘方才拿着新画的花样子去工坊了，估摸着快回来了。夏英轩那边……"

话没说完，外面就传来了谭建和杨蓁的声音。

杨蓁是行伍人家的姑娘，嗓门儿不算小，虽然人还没到厅中，但声音已经传了进来。

庭院里，谭建连忙提醒杨蓁："娘子小点儿声音吧，有什么话慢慢说就行，不急不急……"

"怎么不急？"杨蓁瞪了他一眼，说道，"我今儿可听说了，昨天我从正院离开后，大哥就写了篇什么《题贿金》，这不是完全误会大嫂了吗？我看不下去了，得替大嫂说句公道话！"

说完，她走得越发快了。

谭建都快跟不上她的脚步了，偷偷抹了一把汗，只怕自己媳妇没解释清楚，反而更连累了大嫂。

两个人刚到门口，杨蓁撩开帘子，还没来得及说话，身后突然传来一阵哭声。

这哭声甚急，不光杨蓁和谭建吓了一跳，连厅中的项宜和谭廷也愣了一下。

"娘！大哥，二哥！"谭蓉一边哭，一边跑进了厅中，扑到了闻声急忙赶来的赵氏怀里。

"我的儿，怎么哭成这样？谁惹着你了？"赵氏爱女心切，旁的事她都可以不上心，唯独女儿的事情不能。

她搂着女儿到了榻上，着急地问道："到底出了什么事？！"

谭蓉却一味地哭，半天说不出话来，惹得赵氏更着急了。

谭廷走了过来，示意吴嬷嬷先替谭蓉擦一擦眼泪，而后温声说道："小妹莫哭，出了什么事情，你慢慢说来。"

他的嗓音自有一种属于宗子、长兄的令人安定的力量，谭蓉听后，哭泣声缓了许多。

项宜见状便没多言，只是把自己的帕子递给了吴嬷嬷。

倒是杨蓁性子急一些，对谭蓉说："小妹，到底出了什么事，你先把话说完再哭不迟……"

话音未落，谭建就急忙扯了扯她的袖子，什么叫"再哭不迟"……

谭蓉终于停止了哭泣，开口："娘，大哥，快把那些新来的木工撵出去吧！我方才去工坊让他们做几件小玩意儿，回来的时候，竟有人躲在一旁，想……想轻薄于我！"

说完，她又捂着脸哭了起来。

众人闻言皆惊：谭蓉是谭氏宗家的大小姐，无人不知，别说在谭家了，就是出了门，整个清嵧县也没人敢碰她一下，今日竟有木工敢轻薄她？

赵氏气得看向项宜，质问道："你找的这些人是怎么回事？！"

听赵氏这一问，众人的目光都落在了项宜的身上，谭廷的眉头也皱了起来。

"母亲息怒。"项宜亦不知是怎么回事。

她是见过那些木工的，也着人去问过姜掌柜，姜掌柜还做了担保，说他们是可靠的人。

想了想，她问谭蓉："小妹，你能否详说一下当时的状况？"

谭蓉抽泣了两声，才道彼时她从工坊出来，还没走多远，旁边突然蹿出来一个男人，油腻的脸上堆着笑，眯着眼睛，叫她"蓉儿小姐"，还说道："小姐可要我近身伺候？"

谭蓉想起刚才的事，哭得更厉害了，说："那人就穿着坊中工匠的衣裳！"

见她抽泣不停，赵氏心疼得一颗心都揪起来了，抱着女儿不住地安慰。

项宜却从谭蓉的话里听出了一些端倪，不由得说道："母亲，能否把这些人都叫过来，让小妹认一下，看到底是谁做的？"

不想她此话一说出口，谭蓉浑身抖了起来，脸色煞白，不停地向赵氏怀里钻去。

谭蓉从未出过这样的事，赵氏的心疼得就像被针扎了一样。见项宜还要再说，赵氏顿时发了脾气："你怎么敢让蓉儿去认人，想要吓死你妹妹吗？这些人是你找来的，你是不是还想怪蓉儿惹了他们？！"

连着几句质问砸过来，项宜愣了一下，而后垂首退到了一旁，低声说道："儿媳不敢。"

谭建和杨蓁也被赵氏发火的场面吓到了，一时不知该怎么开口。

谭廷目光扫过项宜，沉声吩咐谭建："你把那些木工叫来，问问到底是谁惹的事。此事总要弄清楚。"

说到此处，他又看了一眼垂手而立的项宜，意有所指地说道："要弄清楚此事到底是怎么回事，也要弄清楚这样没有规矩的木工是怎么进的谭家的门。"

话音落下，房中静了下来，众人的目光都落到了项宜的身上。

谭建不安地咽了口唾沫，刚要应下，外面突然有人通报，道是富三太太和邱氏来了。

邱氏几乎掩饰不住脸上的兴奋了，一进门，不等富三太太开口，她便急忙说道："哎呀，怎么出了这样的事情？上次楚杏姑的事情还没有定论呢！"

厅中无人出声，只有她说得来劲："老夫人，宗家大爷，咱们这位宗家夫人是不是又——"

说到这里，她故意捂了嘴，自顾自地说道："哎呀，我可不能乱说话，无凭无据的……"

富三太太倒是没有让她唱独角戏，插话说道："宗家各位都在，我正好想问一件事。先前的木工有错处，罚了便是，怎么突然换了这群没规矩的新木工进来？"

她说着，哼笑了一声："我倒是听说，这些人是走了宗家夫人的路子进来的。敢问宗家夫人，您急匆匆地把这样的木工放进谭家，不知道是想做什么？"

说完，她看了项宜一眼，想到自己好端端的财路就这么被项宜截了去，顿时越发来气。

她又飞快地看了宗子一眼，见宗子当真没有护短的意思，底气更足了，走上前说道："其实我今儿就想替咱们谭氏族人问一句，宗家夫人是不是收了那些人的贿款？在别的事情上，是不是也不那么干净？"

若说方才谭廷是意有所指，此刻富三太太和邱氏则挑明了这层意思。

她二人倒也不怕得罪宗妇——邱氏本就因为楚杏姑的事同宗妇撕破了脸；富三太太则是豁出去了，谁断她的财路，她便也要断了那人的路！与其让项氏继续坐在宗妇的位子上得意，不如趁着项氏与宗子关系恶劣，将此人拉下马好了。

下一刻，她便与邱氏异口同声地说："宗家是不是该查一查项氏夫人的账了？"

项宜在一旁听了半晌，此刻禁不住心里淡笑一声：富三太太和邱氏这是图穷匕首见了。

她仍面不改色地站着，并未言语，只等着她那位宗子夫君的态度。

第三章

清白账

查宗妇的账？

这主意一提出来，厅中众人就惊住了，连谭蓉一时都不敢再哭，不安地看了一眼项宜。

宗家之所以是宗家，不仅占着血脉上的优势，更是因为在族中有威严。宗妇掌着一族的家宅琐事，必要时还能代宗子行事，若是随便就查到宗妇头上，又万一真查出问题来，宗妇的体面何在？

赵氏虽怒，但还是觉得这样不妥，不禁皱起了眉。

谭建也觉得不可，杨蓁更是直接站出来反驳道："你们想查我大嫂的账？这要求委实过分了吧？"

在她眼里，大嫂是极好的人，便是有一二错处，又有什么了不得？

她直截了当地开了口，谭建顿时心生佩服，看向她的眼神里充满了光亮。

项宜也愣了一下。

没想到第一个开口替她说话的，竟然是刚嫁进来的弟妹。

她神色和缓了一些，却在下一秒对上了谭廷的目光。那目光似冬日冰面上的寒风，毫不掩饰其中的冷意。

项宜脸上的和缓不见了，恢复了之前淡淡的模样。

负手而立的谭廷心里一沉。

他十五岁做了谭氏宗子。彼时，近半数的族人质疑他这般年纪如何领得了族人，守得住家业，若不是族中的三老太爷力挺，加之他科考一路顺畅，这宗子之位只怕早已拱手让人了。

眼下出了这样的事情，加之此前楚杏姑的事也闹得沸沸扬扬，若是不查明，不给族人一个交代，算怎么回事？可若是真的查了她的账，往后她如何在谭氏立足？……

谭廷抿紧了嘴角。

外面突然喧闹了起来，谭廷沉声问道："怎么回事？"

正吉连忙跑进来回禀："大爷，有几个族人知道了工坊里发生的事，就把那些木工扭到这里来了，还有不少族人跟了过来，想看大爷如何处置。"

族人都知道了，也都来了，事情闹得越发大了。富三太太忍不住偷偷扬起嘴角。

来秋照苑之前，她便和邱氏找了几个族人，让他们瞅准时机过来起哄。那几个族人好吃懒做，平日全靠族中接济过日子，最在意族中钱财的去向，自然不会不来。

不怪她们存心闹大，不把场面闹成这般，万一宗家碍于面子包庇项氏怎么办？若任由项氏继续管家，她们往后的日子还怎么过？少不得要趁这个机会，闹得项氏丢了管家权，反正宗子也不喜她，休了也不是没可能。

外面的喧闹声越发大了。

事已至此，便是想要大事化小、小事化了，也是不可能的了。谭廷沉下脸来，他看了项宜一眼，冷声问道："你可有什么要说的？"

她要是自己说明，有错认错，虽然脸上难看些，倒也比被人查出来多几分体面。

项宜隐约明白他的意思，可是她能怎么说，说自己是清白的吗？不仅族人不会信，恐怕连他也不会信吧？

项宜摇了摇头，轻声说道："妾身无话可说。"

听到这话，谭廷闭了闭眼睛，再睁开时，沉声开口："查账。"

既然到了查账的地步，索性把事情都摊开了来看。

谭廷干脆将族中几位族老请来见证，让族中擅长算术的子弟和宗族账房两两一组，一边核对各项出入，一边核算账目数字。

项宜当家三年，照着谭氏的规矩，对大大小小的收支项目都做了详细记录，账簿不算少。好在族里人多，谭廷把能用的人手都调了过来，务求今日有个结果。

厅堂里极静，时间在"噼里啪啦"的算盘声中缓缓流逝。

项宜独自站在厅堂的角落里，看着他们一笔一笔地核算她这三年来经手的账目。

不知过了多久，负责核算总账的谭家子弟停下了拨算盘的手，抬起了头来。

"怎么样？"富三太太和邱氏最着急，三两步走上前去。

富三太太还故意叫了那个核算总账的谭家子弟一声，阴阳怪气地说："你可算仔细了，别弄错了账，冤枉了宗家夫人。"

那人听了，点了点头，又把总账核算了一遍。

富三太太着急地追问："怎么样，账目是不是对不上？"

那人抬起头，把核算出的数值直接摆到了众人面前，掷地有声地说出了结果："账目是平的，都对得上。夫人的账干干净净。"

话音落地，厅中众人顿时神色各异——

赵氏正愁万一查出项宜有事，项宜不能继续管家，那这个家还得由自己重新掌起来，可就没清闲日子过了。眼下听了这个结果，她顿时松了一口气。

谭蓉愣愣地眨了眨眼。

谭建扬起了嘴角。

杨蓁心直口快，得意地说道："我就知道大嫂没问题。"

族中老人们看着项宜，满意地点头。

站在上首的谭廷怔了一下，他还以为她十有八九是有问题的，只是数值可能不大。但眼下……

他不由得看了她一眼。她仍然半垂着头，似是有些疲累，闭上了眼睛，脸上并无一丝波澜。

难怪方才她没有害怕，也丝毫没有阻拦。谭廷心中的那团火气似遇到了春雨一般，悄然熄灭了。

他的目光又在她身上落了落，才慢慢收了回来。

富三太太和邱氏则当场傻眼了，然后不信邪地抢过账簿看了起来，可再怎么看也挑不出一处差错，核算总账的结果更是连铜板也没少一个。

"你们算错了吧？！"富三太太仍然难以置信，急得浑身出了一层黏腻的汗。

一个掌了三年家的宗妇，竟然干净得连一个铜板都没私藏，这怎么可能？！

邱氏也喉咙发紧，干咽了两口唾沫。不过比起干着急的富三太太，她的脑子转得更快，立马有了主意。

"账目没问题，不代表项氏没有收受贿赂！银钱肯定在她手里攥着！"她不敢明说要去搜宗子和宗妇的屋子，便说道，"上次楚杏姑行贿，不就是项氏的丫鬟乔荇代收了玉佩？依我之见，先把乔荇的屋子搜了！"

她记得项氏、乔荇同吉祥印铺有些来往，而那批新木工似也同吉祥印铺的掌柜交好，说不定项氏就是托吉祥印铺把贿款换成了珍贵的玉石等物，暗中收着。

关于楚杏姑那两块玉佩的事情，众人也都听说了一二，因着谭家前几日大婚，不得空详查，此事还没有定论。

众人的目光往宗子谭廷身上看去。

这次，谭廷没似方才查账那般冷着脸果断下令，而是犹豫地看了项宜一眼。

项宜恰在此时抬起了头，淡淡地说道："大爷派人过去，将乔荇的房间搜了吧。"

既然查到了这种程度，也没必要再留一层了。

谭廷微顿，明白了项宜的意思。他朝她看过去，却发现她的目光自始至终没有落在他的身上。

他敛了敛心神，目光在富三太太和邱氏身上一扫而过，冷冷地说道："既然如此，那便一次查个清楚吧。"

说完，他直接指派了几个人去搜乔荇的房间。

正院后罩房。

乔荇被关了好些天，完全不知道外面发生了什么事情，只有刚才过来给她送茶水的小丫头提了一句："大爷和夫人都去老夫人处了，好些族人也聚在了秋照苑的门口。"

"是出什么事了吗？"乔荇问。

可惜小丫头年纪太小，闹不清这些事，只摇了摇头。

乔荇觉得不太对劲，又想起上次邱氏闹事搜自己的房间时，将许多东西撞倒了，还打碎了两个杯子，就赶紧将放在案上的一个木匣子收拾了一番，上好锁，放到了床下。

她放好木匣子，刚从床前站起身，外面突然喧闹起来，紧接着，纷乱的脚步声就到了门口。

邱氏最着急，第一个冲进了屋子。因为没有提前做安排，现在她对谁都不放心，非要亲自来翻出点儿东西才行。

乔荇一看来的人又是她，眼珠都快瞪出来了。

邱氏却管不了这么多，冲着乔荇哼了一声，便开始仔细翻找。

乔荇的房间小，来来回回就这几件家什，况且上次也算翻过一次了，因此谭廷指派的人很快搜完了房间，都道没有找到值钱的东西。

乔荇在一旁抱臂冷笑。

邱氏一听没有，这下真着急了，连着翻了好几个柜子，最后又让自己的丫鬟去看看床底。

不想丫鬟当真惊呼一声，喊道："这儿有个木匣子！"

邱氏眼睛都放光了，急忙让丫鬟把木匣子拖了出来。

见两个人这般粗暴，乔荇恼了起来，在一旁叫她们停手。

邱氏听她急着叫停，越发来了劲头，再听木匣子里"叮叮咚咚"一阵声响，顿时猜测道：这是不是项氏通过吉祥印铺换来的珍贵玉石？

她忍不住笑出了声，一把抱住了那木匣子，冷笑道："藏得真深呢！"

秋照苑。

富三太太恨不能亲自把账目算一遍，但没有问题的账，她再算也没用，反而引得几位族老看她的眼神多了许多鄙夷。

厅中众人安静地等待着。

项宜还站在原来的地方，让人看不出情绪。谭廷的目光在她身上落了片刻，而后收了回来。

他刚端起茶盏，外面就有了动静。

邱氏比任何人都跑得快，仿佛抓到了什么救命稻草一样，将木匣子紧紧地抱着，来到了厅里。

"找到了！东西就在这匣子里！"她将木匣子放到厅中的桌案上，得意地看了项宜一眼。

项宜皱了一下眉。

见她这般神色，厅中的众人看向她的目光不禁有了几分变化。

邱氏越发得意，敲了敲木匣子上的锁，说道："项氏夫人，这个木匣子你认识吧？锁着不让人看可不行。"

众人再次看向项宜，谭廷亦看了过去。

站在角落的项宜微微抿了抿唇，晓得到了这种境地，她原本不欲人知的事情是藏不住了。

她闭了闭眼睛，语气极淡地开了口："此处并无钥匙，撬开吧。"

她说得利落，邱氏听了还以为她是谅自己不敢，故意这么说的，便当即找了人来："这可是夫人自己说的，那咱们可就撬了。"

见邱氏这般猴急行事，厅里的众人齐齐皱眉。

可邱氏管不了这么多了，只要证实了项氏有罪，这些族老还能说她什么？

这匣子材质寻常，并非名贵的木料做成，锁也不是什么好锁，三两下就被邱氏叫来的人撬开了。

邱氏和富三太太立马凑上前来，想着打开匣子后定能看到许多名贵珠宝，谁知匣子里头根本没有什么闪亮的珠宝，只有几个未完工的印石料子和刻刀、印泥等物。

"这……"富三太太愣了，看向邱氏。

邱氏也愣了，拿起那些未完工的玉料，翻来覆去地看着，仿佛它们有什么不为人知的价值。

项宜神色平静。

邱氏来来回回翻了几遍，还真翻出来两块像样的玉石。

"这两块玉价值不菲吧？是从哪儿来的？"邱氏捏着这两块玉就要做文章。

富三太太也帮腔："项氏夫人进门的时候只有八抬嫁妆，不像是买得起这般玉石的人啊。"

项宜只有八抬嫁妆，这是众所周知的事，众人也觉得她确实买不起这般玉石。只是不等旁人开口，乔荇突然闯了进来。

眼见着邱氏伙同富三太太欺负自家夫人，而夫人独自站在厅堂的角落里，没有人替她说话，更没人帮她申冤，乔荇气极，说道："以夫人的嫁妆，确实买不起这些玉石，可夫人也绝不会贪污受贿，更未动过谭家一分一厘的东西！这都是夫人这些年辛辛苦苦地一刀一刀刻来的！"

她说着，从怀中拿出厚厚一本账簿，狠狠地拍到了案上。

丫鬟的大胆令不少族人皱起了眉，可乔荇已顾不得这许多，大声说道："这是夫人嫁进谭家以来的私账记录，每一笔都记得清清楚楚，你们查吧！"

项氏连私账也记清楚了？众人闻言，都有些惊诧。

邱氏和富三太太却不信邪，拿起账簿好一通翻看。

乔荇任由她们翻去，自顾自走到项宜面前，仔细去看自家夫人的脸色，不由得眼睛发酸。

项宜安抚她似的笑了笑，乔荇却差点儿在这笑意中落下泪来。

她不由得想起自己曾问夫人，私账还记得这么详细做什么，夫人当时没有多说什么，只道是记下来总没错。她那时想，夫人这是嫁人吗？嫁人怎么能跟夫家把钱财分割得如此清楚？而眼下看来，未雨绸缪多有必要啊……

邱氏和富三太太翻着那本记录极细的私账账簿，越翻越像被灼了手一样，脸色变得难看，汗珠不断滴下来。

两个人的这般表现，几位族老无不看在眼里，心里顿时明了。

杨蓁最先坐不住了，拨开那僵住的两个人，也看了一下账簿。

她简直不敢相信，堂堂世家大族宗妇手里可以支配的钱财，不是从娘家带来的，也不是婆家给的，竟都是自己一刀一刀刻出来的！

谭建也忍不住走了过来，看着那账目上记着的店铺名，"喃喃"道："我原还疑惑怎么在吉祥印铺见过大嫂好几次，没想到竟是这般原因……"

他说不下去了，又想起之前大哥写信回家，问众人需要采买哪些物什时，大嫂即便这般拮据，也没有拜托大哥给她买过一件私人物品。

想到这儿，他忍不住看了自己的大哥一眼。

厅中不断有人小声议论，可谭廷的耳边陡然安静得一丝声音也没有了。

他顿在了原地，目光落在无人注意的几张纹样纸上。那几张纹样纸精致小巧，方才被邱氏翻腾出来，轻飘飘地落在了他的脚边。

纹样纸上细细地描了一个又一个古体的"和"字，大约是用来对比，找寻最好的一种字体刻在印上。

吉祥印铺。

"和"字印。

难怪他们不肯把那枚印卖给他……

谭廷不由得看向了离他最远的那个角落。她静静地站着，梳的是最规矩寻常的发髻，发上簪着一支样式普通的银簪和一把不甚精巧的花木梳，身上穿着洗得干干净净的杏色长袄和蜜色比甲，半新不旧的。

谭廷的视线慢慢挪开，在厅中众人身上转了一遍，最后又落到了她的身上。

不论是守寡的母亲赵氏，还是上了年纪的族中老人，更不要说娇生惯养的妹妹、嫁妆丰厚的弟妹，在场没有一个人似项宜这般素淡，手腕上连一对镯子都没有。

她什么都没有，他却还查她的账……

谭廷一顿，心口突然掠过些许异样的感觉。

项宜私账的账簿摆着，那几个负责核算账目的谭氏子弟也过来看了看，忍不住惊叹了一声："这账目做得当真详细！账目做成这样，不会有错的。"

若是要假公济私，大可以不做私账，方便混淆视听，可项宜不仅做了私账，还做得这般详细。几个查账的子弟一致认为，眼下这账簿根本不用核算了。

事到如今，几位族老也有数了，都暗暗点头。

赵氏也没想到项宜能这般干净，把公私账目分得清清楚楚，做得漂漂亮亮。她也做过宗妇，却并不能做到项宜这般。

谭蓉飞快地看了项宜几眼，禁不住又想了想今日在工坊发生的事情。那到底是怎么回事？

谭建则拉着脸，暗自懊恼自己为何没有早点儿发现大嫂过得这般不好，亏得大嫂嫁进来这三年里对他多有照顾。

杨蓁可就利索多了，当即冷哼一声，三两步走到邱氏面前，质问道："我大嫂把账目做得这般清楚，你还要查她，我就问你，你能做成这样吗？"

她转头又问富三太太："还是你能？！"

她虽然辈分不高，但是出身高，地位也高，气势更是逼人，一时间，厅中竟然无人敢多言一句。

谭建已对她佩服得五体投地，只是下一秒，他看见自己的娘子竟转身看向了他的大哥，挑眉问了一句："还是说，大哥可以？"

她在为大嫂鸣不平。

谭建连呼吸都屏住了，小心地觑着自己的大哥。然而大哥并无一丝怒气，反而目光轻轻地在大嫂身上落了一下，又在大嫂并无情绪变化的反应里，慢慢地收回了目光。

"我亦不能。"下一秒，谭廷坦然承认。

谭建眨了眨眼，有些难以置信。

事情发展到这般地步，众人不再打量项宜，而是都盯住了邱氏和富三太太。

所有人看她们的目光都不对了，说轻了，她们是无事生非；若是说得重一点儿，这根本就是藐视宗家，陷害宗妇！

富三太太想起自己这些年靠着谭家没少捞钱，娘家人没有不巴结她的，此事一出，她往后还有什么可捞钱的地方，又如何帮着娘家人揽活儿？只怕自身都难保了。

邱氏的地位远不如富三太太，丈夫谭有良还三番五次告诫过她，让她不要无事生非。眼见情势不妙，她急得脱口而出："说不定钱都被她转去了娘家！"

这话一说出口，项宜就禁不住笑了。

邱氏还要说些什么，突然有人沉声开口。

"够了。"

这两个字的语气重极了，邱氏想说的话顿时被堵在了口中。

属于一族之长的威严压了过来，邱氏和富三太太都忍不住僵了僵。她们不仅慑于宗子的威势，更惊讶于宗子突如其来的举动——此事从头到尾，宗子根本没有护短包庇项氏的意思，甚至比她们更想把事情查明白，这才是她们敢闹这一出的最大底气，毕竟项氏是拿着旧时婚约硬嫁给宗子的，宗子并不喜她，没必要为她撑腰。但眼下，宗子替她说话了……

两个人都有些傻眼，冷汗一阵阵地冒出来。

她们这般表现，谭廷如何猜不到她们的想法？他不由得看向角落里的那个人，谁知竟恰恰撞上了她看过来的目光。大约是他的态度也令她感到惊讶，她的目光在他身上微落，又在触到他目光的一瞬极快地收回了。

谭廷怔了怔。

他知道，不仅那些别有用心的人认为他不会护着她，连她也一样……

想到此处，他沉声说道："今日之事，夫人也好，旁人也罢，查到这个份儿上已是清清楚楚，不必再查。"

他目光扫过厅堂和院中聚集的族人，最后落在邱氏和富三太太身上，冷冷地说道："谁还有异议？"

邱氏和富三太太口舌发干，什么都说不出口了。

厅内外一片肃静，没人再敢质疑一句。

这时，新木工们从外面传了话进来，都道自己并没有单独见过大姑娘，更不要说轻薄她了，请姑娘出来认人，让真相大白。

说起来，方才这场闹剧的导火索正是此事。

谭蓉一听让她认人，禁不住又要发抖。赵氏见女儿怕成这样，不免于心不忍，可若是谭蓉不去认人，这事就过不去。

杨蓁推了谭建一把，说道："小妹若是害怕，让你二哥陪你去便是。"

谭建也希望赶紧把事情弄清楚，免得大家再误会大嫂，连忙站了起来，说："正是，小妹不必害怕，我陪着你。"

话都说到了这个份儿上，谭蓉若还不去，未免显得宗家小姐遇事畏畏缩缩，她只能把心一横，跟着谭建去了。

谭廷似是想到了什么，忽然低声吩咐了正吉几句。

富三太太稳不住了，暗暗出了一身冷汗。

不到半刻钟，谭蓉就和谭建回来了，说道："母亲，大哥，新来的木工里没有吓唬我的那个人。"

"真的？"赵氏神色一松。

谭蓉点了点头，飞快地看了项宜一眼。见大嫂神色平淡，没有要责怪自己的意思，她才松了口气。

"只是这样一来，就不知道吓唬小妹的人是谁了。"谭建皱了眉。

是什么人扮成新来木工的样子，故意去吓唬宗家小姐呢？

富三太太心虚起来，脸上的冷汗止不住地流。

这时，正吉快步进来，回禀道："大爷，抓到人了。"

抓到人了？众人神色一怔，就见一人被押到了厅前。

一看到那人，谭蓉就喊道："就是他！"

那人方才见事情不对，正要逃跑，却被正吉一下抓住，本就吓得不轻，此时又被谭蓉当场指认，更是吓得立马跪了下来，说道："这不是我的主意！是付家三爷让我做的，是他让我做的！"

付家三爷正是付桉，富三太太的娘家表弟。

此事不用再说，在场的众人无不明白过来：付桉被赶出谭家工坊，富三太太不甘心，这才弄了这些事情，陷害新木工们和宗妇项宜。

众人齐齐看向富三太太，目光似箭矢一般。富三太太在众人的目光里脚下一软，狼狈地倒在了地上。

富三太太算是认了，可邱氏还不肯认，嘴硬地说道："这……这些事都是富三太太做的，我不知情啊！"

乔荇再也忍不住了，质问道："邱氏太太，您说您不知情，那么楚杏姑的两块玉佩是怎么到了我房中的？"

楚杏姑的事情，邱氏一直没敢再提，就怕宗家真的追究起来，查到她的身上，却没想到这会儿被乔荇提出来了。

她一个激灵，还想抵赖，突然察觉到了项宜的目光。那目光极其冷静，似乎能将人一眼看穿。

邱氏浑身一冷，接着就听见项宜淡淡地吩咐道："春笋，把证人都带过来吧。"

那嗓音虽淡，但落在邱氏耳中恰如惊雷。

丫鬟春笋立刻带了三个人上来，一个是正院洒扫的瘸腿刘婆子，一个是族中学堂的小学子，还有一个是正院的粗使丫鬟小蜂儿。

邱氏看到小蜂儿的时候，吓得鸡皮疙瘩都冒了出来。

春笋嘴皮子利落，三两句话就把事情始末说了个一清二楚："那两块玉佩是邱氏太太在路上捡到的，她以为没人看见，而彼时这位小少爷从学堂下学，恰好看见了。刘婆子则实打实看见了小蜂儿往乔荇姐姐房中偷藏东西。而奴婢跟了邱氏太太好几日，亲眼看见邱氏太太给了小蜂儿一只荷包，后来奴婢趁小蜂儿不注意，偷偷打开荷包看了，里面是满满当当的铜板。"

邱氏做下那些事，自以为大衣无缝，哪想到项氏早就查得一清二楚了。她以为项氏无所依靠，没有反击之力，可项氏作为掌家三年的一族宗妇，怎会毫无手段？

如今小蜂儿哆嗦着认了罪，邱氏就是想要抵赖也无话可说了。这下，她和富三太太一样，脚下一软，立都立不住了。

当下便有族老忍不住冷哼一声，怒道："两个无知妇人，竟做出这等脏事，栽赃宗妇！"

说白了，她们敢这么做，不过是仗着宗妇娘家势单力薄，在谭家又无依靠罢了。

她们试图借此机会将宗妇拉下水，以满足她们的私欲。若不是宗妇恪守本分，清白干净，今次只怕难逃一劫。

族人们看向项宜的眼神都变了，原本的不善没有了，取而代之的是满满的惊讶与佩服；而看向邱氏和富三太太的目光，皆成了尖锐的箭矢。

谭廷闭了闭眼睛，再睁开时，眼中只有冷峻的寒光。

短暂的沉默之后，他一字一顿地开了口："一个时辰后，开祠堂。"

开祠堂？！

族人皆惊。

族内除了逢年过节和祭祀，轻易不开祠堂，可眼下，宗子竟然要开祠堂了！

这下众人都明白了：栽赃宗妇无论如何都不是一件小事。

邱氏也彻底明白过来，浑身抖若筛糠。富三太太更是眼睛一翻，昏了过去。

宗家要开祠堂的事情瞬间传了出去，秋照苑庭院里的人都散了，诸位族老也暂时离去，准备前往祠堂。

赵氏这才回过神儿来，想问谭廷开祠堂是否太过兴师动众，又想起自己之前因着女儿的事情训斥了项宜，不禁心里叹气，将话咽了回去。

谭廷目光微转，向孤零零站在角落里的那人看了一眼。

却见她并无一分恼怒，也无一丝委屈，反而在下一秒走到谭蓉身边，问谭蓉是不是吓坏了，温声说道："过些日子，城外的安螺寺有平安道场，小妹可去求一枚平安符来。"

谭蓉倚在赵氏怀里点了点头，小声应下："多谢大嫂。"

项宜温和地笑了笑。

谭廷在一旁看着，心中又泛起那种异样的感觉。

明明今日闹的这一出是针对她，受了委屈的人也是她，她却还在安抚别人……

尘埃落定，项宜见没了旁的事情，便向赵氏告辞，规矩一分不错地行礼退下。

谭廷的目光一直在她身上，见她要走，下意识要跟她一起离开。然而她经过他身旁的时候，接连退了两步，与他拉开了距离，向他浅行一礼，然后一刻都没有多留，更没有多看他一眼，便撩了帘子独自离开了。

谭廷的脚步顿在了原地。

他本想举步跟上，却又莫名其妙地停下来，只能看着她头也没回地快步离开了。

不过谭廷也未在赵氏处过多停留，给正吉吩咐完事情，便去了谭氏宗祠。

经过正院的时候，他禁不住脚步微顿，向院内看了一眼。正院如往日般安静，仿佛什么事情也没有发生过。

门房看到了他，连忙过来问："大爷要进院子吗？夫人刚回来。"

谭廷略一犹豫，摇了摇头。

别的事不说，至少今日的事情，他该先给她一个交代。

他抬脚要走，想了想，又说了一句："让夫人在家休息，不必去祠堂了。"

项宜不用去祠堂了，乐得清净，只是乔荞一张脸黑得厉害，好像谁欠了她一百两黄金。

"那两个蠢毒妇人竟敢联手欺负夫人！若是夫人有一星半点儿的差错，岂不被她们拿捏？"乔荇越想越生气。

这时，春笋从祠堂回来了，道大爷没有处罚富三太太和邱氏。

乔荇一听，气得差点儿跳起来。

下一秒，春笋又说道："大爷让人把富三老爷和谭有良叫了过去。"

乔荇飞快地眨了下眼，让她赶紧把详情都说了来。

春笋立时说道："大爷没有罚那两个妇人，而是当着全族人的面，让富三老爷和谭有良跪在祠堂前，又请了族老将族训一句一句念给他们听，每念一句，便叫人抽他们一鞭。等族老念完族训，他们疼得都快昏过去了。"

乔荇顿时瞪大了眼睛。项宜在一旁听着，也微微挑眉。

谭廷十五岁继任宗子，除了继任之初以雷霆手段惩治过作乱的族人，还从没开祠堂做过这般重罚。

春笋一脸出了口恶气的样子，笑着说道："夫人和姐姐没见着，大爷重罚富三老爷和谭有良的时候，那两个妇人就在一旁看着，鞭子虽然没抽到她们身上，但比抽到她们身上还厉害。富三太太昏过去三次，那邱氏两眼都发直了，一直哆嗦着说完了完了……"

"真是大快人心！"乔荇禁不住激动起来，又疑惑地说道，"不过，大爷果真没抽她们鞭子？"

春笋说没有，又说道："但大爷令富三老爷和谭有良严整家风，如若再犯，便不是一顿鞭子这么简单了。那两位爷一听，当场就开始整肃家风了——富三老爷直接叫人把富三太太送回了娘家，道是小庙供不起大佛。邱氏的娘家没什么人了，谭有良便没把她送回娘家，而是送进族庙关了起来。往后三五年，那邱氏只怕都不能出来惹是生非了！"

乔荇闻言，说道："活该！"

那俩人作恶一场，总算罪有应得。

她转眼看了看自家夫人，却见自家夫人神色没有什么变化，只是沉默着思索了一阵。

乔荇忍不住嘀咕："这也就是咱们家小爷不知道，若小爷知道谭家这般欺负夫人，那还不得……"

她的话音未落，就被夫人出言打断了："今日发生的事，不要让寓哥儿知道。"

乔荇一哽，还想说什么，又在夫人严肃的目光里作了罢，心不甘情不愿地应了下来。

她知道，夫人在意小爷的仕途，在意项家的以后，胜过在意自己，但她也真的希望小爷能知道，替夫人出一口气……

谭廷立在祠堂廊下，目光扫过众人，沉声说道："凡宗族子弟，当勤勉向学，凝力向上，但凡再有寻衅滋事、污蔑宗家、藐视族规之人，必施以严惩，重则逐出谭氏家族。"

话落了地，无人敢出声，被罚的富三老爷和谭有良更是后背直冒冷汗。要知道，他们是因为有庞大的宗族庇护，才过上了这般安稳有盼头的日子，一旦被逐出族，他们将身如浮萍，无依无靠。

眼下，那两个人连大气儿都不敢再喘一下。

谭廷说完，负手离开了祠堂。

谭建从未见自家长兄对族人如此冷酷重罚，可想想富三太太和邱氏做的事，又觉得该罚。他正想着，身边的杨蓁忽然甩开了他，朝着大哥追了过去。

谭建一惊，刚要问一句"娘子怎么了"，就见他家娘子在众人都噤声的时刻，三两步赶到了谭廷面前。

"大哥，大嫂蒙受的不白之冤可不是只有今日之事，还有上次我送镯子的事情。"杨蓁说着，语气冷了几分，"大嫂身为一族宗妇，竟连个像样的首饰都没有。我是实在看不下去了，才拿了玉镯赠予大嫂，而并非大哥所想的那般。"

她说这话的语气带着七分气愤、三分嘲讽，毫不掩饰。谭建头皮都发麻，想替她打个圆场都不知如何开口。

他忍不住看向大哥，只希望大哥别太生气。

谭廷却一丝怒气也没有，反而微垂眼帘，轻叹了一口气。

今日看到杨蓁维护项宜时，他就猜到了，玉镯的事应该也是他误会了项宜。

他从她拿着婚书站在谭家门口的那天起，便以为她是同她父亲项直渊一样的人。

那是族里德高望重的三老太爷过世的第三天，全族上下一片悲痛。

三老太爷生前乐善好施，桃李满天下，待他更是恩重如山。他强忍悲痛，亲自写了讣告发出去，之后，三老太爷生前的弟子们陆陆续续地赶到清峭，上门吊唁。

项宜就是在这样的日子里，拿着婚书到了谭家，一动不动地立在谭家门口……

谭廷想起往事，又叹了一口气。

不管从前怎样，今天他明白过来：她与他所以为的，并不一样。

他看向杨蓁，说道："多谢弟妹提醒，我记下了。"

见谭廷这般态度，杨蓁倒也没什么可说的了。

谭廷没再耽搁，径直回了正院，只是到了正房廊下，脚下忽然犹豫了几分。

这时，门帘撩动，乔荇走了出来。

乍然看到谭廷，乔荇愣了一下，接着没什么好气地行了一礼，就径直走了。

谭廷有些尴尬，目光看向房间，可门帘阻隔了她的身影，他看不见她。

他略略一顿，最终撩起帘子，走进房中。

房中安静而空荡，谭廷下意识地看向窗下——平日里，项宜会坐在那里做针线活儿。可眼下，那里并没有人。

他还以为项宜并不在家，但下一刻，内室纱帘微动，接着，她走了出来，视线恰与他看过去的目光撞在了一起。

谭廷猜测着她会用怎样的态度对他，心道：不管怎样，我都接受。

不想她神色如常，仿佛什么事情都没有发生过，淡然地走上前来，轻声说道："爷回来了。"

谭廷怔住了。

他试想过她的许多反应，独独没想过会是这般。

他怔怔地看着她平静地走上前来，如同平日一般为他宽衣。

她身量算不得高，尤其站在他身前的时候，越发显得娇小。她半垂着头，脸上毫无情绪，眼眸也被浓密的睫毛遮住，谭廷看不出她的心思。

她利落地替他解了外袍，转身放去一旁。她脊背单薄，身形似细竹般挺立着。

谭廷想到今日在秋照苑里，她就这样挺着细竹般的脊背，被人污蔑、质疑，被人清查账目，被人将私事都摊开翻查……

他不由得心里一顿，暗暗思索如何开口向她道歉。

这时，她拿了一件牙色绣万字纹的长袍过来。谭廷没让她继续忙碌，而是接过衣裳，轻轻说了一句"多谢"。

项宜闻言，动作微不可察地停了一下，然后又拿了腰带过来。

她每次替他系腰带时，都尽可能地拉开自己与他的距离，今日也是一样。

谭廷往日并不会留意她的举动，今日却不知怎么的，竟注意到了这样的细节。他发现，她虽然近身替他更衣，但脚下离他并不近，甚至有些远……

项宜的动作突然顿了一下——腰带上的玉扣似乎卡住了，她怎么尝试都无法扣上，眉头微微蹙了起来。

这条腰带的玉扣是有些问题。谭廷回了神儿，轻声说道："我来吧。"

与此同时，他的手伸了过去，恰与她的手碰到了一起。她的手指凉凉的，一点儿温热都没有。

谭廷心里微沉。这三年，是他做得不好，先入为主地错怪了她，也没有关心过她。

他刚要开口说些什么，她却在他不经意的触碰下陡然收回手，然后退开一步，拉开了与他的距离。

谭廷愣愣地看向她。

她似乎是察觉了他的目光，毫无情绪地抬起眼帘，朝他问了一句："爷还有旁的吩咐吗？"

"没有……"

谭廷话音未落，就见她点了点头，然后欠身利落地离开了房间。

珠帘微晃，寂静从地缝里钻了出来，谭廷要说的话就这么被堵了回来。他有些尴尬地立在原地，看着她离开的方向。

他想说的话，一句也没能说出口，而她似乎也根本没想过要从他这里听到些什么……

房中明明熏着沁人心脾的香，可谭廷的心口像是被什么堵住了一样。

晚间，谭廷收到了京里来的邸报。

邸报记着朝中法令和调任事宜，便是不出仕或者赋闲在家的人，只看邸报也能知晓朝中动静。

他把邸报简单翻了一遍，看了一眼外面的天色。

天色不算太晚，若是前几日，他多半还要练一会儿字或再读一阵书，到了就寝时间再回去。但他今日思索了一下，早早回了正院。

不想到了正院，正房里竟是一片漆黑，他愣了一下，问院子里的小丫鬟："夫人睡了？"

此时远不到入睡的时候，小丫鬟摇了摇头，回道："回大爷，夫人没睡，也不在房中。"

谭廷微微松了口气。若她早早就睡了，他想说的话就又说不成了。

他进了屋子，坐到书案前翻了翻书，正吉突然拿着一封信走进来，说是李程允的来信。

李程允是槐宁李氏的宗家三爷，谭廷的同年老友。此次来信，他提了一件隐晦的事——

太子前年出巡时，不知从哪里得了个道人。那道人见识不俗，深得太子喜爱，回京之后便被召到了东宫。

彼时朝中对此虽有微词，但本朝重道，宫中常有道人出入，本算不得什么稀罕事，也就没怎么干涉。谁知那道人野心甚大，竟逐渐参与到朝中大事上来。今岁秋，那道人更是胆大包天，怂恿太子去查多年前的广西武鸣科举舞弊案。

广西武鸣科举舞弊案是一桩早就定了性的陈年旧案，朝中皆道无甚可查，不必浪费精力。可那道人不知在太子耳边说了什么，竟说动了太子再次责令大理寺翻查此事。

眼下两个月过去，大理寺还是什么都没查出来。太子不甘心，竟然派了东宫辅臣亲自前去调查。而东宫辅臣离京后，那道人似乎也有段时日没有现身了。

信中，李程允并未过多猜测那道人的动向，只是感叹了两句，说只怕年后朝堂要生出事端。

谭廷看了信，不禁往京城的方向看了一眼。

当今圣上龙体欠安，对朝中大事过问得越发少了，诸多事宜逐渐托付给了太子。

太子是性情宽厚之人，谦和有礼，善听人言，从前朝中都道此乃仁君品格。但如今太子信那道人，只怕要胜于信任朝臣了。历朝历代，这可都不是什么好事。

只是这道人到底是什么来路，到现在也无人知晓。

谭廷摇头，幽幽地叹了口气。

待回过神儿，他不禁往外看了两眼。廊下空荡荡的，那人仍没有回来。

谭廷只好又挑灯看了会儿闲书。

夜渐深了，院中越发静谧，只有寒风呼啸着。

谭廷阅读闲书，却静不下心来，时不时就看一眼窗外。这个时间，家里、族里都没什么事情了，众人该各自安寝了吧？

他向外又看了两眼，沉默了一会儿，还是忍不住叫了人来："夫人眼下在何处吩咐事？"

来的还是方才那个小丫鬟，八九岁的样子。

小丫鬟回道："回大爷，夫人没在吩咐事。"

谭廷挑眉。

小丫鬟赶忙又说道："夫人在乔荇房里刻石头呢。"

在乔荇房里刻石头？她的篆刻器具和玉石，确实都是从乔荇房里搜出来的，那她是一直在乔荇房里篆刻，还是在他回家之后才换了地方？

想到这儿，谭廷问道："夫人经常在乔荇房里刻石头吗？"

小丫鬟摇了摇头，说："从前夫人刻石头，都是在正房里刻的。"

话音落地，谭廷陷入了沉默。

果然是因为他从京城回来了，她才避开的。

夜深了，风也更冷了，谭廷向后罩房的方向看了一眼，吩咐道："去把夫人请回来吧。"

小丫鬟去了，谭廷继续翻看闲书，可连着翻了几页，都没有看进去一个字。

过了一会儿，门外响起脚步声，门帘微动，项宜撩起帘子走了进来。

进了屋，她便向他看了过来，似是在询问他叫她回来有什么吩咐。

谭廷没有吩咐，只是看向她手边——她回来了，制印的器具却没有带回来。

他一时也不知说什么了。

项宜看了他半晌，没等到他的回应，只等到了更鼓声。

她好像明白过来，率先开了口："爷要洗漱吗？"

谭廷"嗯"了一声，见她又要过来伺候自己，连忙说道："我自己来吧。"

她神色无波地点了点头，自去梳妆台前拆卸钗环。

她身上并无多少钗环可拆，只将银簪和耳饰拿了下来，放进了用来装首饰的匣子。

谭廷目光微微扫过那匣子。匣子不大，拢共没有多少格子，还大多空着，只有前面的几格放了些许不甚精巧的银饰。

她并未注意到他的目光，静静地合上了匣子。

各自洗漱后，她坐到了床边，眼见谭廷躺好了，便吹熄蜡烛，放下帐子，也躺了下来。

房中再没了第三个人，也没了白日的喧闹和纷繁的事情，只有两个人并排躺在同一张雕花床上。

借着月光，谭廷默默地看了枕边人一眼。

他还欠她一个说法。她嘴上不说，面上不表，不代表心中一丝委屈也没有。

他确实该说些什么。

谭廷已经想好了要如何开口，也想好了就算她不提，他也要多贴补她和项家一些，只希望她心中的委屈可以减少一些。

只是他正要开口，却察觉到枕边人的呼吸变得和缓、绵长，竟是睡着了。

谭廷要说的话彻底顿在了嘴边。

只有疲累极了的人，才会这般快地陷入沉睡。月光越发淡而无光了，谭廷想了许久。

最后，他看了她一眼，轻轻地拉了拉两个人身上的被子，将怎么也没找到时机说出来的话悉数咽了下去。

翌日一早，项宜去秋照苑请过安，便去花厅理事。走过谭廷面前时，她只是浅行一礼，并无什么言语。

谭廷皱了皱眉，从前只觉得与这位妻子无话可说，眼下看来，恐怕是她更无意同他多言。

他看着她略显单薄的背影，不由得想起了上次那几张皮子的事情。

当时他以为她贪图享乐，为了几张皮子闹腾，现在想来，那必然也是个误会了。

好在他彼时虽说了些重话，但也让她去库房随意挑选了，只是想必她并不会挑太好的拿。

他干脆将库房管事找来，问道："夫人上次拿了哪一件毛皮？库房里可还有更好的？"

管事不知道大爷怎么突然问这个，便事无巨细地将四件上好的毛皮和二十余件寻常毛皮的去向都说了，然后才说道："可夫人并没有来库房拿过毛皮啊……"

话音落地，谭廷沉默了。

他该想到的。

库房管事不知谭廷心中所想，揣摩道："夫人很少来库房，就是来了，也是存取公用物什，且都有详细的账目可查。"

说着，他问谭廷："大爷可是要查账？小的可以把账簿都搬过来……"

他的话还没说完，就被谭廷打断了："不必了。"

谭廷揉了揉额头，又想起什么，吩咐了一句："不要同夫人提及我问过库房之事。"

管事听得似懂非懂，但大爷一向沉默寡言，眼下难得多说了两句，自己只管听令行事就好。这样想着，管事连忙点了点头，退下了。

谭廷重重地捏了几下眉心，莫名其妙就想起了之前乔荇在秋照苑说的话："可夫人也绝不会贪污受贿，更未动过谭家一分一厘的东西！"

项宜嫁入谭家三年来，不管是跟谭家家眷还是跟丈夫，都分割得一清二楚……

她并不是他以为的那般不堪。

相反，她洁身自好，干净得似山间的清溪。

想到这儿，他把正吉叫过来，好生吩咐了几句。

项宜如平日般去花厅料理家族事务，却发现仆从们今日都意外地配合，待她的态度也比往日殷勤了许多。

她不多时便料理完了琐事，要回正院，不想在路上遇到了谭建和杨蓁。

"大嫂，咱们出去玩耍吧！"杨蓁一句客套话都没说，开口就邀请项宜出去玩。

项宜愣了一下："出去玩耍？"

她嫁进谭家后，事务繁忙，不怎么出门，更没有人邀她出门玩耍。

谭建连忙在一旁解释，说县衙大街上的时萃酒楼请了个戏班子，唱的都是近年时兴的话本子，自己正要带着杨蓁过去看看。

杨蓁连连点头，说道："天天在家可闷死了，偏偏天寒地冻的，骑马也不方便，好容易来个戏班子，大嫂快跟我们一起去，我让二爷包了最好的位子！"

项宜忍不住扬起了嘴角，心道：这个弟媳真是爱热闹的小孩性子。只是她并没有这样的闲情逸致，也没有这么多空闲时间。

她刚要婉拒，突然听到身后传来一道声音："出去转转吧。"

项宜讶然回头，才看到身后的男人。他不知什么时候来的，站在她身后不到半步的地方，挡住了吹过来的寒风，但属于他的气息也漫了过来。

项宜不习惯地往旁边站了站。

谭建和杨蓁这时也看见谭廷了，都同他行了礼。

项宜也垂头行了礼，而后不动声色地退了一步。她与他之间陡然拉开的距离，除了他们自己，旁人并未意识到。

谭廷默默地多看了她一眼。

天这般冷，风里夹杂着寒意。她没有似谭建、杨蓁那般穿着镶毛领的外衫，白皙的脖颈暴露在风中，被风吹乱的碎发在颈边飘动。

这时，杨蓁上去拉住了她，劝道："连大哥都应了，大嫂你就快跟我们走吧。"

项宜仍没有立刻应下，而是看向谭廷，眼神里尽是不解。

项宜最终还是被杨蓁拉走了。

谭建心想：自家大哥不知道也就罢了，眼下知道了，他是不是该邀请大哥一起去？可他又想到若是邀请了大哥，而大哥还真答应了，自己这戏只怕就看不好了。最终，他故意装作没想起来，说了句"大哥，那我们先走了"，就朝着杨蓁和项宜追过去了。

没有人邀请谭廷。

弟弟没有，弟妹没有，他的妻子更没有。谭廷只能看着那三个人离去，抿着嘴，独自负手回了书房。

他刚回书房，便收到一封请示帖子，立时收了心神，认真看了起来。

今岁年成不好，不少庶族农户交不上衙门要的税，日子过得十分艰难。若是趁着这个时候收购田地，能以低价收下不少良田，非常合算，本地已有不少宗族如此办了。

眼下，谭氏的一些族人也想借机收田，先用手中闲钱收了良田，再让那些农户变成佃户，为他们种田。而大宗族因为与府县衙门关系亲近，并不需要交太多公粮，此时收地，可以说是稳赚不赔的买卖。族中众人一合计，就联名写了一封请示帖子递上来，不仅想要收田，还有不少人想向族里借钱收田。如此一来，本就占了清崎县大片良田的谭氏一族就又能扩大田产，族里众人的日子也会越发好过。

每逢灾年，便有人趁机压价收田，不光世家大族在收，连宗室皇亲也在收，这并不是什么稀奇事，族人向族里借钱也是常事。

谭廷本该批下这封请示帖子，可笔拿起来，又被他放了下来。他看着请示帖子上的内容，陷入了沉思。

若是农户的良田被低价收走，往后他们的日子只怕会更加艰难。庶族农户的日子如何，看似不与世家大族相关，但那些人若过得不好，流民就会增多，世家大族与寒门庶族之间的摩擦也会增多，万一闹出流血大事，更是不好收场。

谭廷忽然想到了他的妻子。

她也是寒门庶族出身，只是从前两家缔结婚约的时候，世家和庶族之间的关系还没有这般紧张。不过十年的工夫，世家和庶族之间已出现了深深的鸿沟，万一再有什么事大闹起来，双方只怕势如水火。届时，他与她又会怎样？

谭廷皱着眉将请示帖子推到一旁，另取了两张纸出来。

朝堂上，代为打理朝政的太子向来以民为先，又极重农事。谭氏亦早有族规，与邻为善，广结善缘，不可因势大而欺压弱小。

谭廷前后思虑一番，提笔开始回信，将朝中法度、太子态度、谭氏族规以及祖宗训诫条分缕析地说了，然后表明谭氏族中不会借出这笔钱，并告诫族人不要压价买田，因小失大。

回了这封帖子，谭廷亲自去了一趟城外的田庄，将今岁过冬的事宜吩咐了几句。

此番打了个来回，谭廷回到城中时，听到了唱戏声。

他于听戏一事本无太多兴致，然而远远看去，传出唱戏声的方向正是时萃酒楼。

正吉骑马跟在他家大爷身边，突然听到大爷问了一句："我是不是许久没看过戏了？"

这没头没脑的一句话把正吉都问愣了。

正吉努力回忆了一下，才说道："大爷好似有大半年没看过戏了。"

大半年算不算很久呢？正吉不知道，也不予置评。

谭廷沉默了一会儿，然后调转了马头，说道："嗯，那就看看吧。"

正吉不敢耽搁，连忙跟了上去。

到了时萃酒楼门前，谭廷下了马，并不急着进去看戏，反而看向巷子口一家不甚起眼的铺面。那铺面的门匾上刻了四个字——吉祥印铺。

正吉连忙上前问道："大爷有什么吩咐？"

谭廷刚要说话，又想起什么，看了他一眼，才说道："你不行，叫秦方去。让他不许透露身份……"

谭廷把事情吩咐给正吉，就让正吉寻秦方去了。秦方是他在京城收的管事，想来最不像谭家人。

他看着不远处的吉祥印铺，叹了口气，这才抬脚进了时萃酒楼。

他前脚踏进去，还没走几步，便见一个男人从人群里挤出来，急急忙忙地朝他走了过来。

这人是时萃酒楼的方掌柜，能在清崃县城开大酒楼，全凭谭家给面子。

方掌柜方才听伙计说谭氏宗子来了，还以为伙计认错了人，眼下看到谭廷当真在此，他急忙迎上来，同时吩咐伙计为谭廷开道，别让喧闹的人群冲撞了贵人。

他不知道这位宗子大爷是来做什么的，便诚惶诚恐地引着谭廷往后面的庭院走。

谭廷未抬脚，而是看了一眼戏台。

方掌柜立时明白过来，说道："二爷定的桌就在看台正下方。正戏还没开场，大爷过去坐一坐？"

他问完，就见这位让人捉摸不透的大爷微微蹙起了眉。

谭廷皱着眉，没想到谭建他们出门那么久了，居然还没到。

见方掌柜正让人往看台前为他开路，他说道："寻个远处靠窗的位子吧。"

这又是什么意思？哪儿有看戏往远处坐的？方掌柜满头雾水。不过谭廷也没让他继续猜，自行寻了一个靠窗的雅座坐下了。

约莫过了半刻钟，酒楼里突然静了几分，有人开道，有人清场。谭廷转头向门口看去，一眼看见了走进来的谭建。

他嫌弃地瞪了自家弟弟一眼：明明也是娶了妻的大男人了，还成天嘻嘻哈哈，看个戏的排场堪比皇上出巡。

谭建身后便是杨蓁。杨蓁手里拿着许多花花绿绿的小玩意儿，可见是在街上好生逛了一番。

谭廷的目光跳过谭建和杨蓁，落在了走在后面的项宜身上。

她不似杨蓁那般买了许多东西，手上什么也没拿，只有手腕上多了一串淡紫色的绢花串。

她今日穿了一件月白色的长袄，领口没有镶毛，露出半截白皙脖颈。时萃酒楼的大堂里非常喧闹，众人高谈阔论，唯独她安静地站着。

杨蓁似是看到了什么有趣的东西，转头叫了她，神色兴奋地说了一大串话，谭建也在一旁接话。而她只是淡淡地笑着，神情温柔似春风拂过幽潭，柔波四起，眼眸灿若星辰。

谭廷远远地看着她，竟有些看呆了。就在此时，她似有感应一般，突然转头看了过来。

她一眼看见了他，下一瞬，脸上的笑意便蒸发似的倏忽消散了。

谭廷愣住了。

吉祥印铺。

有木工过来取一批刻刀。姜掌柜见了那人，便笑着问道："在谭家做事可还好？你们可得勤快些，活儿干得细些，能留在谭家就更好了！"

木工叹了口气，说道："谭家是好，可谭家的一些族人和姻亲却不是省油的灯，我们险些把项氏夫人连累了！"

听他这么说，姜掌柜吓了一跳，赶紧让他说清楚到底是怎么回事。

那人把昨日谭氏宗房里的事原原本本地说了，最后说道："要不是夫人光明磊落，就要被那些小人祸害了去！当真是逃过一劫！"

木工说完，取了刻刀便走了。

姜掌柜半天没说出话来，冷汗顺着鬓角往下落，直到他的外甥从乡下过来，叫了他一声，他才回了神儿。

"舅舅这是怎么了？"

姜掌柜抹了一把额头上的冷汗，说听到一桩惊人的事。

外甥问道："什么事？"

姜掌柜正要说，店内突然来了一个面相陌生的客人，一眼看中了那枚"和"字印。

"和"字印经过几轮叫价，如今的价格不低，姜掌柜十分满意，也已经口头答应要出手了，因此他对这个客人就不那么热情。偏偏这人当真看中了"和"字印，问起了价钱。

姜掌柜实话实说："这枚印价钱偏高，客官可以再看看本店其他印章。"

他以为自己都这么说了，此人必会知难而退，没想到对方反而拿起那枚印，说道："掌柜的，开个价吧。"

见对方如此豪气，姜掌柜可就不客气了，直接报了个高价："二十两。"

现在，二十两都能买好几亩良田了。

这人果然皱了眉，说道："价钱不值。"

姜掌柜出价虽高，但要说此印不值，他第一个不同意。

他正要开口反驳，却见这人直接拿出三十两来，说："这印至少值三十两。"

姜掌柜愣了一下，就见对方将银钱推了过来。

原来这人说的不值竟是这个意思。姜掌柜忍不住怀疑对方拿出来的是假银子，哪儿有人买东西时主动加价呢？

想到这儿，他偷偷地用指甲掐了一下银子。

不是假的。

姜掌柜抬头打量这人。这人操着一口京城口音，面孔也生，想来并非谭家的人。

再看看白花花的银子，他立时不再犹豫，直截了当地将"和"字印卖给了这位客人。

此人对这枚印也甚是爱惜，小心收好带走了。

姜掌柜仔细收了银子，暗暗高兴这枚印卖了个好价钱，也能让项氏夫人手头宽裕些了。

他正高兴呢，一旁的外甥突然追问道："舅舅方才到底要说什么惊人的事？"

他这外甥名唤符耀，虽然家中不甚富裕，但学业极好，可惜要帮衬家里，无法全心读书，只能时不时来县里书肆看书或者买一张《青舟邸报》来看。

《青舟邸报》并非朝中的邸报，而是隔壁维平府青舟书院抄下京中来的邸报，附上时文和趣闻，以极低的价格卖给寒门书生的读物。符耀今日进城，就是买这个来了。

姜掌柜不似方才那般激动了，说话也冷静了一些，隐去了项宜的真实身份，只道是一名出身不高的女子嫁进世家做宗妇，受了好些委屈的事情。

符耀是个血气方刚的年轻人，听了姜掌柜的话，顿时义愤填膺，把买邸报的事抛在了脑后。

"怎么还有这样的事？若非这位夫人干净清白，又未雨绸缪地做了私账，岂不是要被那些人冤死？少不得最后连带着把污名扣到我们这些身份不高的寒门庶族头上！"他气愤不已地说道，"世族真是越发欺负人了！这是哪一家的事？"

听符耀这么一说，姜掌柜也动了几分肝火，差点儿把那世族姓氏说出来，好在话到嘴边时，他想起自家外甥耍笔杆子甚是厉害，他眼下说了，万一被外甥传去就不好了。

想来以项氏夫人那般安静谨慎的性子，也不希望这事传出去，尤其不希望传到自己弟弟妹妹的耳朵里。

项氏夫人的胞弟项寓，姜掌柜也见过几次，那可不是忍气吞声的主儿，万一被他知道了，还不知道闹出什么事……

这会儿，姜掌柜有点儿后悔把项氏夫人的事说给了符耀听，只能嘱咐他："你自己知道此事便罢了，莫要乱传，可记住了？"

符耀点了点头，也不知听没听进去。

时萃酒楼。

厅里厅外全是人，挤得水泄不通，幸而谭建早早定好了看台下的位子，由着伙计开道，往座位走去。

他道小妹没来真是可惜了："我瞧着她是想来的，可母亲怕她又被人冲撞，把她留在家里了。她若也来了，咱们一行四人就更热闹了。此番的戏班子大半年才来清峋一次，叫我好等啊……"

杨蓁却觉得谭蓉的胆子也太小了，不来也好。她又想到了旁边的大嫂，大嫂是那等安静柔和的性子，眼下这么多人挤在一处，大嫂不会也害怕吧？想到这儿，她立马看向大嫂，想要关心几句。

她转头看去，却见大嫂神情冷了下来，目光落在不远处。

项宜望着谭廷所在的方向，顿了顿，终究还是抬脚走了过去。

谭廷没回过神儿，眼下见她主动走来，才稍稍地缓了口气。

她到了他的面前，向他行了个礼，平静的语气中带着一丝冷淡："大爷来了。是不是家中有什么事？我这就回去。"

台上的戏就要开始了，厅中的喧闹声此起彼伏，谭廷的耳中却静得只剩下项宜说的这句话。

她竟以为他是来叫她回家做事的。

眼见项宜要走，谭建和杨蓁急忙跟了过来。

"大嫂要回家？"谭建讶然。

杨蓁就更惊讶了，说道："戏还没开始呢，大嫂不是说好久没看戏了……"

项宜笑着摇了摇头，说："没关系，下次再看也一样。"

谭廷几乎能想到她下一秒就要向自己行礼，然后利落离开的样子了，禁不住在她那样做之前开了口："家中没事，你不必回去。"

他的语速有些快，三个人都向他看了过来，他的妻子眼中更是露出一丝困惑。

若家中没事，他怎会突然到此处来寻她？

谭廷也有些语塞了。

他总不能说自己莫名其妙就到了此处……

末了，他干脆叫了谭建："把护卫留下，你随我回家。"

谭建当场愣住了，大哥竟然是来找他的？！他心心念念的好戏，第一次带着娘子出门的宝贵时光，忙里偷来的一点点闲……都没了？

谭建傻眼了。

戏要开始了，闹哄哄的人群安静下来。谭廷不想让项宜继续用不解的目光看他，便让她和杨蓁去台前看戏。

谭建独独被留了下来。看着大哥阴晴不定的神色，他不知道自己到底哪里做错了。

不过大哥好像也没说立刻要走，谭建抱着一丝幻想，小心翼翼地说道："大哥许久没看戏了吧？这戏班子有几出拿手的好戏，连王府的人都喜欢看，时常请他们过去。大哥不如也留下来看看吧？"

他见大哥没有立马拒绝，略微松了口气，壮着胆子说起自己最期待的一出戏："那戏当真让人看得落泪！若不是横生阻碍，二人何至于生离死别……小姐死后，秀才也不欲独活，待母亲去世后，便不见了踪影。村里人四处寻他，最后才发现他在小姐坟前殉情了……"

谭建说着都快哭了。台上传来试戏的声音，唱的正是他说的这一出。

见大哥似也瞧向那戏台的方向，谭建满心希冀，心道：大哥是不是也被这般凄美的故事感动了？

谭廷看的不是戏台，而是戏台正前方坐着的那个人。

自从知道他来了，他的妻子就再没似方才那般兴致满满了。杨蓁嬉笑着跟她说了些什么，她也只是极淡地笑了一下，兴致全无。

谭廷的唇抿成一条线。

谭建并未察觉，还问道："哥，似这般绝世之恋，是不是令人动容？"

话音未落，他哥冷冷地看了他一眼，声音里也是满满的不悦："绝世之恋？戏班子用来营生的夸张之事你也信？"

谭建被训斥得头都不敢抬了，又听见大哥冷哼一声："我看你就是时文背得太少，明日让人再去给你买五本来。有时间就多读书，大丈夫怎能沉溺于男女情爱？！"

谭廷冷声说完，沉着脸起了身，大步离开了时萃酒楼。

谭家。

秦焦不敢耽误林大夫人谭氏交代的事情，唯恐出了错处，惹得林大夫人不悦，所以事事亲力亲为。他也不图许多，只求林大夫人能看在他做事认真的分儿上，帮他谋一份知州的差事。

他连着在外跑了许多天，浑身酸痛地回了谭家，刚坐下来就听说了项宜被查账的事情。

他甚至来不及喝茶，连忙问道："项氏被查账了？怎么说？贪了多少？大爷如何惩治的？"

小厮挠了挠头，回答道："先生，账查完了，一个数都没错，夫人根本没贪。大爷开了祠堂，亲自发话，将闹事的族人惩治了。"

小厮说完，秦焦愣在了原地。

项氏竟然没像她爹项直渊一样贪污？

他惊诧不已，又想到了另一桩事，突然叫住了小厮："我之前交给你的那封信呢？"

他之前笃定项氏手脚不干净，事情还没查清，就急忙写下了那封信，要给林大夫人寄过去。眼下项氏没贪，他那封信岂不成了蒙骗林大夫人？

他连忙让小厮将信还给他，小厮却说道："这可怎么办，三日前，府里有人要进京，奴才便托那人把信带去京城了！"

信三日前就被送走了？秦焦头晕目眩，觉得自己也要被送走了。他在清点田产一事上兢兢业业，却在这里犯了大错，他的知州是不是没了？

秦焦好一阵悲痛，但转念一想，林大夫人不待见项氏，并不会因为项氏做事清白而改变，说白了，她是不待见项氏的出身，毕竟在她看来，庶族出身的贪官之女怎么配得上谭家宗子？所以，就算他在信中冤枉了项氏，林大夫人应该也不会怪罪他吧？

年关将近，项宜越发忙碌，只是她那位宗子夫君这两日不知怎么的，停留在房中的时间有些长，徒增许多不便。

就比如昨日，乔荇急急忙忙地跑了进来，没看见那位大爷在内室看书，张口便说道："夫人，那枚'和'字印卖了三十两！"

项宜讶然，刚要问一句，突然意识到那位大爷还在房中。她看过去，发现那位大爷翻书的动作顿了顿，约莫是看到了什么有趣的内容，脸色也有些许柔和。

虽然谭家没有不许媳妇在外做事的规矩，但项宜并不想当着他的面说自己的私事，便叫了乔荇出去说话。

整个家都是谭廷的，他要待在房中，她自然不能赶他，可又觉得在他面前说话不方便，只好避开。

片刻后，项宜到了乔荇房中。房中没有炭盆，乔荇怕她冷，连忙铺了厚厚的垫子，又灌了汤婆子放到她的手中。

项宜笑着拆开乔荇刚从吉祥印铺拿回来的家信。

信仍是项宁写的，照例先说了说近况。项宜见纸上的字迹有力了许多，不免高兴起来，知道妹妹近来身子强健了些，不似往年总是生病，冬日里过不好。

项宁在信中简单说了些琐事，也说了自己为了强身健体，每日要走许多路，但项寓不许她晚上走，怕她夜盲掉进沟里。信里又写到了项寓，说项寓近日颇得书院先生们的喜爱，还被一位负责《青舟邸报》的先生选进了邸报班子里，帮着挑选文章。

那虽然是个费时的差事，但每日能读到许多文章和趣闻，项宁也跟着看了不少，有些趣闻颇为荒诞，也不知是真是假。

《青舟邸报》是项宜的父亲项直渊开办的。

邸报能上传下达朝中大事，凡读书人都该看看，但对尚未考中举人、进士的书生来说，邸报并不是易得之物。项直渊某天翻看邸报时，灵光一现，便让青舟书院将邸报与写得好的时文放在一起，印来给学子们看。

后来项直渊虽不在维平府任职了，但青州书院仍将《青舟邸报》办了下来，邻近几个府县的寒门书生没有不喜的。那些人看完邸报，还会给青舟书院回信交流，也会将听来的趣闻分享给书院，而书院也会时不时选出几篇有意思的趣闻，登在下一期的邸报上。

项寓还只是秀才，就算进了邸报班子，也多半不会负责时文选登，倒有可能被安排去甄选趣闻。不管怎样，增长见识总是好的。

项宜看完信，得知弟弟妹妹安好，也并未听说自己在谭家受委屈的事情，悬着的心顿时放下许多，微笑着提笔写了回信。

谭廷这几日甚少出门，却也未能多见到项宜几面。

他明白，她是在避着他。

从前是他做得不好，她对自己心存芥蒂也是应该的，他不能强求什么。有些话说出口，还不如不说而去做。

这日，谭廷刚安排了几桩事下去，就接到了廖知府的来信，道是潮云河堤坝加固之事即将竣工，请他过去检视。

他本不欲去，但想了想，还是去了。

谭廷一走，项宜心里松快了不少，打理好家族事务后，又让乔荇去看望了杏姑母女。

虽然关于玉佩的事情已经查清，但杏姑母女生怕再连累了项宜，便不愿继续在谭家借住。幸而刚从外地回家乡的楚杏姑的姨父、姨母听说了她们的事，愿意收留她们过冬，眼下她们正准备启程去亲戚家。

项宜听了，叹了口气，能做的也只有这些了。不过这般也好，杏姑母女好歹不用再受谭家族人的冷眼了。

今日是初五，至夜幕四合，院中陆续掌灯，谭廷仍未回来，想是雪路难行，留在维平府过夜了。项宜暗暗松了口气，从前他不在家便罢了，如今回了家，遇上初五、十五、二十五，她多少有些不自在。

她拿出针线筐，闲适地在灯下做了一会儿针线活儿，就准备睡了。

谁知这时院中响起一阵脚步声，而后她就听到了丫鬟的禀报："大爷回来了。"

第四章
手足情

门帘晃动，谭廷撩了门帘，走了进来。

项宜看过去的时候，他恰好也看了过来，目光撞在了一处。

项宜意外于他到底还是在初五这日回来了，垂下眼帘避开了他的目光，上前帮他换衣裳。

谭廷垂眸看着他的妻子。

她今日穿了一件月白色长袄，脸上仍是淡淡的，让人看不出她的情绪。不过，谭廷可以确定的是，她那让人看不透的情绪里绝无欢喜。

她走过来替他宽衣解带，脚下同往日一样站得很远。谭廷没让她继续忙碌，从她的手里拿过衣裳利落地穿了。

她不说话，他也不说话，房中又陷入了沉默。好在乔荇很快端着茶水走了进来，谭廷也趁机叫正吉将东西拿过来。

正吉手脚利落，很快捧了个红木雕花的匣子过来。

谭廷看了一眼项宜。

她将针线筐放到梳妆台下的柜子里，神色不变，只看了那匣子一眼就收回了目光，倒是乔荇偷偷打量了那匣子好一会儿。

谭廷给正吉使了一个眼色。

正吉连忙转身走了几步，将那红木雕花的匣子放到了项宜面前的梳妆台上。

项宜这才有些讶异地看了谭廷一眼，却见她那夫君没开口说什么，只是端起茶盅浅饮了一口。

她弄不清他是什么意思，见正吉也没有开口的意思，只好打开了匣子。

红木匣盖甫一打开，满匣流光溢彩，竟是三套各色花样的华贵头面。

乔荇快步走了过来，说道："呀，这些头面同前些日子大姑娘戴的有些相像，不过端庄大气许多。"

她说的是谭蓉的金丝翡翠蝶样头面，正是谭廷归家那日带回来的。谭蓉收到礼物，连着好几日戴在头上，再不肯戴之前的那些旧首饰了。

这是京里时兴的首饰样子，清峋县乃至宁南府都不多见。当下突然将三套头面摆在这里，是什么意思？

乔荇经了前些日子的那些事，稳重了几分，因此虽然很想知道这些头面是不是大爷要送给自家夫人的，但还是谨慎地忍着，没有乱说话。

项宜看了看谭廷，又看了看那些头面，不知到底是何用途。

男人还是没有言语，只是轻轻地咳了一声，端着茶盅继续饮茶。

项宜思索了一番，最后叫了乔荇，吩咐道："将这些头面记到册子上，明日放到库房去吧。"

还在饮茶的谭廷动作一顿，差点儿被茶水呛到。

他看了一眼项宜，见她已经将首饰匣子盖起来，推给乔荇拿走，才知道要是自己不说明，她是绝不会动这些东西的。

这个认知让谭廷心里有些不是滋味。

他不得不开了口："不必放入库房，你留下。"

话音落地，项宜推开首饰匣子的手顿了顿。

乔荇眼里立刻放了光，语气兴奋地小声说道："夫人，这是大爷给夫人的头面！"

给她的头面？项宜沉默了，看着面前红木雕花的匣子，有些明白自己那位夫君的意思了。

毕竟她是谭氏的宗妇，该有的体面还是要有的。

匣子里流光溢彩的头面，与其说是给她的，不如说是给宗妇的。

她这样一想，便觉得也没什么好奇怪的了。

"那就多谢大爷了。"她向他道了谢，又吩咐乔荇，"那就将这些头面放到首饰匣子里吧。"

乔荇兴高采烈地应了。

谭廷见她终于收了，松了口气。他若直说是给她的，她必会用不解的眼神看过来，而他着实不知该怎么解释。

当下，乔荇将那三套头面一一放好，原本空荡荡的首饰盒子总算被填满了。

乔荇还指了其中玉兰花样的一对耳珰，小声说道："夫人原本的珍珠耳珰发黄了，明日就换这个吧？明亮又好看。"

项宜看着那对玉兰花样的珍珠耳珰，含笑点了点头。

谭廷继续端了茶盅浅酌，茶水映出了他微翘的唇角。

房中添了炭盆，一贯清冷的屋子逐渐暖了起来。

今日是初五，项宜不知谭廷今晚如何打算，如常吹熄了蜡烛，刚躺下来，男人的大掌便落到了她的腰间……

两个人同从前一样，可似乎又不那么一样了。

窗外的枝叶随风轻摆，发出"窸窸窣窣"的声音，项宜的呼吸渐渐急促起来……

不知过了多久，窗外喧闹停止，屋内也安静了下来。

项宜知道自己不得休息——他不喜仆从插手床榻之事，都是由她亲自清理、更换。然而这回她刚要撑着身子下床，就被他轻声叫住了："不急，待会儿让人过来弄吧。"

项宜没有回过头看他，只是沉默着怔了一会儿，心道：谭家大爷最近怎么了？

项宜从浴室回来，发现房中已被换上了干净的床褥，她第一次不用亲自动手，竟还有些不习惯。不过她这会儿浑身酸软，也思虑不了那么多了，便径直走过去躺下了。

谭廷悄悄地看了妻子两眼，发现她又如往常般很快睡着了。只是今日，她束在后面的长发散得有些厉害，还有一绺被她压住了。借着微弱的光亮，他伸出手，将那绺头发轻轻地扯了出来。

她睡熟了，丝毫未觉。

炭盆烧得越来越旺，一室温暖。

谭廷慢慢地闭上了眼睛。

翌日，项宜睡得沉了些，要不是乔荇在房外连声唤她，就要错过给赵氏晨昏定省的时辰了。

从秋照苑出来，项宜直接去了花厅理事。

谭廷从外院书房回来，经过梅林时，一眼看到花厅里的人。

梅影错落间，穿着一件茶白色对襟长袄的女子坐在上首，下面一众管事挨个儿上前回话。

她问事、理事，令乔荇分发对牌，不急不躁地处理着家族事务。谭廷不知自己看了多久，直到肩头落了许多花瓣，才缓步离去。

项宜并不知远处有人看过来，只是如常料理了诸事，便回了正院。

她刚进正房，就看到账房和自己那位夫君都坐在房中，不禁有些不明所以。

这时，账房上前将用红布包着的银子交给乔荇，说道："这是夫人这个月的月例钱。"

这月例钱发得早了些，掂量起来，重量也不太对。乔荇看了账房一眼，问道："这是三份月例钱吧？"

项宜也看向了账房，怎么三份月例钱都送到了自己这儿？而后，她又看了一眼正在书案前研墨写字的谭家大爷。

谭廷笔下顿了顿，抬头看了账房一眼。

账房有些苦恼。这三份月例钱，除了本就要给夫人的那一份，另外两份是大爷从自己的私账上调出来贴补夫人的，可不知为何，大爷没有直接把那笔银子给夫人，而是让他想个由头交给夫人。

他只好解释道："夫人掌管中馈，还要料理家族事务，十分辛苦，多拿一点儿月例钱也是应该的，您就收下吧。"

乔荇看着陡然多出来的钱，眼眸亮了亮，心道：夫人辛苦了这么多年，谭家给她涨月例钱确实也是应该的。

项宜却皱起了眉。

谭家给管家女眷的月例钱数值，从谭廷的祖母那一辈起就未曾变过，这些年的物价也不曾有大的波动，到了她这里，自然也没有陡然翻三倍的道理。

她让乔荇将多出来的两份月例钱还回去，又说道："不必了，我只做了自己该做的事，拿应得的月例钱即可。"

她态度明确，不该自己拿的东西，便是落在手边了她也不会拿。项家不比旁的人家，在这样的事情上，她得越发谨慎才行。

账房看着乔荇塞回来的钱，有些不知所措地看向自家大爷。

谭廷动作一顿，一滴墨从笔尖落到了宣纸上，洇开来。

他有想过，她从不向他要钱，若是自己直接拿银钱给她，她可能会觉得难堪。只是他没有想到，连这点儿按月发放的小小月例钱，她亦不肯多拿。

哪怕他们是夫妻，并且也许很快就会有孩子，她还是将自己与他分割得一清二楚。

谭廷的心口闷闷的，抿唇沉默半晌，只能让账房先行退下。

他轻轻地看了她一眼，而她只是让乔荇把属于她的那份月例钱收好，便回了内室。

接下来的几日，正房里恢复了寂静，只是项宜隐约察觉这寂静同以前好像有所不同了。

这日，项宜又收到了家里的来信。

妹妹项宁在信中提了一些日常琐事，又写了一则趣闻给她看。这则趣闻是一个寒门书生写下来寄给青舟书院的，项寓看了觉得荒诞又讽刺，说给了项宁听，项宁又将其写到家书中。

项宜看完信，额上冒出了汗珠。那日谭家查账的事情，她一直不想让弟弟妹妹知道，没想到最后竟以这种方式传到了他们的耳中。

想想项寓的性子，项宜有些头大。好在写这则趣闻的人隐去了她的姓名，项寓并不知道事情是发生在她的身上，只当是一桩趣闻。

她提笔写了回信，丝毫没有提及查账之事，而是说了另外一桩事情。

腊月初儿是三姐弟的母亲梁氏的忌日。梁氏病重的时候，她八岁，弟弟妹妹三岁。梁氏一想到自己死后，年幼的孩子就没了着落，心焦得厉害，又怕项宜日后背负着"丧妇长女"的名声，被别家厌弃，便让项直渊早早为项宜定下婚事。而项直渊替项宜缔结的这桩婚事，就是跟谭家宗子。

可惜，项宜虽然避过了丧妇长女在婚事上的尴尬，但嫁进谭家的她，过得也并不似母亲所期盼的那样顺遂……

母亲忌日将近，项宜没有足够的钱财，不能似父亲在世时一般为母亲做水陆道场，只能带着弟弟妹妹去安螺寺为母亲斋戒一日，点上一盏长明灯。

谭廷将内院厢房改成了书房，让人将正房里的高大书案搬了过去，然后在原处放一张稍矮的桌案。

布置好了书房，他拿出一整套上好的白玉石，将谭建叫了过来，让谭建拿着这套白玉石去找项宜，请她刻一枚闲章。刻一枚闲章只需用到一块玉石，另外几块自然都是送给项宜的。

谭建起初不懂大哥为什么要让他代为出面，直到他死皮赖脸求大嫂收下那些白玉石的时候，才隐约明白了。

为谭建刻闲章算是家事，不用避着谭廷，项宜便将她用来篆刻的一应物什从乔荇房里搬了回来。

那张稍矮的桌案与项宜的身高甚是相合，因此，项宜刻起章来越发得心应手。

因是给谭建刻章，她又一向喜欢这个二弟，故而刻得颇为认真。只是谭廷一回正房，她就停手不刻了。

次数多了，谭廷都不知道自己该不该回房了，只能越发放轻了脚步。这日他回房的时候，项宜和乔荇正在说话，竟然都没发现他回来了，仍然说着过两日去安螺寺为梁氏忌日斋戒点灯的事情。

谭廷的生母也已过世，每年到了他生母的忌日，谭家都会在安螺寺做整整七日独姓水陆道场，后来不用谭家吩咐，安螺寺住持也会把每年的那七日空出来，单为谭家所用。

听见她们说梁氏的忌日不过斋戒点灯，谭廷便想同她提一下做水陆道场的事情，但他想了想，还是没有直说，而是转身出了门，安排正吉替他去一趟安螺寺。

正吉领命，立时去了。

谭廷站在廊下吹了会儿风，想到了一件事。

上次他去维平府检视大堤，专门绕到青舟书院附近打听了一下，得知项寓和项宁果然住在书院山脚下的镇子里，因没什么钱，住的是一个老旧的二进小院。项宁身体不好，只能待在家中，项寓不放心留她一人在家，便没有住在书院，而是借了书院的马，每日风雨无阻地上学、下学，小小年纪，着实勤奋。

房中项宜和乔荇说话的声音传了过来，廊下的灯笼在风里轻轻摇晃。

谭廷想：我或许可以借这个机会，与他们姐弟三人缓和一下关系。

项宜每年都会去祭拜自己的母亲，赵氏并没有阻拦过她，还会替她添一笔香油钱。不过梁氏忌日的前一天是腊八，谭家有施粥的惯例，因此项宜会在腊八这天早早地领着谭家族人施粥，待到施粥结束，再赶去安螺寺，今年也不例外。

杨蓁从前在京城的时候，也随家人一起施过粥，但多半交给下面的人去做，主家只是短暂露面。而如今，她发现谭家不一样，项宜从头到尾守在粥棚旁边，施的腊八粥也当真是用料十足的粥，来领粥的人都能领到稠稠的一碗。

　　杨蓁跟着搅动粥锅，问项宜："大嫂为何不让管事或者族人代劳？腊八还挺冷的。"

　　项宜笑着说动起来就不冷了，又向她低声解释：世家大族施粥，本是为了帮扶寒门庶族的穷苦人，但架不住有人想捞油水，有人做事不上心，也有人对领粥的穷苦百姓讥笑挖苦，最后反而引发冲突，甚至还有不少世族因为施粥一事闹出人命。

　　她维持着粥棚的秩序，说道："年景不好，尽量不要在这个关头闹出事情来。"

　　庶族百姓在寒冬腊月里吃不饱、穿不暖，世族子弟却居于暖屋，身穿绫罗，双方本就互相看不惯，一旦起了摩擦，将平白招致许多祸事。

　　杨蓁是行伍人家出身，父兄皆在军营，因此也从他们口中听说了，近年来世族与庶族之间摩擦不断，有时甚至需要官兵镇压。她嫁过来之前，母亲担心谭氏一族和清嵋百姓间关系紧张，还特意嘱咐她少出门。不过眼下看来，清嵋的秩序比旁的世族聚居地要好得多。

　　就说施粥这事，谭家的粥用料十足，寒门百姓过来领粥时无不道谢，还会特地同大嫂躬身说上一句"夫人安好"。

　　大嫂则难得地露出笑颜，温声说道："安好。"

　　杨蓁越发喜欢自己的这位大嫂了，得知大嫂晚些时候要去安螺寺，便也要跟着去，还想拉着谭建一起。

　　"啊？娘子，大嫂是去祭拜她娘家母亲的。"谭建提醒杨蓁。

　　杨蓁说："难道我就不能和大嫂一道祭拜她娘家母亲？"

　　谭建："……"

　　她歪头问谭建："你到底去不去？"

　　谭建当然想去，今天去还能蹭上安螺寺的腊八粥。安螺寺的腊八粥不同于别家的，用了一些特殊的食材，味道出奇地好。

　　可谭建不知道他们这样跟去合不合适，也怕大哥训斥他文章还没写好，天天就想着出去玩。

　　最后，他跟杨蓁商量，趁着大嫂还没出发，赶紧去正院问问大哥。

谭廷虽未陪着项宜去施粥，但让人去县衙知会了一声。知县极有眼力地派了一支巡逻队在粥棚附近巡逻，以防有人生事。

施粥结束后，项宜回了内院，谭廷负手立在庭院的树下。

这会儿风大了起来，安螺寺在山上，山风只会更烈。谭廷思量着一会儿跟她说风太大了，他送她过去。

门帘一动，项宜与乔荇一前一后地走了出来。因是去祭拜，项宜换了一件米白素面的长袄，头上只戴了一支银簪。

见谭廷望着自己，她轻轻挑眉，问道："大爷有什么事吗？"

谭廷刚要说出自己方才所想的事，不想只这一瞬，风竟然停了，原本随风摇晃的灯笼顿时纹丝不动。

谭廷："……"

项宜见他不说话，想必无事，行了一礼就要带着乔荇离开。

这时，外面传来一阵轻快的脚步声，杨蓁和谭建到了。

杨蓁见项宜准备出门了，立刻说出来意："大嫂，我和二爷也想去山上斋戒一番，祈祷明岁的平安。"

说着，她朝项宜眨了眨眼。

项宜听了，自然没什么异议。

谭建在自家大哥眼皮子底下不敢乱说话，偷偷去看大哥。

他本以为会看到大哥不善的目光，没想到大哥并无不悦，反而略一思量，开了口："既然如此，便都去吧。"

他说着，微微停顿，清了一下嗓子，继续说道："我送你们过去。"

谭建还以为自己的耳朵出了问题，杨蓁也惊讶地多看了谭廷两眼。

谭廷却无暇顾及他们的反应，只留意着自己的妻子。

他注意到她这次倒没有太多意外的神色，只是皱了皱眉，好似他送她过去是一件让她难受的事情一样。

见大哥不仅答应让他们去安螺寺，还要亲自送他们过去，谭建着实被吓到了。只是这本是一件皆大欢喜的事情，可不知怎么的，大哥自己反而不高兴起来，一路上沉着脸，就像是谁欠了他银子一样。

这样想着，谭建又觉得这个比喻不对，他哥并不会因为别人欠了他钱而在意。

他骑在马上，小心观察着他哥的神色，还没看出什么来，突然被他哥一回头瞥见了。

谭廷神色不善地瞥了他一眼，打马跑到了前面，只给他留了一句话：

"待回了家，把你近来作的文章都送到我书房去。"

他说完，高头大马快跑了起来。

谭建欲哭无泪，近来根本就没有写出几篇文章啊！

他怕了，心道：等到了安螺寺，我一定要避开大哥才行，不然我很可能回不了家。

安螺寺。

项宁进了禅房，不住地大喘气，说道："我以为自己在家练了那么久，这次登山应该不会觉得累了，怎么还是这么累？"

她出了一身汗，脸红彤彤的，唇色略苍白，清秀细长的眉下，眼眸晶亮。她抹了一把汗，又递了一条帕子给眼前的少年："阿寓，你也擦擦汗吧，不然待会儿吹了风会着凉的。"

项寓没接帕子，挑眉说道："你以为我也像你一般吗？走这么点儿山路，我可没出汗。"

少年微抬下巴，像一只骄傲的大公鸡。他的额头上其实也出了几滴汗，只不过被他偷偷擦掉，没让项宁察觉罢了。

项宁将帕子收回来，瞥了他一眼，说道："我不信一会儿长姐来了，你也这般不听话！再怎么说，我也比你早从娘肚子里出来半刻钟，是你的二姐。"

她板着脸，认真地教训项寓，可她身子不甚强健，说起话来中气不足，斯斯文文的，没有一点儿姐姐的气派。

项寓好笑地哼哼了两声，瞄了一眼日头，说道："我和几个学子约了在后山见面，是时候出门了。"

项宁往外看了一眼，问道："是上次写了那则查账趣闻的人吗？"

项寓点了点头，说："我正好问问他，那是哪家的事情。"

他说着，脸色沉了几分。

关于那则某世族竟然查了宗妇私账的趣闻，他最初看到时，只觉得荒唐，后来却越想越觉得不对劲。前几日，他打听到写那则趣闻的人就住在安螺寺附近，干脆写信约了那人来寺庙见面。

他走之前倒是不忘嘱咐项宁："你在这里等长姐，别乱跑，记住了吗？"

项宁乖巧地点了点头，又想起自己是姐姐，他是弟弟，怎么反倒被他叮嘱了？她刚要扳回一点儿气势，不想少年脚下像踩了风火轮，眨眼的工夫，人已不见了。

项寓算着长姐快到了，自己最好在长姐抵达之前去同那学子见上一面。只是他刚走到安螺寺的后门口，就差点儿与一人撞上。那人见了他，愣了一下，然后飞快地眨了几下眼睛，将他认了出来："寓哥儿，是不是你？"

不久前，谭建到了山脚下，就连忙寻借口逃离他哥，说自己从后山的松林里走，替他们采些新雪泡茶喝。他走到此处，可巧就遇到了熟悉的面孔。

谭建晓得项寓和项宁搬到了青舟县住，离谭家并不算远，他从未见项寓和项宁登谭家的门。逢年过节的时候，他问过大嫂，要不要请项寓和项宁来谭家一起过节，大嫂却说不用，项寓学业紧张，还是在家温书好。

得知项寓那么勤奋，谭建有些不好意思，但这并不妨碍他对项寓颇有好感。眼下见了项寓，他兴致颇高地走上前去。

不想项寓向一旁避开两步，皱着眉看了他一眼，淡淡地问道："谭二爷，有何见教？"

这口气有点儿不对，但谭建并未多想，反而因为他也认出了自己，越发高兴起来，道："咱们之间说什么客套话？"

他将了将二人的关系，笑着说道："你是大嫂的兄弟，我也是大嫂的兄弟，咱们不就是异父异母的好兄弟吗？兄弟见面，客气什么？"

说着，他伸手要拍项寓的肩膀。

不想项寓倏忽一个侧身，他的手尴尬地落了空。

他看向项寓，却听项寓阴阳怪气地来了一句："不敢当。谭二爷是谭氏宗房的二爷，项某只是山野小民一个，怎能与二爷称兄道弟？"

这下，谭建终于听出不对劲了，再看项寓的神色，横眉怒目的，仿佛跟他有仇一样。

谭建不敢说话了。他原本想着大嫂那般平和温柔的性子，她弟弟约莫也差不多，谁知……

恰在此时，有人找了过来，正是与项寓约在后山见面的人。

来人问道："二位是青舟书院的学子吗？"

谭建摇了摇头。

项寓走上前去，直接问那人："在下项寓。阁下可是与我约好来此会面的人？"

那人一听，连忙道是。

项寓甚是客气，同那人正经行了一礼。

谭建在一旁看着，才发现原来项寓礼数周到得很，只不过不想跟他有礼罢了。这又是为什么？

眼见项寓同那人聊上了，谭建尴尬地挠了挠头，准备离开。不想正在此时，项寓问了那人一个问题："兄台信中所说的某世家以为宗妇手脚不干净，查了宗妇私账的事情，不知到底是哪一家？"

项寓前几日给那人写信时，也问了这个问题，但那人说自己也不清楚，只是从舅父处听来的，要先找舅父问明白了才能答复。

眼下项寓又问了这个问题，还没等到那人回应，反倒先看见一旁的谭家二爷平地跟跄了一步。

项寓奇怪地看了谭建一眼。

谭建捂着自己狂跳的心脏，突然有种大难临头之感，隐约明白为何项寓对他这么不待见了。

他干咽了一口唾沫，正要走，就听见那人开了口。

那人不是旁人，正是吉祥印铺姜掌柜的外甥符耀。他昨日特意又去了清嵋县城，向自家舅父询问此事，只是不知怎么的，舅父口风紧得很，让他不要再问。

符耀对项寓说道："项兄，抱歉，我舅父什么都不肯告诉我，兴许是那世家过于势大吧。"

听了这话，项寓皱了皱眉。

一旁的谭建吓得冷汗都下来了，也不敢同项寓再说什么，悄悄转身准备离开。

项寓没过多理会他，继续问符耀："不知符兄的舅父是哪里人，做什么营生？"

符耀直接告诉了他："我舅父就住在清嵋县城，开了一家印铺，唤作'吉祥印铺'。"

符耀还想告诉项寓，下次给自己寄信，可以直接寄到他舅父的印铺里，然而还没来得及说，就见项寓突然瞪大了眼睛。

"姜掌柜？！"

符耀讶然问道："项兄认识我舅父？"

项寓的眼睛陡然红了起来。

姜掌柜知道内情却又不便说明的事情，还能是哪家的事情？此时回想符耀写的那则事，诸多细节都和自家长姐的处境相符！

项宜看向偷偷开溜的谭家二爷，突然两步上前，死死地盯住了他，怒道："你告诉我，这事是不是你们谭家做的？！"

事实如此，根本容不得谭建否认。他慌得冷汗都冒出来了，想要让项寓息怒、冷静，又不知道该怎么说出口。

而项寓一想到谭家那些人围着他的长姐，要查她的账目，没有人给她撑腰，没有人替她说话，她只能独自面对，靠着自己的清白支撑，便觉得气血翻涌。

看见他双眼发红的样子，谭建吓坏了，声音发颤地说道："寓哥儿你……你冷静啊……"

"冷静？你们谭家这样欺凌我长姐，你让我怎么冷静？！"

到这时，一旁的符耀总算看明白了：那位被欺负的宗妇，就是项寓的长姐！

此时，一旁传来一个小沙弥急促的说话声："谭家大爷亲自带着谭家女眷过来了！住持让咱们赶快去迎接！"

小沙弥说完，就领着几个人跑去前院了。而项寓在这句话里听到了关键的字眼——谭家大爷。原来那位谭大人也来了啊。

他当即推开谭建，直奔前院而去。

谭建还没来得及松口气，就意识到了什么，喊道："寓哥儿，你要做什么啊？！"

然而话音未落，项寓已经不见了身影。

安螺寺每年最大的一笔香油钱的来源，就是清嵋谭家。之前住持接到了正吉传递的消息，已经有所准备了，可他怎么也没想到谭家的宗子大爷竟然会亲自前来！

往年谭家并没有大办那位项氏夫人生母祭奠的事情，他虽然也会着人行方便，但是项氏夫人对祭祀之礼的要求极少，只是斋戒、点灯，他也不好说什么。但这次不一样了，谭家大爷亲自陪着项氏夫人来祭奠了！

见项宜和杨蓁去了不远处的古松下，住持才很有眼力见儿地低声对谭廷说道："谭大人放心，七天的独姓水陆道场都为项氏夫人的亡母空出来了，届时由老衲向项氏夫人开口，只道是佛缘馈赠。"

住持把话说得这般清楚，也是想同这位谭家宗子确认一下，毕竟这事听起来实在匪夷所思。

谭廷点了点头，目光在不远处的古松下微停，见她正侧着头同杨蓁说话，才说道："嗯，只要不提是我的意思便是了。"

他话音未落，一道怒喝声冲入谭廷的耳中："用不着你可怜我们！"

谭廷转过头，看到了项寓怒不可遏的脸。

项寓怒到了极点，咬着牙说道："你们谭家是高贵的世家大族，我姐姐在你们眼里从来只是卑贱的庶族，所以就算她是宗妇，你们也可以随意查她的账，完全不顾她的体面！"

说到这儿，项寓冷笑一声，才继续说道："既然瞧不上我们项家，这会儿又来假惺惺地出什么钱？以为我们没钱，就可以拿钱让我们低头吗？！"

盛怒的质问之后，整个安螺寺瞬间静得连鸟鸣都没有了。

追着项寓跑过来的谭建僵在原地，甚至不敢上前细看自家大哥的脸色。

谭廷神色僵了僵，没有出声辩解。只是他从来没有认为他们卑贱，也没有用钱让他们低头的意思。他下意识地转过头，就看见项宜快步赶了过来。

项宜在谭家大爷提出送他们过来时便觉得有些不好，想着弟弟的性子，生怕他同谭廷起冲突——上次他们在维平府遇上，已经让事后知道的项宜后怕了。

之前弟弟参加童试，使坏的人还能被谭家的名号压住，但到了乡试，光靠名号就未必有用了，届时可能还得请谭廷出手相帮。项宜一直不愿项寓和谭廷闹僵，就是出于这层考量。可万万没想到，项寓竟然知道了她被查账的事情，又正好撞上了谭廷。

她加快脚步，着急地跑上前来。

谭廷看见她，莫名其妙地心里紧了紧，生怕她也似项寓那般想。

他刚要说什么，就见她一把拉开了项寓，朝项寓说道："寓哥儿，你知不知道自己在说什么？！"

项寓看着自己的长姐，想到自己居然还让项宁在信里写了那桩"趣闻"，而长姐的回信里完全没透露那个被诬陷的宗妇就是她！他简直不敢想象她那时是怎样的心情……

项寓红着眼，连声音都抖了起来："姐，他们谭家欺人太——"

"好了，不要说了！"项宜打断了他的话，一贯无甚情绪的脸色阴沉到了极点。

她的反应出乎谭廷的意料。

下一秒，谭廷就看见她转过身来，向他深深行了一礼。

"项寓年幼，不懂分寸，请大爷大人大量，不要与小孩一般见识。妾身替他给大爷赔罪了。"

谭廷看出了她眼眸中浓浓的忧虑。可他并没有责怪项寓的意思，当日之事本就是他的错，是他对不住她。

她不该向他道歉的。

高大殿堂下的檐铃纹丝不动，空气仿佛凝滞了，谭廷看着低头向他道歉的妻子，心口莫名其妙闷得厉害。

他伸手去扶她，可她在他碰到自己的一瞬，不着痕迹地退开了。

谭廷心口闷到了极点。他之前没找到向她道歉的机会，而她似乎也无意听到他的道歉，有些话他便闷在心里一直没说。但如今他晓得了，那些话，不管她听不听，他都该说出来的。

"你不用替寓哥儿道歉，他说的都是实话。此事本就是谭家的不是，更是我的不是。"

说到这儿，谭廷微顿，看着她，似是下了极大的决心，说道："让你受委屈了。"

这句在心口徘徊多时的话，他终于说出口了。

项宜听见他的话，不由得抬头看了他一眼。

谭廷知道，她定然是没想到他会说这样的话。

项寓却在这时冷哼一声："然后呢？"

听项寓这么问了，谭廷的目光越发定在项宜身上。他想补偿她，只是怕她不肯要。

项寓像是读懂了他的想法一般，又是一声冷哼，说道："我们项家虽穷，却也不缺你们谭家施舍的这两个钱！"

"项寓！"项宜叫住项寓。

看着姐弟二人各异的神色，谭廷沉默了一会儿，而后坦然地说道："寓哥儿想要我如何做，只管说便是。"

项寓听了，恨不得立马回一句"请谭家大爷立时与我长姐和离"，可在长姐严厉的注视下，他只能恨恨地说了一句："明日，我要带我长姐回项家！"

暮色渐起，漫天红霞映着寺庙的琉璃瓦。

杨蓁从方才的震惊里回过神儿，感慨道："我早就觉得大嫂的脾气过于好了，好在她那位胞弟是个有脾气的，又肯替长姐出头。可惜大嫂没让她弟弟把话说完。"

谭建在一旁喝着茶压惊。项寓说出来的那些话已经够厉害了，若是让项寓把话说完，他都不敢想自己的大哥会是什么脸色。

方才大哥应了项寓的要求，同意了让大嫂回娘家的事。他记起大嫂上一次回娘家还是回门的时候。那时，大哥忙于进京赶考的事宜，并未三朝回门，后来大哥进了京，大嫂才择了个日子，独自回娘家小住了半月。

谭建叹了口气，却见自家娘子兴致盎然，还在夸奖项寓方才维护项宜的表现。他喝了口茶，非常怀疑自家娘子不是杨家人，也不是谭家人，而是项家人……

杨蓁不知道谭建所想，话题一转，说道："咱们去找大嫂说说话吧。"

谭建被茶水呛住了，抚着胸口顺了半天，才说道："娘子，这合适吗？"

"有什么不合适的？"她从小榻上跳了下来，说道，"你要是不去，我可就一个人去了。"

谭建咳了两声，看着风风火火出了门的自家娘子，不得不跟了上去。

红霞消散，夜幕拉开，寺院零星的灯火散发着微弱的光芒。项家人落脚的客院里静悄悄的，项宜姐弟都在房中。

项寓的气还没消下去，正抱着胳膊生气。

项宜叹了口气，说道："我的账干干净净，他们不能把我怎么样，反倒是那些跳梁小丑自掘坟墓。"

她看着少年脸上的气愤表情，又劝他："这件事已经过去了，若你再因为此事生气，与谭家大爷闹僵，岂不是因小失大？"

她说着，目光微动："女子不能参加科举，项家也只有你这一个男丁了。你要是记得住自己最该做的是什么，就不会因为这点儿小事生气了。"

项寓抿了抿嘴角，忍下了不甘。他知道，长姐如此隐忍，只因她想要的不是旁的，而是项家能立起来，恢复清白的名声。

项宁看着长姐和项寓，默默地点了一支安神香。安神香气味沉静，白色的烟气慢慢升起，房中的气氛渐渐缓了下来。

就在这时，外面忽然传来敲门声。三个人起身去看，看到了门外的谭廷和正吉。

似是没想到谭廷会来此处，项寓好不容易松开的眉头又皱了起来，项宁亦目露戒备之色。

谭廷顿了顿，看见项宜向自己走了过来。她穿着素白的长袄，身上染了些安神香的沉静味道，香气与她周身的气质莫名其妙地相符。

他也不知自己怎么到了此处，或许是夜色正好，又或许是旁的。

他看着她，薄唇微动，突然很想跟她说几句话。可是项寓和项宁一脸戒备地盯着他，他不知怎么开口，只能默默地看向他的妻子。

项宜并不知他要做什么，问了一句："大爷怎么过来了，有什么事要吩咐吗？"

一听要吩咐事情，项寓的脸色更难看了，连乖巧和顺的项宁也绷紧了脸，紧紧地盯着他，仿佛他是来折磨他们长姐的洪水猛兽。

谭廷叹了口气，说无事，目光转了转，又落在项宜身上，这才开口："今岁天寒，山上更要冷几分，不知你们是否住得惯？"

安螺寺给谭家留的客院可以烧起火炕，项寓和项宁定的客院却只能用炭盆取暖。谭廷原本的意思是将项寓、项宁都接到谭家定的客院去住，可今日下晌这般一闹，别说项寓、项宁不会去了，连项宜也搬走了。

听他这么问，项寓哼了一声，正要说什么，却被项宜用眼神制止了。项宁乖巧些，没有开口，可脸上的戒备之色半点儿也没消减。

项宜神情没有什么变化，语气亦是一贯的平静，道："住得惯。多谢大爷关心。"

见她对自己这般疏离，本想同她单独说两句话的谭廷越发不知怎么开口。他默然看着她，而她则目光微转，落向了别处。

别说单独说话了，两个人连目光都毫无交集。谭廷不禁口中发苦。

这时，院外响起了一阵脚步声，杨蓁和谭建也到了，项家落脚的客院顿时热闹了起来。

谭廷看着满院子的人，知道自己想同项宜单独说几句话是完全不可能了，不禁不快地瞥了谭建一眼。

谭建哪里想到自家大哥也在这儿，眼下被大哥一瞥，心当即颤了颤。

杨蓁却丝毫未察觉院内的紧张气氛，见项宁乖巧白净，甚是喜欢，当即拉着项宁说起话来。

几个女人之间甚是和谐，男人之间却仍然气氛紧张。谭建既不敢打扰自家哥哥，也不敢招惹项家弟弟，只好找项宜说话，低声问了一句："大嫂真要回娘家啊？"

不想他此话一说出口，大嫂还没说话，项寓就一眼瞪了过来。谭建愣了：自己拢共就说了一句话，居然又惹到项寓了？

还是项宜救了他的场，温声说道："嗯，回去小住几日。"

谭建"哦"了一声，小心地点着头，想问大嫂什么时候回来，可看了看项寓的脸色，最后还是没敢问。

谭廷却在这时开了口："住几日？"

听他这般问了，项宜想了想，回答道："大爷看三日可成？"

毕竟腊月里事情繁多，都等着她这位宗妇去打理，她不能离开谭家太久。

然而她这样说立刻惹得项寓皱了眉，项宁也忍不住说道："只住三日的话，姐姐还要来回一趟，也太辛苦了吧？"

小姑娘心疼长姐，话里透着不满。谭廷只好开口说道："那就五日吧。"

他添了两天，一来不想让妻子太过奔波，二来不愿让项家姐弟不满的情绪太重。

谁知项寓当场冷哼一声，问道："只怕我长姐出门五十日，谭大人也不在意吧？"

这话戗人得厉害，谭建都快吓傻了，别说是自己了，就是整个谭家，整个清嵋县，乃至宁南府，也没人敢跟他大哥这样说话。

项宜连忙用眼神警告项寓，不许他再乱说话。

谭廷左右都不是，最后只能说道："那就四日吧。"说着，他看向项宜，"四日后，我去青舟接你。"

项宜从未设想过他来接自己。她想，因着谭家查了自己账目的事情，谭廷已对项寓颇为容忍，而她和谭廷之间的关系远不至此，想必他这句话也只是客气一句。

这样想着，她摇了摇头，说道："天寒地冻，妾身自行回去即可，大爷不必多费周章了。"

项寓闻言，又要说话。

夜幕下的山风里，项宜一袭白裳，轻飘如云。谭廷深深地看了她一眼，这次在项宜之前开了口，说出两个字："要的。"

要为梁氏做七天水陆道场的事，项寓和项宜都没答应，谭廷只好让住持取消，陪着姐弟三人斋戒了一日，为梁氏点了长明灯。

腊月初九一过，项寓就要带着项宜回青舟。谭廷既然已允了她回娘家小住四日，自然不能强留，只能带着谭建和杨蓁返回了清嵋谭家。

走的时候是四个人，却只回来了三个，赵氏知道后吃了一惊，又听说项宜要四日后才能回来，不禁有些头疼，说道："年前事情多得不行，她怎么在这个时候回娘家了？"

谭廷知道赵氏不喜打理族中事务，也知道她本没有头痛的毛病，是因为嫁过来管了几年家，才添了这病的。可他也不欲让她因此责怪项宜，便道是自己让项宜回去的，又说："若是母亲疲累，便由儿子来料理几天。"

"这怎么行？哪儿有一族宗子料理族中庶务杂事的！"赵氏上面还有德高望重的族老们盯着，她可不能坏了规矩。

她想了想，不由得看向刚娶进门的二儿媳妇。

杨蓁见她朝自己看过来，眼睛一亮，兴奋地说道："母亲是想让我帮忙管家吗？我跟在我娘身边学过几天，虽然我娘嫌我笨，但我觉得我可以试试。"

赵氏闻言，差点儿呛着，赶紧说算了。要真让二儿媳妇接手了，只怕她的头痛要更厉害了。

末了，她只好说："罢了，不过四日，我且应对吧。"

青舟项家的二进小院里，热闹喜庆堪比过年。

镇子里的商家把年货都摆了出来，什么蜜枣、瓜子、甜球、苏糕，姐弟三人买了一大堆回来。

邻里听闻项家长女、清崛谭氏的宗妇回来了，一个个跑过来看。见项宜没有绫罗绸缎，没有满头珠翠，也没有奴仆成群，更没有颐指气使，而是平易近人地亲自拿了点心招待他们，众人皆惊。

他们这儿也有世族，远一点儿的有平泽邱氏，当家老爷、夫人富态得连走路都喘粗气；近一点儿的有四大家族之一凤岭陈氏的旁支，那些人最坏，从不拿正眼瞧人不说，还净想着侵占他们的田地。而清崛谭氏的这位宗妇，好像跟那些人完全不一样啊。

他们不好意思白吃项家的东西，也都拿了茶水、果子过来。来往之间，位于镇子边缘的项家小院反而成了全镇最热闹的地方。

至于清崛谭家，冷清中透着混乱，又是另一番光景了。

赵氏久不掌家，此番项宜突然回了娘家，她连吃饭、睡觉都不如往日踏实了，撑着发疼的脑袋理事。谭建也老实了许多，生怕惹着他大哥，眼下大嫂不在，连替他在他哥面前解围的人都没有。

仆从们听说项氏夫人归宁四日，也甚是意外。几日下来，有些人办事懈怠了，有些人则没了主见，只能排队回禀，等着赵氏慢慢处置。

谭廷这两日待在正院，正院一如既往地安静，只是这安静里分明多了一丝冷清孤寂的味道。

这日他干脆去了外院书房，经过门前时，看见一对年轻夫妻抱着孩子，正同门房说话。

谭廷隐约记得那对夫妻是族里不甚富裕的一户，住在清崡下面的一个小镇子里。他离家进京的前一年，这对夫妻生了个孩子，那孩子是早产儿，族里派了老练的稳婆、大夫过去，才把大人、孩子都保住了。

当下，他听见那对夫妻问门房："宗家夫人真不在家吗？我们住得远，不知夫人不在家的消息，来得不巧了。"

见那对夫妻满脸遗憾，孩子小脸冻得通红，谭廷走了过去。

那对夫妻见了谭廷，连忙向他行礼。

谭廷点头回礼，让门房将他们领进门来，又让人给那孩子盛了一碗热粥，才问道："你们来寻夫人，是有什么事？"

那对夫妻并不绕圈子，直说是来道谢的。

妻子给孩子喂着热粥，丈夫跟谭廷说道："这孩子因着是早产，身子虚，前不久得了病，整宿整宿地发烧，镇上、县里的郎中看了，都说没救了。我们夫妻没办法了，只好来宗家求项氏夫人帮忙，请一位厉害的郎中看看。"

他说项氏夫人可不是只请了一位郎中，而是前后帮这孩子请了六位大夫，最后请的那位大夫是京中太医的徒儿，经验丰富，开的药终于对了症。眼下小孩痊愈了，夫妻俩便趁着年节过来，想向项氏夫人道谢。

"我们夫妻本已不抱什么希望了，若不是夫人不肯放弃，前后请了六位大夫到家里给孩子治病，这孩子是保不住的！所以我们特意来向夫人道谢，想让孩子给夫人磕个头。"

谭廷看向那孩子，只见那孩子狼吞虎咽地吃着热粥，虎头虎脑的，当真是痊愈了的样子。

他脑海中禁不住浮现出项宜坐在花厅里不紧不慢地理事的样子，眸色顿时柔和下来，转而吩咐了正吉一句。

正吉当即拿大红荷包装了一把碎银子，给了孩子。

那对夫妻吓了一跳，说道："宗家大爷使不得！我们是来感谢宗家夫人的，怎还能收宗家的银子？"

谭廷说："不打紧，是给孩子的压岁钱。"

夫妻俩还要推拒，被谭廷抬手止住了。他想了想，又说道："夫人眼下回娘家去了，你们不如过些时日再来，给夫人当面道谢吧。"

夫妻俩连声应下，又让小孩给宗家大爷磕头拜年，这才离去。

谭廷看着那对夫妻带着虎头虎脑的小孩走远，神情越发柔和了。半晌，他信步回了书房，坐在书案前，又想起了那对夫妻说的话。

连他们自己都不抱希望了，项宜却没有放弃，连番请了六位大夫去给那孩子治病……

想到这儿，他不由得向西面看了过去。出了清嶂县，往西没多远便是青舟的地界了。

这时，正吉通报了一声："爷，二爷来了。"

谭廷一抬头，看到了缩头缩脑的弟弟。这两日，他可真是好生"拜读"了一番亲弟弟的文章，那文章看得人直上火。当下见了谭建，他便没什么好气。

谭建交了自己今日写的文章，抿着嘴，不敢说话。大嫂不在家的这两日，大哥对他越发凶了，前两天还把他训斥得狗血喷头。

他小心翼翼地看着自家大哥，却见大哥今日好似没有训斥他的意思，只是看了他的文章，哼了一声，而后说道："不可懒惰，年前再写十篇来。"

谭建眼睛一亮：大哥的意思是他今日写得还行？

他忍不住心生雀跃，然而想到还要写十篇，又雀跃不起来了，只能老老实实地应了，连忙退了下去。

青舟项家。

邻人都来串门，项家热闹得不行，到了晚间才终于消停了。

项寓待在自己的厢房写文章，一气呵成地写完一篇时，前半张纸上的墨迹甚至还没干透。

他立在桌前，看着自己写的文章，一颗心沉了下来。若说之前先生们不许他参加明岁的秋闱，他写文章自证时多少有些赌气的意思，那么如今，他是真的想要拿下这场秋闱了——他只有中了举，才能将长姐接回家，让长姐能挺胸抬头地跟那位谭家大爷和离，不必再在谭家受委屈。

项寓想着，又从一旁拿了本书过来，准备将这几年各省的时文再研习几篇。他看得入神，没留意到有人推门走了进来，直到一碗热气腾腾的安神汤被放到了他面前的书案上，他才抬起头来。

见是项宜，他问道："长姐什么时候来的？"

项宜温柔地笑笑，看了看弟弟面前厚厚的书本，说道："天色不早了，你学了一整日，也该歇歇了。"

项寓总觉得自己还不够努力。若此番乡试他不能中举，再考就要等到三年后了。都说他年岁小，再等三年也没什么，可是他姐姐耗不起。他不想长姐把青春年少的这几年都耽误在没人在意她的谭家，耽误在那位谭家大爷身上。

想到这儿，他说道："再看几篇就睡了。"

他心里怎么想，项宜怎么可能不知道？她想对弟弟说自己没关系，在谭家的日子虽不算好，但也不算坏。可她也很清楚，弟弟想让她过的并不是这样不好不坏的日子，就如同她想让弟弟举业顺利、妹妹身子康健一样，弟弟妹妹也想让她顺心快乐。

项宜眼中泛起了一点儿湿意，说道："可再怎么样，也要仔细身子、仔细眼睛，熬坏了自己就得不偿失了。"

"长姐放心，"少年郎挺直了脊背，说道，"我可不似宁宁那样肩不能挑、手不能提，夜里还看不见东西……"

话音没落，就有人气呼呼地闯了进来："项寓，你怎么在背地里说我的坏话？！"

项寓被她凶了也不在意，反而笑了一声："难道我说错了？"

小姑娘气得瞪了他一眼，一把拉住了项宜的胳膊，说道："长姐你看，项寓对我一点儿也不恭敬！他都不叫我一声'二姐'！"

被项宁这一打岔，项宜眼中的湿意顿时消散了。她说项寓确实不尊敬二姐，就算项宁只比他早出生半刻钟，这姐弟名分也定下了。

"寓哥儿该罚。"她看了一眼项宁，微笑着说，"宁宁说怎么罚吧。"

小姑娘水灵的眼睛眯了起来，笑道："听邻人说明日镇上有集市，就罚寓哥儿明日不许读书了，陪长姐和我去集市。"

项寓正要拒绝，却听项宁又说了一句："长姐好久没逛过集市了吧？"

项宜想了想，说道："是好久没逛过了。"

项寓原本想说的话就这么咽了回去。

翌日又下起了小雪，冷风刮得人脸疼。

谭建前一日同杨蓁说好了，今天要带她去吃清嵋本地的小吃。一想到她吃到美食开心得眉眼弯弯的样子，谭建的心跳就不由得加快了。

他料想，大哥一定不会懂他这种怦然心动的感觉的，便也不敢同大哥说，只敢偷偷地带着杨蓁溜出去，不想还没出门，就被大哥叫过去了。

谭建的心动立马变成了心死，生怕大哥又要他留在家里作文章。他眼珠一转，突然想到了什么，便提了一嘴给五老太爷拜年的事情："大哥，年前不去五老太爷处了吗？"

五老太爷是故去的三老太爷的胞弟，也是如今族里辈分最高、名望最盛的族老，不过他老人家并不在清嵧县城，而是在临近的永修县颐养天年。

谭廷还真被他这句话提醒到了，想到近来世族与庶族之间隐隐不稳的局势，觉得或许该听听长辈的意思。他翻了翻皇历，便说道："今日是个宜拜访的好日子，你随我同去。"

谭建傻眼了，可又不敢违抗大哥的话，只好向杨蓁道了歉，陪着他大哥去了永修县。谁知到了地方，五老太爷竟不在家，同道观里的老道士寻仙访道去了，要三日后才会回来。

谭建见天色还早，想着快点儿赶回清嵧，兴许还能带杨蓁去吃小吃，便催马快行。谁知半路竟遇上十几个青舟书院的学子在江边即兴作文章，还作得非常好。

谭建小心翼翼地看了自家大哥一眼，就怕大哥又借机训斥他。不想大哥沉默了半晌，目光看向青舟县的方向，突然调转了马头，低声说了一句："你该去青舟读读文章。"

谭建一头雾水：去青舟哪儿？县城？书院？还是项家？

大哥没有细说，他也不敢多问，只能骑马跟在后面。

他们没有去县城，往书院的方向走了没多远，停在了山脚下的镇子里。

谭建想：如果自己没记错，这似乎是项家姐弟暂住的地方。

他正猜着大哥来这里的意图，就被谭廷领进了一家书肆，而书肆最显眼的位置摆着的，正是书院学子们写的文章……大哥果然是让他来读青舟的文章。

谭廷对这些文章并无兴趣，翻了几篇便起了身，负手缓步出了门去。

项家典下的小院在镇子的另一头儿，不过镇子不大，从这头儿走到那头儿也就两三刻钟的工夫。接项宜回谭家的日子还没到，他也不知道自己怎么就转到了这里，约莫是因为天太冷，想找个地方避一避风；又或者是因为谭建不争气，写文章都写不过青舟书院的学生吧。

腊月里的集市格外热闹，路边的小摊儿卖着花灯、爆竹、春联、年画等，将地面衬得红彤彤的，连路人的脸也被映红了，洋溢着浓浓的喜悦。人潮涌动，谭廷被人群裹挟着向镇子的另一头儿走去，下一秒，脚步陡然顿住了。

后面的人差点儿撞到他的身上，他却没有在意，只是怔怔地看向不远处有说有笑的姐弟三人。

左边的项寓穿了一件宝蓝色的长袍，穿在身上还有成衣的折痕，想来是件新衣裳，只是因为花费有限，料子差了些。右边的项宁身子单薄，裹了两层棉衣，外面是一件崭新的红色小袄，样式是前些年的，不过小姑娘花一般的年纪，穿什么都好看。而走在项宁和项寓中间的那个人，今日终于换下了平日的素色衣衫，穿了一件藕荷色的崭新长袄。

长袄的花色、样式都不出挑，可十分合她的身，稍显艳丽的颜色衬得她的脸庞似也明艳了起来。

以往她总是梳着最常规的妇人发髻，要么戴寻常的簪花，要么戴一支银簪，而今日，她梳了不常见的发髻，将一朵开得正好的红梅簪在了鬓边。不知道项宁说了什么，她笑了起来，红润的唇色与鬓边的红梅相互映照。

身边的人群仍如浪潮般涌动着，莫名其妙地，谭廷立着没动，目光一直落在她的身上。

那姐弟三人走了一会儿，停在了路边的糕点摊子前。

糕点摊子上摆了许多不同样式的糕点，都是临近各个府县有名气的点心。摊主指着那些点心，依次为他们介绍着。

指到点红糕时，摊主道："这是隔壁清崤县的点红糕，好吃着呢，客官们要不要来……？"

他的话还没说完，项寓直接哼了一声："我是绝不会吃清崤的点心的。"

摊主愣了一下，疑惑地问道："啊？这是为何？"

项寓语气不善地说道："我一想到清崤便来气，尤其是想到清崤谭氏，还有那位宗家大爷。"

摊主不明所以，一脸愣怔，不知该怎么接话。

不远处的谭廷将项寓的话都听见了，他沉默着，心情有些复杂地望着项宜。

她并没有看到他，只是轻瞥了项寓一眼，安抚道："好了，何必因为旁人而让自己不快？"

寒风无法从拥挤的人潮中穿梭，谭廷忽然感受到了四面八方挤压而来的闷滞感。

项家三姐弟已从糕点摊子前离开了，他的耳边却还在回响着她的那句话："何必因为旁人而让自己不快？"

谭建觉得自己完了——回清崤的路上，大哥的脸色更差了。他战战兢兢地等着挨训，不过大哥一直抿着嘴，一句话都不肯说，打马回了家。

谭建根本不知道大哥在青舟小镇看见了什么，又不敢多问。好在没多久，从京里回来的人送了信过来，大哥无暇顾及他，他总算有惊无险地告退了。

谭廷拆开李程允的来信，发现信中再次提及了太子身边的那个道人。

李程允说，近日朝中上折子弹劾那道人的官员突然多了起来，有人请太子与那道人保持距离，更有人说钦天监观测到星象有异，只怕有妖道要祸乱朝纲。

李程允所在的槐宁李氏，比不得当世四大家族之一的槐川李氏位高权重，因此，他并不能拿到更确切的消息，只是猜测那道人极有可能是随东宫辅臣同去查案了。

那道人在太子身边也有些年头儿了，不想此时突然掀起了浪来。李程允担忧地表示，年后朝堂恐怕要起事端，甚至整个朝野也会局势不稳。

窗外的风不知疲倦地敲打着门窗，谭廷沉思半晌，才提笔写了回信。

青舟项家，突然有个镖师上门，给项寓送了个消息。项寓得了消息，眉头皱了起来。

待镖师一走，项宜便将项寓叫了过来，问道："是不是出事了？义兄的事？"

项寓点了点头。

之前笔墨铺子突然人去楼空，他便留了个心眼儿，让前去开封的镖师替他留意。方才镖师告诉他，那个笔墨铺子被官府查封了，查封原因不详。

项寓问项宜："长姐，义兄的事怎么办？"

项宜抬头看了看灰蒙蒙的天，乌云层层压下来，看来是要下雪了，只是不知道这雪何时落下。

她让项寓不要再盯着笔墨铺子，说道："在官府查封铺子之前，义兄便已经断了那条路，想来以义兄的谋算，早就有所准备。既然如此，我们万不可让人发现端倪，平白给义兄增添烦扰。"

她说着，深吸一口寒气，慢慢地呼了出来，继续说道："义兄眼下不知身在何处，但若是需要我们姐弟相帮，自然会出现，我们届时再尽力而为也不迟。"

项寓连声应了下来。

项宜又想到了什么，低声说了一句："情况未明，义兄未必会用旧日姓名，兴许会用别名，比如……盛故。"

项宜归宁的第五日一早，项寓就摆了一张大臭脸。项宁坐在项宜身边，说道："长姐以后每隔几月便回家小住几日吧，也不用长姐出面，让阿寓去跟谭家大爷说。"

前两次，项寓在谭家那位大爷面前说话毫不客气，那位大爷都没有生气，项宁便以为可以对他提一些要求了。

项宜却不这样认为。

前两次，谭家大爷因对她心怀愧疚，所以哪怕项寓放肆，他也没多说什么。只是他能容忍项寓一次两次，还能次次容忍吗？项宜很清楚，她和那位谭家大爷的关系，根本不至如此。

她让项宁、项寓都不要乱说话，简单收拾了一下行装，心道：谭家大爷虽然说要来接我，但也不一定亲自来，也许只是打发管事过来一趟。不过不管谁来，都要到下晌才能到了，毕竟清嶋离这里路程不短。

不想她刚收拾了东西，同弟弟妹妹吃了早饭，就有一阵车马声传了进来。

项寓走到门边，没什么好脸色地开了门。

项宜一眼看到了穿着褐色长袍的男人。他不仅亲自来了，还带了谭建和杨蓁。

小镇子拢共巴掌大，清晨的炊烟还没散去，一队车马突然而至，陡然就热闹了起来，仿佛是谁家姑娘出嫁的排场。

项宜愣在院子里，半晌没说出话来。

而谭廷不知道是不是已经习惯于她的不解和惊讶了，只是压了压唇角。不管怎样，他都希望可以与她慢慢地拉近一些距离，这本来也是他该为她做的。

想到此处，他的神色又缓了下来，他迎着她疑惑的目光走上前来，亲自接她回家。

谭家田庄。

自从上回谭蓉被人故意吓唬了，赵氏便一直将她圈在府里，怕再有什么冲撞了她。

谭蓉被赵氏看得严，因此，戏班子来时萃酒楼唱戏她没去，谭家施粥她没去，安螺寺之行她也没去，如此也就罢了，赵氏前段日子开始替她相亲，拿了好几位世家子弟的画像给她看。

她本是带着些羞涩的表情去看画像的，却越看越郁闷。画像上的这些世家子弟其貌不扬，偶尔有一两个相貌尚可的，又被赵氏嫌弃出身差了些。

谭蓉暗暗郁闷：话本中的男子一个比一个英俊，怎么到了她这里，竟没有一个看得过去的？她闷得发慌，便说要去田庄消遣几日。

赵氏自然依着她，只是让她不要在田庄耽搁太久，消遣两三日便回来。

谭蓉应下了，心里却想着多玩几天也不打紧。

到了田庄，她看什么都觉得有趣，玩得颇为开心，谁知第二天夜里，她竟然听见不远处的山头传来了虎啸声。

除了谭蓉，田庄里还有不少人听见了，顿时起身点了火把，守护庄子。这庄子外的山头都多少年没有老虎出没了，眼下突然有虎啸声，谭蓉吓得一夜没敢睡觉，还让丫鬟都陪在自己身侧，好在一夜无恙。

待到翌日天亮，谭蓉便待不住了，连忙让丫鬟收拾了行装，又挑了几个健壮的庄户护送自己回府。谁知一行人刚出田庄没多远，本已消失的虎啸声突然又传了过来。

庄户们齐齐持了棍棒，严阵以待，谭蓉则吓得冷汗都出来了。然而那虎啸声没一会儿就变了腔调，由长啸变成了哀号，接着声音越来越小，最后消散了。

庄户们你看看我、我看看你，有人猜测道："难道是有打虎英雄出现，将老虎打跑了？"

谭蓉一听，来了几分精神，好奇地问道："这附近有打虎英雄？"

庄户们都道没听说，又猜测道："兴许是过路的英雄？"

话音未落，山间突然传来了痛呼声。众人齐齐看了过去，只见不远处的山间小道上，一个小厮模样的人扶着一个青年缓步下了山。

青年身着绛紫色锦袍，身材修长，发丝有些凌乱，左手捂着胸口，右手提着一把剑，身形微弯。那剑寒光逼人，剑身沾了些血，"滴滴答答"地落了下来。

只一瞬，众人就意识到了什么，心道：难道是此人提剑赶走了山间老虎？

庄户们见状，连忙上前接应。谭蓉留在马车中没动，目光却一直落在那人身上。

小厮和庄户们搀扶着那人走了过来。那人似是受了伤，脸色白了几分，额边散落了一缕碎发。

谭蓉发现他虽然衣衫凌乱、身形微弯，但俊美的脸上并不见丝毫慌乱，嘴角还噙着一抹若有若无的笑意。

或是太过疲累，或是伤口发痛，那人一路上半闭着眼睛，直到走到马车附近，才慢慢地睁开了双眼。

谭蓉蓦然愣住了。

那人一双眼眸形似桃花，灿若星辰，恰好朝她看了过来。她心里陡然一跳，匆忙放下了车帘。

庄户们围着那人，询问是不是他提剑赶走了老虎。

那人笑了一声，点了点头，轻描淡写地说道："那虎吃了我两剑，虽说跑了，但也难以兴风作浪，诸位放心吧。"

庄户们闻言，禁不住欢呼了起来。

谭蓉坐在马车里，也忍不住翘起了嘴角，想象着那人提剑重伤老虎的样子。

她很想同那人说几句话，可又不好意思下马车，只好在马车内清了一下嗓子。

庄户们连忙安静下来，有人低声同那青年解释："这是我们家大小姐。"

那人听了，十分守礼地退了一步，道了一句"惊扰小姐了"。

见他这般守礼，谭蓉对他的印象更好了，忍不住说道："感谢壮士为我等赶走老虎，着实辛苦了。我观壮士身上受了伤，不如到我谭家田庄上休息养伤，壮士意下如何？"

那人回答道："多谢小姐好意。"

谭蓉听着他浑厚的嗓音，心跳越发快了，问道："不知壮士如何称呼？"

风吹起车帘，谭蓉透过缝隙，看到了那人的脸庞。他嘴角仍旧挂着波澜不惊的笑意，一双桃花眼炯炯有神，朝她看了过来。

"在下姓盛，单名一个故字。"

第五章
灯下黑

杨蓁难得出门一次，从维平府青舟县返回清崛的路上，她抓住机会沿路玩耍，看什么都觉得新鲜。

她本是与项宜一起坐在马车上的，但见谭建骑在马上甚是快活，便也要骑马。

她若骑马，便要有人下马上车，偏偏骑马的都是男子，若是随便让人与项宜一起坐马车，并不合适。

就在谭建不知如何是好的时候，杨蓁直接问骑在黑色骏马上的谭廷："大哥的马能借我骑一会儿吗？"

谭建本以为大哥定然不会答应，结果大哥的目光往马车上落了落，便应了。他飞快地眨了眨眼，心底冒出了一个不可思议的想法：大哥是不是早就想和大嫂一起坐马车呢？

谭建突然觉得自家娘子比自己靠谱儿。

谭廷下了马，正准备与杨蓁互换坐到马车里，不想杨蓁又对马车内的人说了一句："大嫂也来骑马吧，把谭建也换下来。"

谭建闻言，差点儿从马背上掉下来。他看见大哥掀车帘的手也顿了顿，心道不妙。好在大嫂没有应下，轻声说了一句："我不会骑马，你们骑吧。"

杨蓁只好道下次教大嫂骑马，便上了黑色骏马。

谭廷撩了车帘，刚要上马车，便见原本好生坐着的人微微起身，要坐到另一边去。

"不必动了。"他说了这四个字，便坐到了她的对面。

车内空间狭小，她在他进来后，便眼观鼻、鼻观心地坐着，未发一言。

谭廷也没有出声，静静地坐在她的对面。

车外的杨蓁骑着马，欢快地说着话，谭建陪她说笑，也话多了起来，衬得车内越发安静。

从前，他们都习惯于这样的气氛，只是现下，谭廷不知怎么回事，总想同她说两句什么，打破这样的安静。可是说什么呢？是问她在娘家过得好不好，还是问她回到谭家有什么打算？又或者突兀地问她有什么喜好？想了半天，没有一个合适的。

谭廷叹了口气。

他竟找不到与自己妻子可聊的话题。

一行人稳稳当当地走在回清崃的路上。清崃、青舟一带，虽有些许山丘，但并无高山峻岭，又因着有世家大族聚居，维持秩序，故而并无山匪、水贼，颇为安泰。

谭廷一行走着，风突然大了起来，马在寒风里前行艰难，他干脆下令在山丘间的避风处稍做休息。

众人并无异议，只有杨蓁说了一句："在山间休息，会不会遇上山匪啊？"

谭建笑了一声，说道："放心，这些山头并无山匪安营扎寨，十分安全——"

谁知话音未落，山间突然传来一阵急哨声，下一秒，两边山坡的树丛里就冲出十余人，一边呼喊着，一边提着刀枪奔了过来。

停在路边的马车里，项宜正在喝水。

谭廷忽然一把抓住她的手臂，将她向一旁带去。

下一秒，一支利箭从谭廷身后的车窗飞了进来，擦着他的手臂，射到了对面的车身上，那儿正是项宜方才背靠的地方。

项宜被他半圈在臂弯里，惊魂未定地抬起头，与他发沉的目光对上了。目光对上的一瞬，两个人愣了愣。

然而下一秒，外面彻底乱了起来。谭廷脸色阴沉，只说了一句"你留在此处"，便抽出马车座位下常备的剑，转身跳下了马车。

谭家此番来接项宜的人不少，谭家护院也不是吃素的，因此，那伙匪贼虽然攻其不备，但还是很快落了下风。

领头的匪贼见势不妙，急急吹响哨子，一众匪贼当即慌不择路地撤退了。

谭家护院正要追上去，被谭廷止住了。

谭廷谨慎，这伙贼人不知从何而来，若贸然追过去，很可能中了对方的调虎离山之计，况且穷寇莫追，他们一行人的目的不是剿匪，而是安全返程。

他立时让人调整车马队伍，又问了大家的受伤情况。

这伙匪贼武艺不精，因此只有小部分护院受了轻伤，再就是谭建为了护着杨蓁也受了些伤。

而杨蓁与匪贼过了几招儿，此时还在兴头上，说道："这群匪贼当真奇怪，看着气势汹汹的，结果这么轻易就被咱们打跑了，连我都能跟他们过上几招儿。"

谭建心道：连我这样从小习武的人都未必能在自己娘子手下过几招儿，更别说那些人了。他琢磨了一会儿，说道："那伙人看着不像是正经土匪。"

谭廷也觉得不像，只是此刻无暇思考那伙人的事——这场突如其来的袭击一过，他下意识地走回了马车。

他刚走到马车前，就见车帘被掀了起来。

她神色无恙，反倒瞧了瞧他，温声问道："大爷无事吧？"

她难得主动地说了一句关心他的话，谭廷禁不住心里一缓，嗓音也不自觉地温和下来："我没事。你可好？"

她轻轻地点了点头，没再同他多言，转而去询问谭建、杨蓁的情况了。

此地不宜久留，见众人无甚大碍，谭廷立时下令出发，尽快返回清嶂。

可惜天不遂人愿，寒风卷着地上的草木沙石，逆向而来，一行人走了半晌，也才走了五里地。天色阴沉沉的，像是又要下雪了，路途走了半程，一行人前进也不是，返回也不是。

项宜忍不住说道："不如先寻一个村庄歇脚。"

她想，若一会儿风停了，就继续走；若是当真下了雨雪，便借宿一晚。

谭廷与她想的一样，当即点了点头，让人前去探路。

探路的人很快回来了，说前方不远处有个唤作"柳阳庄"的小村庄，因村口栽着三棵大柳树而得名。

谭廷一行人到了柳阳庄，连着敲了好几家的门都没人应，之后见着村里的小孩，上前问了问，才知道村里的大人都去里长家了。

小孩们在避风处的地上写写画画，项宜瞧着，拿了一包糖给他们吃。

谭廷则派人去了里长家里，询问能否在村子里稍做休息。

里长并未拒绝，派人指了一户家中无人的宽敞院子，让他们暂歇。

到了下晌，风一阵大过一阵，待到风好不容易停了，又下起了雨夹雪。谭廷一行彻底断了今日回家的念头，只能借宿柳阳庄。

项宜让乔荇去跟村里人借了些草药来，只道是有人被风吹得摔下马，受了伤。村里人倒也好说话，给了他们不少草药。

谭廷看着项宜忙碌的身影。

她仔细看了众人的伤势，将草药一一分给了众人，最后手里还留了一份，说道："大爷也被箭矢擦伤了吧？可需要我替大爷上药？"

谭廷还以为她并没有发现自己被箭矢擦伤了，眼下听她这般说，目光更加柔和了，温声说道："好。"

他们夫妻二人住在小院的东厢房。回到厢房，项宜便把谭廷的袖口扯开些许，仔细看了他被利箭擦伤的伤口。

她将草药细细研磨了一番，先替他清理了伤口上的污秽，才轻轻地将草药敷了上去。

新伤被草药一敷，顿时传来一阵刺痛，谭廷自然不会因此喊痛，他只是看着她手下极轻地为他包扎了伤口，动作没有一丝笨拙，轻柔无比。

他忽然觉得她身上有一种令人心安的力量。

直到她利落地做完事走开，谭廷才回过神儿。

她在一旁净手，他忍不住多看了她几眼，发现她今日也穿着之前他在小镇上见到的那件藕荷色新长袄，只是比起那日的轻快与明艳，今日的她显得沉静了许多，鬓边自然也没有那朵开得正好的红梅了。

谭廷抿了抿唇。

这时，外面传来乔荇的声音，道是杨蓁处理不好谭建的伤口，只能来请大嫂帮忙。与此同时，谭建的痛呼声也传了过来。

项宜匆匆地擦了擦手上的水，就赶紧过去了。

西厢房内，谭建疼得眼泪都快出来了，说道："娘子，求求你，别对我下死手行吗？"

杨蓁急得跺脚，说："我的动作已经够轻了，你怎么这么怕疼啊？"

谭建忍不住委屈：他确实不能和杨家满门的练家子相比，但若不是自家娘子下手太重，他真不至于疼成这样。

当下见着项宜进来了，谭建就像见到了救星，杨蓁也抹了抹额头上的细密汗珠，说道："大嫂你快来吧，我可伺候不了他了。"

项宜瞧了瞧谭建的伤口，发现确实比那位谭家大爷的伤严重一些，不过她倒也能处理。

项寓从小就是争强好胜的性子，没少在外面打架，后来读书了才收敛了些，可自从父亲死后，总有人来项家骚扰，项寓脾气又冲，三天两头儿身上带伤。项宜替自己弟弟处理伤口的次数多了，经验丰富，处理谭建这点儿伤自然不在话下。

不过谭建方才被杨蓁那么一弄，此时痛意未消，若是就这么给他敷草药，他恐怕要疼得叫起来了。项宜想了想，让乔荇拿了一包糖过来。

她叫谭建数着数吃糖，从一开始数，逢十才能吃一颗。谭建乖乖地点了点头。

就在谭建听话地数数的工夫，项宜手下极利落地将他的伤口清理干净了，然后趁着他不注意，给他的伤口敷上了草药。

最后敷药这一下，谭建疼得差点儿叫起来，刚才吃了颗糖，怕呛着，才忍着没有叫。

项宜见此，连忙示意杨蓁把最后几颗糖一并喂到了他的嘴里，哄着他："好了好了，不疼了不疼了。"

谭建这一口气缓了半天，终于缓了过来，说道："幸亏大嫂救我……"

杨蓁在一旁嫌弃地哼了一声。

项宜见二人小孩一般相处，忍不住笑了笑。她转身欲走，却看到了站在门口的男人。

谭廷走进来，目光在她的脸上微落，接着又定了谭建身上。

谭建也看到他大哥了，连忙起身行礼。

谭廷冷哼一声，用不善的眼神瞥了他一眼，说道："大呼小叫，不成体统。"

谭建吓得立马闭了嘴。

谭廷没再理会他，负手转过身去，回了东厢房。

谭建打了个激灵，方才他哥虽然没多说什么，但他莫名其妙地觉得自己要完了……

他苦着脸，忍不住喊项宜："大嫂……"

"怎么了？"项宜将草药收拾了，又嘱咐了杨蓁两句。

谭建不知道该怎么表达，他只是觉得，不能再让大嫂给自己上药了。想到这儿，他做了决定：就算是被自己娘子下死手，他也不能再劳烦大嫂了。

"辛苦大嫂了，大嫂快回去歇着吧。"

项宜并没有领会他的意思，不过见天色也不早了，便回了东厢房。

东厢房里，男人给自己倒了杯茶，坐在窗下默默地喝着。

厢房不大，项宜进来后稍走两步，就到了谭廷的身侧。

谭廷看着她，隐隐期待着什么。可她只是续了些茶水给他，便去床边收拾床铺，准备过夜了。

谭廷不禁想起她给谭建处理伤口时的样子。她甚至还拿了糖，耐心地哄着谭建！可是到了他这里，一句多余的话都没有。

谭廷看着妻子的背影，欲言又止。末了，他抿着唇出了门去，安排谭家护院晚间值守的事宜。

与此同时，一伙人相互搀扶着，踉踉跄跄地来到了里长的家里。

里长见他们狼狈不堪，不少人身上还有血污，当即惊诧不已地问道："你们当真去做土匪的勾当了？！遇上陈氏的人了？"

这狼狈不堪的十几个人，正是谭廷一行白日里遇到的土匪，领头男人的脸上还有血迹。

听见里长的问话，领头的男人摇了摇头，说道："我们确实遇到了一伙人，不过不像是凤岭陈氏的人。见他们也是绫罗绸缎在身，我们本想劫掠他们，谁知对方太厉害，我们实在没打过。"

里长听得一阵后怕，说道："为何如此冲动？对方既不是陈氏，你们就不该出手！"

那领头男人闻言，冷哼一声道："他们就算不是陈氏一族，也是旁的世家大族。这些世家大族不都一个德行吗？趁这样的年景，压着价屯田，见咱们不愿意，就动用官府的权力，逼得我们卖田卖地！他们可曾给我们这些庶族小民留一点儿活路？！"

压价抢他们田地的陈氏、邱氏为富不仁，既然如此，就别怪他们劫富济贫了！

世道如此，里长知道村里人心里都憋着火，他就算想拦也是拦不住的，只能好言相劝了一番，便让大伙儿各自回家休息，不要再莽撞行事。

谭廷叫来谭家护院，吩咐着夜间巡逻的事宜。白日里遇到的匪贼来路不明，他不得不防着他们夜间袭击村庄的可能。

他刚吩咐完，突然听见一阵混乱的脚步声，好似是从里长家的方向传来的。

谭廷不由得想起他们进村的时候，村里的大人都不在家，而是在里长家的院中商议什么事情。他眼皮跳了一下，刚要差人悄悄打听一番，就听见有说话声从前面的转角处传了过来。

下一秒，自转角而来的人和谭廷打了个照面。那人脸上的血污还没擦掉，看到谭廷的一瞬，立刻喊住了自己的同伙。而谭家这边，谭廷身后的护院们更是齐齐拔出刀来。

两方再次碰上了，短兵相接。

风急了起来。

项宜听见动静，急忙跑出来，就见谭廷已令人将院子四面守了起来，与院外的人拔刀对峙。杨蓁和谭建也闻声赶了出来，很快与匪贼战到了一处。

杨蓁一双短剑使得行云流水，将高她一头的壮汉轻松击退，不过她没有伤人性命，而是点到为止。

那漂亮的一招一式从杨蓁手下使出来，谭建看得眼睛都直了，只觉得自己眼里再没了旁人，一颗心跳得飞快。他一时间竟然忘记提刀上前，还是被他大哥一脚踢在了腿上，才回过神儿来。

"刀剑无眼，此时发什么呆？！"

谭建闻言，心道：我该怎么跟大哥解释，自己也不知怎么就看呆了，一颗心跳得极快，眼里也没有旁的事物了。不过纵然他解释清楚了，大哥应该也不会懂，毕竟以大哥这般性子，想必未对什么人心动过吧？

这种儿女情长的事情，谭建最终没敢提。他收敛心神，也提刀冲了上去。

外面的匪贼高呼着，将村里人一拨儿地叫了过来。后面来的人甚至没弄清是何状况，便向着自己村里的人，举着棍棒与谭家众人打起来。

眼见对方的人手越来越多，杨蓁一着急，手下招式不免慌乱，险些被人一枪刺在肩头。

谭建急忙替她挡了一枪，疼得冷汗都落了下来，问道："大哥，这般下去，我们很快就要落下风了，怎么办？"

谭廷亦发现情势不妙，可他还没张口回答谭建，就听到了一道异常沉着的声音："这般打下去不是办法，我们应该趁颓势未露，与村里人谈判。"

谭廷转过头去，就看到了身后不远处的女子。她身穿藕荷色长袄，半散下的青丝被风扬起，大敌当前，她却丝毫没有被眼前的景象吓到，反而越发沉稳，朝他看了过来。

刀光剑影里，谭廷与她对望。她当下所言，正是他心中所想。

他不禁说道："夫人所言极是。"

言罢，谭廷利落回身，一边挡开刺来的一枪，一边低声吩咐了身侧的护院两句。那护院领了命，很快将对方阵营里的一个年轻人拉进了院子。

有了人质，双方对抗的情势缓了下来。

谭廷沉声道："我等今日遇风雪阻挡，才在贵村落脚，本无相扰之意，各位何必与我等拼个你死我活？"

他说着，看向人群里一个上了年纪的人，道："里长以为，此事该如何？"

他只看了一眼便从人群里猜出了谁是里长。

老里长万万没有想到，今日前来借宿的人，竟是被村里人袭击的那群人。

他本就不愿村里人打打杀杀的，当下听了谭廷的话，立时明白过来，叫了领头的男子："冰勇，人家不想同咱们打杀，才握了人质在手，同咱们言语。你快快让人停下，不要再动手。难道非要出了人命，你才肯罢休吗？！"

张冰勇便是提出要找压价屯田的陈氏、邱氏劫富济贫的柳阳庄人。他只恨自己无权无势，只能眼看着村里人被世家大族欺凌——村里许多人家因着今岁难过，不得不卖了田地，往后便只能去给世家大族做佃户，虽说不用交税了，但落到手里的粮食也更少了，还要被世家大族如奴仆一般差遣。

听了里长的劝说，张冰勇又急又气，不甘地说道："万一他们就是陈氏或者邱氏的人呢？这些人穿着绫罗绸缎，又在各族收地的时候来我们柳阳庄，这都是说不好的……"

张冰勇话音未落，杨蓁便说道："这不过是你的猜测！我告诉你，我们不是什么陈氏、邱氏，我们是清嵋谭氏！"

村里人自然听说过清嵋谭氏的名头，当下再看护院们腰间亮出的腰牌，千真万确刻着"谭"字，顿时都吃了一惊。若说当地的平泽邱氏、凤岭陈氏旁支是他们这些庶族村民无法对抗的大族，那么宁南府的清嵋谭氏就更是他们惹不起的世家大族。

见村里人惊疑不定，谭廷的目光从他们身上扫过，说道："我等确实是清嵋谭氏，路过贵地并非为了压价买田，而是接我归宁的妻子回家。"

他说着，目光定在那领头的张冰勇身上，说道："此番出行轻车简从，我等并未携带多少钱财，你们劫富济贫也好，寻人报仇也罢，在此处与我等拼命岂非不值？"

谭廷的话素来不多，却总能切中要害。张冰勇等人并不是亡命天涯的土匪山贼，而是被迫反抗的庄稼人，哪怕对世家大族再有怒气，也没必要同不相干的人拼命。

话音落地，村里人都不由得动作一顿，互相交换眼神。谭廷亦示意手下不要轻举妄动。

只是相比其他人的犹豫，那张冰勇要难劝得多。他说道："你们不是陈氏、邱氏，而是比他们更厉害的清崵谭氏，那岂不是比他们更能压榨我们这些庶族百姓？"

他说着，冷笑一声："今岁天寒，你们谭氏难道没有做这般压价屯田的事情吗？说到底，你们也和他们是一路货色吧？"

听他这般说，村里人又激动了起来："世家大族都一样，你们谭氏难道就没有压价买田吗？！"

村里人又挑起矛头，对准了院中的谭氏众人。

这次不用谭廷开口，谭建率先说道："我们谭氏还真就没有压价买田！"

他说着，看了一眼自家大哥，想到大哥上回没有准许族人借钱买田时，族中还颇有些言语，只是在宗子的威严下，无人敢挑战。眼下看来，长兄彼时的决议果然是对的。

如此想着，谭建又说道："难道你们听说过谭氏一族也似陈氏、邱氏那般压价屯田的消息吗？"

见他这般敏捷应对，谭廷暗暗点头，杨蓁也忍不住眨了眨水灵的眼睛。

村里人听了谭建的话，果真又犹豫起来，相互询问关于谭家的事情，问来问去，似乎谁也没听说过谭家压价屯田的事。

那张冰勇却不肯随便相信旁人，说道："咱们没听说过，不代表他们没有做过，更不代表以后也不会这般做。他们是世族，可不是庶族！"

毕竟两方的矛盾不是一日两日了，今后只怕更加势如水火。

见众人又犹疑起来，谭廷向前走了一步。

男人身姿挺拔，出口字字清晰有力："我可以保证，清崵谭氏不会做这等压价屯田、欺凌庶族之事。"

项宜不由得看了前面的男人一眼。在其他世族大肆趁机屯田的情况下，他还能做出这样的承诺……

老里长也不禁看向了谭廷。他并不知道眼前这男子的身份，可只看周身气度也晓得此人并非常人，又能说出这样的话，必是谭氏一族掌权之人。

这样想着，他再次上前去劝张冰勇："你想想清楚，咱们何必因为其他世族的所为迁怒谭氏，与清嶕谭氏闹僵？"

谭氏的人做出了这般承诺，他们要是执意与谭氏交恶，又有什么好处？老里长把话说得明白，村里人也纷纷点头同意。

谭家众人看着，都默默地松了口气。

谁想到那张冰勇低声念了一遍"清嶕谭氏"四个字后，反问老里长："他们这些世族的话果真能信吗？咱们如何确定他们不会出尔反尔？万一他们当面一套背后一套，回了清嶕便去找官府，让官兵前来剿灭我们，我们到时可怎么活命？！"

他这一假设，将村里人都吓到了。在世族和庶族水火不容的局势下，世族之人说的话，他们真的能相信吗？这次连老里长也有些怀疑了，不敢再劝张冰勇。

谭廷的眉头皱了起来。

杨蓁见状，着急地走上前，与村里人分说，谭建也在一旁保证。可庶族和世族之间的信任崩塌不是一次两次了，他们越是分说，村里人就越是犹疑，纷纷面露戒备之色。

对这些庶族百姓来说，或许就此灭了谭廷他们的口，反而比放虎归山更加安全。只是他们都是庄稼人，此前并未做过这样残忍的事，一时间不敢下这样的杀手。

风雪大了起来，凛冽的寒风吹着对峙的双方人马。

谭廷暗暗叹了口气，也许只能做谈判失败的最坏打算了。

然而就在这个时候，有人走上前来。

风雪将那人藕荷色的长袄打湿了些许，青丝在风中翻飞。

项宜缓声开口："若我可以找人作保，你们可否相信谭氏的承诺？"

此话一说出口，谭家众人面面相觑：这种风雪天气，一时半会儿的去哪里找人作保？

张冰勇冷笑道："找人作保？谁知道你们是不是去找救兵？别耍花招儿！"

谭建说道："大嫂，你真能找到人作保，让他们信我们吗？"

谭廷也疑惑地将目光再次落到了她的身上。

她没有因为这些疑惑而退却，反而微微扬起唇角，说道："我可能真有保人就在村中。"

话音落地，众人都惊讶起来。谭氏的人完全摸不着头脑，村里人则你看看我、我看看你，想要看看是谁认识他们，又是谁能替他们作保。

张冰勇可没有耐心了，说道："你不要故弄玄虚，到底是什么人，何不直说？若那人真能作保，我们便放你们离开！"

浓浓的夜色里，谭廷看到村里人举着的火把照红了项宜的半边脸庞。

她依旧直直地立着，缓缓地开了口："在村中教小儿识字的楚先生，你们可以帮我请过来吗？"

谭家人完全不知道她说的是谁，村里人却都吃了一惊。有人正要问她怎么知道村里有位楚先生时，就听见一阵急促的脚步声。

不远处快步走来两个人，其中一人挑着灯笼，喊道："项夫人！"

谭氏众人纷纷向那两个人看去，才发现来的不是旁人，正是曾借居谭氏善堂的楚杏姑母女。

村里人见楚杏姑果真认识那位夫人，连声向她询问这群人到底是何人。

楚杏姑怎么也想不到竟会在此地见到项宜。

她与母亲离开谭家之后，便来姨父、姨母家中过冬。今晚遇上村中哄乱，母女二人没敢出门，却听到屋外有村里人问及清嶂谭氏的事情，连忙向村里人询问详情。弄清情况后，母女二人连忙小跑着到了此处。

老里长和张冰勇见楚杏姑来了，都急忙向她投去问询的目光。

前阵子，村中唯一识字的老先生没熬过寒冬，过世了，村里人发愁以后便没人教孩子们识字，也没人替大伙儿读信、写信了。楚杏姑是秀才的女儿，颇能识文断字，于是自告奋勇，且分文不取。她极细心，又有耐心，很快得了孩子们的喜欢，村里人也都敬她，称她一声"楚先生"。

当下，里长和张冰勇不约而同地问她："楚先生识得他们？"

楚杏姑来不及喘口气，便急急地说道："院中皆是清嶂谭氏的宗家之人！"

说着，她看向项宜，继续说道："这位便是我之前说的多次帮了我们母女的宗家夫人！"

张冰勇就住在楚杏姑姨父、姨母家的隔壁，如何没听说过楚杏姑母女的遭遇。谭氏的一部分族人确实令人讨厌，但是后来查清事情，谭家倒也惩治了那些族人。更可贵的是，那位宗家夫人力排众议，对楚杏姑母女屡次相帮，并非虚伪地做给别人看，而是出自真心！他还听说，那位宗家夫人也是庶族出身。

张冰勇看向谭氏众人，又看向站在中间的女子，那位竟是庶族出身的谭氏宗家夫人。

眼下，他心里已信了大半，但想到全村人的安危，还是谨慎地问楚杏姑："你能为他们作保，保证他们回去后不会报复我们吗？"

楚杏姑闻言，看向项宜。

项宜对着她点了点头，神色坚定。

楚杏姑深吸一口气，说道："只要大家信得过我，我可以为谭氏宗家作保！"

话音落地，连风雪都停了一停。你死我活的一场祸事，就如落到水中的雪，登时消散了。

谭廷当下着人松开了捉来的人质，然后转头看向了项宜。

被风撩动的青丝落在了她的肩头，她缓缓地松了口气，向楚杏姑道了声谢。

谭家众人也齐齐松了口气。

杨蓁走上前，激动地问道："太神奇了！大嫂怎么知道她在这里？"

谭建也诧异地问道："难道大嫂之前问过她的去向？"

查账的事情了结后，项宜确实让乔荇去看过楚杏姑母女，但并没有问到楚杏姑具体去了何地。眼下，她摇了摇头，微笑着说道："进村子的时候，路边恰有几个孩子用树枝在地上写字，我给他们糖的时候，听到他们提起了新来的女先生，又恰恰说到那先生姓楚，我便留了心……"

她轻描淡写地说着，目光清澈，眼眸里泛着似冬日火把一般的光亮。谭廷定定地看着，只觉得那光亮不知怎么的，竟亮过了天光。

他觉得自己的心似乎也如火把燃烧时的火焰，迅速而又毫无规律地跳动了起来。

谭家田庄。

青年着实受了不轻的伤，好在他的小厮秋鹰得力，并不用田庄众人帮忙，只需借些草药来用。

天阴下来，起了风，没一会儿又飘了雪，谭蓉便没急着回清峋县城了。听到秋鹰在向人借草药，她便将他叫了过来，问道："盛壮士的伤势很重吗？只用草药能行吗？"

秋鹰叹了口气，说道："今次碰上的老虎甚是厉害，若非我家爷身手敏捷，有功夫在身，只怕难逃一劫。爷的伤势不轻，只是这冰天雪地的，除了草药，又哪里去寻别的药膏？"

他刚说完，谭蓉的丫鬟小希便在一旁笑了一声，说道："我家小姐这儿什么上好的药膏都有。"

谭蓉轻咳了一声，又在秋鹰投来的问询目光中点了点头。

秋鹰连忙跪下，说道："还请小姐赠药一二，小人感激不尽。"

话音未落，谭蓉便将他叫了起来，又让小希拿了早就备好的几样药膏给他，说道："不知这些药够不够，若是盛壮士还有别的需求，你再过来。"

秋鹰连忙磕头道谢，又挠了挠头，一副有话要说的样子。

谭蓉见了，眨了眨眼，疑惑地问道："怎么了？"

秋鹰笑了笑，说："倒也没什么，只是我家爷其实是个读书人。爷说他当不得'英雄好汉''壮士'这一类的称呼，让小姐也不必如此客气。"

他说完，规矩地行礼退下了。谭蓉坐在房中的交椅上，抱着手炉，半晌没说话。

原来那人是个读书人，还有功夫在身，想必是位世家公子。只是她从前对其他世家的事情不感兴趣，也没怎么出过远门，并不了解盛这个姓氏。

她抿了抿唇，眼前不禁浮现出那人从山坡上走下来的样子，高挑挺拔，似与长兄不相上下，即便受了伤，微弯了腰，也是玉树临风的模样，可比母亲替她挑来的那些世家子弟出众多了。

谭蓉如此想着，贝齿轻轻咬了咬唇。

外面的风雪越发大了，谭蓉干脆决定今日不走了，至于明日要不要回去，她还没有想好。

到了晚间，谭蓉正在发呆，秋鹰突然求见，道是自家爷亲自来道谢了。

谭蓉连忙整理衣衫，将人请了进来。

男人确实受了不轻的伤，双唇发白，只是他仍神色温和，礼数周到，先向谭蓉行礼道谢，才说了一句："此番突然碰上老虎，受了些伤，明日只怕是不能上路了，不知道能不能在贵田庄多留几日？"

谭蓉听了，当即点头应了："盛先生安心住下，不必着急上路。"

男人浅浅地笑了一下，说道："多谢姑娘的好意，只是姑娘到底是未出阁的人，我这般贸然住在姑娘的庄子上，着实不太好。"他说到此处顿了顿，才接着说道，"在下并非孟浪之人，以为这般状况，最好让姑娘家中主持中馈的夫人知晓才好，免得平白生了闲话，有损姑娘清誉。"

他突然提出这般要求，谭蓉愣了一下。而他话音落地，一双桃花眼微抬，看向她的眸中似有葡萄美酒一般的光泽。

谭蓉禁不住心里"扑通"乱跳起来，急忙含羞垂了头，想都没想便应了下来："先生放心，明日我便打发人去告诉我长嫂。"

柳阳庄。

有人为谭家一行人作保，密布在庄子上空如黑云压城的紧张气氛总算散了。大伙儿本来就过得艰难，谁又舍得轻易豁出性命呢？

楚杏姑从人群里穿过来，走到项宜面前行礼。

相比谭建、杨蓁逃过一劫的兴奋，项宜的神色依旧平静。她将给自己行礼的楚杏姑扶了起来，道了谢，又问楚杏姑在此处过得可好。

项宜向来没有什么架子，可楚杏姑还是守礼地同她说了近况，又问候了她，才说道了一句："柳阳庄的人并非匪徒，他们也是被那些压价屯田的世家逼得没办法了。"

项宜点了点头，沉思了片刻。

谭廷见她微微垂了头，正暗自猜测她在想什么，就见她忽然转身，朝他走了过来。

莫名其妙地，谭廷的眼皮跳了一下。

项宜走到谭廷面前，在距他一步之处便停了下来，垂着头向他行了礼，说道："妾身此番自作主张，还请大爷莫要责怪。只是大爷既然如此承诺了，便不可辜负了这些村民。"

她的声音很轻，可落在谭廷耳中，却让他方才忍不住乱跳的心骤然一滞。

她说完，便抬起头来看向他。

谭廷一瞬间明白了她的意思。在她眼里，他方才的所作所为只是权宜之计吧？毕竟他是世家宗子，与那些村里人不一样，也与她不一样。所以，她也有那么一丝不确定，他是否真的会信守承诺。

谭廷重诺，怎么可能不信守承诺？可是她作为他的妻子，竟不了解他的为人。

风雪抽打着人，谭廷看了她半晌，陡然将剑掷到了一旁，抬脚走到了村里人面前。

村里人都向他看了过去。

谭廷开了口："承蒙各位信任，肯与谭氏化干戈为玉帛。今岁寒冬难过，若是各位不介意，可以将田地租给清峤谭家。"

他说着，目光看向众人，继续说道："租地价格就按往年均价，谭氏绝不趁机压价，还会提前支付租地费用，让诸位好好过冬。至于租赁的时长，三年、两年、一年甚至半年，都可由诸位自行决定。不知各位意下如何？"

此话一说出口，整个人群随之一静。

出租田地不同于卖掉田地，租赁期限一到，田地仍是他们的，而他们只需要将租赁期间的田中所产交给谭家，眼下就立马能拿到过冬的银钱。在这般年景里，这法子简直就是他们求之不得的生路！

众人你看看我、我看看你，都不敢拿定主意，最后看向了里长。

老里长活了一辈子，也没见过这样的好事。世家能不压价屯田就算不错了，怎么可能对他们伸出援手？

他颤颤巍巍地走到谭廷面前，弯着腰行礼，被谭廷托住了。

谭廷看出他的犹疑，宽慰道："老人家放心，谭某言出必行。"

老里长感动得热泪盈眶，再次给谭廷行礼，又被谭廷止住了。他定定地看着眼前的谭家宗子，而后转过年迈的身躯，高呼道："是真的！我们柳阳庄有救了！"

老里长话音落地，柳阳庄众人齐声欢呼。

有救了，柳阳庄有救了，他们不用卖田卖地了！他们这些世代务农的人，可以留住自己的土地了！

谭廷只怕还有人不那么信他，当即让人拿了笔墨来，悬臂提笔，将方才所言变成了白纸黑字，交到了老里长的手中。

老里长拿着那张纸，激动得双手直发颤，领着柳阳庄众人再三道谢。

那张冰勇也放下刀枪，有些不好意思地上前问道："我……我家也可以吗？"

不用谭廷开口，谭建走上前回应了他："自然可以！"

柳暗花明，庄子里再没有一丝阴霾。

谭廷将后面的事情交给了谭建，转身向屋内走去。在众人的欢呼声中，他的妻子仍旧安静地站着，只是这一次，她的目光随着他的脚步动了动。

谭廷走到她身边时，脚步停了下来。

周遭的喧闹仿佛消失了，两个人都沉默着。

谭廷低声开了口："我今日所为并非权宜之计。"他看了她一眼，继续说道，"无论何时，我做了承诺，就不会轻易食言。"

项宜抬眼向他看去，他却没再看她，抿着唇走开了。

这一晚，谭廷一行留在了柳阳庄。

经过方才的一场打斗，又有不少人受了伤。谭建这回倒是没添新伤，生龙活虎地拿着草药跑到了正房。

项宜正在门口吩咐乔荇过夜的事宜，谭建走上前说道："大嫂，我方才看到大哥手臂上的伤口裂开了，出了不少血，劳烦大嫂再给大哥上些药吧。"

项宜倒是没注意到谭廷的伤口裂开了，闻言一愣，而后应下了，接过了谭建手中的草药，又吩咐乔荇倒热水来，才进了房间。

片刻后，乔荇送了热水便出去了，房中又只剩下项宜和谭廷。项宜看了一眼坐在窗下拨算盘的男人，发现他手臂上的伤口果然裂开了，将那一片衣袖都染成了深色。

谭廷沉默地坐在窗下，计算今岁青舟、清峋一带的收成，她没看到他的伤处，他便也不提。而眼下，项宜的目光刚落过去，他便察觉了。他将刚算出来的数记下来，只用余光看了看她，便收回了视线。

他自不会像谭建那般，受点儿小伤就哭天喊地，要一群人围着、哄着。她若是不肯理会他，他自然也不会多说什么。

谭廷默然地将算盘清了，准备继续算数。只是他刚拨了一颗算珠，项宜突然轻声开了口："大爷的伤口，要不要再处理一下？"她问他。

谭廷莫名其妙地觉得，自己若是说不必，她必然就不会上前了；可自己若是说需要，那他方才沉默半晌又是为何？他压了压唇角，不想说话了。只是他不说话，她更不会多言，两个人又陷入沉默了。

最后，谭廷到底忍不住出了声："嗯。"

项宜这才走上前来。

她替人处理伤口当真是利落，谭廷没有一丝担心。她低着头，鬓边的碎发散落下来，轻轻地垂在她白皙的耳边。

她似乎比方才更仔细了，为他的伤口上药的时候，动作极轻。谭廷感受到了这点儿微小的变化，心里的闷气慢慢散去。

当她微凉的指尖碰到他的伤口边缘时，谭廷心口蓦然一跳。她迎风而立，提出寻人作保时的样子，浮现在他的眼前，而此刻的心跳仿佛正是那时的延续。

谭廷似乎听见了自己剧烈的心跳声。

她的指尖还在触碰着他的手臂，凉凉的，谭廷的目光不知不觉就落在了她的脸上，移不开了。

不知过了多久，她低声说了一句："这样便可以了。"

谭廷回过神儿，而她已经拿着剩余的草药出去了。他这才意识到，自己方才竟然失了神。

男人垂下眼眸，揉了揉额角。他不知道自己这是怎么了，竟然会似他那不中用的弟弟一般发呆。

晚间睡觉的时候，项宜照例要睡在外侧，谭廷忽然开了口："村里的厢房冷，你睡里面吧。"

她眨了眨眼，看了他一眼，才睡到了里面。

村里人的厢房冷，床榻亦窄，两个人躺在一起时，身体难免会碰到，不似在清崺谭家的时候，二人中间总能空出一条缝隙来。谭廷刚躺下，她便似不习惯一般往里退了退。可在这窄窄的床榻上，即便她退了，仍旧能碰到他的手臂。

她没办法了，不再动弹，闭起了眼睛。谭廷悄悄地用余光看了她一会儿，才闭上眼睛。

被子下面，她有些发凉的手臂轻轻地贴在了他温热的手臂上，渐渐地，一方的凉意散去，另一方的温热却持续着，项宜的手臂逐渐暖了起来。

谭廷感受到二人温度的交换，也察觉到了她的变化。

也许以后他和她的关系，也会如此慢慢地暖起来吧……

想到此处，男人心头多了几分暖意，轻轻地扬了扬嘴角，静静地闭上眼睛，与身边的人同枕共眠。

翌日，谭廷一行离开了柳阳庄，终于回到了清崺谭家。

赵氏见他们耽搁了一晚才回来，连问了好几句。谭建和杨蓁你一言、我一语，把经历的险事说了。赵氏一听，吓得脸色发白。

谭廷连忙阻止那两个人，说道："何必再惊吓母亲。母亲亦不必担心，那些人本无害人之意，只是一时失去理智，我们也已安然回来了。"

赵氏抚着心口，说道："话是如此说，可那些人若不是遇上咱们谭氏，是不是真的就豁出去了？当真是吓人！"

谭廷闻言，不禁想到自己昨晚粗略算出来的数值。今岁天寒，不仅柳阳庄，也不仅青舟、清崺这一带，半个朝野都不好过。世家若真趁火打劫，对庶族百姓步步紧逼，似昨日柳阳庄的事情还会发生。

谭廷暗暗觉得应该给各世族提个醒，也应该上奏朝廷，请上面派人监管此事。不过当下，他不便将这些事说给赵氏听，只是安慰了几句。而赵氏头疼了好几日，眼见着项宜回来了，连忙将中馈又都交到她的手上，摆手回内室休息了。

项宜刚将中馈接了回来，就有人匆忙请见。她见了来人，是谭蓉身边的婆子，这才晓得谭蓉去了田庄。

那婆子一开口，项宜便禁不住皱了皱眉。

"那人并不是什么莽夫壮汉，而是读书人的做派，想要借宿些日子，又怕于姑娘清誉有碍，特意提及要同主持中馈的夫人说明。姑娘便打发老奴回来禀报此事了。"

项宜听了这话，心里微转，问道："可知此人姓甚名谁？"

"回夫人，那人姓盛。"

这个"盛"字听得项宜的眼皮一跳，只是她未动声色，略微思量，而后说道："此人借宿自然可以，只是临近年关，路上恐不太平，我随你一道过去，将姑娘接回府里来吧。"

项氏夫人掌家理事一向自有道理，连老夫人都不甚干预，婆子也未觉得有什么奇怪，连声应了。

谭廷方才去了衙门，要与县令议各族屯田一事，此刻并不在家。项宜简单料理了几桩急事，便换了身衣裳，同婆子一道去了谭家田庄。

谭家田产众多，而谭蓉暂住的这个田庄算是地段最好的一处，说是谭家别院也不为过。项宜到的时候，谭蓉因为打了几个喷嚏，正在房中让人多烧几个炭盆，喝着热茶围炉取暖。

见了项宜，谭蓉连忙说道："大嫂怎么来了？一桩小事而已。"

项宜笑了一声，说路上不太平，三言两语将众人在柳阳庄的遭遇说了。

谭蓉吓了一大跳，暗暗庆幸自己没跟着一道去，当下便也不再疑惑项宜为何亲自前来。

二人又寒暄了几句，这才说起那位打虎英雄盛先生。

项宜说道："我既然来了，便去见一见那位盛先生吧，也算尽地主之谊。"

谭蓉听了，便说要与项宜一道过去，然而刚一起身，就连着打了两个喷嚏。

项宜说道："小妹莫不是吹了冷风，着了风寒？既这般，便不必与我同去了，还是留在房中烤火吧。我片刻便回。"

"我……"谭蓉是想去的，可刚一开口，又打了个喷嚏，连忙拿帕子捂了口鼻。

若是到了那位盛先生面前，她也这般失礼地不停打喷嚏，岂不是丢死人了？谭蓉无奈，噘了噘嘴，只好留了下来。

项宜暗暗松了口气。

那位盛先生就被谭蓉安排在了距她住处不远的宽敞院落里。项宜到的时候，只看到了小厮秋鹰在院中。

她不识得这小厮，并没有多言，反倒是秋鹰见了她，飞快地眨了眨眼，立马走过来，说要引她去厅里。

项宜略一思虑，让随从留在原地，独自跟随秋鹰快步进了厅中。

厅中静悄悄的，一时间并未见到什么人，她略皱了皱眉。

下一秒，有脚步声自内室响起。厅中的暗风仿佛涌动起来，半垂半卷的锦帘后，熟悉的嗓音传了过来——

“宜珍，是我。”

项宜抬头看去，便见锦帘晃动之间，有人缓步走了出来。

那人穿着一袭秋香色绣莲花纹的锦袍，长身玉立，英俊的脸上带着淡淡的笑意，在叫了项宜的闺名后，一双桃花眼看过来，目光直直地定在了她的身上。

项宜睁大了眼睛，不禁向前走了两步，喊道：“大哥！”

她抬头看着眼前的人，发现他比从前更加身姿挺拔，一双桃花眼溢出浓浓的笑意。

顾衍盛亦垂头向她看去。多年不见，她神色不似从前那般如同庭院里安静的玉兰，而是更显沉稳端庄，似雪中白梅。

他定定地看着她，忍不住轻声叹了一句：“宜珍比从前更出挑了。”

项宜连忙摇了摇头，垂眸说道：“不及大哥千分之一。”

顾衍盛低声笑了起来，目光柔和，说道：“你我之间，还客气什么？”

项宜亦抿嘴笑了笑，而后想起顾衍盛此行极其隐秘，还用了盛故这个别名，不由得又看了他一眼。

见他唇色发白，她连忙关切地问道：“听说是打虎受伤，大哥当真受伤了？伤得严重吗？”

顾衍盛轻轻地咳了一声，捂了捂胸口，说道：“我确实受伤了，却不是因为打虎，那不过是个借口……”

他说此间山上并无老虎，所谓的虎啸是小厮秋鹰以口技拟出来的，又说道：“我是想借此机会接近谭家，又不想被人发现身受重伤。”

项宜一下捕捉到了后面的两个字，睁大了眼睛，惊诧地叫道：“重伤？！”

顾衍盛连忙摆了摆手,说道:"没事,并未伤及性命,眼下已在养着了。只是想借你的地方暂避些日子。"

他虽说得轻描淡写,项宜却不由得想到笔墨铺子被官府查封的事情,意识到其中必有隐情。

她刚要问上一句,他却先开了口:"我听说谭家大爷从京城回来了,不知你可还方便?"

项宜闻言,敛了几分心神。那人回家后,她做一些事情时确实不如从前方便了,而且自从发生了查账的事情,他似对她心怀歉疚,二人相处的时间变多了一些……

她收回思绪,说道:"大哥放心,谭家大爷并不插手中馈。"

顾衍盛知道她素来理事周全,便没再问。

项宜又说道:"那人哥就先在庄子上安心小住,之后再转旁的地方暂居。阿寓和宁宁也住在附近,亦可让他们掩护。"

顾衍盛留意到她提及谭廷时的称呼,不禁看了她一眼。

项宜也看着他,问道:"是什么人重伤了大哥?"

顾衍盛淡笑了一声,没有立时回答她的问题,而是深深地吸了口气,说起了近况:"我如今,在东宫太子身边了……"

满朝文武逐渐忌惮起来的那个道人,便是顾衍盛。他们并不知道他是谁,只有太子知道。太子还算信任他,在他提及广西武鸣科举舞弊案有异后,便着人前去翻查此案,可惜一无所获。他不死心,再三同太子保证,说这件案子还有乾坤,才终于说动太子继续查案。此番太子派出了东宫辅臣,而他担心太子的人再次无功而返,便也请前往。

他们到了广西,没多久便查出了端倪,却也激起了敌人的杀意。顾衍盛担心证据被毁,便将证据做了妥善安排,然后假装自己携有所查证据,孤身诱敌。他这一路,追杀者无数,所幸皆逃了过去,然而眼下到了清嶂,他受了重伤的身子实在无力继续赶路,只好在此等候,届时自有东宫的人来接应。

他语气平淡,三言两语便将事情的经过讲了,项宜却听得掌心冒出细密的汗珠来。

当年义兄离开项家时,可谓是身无长物,连唯一贵重的玉佩也留给了他们姐弟。不想短短几年,他竟到了太子身边,又深得太子信任,虽无功名在身,却已经能插手朝堂之事了。

项宜震惊地望着顾衍盛,而他与她对视,神情越发柔和。

项宜垂眸，仔细想了想他的话。广西武鸣？她并未听说有哪个大世族定居在那里。

顾衍盛似是看出了她的疑惑，解释说道："那武鸣虽没有什么大族宗家，但住着颇多大族的旁支，光是叫得上名号的，就有槐宁李氏、槐川李氏、灯河黄氏，还有凤岭陈氏的其中一支。"

他轻笑一声，眸中泛起冷冷的笑意，道："你猜是谁？"

项宜收敛了神色。那便不仅是某一族的人了，至于到底是谁……世家大族盘根错节，暗中出手的不会少。

她不免想起了当年父亲的案子。几乎是在一夜之间，所有对父亲不利的证据凭空出现，齐齐压在了父亲身上……

她垂了眼眸。

顾衍盛懂她的意思，嗓音沉了下来："宜珍放心，义父和我叔父的案子，我早晚会翻出来的，只不过眼下，我们需要先用这桩广西武鸣科举舞弊的旧案将水搅浑，把太子彻底争取过来。太子是仁君，不似今上那般蔽明塞聪。只要太子肯站在我们这边，世族便不能继续一手遮天，我们这些庶族出身的人也就有了出头之日。"

寒风吹得窗子"窸窣"作响，他挺直脊背，声音陡然变得冷厉："届时，那笔血债，我让他们血偿！"

话音落地，项宜也忍不住挺直了脊背。她眼中闪着泪光，与父亲见最后一面的场景浮现在眼前。

那时，父亲浑身是伤，被狱卒从牢里拉出来，戴上一副重重的枷锁，贴了封条，背负着贪官污吏的骂名，被朝廷流放到千里之外的地方。

朝中那些冤枉父亲的人恨不能判他死刑，让项家子孙永世为奴，好在还有很多替父亲说话的人，纷纷上书。最后宫里下了圣旨，判了父亲流放千里，项家其余人不受牵连。

出发前，父亲悲伤地看着他们，又将她独独叫到了身边。他想似平日那般用手拍拍她的肩膀，可重重的枷锁铐着他，他根本动不了，只能充满爱怜地看着她，说道："宜珍我儿，爹爹此后护不了你了，你要护好自己，护好弟弟妹妹。爹爹没有做丢了清白的事情，终有一天，项家的污名会被洗刷干净的！"

说完这话，他就被狱卒拉扯着上了囚车。

项宜三姐弟追着囚车，欲一路紧随，却被凶神恶煞的狱卒拦了下来，只能眼睁睁看着父亲就那样离开了。过了没几日，父亲暴毙的消息便传了回来……

阴冷的寒风从四面八方涌来，往人的骨头缝里钻。项宜垂着头，抑制不住地掉了眼泪。

无数个日夜，她苦苦思索父亲说的那一天到底什么时候才能到来，才能不再让他们姐弟被人看轻，被人指指点点。而今天，顾衍盛的话让她看到了一丝希望。

面前有帕子递了过来，项宜摇了摇头，抽出自己的帕子拭了眼泪。

房中的气氛顿时有些凝滞，顾衍盛递帕子的手顿了顿，目光落在她的脸上，片刻后，他才将帕子收了回去。

他离开项家的时候，她还是个闺中姑娘，如今，她已嫁给谭氏宗子谭廷了。他着实没想到自己一离开便是这么久，更没想到清峤谭氏的宗子谭廷竟真的履行了同她的婚约……

之前在京里，他着人打听过谭廷，得知谭廷是本朝最年轻的进士，行事稳重，又有见地，颇有当年谭氏鼎盛时期官至阁臣的谭氏当家人的风范。不少人认为清峤谭氏的再次崛起，约莫就要在谭廷手中实现了。

可清峤谭氏的崛起是世家的崛起，而他们要做的是推动庶族的崛起。一山不容二虎，届时世家、庶族相争，谭廷要如何，顾衍盛不在乎，他在乎的是嫁到谭家的项宜将如何自处。

顾衍盛暗暗思量，不由得又看向了眼前的人。他蓦然想到自己第一次见到她的时候，她还是个小姑娘，穿着一身牙色绣暗花的衣裙，安静地站在庭院里的玉兰树下，比满树盛开的白玉兰花还要洁白、干净。

若是她可以离开谭家，那么……

顾衍盛的目光定在了项宜的脸上，片刻后，他问道："宜珍，谭家宗子待你如何？"

项宜还在想着日后洗刷父亲罪名的事，陡然被问到，不禁愣了一下。她刚要回答，外面传来了秋鹰的声音，道是谭蓉来了。

顾衍盛的真实身份并不能让谭蓉知道，两个人对视一眼，不约而同地打住了话头。

谭蓉站在院子里，见长嫂和那位盛先生一起从厅里走了出来，不禁眨了眨眼睛。她看向项宜，有些不解：难道大嫂同盛先生还正经说了几句话吗？

项宜走到她面前，说道："我问了问盛先生的情况，得知他伤势不轻，便留他在庄子里多住些日子。"

谭蓉闻言，心里一喜，抬头看向那位盛先生。

见他同她点了点头，谭蓉越发心情愉悦，只是刚要说自己想多住几日，就听大嫂开了口："近来外间有些乱，母亲也念着你了，你今日便随我回府吧。"

话音一落，谭蓉便皱了眉，十分不想回去。可她要是执意留下，未免有些刻意了，母亲知道了也会责怪她。她偷偷看了看那位盛先生，只能暗暗想着找机会再来。

项宜并未注意到谭蓉的异常，只是同顾衍盛轻轻点了点头，便带着谭蓉走了。

项宜心里亦想着下回寻机会再来，毕竟义兄受了重伤，如今天寒地冻，不可大意。再者，他正被人追杀，因此暂居此处的消息必得严实遮掩，也不能让这里的人知道他的真实身份。若之后谭家不愿继续收留他，她得替他备好别的藏身之地，让他安稳地等待东宫的接应。这便是她此刻为他，为他们这些庶族出身的人仅能做的事了。

清嵴县衙内，知县周仁正在接待谭家的宗子大爷。

周知县着实没想到这位宗子亲自来一趟，竟是为了各世族压价屯田的事。

虽说朝廷并不倡导这般行为，但世家大族也好，王府宗室也罢，都会压价屯田，甚至连宫里也屯皇田，因此各个府县都没有把压价屯田当过一回事。

不想这位谭大人一来，竟道清嵴一带的庶族百姓日子难过，不应再有肆意压价屯田之事发生。

周知县实在领会不了这位宗子大人的意思，差点儿怀疑他是庶族出身的进士官员，可这位宗子大人的身份和地位是众所周知的。眼下谭廷发了话，周知县只好连声应下，说会把朝廷旧年的例令搬出来，禁止田产低价交易。

谭廷点了点头，眼见时候不早了，便准备离开。

这时，一个衙役匆匆跑了过来。

周知县呵斥那衙役："着急忙慌的，像什么样子？"

那衙役连忙行礼告罪，无奈地说道："非是小人无状，实在是府衙快马加鞭传了缉捕令来，让大人立时着人照抄，在各处张贴搜捕。"

那衙役说着，将缉捕令拿了出来。

谭廷抬眼看过去，只见缉捕令上画着的男子相貌俊美，留着一绺长长的美髯，眼角被长眉遮挡，看不出眼型，颇有些妖异味道。

谭廷皱了皱眉，又去细看公文。公文说此人乃海匪上岸，是来探察地形的，极其危险，百姓见到此人应立时向官府举报，若线索真实，便能获得赏银百两。

赏银百两？是什么样的匪贼，区区线索便值白银百两？谭廷挑了挑眉。

周知县也不晓得具体情形，只晓得照着上头的指令办事。谭廷见状，准备这两日去一趟宁南府衙。

世道越发不太平了，人活着本就不易，若再遇上不太平的年景，莫说建功立业，便连安身立命都是奢求。

谭廷出了县衙的门，便安排正吉传话全族，令族人留心匪贼强盗，出行时尽量结伴，携刀枪防身，莫要大意。

他身为一族宗子，自然要操心族中所有人的事。

正吉连声应下，又想起了一件事，说道："大爷，夫人眼下便不在府中。"

谭廷有些意外，问道："夫人去了何处？带了多少人手？"

正吉把知道的都说了，提及夫人并未带多少护卫时，他发现大爷的脸色凝重了些许。

谭廷上一秒刚知晓有匪贼在附近出没，下一秒便听说自己的妻子出门去了田庄，不禁有些心绪复杂。

他立时叫正吉再派些人过去，但转念一想，又道不必。

"我亲自去吧。"

谭廷到了府里，却见车马齐在，一问才晓得夫人和姑娘回来了。他松了口气，径直回了正院，不想正院里一片安静，项宜并不在。

谭廷把在避风处玩石子儿的小丫头叫过来询问，才晓得库房那边临时有事，请了夫人过去。

他独自回了房，闻着安神香的气息，朝窗下看了过去。平时坐在窗下做针线活儿的那人此刻并不在，不过窗台上多了一个木匣子。

谭廷走上前去，打开木匣子看了看，不禁愣了一下。这匣子里面放着各种药，其中有几瓶药被挑了出来，放在了一旁。他仔细瞧了一眼，发现那几瓶药竟都是治外伤的。

安神香的气息萦绕在鼻尖，谭廷没觉得手臂上的伤口疼，反而觉得有些痒，似是有人用细软的羽毛轻拂一般。药香自匣子里散发了出来，谭廷看着那些特意被放到一旁的药膏，眼神不禁变得柔软。

项宜刚从库房离开，便听说谭廷回来了。她想起自己仓促间放在窗台上的药，匆忙回了正房。

刚推开门，她便看见了坐在窗下的男人。他坐在她常坐的那把椅子上，单手拿着一本书，正翻看着，而他旁边的茶几上，就放着她之前拿出来的那匣药膏。

谭廷见她看过来，便也似她平日那般轻声说了一句："回来了。"

房中萦绕着安神香和药香，项宜一时间没敢说话。她没想到他今日会突然主动开口，虽然只是一句寻常的话，但情形有种说不出的奇怪。

半晌，她才低低地应了一声，有些不自在地走了过去。

她给他倒了杯茶，正要装作不经意地把茶几上的药匣子收走，不想他突然开了口："我已好了许多。"

项宜伸出去拿药匣子的手顿了顿，一时没明白他这话的意思。而谭廷说了那句话便不再看她，嘴角微微翘着，半低着头，有一下没一下地翻着书，见她好一会儿没动静，才轻轻地清了一下嗓子。

项宜回过神儿，隐隐约约地意识到了什么，手在匣子上停了一下，又将匣子打开了，轻声说道："虽是如此，但我还是给大爷再换一下药吧。"

她说着，已利落地将他要用的药膏挑了出来。

谭廷觉得落在自己心上的羽毛又慢慢地拂动了起来，痒得不行。他嘴角翘得更高了，又清了一下嗓子，才温声说了一句："劳烦夫人。"

项宜连道"不劳烦"，鼻尖却出了些汗。

翌日，天放晴了，明媚的日光照着满院梅花。

谭氏各旁支陆陆续续派人来宗家问好拜年，谭氏宗房热闹了一日，到了晚间才安静了几分，赵氏便把儿女都叫到了秋照苑吃饭。

经历了前些日子项宜突然回娘家，谭氏中馈无人料理的窘境，赵氏对这个宗妇儿媳越发满意了，当下见她有些疲累，便连忙免了她在旁伺候，生怕她累得病倒了，自己可就糟了。

项宜歇了下来，在谭廷身边落座。

谭廷方才也发现她面有疲色，此刻见她坐下，才暗暗松了口气，又琢磨着要多提拔几个管事，好歹替她分担一些。

连着几日奔波操劳，项宜确实累些，只是最让她烦心的并非日常庶务，而是住在田庄的义兄顾衍盛。

看到县衙张贴的告示后，乔荇立马跑来告诉了她。她担心得不行，虽然画像上的人有长长的胡须和眉毛，而义兄露面时早已将那些去掉，可他到底是突然来到清峋的外地人，难免让人起疑。此外，义兄身受重伤，也不知道养得如何了。

项宜正想着，就听赵氏问了谭蓉一句："蓉儿今日去给庄子上那位打虎英雄送药了？"

收留打虎英雄这事自然是瞒不过谭家人的，项宜也没想瞒着，只是眼下突然被提及，她不禁绷了绷神色，好在众人并未发现她的异样。

谭蓉点了点头，说道："盛先生是替咱们田庄的庄户、替我受伤的，我自然要给他送药，还不能送便宜的药。"

项宜还没想好怎么不动声色地把药送过去，谭蓉倒是替她解决了。可赵氏这么一提，本不知道此事的人眼下就都知道了。

"那位打虎英雄长什么样子啊？"杨蓁好奇地问道。

谭建也问道："果真打了老虎？那老虎现在怎么样了？"

项宜看向那位谭家大爷。他不似杨蓁、谭建那般兴奋，而是挑了挑眉，问道："此人什么来历？何时的事？"

他神色严肃地问了这么一句，厅中顿时一静。

谭建立马想到了另一件事情上，说道："别是什么匪贼伪装的吧？"

这话可把赵氏吓着了，手里的汤匙"吧嗒"一声碰在了碗沿上。

项宜心里一沉。

谭蓉着急了起来，说道："怎么会呢？母亲和大哥、二哥过于紧张了！盛先生真是因着替我们赶走了老虎，才被我请进田庄的。他也当真是读书人的做派，身边还带着一个斯斯文文的小厮，哪里会是什么匪贼？！"

她着急地辩解着，可众人的疑惑并没有因此而消减。

谭蓉急得看向项宜，说道："大嫂也见过他！大嫂你来说吧，可别污了盛先生的名声。"

听她这么一说，众人都朝项宜看了过来。

项宜不紧不慢地站起身，给赵氏续了一碗八宝粥。因着她的走动，厅内紧张的气氛松弛了不少。

赵氏问她："你也见了那人？是怎样的做派，可还守规矩？"

项宜笑了笑，说道："盛先生确实是读书人，斯文有礼，因着突然受伤，不得已借住谭家，又怕于姑娘名声有碍，因此还特让姑娘知会家里主事的人。"

她说着，又想到了什么，补充了一句："若是官府通缉的匪贼，遮掩行踪还来不及，怎么会主动让姑娘知会家里人？"

她的话音落地，谭蓉便说道："正是！"

赵氏是信任项宜的，不然也不会让项宜打理这个家。听到项宜这么说，她当下松了口气，喝了一口粥，道："那倒也是。"

谭建也觉得匪贼不敢如此做派，当下不再细想，给自家娘子夹了一块冰糖肘子。

杨蓁将冰糖肘子放进嘴里，那咸香鲜美的味道让她满意地弯起眼睛，说了一句："这年头儿，敢打虎的都是些英雄好汉，确实不能胡乱猜忌人家。"

谭廷没有出声，放下筷子，不知在想些什么。

项宜看着他。旁人的反应都不要紧，这位宗家大爷的态度才是最关键的。

见谭廷始终没表态，项宜不得不开口，轻声问了一句："大爷还有什么不放心吗？"

她这般问了，便默默地等着谭廷的回答。他是世族的宗子，比旁人要警觉得多，而她也已想好了措辞，应对他的质疑。

项宜暗暗有些担忧，谁知谭廷忽然抬头向她看了过来，说道："你既然见了，我便没什么不放心。"

言下之意是他相信她。

项宜怔了怔，这倒是让她有些没想到了。

她没多言，坐回了谭廷身边，默默地给他布了些菜。

他见了，眸色柔和了许多，嘴角噙着淡淡的笑意，而后也夹了些菜，放到了她面前的碗中。

赵氏在一旁瞧着，忍不住悄声笑了笑，心道：趁着廷哥儿在家，项宜若能尽快怀上孩子就好了。

顾衍盛暂居谭家的事情算是过关了，项宜思量着如何暗中照看义兄，不想万事不用她操心，谭蓉比谁都积极，送了药膏又送衣裳。而赵氏只顾着替谭蓉挑选世家子弟做夫婿，并未在意。项宜终于松了口气。

这日，项宜打开衣柜，险些以为自己走错了房间——正房的衣柜里，属于男人的衣裳不知何时被放到了下面，而上面的格子里，满满当当地放着女子穿的冬衣，且样式、布料、颜色皆不相同。

她站在柜子前愣了愣。

乔荇走过来看了一眼，惊呼，道："这么多新衣裳！夫人总算舍得给自己做衣裳了？"

项宜摇了摇头，这些衣裳并不是她做的。

这时，门帘被人撩开，男人缓步走了进来。

谭廷见她站在衣柜前发怔，并没有动那些衣衫，不由得暗暗叹了口气，才开口说道："过年总要穿几件新衣裳的，我亦着人给自己做了几件。"

谭家宗房从前是有四季衣裳的份例的，不过后来族中越发富庶，内院的女眷无不是大家出身，谁也不缺衣裳，还都各自拿了好料子，让针线房按时下流行的款式量体裁衣。这样一来，用料和款式都普普通通的份例衣裳便是做出来，夫人、小姐也不穿，可拿给仆从穿又不合规矩，压在箱底更是浪费。某一年年成不好，族里要开源节流，彼时的宗妇便以身作则，干脆废了四季衣裳的份例。如今宗家各房的衣裳，要么由自己院里的人来做，要么出料子让针线房做。

这般放在旁人身上，没有任何问题，可项宜不一样，她干净得似初落的雪，不肯轻易动谭家的东西分毫，只能谭廷自己来了。

他似是而非地解释了这么一句，言下之意是两个人都需要过年的新衣裳。只是项宜又看了一眼柜子，发现他给她做的新衣裳比他所有的冬衣还要多。

项宜有些不知所措，可男人已经走开，去书架前翻书了。

乔荇见她没有推拒，高高兴兴地走上前，替她挑了一件丁香色的对襟长袄："夫人穿这个能提气色！奴婢再给夫人选一条马面裙……"

乔荇絮絮叨叨地说了些什么，项宜没有听清，她站在原地，看向了书架前的男人。

男人高挑挺拔，身形匀称，从后面看去，肩背宽阔，手臂修长。他抬手取下书架最上层的一本书，轻轻地拍了拍书上的灰尘，脚下挪了一步，侧对着她，棱角分明的侧脸在晨光中显得温润了几分。

项宜不由得想起那日在田庄，义兄问了她一句话："宜珍，谭家宗子待你如何？"

彼时若不是谭蓉突然出现，她是能立时给出答案的，可今天，她突然有点儿犹疑了……

项宜从谭廷身上收回目光，又看了一眼衣柜，默默地垂下了眼眸。

他们之间，其实不该这般。

第六章
锦衣追

杨蓁不知怎么的，想起要给谭建亲手做一身衣服，可她身边的卢嬷嬷指导得太复杂了，她差点儿打了退堂鼓。

杨蓁耐不住性子做，可又允诺了谭建，想起谭建当时两眼放光的样子，又不忍跟他说自己不想做了。末了，她烦得不行，同谭建发了两通脾气。

谭建都不知道自己哪里做错了，好不容易大哥这两日心情好，没有劈头盖脸地训斥他，反倒是自家娘子不知哪里来的气。

他不由得委屈巴巴。

杨蓁看这样也不是办法，觉得拿不定的事情还是得找大嫂，于是来了正房。

项宜自然不似嬷嬷那般要求繁多，见杨蓁在打板裁衣、走线缝制、绣花等工序上都不在行，干脆同她说道，让针线房帮忙，每一道工序她都参与几分，针线房再帮衬几分，最后也算她做下来了，想来谭建也不会嫌弃。

杨蓁听了直呼好主意，连声夸赞项宜："要是没有大嫂，我可就不成了！"

项宜抿了嘴笑，见杨蓁一溜烟儿地跑了，忽然想到了什么。她或许也该替谭家大爷亲手做一套衣裳，算是感谢他让人给她做了那么多衣裳的一点儿表示。

晚间，项宜便同他将自己的意思说了。谭廷听了，半晌没说出话来。

项宜还以为他对针线有要求，不放心自己的手艺，不禁打了退堂鼓，低声道："大爷若是不放心，那便还是让针线房来吧……"

她的话还没说完，就被他打断了："不是。"

项宜看过去。灯影下，男人素来刚毅的脸上似笼上了一层朦胧月色，多了几分温和，浓密英眉下的双眼目光闪动，视线直直地落在了她的身上。

她不习惯他这般看她，别开了脸。

他这才开了口："你不要太劳累了。"

项宜垂着眼眸未敢抬起，低声说了一句"妾身不累"，便寻了个借口，暂离了房中。

冬日的夜风似冰水一般让人清醒，项宜慢慢地搓了搓手臂，看着天边悬挂着的清亮月牙儿。

她想，这年还是尽快过完吧，待谭家大爷回了京城，约莫便能一切如旧了。至于往后怎样，她不敢深想。

谭廷赶在年前又去了一趟五老太爷的别院，这次终于见到了五老太爷。

五老太爷身子康健，精神也佳，见谭廷亲自带着谭建来了，笑着让人把自己前些天采来的山间雪水取出来，煮了茶给兄弟二人喝。

比起秉节持重的三老太爷，五老太爷更显随和，问了兄弟二人近来如何。

谭建自然是说自己认真读书作文章，准备来年秋天的乡试。

谭廷没有说破以谭建的学问考举如凑数，只是同五老太爷谈起了时政，先把京城的情况说了说，接着便提到了世族与庶族之间的矛盾，又说了他们一行在柳阳庄的遭遇。

如五老太爷也禁不住皱起了眉头，捋起了胡须。

老人家叹了口气，说道："犹记得我年轻的时候游历四方，落脚在庶族百姓家里，人家听说我出自名门望族，虽也羡慕，但并不仇视，反而很友善，让我传他们些读书知礼的办法，说等家里宽裕些，也送孩子读书，往后指不定也能成为有名望的人家。"

从前，哪怕是再苦、再穷的百姓，只要自己肯努力，便可以通过科举来改变一人、一家甚至一族的命运。可不知道从什么时候开始，通过科举出人头地的庶族百姓越来越少了。世家培养出来的子弟从小耳濡目染，精通诗书礼仪，自然有先天优势，留给庶族的上升机会也就一年比一年少了，这几年更是如此。

庶族没了上升的机会，还要被世家各族欺凌，如何能不满腔愤懑？这般下去，说不定哪日便会发生震动朝野的大事。届时，谁又能自保安泰？

在五老太爷的感叹中，谭廷不禁想到了家中的妻子。两族一旦到了大动干戈的地步，她的处境必然艰难。

他沉默了半晌，沉声说道："世家和庶族若真刀枪相见，西北外族必然趁机南下，届时又是一场腥风血雨。"

"眼下虽没有大的风浪，但你的担心不无道理。"老太爷缓缓看向了谭廷，说道，"清嶂谭氏自来与邻为善，不愿落入与庶族敌对的境地，但这也不是谭氏一族的事，你能想到此，可见这些年在外历练，心中有了丘壑。"

他说着，笑了一声："既然如此，你便将此事好生思量一番，也许谭氏一族就要在你的手里起来了。"

一旁保持安静的谭建听了这话，都忍不住热血沸腾起来，眨着眼睛看了看老太爷，又看了看自家兄长。兄长一如既往地沉稳，只同五老太爷拱了手，说了一个字："是。"

近日，谭家一切稳稳当当，甚至连借住在田庄里的顾衍盛，项宜都不用操心——谭蓉不知怎么的，对他十分上心，时不时便派人拎着东西去看望他。她阴错阳差地给项宜帮了忙，项宜倒是省了事，听闻义兄在庄子上一切安好，便没再去打扰，也暂时没有告诉项寓他们。

日子这般一晃就到了除夕。

成婚三年，谭廷第一次在家中过年。

早间，他穿上了一件暗红色镶灰鼠毛的锦袍，而他的妻子见他穿了不常穿的颜色，便也挑了一件领口镶雪兔毛的胭脂色长袄。她的脖颈白皙修长，红领上白茸茸的雪兔毛环在她的颈边，衬得她整个人俏皮了几分。

谭廷从没见过她这般穿着，一日下来，悄悄看了她好几回。而项宜忙于诸事，并未察觉。

她先是让谭氏族人给邻里送了许多饺子，接着将谭廷带着一众族人写的春联分发给城中百姓，又料理了一些琐事。

杨蓁头一年嫁过来，精力旺盛没处使，便非要拉着项宜打叶子牌。

项宜平日并不喜欢打牌，但见杨蓁兴致极高，她也来了些兴致，一不留神，竟打到了开饭的时候。好在她平日里调教得好，仆从做事已有章法，倒也不用她太过操心。

在秋照苑吃完年夜饭，回到正院，时候已不早了，项宜打起了哈欠。

她平日里早睡早起惯了，今日要守岁，多少有些扛不住。往年，她会让乔荇替她守着，自己悄悄睡一会儿，但今年的除夕夜，那位大爷在家。

项宜坐在窗下做了会儿针线活儿，眼皮就抬不起来了。谭廷在书案前写字，眼见着妻子还泡了酽茶继续与他一起熬，便说道："你先睡吧，我来守岁便是。"

他一开口，项宜清醒了一半，连忙说道："这不合适，还是我守着，大爷睡吧。"

听见她这般说，谭廷停了笔，看了她半晌。两个人朝夕相处这么久了，她还是跟他客气守礼。

谭廷下意识地沉默了，转念一想，若是自己不再言语，她必然会守着规矩，硬撑着熬下去。他无奈地叹了口气，说道："我不困，你去睡吧。"

他说完，见她还在犹豫，只好又说了一句话："你我夫妻之间，何必这么多规矩？"

男人这般说了，项宜低头不说话了。一时间，室内又静了下来。

外面有小孩在放炮仗，时不时传来零星的"噼啪"声响。

项宜强撑了一会儿，便又开始眼皮打架，脑袋还险些碰到花窗上。她抬头看向书案前的男人，发现他一脸无奈却又不知怎么开口的样子。

项宜亦十分无奈，怕自己再出丑，只好起了身，同他道自己要回内室睡觉去了。

她发现自己这般说了，他的神色才软了下来。可她已困得没有心思去想为何如此，躺好之后闭上眼睛入睡。

大年初一，她刚醒过来，便听见了外间急促的脚步声，接着便是正吉通报的声音。

不知是没睡还是早早醒来的男人将正吉叫了进来，问道："何事？"

正吉答道："回大爷，凤岭陈氏的陈五爷登门拜访了。"

谭廷愣了一下，问道："锦衣卫的千户陈馥有？大年初一上门，他有何事？"

正吉回道："陈五爷也知道不合规矩，但他说请爷见谅。锦衣卫要抓一紧要之人，而那人便是在咱们宁南府失去踪迹的，陈五爷突然上门，应该是来请大爷襄助的。"

毕竟宁南一带，府衙和各县衙都比不过一个清嶂谭氏。

谭廷去见了那位锦衣卫千户陈馥有。虽然都是世家，但谭家素来和凤岭陈氏交集不多，而陈馥有在京任武官，谭廷则是科举出身的文臣，因此并无往来。此番为着抓捕囚犯，陈馥有竟在大年初一亲自上门，可见要抓的不是一般的囚犯。

陈五爷陈馥有在外院书房等候了片刻，见这位谭家宗子来了，连忙起身见礼。

他礼数不缺，也带了礼品，言语之间却十分急切，三言两语地说了情形，便请谭廷帮忙寻人。而他要缉拿的不是旁人，正是官府下发了缉捕令，要逮捕的那个海匪。

谭廷早就对那个通缉犯的身份心存疑虑了，寻常海匪如何值得这般兴师动众？而眼下，锦衣卫这位陈五爷亲自前来，还这般急切，只怕那个通缉犯更不是一般身份。

"这般紧要的通缉犯，果真在此地？"谭廷问。

陈馥有点了点头，说道："他一到此地就没了消息，我们在周边布控了许多人，他若是逃出，我们不可能不知道，可见还在这里。还得请谭大人费心。"

他说得客气，却丝毫未提通缉犯的具体身份。

谭廷挑了挑眉。锦衣卫要请谭氏一族帮忙找人，却不肯透露详情，若对方是极其危险的匪贼或者身上有利器，谭氏族人贸然去寻，岂非陷入险境？

谭廷暂无言语，端了茶盅喝茶，见那陈馥有当真并无同他细说的意思，便也不好多问。

片刻后，他想起另一件事情来，说道："听说有陈氏一族的旁支就住在这一带，不知陈五爷是否同他们有联系？"

陈馥有出自陈氏宗家，现下来此地寻人，陈氏旁支的人自然早就候着了。他眼下就住在旁支族人的别院里。只是他不懂谭廷怎么突然问起这事，还以为谭廷不欲襄助，便说道："陈氏旁支的人不多，无论如何也比不过谭氏在宁南的地位，因此还得谭大人帮忙才是。"

谭廷笑了一声，说起了上回在柳阳庄的遭遇。

陈馥有听了略吃一惊，下意识地说道："这些刁民，竟要反了不成？他们没钱，世家便买他们的田，让他们有银子过冬，他们竟还对世家起了杀心？该让府衙将这些人平了！"

谭廷端着茶盅的手定住，他看向这位陈五爷，一时间竟不知道该说什么。分明是陈氏旁支的人压价屯田，欺压百姓在前，到了陈馥有嘴里，竟然变成世家给刁民银子过冬，刁民却不知感恩了。他原本还想请陈馥有约束陈氏族人，叫族人不要与庶族百姓太过为难，可眼下看陈馥有的态度，只怕他说了也没用。

谭廷垂了眸，只道自己会着族人留意匪贼，便端茶送客。

外院书房的谈话，项宜让小丫鬟偷偷听了一耳朵，那位陈五爷声音不低，小丫鬟倒也听见了一二。

项宜听了小丫鬟的回禀，不由得暗暗紧张。

谭廷沉着脸回了正院，眉头紧皱，正吉同他说话，他也只是随意应了两声。到了正房门口，他才吩咐正吉："你去告知族中各家各户，近来有匪贼流窜到此地，让众人注意自身安危，遇事不要声张，更不要冒进，俱来宗家禀告。"

项宜细细品着他的话。陈馥有要缉捕的那个犯人，显然就是义兄。而谭廷没有让族人帮忙寻人，反而让族人注意自身安危，言语之间并无帮衬陈馥有的意思。

项宜心里禁不住一松，再看抿着嘴生气的男人，虽不知他为何生气，却觉得他比平日里生动了几分。

知道了谭廷的态度，项宜便也不再提心吊胆，只是暗暗将春笋的姐姐一家从旁的田庄调去了义兄所在的田庄，以备不时之需。

初一这日，诸事如常，除了谭廷有些不高兴，并无其他事情发生。到了下晌，谭廷吩咐人备好马车，道是初二夫人走娘家用。

前两年的初二，项宜总是事情多，又无人帮衬，因此并未回娘家，只是让项寓、项宁到清嶂来玩一日，姐弟一起吃顿饭。而今年特殊，谭廷在家过年，田庄里还住着义兄，她便把这件事放下了，同项寓他们说天冷，等暖和些再见不迟。谁知那人竟替她安排了。

项宜心情有点儿复杂，只能安排春笋和她姐姐紧盯着田庄那边，有事立马回禀，便在那位谭家大爷的陪同下，又回了一趟青舟。

前些天项宜刚回来了一趟，青舟小镇里的邻人们茶余饭后还总说起谭氏和谭氏的宗家夫人，谁知今日一早，各家走亲戚、串门子，竟又见着了谭氏的马车。

长长的车马队伍停在了项家小院门口，排场比上次还要大。邻人们一时间顾不得串门了，都停下来瞧热闹。

正吉搬了一筐子银钱出来，抓给镇子里的小孩当压岁钱。小孩们得了压岁钱，个个高兴得手舞足蹈。

大人们也跟着高兴，只是他们不甚明白，谭氏这么有钱，又不似从前那般不与项家来往，为何不接济一下项家，让项家姐弟住进像样的宅子呢？

他们不晓得，谭廷刚在项家院中提了此事，要给项寓和项宁安排更好的住处。

谁料他刚说完，项寓就冷哼一声，说道："谭大人如此好心，让项寓顿感十分诧异。"

话音落地，整个项家院子顿时安静了。

项宁眨眨眼，看向自家弟弟，只觉得此刻叫他一声"哥哥"也不是不可以。

正吉在外面发完压岁钱，刚要过来回禀，听见这句话，顿时吓得又退了出去。

谭廷来项家之前就设想过，他是真的想同项宜姐弟三人缓和关系，不过他那位妻弟恐怕还是不会对他有什么好言语。因此眼下项寓说了这话，他倒也没那么意外。

他神色平和，看向了身边的妻子。她从进了项家小院，便用眼神示意过项寓好几次了，当下项寓这般不客气的言论一出，她素来淡然的神色不禁变了变。

谭廷知道她又要训斥弟弟了。在她心里，她可以管束她的弟弟，因为那是她的血脉至亲，她的管束其实是一种维护。而她对他客气守礼，是因为在她心里，他是外人。这般认知让谭廷的心口闷闷的，可他一时半会儿也没办法让她改变想法。

他只能在她训斥弟弟前开了口："没事。"说着，他便将目光落在她的身上，继续说道，"我只是觉得这处房子简陋了些，才有此一提。若是他们住惯了，不愿意搬，那么让府里的人来修缮一番也可。"

项宜要训斥项寓的话语就这么被他三言两语化解了。

项宜是知晓她这位夫君因着查账之事对她心怀愧疚的，可他三番五次地忍让项寓，甚至越发有包容项寓的意思，也着实有些出乎意料。

想想他待谭建的态度，再想想他对项寓的态度，项宜的心情有些复杂。她沉默片刻，向他行了一礼，说道："大爷不必如此费心。"

谭廷同她摇了摇头，说："要的。"

项寓脸色没有变好，但好歹没再说什么出格的话。

那位谭家大爷不尴不尬地找话题同项寓说话："京郊有家薄云书院，虽说多是举人在那里读书，但近年也有秀才学子去旁听访学，不知寓哥儿可有意向？"

此事谭廷早就在心里想了，主要还是因为自家弟弟居家读书着实懒惰，他准备年后将那不中用的东西送去薄云书院读书，自己就在京城，也能监督一二。谭建是他的兄弟，这位妻弟项寓亦是，因此他有了这个主意。

谭廷说了，倒未急着看项寓的反应，反而瞧了瞧自己的妻子。见她掀起眼帘朝自己看了过来，谭廷嘴角微翘。

不想项寓此时开了口："项寓在青舟书院就很好，还是不劳谭大人费心了。"

他不是在说客套话，是当真一口回绝了谭廷。

谭廷原本想着项寓读书用功，一心上进，多半会答应自己的提议，就算不答应，也至少会犹豫一下，没想到项寓竟一口回绝了。

他禁不住又说了薄云书院如何出众，劝了项寓两句，可少年根本不想理会。

谭廷着实意外，看向了妻子，发现她又垂下了眼帘，不知在想什么。好歹她没有似项寓那般一口回绝，且他看着，她似乎有话想同项寓说，只是当着他的面说不合适。

谭廷见状，便说要吩咐正吉一些事情，说完就走了出去。

他一离开，项宜和项宁就向项寓看了过去。她们知道，项寓不是对薄云书院无意的，相反，他还多次提起过这家大儒云集的京城书院。

"阿寓，你怎么想？"项宜温声问弟弟。

除了不许跟谭家人对着干，在别的事情上，项宜一贯尊重弟弟妹妹。

"我虽然也想去薄云书院，但不想受那位谭家大爷的好处。"项寓说着，哼了一声，"他现在对长姐的态度是好了些，可谁知道会不会变回去？没得让长姐因为我而欠他的！"

见少年有傲气，也知冷暖，项宜心里柔软得不行。

谭廷的提议太诱人，他们这些庶族人家没有门路，能有多少机会进那薄云书院？世家贵族有着便捷的途径，享受着顶端的一切，而他们这些庶族哪怕仰着头，都看不到顶端的那些东西。眼下有这样的机会，项宜不想眼看着项寓就这样错过。

就算是欠了谭家大爷的，她再想办法还他就是了。能把项寓送进薄云书院，早日登科及第，项家脸上有光，以后妹妹的婚事也能有个好一些的着落。

想到此处，她朝项寓摇了摇头，正想劝他不要因为她而推却这般好机会，就听项寓先开了口："长姐，我不用他的门路，说不定也能进那薄云书院！"

项宜挑眉，又听他说道，那薄云书院并非世家贵族的附庸，见寒门书生艰难，便特地开设了入院的考试，寒门庶族的书生凡是有真本事在身的，只要过了入院春考，就能进书院读书。

少年说着，脊背挺直起来，说道："项寓不才，愿意一试！"

项宁也听得激动起来，握紧两只小拳头，说道："阿寓一定可以的！长姐要相信他！"

项宜看着弟弟妹妹，忍不住掉下了眼泪。她抽出帕子拭了泪，连声道好，禁不住笑着说道："那便去考吧，长姐信你。"

项寓、项宁闻言，都高高地翘起了嘴角。

项宜看着弟弟的样子，禁不住想到了义兄之前说的话。关于庶族，关于项家，关于她的一切，似乎都越来越有希望了。

片刻后，谭廷回到了房里，又问了问项寓的意愿，然而这次不用项寓开口，就被项宜婉拒了。这是他着实没想到的结果，他不禁愣了愣。

因着之前在柳阳庄的遭遇，众人没敢多停留，趁着天色未晚，当天返回了谭家。

送项寓去薄云书院的事情，项家人虽未应下，但项宜也因此发现，这位谭家大爷与从前相比，真的改变了许多。可她对此并不习惯，只好悄然与他保持着应有的距离。

这两日，项宜发现小姑谭蓉有些不对劲——她给义兄送药、送衣也就罢了，权当是尽地主之谊，可今日这位姑娘又道家中访客太多，打扰了自己练琴，因此闹着要去庄子上练琴。

项宜忍不住问了一句，她便大大方方地说盛先生不仅读书知礼，还擅长弹琴，也已答应了教她弹琴。

义兄确实擅长弹琴，此外，舞剑、作画、射箭、骑马、下棋等，无一不通。从前他在项家住的时候，邻家的姑娘们总是找各种借口上门，还有胆大一点儿的姑娘找到她，直接问及她这位义兄的亲事定在何处，得知义兄并无婚约在身，无不欣喜。若不是义兄身份敏感，是一朝失势的大太监顾先英的侄儿，估计上门提亲的人要踏破项家门槛了。

姑娘们来得频繁，偏义兄又是耐心十足的翩翩君子做派，从未对那些姑娘有过一丝不耐烦，偶尔还会指点她们琴棋书画，不急不躁，认真周全。

姑娘们每每兴奋而至，娇羞而归。

后来，项家一夜之间成了罪臣之家，顾衍盛怕自己的身份连累项家姐弟，不告而别，那些姑娘的芳心都碎成了片。

当下项宜见着谭蓉的热切，莫名其妙地觉得有些眼熟。她不能让谭蓉知道义兄的真实身份，却也不能看着谭蓉走上邻家姑娘们的老路，便有心劝了一句："近来官府在附近抓捕匪贼，妹妹还是少出门的好。"

谭蓉却无所谓地笑了笑，说："我知道大嫂是为我好，可连我娘都觉得我该勤加练琴，刚好盛先生又擅长弹琴，不正是最好的琴师吗？"

言下之意，赵氏都没在此事上多言，她这位大嫂又何必多管。

项宜听了这话，只好不再劝了。

日子悄然到了初五。

杨蓁因着没有回门，初二也没有走娘家，竟认真地给谭建做了几天衣裳，又有针线房的帮衬，初四这日就把衣裳做好了。初五迎财神，谭建便把杨蓁给他做的这身大红色锦袍穿在了身上。得益于针线房的襄助，这件衣裳十分合身，谭建看向杨蓁的眼神不禁越发亮了。

赵氏对杨蓁这位行伍出身的儿媳是没什么指望的，不过也觉得嫁了人的姑娘怎么也该懂得做身衣裳，当下见杨蓁还真能做出一身衣裳来，她想说点儿什么，却不知道该怎么说了。她心道：罢了，反正不是正经婆婆，只要杨蓁不给我找事就好。我只想养在秋照苑里，至于那对小夫妻之间的事，随他们去。

杨蓁觉得自己辛辛苦苦做的新衣裳不能没人看见，就拉着谭建到了正院。当然，在谭建的苦苦哀求下，两个人是选在他大哥不在正院的时候去的。

项宜让二人进屋吃点心，杨蓁摇头说不吃，她可不是为了吃点心来的。

说完，杨蓁拿了剑来，让穿着新衣裳的谭建同她一起舞剑。

谭建有些害羞，不肯拿剑。

项宜平白多了一场好戏可看，颇有兴致，笑着鼓励了他几句。

谭建一想，反正大哥也不在，大嫂又不是外人，就接过了杨蓁手中的剑。

项宜见谭建作文章没怎么长进，剑倒是舞得不错，暗暗好笑，心道得亏没被那位大爷瞧见。不想下一秒，那位大爷竟然回来了。

谭廷一眼就看见了自己的弟弟——那不成器的弟弟，不去好好作文章，竟然穿得花枝招展，跑到他的院子里舞剑来了！

男人气得眼睛都瞪大了。

而谭建一转头，也看到了他大哥，还看到了大哥瞪大的双眼，当即吓得脚下一顿。

杨蓁正舞到兴处，把剑往前一送。按照原本的招式，谭建是要顺势避开她这一剑的，可他被突然出现在门口的大哥给吓傻了，竟然定在那里未动。

杨蓁眼见着剑尖就要刺到他的身上，惊呼一声，急急把剑向一旁偏去。可到底是紧急变招儿，虽然没伤着谭建，但把他身上那件大红色新衣裳的腋下戳了个大洞。

谭建堪堪回神，才发现好好的衣裳瞬间破了个洞，里面的棉絮都掉了出来。他傻眼地看着破衣裳和棉絮，抬头就发现自家娘子的脸都青了，再一回头，又撞上大哥不善的眼神。

谭建心惊胆战，听见自己娘子愤怒的声音："你在想什么？这可是我好不容易给你做出来的新衣裳！"

下一秒，大哥恨铁不成钢的声音也传了过来："不成器的东西，还不滚回去！"

"娘子……大哥……"谭建吓得心都乱颤，只能无助地看向项宜，"大嫂……"

可怜见的，项宜连忙轻声安慰他："没事的，快回去吧。"

谭建赶紧捂着头跑了，杨蓁跟在他的后面，也气呼呼地离去了。

项宜看着好笑，努力绷着嘴角，不想让自己笑出声来。只是当她抬起头，就看见那位刚板着脸训斥完自己弟弟的谭家大爷脸色一缓，忍不住笑了一声。

他一笑，院中憋着不敢笑的小丫鬟们瞬间都捂着肚子笑了起来。项宜这下也绷不住了，笑弯了一双眼睛。

谭廷又好气又好笑，念叨了一句"不中用的东西"，便抬脚往院内走。突然，他脚步一顿，视线定在了项宜的脸上。

她垂着头，笑得露出了雪白的贝齿，脸上有个浅浅的酒窝，那酒窝里好似盛了酒，是那种清甜可口的酒，令人微醺的酒……谭廷一下就看愣了，心跳陡然快了起来。

她手里的帕子落了下来，她弯腰去拾，白皙的脖颈从毛茸茸的衣领间露了出来。

谭廷看着她白皙的脖颈，蓦然想起一件事：今日，是初五吧？

陈馥有不眠不休地搜捕了许多天，始终没有找到他要找的人，唯独谭家前些日子收留的一位打虎英雄有些可疑。可他让人去问了问，得知那位打虎英雄与画像上的人并不相像。

陈馥有心有疑虑，还是想亲自去看看那位打虎英雄，然而那到底是谭家的地盘，并不能贸然前去。他回想初一那日谭氏宗子谭廷的态度，才后知后觉地发现谭廷似乎并没有大力相助的意思。

他一下子觉得棘手起来，如果没有清嵋谭氏的帮衬，甚至谭氏族人还有意无意地回避此事，那么他怎么都不可能找到人了。

而太子的接应就快到了……

陈馥有着急起来，觉得自己无论如何也要想个办法，让那位谭家宗子站到他这边来。

锦衣卫的陈五爷烦心于谭家态度不明，不肯帮衬自己，而此地接待这位宗家五爷的旁支主事人陈余谋也看出了几分。

陈余谋心道：这清嵋谭氏也不知是怎么回事，旁的世家都在各地屯田，他们谭家倒好，自己不屯也就算了，还不让旁人屯，联合了附近的州县衙门，不许本地低价易田，怪不得谭家越来越不行！

陈余谋见今年屯田极其划算，立马趁机把前些年就看好的良田买了过来，若碰上似柳阳庄村民那般不肯低价卖地的顽固百姓，他少不得要使些手段。谁知眼看着良田就要到手了，谭家突然冒了出来，不仅租了那些村民的田地，还给村民预付了过冬的银钱，导致他的计划一下就落空了。这还不算完，他原本还准备了好些钱，想要多买几个村子的地，谁知竟得到了官府衙门不许低价交易田地的消息。而这背后，竟是清嵋谭氏怂恿的。他就不明白了，那位谭家宗子到底是世族的人，还是破落庶族的人？怎么净帮着那些贱民呢？

陈余谋心里有气，只是听说宗家的五爷一来就去找谭家帮忙，他若是那时说谭家的不好，岂不是自找不痛快？因此他这几日一直憋着。

可现在不一样了，他看出陈馥有似也对谭家不满，当即忍不住进言："五爷何不动用咱们陈氏自己的宗家，将那清嵋谭氏打压下去？届时咱们陈氏便能插手清嵋的各项事宜，找人也好，屯田也罢，不都便利？"

毕竟凤岭陈氏可是当今四大世族之一，岂是没落的清嵋谭氏可比？

谁料听了他的话，那宗家五爷陈馥有突然嘲讽地笑了一声，说道："你可真会想。强龙不压地头蛇，你以为凤岭陈家到了此处，在谭氏手里讨得了好？"

陈馥有说完，看着陈余谋，蓦然想起了彼时见那谭家宗子时，谭家宗子突然说起的柳阳庄一事，登时醒悟了，盯住了陈余谋。

"你们是不是也强迫柳阳庄的人卖地了？"

陈余谋满腹委屈，说道："正因着谭家插手，那好端端的良田全错失了！"

他还要诉苦，陈馥有却明白过来了。他在谭家说那番话时，只想着庶族刁民胆大妄为，哪里想到就是自家这些旁支族人害得谭氏宗家涉险。难怪人家不肯帮忙，原来是嫌他没有料理好自家族人。

陈余谋还想说自己屯的田可以转给宗家，不想那位宗家五爷冷声说道："你就别想屯田的事了。今岁本地陈氏族人都不许违反官府律令，私自屯田。谁要是敢私下压价屯田，被官府捉了去，别怪宗家不替你们说话！"

陈馥有瞪着陈余谋，一肚子气，因着这点儿屯田小事，险些坏了他捉人的大计！要知道，那道人手里的东西若是闹出来，将会对他们这些世族造成巨大的冲击！

陈馥有暗暗思量自己应该带上陈余谋去谭家赔罪，可又想到那位谭家宗子的做派，怕他不肯给面子，思来想去，最后提笔写下一封信，让人快马加鞭地送去了京城。

双管齐下，这一回，他务必要让那位谭家宗子答应替他捉人。

清峒谭家。

陈馥有如何打算，谭廷并不知道。

一些远在两广、云南等地，不能前来拜年的族人寄来了礼品和信件，谭廷提笔一一回了信，抬起头看向窗外，这才发现天色已晚。

天边挂着一弯新月，仿佛是在提醒他，今日是初五。

腊月二十五那日，项宜处理了诸多家族事务，还有点儿着凉，到了晚间，身上疲累得厉害。谭廷见了，便主动提出早早睡下。而今日，她精神尚好。

谭廷出了书房，走到了庭院里，目光掠过廊下，看到了窗纸上映着的她的影子。他不禁放轻了脚步，缓缓走进了屋子。

她坐在灯下，一针一线地替他做着一件宝蓝色的锦袍，没有听见他的脚步声。走过一遍针线，她拿起小筐里的剪子，剪掉了线头，又眯起眼睛继续穿针引线。

想到她近来的忙碌，谭廷走上前去，温声说道："天黑便莫做了，仔细眼睛。"

项宜抬起头，这才发现他回来了。他最近也不知怎么了，走路总没声音，突然就到了她身边。

她想说无妨，又突然想起今天是初五，不由得看了男人一眼，恰好男人的目光也落在她的脸上。

项宜登时明白过来。

点头算是应下，她收拾了衣裳和针线筐，便让人打了水来。仆从们也甚是知事，早就烧好了水。夫妻二人安静地各自洗漱了一番，见天色当真不早了，便都进了帐中。

项宜以前都是睡在外侧的，可从柳阳庄回来后，那人便让她睡在里面。他素来夜间不用人伺候，她睡在里面倒也无妨，便答应了。此刻她躺到了里面，等着初五的公事，却见他没有躺下，反而挑着灯在看书。

项宜不甚明白地瞧了他两眼，发现他又抬手翻了一页，认真地看着。她倒并不急于那事，只是再这样下去，她可能要睡着了。

谭廷还在看书，或者说还在翻书。他用余光偷偷地看了妻子一眼，发现她已躺好了，虽然闭上了眼睛，但是眼帘微颤，并没有真的入睡，可见她也想起今日是初五了。只是他们有些日子没有那般了，一想到要有极其私密的接触，谭廷就有些心跳加快，不知从何开始。

可他也知道，妻子向来是入睡极快的……

谭家大爷略一犹豫，就吹熄了蜡烛。

帷帐里，谭家大爷的心跳又快了几拍，他却迟迟没有动作。从前习惯于落在她腰间的手，此刻还没越过二人中间的缝隙就停顿了下来。她虽然也记起了今日是初五，但若抛开初五例行公事的这层意思，她又是怎么想的呢？

谭廷悄悄地看了妻子一眼。他并不能准确把握她的心思，因为向来是他主动的——这种事情总不能让她主动。

见她好像要睡着了，谭廷下了决心，手终于越过了中线。

恰在此时，项宜突然抬手，想要拨开鬓边的碎发，却一下打在了男人伸来的手上。

二人愣了愣。

谭廷的手僵住了。她，不愿意？

项宜也没想到会这么巧，当即看向那位谭家大爷。见他僵着，她略略尴尬了一下，抬手拨开鬓边的碎发，而后默默地去解自己的衣带。

谭廷终于回过神儿来，原来是个巧合。

他暗暗松了口气，不再迟疑，立刻回应了她的动作，也默默解了自己的衣带……

颠鸾倒凤，许久方罢。

停下之后，项宜仍旧被人圈着。她不习惯这等姿态，抽身准备离开，但下一秒，那臂膀收紧，她陡然被人抱住，惊讶地看向男人。

谭廷在她吃惊的眼神下，微微侧了脸，低声说了一句："你辛苦了。"

谭廷从浴房回来，看见她依然惊讶又不解的复杂眼神，仿佛他今日这般十分不合他们之间的规矩，不禁幽幽地叹了口气。

他突然想叫一声她的名，告诉她，他以后都会这般与她相处。可要开口时，他才突然意识到一件事：他好像并不知道她的闺名。

谭廷怔住了，要说的话也没能说出口。他也没敢贸然去问她，毕竟，他们其实是已经成婚三年的夫妻。

之后的几天，谭廷找了各种途径，却还是没能知道妻子的闺名，仿佛她闺中的名字就真的留在了过去。他叹了口气，只能再想其他的办法。

这日上午，陈馥有再次登了门。谭廷没有将他拒之门外，因为就在这日早晨，他收到了姑父林大老爷的书信。

他一向尊敬这位姑父，身为首辅嫡长子的林大老爷也一直对他多有照拂。这次的信里，这位姑父只正经提了一件事，便是请他帮衬陈馥有。此时再见着陈馥有登门拜访，谭廷越发明白他们这次要抓的人不是一般人了。

陈馥有不复上一次的急切，没有立马提捉拿通缉犯的事，而是先让陈余谋就柳阳庄的事情向谭廷赔礼道歉。

谭廷无所谓陈余谋是否给自己道歉，因为陈余谋要谋算的并不是谭家的地，而是柳阳庄的地，要道歉也是向柳阳庄的人道歉。他冷冷地瞥了陈余谋一眼，问起了陈氏旁支屯田的事。

陈馥有连忙说自己已经吩咐了陈余谋，要求本地陈氏旁支也要像清峋谭氏一样，不得压价屯田。

听他这般说了，谭廷点了一下头。本地陈氏旁支的人数不算少，手中有钱的更不算少，压住了他们，旁的小家族也就不敢乱来了。

陈馥有见他的神色缓了一些，松了口气，将陈余谋遣下去，这才说起了捉拿之事。

这一次，他带了十足的诚意，眼见周遭无人，便直接将那个通缉犯的身份低声告诉了谭廷："好叫谭大人知道，我此番要捉拿的，正是太子身边的那个妖道！"

话音落地，书房里静了静。

关于通缉犯的身份，谭廷做过多番猜想，也想过会不会是太子身边的那个道士，只是那道士能犯什么样的大罪，要锦衣卫这般追捕？

他不动声色地看了陈馥有一眼。

陈馥有既然开了口，也不在乎多说几句了，当下，他便说那道人去了一趟广西，名为查案，实则是要借机作乱，偏偏太子对那道人信任有加。锦衣卫此番是奉了宫里的意思来拿人的，免得这妖道手里不知攥着什么东西，回到京城便要迷惑太子，插手朝纲。

听了陈馥有这般说辞，谭廷终于理解为何区区线索便值白银百两了。

只是，这真是宫里的意思？

谭廷看了看陈馥有，端起了茶盅。他暗想：不管如何，陈馥有肯如此坦诚，又有林姑父的书信在前，那么无论抓捕此人是哪里的意思，我都会替他们寻人。况且那道人在太子身边插手朝政也是真的，这般来路不明的人，确实不适合留在东宫。

谭廷饮下一口茶，没有再问，利落地应下了陈馥有的请求。

谭家正屋里，项宜一听说那陈馥有带着族人上了门，便心觉不好。看到谭廷同陈馥有正经在外院书房说起了话，且极其隐秘，半分不许人靠近，她更是深觉不妙。

项宜左右一思量，连忙叫了春笋过来，吩咐了几句。

春笋得了项宜的令，立时套车去了田庄。

项宜前阵子将春笋的胞姐调去了顾衍盛养伤的庄子帮厨，因此春笋此去寻她姐姐，倒也没人怀疑。

外院书房里，陈馥有见谭廷应下了帮忙寻人之事，立刻便问道："谭大人田庄上的那位打虎英雄，不知道是什么来历？"

谭廷见他特意问起此人，当下并不隐瞒，说那人是为小妹解了围，才被邀至田庄。

那打虎英雄与通缉令画像上的人并不相像，可陈馥有始终心存疑虑，便说道："那道人妖异非常，有变化容貌之手段也不无可能。谭大人若是不介意，在下想亲自去验一趟。"

谭廷自然没什么不可，略一思量，说道："谭某与千户一同前去。"

倘若那盛故真是太子身边的道人，此番他主动陪同前往，便能证明谭家收留那人只是因为受了蒙骗，而全无包庇之意，方便将谭家摘出来。

陈馥有见他行事如此周全，暗道不愧是一族宗子。世家宗子若是愚钝不堪，整个宗族便会衰落，旁的宗族也不会与之多来往。而这位年纪轻轻的谭家宗子却是个难得的聪明人，陈馥有想，陈氏往后可以多与谭氏往来了，世家之间守望相助，才是长久之道。

谭廷与陈馥有议定后，并未过多耽搁，当即带着人手，快马去了田庄。

谁料到了田庄，他们竟听说那盛故半个时辰前出了门。

庄户又说，这些日子，那盛故也不是没有出过门，可一般是天色渐晚时才出门，而今日早早地就出门了。

谭廷同陈馥有对视了一眼，便让人引他们去了盛故落脚的院子。院中并无变化，可再细看，此人随身的东西都不见了。

谭廷沉下了脸来，幸亏他主动在第一时间与陈馥有一同前来，不然谭家可真要摘不清了。

陈馥有脸色难看，当下管不了许多，连忙吩咐手下在附近寻找那盛故的踪迹。房中还有几瓶治伤的药膏，他几乎要捏碎那些药瓶，狠狠地说道："必是这妖道变化了容貌骗人，借谭家的地方养伤。我等竟都被他骗了许多日子！"

谁能想到帮谭家大小姐赶走了老虎，被邀请到庄上养伤，还特意守礼地嘱咐小姐要告知家中夫人的打虎英雄，就是锦衣卫要秘密抓捕的妖道呢？

陈馥有自己失算，自然也不能埋怨或者疑心谭家什么，毕竟还要仰仗谭家帮忙。

谭廷见状，当着他的面，仔细吩咐了寻人之事。

陈馥有道了谢，留了人在田庄联络，便先行离开了。

陈馥有不疑心，不代表谭廷也毫无疑虑。等锦衣卫的人走远了，谭廷便将田庄的管事叫了来，问今日都有什么人来过田庄。

管事说，因是过年期间，众人走亲访友，来往的人倒也不算少。

谭廷想了想，又问："那可有从清嶂过来的人？"

管事说了几家的亲戚，谭廷负手听了，便让管事将这些人进出的时间拿纸笔列下来。

管事不敢大意，叫了几个人过来一起回忆，仔仔细细地写了半张纸。

谭廷拿到纸张后，算了算时间，只看了一眼，便注意到了一个名字。

他禁不住挑了眉，说道："春笋？夫人身边的那个丫鬟？"

春笋不过是今日进出田庄的人之一，可她进出的时间有些奇怪。

谭廷略作推算，发现她从谭氏宗房离开的时间，恰在陈馥有来到谭家之后，而她到了田庄不久，那盛故和小厮就出了门去。盛故和小厮离开后，她也没有过多逗留，没多久便离开了。

谭廷当即带人回了府。他并没有疑心项宜什么，若那盛故真是太子身边的道人，她整日待在谭家，同一个道人又能有什么关系？只是那个春笋有些奇怪，虽然是谭家的家生子，但也不能排除被收买的可能。

谭廷回了正院，想着就算要提春笋来问，也要先跟妻子说一声。他进了屋子，发现她今日并未在窗下做针线活儿，而是坐在书案前，拿着刻刀和玉石，迟迟没有动作，不知是在思量如何下刀还是在想别的事情。

谭廷想到她和谭蓉都同那盛故照过面，不禁有些后怕，缓步走上前去。

她这时才瞧见了他，连忙放下东西，起身说道："大爷回来了。"

谭廷点了点头，见她一双眸子看过来，晓得她在疑惑田庄的事情，便低声同她说了一句："那盛故十有八九便是陈馥有要抓的人，只是此人十分警觉，赶在陈五到田庄之前离开了。"

项宜听了，心跳都快了好几拍，但不敢表现出什么，佯装惊讶地问了一句："盛先生竟是被通缉的那个匪贼？"

谭廷见妻子的鼻尖冒了一点汗儿，连道别怕，又安慰了一句："此人已经离了谭家，有官府和锦衣卫的人搜捕，想必不时便会捉到。"

他这样说了，却见妻子的神情并未放松下来，反而更加凝重。

谭廷没有多想，说出了来意："此人走得蹊跷，想必另有隐情。我已查到了今日来去田庄的人有哪些，你身边的春笋也去了，能否把她叫过来问一番？"

他说完，就见妻子直接点了头，让乔荇把春笋叫过来，不禁心里微松。

春笋很快便到了，不用谭廷吩咐，便把自己去田庄的原委说了。她道自己前两日便同夫人说了，得空了想去田庄看看姐姐和刚出生的小外甥女。

春笋的姐姐因着厨艺好，被项宜派到田庄帮厨，这事谭廷也晓得。

春笋又说，因着正月里忙碌，自己一直没得空去田庄，直到今日夫人突然问起姐姐的情况，得知她还没来得及去，便给她放了假，允许她今日就去田庄。

她叩了个头，说道："夫人一向照拂奴婢一家，奴婢感念夫人恩德，不敢耽误，当时便去了。到了田庄，见姐姐和孩子都好，我便也没有过多逗留，回到了府里。"

她说完都没敢抬头，低声说道："奴婢若是犯了规矩，还请大爷责罚，只是此事同夫人无关，大爷明察。"

谭廷听见这番话，蓦然想到了他刚回家的那段时间，多次冤枉了项宜的事情，不由得侧头向她看去。

她没看他，半垂着头，起身同他略施一礼，说道："春笋前几日确实同妾身说了想去田庄的事，妾身今日也确实允了她过去。"

话说到这里了，他若是问下去，那么到底是在怀疑春笋，还是在怀疑妻子呢？谭廷心道，自己再不能做疑心她的事情了。他决定信她——他们之间不似从前，她必不会为了一个外人而骗他。

谭廷当机立断地让春笋起了身，又亲手扶了项宜，温声说道："别怕。既然是早就报备过的事，便无甚大碍了。"

没能问出什么，谭廷便挥手让春笋退下了，又同项宜说了一句："那盛故非寻常人，没在谭家伤人已是幸事，而谭家亦不知他就是匪贼，并无包庇嫌疑，只需配合陈馥有抓捕他便是了。"

为了宽她的心，他难得说了这么长一段话。

项宜知道他并没有怀疑自己，暗暗松了口气，只是听到最后一句，又惊得看了他一眼。

他要配合那凤岭陈氏的五爷陈馥有抓捕义兄了，那么他知道义兄是什么身份了吗？

项宜沉默了一会儿，还是问出了口："一个匪贼而已，怎会引得锦衣卫如此兴师动众？"

谭廷见她也察觉到了不对劲，比旁人敏锐许多，欣赏之余，便同她隐晦地提了一句："此人还有旁的身份，牵扯着东宫。"

项宜闻言，抿了抿嘴角。很显然，谭家大爷知道义兄是太子身边的人了。

太子是什么样的心性，对义兄是什么态度，义兄又是去广西查什么案子才落到被追杀的境地，谭家大爷作为在朝为官的人，必然是知道的。上一次陈馥有上门，他或许是因为柳阳庄的事情，并没有帮陈馥有寻人。而今日陈馥有再次登门，他便答应了帮忙寻人，要将义兄送进陈五背后的世家手里。说到底，他们世家本该如此"守望相助"。

项宜沉默着看了一眼那位谭家大爷，轻福一礼，转身离开了。

既然陈氏、谭氏这些世家联合起来抓义兄，那么也只有她这等庶族的

163

人能帮义兄逃脱魔爪，等待接应了。

谭廷并未发现妻子的异常，转身去了秋照苑，将盛故的事情告诉了众人，告诫众人若是再遇到此人，必得十分小心。

赵氏闻言，当真吓坏了，一阵后怕。

谭蓉难以置信地问道："这怎么可能？盛先生那么儒雅，怎么会是海上匪贼？那陈五爷是不是弄错了？"

但这并不能解释盛故为何恰好离开。谭蓉震惊了整整一日，终于在众人的劝说下相信盛故就是通缉令上的那个人。不过她并不相信盛先生是海匪，他那般惊才绝艳的君子，一定有旁的身份，只是她并不知晓。

盛故给她的琴谱还在。她没听赵氏的话，将那琴谱扔了，反而偷偷放在了箱笼里。此事之后，她再看赵氏给她挑选的那些世家子弟，越发没了兴致。

陈馥有联合了官府继续找人，因着确实是在清嶒不见的，这次他把目光锁定在了清嶒县，让人挨家挨户地搜索，尤其要留心各个村镇。

顾衍盛并未潜在村镇里。项宜悄然将他安置在了县城，就在距离谭氏一族聚居的鼓安坊不远的地方。

她年前便悄悄用旁人的名义典下了一座闹中取静的宅子，然后向姜掌柜询问了木工们的情况，挑出了一对生活拮据的叔侄，免费让他们暂住在宅子里。

前几日那对叔侄有事离开了，项宜正想着重新找人住进去掩人耳目的时候，义兄恰就出了事。她便直接让义兄和小厮秋鹰住了进去，又叮嘱他们不要出门，以免被邻人看见。

邻人不知道义兄的存在，还以为宅子里住的仍是之前那对叔侄。房中有隔间，这两日官兵搜城时，义兄和秋鹰便躲在了那里。官兵闯进来没搜到人，邻人又给了错的说辞，义兄便轻巧地躲了过去。

虽然有了安身之地，暂时安全了，但是这样一通折腾下来，顾衍盛身上的伤口裂开了。两个人不便出门买药，秋鹰便按照项宜留的办法，给她传了个话。

翌日下晌，项宜便借着去吉祥印铺的名义，悄悄带着乔荐去了顾衍盛的藏身地。

秋鹰见她来了，急急忙忙地向她说起自家爷的情况。她让乔荐守着门，快步进了屋子，一进去，便看到了唇色发白的义兄。

顾衍盛见她来了，当即让秋鹰给她倒茶暖手，低声笑着说道："过了年还是这般冷。你素来怕冷，且暖一暖身子。"

虽然他的脸上挂着笑，但项宜发现他的额上竟布了一层汗珠，当即问道："大哥是不是又受伤了？"

顾衍盛笑着跟她摆手，递去一个安慰的眼神，示意她坐下说话，然后才回答道："要说是，也算是。我捡秋鹰的时候，看中他会口技，却没想到他十分笨拙，涂个药都能险些把我谋害了。"

秋鹰听了，一脸惆怅地低下头。

顾衍盛倒是不怎么介意，笑着说："罢了，我都习惯了。况且也不能都怪他，着实是药膏稀缺，想要把那么一丁点儿药涂在一整片伤口上，是有些难。"

项宜一听，连忙将带过来的几瓶药都拿了出来。

眼下陈馥有在各处药铺、医馆严查，项宜亦不敢在外取药，想着谭家大爷的伤已经好了，房中的药并没有什么人会去动，便将治疗外伤的药膏都挑出来，每样取三分之二，带了过来。

见有了药，秋鹰连忙说道："方才药涂得不均，小的再给爷上一些吧。"

话音未落，顾衍盛就笑着瞥了他一眼，说道："怎的还要害我？"

秋鹰无奈，着急地说道："爷的身体早日恢复才是要紧！"

可顾衍盛只是同他摆手，还是不肯让他给自己上药。

项宜看了，皱起了眉头。大哥素来是翩翩公子的做派，风流倜傥，一尘不染，何时如此狼狈过？若不早早让伤口愈合，之后辗转回京的路上还不知要遇上多少事，养伤就更难了。

想到此处，她不由得问了一句："不知大哥伤在何处，能否让小妹帮忙上药？"

这话一说出口，房中安静了下来，清凉的药香在房中萦绕。

顾衍盛眼帘微掀，看了她一眼，才说道："伤在肩头。"

肩头并不算太私密的部位，项宜当即利落地将药瓶打开了，说道："大哥把领口解开吧，我来替大哥上药。"

顾衍盛却没有动，而是又看了她一眼。

项宜这才留意到他的眼神，隐约明白了他的顾忌：她已经嫁为人妇，而义兄并非亲兄，是并无血缘的男子。他身为男子，并没有什么好怕的，他是于她有碍。

见他这般守礼，项宜越发觉得不必在意虚礼了，直言道："如今你我兄妹这般情形，规矩礼数什么的并不打紧。"

顾衍盛望着她，眸中映出了她的身影。

半晌，他轻笑了一声，说："好。"

项宜换药动作娴熟，根本不需要秋鹰帮忙，秋鹰便退了下去，房中就剩下了她和顾衍盛二人。

顾衍盛的伤势要比谭廷、谭建此前的伤势严重得多，项宜有些明白秋鹰为何会紧张了，看着这极深、极严重的伤口，连她都不敢乱来。

想想义兄从前意气风发的样子，项宜忍不住叹气。

秋鹰进来添了炭火，又很快退了下去，暖融融的房中药香四溢。

顾衍盛的目光一直静静地落在眼前的女子身上。她的长发柔顺而有光泽，只是盘成了妇人的发髻，不似从前那般披散着，风一吹，发梢便随着风轻飘。

顾衍盛不禁想到了自己在田庄听说的事情——那谭家宗子谭廷与她成婚后，三年未回家。他猜想得到，以世家对他义父项直渊的态度，谭廷显然不会将她放在心上。他亦听说了谭氏族人在谭廷回来后闹出的事情，虽然田庄的仆从不便多言，但他也猜出了一二。没多久，他又听说她年前、年后都回了娘家，那位谭家大爷对她的态度也有了转变。

这倒也不奇怪，似宜珍这般宜室宜家、如珍如宝的女子，谁会舍得冷待？只是这般，顾衍盛亦说不清是好还是不好。比起谭廷的态度是怎样的，他更在意她的态度。他能察觉到她此前对那位谭家大爷是无意的，可是之后呢？

药香扑鼻，女子就站在离他不足一尺的地方，白皙而灵巧的手小心翼翼地替他上着药。安静的性子让她甚少有什么言语，做事却是从不马虎的，还会心思细腻地顾及所有人的感受。

他记得叔父顾先英去世后，他突然失了所有倚仗，后来被义父接到了项家，在不熟悉的环境下重新开始生活。那时候每到晚上，她就会挑着灯来他的院里，并不多说什么，只是安静地陪他坐一会儿就走，从未间断，直到他和项家人、仆从以及邻里都熟络起来。

顾衍盛静静地看着她，见她鬓边的碎发突然落了下来，细细长长的一绺，轻扫着她的脸庞，他禁不住抬起了手。

项宜帮他涂好了药，刚收回手，就看见一只骨节分明的手伸向她的耳边，距离陡然近到稍稍向前便可触碰。

她抬起头，惊讶地看了他一眼。

顾衍盛落在她耳边的手顿住了，在那双澄澈眼眸的注视下，他低头笑了一声，语气随意地说道："方才有只飞虫，现下飞走了。"

他说完，收回了手。

项宜闻言，恍然地点了点头，然后叫了秋鹰进来，两个人一道给顾衍盛包扎。忙完这一切，天色不早了。

顾衍盛说道："你快回去吧，免得谭家人疑心。"

项宜道无妨，想到他迟迟不好的伤，不由得又说道："我两日后再来。"

听她这般说，顾衍盛不由得眸色和软地又看了她一眼，笑着说道："其实秋鹰的手也没那么笨拙。"

见秋鹰连忙在一旁点头，项宜报着嘴笑了一声，而后道："这本也是做妹妹的该为大哥做的事。"

她说完，叫上乔荇快速地离开了。顾衍盛站在院中，看向她离开的方向，嘴角的笑意渐渐敛了起来。

鼓安坊，谭家宗房。

年前带着孩子来感谢宗家夫人的那对夫妻又来了，可巧又是谭廷先见到了他们。得知他们这次打听到夫人从娘家回来了，专程前来道谢，谭廷心里甚慰。

他带着这一家三口回了正院，却听说项宜不在，不禁讶然地说道："夫人去哪儿了，几时去的，怎么还没回来？"

春笋便道夫人出门去了，还带了前几日刻出来的印章。

谭廷听了便了然了，刚想让那一家三口稍等些时候，就听外面传话，道是夫人从外面回来了。

项宜甫一回府，就听说了来人的事情，此刻回到正院，就见不仅那一家三口在，那位大爷也在房中等着她。

谭廷见她刚从外面回来，身上泛着冷气，便让丫鬟送了汤婆子过来。

项宜见他并未过问自己去了何处，刚要松口气，就听到他问道："去了药铺？"

项宜一惊，这才意识到自己身上有药味，当即心里一转，道是给妹妹项宁问药去了，然后转移了话题，直接问起了坐在下首的一家三口："你们来了。孩子好些了？"

那对夫妻立刻让孩子给项宜磕头，说道："都是夫人肯为他费心！何止是好些了，眼下是完全好了，前两日都能在庄头同别家小孩打架了。"

项宜让乔荇把孩子抱了过来，小心翼翼地抱在手上掂量了一下，说道：

"着实沉手了。"

孩子的娘亲连声说道："这都要感谢夫人！夫人第一回见他的时候，说他太瘦，特意从族里支了银钱，让我们专门买肉、菜给他吃。他这会儿可壮实了。"

谭廷在一旁静静地听着，就见项宜将小孩放在旁边的太师椅上，一边摸着小孩的脑袋，一边轻声问他最近玩了什么、见了什么人，又怎么同别的小孩打架了。

她极其耐心地问着，小孩也奶声奶气地回答着，童言无忌，她弯着眼睛笑起来。谭廷见了，不由得想起了赵氏的嘱咐。

这些日子，他们不似从前那般疏远了，那她是不是也快怀上孩子了？那晚的旖旎情景浮现在眼前，谭廷禁不住多看了妻子几眼。

项宜没注意到他的神色，倒是那孩了的娘亲看见了，笑了一声，说道："夫人这般喜欢孩子，想来宗家大爷和夫人也快有孩子了吧。"

谭廷听了这话，轻轻地扬起嘴角，看向她的眼神越发柔和。

项宜这才瞧见了他的神色，不禁愣了片刻。

那对夫妻住得远，是驾着慢腾腾的牛车赶过来的，不便久留，不多会儿便要告辞。项宜见小孩爱吃碟子里的点心，就让乔荇把那几碟点心都包起来给了他们。

谭廷又要拿些钱给孩子，可那对夫妻这回说什么都不肯收了，连声道谢后，就带着孩子离开了。

那一家三口走了，项宜却隐隐察觉到那位宗家大爷的目光仍旧落在她的身上。

世家延续，最重要的便是血脉，尤其对各世家的宗家来说，绵延子嗣更是重中之重。谭氏宗家到了谭廷这一辈，只有他和谭建两个人，他想要孩子再正常不过了。

项宜半垂了头，一分都没有回应他的目光。这件事情，她约莫不会轻易顺着他的心意了。

而她如何想，谭廷此刻并不知道。

谭廷回到书房，就听到族人家中传来喜报，说是生了一对千金，因是双胞胎，甚是罕见，故而想请宗家来给孩子起名。

喜气跟着请名帖一道来到了宗家，谭廷也不禁眉眼柔和起来，当即让正吉把大红洒金纸拿过来，题了"喜之""贺之"两个名字，让人送了过去。

喜气让人精神好了不少，他不免开始联想，他的妻子有孕了会是怎样，于是又将大红洒金纸拿了出来，试着取了好些名字。

他默默地想，每月只逢五，是不是间隔得久了些？

这两日，天气又冷了起来，先是下了一整日的鹅毛大雪，雪天之后，更是奇冷无比，谭氏不少族人冷得受不了了，来向族中借炭。

谭廷年前便觉得这个冬天比往年更冷，恐怕不会轻易过去，吩咐了族人多备炭，因着清崎木炭有限，他还派人去了一趟外地，花高价购了不少炭回来。

年后那几日，天气和暖了许多，不少人还以为这般高价买来的炭用不上了，不想昨日这场雪一下，宗子提前吩咐备好的炭成了救命炭。

世家尚且不易，庶路百姓家里就更不好过了。谭廷让族人给实在过不下去的邻里多少匀一些炭，项宜则支起粥棚，叫了杨蓁、谭蓉一道，连着施了两日的粥。

第三日，天气总算和暖了一些，谭廷松了口气，突然又想到了什么，眸色一深。

陈馥有那边迟迟没有消息，可见还是没有抓到人。官府早就极快地封锁了清崎通往各处的道路，那道人不可能逃出去，而这般冷的天气，那道人又身受重伤，竟还是没有露出马脚，可见是在此地有人庇护。至于是什么人在庇护那道人，谭廷目前无从猜测，只能暗暗让人留心。

下晌，谭廷去族里看了看囤粮的情况，回正院的路上，遇到了几个玩炮仗的小孩。

小孩不知害怕，将炮仗压在竹篾下，谭廷见了，刚要阻止，竹篾便腾的一下炸飞了。他连忙护着小孩，自己却被划伤了手，好在伤口不大，小孩也没伤着。

谭廷将这些熊孩子训诫了一番，才回了正院。

正吉要替他擦些药膏，他想起正房里就有项宜之前为他备的药膏，便让正吉去拿。只是药膏拿出来，他发现那些药瓶里的药似乎比之前少许多。难道是自己记错了，药瓶里本就只有小半瓶药？

他没在此处过多思量，倒是发现他的妻子并不在家。他叫了人来，问起夫人去了何处，才晓得她去了吉祥印铺，且去了有些时候了。

谭廷眼皮跳了一下，清崎县城就这么大，她以往去吉祥印铺并不会去这么久，今日怎么迟迟未归？

谭廷蓦然想到了下落不明的那个道人——那人是见过项宜的！万一那

人就潜藏在城中，又无法脱身，便想劫持谭氏宗家夫人为质……

他这么一想，当即坐不住了，叫了护卫跟随，立马去了吉祥印铺。

因着天冷没有客人，吉祥印铺正准备打烊，店内并无项宜的踪迹。谭廷心里一沉，却也没有声张，低声安排了护卫在城中小心寻访。

护卫一散而去，空荡荡的大街上，冷风直往人的骨头缝里钻。谭廷没有回府，就在附近一家茶馆里等待着。

一盏茶的工夫后，护卫陆陆续续前来回禀，都说没有夫人的消息。谭廷闻言，脸色越发阴沉了。正吉也着了急，跑到茶馆门口等待，半晌，终于看到最后一个护卫跑了回来。

那护卫一进来，谭廷便开了口："有夫人的消息了？"

那护卫欲言又止，最后还是如实回答道："有人看见两个女子去了一条偏僻的巷子，瞧着有点儿像是夫人和乔荇的样子，不过也不能确定。"

这话让谭廷惊诧地挑了挑眉，她在城中还有外宅不成？

谭家大爷心里掀起了浪来，但面上不露分毫，立时吩咐所有人不许声张，然后让人带路，去了那条偏僻的巷子。

巷中人家不多，一眼望去，并无异常，可谭廷不知怎么的，目光落在了巷子尽头一家不起眼的院子上。他眼皮直跳，着人悄声接近。

谭家护卫都是有功夫在身的人，其中一人当即跳上屋顶，悄然靠近那院子，无一人察觉。

护卫很快回来，向谭廷回禀："大爷，夫人身边的乔荇就守在院门后！"

话音落地，偏僻的巷子静得落针可闻。

乔荇不是被绑在院中，也不是等在院中，而是守在院门后……谭廷怔在了原地，看着那座不起眼的院落，一时间，心头闪过无数个念头。

第七章

各自谋

偏僻的巷子里，无人敢出声，只有风声从各个转角倏然出现，又转瞬消失。

正吉站在谭廷身边，只觉得自家大爷周身的气压低到了极致。

这时，那座院落里有了些微的动静。

众人都不知道谭廷如何打算，是要进到那院中叫出夫人，还是就在此地等着夫人自己出来？然而谭廷两样都没有选，就在院中传来脚步声，似是有人要出来时，他抬起了手。

偏僻的巷子里，一阵疾风掠过，全没了人影。

项宜带着乔荇出来的时候，只有清冷的风在巷子里穿梭。她示意顾衍盛和秋鹰不用出来相送，免得被人看见，又同顾衍盛浅行一礼，便带着乔荇快步离开了。

主仆二人很快离开了偏僻的小巷，僻静的小院悄无人声。谭廷看着妻子渐渐走远的背影，半晌，才悄然跟了上去。

他未将此事告知任何人，也令手下都不许提，只是暗暗留了人手在附近。

项宜回到正院，有管事前来回事，她料理了几桩事情，便去窗边坐下，继续缝制那件要送给谭廷的新衣裳。

谭廷进了院子，便看到她坐在窗边，安静地做着针线活儿。这场景同往日并没有什么不同，他以往看到了，心中还有些许安稳的暖意，可现在……

他抬脚进了屋子。

项宜听见脚步声，回头看了过来，然后放下手中的衣裳，走了过来，说道："爷回来了。"

谭廷的身上染着浓重的寒意，她上前替他换衣，与往常一点儿分别也没有。

他低头看着她的样子。她神色平静，他当真看不出什么异样。

在她抬起手替他整理领口时，他突然嗅到一股熟悉的药味。

谭廷愣了愣，一时有些心绪复杂。所以家中的药膏突然变少，并不是他的错觉，而是真的被她拿走，给了院子里的那个人……

如果他没有猜错，那个人就是盛故，或者说就是太子身边的那个道士。那么她的指尖沾染了那些药味，是不是意味着她亲手给那个人清理了伤口，还为那个人上了药？

想到此处，谭廷只觉得心口闷得发疼，一种他从未有过的酸涩感觉涌上了心头。

他紧紧地盯着身前低头替他换衣的妻子，心想：她和那个人到底是什么关系？

在巷子里的时候，他心头掠过无数个念头，差点儿就要忍不住推门进去，一探究竟。可若是当真前夫探寻，对她还有什么体面可言？于是他只好等着。好在她很快走了出来。在他看到她衣衫整齐、发髻丝毫不乱、眸色清明，还同里面的人行了礼才离开时，他只觉得自己悬起来的心放下了大半。只是她和那人的关系，他一时间还不得而知。

她帮他换了衣裳，突然看见他手上的药，愣了一下，连忙问道："大爷受伤了？正吉帮大爷上过药了吗？"

谭廷没说话，只是默默地看了她一眼。

她在外边给别的男人看伤，他的伤口自然也只能让正吉来弄了。

谭廷与她对视，发现她看向他的眼神里有一丝微不可察的紧张，显然是想到了什么。

他心里微转，说道："小伤而已。只是家中的药膏不甚多了。"

他轻描淡写地说着，项宜却听得几乎要渗出汗来了。

她一面庆幸自己没有拿走所有的药，一面又忍不住暗想：这位大爷是不是发现了什么。

她今日从义兄那里出来前就净了手，回到家里又换了衣裳，可谓十分谨慎了，只是她万万没想到，这位大爷竟然恰巧受伤，动了药匣子。

她压下心绪，强装镇定地说道："家中的药是不太多了，明日妾身让人补上。大爷还有什么旁的吩咐吗？"

谭廷没有旁的吩咐了，只是就这么看着她。

他以为他们的关系跟从前不同了，也以为她不可能骗他，可如今，他晓得了，她不光骗了他，眼下还在骗。

他没再言语，沉默地点了点头，转身便要离去。

项宜见谭廷没有继续纠缠这个问题，以为他并未察觉，送他到了门口，便转身要回窗下继续做衣裳。

谭廷禁不住回头看了她一眼，她连多送自己两步都没有。

她转过身，察觉了他的目光，不明就里地问了一句："大爷还有事？"

房中的空气异常地发闷，男人低声说道："没有。"

他说完，便快步离开了正房。

庭院里，正吉紧张地看着正房的方向。房里安安静静的，应是无事发生，接着大爷便抿着唇走了出来。他也闹不清大爷和夫人之间的事了，只是看向自家大爷，就见大爷垂着眼帘，大步离开了正院。

正院起了一阵风，冷清里带着萧索和寥落。

当天晚上，赵氏又叫了全家人去秋照苑吃饭。这一次，来得最早的人是谭建和杨蓁。

那日谭建的新衣裳破了，杨蓁回去后差点儿把他给削了，吓得他不断求饶。杨蓁身边的卢嬷嬷看不下去了，只怕自家姑娘这般，就算没惹恼姑爷，被秋照苑的老夫人知道，也落不得好。

但自家姑娘是个有气性的，她只好说自己能将那件衣裳补好。她这么一说，这对冤家才消停下来。卢嬷嬷为着两个冤家，把看家本事拿了出来，熬了几宿，终于把衣裳补好了。

今日谭建总算又把新衣裳穿在身上了，杨蓁才不再同他生气。谭建连忙让卢嬷嬷好生休息，又同他家娘子小意赔礼，两个人这才和好如初。

谭蓉自盛先生的事情后，始终没什么精气神，此刻独自坐在一旁，不知在想些什么。

谭建问了项宜一句："大嫂，大哥怎么没来？"

项宜回答道："你大哥去了外院书房，兴许有事在忙。"

谭建点了点头，又问道："听说大哥被炮仗炸伤了，不知伤得重不重？"

项宜这才知道谭廷手上的那道伤是被炮仗炸的。下一秒，她想起谭廷发现了药膏变少的事，便不想多提此事，说道："应该不重。"

这时，男人撩起帘子走了进来。

项宜注意到他的眼神落在了自己身上，可是当她看过去时，他又把目光移开了，不言不语地坐在了上首。

谭建一下就发现了大哥的不对劲。这段时日，大哥的情绪比刚回家时好了不少，今日这是怎么了？难道是因为被炮仗炸伤的事？可大哥又不是他，不像是会因为一点儿小伤而在意的人……

他小心翼翼地走到大嫂身边，用极轻的声音问道："大嫂，大哥是出什么事了吗？"

听谭建这么一说，项宜也觉得这位大爷好像是有些异常，可要说出了事，她又觉得不至于，便说："应该没什么大事吧。"

她说完，摆饭的丫鬟们恰好到了，她便起身去安排饭菜，没发现上首的那位大爷似乎更郁闷了，神情也更加复杂。

谭廷闭了闭眼睛。他该想到的，他受没受伤、高不高兴，其实她都并不在意。

用饭时，她坐在他的身边，如常给他布菜。有那么一瞬，谭廷想让她不要这样做了，反正她并不是真的想给他布菜，可他又说不出口，只能拣了她平日多夹的几道菜，也闷声夹到了她的碗中。

两个人这般，看着同往日没什么两样。谭建见大哥虽然情绪上有些说不出的奇怪，但行动上同往日无甚差别，便也放心了。

只有谭廷知道自己的心事。她和那道人到底是什么关系，她当真不同他说一句吗？

项宜自然不会猜到他的想法，亦不可能主动告诉他。

谭廷同一家人吃过饭，一刻也没多留，便去了外院的书房，连谭建今日的文章都没过问。

晚间，整个鼓安坊谭氏的灯火一盏一盏地熄灭了，这位大爷还是没回正房。

项宜亦有些疑惑了：他近来待在内院书房的时候更多，便是去了外院的书房，也会早早回来，今日这是怎么了？

又是半个时辰过去，要送给谭廷的新衣裳她总算做完了。

不似杨蓁有针线房帮衬，给谭家大爷的这件衣裳，项宜是忙里偷闲地抽出时间,一针一线亲手缝制的,用时也就长了许多。

灯火晃了晃,她剪掉线头,将新衣裳理好,仔细压平,放在了桌案的青布上。

夜越来越深了,整个鼓安坊静悄悄的,像是被墨一般的幕布彻底蒙住了。

项宜打了个哈欠。

若是他在内书房,她兴许还会挑灯等他一阵,可眼下他在外院,这么晚了还没回来,想必是宿在了那里。项宜如此想着,便不等了,洗漱了一番,自去睡了。

谭廷在外院书房里思来想去,还是回了正院,却发现房里已经吹熄了灯。

他脚步一顿,站在院门前,想着自己这般不招人待见,是不是转身回外院书房算了。可末了,他还是悄声进了屋子。

房中静悄悄的,只有她绵长的呼吸声隐隐可闻。

男人站在床榻前,就这么看着床榻上的人。她睡得很沉,同往日没什么两样。谭廷禁不住想:自己今日发现的事,她是绝不可能主动告诉我的吧?

朝堂那么多人盯着那个道人,都没能查出那道人到底是什么来路,而她不是那种容易被男人哄骗的女子,难道是之前就认识那道人?那么那道人来到谭家,也不是巧合了?

谭廷猜不出详情,他的妻子也不会告诉他。他只是在发现她骗了他的同时,也突然清醒地发现,她对他并不在意。

夜色里,谭廷定定地站在床榻前,看了她不知多久,才抿着唇准备离去,不再相扰。可一转身,他忽然看到桌案上多了一样东西,是她亲手给他做的那件衣裳。

她把要给他的新衣裳压得平平整整,用了他惯用的香料在一旁熏着。那衣裳针脚细密,纹样也绣得极其精致,他是晓得她为此到底花了多少时间和心思的。

谭廷心里最大的困惑,此刻终于压制不住地冒了出来。他回头看向床榻上的那个人,甚至想立刻就问问她,骗他的时候,她心里到底怎么想?对他这个丈夫,她又是如何看待?

翌日清早,谭廷回了正院。

项宜让他穿上新衣裳试一试，若是不合身，她再改一改尺寸。

谭廷本已说了"不用麻烦"，可看到她去拿新衣裳的手顿在那里，一双眼睛有些意外地看着他，他又忍不住说道："那就试试吧。"

他不用她服侍，就把新衣裳穿好了。那衣裳就如同他穿惯了的衣裳一般，没有半点儿不合身。

"大爷觉得呢？"她问他，"可有不适？"

对这件合身的新衣裳，谭廷没什么好挑剔的，只是看着她柔和的眉眼，他心里的话怎么都忍不住了，可又不能贸然去问。

他看着这件道袍制式的新衣裳，略一思量，状似无意地道："衣裳很好，没有不合。宫中信道，朝野穿道袍的人也多起来了。"

他难得多说两句，而项宜也正是听杨蓁说京里时兴穿道袍，给谭建做的便是道袍制式，她才给谭廷也做了这样一件。她点点头，应和他："是听弟妹说的。"

谭廷看了她一眼，见她说了这句便转过身去收拾桌案，只好又说道了一句："弟妹是京城人士，自然晓得。事实上，如今不仅皇上信道，连太子身边也常伴着一位道人。"

谭廷的目光落在了项宜的背影上。

房中有一时的寂静。

项宜怔了一下，不知道他突然说起此事是有意还是无意，下意识地想要回头看他一眼。可她转念一想，又按下了自己转头去看的动作。

锦衣卫和官府将清峨翻了个底朝天，还严密监视着各个药铺，也没能抓到义兄。义兄的情况复杂，她不晓得谭廷与陈馥有等人联手到了何种程度，眼下谭家大爷说这话，会不会是在帮陈馥有试探？

想到这儿，项宜不敢轻举妄动，只随意地应道："原来如此。"

她说完，便没再说话。

这件衣裳是春裳，此刻穿过于单薄，项宜便要服侍谭廷脱下来，给他换回方才穿的冬衣。

谭廷静静地看了她一眼，想起她先前向他询问过陈馥有要抓的是什么人，他说与东宫有关，而此番他又提及东宫有位道人，她却无任何表现，谨慎得甚至连多看他一眼都没有。

谭廷默然，当下明白了：有些事情，他只能自己想办法弄清楚，而她永远不会告诉他。

他不再说话，负手去了书房。

正吉一路跟着，只觉得大爷的情绪越发低沉了。他并不敢出声打扰，倒是大爷在半路突然停了下来，吩咐他："让萧观留意夫人的书信往来。"

他应了一声，连忙去办了。

下晌，萧观悄然到了书房，回禀道："爷，夫人让乔荐从吉祥印铺取了一封书信回来，不清楚是从青舟娘家弟弟妹妹处来，还是旁人的来信。"

萧观中等身材，普通相貌，常穿着褐色或者靛青的寻常衣裳，办事甚是稳妥。他道，这会儿夫人去了善堂，乔荐还没来得及将信交给夫人，信就在乔荐房里。

言下之意，是在询问谭廷是否要看这封来路不明的信。

他小心觑着大爷，见大爷似有些犹豫，可到底点了头。

萧观很快将那封信呈至谭廷的案头。

信没有直接送到谭家府上给项宜，反而是从吉祥印铺转过来的，谭廷多少有些猜疑。当下，他拆开信，却发现不过是项宁、项寓写来的，不免松了口气。

第一页纸上是小姑娘的笔迹，写了许多日常之事。谭廷见这对姐弟仍然过得艰难，当即叫了正吉过来，暗中吩咐了几句。

第二页纸上的笔迹变了，一股凌厉之气，是项寓的字。项寓在信中说，年后天气更冷，青舟一带的百姓都不好过，而盘踞维平府的邱氏只顾自己，竟从庶族百姓手里抢夺木炭，不少人实在过不下去了，便去府衙申冤，知府却假装抱病，不肯理会。

项寓道完此事，在后面又写了一行：若是父亲在世，必不会出现这等事情。

谭廷看着信，意识到在项家人眼里，他那岳父项直渊是和现任维平府知府廖秋完全不一样的存在。他不禁想到，项直渊在任时修的河堤偷工减料，一朝垮塌，殃及百姓无数，但也是项直渊建起了青舟书院，让当地的寒门学子有书可读。而项寓和项宁作为罪臣子女，敢这般光明正大地生活在青舟，并且没有遭到当地百姓的排斥，反而友好相处，其乐融融。

这些怪处，谭廷早就想过，只是项直渊的案子是铁案，他便没有深究。三年前，项直渊的案子轰动朝野，由朝廷三司会审，来来回回查了半年，各项罪名皆有明确罪证，最后由皇上亲口定罪、治罪，只是皇上仁慈，没有祸及项家子女。

眼下看来，项直渊的案子只怕另有隐情。

谭廷收回思绪，默默地将此事压在心中，继续看信。只是这一看，男人眼皮直跳。

信上白纸黑字地写着："学中先生都道小弟近来的文章突飞猛进，八月秋闱越发有望。小弟只想八月早早到来，一举登科，长姐就不必再为小弟学业担忧，也可自那谭家离开了。"

这一行字看过去，谭廷呆在了原地。劣质墨汁的味道并未散去，此刻刺激着他的鼻腔。

他几乎不敢相信自己看到了什么，将那句话一字一字地看了三遍。

此时，门外的萧观得了护卫的消息，连忙冲着屋内提醒道："大爷，夫人和乔荇要回来了。"

书房里的人终于勉强回过神儿，沉默了片刻，让萧观进来取了信，原样封好后送回原处。

萧观很快出去了，谭廷独自留在书房，半晌没说话。他想知道，看了项寓写来的信，他的妻子会如何回应。

谭廷当晚仍然宿在了外院书房，可他一闭眼睛，脑海中便浮现出项寓写在纸上的那些字。

正房内，项宜拆开弟弟妹妹的来信，认真看了起来。

她没有同弟弟妹妹提过义兄在清嶋养伤的事情，弟弟妹妹的这封信里自然也没有提到义兄。

项宜看完信，并未多想，坐在桌案前慢慢地写着回信。

翌日，项宜仍旧早早去了花厅理事。

花厅外的小池塘边，一树白梅映着水光，开得正好。谭廷路过的时候，在白梅树后停下了脚步。

梅影外的花厅里，她如往日般安然坐在上首，管事的人挨个儿回事，她不紧不慢地处理了，依次分发对牌。

她今日穿了之前的杏色长袄并蜜色比甲，发间也没有过多装饰，只戴着寻常的银簪，整个人如同这白梅一般清秀。而谭廷给她置办的那些衣裳和头面，她今日一样都没有穿戴在身。

谭廷压了压唇角，又在白梅后看了她半晌，才回了书房。书房内，萧观已将项宜写给弟弟妹妹的回信摆在了他的案头。

谭廷拿着信，沉默了许久才打开。

项宜在信中先嘱咐了妹妹，然后才回应项寓所写的内容。对父亲项直渊和知府廖秋的事情，她并未多言，只是提醒项寓，可以通过书院师长，将维平府不安之况上达天听。

青舟书院虽然崛起时间不长，但因着是特意建给寒门学子读书的地方，颇得朝中寒门出身之官员的看重，书院先生们亦与那批官员私交甚好。

谭廷看着她在信中的提议，发现她对这些事情虽未细论，却将其中紧要关系点得清清楚楚。

维平府知府廖秋虽是庶族出身，但通过投靠世家才出了头，因此，他不会帮着庶族百姓，也不会惩治胡作非为的世家。可真正为寒门庶族着想的寒门官员会。项宜便是在提醒项寓，要想办法让那批正直的寒门官员知道维平府不安之况。

谭廷不由得想到了潮云河大堤修缮之事。彼时项寓送来的数值记载和固堤方案，是项寓想到的，还是项宜想到的呢？

谭廷脑海中妻子的形象，一时间有些变幻莫测。

他继续看信，见她回应项寓学业相关的内容时，只写了四个字："戒骄戒躁"。

她比项寓清醒得多，知道科考不是一日之功，急不得。

下一秒，谭廷用指腹按着布满她笔迹的信纸，默然压紧。他看到了她对项寓那个提议的回应，白纸黑字地写着："至于离开谭家之事，此时言语为时尚早，你安心读书，此事往后再议。"

她没有明说，可也仿佛说明白了。

庭院里的零星鸟鸣远去了，屋内一片寂静。

她会离开，离开谭家，也离开他，只是眼下不是时候罢了。

谭廷闭上眼睛，许多情绪决堤似的涌了出来，不断泛滥，最后凝成一块巨大而沉重的黑石，压在了他的心头。

她的字迹不似项寓那般凌厉，可一笔一画，都像是刻在人的心上。

天上的乌云层层叠叠地压着，似是又要下雪了，风在原地盘旋着，空气冷凝而沉闷。

谭廷想寻一个不那么沉闷的地方，便抬脚离开了外院书房，只是不知怎么的，竟又来到了那白梅树旁。他从白梅树影间往不远处的花厅看去，一眼就看到了坐在花厅上首的那个人。

管事们已经散了，她点了点剩下的对牌，让乔荇用匣子仔细装好，便起了身。

天要下雪了，今岁的冬日，一场一场的寒潮像没有尽头似的。

她站在花厅前，仰头看了看灰蒙蒙的天，固执地穿在身上的旧衣越发显得单薄。

谭廷不由得想起一个被他忽略的细节：衣柜里的衣裳装得满满当当的，可她只有在出门替谭家处理事务，或者去族中照看的时候，才会穿他为她置办的衣裳，其余的时间里，她还是穿着自己的旧衣。

首饰也是一样。妹妹谭蓉将他从京里带回来的头面拆成各种式样，每日里换着戴，而她只会在紧要的场合才正经戴上几样。

她之前还会戴一戴珍珠头面里的那对珍珠耳饰，可自从杨蓁买了一整套珍珠耳饰，送了两对给她之后，她就再没有戴过他送给她的任何耳饰了。

风吹得人越发冷了，杂乱的思绪在脑海中起起伏伏，谭廷不知自己怎么就随着她的脚步到了正院，站在了正房的门前。

屋内传来她吩咐乔荇的声音："过年期间我忙了些，只做了一个寻常小印，你同姜掌柜说，待开了春，我会再做些能卖上价的印。"

乔荇应了，又忍不住劝她："夫人这些日子太辛苦了，连看闲书的工夫都没有了，二夫人叫您去打叶子牌，您也都推了。要我说，夫人多少该歇一歇的。"

天气冷，杨蓁在家中闲得发慌，不是练剑就是打牌，还想拉着大嫂一起。

项宜笑了笑，对乔荇说道："我又不是能闲下来的性子。宁宁约莫病情有些反复，她信中不提，字迹却虚浮，我想等天暖了，再给她换一服好些的药。再者，阿寓赶考也是需要有钱傍身的……"

谭廷听着这些话，闭上了眼睛。

不管是弟弟读书赶考，还是妹妹治病吃药，都需要钱，可不管是之前还是现在，她都是靠自己的能力，一刀一刀地制印赚钱。她没有跟他要过钱，连借都没有过。她在那封信的结尾回应项寓的话，此刻就像从她的口中说出来一样，淡然的嗓音在他的耳边回荡。

谭廷不由得想起自己刚回家时，桩桩件件事情引发的那场查账。查账之前，她就没想过要从他这里得到什么，查账之后，更是一丝一毫都没有了。

他垂了眸，没再打扰她，在那扇门打开之前，悄然避开了。

元宵节这天，杨蓁出门去玩了。谭建在家里根本坐不住，用比平日里快三五倍的速度写完了大哥布置的文章，便急匆匆地去了街市寻自家娘子。

夜风吹得满街通亮的灯笼摇摇晃晃，杨蓁买了一大堆小玩意儿，钱袋很快空了。谭建拿大红披风将她整个人裹了起来，就见她小脸红彤彤的，朝他伸出了手。

谭建惊讶又好笑地说道："瘪了自己的钱袋还不够，还要拿走我的钱袋，继续做散财童子？娘子饶了我吧！"

杨蓁"呸"了一声，说道："谁要花你的钱做散财童子了？我跟嫂子说了要买一盏灯送给她，可买好的灯方才被人挤坏了，我得给嫂嫂重新买一盏。"

谭建一听是这个原因，立马把钱袋拿了出来，又说道："娘子随便买吧，给我也买一盏！"

项宜在家并未闲着，因着每岁灯节多少要出点儿事，她来回吩咐了好几遍。将各处吩咐到位了，她才回正房，一进门，就看到茶几上多了一盏琉璃灯。

她笑着问进来送茶的丫鬟："二夫人这么快就回来了？"

那丫鬟却不甚清楚，道去夏英轩问问。项宜点了点头，又让她顺便问问杨蓁他们玩得如何。丫鬟应了，领命去了夏英轩。

项宜上前好生瞧了瞧那盏灯。灯是梅花样的，做得精致透亮，她看着十分喜欢，便难得有兴致地提了那盏梅样琉璃灯，在院子里走了几步。

那灯晶莹剔透，中间点了蜡烛，烛光映着提灯的人，连衣衫都显得流光溢彩了。

春笋和乔荇都走过来瞧，连声夸那灯好看。

项宜弯了眼睛笑起来，说道："弟妹总能寻些让人喜欢的东西。"

她又难得雅兴十足地提着灯，在院子旁的小石潭边走了几步。潭水早就结了冰，琉璃灯的光彩映在剔透的冰上，又是别样的景致了。

项宜提着灯玩了半刻钟，才回了房，将梅样琉璃灯放在了自己制印的桌案上。

过了好一阵，去夏英轩打听消息的丫鬟才回来，手上还提着一盏琉璃灯。

那丫鬟说道："夫人，二夫人和二爷刚回来。这是二夫人专门送给夫人的琉璃灯。"

项宜坐在桌前画花样，闻言一顿。丫鬟手里提着的琉璃灯才是杨蓁送给她的，那么眼前这盏梅样琉璃灯又是谁放在屋里的？

她愣了片刻，才让丫鬟放下灯，代她去夏英轩道谢。

丫鬟出去后，项宜看着眼前这盏被自己提了好半天的琉璃灯，发了会儿呆，而后吹熄了灯火。梅花琉璃灯一下暗了下来，流光溢彩消失了。

她小心翼翼地提起灯，放到了原处。

今日是十五，还是正月里的十五。

谭廷没有再宿在外院，而是在鼓安坊的灯火逐渐熄灭时回了正院。

项宜正在暗想他今日到底回不回来时，就看到了他。

时候不早了，谭廷刚一回来，仆从便将烧好的水提了进来，供二人洗漱。他看了妻子一眼，而后一转头，就看到了茶几上的梅样琉璃灯。

男人的目光一暗。

那灯就放在原处，既没有被点亮，也没有被提起，甚至也许都没有被人多打量几眼。

谭廷压下了唇角，一句话都说不出来。她在信中所写的话，又一次浮现在他的脑海。

两个人谁也没有多言，屋内安静得让空气都想要逃离。

洗漱完毕，蜡烛熄灭，二人被帷帐笼在了狭小的空间里。今日要做什么，他们都知道，可一时间谁都没有动。

谭廷用余光轻轻地看了看枕边的妻子，她的情绪同往日没有任何分别，仿佛只要他想要，她就会给。只是今天他还能同往日一样吗？

他忽然想要从这张床上离开，可又无法在这样的日子里离去。

床榻似一块寒冰一样，让人无法安然躺下，谭廷第一次有这般感觉，禁不住动了动身子，谁知这一动，手臂就碰到了枕边人的手臂。

她的手臂有些凉，谭廷不由得侧头向她看去。而她好似意识到了什么，转过了头，解开了腰间的系带。

下一秒，谭廷突然出了声："不必……"

项宜闻言，朝他看了过去。

屋内寂静异常，谭廷心中抑制不住地掀起了大浪。她没有留下的打算，早晚会离开，可他如果要，她就可以这么给吗？

他误会她，她不在乎；他查她的账，她亦无波澜；他心怀愧疚，想要补偿，她也好似无所谓一样。除了涉及项宁、项寓的事，她在谭家甚少有什么情绪。她从没想过要从谭家得到什么，也一定没有想过从他这个丈夫这里得到任何夫妻之间本该有的东西吧？她只是想借一借谭家的势，让弟弟得以参加考试，为此，她把自己"抵"给了谭家……

这个念头冒出来，谭廷再看身边安安静静的妻子时，心脏突然绞痛了起来。只是他分不清这般绞痛的原因，到底是他终于知道了在她眼里他们夫妻之间是怎样的关系，还是他难以想象她怎么就舍得这样对待她自己。

他想要问她一句，可是话到嘴边，又被他咽了回去。这是她在谭家最后的保留了，他怎么能将她最后的保留就这么轻易地说破呢？他已经做过许多错事了。

帷帐里的黑暗与寂静无边无际，撕扯着人的情绪。

谭廷收回了目光，深吸一口气，状似无意地起了身，轻声说了一句："我有点儿事，你先睡吧。"

项宜看着他的背影，而他在她的视线里，果真走去了屋子的另一边。

她便也没多问，独自睡下了。

翌日，杨蓁跑来问项宜喜不喜欢自己送给她的那盏花灯，项宜自然道喜欢。

杨蓁对昨晚的灯会不甚满意，说道："大嫂看过京城的灯会吗？简直比昨晚的灯会热闹十倍！"

项宜倒是随父亲去过京城，只是那一年的灯会还没开始就走了水，宫里见兆头不好，便临时取消了灯会。

她收回思绪，摇了摇头。

杨蓁连道可惜，说道："等回头大嫂随大哥进了京，一定要去看看京城的灯会！"

项宜笑了笑，没应这话。谭廷进京，应该不会带她同去。至于子嗣，虽然要紧，但谭廷年岁算不得大，等过几年他正经想要孩子的时候，自然是会有的。只是那时，这谭家宗房又是另外的景象了。

项宜邀杨蓁在正院吃些点心，杨蓁摇了摇头，道与谭建约好了要一道练剑，便风风火火地走了。

下晌，项宜趁着家中无事，出府去了一趟顾衍盛暂居的院子。

而她刚走，萧观便去禀告了谭廷。

街道上还有灯会留下的几分热闹，项宜甚是谨慎，换了不起眼的衣裳混在人群里，不时便到了顾衍盛暂居的院子。

谭廷从巷子的另一头儿过来，护卫引他到了离那院子甚近的一棵树下，恰能听到院中的说话声。

见礼的声音传来，谭廷听见礼数周全，又是一阵暗暗松气。接着，便听项宜问了一句："大哥这几日好些了吗？"

大哥？谭廷未及细想，就听小厮道爷好了许多，然后小厮便去门口通传。片刻后，门开了，有人走了出来，只是不知为何，此人没走几步便停了下来。

听见院内不寻常地安静下来，谭廷皱了皱眉，眼皮飞快地跳了一下。

院中，项宜没能察觉什么，看向刚从房中走出来的义兄，正要问问他的伤势，却见他忽然笑了一下。

下一秒，他看向院外，朗声说了一句："阁下既然追到了此处，何不现身？"

他吩咐秋鹰："去开门，请客人进来喝杯茶吧。"

项宜不明就里，见秋鹰当真快步往门口走去，不禁睁大了眼睛，转身向门口看了过去。

院外，谭廷也明白了这院中之人果真不是一般人。他原本是想等项宜从此处离开，再现身与她明说的，不过，既然那人如此警觉，他也没必要再隐藏了。

他收敛心绪，从树干后走出来，抬脚进了院子。

谭廷一进去，便看到了项宜讶然失色的神情。他抿了抿唇，刚要同她说句"莫要害怕，我没有怪你的意思"，就听见廊下的男人先开了口。

那人似乎是叫了她的闺名："宜珍别怕，到我身边来。"

宜珍。

原来这就是她的闺名，竟这般好听。

谭廷从旁人口中得知自己妻子闺名的下一秒，便看到屋檐下站着的男人朝他的妻子招手，还朝他的妻子说道："别怕，过来。"

谭廷心口闷闷的，禁不住向院中的女子看了过去。

项宜立在院子正中，刚从震惊里缓过神，便发现义兄立于屋檐下，那位谭家大爷站在院门口，此刻两个人的目光都落在她的身上。

项宜知道义兄怕谭家大爷对她不利，不过她既然敢做，便没什么不敢当。她担心的是义兄伤势未愈，若是谭家大爷要告发他，他必不能脱身了。

她脚下未动，目光坦然地向谭廷看了过去，轻声说道："大爷既然都晓得了，不知准备如何处置？"

谭廷看着她，一时没说话。

她深吸一口气，又说道："大爷要告知官府和锦衣卫吗？"

院中的风声陡然停了，谭廷听到她的话，心口一滞。

她拢共对他说了两句话，若是前一句还算意味不明，那么后一句便已经把她的态度表露得明明白白了。面临危险时，她首先想到的不是自己，而是别人。

谭廷没有回答她的问题，疲累地闭了下眼睛，再睁开时，他沉缓地问："他到底是谁？"

他是在问项宜，更是在问顾衍盛。

若说之前还能用盛故、官府缉拿的海匪、太子身边的道人这些身份来遮掩，那么如今谭廷问的问题却是直戳最关键的地方，连朝中针对他的人都没能查到的要处。

项宜没想到这位大爷如此直截了当，一时间谨慎地没有言语。

顾衍盛却在此时低头笑了一声。谭廷自进了院子，目光多半落在项宜身上，如果他铁了心要告发自己，就不会是这般姿态了。

顾衍盛心念一转，说道："谭大人既然想知道，不如进屋一叙。"

他抬手做了个"请"的姿势，等待着谭廷的态度。

萧观及时向前一步，低声说道："大爷小心他房中有诈。"

此人眼下已是穷途末路，只要他们向官府告发，他必然会被逮捕。可若是此人以谭家的宗子为质，就有了逃生的希望。

萧观担忧地提了醒，却听见自家大爷说了两个字："无妨。"

此人的手段若是止于刀枪抵挡或者以人质脱身，又怎么能迅速在太子身边站稳脚跟，还搅弄朝堂，让凤岭陈氏急不可耐地出手？谭廷并未多言，应了顾衍盛的邀请，走上前去。

萧观见状，只能示意身后的护卫围住院子，若房中有动静，便及时出手，护宗子、宗妇万全。

谭廷迈步进了院子，没几步便到了项宜身前。他看过去，就见她低头给他行了一礼。

他想同她说些什么，看到她对他保持的距离，又不知如何说。不过好在她方才没有避到那人身后，将他与她划为敌对的阵营。

风大了起来。

出门前，她为了避人耳目，特意换了不显眼的衣裳，穿得有些单薄。眼下谭廷见了，刚想说一句"你也到屋里来"，还没来得及说出口，就被人抢先说了。

顾衍盛示意了小厮秋鹰，秋鹰两步到了项宜身前，说道："外间风大，爷让您也进屋说话。"

项宜闻言，点着头同顾衍盛道了谢。而谭廷要说的话被堵在口中，一个字都没能说出来。

谭廷一进屋子，便闻到了熟悉的药味，不禁皱起了眉。

顾衍盛让秋鹰倒热茶来，秋鹰领命去了。

房中一时静谧，谁都没急着开口。谭廷见此人如此沉得住气，心里倒是添了两分佩服。

半晌，顾衍盛终于开了口："谭大人以为，在下是什么人？"

他将问题抛给了谭廷。

项宜看了谭廷一眼。义兄的身份是隐秘的，朝中那些人都没能查出来，他应该也无从猜测。谁知她的目光在他身上微落，就见他冷着脸开了口："阁下应该是姓顾吧？"

项宜闻言怔了怔，顾衍盛则点了一下头。

谭廷又说道："若是谭某没弄错，是前秉笔太监顾先英的'顾'吧？"

话音落地，项宜不由得暗暗惊讶。朝中那么多人都猜不到的事，他仅凭着义兄与她的关系，这么快就猜到了。

顾衍盛也惊讶地挑了挑眉，说道："看来谭大人确实敏锐过人。"

谭廷神色没有一丝变化，沉声道了一句"不敢当"。

项家出事后，亲戚们都避得远远的，项宜能叫"大哥"的人，自然不会是堂兄、从兄、表兄之流。而若是没有特殊关系，只是敬称一声"大哥"的普通男子，她又如何能亲手给人家上药？想到这儿，谭廷看了一眼她的指尖。

不是那些人，便只能是义兄了。如果他没记错，顾先英的侄儿在失了倚仗之后，确实被项直渊护佑了一段时日。再者，也只有顾先英的侄儿才有这般胆识和气魄，敢接近太子身侧，插手朝堂之事吧？

谭廷并不认为猜出顾衍盛的身份是什么难事，他只想知道顾衍盛做了这么多事情，到底是如何打算的。不过他没言语，只是看了顾衍盛一眼。

顾衍盛垂眸笑了笑，说道："谭大人一定是想问，顾某此去广西，到底做什么去了，"他说着，抬眸看向谭廷，继续说道，"是去伸张正义，还是准备祸乱朝纲。"

他所说的，正是谭廷所想。谭廷冷着脸，又着意看了他一眼。

一个道人插手朝堂之事本就不该，还连番怂恿东宫翻查广西旧案，更别说此人还掩人耳目，亲自去了一趟广西。即便陈馥有等人并未前来追捕，他亦觉得此人此行只怕目的不纯。可话又说回来，凤岭陈氏本就同那桩广西科举案有关，眼下又这般追杀查案的人，想必也不是没有猫儿腻。

谭廷开了口："陈氏道阁下想以莫须有的罪证蛊惑太子，朝中亦有不少人如此以为。那么阁下的说辞是……？"

他既然进了这门，便是要给顾衍盛说话的机会。

项宜见他没有似旁人那般不分青红皂白，反倒让义兄自己来说，心里不由得松了松。她骗了他的事，他回去欲如何处置都可以，可义兄是在为寒门庶族奔波，不该就这么陷在这里。那位大爷会给义兄机会吗？

她目光一变，谭廷便看到了，而她心里如何想，他亦瞧了出来。

他闷声不言，收回目光，冷着脸，继续等着顾衍盛的说辞。

顾衍盛见谭廷对自己这般态度，亦是心里一松。谭氏同广西科举旧案无甚关系，所以这位宗子的态度也和涉案的陈氏并不相同，他兴许可以争取一番。

想到这儿，他当下直接说道："谭大人既然问了，顾某没有不据实以告之理。那桩科举旧案，原本只是院试后有人喊冤，道本地文章作得极好的几人皆榜上无名，反而是游手好闲的世家子弟们登了榜，甚至有那平庸之人，竟高挂榜首……"

当地科举有这般现象已非一日，只是考试成绩与府县考官的主观标准不无关系，因此落榜之人起初觉得，自己未考中可能只是因为文章与考官政见不同。可后来这般事情发生得越来越多，众人才起了疑心。

彼时有不少寒门书生不甘心次次落榜，便私下商量好，待院试结束，就聚在茶楼将各自在贡院所作文章再写一遍，留存于茶楼中，让所有读书人来评选。

有个嚣张跋扈的世家子弟听闻此事，笑得不行，讽刺那些寒门书生如此较真儿也没用，还将自己的破烂文章洋洋洒洒写了下来，让众人品评。众人一看，纷纷厌弃，皆道他那文章水平连县试都过不了。可那人一点儿也不生气，只道自己的文章可比那些穷书生的文章强多了，大家等着瞧，他必会榜上有名。

待到放榜之日，众人都想知道到底什么样的文章能中，不想上前一看，文章颇受好评的那几个寒门书生竟然都没有上榜，反而是那嚣张跋扈的世家子弟真的凭他那破烂文章轻巧过了院试。

此事一出，一片哗然，寒门书生全部急红了眼，连声喊着不公，当夜就围了贡院。

官府一见这等情况，先是驱散，见他们不走，便动了刀。有寒门书生梗着脖子要一个说法，却在言语争论间被官差一刀割断了喉管……

此事没多久便传到了朝堂之上。彼时皇上虽然心不在朝堂，但也不是如今这般闭目塞听，很快派了人前去查案。

当地寒门书生听闻皇帝派了钦差，皆奔跑着沿路迎接钦差大臣，只盼钦差大臣能给寒门庶族一个公道，还他们一个清朗考场。

钦差大臣答应得好好的，可一番"彻查"下来，只给出了这样的结论：那嚣张跋扈的考生在茶楼所写的破烂文章，只是与众人逗趣，他在贡院考场内所写的并非那篇。

可此人肚子里有多少墨水，当地书生并非不知道。见书生们闹起来，钦差大臣又给了这样的说辞：此人确实有问题，胸无点墨却中了院试，是因为买通了贡院里的小吏，夹带小抄进入考场，写出了高于自身水平的文章，蒙蔽了主考官。

钦差大臣从京城不远万里赶来，在万众期待下好生查了一番，就将那嚣张跋扈的世家子弟革除学籍，不许再考，又将被买通的小吏重打了四十大板，发配边疆。大事化小，小事化了，就此结案。

整个武鸣一带，寒门书生一片寂然。待他们反应过来，觉得不该就此收场的时候，再去寻那钦差大臣，才知道那位钦差大臣已被官府的人送走了。他们怎能甘心，然而此事已有定论，再闹便是造反了……

此案就此被生生压了下来。

之后的许多年里，当地寒门书生与世家子弟冲突频发，流血不断。再后来，这一带的读书人越发少了，匪盗多了起来，当地官府多次请求周边卫所支援，压制本地匪患，可惜效果甚微。好端端的武鸣，再没出过寒门书生，匪贼横行，成了无人敢去之地。

顾衍盛一口气将广西武鸣科举舞弊案的内情全说了。

说完，他看向谭廷，说道："谭大人以为，这般案子该不该翻？"

谭廷一时没有言语。

顾衍盛哼笑一声，说道："那些寒门书生若不是对贡院主考没了信任，怎么会想到将文章公之于众，让众人来评判？而寒门书生这般疑心贡院，真的只是一两件夹带小抄或者买通考场小吏的事情就能造成的吗？"

他说着，口气一变，讥笑中带着锐利："更可笑的是，在钦差大臣查案之后，当地的寒门书生才彻底丧失了对官府的信任，放弃了科举这条走不通的路，哪怕是弃田落草，做匪做贼，也不肯再读书。这是他们的错吗？"

他说完，房中的气氛有一时的激荡。项宜听着，交握的手禁不住攥了起来。

顾衍盛又问了谭廷一句："谭大人以为，这般案子到底该不该翻？"

房中静得厉害，只有寒风拍打简陋窗棂的声音。

顾衍盛此番所言，确实令人情绪翻涌，谭廷听完，亦可以想象当地的寒门书生彼时是有多绝望。可就是这般轻易被挑动的情绪，才让谭廷眼皮一跳，隐隐觉得不安。

他压下心绪，问了顾衍盛一句："那么回京之后，你待如何？"

项宜也向自己的义兄看了过去，不由得想起在谭家田庄时，义兄曾对她说，这番回京便能借机将水搅浑，把太子争取过来，还说要血债血偿。而此刻谭家大爷问了，义兄并没有似之前那般回答……

顾衍盛没有回答谭廷的问题，反而轻笑了一声。

谭廷听到这笑声，眉头越发皱了起来。他不是不能理解寒门庶族的难处，只是顾衍盛的这声轻笑，让他蓦然想到了李程允在书信中表达的担忧——年后的朝堂甚至整个朝野，恐要乱了。

这时，顾衍盛端起茶碗，喝了一口茶，突然问道："那么谭大人此刻又如何打算呢？"

谭廷沉默了。在顾衍盛说清广西武鸣科举舞弊案的真相后，自己若告发他，便是同陈氏同流合污，联手迫害庶族；可若是只凭他一面之词，自己便出手相护，帮着他蒙蔽陈氏，又未免轻率。

谭廷看向顾衍盛，想到他刚才的那番话与那声轻笑，做了决定。

"谭某既不会告发你，亦不会助你，但有一言，谭某必须讲。"谭廷的目光肃然落在顾衍盛身上。

顾衍盛抬了一下手，笑着说道："谭大人请讲。"

谭廷做不到似他这般轻松含笑，沉声说道："世、庶两族之间本该友好相处，是何种原因导致近年两族矛盾陡增，尚且未知，可若是贸然挑动两族矛盾，引发朝野动荡，也非明智之举。覆巢之下，岂有完卵？"

谭廷少有如此疾言厉色的时候，话音落地，房中陡然一静。

项宜抬头看了男人一眼，不由得想到了自己的父亲。父亲在世时，确实多半站在寒门的立场上说话，可也不主张刻意打压世族，毕竟那些世族也是从寒门慢慢崛起的，再者各个世族之间也是有区别的，不可一概而论。

她不晓得父亲为何给她定了与世族谭家的亲事，不过那时候，世、庶两族联姻确实是常事，只是近年两族关系才急转直下。眼下这般情形，若是父亲泉下有知，不知会如何看待？

房中一时间没人说话。

顾衍盛听到谭廷的话，嘴角的笑意缓了缓。

他越发正经地看了这位谭家宗子片刻，才缓缓地点了点头，说道："谭大人的话，顾某听进去了。"

他这般说了，谭廷自然不会多言，只沉声道了句"谭某言尽于此"，便转头看向了自己的妻子。

目光落向项宜时，他的神色连自己都未曾察觉地缓和了下来，可嗓音仍旧闷闷的："随我回家吧。"

项宜微顿，有些不明白他的意思。

他没有告发义兄，她很感激，可她确实骗了他，哪怕他要当场休妻，她亦无话可说。眼下他却叫自己回家，难道是另有处置？不过，无论结果如何，她都坦然接受。

谭廷见妻子没有留下不走的意思，暗暗松了口气。只是他刚要带她一道离去，就见顾衍盛一步跨上前来，侧身挡在了项宜身前，嘴角仍旧挂着让他不甚喜欢的笑意。

顾衍盛微笑着说道："谭大人，且慢。"

"这是何意？"谭廷看向他，眸色冷厉起来。

顾衍盛见状，并不退缩，反而拱了拱手，问道："谭大人肯放顾某一马，顾某十分感谢。只是方才谈的都是公事，眼下是不是该正经说说私事了？"

他说着，欲请谭廷重新坐下说话。

谭廷却禁不住挑了挑眉，沉声道："不知谭某与阁下能有什么私事可谈？"

他是在与顾衍盛说话，目光却忍不住向被那人拦在身后的项宜看去。难道那顾衍盛是要将她留下吗？那么她的意思呢？她也想留下吗？

谭廷直直地立着，未动分毫。

顾衍盛见他没有坐下说话的意思，只得直接开了口："顾某感谢谭大人不予告发的恩情，只是项宜是为我这个义兄着想，才对谭大人有所隐瞒，并无其他错处。"

他看出来了，谭廷不是那等小人，可也难保盛怒之下不会做出伤害宜珍的事。而宜珍到底是谭廷的妻子，出了这个门，他便不好护她了，所以他想要谭廷给出一个明确的态度。

顾衍盛如何想，项宜怎会不知？她感激地看了义兄一眼，然后摇了摇头，虽未多言，却以目光告知了义兄自己的想法。

谭廷看在眼里，只觉得刺眼极了。难不成，这屋里只有他是那穷凶极恶的坏人？

他看向他的妻子，顾衍盛亦看向自己的义妹。

项宜缓步走上前来。她从来不是出了事便躲在别人身后的人，当下直言道："不管怎样，我先随大爷回谭家吧。"

她确实骗了他，也骗了谭家。他要如何处置，随意便是。

虽然项宜没有将心中所想说出来，但是谭廷莫名其妙地读出了她"任凭处置"的意味。

逼仄的房间越发令人感到窒息。谭廷紧紧地盯着自己的妻子，心口闷得厉害，见顾衍盛还在等着自己的态度，下意识就不想将他们夫妻之间的事情说与他。

末了，他闷闷地看了妻子片刻，便转身出了门。

见他就这般抬脚离开，顾衍盛忍不住挑眉，正要说什么，却被项宜止住了。

"大哥放心，小妹无事。"

顾衍盛并不能放心，嘴角一贯的笑意隐去了，说道："宜珍，大哥在这儿，莫要逞强。"

项宜浅浅地笑了笑，将悄悄给义兄备下的药放在了小几上，说道："大哥不用为我担心，养伤要紧。我没事的。"

最差不过是那位大爷让她离开谭家罢了。

谭廷在院中等着他的妻子，见她迟迟没有出来，忍不住回头看去。恰在此时，她撩了帘子走了出来。

项宜看到他，只是低头行了一礼，便错开他，向院外走去了。此外，夫妻二人再没什么交流。

谭廷也未再停留，跟上妻子的脚步离开了。

院中的喧闹瞬时消失了，顾衍盛站在檐下，隐隐听见了谭廷的声音。那位谭家宗子言出必行，不再插手此事，当即便把谭家的人手撤去了。

秋鹰走到顾衍盛身边，担忧地问了一句："爷，姑娘不会有事吧？"

顾衍盛沉默了一会儿，而后摇了摇头，说道："想必不会。那谭家宗子谭廷，是个君子。"

马车内，项宜一直垂首等着谭家大爷的发落。不是她做的事情，她绝不会认，但她做了的事也不会否认。此次她确实骗了他，也骗了谭家，无论他如何处置，她都无话可说，也不会替自己狡辩一个字。

她不言语是不欲狡辩，可是谭廷见她就这么一言不发，对他一句解释都没有，不由得又想到了从前。

之前的事情是他不对，她不想向他解释，他可以理解，只是这一次，他站在她的立场，没觉得她有任何不对，她为什么还是沉默以对？她为什么不可以同他稍微说几句，哪怕是说一下她和顾衍盛只是义兄妹关系。

他这么想着，却又不能就这么直接问。

马车里静悄悄的，两个人似乎都在等着对方先开口，可直到马车停下，谁都没有开口。

清峒县城就这么大，不到半盏茶的工夫，马车就停在了谭家门口。正吉跑了过来，说道："大爷，族老请您去族里的议事堂议事。"

谭廷听了，点了点头，回头又看了自己的妻子一眼，不得不先打破了二人之间的沉默："你先回房吧。"

正院里站着几位管事，有事情等着宗妇决断。项宜回了正院，先料理了这些琐事，才进了屋子。

乔荇走过来说道："夫人从外面回来，衣裳寒气重，换一件吧。"

她说完，却见自家夫人摇了摇头。

项宜叹了口气，说道："不必换了，我们兴许要走了。"

乔荇讶然说道："可是夫人也没做什么啊，不就是没同大爷据实以告吗？大爷凭什么撵我们走啊！"

项宜却不这么认为。往轻了说，她只是向谭家大爷隐瞒了一些事情；可是往重了说，她窝藏了朝廷要抓捕的"罪犯"。再者，她做的是助庶族崛起之事，而谭廷是世族之人，他们总有一日会背道而驰。且他们这段婚姻本就是她强求来的，就此一别两宽，似乎也没什么不好。虽然她原本还想等项寓年长一些，考中举人，再考虑离开谭家的事，但眼下这般情形，那位谭家大爷若是让她走，她自然不可能留下来。

项宜站在房间中央，看了看屋内，发现属于她的东西其实并不多，沉默了片刻，便叫了乔荇："先把东西收拾了吧。"

乔荇惊讶得不行，却也只能无措地遵照着自家夫人的吩咐开始收拾东西。见项宜自行归拢着桌案上的刻印器具，她便去收拾梳妆台上的首饰。

从前夫人的首饰匣子不大，还空荡荡的，后来大爷送了几套头面给夫人，原先的首饰匣子便不够放了，大爷就又令人从库房取了一套黄花梨木的大匣子来，送给夫人装首饰。她那时候看着，总以为夫人的日子就要好过起来了，谁知道这才没多久，竟就要离开谭家了。

她转头询问项宜："夫人，奴婢需要把咱们的首饰挑出来，再把大爷给的那几套收好，送回库房吗？"

此前，夫人刚收到这些首饰，就让库房一一登记造册了。

听乔荇这般问了，项宜笑着点头说道："你如今比从前利落多了。"

乔荇听了，并不因此喜悦，反倒在夫人的笑声中叹了口气。

厘清了首饰，乔荇又去收拾衣裳。她打开衣柜，却有些不知所措了。衣柜也是满满当当的，夫人自己的旧衣拢共没有几件，里面大多是大爷后来让人给夫人做的新衣裳。可衣裳不同于首饰，她无法做主，只好看向自家夫人。

项宜也顿了一下。

衣裳确实不比首饰。首饰是贵重物品，被她戴过也没关系，送回库房里仍是值钱的东西。以后谭廷有了新夫人，新夫人若不介意，大可以继续戴那些首饰；若是介意，也可以让人把那些首饰都熔了，再重新打旁的样式。衣裳却是照着她的尺寸做的，又被她穿过，总不能拆了重新做衣裳。

项宜想了想，说道："把这些衣裳都收起来吧。"

谭家不会在乎这几件衣裳，既然做给了她，她便收下，没得留下来让后面的人心里不舒服。

乔荇懂了她的意思，手脚麻利地收拾了衣裳，又将其他零碎东西一并收好了。不过，除了衣裳装了满满当当一箱子，其他东西拢共也没多少。

乔荇收拾完，乍一看去，屋内还是那个样子，好似项宜的离开对这里并不会有任何影响。

从议事堂离开，谭廷直接回了正院。

路上听人道夫人到家打理了几件事后就回了房里，一如平日一样，他心里不知怎么的，竟觉得她这般当作无事发生也挺好的。

可是当他一步踏进房中，就被眼前的景象震惊了一下，房中好似什么都没动，却又好似什么都没了。

项宜静坐在收拾完的行李前，见他来了，起身行了一礼，说道："大爷回来——"

然而话未说完，就被谭廷打断了。

"你要去哪儿？！"他禁不住向她走近了两步。

项宜愣了一下，不甚明白他问这句话的意思。

她除了回项家，还能去哪儿？

谭廷却想到了另外一种可能，不禁心口一阵发颤，问道："你……你要跟他走了？"

她不欲留下来，要跟她的义兄离开了，是吗？

他紧紧地盯着项宜，而项宜一头雾水，想了好一会儿，才意识到他在说什么。

原来，他以为她要与人私奔。

项宜禁不住一张脸绷了起来，语气也极其少见地完全冷了下来："我知道项家确实没有什么好名声，可项家女儿还不至于做这样的事。"

她语气冰冷，脸色阴沉得厉害，谭廷意识到了什么。她并不是要跟那个人走。那么她收拾这些东西做什么？……

谭廷思绪未落，就听项宜又开了口。

项宜跟他正经行了一礼，说道："好叫大爷知悉，项宜没有跟旁人私奔的意思。只是事已至此，项宜也不便留下，大爷是要和离也好，休妻也罢，项宜悉听尊便。"

她看重项家的名声，一时言语急切了不少，可是她骗他在先，他会那般以为也无可厚非。只是这样一来，她更没有理由留下来了。

项宜深吸一口气，让自己的情绪尽量平静下来，而后轻声说道："承蒙谭氏照应，只盼大爷多多珍重，日后——"

然而她这话还没说完，男人突然到了她身前，一把抓住了她的手腕。

两个人从未有这般冷言相对的时候，更没在白日里有过这样的身体接触。项宜大吃一惊，抬头向他看去，发现男人复杂的目光里好似有一丝慌乱。

他匆忙开了口："我没有要和离，更没有休妻之意……"他说着，直直地看向她，"我根本就没有怪你。"

他离她很近，与平日不同的急促呼吸落在她的耳畔，异常清晰。不知怎么的，项宜的脑中突然一片混沌。

这般近的距离令她实在不习惯，她急忙转过了头，避开了。可他的手掌还扣在她的手腕上，掌心发烫，似烙铁一般，没有一点儿要松开的意思。

项宜不知所措，亦不晓得他的反应怎么和她以为的全然不同。

他这是怎么了？

项宜垂下头，莫名其妙地没敢再看男人的眼神。

这时，门外突然传来了杨蓁的声音："大嫂，母亲叫我们去秋照苑吃饭了！"

杨蓁说完，下一秒就撩了帘子，一步跨进了屋里，然后一眼看到了几乎要脸贴脸的大哥和大嫂。

杨蓁愣在门口，着实没想到大哥居然在家，不然她绝不会这么莽撞地闯进来。

项宜亦没想到杨蓁会突然进来，顿时怔了一下，然后急急地挣了挣，想把自己的手腕从那位大爷的掌中抽出来。

谭廷生怕弄疼了她，只好松了手。

他看着急忙从他身前退开的妻子，有些无奈，却也无法在此时说什么。

杨蓁这会儿总算察觉了不妥，默默地准备退出去，可目光一扫，就看到了房中收拾出来的箱笼。

她吃了一惊，问道："咦，怎么把箱笼都搬出来了？有谁要走吗？"

这话可问到了关键。

谭廷当即清了一下嗓子，项宜亦飞快地敛了脸上的情绪，他们夫妻之间的事情牵涉颇多，实在不便同弟妹说起。

下一秒，两个人同时开了口。

"方才房中有耗子。"

"房中闹了耗子。"

话音落地，两个人才后知后觉地意识到，他们恰巧找了同样的理由。

大哥大嫂的说辞一样，杨蓁自然没有察觉异样，当即"哦"了一声，也干脆不往外退了，问道："秋照苑那边，母亲在等着我们吃饭，大哥大嫂现在过去吗？"

项宜一时没出声。

谭廷看了妻子一眼，缓缓地沉了口气，而后轻轻地说道："宜珍，你先同弟妹过去吧。"

项宜听见这个称呼，又是一顿。

倒是杨蓁"呀"了一声，两步走上前，挽了项宜的胳膊，说道："大嫂的闺名叫宜珍？这名字真好听！"

说话间，她就把项宜半挽半拉地带出了门去。

项宜回过神儿来，不晓得那位大爷到底是什么意思。

她这边刚出了门，便听见身后传来一道声音，是他叫了丫鬟，吩咐了一句："把这些箱笼里的所有物件归置到原处去。"

第八章
旧事浮

鼓安坊谭家，秋照苑。

项宜今日有些心不在焉，摆饭前，丫鬟向她请示，她半天才回神，之后又险些碰掉了碗中的汤匙。

谭廷一脚迈进厅里，看见她垂着眼眸，不知在想什么。

杨蓁叫她过去看新奇玩意儿，连着叫了两声，她才应声，转身就要往杨蓁处去，却没有看见身后端了热汤上来的丫鬟。

丫鬟被她突然转身的动作吓了一跳，一碗热汤眼看就要洒到她身上了。下一秒，谭廷伸手揽了她一把，才堪堪让她与丫鬟手中的热汤错开。

项宜被他虚揽在怀里，吃了一惊，连忙退开，这才意识到自己方才走了神儿。

她方才正是在想今日的事。她本以为义兄藏在那处院子里，官府和陈馥有的人都没有找到义兄，便一切安稳了，没想到会被谭廷发现。而且他似乎早就发现了，只是没有说出来，直到被义兄察觉，请他现身。

项宜当时觉得依这般情形，就算不至于休妻，他也一定会让她离开谭家，之后再寻旁的说辞，结束他们这段婚姻。可他方才竟然亲口对她说，他完全没有怪她，更没有和离、休妻之意。

眼下，项宜被他直直地看着，只觉得自己的脑中乱成一团，连忙低头道了声谢，侧身避开了他。

她只在他怀中一息不到的工夫，就像受了惊吓一样地逃开了。谭廷皱着眉看了妻子半晌，叹了口气。

　　吃饭的时候，她又要起身照应众人。谭廷担心她又走神儿出了差错，便想让她坐下，顾好自己吃饭即可，不过他还没开口，赵氏就先看了出来，叫了她一声："我看着你脸色不太好，莫不是累着了？快坐下歇着，让吴嬷嬷过来照应便是。"

　　自项宜上次回了娘家，赵氏便深觉家里没她不行，尤其自己年岁渐长，是真的心有余而力不足了。当下见她脸色不太好，赵氏比谁都着急，连忙让她坐下歇着。

　　项宜顿了顿，转头看了那位大爷一眼，就见他亦点了点头，示意她回到他身边坐下。项宜不由得暗暗叹了口气，她正是因为不想离他太近，才起了身的……

　　项宜坐回谭廷身边后，秋照苑的这顿晚饭这才开吃。

　　谭廷见妻子虽然不似方才那般走神儿，但也没有像平日一样放松，只是低头小口吃着碗里的米饭，半晌才想起夹一点儿菜。

　　他想了想，干脆帮她把菜夹到了碗中。可她似乎又被他惊吓到了，足足愣了几秒，接着也没有好生吃饭，反而开始替他布菜。

　　他给她夹了几筷子菜，她便垂着眼眸多夹一筷子地还回来。谭廷见她如此，不禁抿着嘴皱了皱眉。

　　这时，在一旁伺候的吴嬷嬷笑了一声，说道："大爷替夫人夹菜，夫人也帮大爷布菜，您二位这般只顾着对方，怎么能好生吃饭呢？还是老奴来吧。"

　　被吴嬷嬷这么一说，互相夹菜的两个人顿时停了下来。

　　谭建抿嘴偷笑，飞快地眨了眨眼睛。杨蓁则好似被大哥大嫂提醒了一般，立时夹了一块带肉的骨头，放到了谭建面前的碗中。

　　谭蓉这些日子闷闷不乐，这会儿也只是看了他们一眼，并没有说话。

　　赵氏则面露喜色，笑着说道："夫妻间这般互相挂心，本是应该。"

　　相比众人的欣慰，谭廷却只觉得口中泛苦。

　　前几次在秋照苑吃饭时，他们夫妻互相夹菜，有来有往，他还以为两个人的关系慢慢地变好了，可如今看来，她约莫是极其不适应他的转变，为他夹菜不过是"礼尚往来"。或许在她眼里，他们相互冷着，各过各的，才是她所习惯的日子。

　　项宜垂着眼眸，谭廷看不到她眼中的情绪，只得心里叹气。他也不敢再有什么多余的行动，以免令她更加不安，只能收回了筷子。果然，当他不再有什么动作了，她就好似松快下来了一般，也能时不时同吴嬷嬷说几句话了。

谭廷闷闷地吃完饭，仍不敢太过靠近她，跟在她身后不近不远的地方，回了正院。

项宜回了房中，就看到之前的箱笼都没了，各样物什也被放到了原处。她本来都做好离开的准备了，却又这样被留了下来。

她安静地坐在房中，像一只在入夜的薄雾中迷了路、于林间徘徊的鹿，静默而无措。谭廷进来便看到她这副样子，而她也看到他了，并且立刻站了起来。

谭廷瞧着她眸中暗含着的紧张，心里又是叹气，想了想，轻声同她说道："我今日有事，就宿在外院书房了。"

一听到他说今晚不会留下，她马上点了点头，甚至还相当周到地问了一句："不知外院书房有什么缺的，大爷只管吩咐正吉来拿。"

谭廷看着妻子，忍不住想，她是不是很想把他的铺盖全部送走？不过他没有问，因为他心里已经知道答案了。

他说没什么需要的，便出了房门。

入夜了，鼓安坊谭家宗房一如平日般安静，只是宗子谭廷的心中并不平静。

从前是他做得不好，冷待了她，她才会有这般反应。如今年节已过，他不日就要返回京城，在家中待的日子没多少了，可若他再似从前一般直接离开，就这么将她留下，那他们夫妻之间就再也不会有相好的一日了吧？想到此处，谭廷深吸了一口气。只是不晓得，她愿不愿意随他进京……

秋照苑。

人一散去，吴嬷嬷便端着茶水走到赵氏身边，说道："老夫人恐怕要有喜事了。"

赵氏一听，岂能不明白吴嬷嬷的意思，也笑了一声，说："从前见他们夫妻冷得似外人一般，我便不是正经婆婆也替他们着急，眼下总算是好了。"

吴嬷嬷连连道是："夫人的脸色看着同平日不太一样，老奴瞧着，合该有喜事了。这样一来，待大爷开春离家，夫人也是能照旧留下的。"

这话简直说到了赵氏的心坎上。从前赵氏不觉得有什么，直到项宜回了娘家，中馈又落到了她身上，她这才发觉家中没有项宜根本不行。

她喝了一口茶，说道："从前是我低估项宜了。如今我只盼着她能早早有孕，留在家中才好。"

吴嬷嬷连忙说道："老夫人必会得偿所愿的。"

话是这么说，可这也只是她们的猜测，怀孩子这种事情，哪怕是在菩萨面前祈祷也没有个必然。赵氏想了想，嘱咐了吴嬷嬷："你去寻个助孕的药膳方子来。"

若是直接用助孕药，赵氏怕把儿子、媳妇逼得太紧，反而不易有孕，可药膳方子不一样，悄无声息地便能助孕。到时候，项宜就能留下了。

正院里，项宜翻来覆去地睡不着，想了一整晚，还是想不通那位谭家大爷为什么会让她留下来，而这个问题的答案对她很重要。

翌日在花厅处理完各项事宜，她便叫了乔荇："去一趟外院吧。"

乔荇惊讶地问道："夫人去外院做什么？"

府里的外院没什么人，二爷成亲后也搬到了内院，眼下夫人总不能是去寻大爷的吧？她可从没有去过大爷在外院的书房。

乔荇听见夫人说道："去大爷书房。"

项宜猜不透那位大爷为何如此，便觉得与其不安，倒不如同他问个明白好了。

外院书房内，谭廷翻了翻正吉刚送过来的邸报。

年后，吏部选官开始了，他只看邸报便能看出来，各个世家出身的官员只要不是太胡作非为，多半能升官，寒门官员却多在原地徘徊，甚至被贬官。更令人担忧的是，新晋的寒门官员也越发少了，哪怕十年前都不是这般数值，不细想还不觉得，如今仔细一想，着实让人不安。

想到这儿，他又将之前的邸报都拿出来，想要重新细看一番。

这时，正吉过来禀报："大爷，柳阳庄的里长带着人来了，想要见一见大爷。"

谭廷有些意外。上次他应下租地之事后，柳阳庄的人确实上了门，谭家也没有食言，连张冰勇的地也一并租了下来，当场给了银子。谭家族人虽然对此颇有微词，但顾忌宗家，倒也没人再多言。这会儿，柳阳庄的人怎么又上门了？他想了想，让正吉把人请过来了。

此番来的是老里长、张冰勇和几个眼生的村民。他们何曾来过谭氏宗家，之前来抵田，见着谭氏大门的气派便是一阵后怕，眼下见谭家宗子大爷还把他们请进了院中，更是吃惊了。

老里长一见谭廷，就带着人要同他行大礼。

谭廷连忙抬手扶起了老人家，说道："老人家这是做什么？"

老里长说道："谭大人愿意典下我们的田地，又预付了银钱，还压着那些恶人，不让他们继续低价屯田，实在是菩萨心肠。不光柳阳庄，还有附近的几个庄子，甚至整个宁南、维平一带，哪儿有不感激您的？"

他道前几日天气陡冷，有些农户熬不住，只好又卖了田，但都是按正常年景的价钱卖掉的，再不是被恶意压低的价格。老里长说道："这些农户一听说是谭大人出了面，心里无不感激，央着老朽带他们来谭家道谢。若不是谭大人出手，我们这些寒门庶族的百姓哪里能有好日子过呢？"

老里长说完，那几个眼生的农户便齐齐上前，要给谭廷行人礼道谢。

谭廷连忙让正吉将人都扶起来，也才晓得他们顶着寒风赶来，竟只是为了向他道谢。

项宜行至外院门口，脚步一顿，有些犹豫起来。可谭家大爷对她的态度又着实令她感到困惑、不安，末了，她还是决定去当面问一问。

她又往前走了几步，正欲让人前去通报，不想书房内的说话声顺着风传了过来，竟是柳阳庄老里长的声音。

这时，守门的小厮看见了项宜，吃了一惊，连忙上前说道："夫人怎么来了？大爷在里面待客，夫人要小的去通禀吗？"

项宜摇了摇头，说道："不必打搅大爷，过会儿再说吧。"

小厮见她没有要走的意思，连忙将她请到厢房避风烤火，又奉上了热茶。

项宜坐在厢房内，发觉书房里传来的声音更清晰了。她先是听见老里长说了一通感谢之言，而后便听见那位大爷说："各位不必如此，照应邻里本是谭氏一族的本分，况且朝中本就有律令，不允许世族压价屯田，我不过是照着律令提醒了一下官府。"

他说得甚是谦虚。

项宜听着，不免就想起了在柳阳庄的时候，他保证回去之后不会报复那些走投无路的村民，还主动提出了租地的法子，并预付银两让他们过冬。那时，他的行为便已经令她有些意外了。

书房里又传来了老里长的声音："谭大人再不必谦虚！虽然世家有祖训，官府有明文，但是这年头儿还有什么人能当真照着祖训和官府明文办事？旁的世家是什么嘴脸，我们这些老百姓再清楚不过了。谭大人着实是同他们不一样的，是真心实意地与我们这些寒门庶族相处的！"

老里长说的都是肺腑之言。话音飘到厢房这边，项宜听着都忍不住心里动了动，莫名其妙地想听那位谭家大爷如何回应。

下一秒，男人的声音传了过来，带着淡淡的笑意："哪怕是百年的世族，也是从寒门庶族发展起来的。世人建立家族的本意，是在各种难以预料的境况里，庇佑同姓同族的血脉亲人。世族庇佑自身子弟免于被旁人欺凌，却也不该有欺凌旁人之意。如今世道对庶族百姓不善，谭氏不可能视而不见。谭氏亦希望两族当真亲如邻里，各有前程，而不是一味地放任世家独大，令寒门庶族无出头之日。"

这是项宜第一次从谭廷口中听到这么长的话语，且这些话就像是说给她听的一样，让她始终想不明白的事，似乎一下子就明白了——谭家大爷放了义兄，原来是因为他理解庶族，理解寒门百姓的不易，所以他愿意站在庶族的立场，看待世、庶两族的关系。那么他待她，其实也是一样，今日他留下她，不是因为别的，想必只是因为他理解庶族女子的处境。

项宜想明白了这一点，一下子松了口气。只要不是因为她大胆假设的那个原因就行。她与他之间的关系，还是不要有什么改变的好。

书房里，柳阳庄的人又说了许多感谢之言，不过也不敢过多打扰，不时便离开了。

项宜不便见他们，就没有走出来，而她原本想要问那位大爷的问题，现下倒也不需要问了。

她刚要离开，不想守门的小厮三两步就到了正吉面前，把话说了。正吉一转身就告诉了谭廷。

"大爷，夫人来了半晌了。"

话音落地，稳重如谭家大爷当即站了起来。

他脑中莫名其妙地就掠过昨日正房里的画面——她把她的东西都收拾到了箱笼里，然后静静地坐在箱笼边，仿佛只等着跟他说一声便要离开了。

谭廷心里一沉，一时间顾不得许多，快步走出了门。

项宜得知小厮已经通禀了谭廷，自然不好直接离去了，只能走到了庭院里。

谭廷一眼看见妻子又穿了她自己的旧衣裳，顿时一颗心直往下坠。走近后，他强装镇定地问道："你怎么来了？"

项宜方才已经得到她想要的答案了，此刻自然没必要再问。可她确实只是来问问题的，两手空空，连个送东西的借口都没有。

最后，她只能在男人的注视下，低声问了一句："昨夜起了一阵疾风，不知道大爷在外院冷不冷？……"

她从来没问过他这样的问题，当下问了，只觉得自己的这个借口找得很是尴尬。

谭廷却是愣住了，诧异地看着自己的妻子。

她来找他，不是来说自己要离开的，而是来关心他的？

谭廷错愕好半晌，终于回了神儿，下意识就想说自己不冷，让她不要担心。只是这个"不"字刚说出了口，他就在正吉着急的眼色里突然了悟了什么。

他略一顿，转而说道："书房里确实不太暖和。"

话都说到了这里，项宜也不知道该怎么办了，总不能说"那大爷还是回正房睡，暖和一些"这样意味不明的话吧……

她想了想，最后决定让人多拿几个炭盆过来。然而她还没来得及开口，就听见那位大爷用有些不确定的语气说："要不我今日还是回正房？"

谭廷确实不知道自己会得到怎样的回答。他说完，便悄悄地看向妻子，却见妻子半垂了头，轻声说了两个字："也好。"

话音落地的一瞬，男人的眼睛陡然亮了。可惜项宜并未看到，只是想着这些日子的事情和他的态度。

今日他肯替庶族着想，她感谢他；改日他若改变了立场，她也不勉强。说到底，他跟自己并非一路人，又能真帮衬庶族到什么时候呢？

清嵋县衙。

陈馥有再次无功而返。那道士就像是人间蒸发了一样，消失得无影无踪。

不过他敢肯定，道士一定还在清嵋——太子的人被锦衣卫百般阻挠，还是奔着此地来了，说明他们会在此地接头，那么道士绝不可能先走，一定是被人藏起来了。

想到这儿，他"喃喃"道："什么人能把此人藏得如此密不透风，连清嵋谭氏这么多族人都没能发现蛛丝马迹？"

他手下的百户听到这句，走上前来，猜测道："千户，会不会就是谭家人藏了那道士？"

这话一说出口，陈馥有愣了一下。若是谭家不帮他，反而偷偷藏人，那么他就是把清嵨翻一百遍，也找不出那道人。可那谭家宗子分明在接到林家的书信后，答应了助他一臂之力。

陈馥有不可能去质问谭廷，思来想去，说道："就算谭家有人藏了那道士也无妨。那道士在等他的同党前来接头，等谭家的宗子谭廷知道了那个同党是谁，是必然不会再包庇一分的。届时，便是这些人落网之时。"

那谭廷与他一样，是世家大族的人，加上谭家与那道人的同党有旧怨在，又怎么可能再包庇庶族呢？

当天晚上，谭廷早早回了正院。

正院烧了炭火，暖融融的，谭廷不必旁人伺候，趁着房中暖和，自行把她给他做的那件春裳拿出来穿了。

项宜去了一趟茶房，回来后，一眼便看到了站在书架前翻书的男人，而她给他做的那件宝蓝色锦袍，被他穿在了身上。

锦袍合身，将他衬得越发高挺。男人双腿修长，腰身窄窄的，丰匀的脊背连着宽肩长臂，此刻侧对着她，正翻着一本书。

项宜只看了这么一眼，就被男人用余光准确地捕捉到了。他装作没有察觉，继续翻着书，却默默地又挺了挺脊背，将她一针一线缝制的衣裳撑得越发恰到好处。

只是项宜的目光已落在了他翻看的那本书上。他怎么看起了她的篆刻书？

项宜一顿，想到他放了义兄，她却还没有谢过他。从前，他对她来说是谭家大爷，是让她借光的人，如今又算是"恩人"。项宜觉得这样厘清他们之间的关系，能让她心里安稳许多。

她不是不知恩图报的人，当即便说道："大爷可需闲章？我给大爷做个闲章吧。"

谭廷听了，翻书的手停住了。此前他借谭建的手，送了她几块上好的白玉石，她给谭建刻完闲章后，顺手给杨蓁也刻了一枚，之后似乎觉得没给谭蓉不太好，便又给谭蓉也画起了闲章的样子。

弟弟妹妹们都得了她的闲章，只有他是没有的，她也从未跟他提过。今次，她终于想起他了吗？

"会不会太累？"谭廷不由得问了一句。

项宜是做惯了闲章的，累倒是不累，只是这次他帮了他们，她觉得只一枚印章是不足以抵偿的。不过多少也是她的一份心意，至于那份恩情，能还他多少算多少。

夫妻两个各有心思，这话头却没有错开。

项宜摇了摇头，说不累，又问谭廷："大爷要做什么字的章？"

这是个好问题。谭廷心里一动，走到了她的书案前，提笔写了两个字：元直。

他放下笔，看了妻子一眼，轻声叫了她的闺名，说道："宜珍，就用我的表字吧。"

谭廷的目光落在她身上，忍不住暗暗幻想，若她以后不再叫他"大爷"，而是叫他"元直"……

只是下一秒，项宜一边收下那张纸，一边开了口："那就依大爷的意思。"

谭廷："……"

房中静了下来，书案上的墨香轻轻荡了一下，又悄然飘走了。男人只能安慰自己，能轮到他有她亲手刻的章，总是好的。

翌日是个好天气，总算和暖了起来，日头晒着屋檐上的冰柱，"滴滴答答"地落下融化的水珠。

杨蓁一大早就来了正院，说要教项宜骑马。

这话头是上回项宜从娘家回清峋的路上杨蓁提起来的，一个年节过去，项宜都把这件事给忘了，没想到杨蓁还记得。

终于等到了好天气，杨蓁一早就吩咐了谭建找几匹温顺的马来。

她做事风风火火，当下说了，当下就要做，可是项宜还没料理完今日的事宜。

这时，闷闷不乐许多天的谭蓉听说两位嫂子要去骑马，突然也来了兴致。她来了兴致，赵氏再没什么异议了，当下就让项宜和杨蓁带着谭蓉去马场，至于那些琐事，待回来再料理也不迟。

赵氏都发了话，项宜、杨蓁便带着谭蓉去了。

项宜记得小的时候，父亲带她骑过小马，她那时年岁小，父亲怕她摔着，全程替她牵着马。

谭蓉则从来没有骑过马。她闷了这许多日子，今日坐在马背上，整个人舒活了过来，连声让杨蓁教她骑马。

谭建本来也想骑马，只是他还有先生留下的课业没完成，亦有大哥安排的文章没写完，要背的书也没背过，因此只将三个人引过来，就一步三回头地回去了。

杨蓁一个人应付两个新手，自然应付不过来。好在项宜好歹比谭蓉多一些经验，便让杨蓁先仔细教谭蓉，她在一旁跟着学就好。

谭蓉是第一次骑马，整个人处于一种既害怕又兴奋的状态，片刻都离不开杨蓁。而项宜在一旁看着杨蓁教谭蓉，很快掌握了一些技巧，先是驱使马慢慢地走，然后尝试让马小跑，最后还真就跑起来了。

谭蓉还在小心翼翼地驱使马慢走，项宜已经策马跑得有模有样了。

杨蓁连连拍手，说道："大嫂真厉害！只是不要跑得太快了。"

谁料这话刚说完，马不知道怎么回事，突然就快跑了起来。刚暖起来的风"呼啦"一下就把项宜的衣裙吹得翻飞起来。

项宜连声叫马慢些，这马却听不见似的，风驰电掣一般跑了出去。她不敢打马，拉缰绳也无用，一时间紧张了起来。

杨蓁也着了急，连忙拉过一旁的马，翻身坐上去，朝项宜追去，喊道："大嫂别急，我来了！"

听见杨蓁的声音，项宜瞬间放心了不少。可是这马越发不听话了，脱了缰一般在寒风中飞跑，她伏在马背上不敢乱来，被颠得有些头晕。

这时，一阵疾风伴着马蹄声到了身边。项宜直觉是杨蓁来了，连忙道："弟妹，我的马停不住了，你能让马停下吗？"

她在马背上被颠得头晕眼花，还没听见杨蓁回应，就觉得有一阵风忽然向她身后掠了过来，下一秒，马身一沉，接着有人从后面接过了在她手里毫无用处的缰绳。

那人扯住缰绳，将她圈在了怀中，"吁"的一声就让马缓了下来。

项宜还在眩晕之中，只觉得弟妹仿佛比平日里高大了许多，下一秒，她的目光落在身后之人的袖子上，当即愣住了。杨蓁今日穿的是石榴红的骑马服，而她身后这人穿的是铜绿色暗纹锦衣！

项宜讶然地转过头，一眼看到了坐在她身后的谭家大爷。

男人将她圈在怀里，正低头看着她。马不大，他坐得离她极近，为了越过她的身子拽住缰绳，他的身子不得不微微前倾，眼下，项宜整个后背都靠在了他的怀里。

疾风消散后，属于他的气息萦绕在她的鼻间。

项宜后背一僵，连忙坐直身子，又向前挪了一下，与他尽量保持着距离，才问道："大爷怎么来了？"

她低了低头，又说道："多谢大爷。"

谭廷原本不过是听闻家中女眷都来了马场，过来看一眼。他瞧见她学得极快，不多时便能策马小跑，接着便能快步跑起来了，心里暗暗惊奇：以前只知道她料理家事有条理，篆刻手艺上乘，没想到她竟连骑马也学得这般快。反观自家小妹，此刻还有些害怕，需要弟妹帮忙牵着马。

他远远地瞧着妻子，见她难得兴致不错，整个人似乎与这明媚的天光融合了，便不欲上前扰她，不想那马一下失控，疾奔起来，他这才急忙策马赶来。

当下，他低头朝着身前的人看了过去，却见她默默地拉开了与他的距离，还客气地同他道谢。两个人之间那道被她刻意拉开的间隙里，有风掠了过去。

谭廷的目光暗了几分。若是平日，他多半是不想让她感到不自在的，可今日，他莫名其妙就当作没有察觉她的不自在，继续将她圈在怀里，驾着马缓缓前行。

杨蓁原本要追过来了，不想大哥策马疾驰，赶在她前面控制住了大嫂的马。眼下，大哥骑马带着大嫂向远处去了，她犹豫着要不要跟过去，看看大嫂是否受惊。恰在此时，谭蓉叫了她，她想了想，最终还是没有跟上去。

开阔的原野上，蓦然只剩下二人一马。

项宜不知道这位大爷为什么不让马往回走，反而越走越远。她偷偷地转身去看他，又恰与他低头看过来的目光撞在一处，吓得急忙收回了目光。

两个人这般骑在同一匹马上，项宜有些不适应，还莫名其妙地有些不安。她垂了眸，说道："大爷，时候不早了，不如回府吧。"

谭廷听见她还是这样称呼自己，不由得抿紧了唇，半晌才"嗯"了一声。

听见他应了，项宜松了口气。谁知他并没有策马往回走，也没有转去回府的路上，而是一路向前，到了河边才停下。

清嶀有一条通南北的大河，此刻他们停下的地方就离那条河的码头不远。

今日天暖，渔人趁机开始破冰。等开春后，河冰都被破开，就要开河道了。冰面开裂的声音远远地传来，冰面一开，明媚的日光下，清波顺势荡漾开来，河面上波光粼粼，煞是好看。

谭廷沉默了半晌，在那破冰声与波浪撞击的声音里，忍不住看了一眼怀里的妻子。

项宜亦察觉了他的目光，下一秒，就听见他用一种温柔而缓慢的语调说："宜珍，等过些时日，随我进京吧。"

鼓安坊谭家。

谭建心不在焉地把文章写完，又把书背完，正要急匆匆地去马场时，却见杨蓁带着谭蓉回来了，不禁大失所望。

他发现大嫂没有同行，便问道："咦，大嫂呢？难道大嫂提前回来了？"

杨蓁摇了摇头，说道："大嫂的马停不下来，我正要去救，却被大哥抢先一步。我本想着大哥救下大嫂也是好的，没想到……"说到这儿，她两手一摊，"大哥把大嫂拐跑了。"

这用词引得谭蓉忍不住向远处看了看，目露几分向往。这时，赵氏身边的吴嬷嬷到了，引着她回了秋照苑。

谭建听了杨蓁的话，惊讶地眨了眨眼，问道："你说大哥把大嫂带走了？"

杨蓁哼了一声，说："我亲眼看到的，大哥还跟大嫂乘了同一匹马。"

她不怎么高兴，原本今天是她在大嫂面前大显身手的日子，却被半路杀出的大哥抢了风头，让她到现在都没见着大嫂的人影。

杨蓁哼哼着将马鞭往谭建的手里一扔，回夏英轩换衣裳去了。

谭建如何猜不出她的心思，只道自家娘子是个笨的，刚要追上去，却听说大哥大嫂回来了。

他不敢在大哥面前露面，怕被问及文章的事情，于是立刻躲在了一棵大树后面，远远地向二人看了过去。

大嫂神色如常，不过走在前面，而自家大哥落在后面。不知怎么的，大哥竟然沉着脸，一副心情不怎么好的样子。

谭建正猜着自家大哥怎么了，谁想下一秒，大哥像察觉了什么似的，转头就向他藏身的这棵树看了过来。

登时，谭建冷汗都落下来了，不敢再看，连忙跑了。

谭廷将妻子送到正院门口，没有进去，也没有说话，径直去了外院书房。

方才在河边，她没有答应与他一起进京。她当时低着头，找了些照看家人、打理家族之类的借口，回绝了他。

谭廷知道必不是这些原因，可她不说，他也猜不透。她总是与他保持着距离，从不亲近，似乎也不仅是习惯使然，是他从前做得太不好了吧？

她看重庶族的地位，看重同样出身的寒门百姓，倒是与谭氏的祖训有些不谋而合。他亦希望自己能为庶族做一些事情，两族之间本就该是守望相助的关系。

他若是能多做些什么，她会不会与他更亲近一些，而不似现在这般逃避？

正房内，项宜坐在窗下，心绪也有些复杂。她原以为，他们会这般分隔两地地过下去，直到这段婚姻结束。可现在，他们之间的关系怎么有些乱起来了？他们不过是因为婚事才暂时走在一条路上的人，还是把关系厘清比较好。

世庶之间恐怕会越来越矛盾重重，眼下那位大爷还愿意为庶族出手一二，等到庶族危及了世族的利益，他应该会站到庶族的对立面吧？到时候，他们这段婚姻便也不会太长久了。那么眼下她进不进京又有什么关系呢？

项宜总有一种奇怪的感觉，预感义兄的事情不会这么顺利。到时候如果真的出了事，她也不好连累谭家，必会自请离开。

她留在谭家的日子，可能也没几日了吧？项宜想到这里，暗暗地叹了口气，摇了摇头。

外院书房。

谭廷走了一会儿的神儿，直到正吉冒着雨跑了进来，呈了一封信在他的案头："大爷，是京城李三爷的信。"

谭廷收回神思，拆开了信。

这次李程允倒是没有提起太子身边的那个道人，而是提及了另一件事，道是之前谭廷让他留意的事情，他着意查了一遍。他在信中道："令尊当年的委任，着实是个巧合，与吏部应该没有关系。"

对父亲谭朝宽的死，谭廷心中一直是有疑惑的。彼时平兴府凤水州爆发了鼠疫，吏部要紧急派人去接管凤水州，压下鼠疫。这不是什么好差事，却偏偏不倚地落到了身担一族重任的谭朝宽身上。最后谭朝宽病死凤水州，再没回来。

那次的调任，吏部一开始委任的是李程允的舅舅，但李程允的舅舅突然丧父，无法上任，户部便又指派了衡北程氏的宗家六老爷。那位程六老爷是接下调令了的，不想走到一半，就从马上摔了下来。凤水州迟迟没有官员到任，户部尚书被叫进宫好一番训斥，回来便不得不临时委派在风水州周边做学道的谭朝宽过去上任。

谭廷看了信中所言，缓缓地闭上了眼睛。此前他还以为户部在那件事上有猫儿腻，眼下看来，是他多想了。

他想起那时，父亲本来说好了要回家的，却因接了这桩差事，不得不紧急去风水州上任。

彼时，风水州的知州因年岁过长，告老还乡，整个州便只由一位同知临时管着。谭朝宽是接了朝廷的调令去的，很快便从这位同知手上接管了风水州。

谭朝宽上任后，先让人隔开了得病的百姓，而后一边召集大夫，试着用本地的方子治病，一边上折子请太医院再拟治病良方。可本地的方子效用一般，仍有不少人在病中身亡，百姓见死了这么多人，不由得慌乱了起来。

谭朝宽见状，连夜深入疫区，安抚百姓，施放良药、粥米，又派人去迎太医院的方子。不想太医院的方子到了，当地的百姓竟然闹了起来，推翻了粥棚，还说这方子有毒，是来害他们的。

谭朝宽大吃一惊，一问之下才得知，这些百姓不知从哪里听来的言论，说京城来的这个方子根本不是太医院拟的，而是几个世家联手拟出来的，想要趁机把他们这些贱民毒死，那样一来，大批的良田房屋就都是世家的了。

这个说法没根没据，偏偏得病的人有九成是当地的庶族百姓，而世族安居一隅，稳稳妥妥，是以这流言一出，风水州的百姓立刻信了。

眼见百姓闹起来，谭朝宽不得不出动了周边卫所的军队，又请来了告老还乡的太医，还让衙门的人带头服药，证明方子无毒，并不是世家要害死他们，更与世庶之争无关。之后，谭朝宽又带着衙门官兵，与百姓同吃同住，这才堪堪压下了一场险些爆发的大乱。

只是风水州百姓的病情慢慢稳定下来的时候，谭朝宽却病倒了。而此前他不眠不休太多天，身子疲惫不堪，根本无力抵抗疾病。谭廷接了消息，急忙赶到的时候，父亲已经撒手人寰。

这是天灾，但更是人祸，因为谭廷发现，之前那别有用心的流言，竟就是暂管风水州的同知散布出来的。

此风水州同知正是庶族出身，名唤杨木洪，郁郁不得志良久。

想到这儿，谭廷莫名其妙地眼皮跳了几下。他希望这人最好不要出现在他的眼前，却又莫名其妙地有一种预感，总觉得此人会以最不合时宜的方式突然冒出来，打乱他眼下的生活。

清嵋县城的一处偏僻院落内，顾衍盛算着日子。

东宫来人接应他的时间越来越近了，不过广西一案的证据并不在他这里，而是被他秘密地托付到了另一个人手中。

那人已在赶来的路上，想必不日即可到达清嵋。

他正想着，秋鹰从外面快步走进来，压着声音说了一句："爷，有杨大人的消息了，杨大人就要到清嵋了！"

鼓安坊，谭家书房。

谭廷看着信，思绪翻涌。

那杨木洪是个同进士出身的官员，曾自命清高地认为自己能中二甲进士，不想最后进士倒是中了，却只是三甲的同进士。

同进士在进士里低人一等，那杨木洪便只能十分难受地在州同知的位子上混着，直到凤水州的老知州告老还乡，才临时做了凤水州的堂官。

后来谭廷的父亲谭朝宽接了临时的调令，去了凤水州，杨木洪便落到了原处。那人心里深恨自己没有考中进士，而那一年的进士恰好多为世族出身，更巧的是，谭朝宽便是与他同年的进士。

谭朝宽远路亨通，杨木洪却只能做个小小的同知，如何能不心生嫉恨？他不去想着拯救那些被鼠疫祸害的百姓，反而在暗地里传播谣言，而那些庶族百姓都知道他是寒门出身的官员，以为他必会为寒门庶族的利益着想，因此一时间都信了他，不肯服药，还闹了起来，眼看就要起一场大乱。

谭朝宽便是为了压下动乱，安抚人心，肃清鼠疫，才会劳累过度，一病不起，最后英年早逝。

谭家为谭朝宽办丧事的时候，那杨木洪还来了一趟谭家，被谭家人乱棍打了出去。不知他是自觉罪孽深重还是怎么的，在清嵋徘徊了三日才离开。

此人之后辞了官，至于去了何处，谭廷无意知晓。若非父亲留有手书，不让他因为这一意外而怨恨旁人，谭廷不知道自己彼时会对那杨木洪如何。

谭廷长大后，思虑更周全了，意识到父亲的死还有另一个疑点：杨木洪的罪责不能推卸，可吏部当时选官调任，怎么恰好就选到了父亲身上？

要知道这样危险的差事，朝廷也会考量到世家的稳定，不会随意安排到担着重任的族长、宗子身上。

后来他到了京城，便一直留意此事，因谭家在吏部没有重要官员，这才托到了李程允处。

李程允替他查了一番来龙去脉，同之前谭氏得到的消息并没有太多出入。所以，吏部对他父亲的调任，真的只是无奈境况下的巧合吗？……

谭廷将信收了起来，打开一个紫檀匣子，取出了一个羊脂白玉的莲花镇纸。这是他父亲生前最喜欢的物件，时常拿在手中把玩。

羊脂玉温润滑腻，谭廷拿在手中，不由得就想到了从前在父亲身边的日子。

那时，谭建刚启蒙，就已透出一副顽劣之态，每每练几个大字便要歇上大半晌，偷偷摸摸地在荷包里揣些小玩意儿耍玩，一堂课最多听一刻钟，字也写得不成样。宗家子弟不比寻常族人，谭廷见弟弟一心想着玩，便生气地训斥了弟弟，还罚弟弟站在墙边反省。

谭建可怜巴巴地请他不要生气，他便问谭建以后能不能认真听课、写字，谁想那不中用的弟弟竟然还不敢应下。他见谭建还不改正，越发生气。

父亲听说后，将他叫了过去，问道："我儿为何如此生气？"

谭廷板着脸回答道："父亲有所不知，弟弟着实顽劣，不求上进。"

父亲听了，便笑了一声，说："建哥儿刚启蒙，贪玩也是有的，待他大了就好了。"

谭廷却觉得以弟弟那不中用的样子，等年岁长了也未必能好。

父亲就像看透了他的心思一样，招他上前，轻轻地拍了拍他的肩膀，温声说道："便是建哥儿长大了也这般贪玩，我儿也不必生气。建哥儿也好，族人也罢，你不能要求他们都似你一般律己。做一族宗子，要紧的事有三桩。"

谭廷抬起头来，听见父亲说道："身正，目远，心宽。"

彼时，谭廷将这六个字记在了脑海里，晓得这是要紧的三桩事。可要说融会贯通，年岁还太小，实在做不到，他还是因为不中用的弟弟而生气。

父亲最懂他的心思，倒也没再劝他，只是暗暗琢磨着什么，片刻后，低声说了一句："看来得给你定一位温柔贤淑又细腻通透的姑娘为妻了。"

谭廷陷在回忆里，心道，父亲确实给他定了这样一位姑娘为妻。

想到妻子，谭廷的眸色禁不住柔和下来。可不中用的弟弟也确实如五岁启蒙时一样，至今仍是顽劣不堪、不求上进。想到这里，他柔和的眸色又冷了一冷。

自己的父亲是这样一位温润如玉的君子，如何就因为杨木洪那样的小人，早早结束了一生呢？谭廷神色黯然，默然良久。

这两日，乔苻发现夫人皱着眉出神的次数越发多了。

她问夫人怎么了，夫人却又回了神儿似的，道无事，然后短暂地神色如常。可她跟随夫人这么多年，怎会察觉不出夫人有些异常？只是夫人不说，她亦猜不透。

项宜算着时日，准备再给义兄送些药去。之前她都是带着乔苻偷偷过去，可如今那位大爷知道了义兄的存在，她自然不能再如此行事，便让正吉替她同那位大爷说一声，她要去一趟义兄藏身的院子。

正吉从外院书房出来的时候，身后跟着萧观。

萧观见了项宜，躬身同她行礼，说道："大爷不便陪夫人过去，由小人随侍夫人左右，保夫人万全。"

萧观是谭廷近身的护卫长。项宜猜到那位大爷不便亲自出面，会派亲随与她同去，却没想到他会直接指派萧观。

她压下心中的讶然，叹了口气。

顾衍盛的伤好了许多，可东宫来接应的人也晚了许多天。

离开京城前，顾衍盛料想此行不会顺利，但耽搁这么久也是他确实有些出乎意料。

眼下他倒是不用项宜再替他换药，看她神色似有些疲惫，不由得问了她一句："是不是谭家大爷责怪你了？"

项宜连忙摇头，说道："大哥不用担心，没有这样的事。"

顾衍盛想到之前谭廷看她的神情，又见她的脸上没有说谎之态，看来那位谭家大爷确实没有苛责于她。

从前他与那世家宗子谭廷既不认识，也无意结识，谁知竟在这般情形下有了交集。那谭家宗子对他以君子之风相待，他亦不可能小人做派，只是他陷于这般境地，只有脱困后才会对谭廷说些什么。

他浅笑着岔开了话题："宜珍可了解清嶹一带的地形？"

他说着，让秋鹰拿了一张舆图来，铺在项宜面前，说道："此图是我之前着人绘制，可惜甚为简略，有些紧要的细处未能绘出，十分不便。"

项宜一听便明白过来，说道："大哥想要一张详细的清嶹舆图？"

她说着，眼眸亮了几分，语气也激动了一些："是东宫接应的人要来了吗？还是大哥之前说的那个持有证据的人？"

见她如此聪慧，顾衍盛一双桃花眼含了笑，点头道是，又给她轻声解释了一下。

东宫接应的人被锦衣卫阻挠，耽搁了许多时日，手持证据的人亦因为东躲西藏而耽搁，不想反而对上了时间，不日便能前后脚地抵达清嵋。

顾衍盛说道："我先接应杨同知，再等候东宫的人，兴许不日便要离开了。"

项宜不清楚他说的这位杨同知是谁，只是得知义兄即将离开，心里竟有些不舍。片刻后，她又想到了那日在河边时，那位大爷说要带她去京城。

项宜心底的不安又泛起来了，不过很快又被她暂时压了下去。

她将面前这张简略的舆图收了起来，说道："清嵋的地形我甚是熟悉，明日便给大哥送一张详尽的来。"

顾衍盛听了，笑着跟她道了声谢，待看见她眼下的乌青，他又轻声说了一句："宜珍，世道如洪，变化甚快，你此时的困扰，两三月后就能变化光景。"

此番他若能顺利回京，朝野如何能毫无变化？

项宜被这话点了一下，想起了道家那句"祸福无门，唯人自召"。难道义兄真成了道士，心中也有了道念？

她眼睛微眨，打量了义兄一眼。

顾衍盛见她这般模样，猜到了她心里所想，笑着拱手道了一句："福生无量天尊。"

话音落地，项宜一愣，旋即抿嘴笑了起来。

她笑的时候，唇角翘了起来，却笑不露齿，温婉如风。顾衍盛没有再说什么，只是眸色越发柔和，落在项宜的脸上，许久没有挪开。

谭家。

谭家大爷沉着脸，在院中站了多时，算着他的妻子该回来了，这步子就踱到了门口，没想到没有迎到妻子，却见到了陈馥有。

陈馥有还以为谭家大爷是特意迎接自己，喜不自胜。

谭廷只好不情不愿地请他进了书房。

陈馥有说道："那道人颇有些妖术，竟在清嵋藏身这许多时候。"

说着，他看了谭家大爷一眼，恰好看到谭家大爷皱起眉头，一脸深以为然地点了点头。

谭廷点着头说道："的确有些妖术……"以至于他的妻子到现在还没回家。

陈馥有不知他的想法，只觉得看谭家大爷这神色，也不像是会帮着道人藏身的样子。

他想了想，又说道："那道人自己藏在清峒不说，竟还准备让同党也藏身于此，一起等待接应。谭大人猜那同党是谁？"

谭廷思绪还在顾道士的妖术上，闻言，只随口问了一句："何人？"

"是从前的凤水州同知，杨木洪。"

话音落地，谭廷眉头一皱，神思陡然收了回来。

项宜并未在顾衍盛处待很长的时间。

萧观原本还想着万一夫人耽搁太久，自己过多久提醒一次比较合适，谁知还没想出答案，就见夫人利落地从屋内走了出来。

他大松了一口气，护着项宜回了谭家。

项宜到了正院，先将几个来回禀的管事吩咐了，然后回了房中，将舆图铺开。

那图甚是简略，只画了几条大路，连一些可以骑马通过的小路也没有画出来。她晓得义兄藏身小院是安全的，但只要动身去接应那杨同知，便随时可能遇到危险，而详细的舆图能帮助他避开一些危险。

项宜不敢懈怠，仔仔细细地为义兄补全那张舆图。

谭廷回来的时候，见妻子没在窗下做针线活儿，也没在案边做篆刻，而是在补舆图，一下就明白了是怎么回事。

她画得认真，先在一旁的草纸上细细勾画一遍，再仔细誊在舆图上，是以竟完全没有发现他的到来。

谭廷闷闷地坐在了一旁，端看妻子什么时候能发现自己。可她根本没有察觉房中进了人，直到春笋进来上了茶，又续了一次水，她才陡然发现了他，问道："大爷什么时候来的？"

谭廷垂着眸饮茶，嗓音闷闷的："刚来不久。"

三刻钟而已。

他用余光悄然看了她一眼，却见她只是信以为真地点了点头，"嗯"了一声。

谭廷抿着唇不想说话了，而项宜没有察觉他的异样，坦然地继续画图。

她这般坦然，谭廷反而不知道要说什么了。

他此前亲口说了，自己不会插手那顾道士的事情，现在妻子替顾道士画图，他还能拦着不成？可她替他做新衣裳时，都没似画图这般全心全意……

好在清嶂不大，她晚间用过饭后又画了一个时辰，这会儿总算画完了。

那般低头画图极其费神，谭廷见她一直揉着眼睛，心口越发闷闷的。之前她为他做衣裳时，他都叫她慢些，不用着急，晚间也不要挑灯赶制，仔细眼睛，那顾道士倒好，将她累成这样。

只是她似乎毫未察觉他的心疼，还同他道，自己明日要再出门一趟，将图送过去。

谭廷抿着薄唇沉默一晚上了，听到这话，不得不开了口："宜珍怎么忘了，你之前应了弟妹，明日要去骑马的。"

项宜根本想不起来杨蓁何时邀过自己明日去骑马，可天色已晚，她也不便打发人去夏英轩问。

谭廷暗暗瞧着妻子，趁着妻子没留意，将正吉招了过来，让他明天一早便去夏英轩，叫二夫人来请夫人去马场骑马。

谭廷说完，顿了顿，又特意强调："嗯，一定要早。"

骑马这种事情，杨蓁就没有不答应的时候，哪怕她昨晚吹了风，今日精神不济，也还是兴致勃勃地换了衣裳，一早来请项宜。

项宜没有察觉什么，同杨蓁和谭蓉到了马场。谭建今日仍旧课业繁重，把她们送到马场后，就恋恋不舍地走了。

杨蓁今日着实没什么精神，带着谭蓉骑了一阵，就疲累地坐在了一旁。

项宜见状，说道："要不今日就回去歇了吧。"

杨蓁连忙说道："不行，大嫂和小妹好不容易学会了骑马，还不熟练，歇两日该忘了。"

说完，她又打起精神，让谭蓉在马场走圈，自己则带着项宜在周边策马小跑。

项宜见她这马术师傅着实兢兢业业，也不便推辞了。

只是杨蓁带着项宜刚出了马场，就连着打了三个喷嚏，鼻涕都流了下来。

"哎呀！"杨蓁连忙用手绢捂住了鼻子。

项宜这下可不敢再让她闹腾了，说道："受寒了可了不得，咱们快回去吧。"

杨蓁闻言，也犹豫起来。

这时，一阵马蹄声传来，说话的工夫，谭建就骑马到了她们身旁，而他身后不远处，竟跟着那位大爷。

谭建方才苦着脸回了府，遇到了大哥，还以为又要被问及课业，正缩头缩脑地想从另一条路溜走，就被大哥叫住了。

谭建以为自己这下惨了，谁知大哥只是皱着眉头看了他半晌，最后说了一句："罢了，今日歇了吧。"

谭建闻言，简直是飞到了马场，只是没想到大哥也来了。

眼下见杨蓁打了喷嚏，谭建便要带她去避风处喝些姜汤，暖暖身子。见项宜也要走，他看了自家大哥一眼，突然福至心灵，说道："大嫂就别去了，恰好大哥在此，就让大哥带着大嫂骑马吧。"

项宜还没反应过来，谭廷便骑马到了她旁边。

她蓦然想起上一次与他同乘一骑时的情景，正欲推托，却听见他先开了口。

"往前走一走吧。"他说完，便骑着马往前去了。

项宜见他没有与她同乘一骑的意思，不禁松了口气，而后小心地骑着马，跟上了男人。

两个人虽然一起在旷野上骑马，但是一前一后，隔得老远。谭廷无奈，只能停下来等她。

半晌，项宜才骑着马到了他旁边。

二人一时间谁也没有说话，最后还是谭廷打破了沉默："宜珍的马术确有进步。"

她才骑了两次，便能控着马慢吞吞地磨蹭，半天不走上前。

"多谢大爷夸赞。"项宜垂下头，抚了抚马浓密顺滑的鬃毛。

谭廷见她这般，闷声说道："刚学会骑马时，最好不要在夜间、林中或者河畔骑马，免得失蹄。"说到这儿，他顿了一下，又说道，"最好有人相陪。"

他说了，项宜便应下，继续垂头抚摸着马，喂了几根草料。

夫妻二人又不说话了，静静地骑着马向前，竟在田间遇到了林府幕僚秦焦。

秦焦远远瞧见马上的人似是大爷，连忙上前。走近后，他发现大爷身边跟着的不是小厮正吉，而是项氏夫人，顿时大吃一惊。

同谭廷行礼问安后，秦焦便离去了，只是走了老远还止不住地回头去看。

京城林大夫人前几日传了信，道有两位世家姑娘也要北上进京，准备请大爷与那两位姑娘同行。林大夫人一向不喜项氏，如今让大爷同两位世家出身的姑娘一起进京，个中深意不言而喻。

可眼下他瞧着那对夫妻的关系似是好了很多，万一大爷要带项氏一起去京城呢？想到这儿，秦焦不禁一阵眩晕。

谭廷和项宜各自策马走在田间，谁也没有说话。

天总算有了暖意，"叽叽喳喳"的鸟儿多了起来，地头上也有了小儿玩耍，田间一派祥和景象。然而就在这祥和之中，远处忽然传来一阵疾驰的马蹄声。

田间的小孩都被这阵马蹄声吓到了，有大人连忙跑过来招呼他们："不要在那里玩了！都回家去！快去！"

小孩们瞬间跑没了影儿，"叽叽喳喳"的鸟鸣也消失了。

谭廷打马上了坡，一眼就看到了不远处来回搜寻的官差和锦衣卫。看来他们是发现什么踪迹了。他立时想到了什么，转身看了一眼妻子。

他不欲插手，也不想让项宜知晓，谁知她竟然也打马上了坡，同样看到了那些人。

项宜的神色一下凝重了起来，下意识地猜测陈馥有等人会不会发现了义兄。不过她出门前让萧观去送了舆图，萧观还来回复图已送到，说明义兄还在那个院子里。那么眼前这些人是发现了谁的踪迹？杨同知？

项宜下意识就打马向前走了几步。

谭廷见她竟向前而去，连忙打马上前拦住了她，说道："宜珍不要管此事。"

项宜转头看了他一眼。

谭廷不再瞒她，直接说道："他们抓的非是令兄，而是另外一人。"

项宜猜到了。可杨同知的安危也很重要，因为此人手上有广西科举舞弊案的证据，那可是关系着庶族翻身的东西。

项宜忍不住便同身边的男人说道："大爷还是先回去吧。"

庶族的事情，庶族的人不能作壁上观，可是也没有将谭家大爷这等世族宗子扯进来的道理。

然而她说完这话，男人却越发打马上前，挡住了她的马，说道："宜珍约莫不知那人是什么人。他并不是真的替庶族着想的人，而是好不容易走通了科举之路，心思却不在百姓身上的小人。莫要以为这样的人是有什么难处才作恶，分明是出于一己私欲罢了，不值得同情。"

他一口气说了这许多，话音一落，周遭静了一下，只有官兵搜人的声音远远传来。

项宜抬头看着男人，忽地轻笑了一声。

谭家大爷这番话所描述的，到底是那个杨同知，还是她的父亲项直渊呢？

谭廷也在看到她浅淡的笑意时，突然意识到了什么。

周遭陷入死寂。

谭廷意识到自己说了什么，立时便觉得不对了，说道："宜珍，我……"

他想说他不是那个意思，可又担心越描越黑，一时间没有再开口。

搜捕声越来越近了，项宜突然翻身下了马，垂头给谭廷行了一礼，而后说道："大爷不必阻拦了，庶族的事情与大爷无关，大爷先回家去吧。"

说完，她便抬脚准备离开。

谭廷见她连谭家的马都不欲再骑，就这么准备离去，心里一紧，亦翻身下了马。

项宜刚向前走了一步，便被男人一把握住了手腕，禁不住转头向他看去。而男人还是握着她的手腕，没有一点儿松开的意思。

项宜皱起了眉。

日头被一片厚重的云遮住了，风冷而冽。

谭廷知道，若是就这么让她独自离开，他就真的说不清了，可是杨木洪那样的小人，又怎么值得他们去救？

他一时间没有松开项宜，两个人就这么在冷冽的风里僵持了片刻。

恰在这个时候，远处搜捕的喧闹声停了下来，隐隐约约传来官兵回禀的声音："回千户，各处搜查过了，没有发现可疑之人。"

各处都没有搜查到可疑之人吗？项宜心里一跳。谭廷则在那回禀的声音里莫名其妙地略松了一口气。

他看向被自己紧攥着手腕的妻子，就见她在感受到他的目光后转过了头去。

两个人之间又静了下来。

这时，在附近搜查的陈馥有发现了他们，讶然地打马过来了。

见陈馥有过来了，项宜不欲再同那位大爷纠缠，急忙挣了挣手腕。她一挣，谭廷只能松开了她。下一秒，她便向一旁退开了，与他拉开了足足一大步的距离。

谭廷心里刺得难受，可这时陈馥有已经走近了，他们夫妻自然不便当着此人的面多说什么。

陈馥有飞快地打量了二人一眼，见他们没有带下人，而是一人牵着一匹马，便明白过来，笑着说道："谭大人和夫人当真有雅兴，天一暖便出来骑马了。"

项宜跟他见了礼，没有说话。谭廷自然也不会否认陈馥有的说法，况且，他们原本确实只是趁着天暖出来骑马的。

谭廷同陈馥有点了点头，而后佯装随意地问："陈大人在此行公事？不知可抓到了人？"

陈馥有之前是给谭廷透过信的，当下倒也没什么避讳，摇了摇头，说道："可惜让那姓杨的跑了。"

这话一说出口，谭廷就见到妻子松了口气似的，眼睛微眯了一下。他亦松了口气。

若是此番陈馥有当真抓到了杨木洪，他真不知道该如何了。

陈馥有这是第一次见到谭家宗子的夫人，突然想到了什么，着意看了项宜一眼。

谭家宗子谭廷尚未成亲时，就因父亲早逝而坐上了宗子之位。他年轻有为，连四大家族都十分欣赏他，程、李两族的宗家更是有将嫡女嫁给他的意思，更不要说其他世家了。可谭廷竟然履行旧日婚约，娶了罪臣项直渊的女儿。而且，此女是自己拿着婚书上门的。

陈馥有只听人言，还以为谭廷之妻是那等泼辣又无知的妇人，没想到今日一见，着实惊了惊，只见女子容貌昳丽，气质淡雅，举手投足亦颇有风范，瞧着竟与谭廷十分般配。不过世庶有别，他们便是再般配又如何？

陈馥有敛了思绪，辞了二人，很快离去了。

谭廷低头看向妻子，低声说道："他们没有抓到人。我们回家吧，好不好？"

项宜没有回答，只是默然地翻身上了马，往谭府的方向去了。

这次换她在前，谭廷跟在她后面，两个人一前一后地回到了府里。项宜自然是要回正院的，而那位谭家大爷没有去外院书房，竟也跟着她向正院走去。

项宜垂着眸子不言语，恰在此时，杨蓁他们也回了府。

见杨蓁受了寒，手脚都有些发凉了，谭建一脸担心，着急得不行。

杨蓁却无所谓地说道："这怕什么，谁还没有个吹了风的时候？喝两碗姜汤就好了。你要是不信，就问大嫂。"

谭建赶紧过来询问项宜："依大嫂看，要不要请大夫？"

"自然要的。"项宜没有犹豫，当即就让人去请大夫了，然后说了一句，"我随你们一同去夏英轩吧。"

说完，她便径直同谭建、杨蓁一道走了。

到底是弟妹生病了，谭廷不好阻拦，只能看着妻子就这么离开了。

晚间，赵氏又叫了众人去秋照苑一道吃饭。

谭廷早早过去了，到那儿的时候，旁人都还没到。赵氏见他当先来了，还有些惊讶。谭廷等了一会儿，向外看了几眼，夏英轩还是没来人，倒是谭蓉到了。

谭蓉同大哥自然没什么可说的，厅里一阵沉默。

过了一会儿，赵氏叫了谭廷，同他商议了一下谭蓉的婚事。

照理说，谭蓉是谭氏宗家唯一的姑娘，便是嫁给哪一世家做宗妇也是配的。可是做过宗妇的赵氏深知持家不易，因此只想让女儿找个妥帖的男人，过省心的日子。

谭廷对此并无什么异议，妹妹不必联姻，能过顺心的日子也是一件好事。

眼下赵氏还没想好要定什么人，便让谭廷帮着参谋。谭廷倒是觉得可以看看妹妹自己的意思，只有她喜欢，才是最好的；若是她不喜欢，夫妻之间心有隔阂，日子就会过得艰难。

他简单地同赵氏说了自己的意思，便回了厅里，又往外看了几眼，才见夏英轩来了人。

杨蓁病了，谭建留在夏英轩照顾她，因此只有项宜来了。

谭廷望着项宜的身影。她分明一进院子便看到了他，却没有急着走到厅里，而是站在门廊下吩咐摆饭的事宜。

在秋照苑，谭廷自然不便多说什么，见她吩咐好了才缓步走进来，给赵氏请安，向他行礼，然后坐在谭蓉身边，随口问了谭蓉几句话。

她的眸色恢复了以往的平静，行事也没有带着一丝情绪。谭廷悄然看着妻子，心口一阵一阵地发闷。

谭建和杨蓁没来，饭桌上冷清了许多。项宜一向安静，谭廷亦不便开口，谭蓉在走神儿，赵氏给身边的吴嬷嬷使了个眼色。

吴嬷嬷会意，将单独给项宜盛的粥端了上来。项宜和谭廷都发现了这碗粥不同于其他人面前的，顿时抬头看向吴嬷嬷。

吴嬷嬷也没有解释，只是笑了笑，说道："这是老夫人给夫人补身子的，夫人快尝尝。"

项宜虽然身子纤瘦了些，但素来不怎么请大夫看病，赵氏无缘无故地要给她补什么呢？

项宜看着那碗粥，瞬间明白了赵氏的心思，轻声道谢。

谭廷的眸中却添了一抹郁色。

姨母想让宜珍怀孕留下，可他想带她进京。路途舟车劳顿，她若是有了身孕，就不便随他进京了。而她约莫也没那么想与他早早有子嗣吧？

谭廷心里坠得厉害，正想寻个借口，让她不必喝这碗助孕的药膳，可还没想好说辞，就见她一丝犹豫都没有地将那碗粥用了。

他怔住了，而她还是神色淡淡的，继续照应着众人用饭。

眼前的场景与往日没有任何不同，谭廷却在这见惯的场景里，一颗心直往下落。

他想了想，准备晚间与她好生说一说，谁知杨蓁发了烧，她在秋照苑吃过饭，便要直接去夏英轩。

谭廷将她一路送到夏英轩门口，见她头也不回地进了夏英轩的院子，只好暂时回了外院书房。

好在杨蓁素来身子结实，烧了两刻钟温度就退了过来。项宜见她没什么大事了，这才回了正院。

正院里安静得似被墨色的幕布笼住了，只有夜风吹着庭院里刚发芽的迎春花。那位大爷不在。

项宜如往日一般在书案前坐了下来，拿出没刻完的闲章，继续雕刻。可今日不知怎么的，刻刀拿在手里，却忘了该向何处下刀。

谭廷白日在坡上说的话，蓦然回响在她的耳边："宜珍约莫不知那人是什么人。他并不是真的替庶族着想的人，而是好不容易走通了科举之路，心思却不在百姓身上的小人。莫要以为这样的人是有什么难处才作恶，分明是出于一己私欲罢了，不值得同情。"

项宜思绪翻涌，闭上了眼睛。

这时，外面传来脚步声，秋照苑的吴嬷嬷来了。

药膳虽好，但若是大爷和夫人不行房，这药膳又有什么用？今日不是逢五的日子，赵氏便让吴嬷嬷给正院送了一块香料来。

吴嬷嬷笑着嘱咐项宜："夫人今晚便把这香点起来吧。"

项宜安安静静地看着那块香料，点了点头。

谭廷晚间回来后，便发现房中的香气不一样了。她素来只在睡前用清淡的安神香，今次却换了别的，香气浓重，使人感到愉悦。

他不知这是什么香，但见妻子换了香，还以为她亦换了情绪，心里不由得随之一缓。

两个人各自洗漱后，项宜便早早吹熄了灯火。

谭廷见妻子今日这么早就熄了灯，心想：这般也好，此时再没了旁人，他们也该好生说说话了。

浓郁的香气在寂静的房中悄然飘荡，项宜只着了薄薄的中衣。赵氏的意思她再明白不过了，吴嬷嬷走之前，甚至吩咐了仆从提前把水烧起来。

谭廷并不晓得吴嬷嬷来的事情，只看着妻子安安静静地坐在帐中，便也进来了。

只是他刚进来，就察觉帐中的气息停滞了一下，下一秒，就见妻子默然解开了衣带。薄薄的衣衫自她的肩头滑落，她纤细的脖颈下，细瘦白皙的肩头暴露在了清冷的空气中。

谭廷一下子明白过来，心里陡然一慌，急急伸出手去，一把拉住了她身上继续滑落的衣裳，说道："宜珍别这样……"

项宜抬起头来。

谭廷看着她，心脏像被谁攥住了似的，倏然一痛。

他压下口中的苦涩，说道："你不要这样……我们先好好说说话，行不行？"

第九章
夜马奔

项宜抬起眼帘，直直地看向男人。

谭廷只觉得她的目光复杂极了，柔和里夹着冰霜，柔和都是给旁人的，冰霜只给他。

薄薄的中衣在谭廷一个晃神的工夫里又落下些许，可她似乎毫不在意，就那么静静地坐着。

使人欢愉的香气在帐中盘旋，可谭廷毫无欢愉可言，反而口中发苦得厉害。

他看着妻子毫无情绪的脸，双手轻颤着匆忙替她拢了衣裳，裹住肩头，遮住暴露在冷空气里的锁骨。拢好了衣裳，他抽出衣带，要替她好生系起来的时候，她才终于动了一下。

项宜避开了他的手，见他无意照着赵氏的吩咐做事，便自己将衣带系了起来。

谭廷顿了顿，又见她身上的中衣十分单薄，便从床边的绣墩上将自己的罩衫拿了过来，想给她披在肩上。只是他刚把罩衫举起来，就见她从一旁拿过了她自己的衣裳，穿在了身上。

谭廷心里叹气，只得将自己的罩衫放回去，然后就听见她淡淡地开了口："大爷要说什么？"

谭廷要说的，自然是杨木洪的事情。他将床边的烛火拨亮了一些，没再绕圈，直接说道："我今日说那番话，不是因为旁的，而是因为那杨木洪与谭氏有旧怨。宜珍你不知道，我父亲的死与他那小人行径脱不了干系。"

谭廷说了这话，便见妻子愣了一下，而后抬起眼帘看了过来。

她这态度同方才不一样，谭廷见她肯听，终于定了定神，将父亲谭朝宽当年的调任和杨木洪所做的事情俱告诉了她。

这件事情在当时算不得秘密，可知晓内情的人并不多。后来那杨木洪辞了官，不知所终，谭廷也没有让谭家再谈论此事。

项宜当下听了，着实愣了一阵。她只晓得谭廷的父亲是过度劳累，染病身亡，没想到竟是杨木洪传播恶言在前，才导致谭廷的父亲心神损耗，操劳过度。

可杨木洪若是这样的小人，义兄又怎么会放心地将广西武鸣科举舞弊案的证据都交给他？而他也确实不辱使命，一路奔波至此。要知道连义兄都在追捕下受了重伤，那杨木洪一个上了年纪的老同知，此行便如同舍命与陈氏等人较量。

一个肯舍命为庶族的翻身而奔波的人，真的会故意传播恶言，让庶族百姓拿命与世族抗争吗？

项宜思量着，一时没有出声。她并不是不相信谭家大爷的话，只是其中的矛盾着实无法解释。不过站在谭家大爷的角度，她倒是可以理解他白日里所说的那番话。

谭廷看了看妻子，见妻子的神色似乎缓和了一些，暗暗松了口气，说道："我说那杨木洪不值得宜珍相救，着实是因为深知此人小人行径。"

他看着妻子，想起她是十分在意她那义兄的，便又低声说了一句："哪怕此人眼下为令兄奔波，也不见得全然出自真心。"

这话又令项宜默然沉思了片刻，不过不管怎样，杨木洪今日没被陈馥有抓到，身上的证据还是安全的。她也是丧了父亲的人，可以理解谭廷的心情，而这杨木洪的事情看起来并不简单，且先按下，之后再论不迟。

想到这儿，项宜没再就此事言语了，只是轻轻地看了谭廷一眼，微微点了点头。

见她终于有了肯定的态度，谭廷总算感受到了这清冷房里的一丝暖意。

他又想到她这一日都避着他，没有一点儿和缓的神情，甚至赵氏让她做的事情，她也都照做，就像今晚的事，他知道她心里是不愿意的，可她一点儿也没有抗拒，所以，她把他当成什么人了？

谭廷抿着嘴去看妻子。

项宜看到他郁郁的眸色，微微地侧了侧头。

他无奈地叹了口气，有些怕她下次又在这般情形下突然扯开衣带，只得说了一句："我们先不急着要孩子，等你随我离了清嵋再说，可好？"

项宜没有回应，心里却泛起了一丝波澜。他就这么想将她带在身边吗？

见她没有反对，谭廷终于松了口气。

香气越发浓重了，谭廷径直下床灭了那香，然后打开了窗子，让这不合时宜的香味尽快散去。

项宜看向窗边，目光落在男人挺拔的背影上。

香味消散后，谭廷才将窗子关上，然后叫人送热水进来。

仆从早就将热水准备好了，谭廷假意地忙碌一番后，又让人将水撤了，房里才终于静了下来。

男人回到帐中，与她相对静坐。项宜下意识地垂下眼眸，不太自在。

谭廷不由得轻叹。

不知过了多久，项宜轻轻地点了点头。一直小心翼翼地看着妻子的谭家大爷见了，才终于安下心了。

翌日，项宜去秋照苑请安，就见杨蓁又活泼了起来，全无病态。

赵氏许是知道了昨晚正房叫水的情形，今日竟一点儿也不让项宜忙碌，反而主动揽了几件差事料理，让项宜好生歇着。

项宜不由得想到昨晚谭廷说的不急于有子嗣的话，默默地垂下了眼眸。

因着赵氏的帮衬，项宜清闲了不少，便找萧观打听了一下，得知昨日陈馥有的人并没有来城中搜捕，便放下心来。不过她想到昨日谭廷同她说起的杨木洪的事情，又觉得有必要给义兄提个醒。

她请了萧观帮忙："萧护卫可否替我去书房同大爷说一声？"

萧观不由得苦笑。这若是别家的夫人，这等事情定然直接同自己的夫君说了，可他们这位夫人却轻易不去大爷在外院的书房，有什么事也是让他们转达。他也看得出夫人待大爷客气疏离，只好应下了这桩差事。

只是他到了书房，就见大爷没什么好脸色，可夫人托他转达的话他也不能不说，只能苦着脸走上前，把话说了。他说完，就见大爷脸色更加不好了，瞥了他一眼，仿佛没听见一般，皱着眉继续做手里的事情。

萧观被晾了足足一刻钟，才听见大爷不耐烦地"嗯"了一声。他松了口气，刚要走，又听见大爷说了一句："留意夫人的安危。"

萧观连忙应下，而后陪项宜去了顾衍盛那里。

小院一如往常般安静，项宜随秋鹰进了屋子，才发现房中多了一个人。

此人年近半百，头发花白，一脸沧桑，脸色发黄，风尘仆仆的样子，似乎还受了伤。项宜一见此人，便晓得了他是谁。

此人也看到了项宜，连忙起身同她行了礼。

照理，他本不必同项宜行什么礼。不过项宜也晓得，他行礼的对象其实不是自己，而是清嵋谭家。

顾衍盛见杨木洪这般态度，略感意外。从他昨日将杨木洪接到清嵋县城，这位老同知便有些神思恍惚，今次见了项宜，竟还这般行礼，着实怪异。

他忍不住笑着问了一句："听闻杨同知从前同谭氏先族长一道在凤水州做过事，难道同谭氏还有交情？"

杨木洪闻言，苦笑了起来，说道："不瞒道长，万万称不上交情。"

顾衍盛挑眉。

杨木洪倒也坦诚，直言道："是老朽的一段恶缘……"

他想起往事，褶皱纵横的脸上露出了浓浓的悔意，而后上前一步，到了项宜身前。

"今次老朽既然来了清嵋，便没有遮掩从前过错之意。我有一封信，还请夫人务必转交给谭家大爷。"他说着，脸色突然变得严肃，"谭家可以不原谅我，却不能不小心自身！"

话音落地，项宜讶然。

谭家书房。

项宜一走，谭廷便忍不住去看外间的日头，总觉得分明过了许久，可天上的日头似是被那妖道施了妖术似的，半晌未动分毫。

男人吩咐正吉："去把那绘了洋人的怀表拿来。"

那物件据说比看日头精确许多。可这话刚说出来，他又道算了。那怀表上的洋人妖里妖气的，不看也罢。

末了，他只好说道："房中太闷，出去转转。"

正吉不知自家大爷这都是些什么路数，只能跟着他转了转，没几步就转到了门口。

可巧他们刚停下脚步，夫人和萧观就回来了。正吉再抬头看自家大爷，只见大爷的神色顿时缓和了下来，似开春回暖的风一般。

谭廷细细打量了自己的夫人一眼，见她神色没有与她义兄分别的恋恋不舍，反而像是急匆匆赶回家的样子，顿时更加眸色柔和。

不想她说道："妾身可否与大爷往书房一叙？"

书房叙话？谭廷愣了一下。

进了书房，项宜便将一封信放到了谭廷的书案上："这是杨同知给大爷的信。"

谭廷的眉头立即皱了起来。谭家没去报复那杨木洪，已经是仁至义尽，此人竟然还敢再来清崎，还敢给他递信？

他没有打开那封信，只是皱着眉头盯了片刻。

项宜见状，也晓得他心有芥蒂。只是杨木洪所言着实出人意料，她不由得劝了他一句："那杨同知心有悔意，也早就写好了这封信，确实有些事要同大爷讲明。不管他从前如何，大爷看了信再说，可好？"

她这态度同往日大不一样，谭廷见妻子如此，实在舍不得不给她这个面子，因此他虽然觉得那杨木洪是小人做派，说不出什么好话来，但还是打开了这封信。

谭廷把信从头到尾地扫了一遍，一下就笑出了声。项宜见他冷笑起来，不禁有些惊讶。

谭廷直接将信推给了她，说道："夫人看看此人都说了些什么。"

信不长，项宜没一会儿便看完了。

杨木洪在信里除了表达对谭家的歉意外，便只说了一件事——他认为谭朝宽的死并不是个偶然。

彼时他虽然对世家愤愤不平，但还不至于要在鼠疫肆虐的紧要时刻挑起世庶争端。他比谁都希望庶族百姓能尽快得到救治，然而有人告诉他，京里来的药方有问题，与此同时，当真有几个最先按那药方吃药的人发病死了。眼看着那药方就要被谭朝宽公开，他只觉得这是一场巨大的阴谋，而当地的百姓那么信赖他，他绝不能眼看着他们被害死，于是连夜将新药方有毒的消息传了出去。

他并没有说这毒药方是世族为了迫害庶族而拟出来的，可传出去的话根本由不得他控制，最后越传越离谱儿，成千上万的庶族百姓一下就闹了起来。他们都是些无依无靠的穷苦百姓，如何对抗得了占据这世间财富、地位的世族，可谁又想就此葬送性命呢？

百姓们恨意滔天，杨木洪也有些失去理智了，没有细想。直到谭朝宽派兵前来镇压，又亲自带着人按那新药方服药，证明了无毒，杨木洪才意识到此事有些不对。可因为这一闹，城中的鼠疫越发严重了，他一时管不了许多，只能先忙于救人。而等到鼠疫被压下，他想要寻谭朝宽说清此事的时候，谭朝宽竟然也感染了鼠疫，且一病不起，不日便撒手人寰。他这才晓得谭朝宽虽然出身世族，甚至还是一族之长，但并不是大家所以为的迫害庶族的恶人，反而是个大公无私的好官。

这认知令杨木洪悔不当初，可谭家人不肯听他所言，直接将他打了出去。

杨木洪深感愧疚，干脆辞官还家。就在他准备在悔恨中过完这一生的时候，顾衍盛的人寻到了他，说要重查广西武鸣科举舞弊案。事关庶族百姓，他自然是要帮衬的，可就在这个过程中，他发现了一件事——前来追杀他的人里，恰恰就有当初暗中对他说那新药方有毒的人。他仔细分辨了一番，发现那人竟是凤岭陈氏的人。

项宜把信看完，未觉得有任何不妥。那杨木洪当年确实传播了假的言论，这一点谁都没有否认，可他如今发现这件事是有人从中作梗，而这人正是凤岭陈氏的人，也就是说，彼时要害谭家的，其实是凤岭陈氏，甚至还有其他深藏不露的人。

她看向冷笑连连的谭家大爷，一时不明白他为何冷笑。

谭廷拿过信，冷笑着说道："宜珍觉得这信上所言是真的吗？"

项宜没有急着开口，只是看向了他。

谭廷指着纸上的"凤岭陈氏"四个字，忍不住嗤笑着摇了摇头，说道："那杨木洪被凤岭陈氏的人围困清峋，又恰好发现当年他的所作所为其实是被凤岭陈氏的人诱导，当真这般巧吗？还是说，他是想借这般说辞，让我帮他们从陈氏手中脱逃？凤岭陈氏是不怎么样，可他杨木洪此举又是什么作为？"

他冷笑着说完了这番话，房中倏然寂静无声。

项宜看向那封信，沉默了半晌，才问道："大爷觉得，杨木洪信中所言非真？"

谭廷无奈地看了过来，说道："宜珍，这不是很明显吗？那杨木洪还是从前的小人做派，半分也没变。"

书房里越发寂静，庭院里时不时叫一声的鸟儿也没了踪影。

过了许久，项宜嗓音极低地说道："大爷有没有想过，杨木洪所言或许是真的，而寒门庶族出身的官员，也并非尽是德行有亏的小人？"

轻飘飘的两句话落了下来，书房里安静得落针可闻。

谭廷闻言，想说什么，却一时间没有开口。而项宜在他一瞬间的犹豫里，知道了他的答案。

她低下头，明白了他的立场。他能做到中立，已是不易。若之后义兄与杨木洪被那陈馥有抓捕，她也只会豁出自己，而与他就此分割清楚，不会令他为难。

此时，恰有族人有事请示宗子，正吉前来禀报。

项宜同谭廷行了一礼，说道："妾身先回正院了。"

"宜珍……"谭廷一怔，上前欲留她，可是伸出手，只触及她方才站立处的凉凉气息，而她已转身离开了。

当晚谭氏族中有族老过世，谭廷没有回正院，接下来的两日亦因此事忙碌了起来。

项宜抽空又去了一趟小院，把谭廷的态度说了出来。她本以为杨木洪会甚是失望，可这位老同知只是苦笑了一声，道："谭家大爷所虑也是正常，毕竟是这样不巧的时机，放在谁身上都会心有疑虑。"

他倒是甚能理解谭廷。

顾衍盛也不觉得那位谭家宗子会立刻相信，说道："宜珍不必为难，我们藏身此地，能得谭氏居中姿态，已是幸事。"

他说着，将项宜细细补充的舆图拿了出来，笑着说道："这图画得极好。此番东宫会派船来接应我等，我选了多处接应地点，宜珍能否帮我看看是否妥当？"

项宜的心思一下被拉到了舆图上。

上次谭廷骑马带着她去的码头是清嵊最大的码头，可那样的地方太显眼，陈馥有一定会布置人监视那儿。项宜细细看着顾衍盛选的几处可停船的河岸，点了点头，说道："大哥选的地方偏僻稳妥。"

顾衍盛听了，放下心来，点了其中一个地方，说道："若能在此处上船，便是再好不过，旁的皆是预备，最好是用不上。"

话虽这么说，但他们从广西一路奔至此地，艰辛颇多，眼下东宫就要来人接应，陈馥有等人岂能不知道这时机有多重要？只怕也不会就这么放任他们顺利离开。

项宜问道："大哥可与东宫商量了离开清嵊的时日？"

顾衍盛的目光在她的脸上落了落，又极快地收了回来，说道："三五日后吧。"

项宜并未留意到他的神色，只是点了点头，又叮嘱了两句，便准备告辞了。

杨木洪将她送至门口，道："夫人不必因为老朽的事情与谭家大爷生了嫌隙。"

项宜对此并未说什么。她与谭家大爷之间何止是嫌隙，只怕是不可逾越的鸿沟。

顾衍盛对此也没有多言，只是让她回去好好休息，说道："这些日子，是大哥让你费心了。"

项宜不明白义兄为何这般客气起来，可未及多言，义兄就叫了萧观现身，让萧观护送她回去了。

谭廷从外院书房走到内院书房，又从内院书房转到了正房，最后坐在了项宜常用的书案前。

她每次篆刻完，会把桌案收拾得干干净净，将零碎的物品俱放在匣子里，只留一只花瓶在案上。花瓶里插着一枝白梅，淡淡的香气在空气中飘散。

谭廷连着两日忙碌，未曾同她好生说话，只觉得两个人之间仿佛又生疏了起来。可是那杨木洪的信，确实难以令他信服。

这时，院中有了动静，有小丫鬟的声音传进来："夫人回来了。"

他立时站起来，举步走到门口。而项宜恰好撩了帘子进来，额头险些撞在他的胸口。

男人怕她摔倒，连忙伸出了手。然而项宜在感应到二人之间过近的距离后，立马退了一步。

"原来大爷在房中。是妾身冲撞了。"说着，她垂首行礼。

谭廷的手顿在半空，好一会儿才收回。

"你回来了。"他轻声开口。

"是。大爷安好。"她低声回应。

两个人各自说了一句话后，房内又安静了下来。

谭廷是知道的，自己若是不多说，她也绝不会多言，只好主动问了一句："那杨木洪……今次有没有说什么？"

听见他主动问起此人，项宜有些意外，想了想，说道："杨同知并未多言，只道大爷不信也是情理之中。"

谭廷听了，忍不住想要冷哼。此人拿不出有力的证据，也只能来来回回说这样的话，玩弄些心术把戏了。只是他的目光落在妻子半垂着的眼帘上，又把那声冷哼忍住了。

他不想再当着妻子的面说那人的行径，怕再引起她的误会，末了，只提醒了她一句："不要轻信于他。"

这话也令项宜无法表态。如果她没有见过杨木洪，或许会点头应下，可是她见到了那位老同知，着实没在他身上看到算计，只看到深深的愧疚。

只是她亦理解谭廷，便没再回应。

两个人之间再次安静下来，连风都吹不散这清冷的氛围。

半晌，谭廷只得先离开了。

日子仿佛一下回到了从前。只是那时他们全然不了解对方，而如今互相了解了些许，却还是回到了起点。

项宜在晚上难得的空闲时间里，继续给谭廷刻那枚印章。

房中有谭廷留下来的字迹，项宜从前是绝不翻动的，今次却拿了几张出来，照着谭廷的笔迹，在纸上写下了"元直"二字，然后誊到了刻印章的白玉石上。

她在白玉石上细细地刻着他的表字，并不晓得这块白玉石其实是他送给她的。她一边雕刻，一边暗道，可能要快些替他刻好这枚小印了。

身边的一切在快速地变着，不知道哪一日，她就要离开谭家，离开清嵋，同他分道扬镳。也许是一两年后，也许是一两个月后，又或者就在这两日。

谭廷当晚宿在了外院书房，只是令正吉过来嘱咐项宜，夜间风凉，早些休息。

他没有回来，项宜反而有了更多的时间，挑着灯，一刀一刀地刻着要送给他的印章。

乔荇来了好几次，见夫人还没有歇下，惊讶得不行，连忙劝道："夫人，天色很晚了，早些休息吧。"

项宜看了一眼蜡烛，剪掉了垂下来的长长的烛芯，又将火光拨亮了些，然后对乔荇说道："你去睡吧，不必管我。"

自那日让杨木洪跑了之后，陈馥有便直接停了手，不再抓人了，整个清嵋也因此安静了几日。

这日午间，谭廷在外院书房看书，萧观突然进来禀报："大爷，陈馥有将外地的人手都调到了清嵋来，拢共算起来，有百人不止。"

谭廷挑了挑眉。

陈馥有这些天没抓人，反而紧急调集人手，必然是有了更明确的目标。看来顾、杨二人就要同东宫的人接头了。

陈馥有的动作瞒不过谭氏，瞒不过谭廷，但眼下谭廷是中立的态度，哪一方都不想帮。他沉思片刻，最后只是吩咐萧观继续留意陈氏的动作，并嘱咐族人不要插手。

这水甚是混浊，而清嵋谭氏并不想蹚这浑水。

项宜昨晚刻了大半宿，今日早间又雕琢了一番，要送给谭廷的闲章便成型了。

乔荐惊讶地问道："夫人怎么这般着急？"

项宜没说话，只是轻笑了一声。她亦说不清楚原因，兴许只是觉得自己不会在谭家待很久了吧……

这念头刚闪过，她的眼皮就跳了几下，一种不祥的感觉冲上了她的心头。

她站了起来，说道："去请萧护卫过来。"

萧观照着自家大爷的吩咐，交代了手下留意陈氏的动作，又让人传话各处族人，着意自身安危，莫要在那两方起冲突时插手，无辜遭殃。只是他刚办完大爷交代的事，就被乔荐请到了正房。

萧观还以为夫人知道了什么，要向他求证，然而细看夫人的神色，并没有什么异样。

得知夫人是想要再去一趟那院子后，萧观只能又替她跑了一趟大爷的书房。谭廷直叹气，也只能应下了。

项宜和萧观到了那院子前，还没进去便察觉到了不对劲之处。

萧观立刻叫住了项宜："夫人别动，让属下先探一探。"

凉风乍起，萧观前后探了一遍，走到项宜面前。

"怎么了？"项宜急忙问他。

萧观苦笑一声，说道："夫人，这院子里的人都走了，院中、房中皆无打斗痕迹，可见是想好了才离开的。"

他说着，替项宜打开了门。

门一打开，穿堂风便倏然涌了过来，项宜走进去，果真见到院中什么都没有了，再进到房中，更似从未有人来过一般，空荡荡的。

项宜讶然，略一思量，走到了床边，伸手向枕下探去，拿出了一张字条。

字条上走笔利落地写了八个字："为兄已去，吾妹安心。"

项宜愣了一下，不由得想起上次她问及义兄离开的时日，义兄说要三五日后。眼下看来，他是故意那么说的，目的便是不让她继续为他们操心。

她低头看着这张嘱咐她安心的字条，心里却没有安定下来，反而更觉得不妙。

沉思片刻，她转头问了萧观一句："陈馥有的人是不是有几日没在各处搜寻了？"

萧观点了点头，说道："是有几日了。"他自然是不能骗夫人的。

项宜又问道："陈氏这几日有没有往清崛增派人手？"

这话一问出口，萧观直接顿住了。他讶然地看向项宜，完全想不到她竟然如此敏锐，一句话就问到了要处。

他顿了一下，想要回答，却又想到大爷不欲插手的态度，还特意吩咐了族人莫要插手那两方的冲突，免得遭了无妄之灾。大爷对族人尚且如此关切，更不要说对夫人了。

萧观一时间没有说话，项宜却从他的反应里猜了出来，说道："看来是有了……"

陈馥有绝不可能轻易放义兄他们离开，那么他这几日表明按兵不动，实则让陈氏暗中增派人手，是不是因为得了确切的消息？义兄他们在清崛并无别处可藏，却于今日离开，是不是意味着他们今晚就能与东宫的人接头，然后离开？那么陈馥有又准备何时出手呢？

项宜又试探着问了萧观几句，可惜萧观是当真不知道陈馥有私下里的具体安排。她自然也不会难为他，只能揣着满腹的不安与疑惑暂时回府。

刚走到鼓安坊谭家宗房的门口，项宜就看到那陈馥有走了出来，她当即叫住萧观，暂时避到了一旁。

陈馥有没有看见他们，嘴角带着笑意，撩袍翻身上了马，然后叫了身边的人，快马加鞭地离去了。

项宜见他一脸胸有成竹的神色，一颗心瞬间沉了下去。看来陈馥有已经知道义兄与东宫之人接头的地点了。

外院书房内，谭廷让正吉把窗子都打开，将房内令人闷窒的空气尽数散出去。

方才，陈馥有突然造访，与其说是造访，不如说是来提醒。陈馥有道他们今晚就要动手了，请谭氏万万不要插手，毕竟他们要捉拿的人里有谭家的仇人杨木洪。

谭廷彼时见到陈馥有那副样子，便忍不住皱了眉，眼下陈馥有离开了，他更加意识到了不对劲。谭氏和杨木洪之间的旧怨不是什么秘密，可陈馥有的表现也太着意于此了，竟两次上门提及这事。

谭廷眯了眯眼睛。他们凤岭陈氏是不是对他和杨木洪之间的旧怨太关心了？

想到这儿，他不由得将杨木洪的信拿了出来，而那封信的下面，恰是远在京城的林姑父写来的书信。小小院试舞弊案，竟扯进来这么多人……

谭廷看向书房外间的会客厅，眼前陡然浮现那日柳阳庄老里长带着好几个村子的人，来这里向他道谢的场景。

"谭大人再不必谦虚！虽然世家有祖训，官府有明文，但是这年头儿还有什么人能当真照着祖训和官府明文办事？旁的世家是什么嘴脸，我们这些老百姓再清楚不过了。谭大人着实是同他们不一样的，是真心实意地与我们这些寒门庶族相处的！"

房中安安静静的，谭廷却仿佛又听见了老里长之前说的那番话。

他可以庇佑清崄、宁南乃至维平府这一带的百姓，可是其他地方呢？就比如发生了那桩舞弊案的广西，那些庶族百姓求告无门，若是这次顾衍盛还是没能帮他们发声，那他们以后还能再发出声音吗？

谭廷突然有种难言的感觉。可是，如果他此番出手相助，也就相当于帮了那个害死他父亲的小人杨木洪。杨木洪那样的小人，怎么值得他去救？

寒风穿过大开的窗子，呼啸而入。

谭廷负手立在书案前，耳边响起了很多声音，一时是柳阳庄人及其他各村农户的道谢声，一时是族人哀悼父亲时的哭声，倏而变换，又成了陈馥有两番来此的有意提醒，以及那杨木洪在书信里骤然指认陈氏的言论……

谭廷思绪如麻，紧紧地闭上了眼睛。

下一秒，他忽然听到一道淡淡的声音："大爷有没有想过，杨木洪所言或许是真的，而寒门庶族出身的官员，也并非尽是德行有亏的小人？"

此声一出，谭廷脑中纷杂的思绪消失殆尽，耳边也突然安静下来。

他深吸一口气，而后慢慢地呼了出来。陈馥有今晚便要动手了，他还能再等吗？

谭廷敛了心神，叫了萧观，突然想到萧观随着妻子出门去了。他刚要换人，就见萧观应声上前，原来已回来了。

谭廷没有多想，直接吩咐了他："你带人跟住陈氏，若是陈氏今晚胆敢杀人灭口……"

说到此处，谭廷微顿。

萧观抬起头来，看向自家大爷。

谭廷顿了片刻，嗓音极低地开了口："不必犹豫，出手相帮吧。"

萧观睁大了眼睛，而后应道："是！"

萧观离开后，谭廷才想起自己忘了向他询问项宜状况如何，只能又把正吉叫了过来，问了才晓得妻子回府后就如常回正院去了。

她既然如常回了正院，看来是不知道今晚的事情了，谭廷稍稍放下心来。可一想到这两日两个人之间又变得疏离的关系，他的心口又有些闷闷的。

待晚间吃饭，他想了想，早早就去了秋照苑，只是到了秋照苑，却听吴嬷嬷说道："夫人晚间不太舒服，已同老夫人说了，提前睡下了。"

谭廷讶然，当即转身出了秋照苑，径直回了正院。

庭院里静悄悄的，他在房门口放缓了脚步，才走了进去。

房中没有点灯，他缓步走到床前，撩开帐子，脑中忽然空了一下。下一秒，他转身看向房中，唤道："宜珍？"

没有人回应，房中静悄悄的。

这时，谭廷发现她的书案上放着一封信，信上压着一枚白玉印。

他一时间顾不得去看她特意为他刻的印章了，急匆匆地打开了信。

寥寥数语，他一眼就看到了尾，只觉眼睛突然一阵刺痛。

　　大爷容禀，事出紧急，项宜不能置身事外，只好离开谭家，前去报信。

　　与大爷夫妻三年，深受谭氏照拂，无以为报，项宜已仿大爷笔迹写下休书一封，若之后事发，便以此休书为凭，绝不牵连谭氏。

　　如若项宜未能归来，只盼大爷日后另娶佳人，花开并蒂，琴瑟和鸣。

春寒料峭，夜色中的清崤县薄雾四起，寂静的旷野上，一人一马于黑夜中飞驰，那速度快极了，像一道墨色的闪电，与黑夜融为一体，又在薄雾中隐现。

项宜弓身伏在马上，任漆黑的夜吞噬光亮，任风刮过她的脸颊。

这是她第三次正经骑马，骑的还是从姜掌柜处借来的老马。可不管是衰老的马匹还是骑术不精的女子，都那么地义无反顾，没有一丝一毫的延误。

项宜不敢有任何延误，就这么骑着马，一路向着之前定好的河岸接头地狂奔。

她眼前禁不住浮现出陈馥有离开谭家时的模样，那人是那般胸有成竹，仿佛即刻就能将义兄等人一网打尽。

项宜哪里还有时间犹豫？同为庶族之人，她却不能似义兄那般隐姓埋名伴于君侧，任凭朝臣辱骂，也要为寒门庶族争一口气；也无法似杨同知那般，垂垂老矣仍舍命千里奔波，只为将广西武鸣科举舞弊案的证据送往京城……

她能做的事情太少了。

当年父亲被人诬告贪污，同出寒门的官员们挺身而出，哪怕舍了官，也要替父亲奔走，如若不然，皇上也不会只判了父亲流放，还放过了他们姐弟三人。彼时，那些人肯为她父亲发声，此刻，她就不能躲在人后冷眼旁观！

一阵风突然卷了过来，马上的项宜被吹得身子一晃，连忙紧紧地抱住了马背。老马似通人性一般，晓得背上的人只是一个初学骑马的女子，当即低唤了一声，步履越发稳健，速度却未减分毫。

项宜抱着马背，就这般一人一马疾奔而去。

另一边，陈馥有离开谭家，便快马加鞭地赶回去，将人手清点齐备，一声令下，直奔河岸而去。

他得到了可靠的消息，知道顾衍盛和杨木洪会在那处登上东宫的船。只要他在东宫来船之前，在接头处将那二人抓住，这么多日以来的千里追捕便没有白费，如若不然，这些天白折腾了不说，回到宗家，他可就难以交差了。

河岸边，杨木洪不安地站起身，在周遭转了转。

河上清波一片，还没有船只到来，不过他更着意身后，时不时向来路看去，见远处只有零星的灯火安静地亮着，并无什么动静，才松了一口气。

秋鹰说道："杨大人都起身看了五六次了，要不换小人守着？"

杨木洪摆了摆手，说道："倒也没什么异样，我只是总觉得那凤岭陈氏不是善类，我们不会走得这般顺利。"

听见杨木洪这么说，低头拭剑的顾衍盛微微顿了顿。陈馥有好些天没有动静了，确实有些奇怪，所以他才没敢耽搁，早早离开，也免得给宜珍带来更多麻烦。

他不由得又想到了项宜，这次终归是他带累了她……

他把剑又拭了一遍，见杨木洪还是紧张地看着来路，忍不住轻笑了一声，说道："老同知坐下歇歇，也换我起身站站。"

他的嗓音素来含着三分笑意，便是这等紧急时刻，也能把话说得使人如沐春风，连杨木洪听了，都禁不住心里一松。

谁想就在此时，突然有人从无边的漆黑夜幕里闯了出来。

纷乱的马蹄声惊扰了周边村庄，灯火一盏盏地快速熄灭了。陈馥有顾不得许多，连声催促手下不许耽搁，到了河岸便先将方圆三里都围起来，让那顾、杨二人再无处可逃。

又是一阵疾驰，河面的水光似是近在眼前了，他忽地抬手下令。下一瞬，他身后的手下四散开来，马蹄声响彻黑夜。没多久，那些人便将河岸方圆三里俱围了起来，甚至还拦住了渔民的船只，将河道也管控了起来。

眼看此处遍布陈氏的人，陈馥有更有信心了，当即让人搜寻起来。是什么人暗中襄助顾、杨二人藏在清峭，他不晓得，可是东宫也不是没有他的人。想到这儿，他的脸上浮起一丝志在必得的笑意。

然而一刻钟后，各个方位的人来报，竟都没找到顾衍盛等人的踪迹。

陈馥有脸色一变，问道："你们可搜仔细了？果真没人？"

一百多支火把将河面和夜空照亮，陈馥有的人又搜了一遍，可是除了附近村庄的渔民，哪里有顾、杨二人的踪影？

"回千户，真的没人！"

陈馥有脑中骤然一片空白，不可思议地看向周遭。周遭寂静无声，众人都不敢说话。片刻后，他突然一把拔出了腰间佩剑，刺耳的声音在空气中回荡。

"这是怎么回事？"

是这地点没错，可眼下竟然还是没有抓到人，陈馥有简直不敢相信。

他转瞬恼怒起来，一把将剑掷到地上，语气凶狠地说道："难道顾衍盛他们也得了人传信？！"

他恼怒的声音极其洪亮，传到了远处的一片树林里。

杨木洪站在一棵树后，看向一旁喘息不断的女子，惊魂甫定地说道：

"夫人真是救了我等一命！"

就在方才，他们看到有人突然从黑夜里闯了出来，下意识地就要藏身，却发现马上是一女子。顾衍盛一下就认出了女子是谁，急忙起身走上前去，可还没来得及说话，便听见项宜说道："大哥！陈馥有的人要到了，你们快离开这里！"

话音一落，远处就隐隐传来了马蹄声。

众人皆是惊诧，来不及叙话便向一旁的树丛高地撤了过去。他们刚隐身到树林中，那陈馥有便快马加鞭地到了河边，让人围住此处，大肆搜捕。

杨木洪的不安预感终是应验了，却因为项宜的出现而力挽狂澜，他禁不住要给项宜行礼道谢。

项宜作为一个小辈，受不得他的礼，连忙避闪开来，说道："同知不必如此客气，这本是项宜该做的。"

说完，她一边调整呼吸，一边安抚累趴在地上的老马。秋鹰更懂得照顾马匹，从一旁的水潭里弄了些水，又拾了些草料过来。

顾衍盛走到项宜身边，蹲下来，不可思议地细细去看呼呼喘气的女子，皱着眉说道："宜珍不是不会骑马吗？"

项宜说道："以前确实不会骑马，眼下刚学会而已，好在老马稳当，一路顺利。"

顾衍盛看着她，半晌没有移开目光。

项宜却只看向树林外的码头，眉头渐渐皱了起来。

片刻后，她问顾衍盛："大哥和同知虽然暂时安全了，但是陈馥有的人占据了码头，待东宫来船，大哥又如何上船？"

她这话正问到了要处。

顾衍盛远远地看着陈馥有的人将整个码头围住，淡笑了一声，说道："只怕是不易，要想些办法。"

这个时候换接头地点自然来不及了，而陈馥有的人没有离开的意思，显然是想着就算今次没能抓到他们，也能让他们上不了东宫的船，将他们困在此地，再慢慢寻机会抓获。

可是顾衍盛不能等下去了。

夜色越发深沉，隐秘的树林里，几个人商量了几个方案，却都不太可行。

就在这时，宽阔的河面上出现了一艘大船。那大船灯火通明，火光映着船边的黄色帷幔，正是东宫前来接应的船。

此番太子殿下安排了东宫辅臣徐远明前来接应，用的是太子侧妃省亲的名义，一路省了不少麻烦。眼下东宫的船来了，顾衍盛一行人却被困在了码头之外，根本无法登船。

码头上，陈馥有也看到了这艘大船。船这会儿才来，说明顾衍盛等人确实还在清峋，未能脱身，那么他把此地围住，顾衍盛便是有人襄助又能如何？

他心里定了几分，见东宫的船越来越近，还让手下的人不要缺了礼数。

东宫辅臣徐远明立在船头，远远地便看到了灯火通明的码头。本是隐秘的接应，码头上却出现了这么多人，这不是一件好事。果然，他很快就看到了人群里的陈馥有。

待离得近了些，徐远明说道："陈千户缘何在此？"

陈馥有也不避讳，同他拱手说道："呀，没想到徐大人竟到了此地。冲撞了徐大人，是在下无状了。只是此地有水匪出没，官府悬赏捉拿，锦衣卫亦是照令办事，一时间人手恐无法撤离。"

徐远明自然晓得陈馥有这是佯装客气，实则包藏祸心。

见此地被围了个水泄不通，他又不知顾衍盛等人现在何处，只能先让人停船靠岸，只是太子侧妃省亲的船队已经上前，他这边亦无法等待顾、杨二人太久。

林中，杨木洪看着远处的船，连番叹气："这可如何是好？"

陈馥有的人实在太多了，他们现下根本无法靠近东宫的船。

顾衍盛突然轻笑了一声，说道："这般情形，约莫也只能声东击西，调虎离山了。"

为今之计，只能先让一人引走陈馥有的一部分人，待围困码头的人减少，其他人再拼上一拼，令徐远明发觉他们，便能打破困境，顺利登船了。

顾衍盛说了，便将佩剑丢给了秋鹰，说道："秋鹰，你护着杨大人。以你的功夫，应该能坚持到徐大人发现你们的。"

他的话音一落，杨木洪便连声否决，说道："这怎么可以？老朽是半截入土的人，能送舞弊案的证据至此，已经心满意足。而道长身负重担，还得进京将证据呈给太子殿下。此番应该由老朽去引开那些人才是！"

秋鹰着急起来，说道："爷和顾大人都留下来吧，爷如今伤势好了许多，也能护住杨大人，所以该让小人去引开那些人才是！"

顾衍盛一听就笑了，说道："这有什么好争的？我如今伤势虽愈，但功力不成，秋鹰必得留下，好生护着杨大人上船。"

夜风自河边漫过来，夹杂着一丝潮气。

顾衍盛见杨木洪还欲再讲，低声止住他："杨大人把证据交给东宫才是紧要，我等庶族能否翻身，就看这些证据了！"

他说完，转身欲催促项宜尽快离开。这些危险的事情，她本不该参与，到底是自己把她扯了进来。

谁想他一转头，没有看到树下的女子，却看到马不知何时站了起来，女子翻身上了马。她翻身上马的动作还不熟练，可到底还是坐到了马背上。

"大哥，杨同知，秋鹰，你们都不必再争。"她浅浅地笑了一下，说道，"你们抓住时机就上船吧，此去珍重。至于这清嵋的路，还是我更熟悉！"

她娴静地微笑着，远处的火光照亮了她的半边脸。

顾衍盛心里一震，唇边的笑意再没有了，急得一步走上前，说道："宜珍不可！"

可他到底晚了一步，只见女子夹了一下马肚，马立时从树林小道径直跃了下去。转瞬的工夫，顾衍盛眼前便没了她的身影。

陈馥有不欲同那东宫辅臣徐远明眼对眼，客套了几句，便去了一旁的土丘上。大家谁还不知道谁的心思，他今日说什么也不能放那顾衍盛等人离开。

不想就在此时，忽然有人骑着马冲了过来。

陈馥有当即号令手下："快给我拦住此人，免得冲撞了东宫船只！"

顾衍盛若是想就这样冲过来登船，那未免太小瞧他了！

谁料这一人一马眼看就要冲到码头了，突然调转马头，向另一条路上奔去了。

夜色深重，看不清人，可陈馥有下意识地觉得此人定是顾衍盛，因此明知这是调虎离山之计，他还是心痒难耐，一边吩咐部分人继续守住码头，一边忍不住召集了另外的人，说道："随我追上此人！"

话音落下，他便快马加鞭地追了上去。

那人跃马扬鞭，但马实在不如陈馥有的马好，渐渐慢了下来，眼看就要被陈馥有追上了。

陈馥有见状，打马上前，得意地喊道："妖道，还往哪里跑？！"

谁知前面那人似是十分熟悉清嵋的道路，一个急转，就策马踏上了一条非常不起眼的小路，以致他险些没能跟上。

他正暗想这个妖道果然妖术厉害，就见前面的马身又是一转，去了另一条路上。

就这般绕来绕去，陈馥有很快便有些分不清东西南北了。他又策马追了一会儿，陡然意识到不对劲：顾衍盛虽在清嶂停留多时，但也不可能如此熟悉此间地形。

想到这儿，陈馥有眯起眼睛，细看那人的身影，才发现马上之人甚是娇小。

"不对，此人不是那妖道！"他一下反应了过来，此人必是襄助那个妖道藏身清嶂的人！

比起此人，陈馥有当然更在意自己怎么抓也抓不到的顾衍盛。他心恨自己明知这是调虎离山之计，却还是中了计，急急勒马停下，指了左侧一队人，吩咐道："你们继续追，务必抓到妖道的同伙！其余人随我返回码头！"

码头这边突然起了一阵骚乱。

东宫船上的徐远明发现了异常，立刻叫了人往喧闹处一探究竟。

然而陈馥有留下来的人亦不是吃素的，当下就有一名百户带着人拦截了他们，说道："好叫东宫的大人们知道，此处有那水匪作乱，锦衣卫行事，各位还是不要过去了！"

可东宫自有凌驾于锦衣卫之上的权力，当下徐远明亲自上前，不顾阻拦地带着众人往那喧闹处而去。

这时，陈馥有急急返回了，一下就注意到了喧闹处的一个人影，那才是他要抓的顾衍盛！

可东宫的人也发觉了，正在朝那边赶过去。陈馥有见了，心里急了起来。他万不能在此时功亏一篑，否则就真的无法向宗家交代了！

想到这儿，他一时顾不了许多，眯起眼睛，阴狠地说道："传我的令，今晚水匪作乱，但凡见到贼人，格杀勿论！提头在手者，奖白银千两！"

此令一传，众人瞬间打马向喧闹处涌了过去。

所谓水匪之祸，自然是假的，陈馥有是要搅浑了这水，趁机向顾、杨二人下杀手。而他人手颇多，便是东宫的人出手，也只怕无济于事。

顾衍盛和杨木洪眼见陈馥有的人提刀奔了过来，而东宫的人却被他们阻拦在外，顿时心里一沉，手中的抵挡渐渐无力。

陈馥有的人太多了，杨木洪被刀刺在腿上，一下跪了下去。顾衍盛替他抵挡，也已不支，又被一枪戳在了旧伤口上。

他不甘地笑了起来："这难道就是天意吗？是天意不让庶族翻身吗？"

谁料话音未落，忽然有一阵更响亮的马蹄声自四面传来。片刻的工夫，顾、杨等人都看到了跃马而至的男人。

谭廷一声令下，这混乱的码头顿时被数不清的人包围了。

陈氏的人马顿时不知所措，又在下一秒被纷纷上前的谭家人按住了手中刀剑。

陈馥有发现谭家人比自己的人多出了三五倍，不可思议地看向谭廷，连嗓音都尖厉了起来："谭大人这是什么意思？"

风将谭廷身上的墨色披风扬了起来。

下一秒，陈馥有就听见那位谭家宗子说了一句："谭家不想再居中旁观，今次，要出手助人。"

话音落地，陈馥有只觉得脑中轰然一响。

"这……谭家也是世族，怎么能去帮他们？"他抬手指向杨木洪，说道，"谭大人难道忘了，正是此人害死令尊的吗？！"

周遭静了下来，只有夜风呼啸着。

谭廷没有看向杨木洪，反而看向了陈馥有，问道："你们陈氏怎么就这般确定我父亲是因何而死？难道说，当年先父之死，你们凤岭陈氏插了手？"

说完，他紧紧地盯着陈馥有。

陈馥有面色微变，没有立刻否认，反而有一瞬的慌乱。

他那一瞬的反应，被谭廷精准地捕捉到了。

"没想到，还有这层乾坤……"谭廷忍不住闭上眼睛，心里一阵发疼，父亲竟是死在了世家的阴谋里。

这般情形下，谭廷再不可能保持中立姿态，他只使了一个眼色，有备而来的谭家人便控住了陈氏的人。

东宫的人见状，立刻上前扶起顾衍盛和杨木洪。

陈馥有眼看大局已定，便是再不甘，此时也没了办法。他得了宗家之令，追捕了近半年，终是功亏一篑。

他心怀怨恨，却又不能与人多势众的谭氏硬拼，只能打马带着人手离开，消失在了夜色里。

码头忽然安静下来。

杨木洪怔了一会儿，难以置信地看向谭廷，问道："谭家大爷愿意信老朽？"

谭廷没有言语，可他的所为已经表明了他的态度。

杨木洪满心愧疚，再顾不得旁人的眼光，一下跪在了谭廷的马前，说道："令尊之事，是我之过，我悔恨久矣，亦无颜替自己辩解。只是当年令尊的调任，恐还有猫儿腻，谭氏不可不小心啊！"

人群寂然无声，谭廷的双手紧紧地攥了起来。

他没有去看那杨木洪，只是沉默半晌，说了一句："至此，谭氏与你之间的旧怨，一笔勾销。"

夜风呼啸而过，带着一丝潮意。

杨木洪从未想过能得谭氏原谅，今日听到这句话，忽地老泪纵横，说道："多谢……多谢……"

东宫辅臣徐远明在此时上了前，朝谭廷抱拳说道："今日之事，待在下返回京城，必然禀告太子殿下，清峋谭氏功不可没！"

谭廷无意居功，下马回了礼。就算有功，也是他妻子的功劳。

他真不敢想，她竟有如此的气魄和胆识。只是他一眼扫过乱糟糟的码头，却没有发现自己的妻子。

这时，顾衍盛急急地说了一句："宜珍恐有危险！"

项宜藏在芦苇丛中，屏住了呼吸，听见马蹄声渐近，整个人紧绷了起来。

姜掌柜的老马跑了一夜，再也跑不动了，她只好与老马一起藏在芦苇丛里。追兵的马蹄声越发近了，连马都仿佛察觉了危险，呼吸也轻了下来。

一人一马卧在芦苇丛中，不敢发出一点儿动静。好在那些人没有发现她和老马，搜寻了一会儿便离开了，马蹄声逐渐远去，最后彻底消失。

项宜大松了一口气，连忙抚着老马的鬃毛，又给马喂了些水，这才站起身。只是这一动，左腿突然一阵疼痛，她这才想起自己受伤了——方才她在林间疾行，没顾上看路，被一根尖锐的枝条划伤了小腿。

她侧身坐着，看着小腿上的伤口，叹了一口气，而后用河边的水清理了一下伤口上的血污。

四下里寂然无声，也不知义兄他们到底如何了。项宜再次试图站起来，可腿上倏然一疼，整个人跌坐了回去。

她不禁苦笑，抬头看了看天，星月甚明，看来要在此地坐到天亮了。她静静地坐了一会儿，不由得想到了鼓安坊谭家，也不知道那位大爷看到她的信会有何反应。

不知是流了血有些虚弱，还是过于疲惫，项宜靠在老马身上，慢慢地闭上了眼睛。

不知过了多久，就在她迷迷糊糊之际，老马突然嘶鸣了一声。

项宜陡然清醒了些许，忽然察觉有人快步进了这芦苇丛中。她还未反应过来，来人就在她身后蹲下，将她整个人倏然抱了起来。

那怀抱初初还有夜里的凉气，而下一秒，熟悉的温热自那人的胸膛传了过来。

月光下，她惊诧地转头看去，就看到了男人线条分明的脸庞，还有他坚毅的眉眼。

"大爷？"

谭廷紧抿双唇，在妻子惊诧的目光里，定定地看了她片刻，想说什么，到底没说出口。

他转身将怀里的人放在了自己的马上，然后翻身上马，坐在了她的身后，又解下披风，将她整个人裹住。

在悄然洒下的安静月光里，他将她拥在怀中，打马归去。

稀薄的云层遮不住月的光华，旷野上洒满了点点银光。

项宜本以为自己今晚要在芦苇丛中过夜了，如今却被人抱到了马上，环在了怀中。

裹住她的披风有独属于身后男人的浓重气息，而他一只手握紧缰绳，一只手环在了她的腰间。除了床榻之上，两个人何曾这般亲近过？项宜不自在地动了一下。

怀中的人略微一动，谭廷便察觉了。

上回同乘一骑时，她便挺直腰，哪怕在窄窄的马背上也要与他拉开距离，此番竟又这般。

谭廷心里闷得厉害。若是平日，他见她不自在，便不会再扰她，可是今日，他一想到她就那么走了，只留了一封书信，替他把她给休了，心里就难受得厉害。

她知不知道被休对于一个女子来说意味着什么？她竟然能把自己给休了！她就半点儿也不为自己考虑吗？

想到这儿，谭廷没有松开她，反而扣紧了她的腰，默不作声地将她向自己怀中拢了过来。

项宜在感觉到那力道时茫然地怔了一会儿，只能让自己忽略那种不习惯的感觉。

两个人就这般打马向前，行进在月光下，清冷的氛围中又有一种奇妙难言的感觉。

项宜安静地坐着，却在这时想起来一件事。

谭廷见妻子不乱动了，心里稍安，然而下一秒，就见她微微地抬起头，叫了他一声：

"大爷……"

她难得有主动开口的时候，谭廷还以为她终于记起自己是她的夫君了。他应了她一声，隐隐期待着什么，却听见她说道："大爷，姜掌柜的老马跑不动了，还卧在芦苇丛里……"

旷野上静得吓人，只有马蹄声一下一下地响着。

谭廷不想说话了。

他低下头去，看到妻子替老马发愁的眼神，一股闷气又涌了上来。末了，他直接叫了身后的萧观："你现在回去，把老马接回城。"

萧观应了一声："是。"

项宜谢了萧观，而后一抬头，看到了那位大爷越发不善的神色。

顾衍盛也去找了项宜，最后却听到了谭廷率先找到了她的消息。他松了口气，又想到了什么，怔了一会儿。

他远远地看向路口，半晌，轻叹一口气，低笑了一声，打马转身回到了码头。

码头恢复了平静，河面泛起波澜，东宫的船开动了，顾衍盛远远地向清嶂县城的方向看了过去。

他忽然觉得，自己好像做了一个错误的决定。或许，那时他就不该来清嶂。

谭廷一行返回谭家，已是后半夜了。

知县晓得今晚发生了大事，特意给谭廷留了城门。谭廷领了这个人情，吩咐正吉第二日去县衙道谢，而后带着项宜回了府上。

马停下，项宜正要下马，不想身后的人率先翻身下了马，将她从马上抱了下来，接着就这么抱着她径直往院中走去。

项宜吓了一大跳，连忙说道："不可……大爷快放我下来吧。"

然而那位大爷充耳不闻，也不说话，只是大步流星地向前走。项宜不得不搂住了他的脖颈。

男人的脸色这才和缓了一些，嘱咐下人："今日之事，任何人不许私下乱传。"

他说完，再没有停留，就这么抱着她回了房中，将她轻轻地放在了榻上。

见他不说话，项宜也不知道该说什么。眼下他们之间到底是何种情形？

直到他将药匣子拿了过来，又叫乔荇端了热水上来，项宜才连忙开了口："大爷不必忙碌，我自行处理便是了。"

可男人只是看了她一眼，抿着嘴角不言语，直接撩开了她的裙摆。

看见她小腿上的伤口时，谭廷的脸色完全沉了下去。

他伸手想替她清理，可手指刚触碰到那细瘦的小腿，就见她不安地缩了一下。

谭廷怔了怔，亦怕自己不擅长做这些事，弄疼了她，只能无奈地退开，将春笋和乔荇都叫了过来，让她们细细替她处理伤口。

两个丫鬟动作又轻又快，不多时就替项宜包扎完毕了。

春笋去端了炭盆过来，乔荇替自家夫人换下了被树枝抽打得破了好些口子的衣裳。

谭廷在灯光下细看，才发现她不光小腿受了伤，连脸上也有两条红痕，不免就想起自己还曾经特意嘱咐过她："刚学会骑马时，最好不要在夜间、林中或者河畔骑马，免得失蹄。最好有人相陪。"

可她不仅不要他这个夫君相陪，还借了姜掌柜的老马，在夜间的林中和河畔飞奔……

谭廷生了半天气，可转念想到她一个女子，竟然能在这等状况下挺身而出，又不由得心生敬意，目光落在她的身上，许久没挪开半分。

乔荇替项宜换着衣裳，忽然看见一个信封掉了下来，疑惑地说道："咦，这是什么？"

项宜一愣，连忙要去捡那封信，却被一只骨节分明的大掌捷足先登。

谭廷捡起那封信，立时将乔荇遣了出去。

乔荇一走，房中只有夫妻二人了。

项宜看看谭家大爷，又看看他的手里那封由自己仿写的休书，一时间不知道他到底如何打算。

谭廷没有看手中的休书，反而紧紧地盯着妻子，半晌，才突然沉声问道："这到底是休妻书还是休夫书？"

项宜慌了一下，抬头向他看去，又在他的目光下不安地低下头，说道："是休妻……"

"真的吗，当真不是休夫吗？"

他又问了一句，直问得项宜也不知道如何开口了。事情发生得太仓促了，是她做得不周全。她正默默反省着，就见男人忽然将炭盆端了过来。

谭廷深吸一口气，静静地看着项宜，一字一顿地说了一句话："谭廷今生绝不会休妻。"

他说完，径直将那封假休书掷到了炭盆里。火光倏然腾起，将室内映得明亮起来。

项宜不可思议地看向男人，耳边回响着他刚刚说的那句话："谭廷今生绝不会休妻。"

翌日，谭廷替项宜告了假，道是受了风寒要休息，只能让赵氏接手打理中馈。

昨晚发生了大事，赵氏不是不知道，不过她并不晓得项宜也参与了。当下，她只同吴嬷嬷悄悄讨论："项宜是不是怀孕了？"

吴嬷嬷觉得不无可能，说道："老夫人不如派个大夫过去瞧瞧。天暖起来了，大爷回京就在这半个月了，若是夫人此时怀了，岂不是大喜事？"

赵氏可以打理这繁杂的中馈三日五日，可要是身边长久没了项宜，那可就头大了。想到这儿，她当即派了大夫去正院。

大夫回来后，向她禀告："回老夫人，夫人并无身孕，只是受了风寒，须得休息。"

一听这话，赵氏就烦躁了起来。不想就在这个时候，丫鬟进来通传："老夫人，大爷过来了。"

赵氏闻言，突然有一种不好的预感。

谭廷走进来后，开门见山地说道："儿子此番回京，准备带上建哥儿，安排他去京城的书院读书。弟妹也恰要归宁，刚好同行。"

赵氏听他说要带上谭建和杨蓁，并没有太意外，只是她总觉得谭廷这话还没说完似的。

果不其然，谭廷很快又开了口，语气郑重了许多："此番进京，儿子也准备将宜珍带在身边。往后家中、族中一应庶务，还得劳烦母亲了。"

赵氏闻言，当即头疼起来。

吴嬷嬷最知赵氏的心事，赶紧上前说道："哎呀，老夫人这是又要犯头痛的毛病了！这中馈事宜，若是离了夫人可怎么好？"

赵氏也连忙点头，说道："项宜料理这些事情着实是把好手，便是在各族宗妇里也是数得上的！"

谭廷听了这话，禁不住笑了起来，心里却发疼。

赵氏从前没夸过她半句，此时倒是这般说了。可叹自己也是一样，有眼不识金镶玉，竟冷了她三年。可她没有抱怨过半句，将他的家族照看得稳稳妥妥，让他这位姨母当了三年甩手掌柜。

想到这儿，谭廷缓缓地敛了笑意，看了赵氏一眼，说道："这般说来，确实要辛苦母亲了。谭家宗房尚缺子嗣，母亲不也为此着急吗？如今宜珍并无身孕，儿子怎好将她留下来呢？"

这话简直把赵氏的嘴都堵上了，用的还是她自己想出来的子嗣借口，连吴嬷嬷也无话可说了。

谭廷见状，便也不多言了，只说道："母亲倒也不必过于辛劳，似宜珍未进门时那般，让族中女眷帮衬着便是了。"

话是这么说，可旁人再帮衬，赵氏也总得亲自把诸事理起来。

谭廷一走，赵氏就捂着头倒在了贵妃榻上，说道："这可怎么办？"

偏宗子的子嗣是全族的大事，她要是敢强行留下项宜，只怕族老们当场就要训斥她。眼下看来，她真是半分躲清闲的借口也没有了。

吴嬷嬷也连连叹气，说道："老夫人再不愿意，也只能应下了……"

谭廷去找了赵氏的事，项宜不久便晓得了。

她坐在窗下整理针线盒，听春笋说了秋照苑的事情，着实愣了半晌。只是她还未回过神儿来，男人便进了屋子。

"大爷回来了。"她下意识地要站起来，只是刚一动，就被男人抬手止住了。

谭廷一步走上前，要将她抱回榻上。

他手臂有力，掌心温热，似昨晚回府时那般抱着她。项宜惊得连忙侧了侧身子。

谭廷默默地看了妻子一眼，知道她对他还是极为疏离，不愿同他亲近。就如同昨晚之事，她宁愿替他休妻，然后自己冒险前去传信，也不愿麻烦他出手救人。

他只好将她放下来，低声说了进京的事情："我已与母亲说了，母亲没有不应的意思。宜珍就不要推托了，与我同去吧，好吗？"

他没有逼迫她的意思，说完便去了外院书房，留下她好生思量。

天渐渐暖了起来，风吹进来，没了之前刺骨的寒冷。

项宜恍惚了一时。

其实她拿着婚书上门那次，是她第二次来谭家。第一次来时，她寻门房给谭家人传了话，可不知道为何，就似石沉大海一般，一点儿回应也没有。她在谭家门外等了整整一日，又担心家中年幼的弟弟妹妹，只好回去了。

后来，弟弟科举无门，妹妹卧病在床，她实在走投无路了，只好第二次来谭家。旁人都笑话她拿着婚书主动上门，她也知道自己这样会让人看不起，可还是站了谭家门口，强求了这桩婚事。

那会儿她就想好了，她只是要借一借谭家的势，让她的弟弟妹妹能有翻身的机会。等过几年，谭家想要迎娶门当户对的世家女子，谭廷要休妻，她绝不会说一个"不"字。

彼时谭廷也确实不喜她，同她亦没有什么言语，成婚不久便离开了家。她觉得这样也好，便安心留在谭家，替他料理家中、族中的事务，把她该做的事情都尽善尽美地做了。

她亦没想到弟弟如此争气，小小年纪就考中了秀才，连乡试也颇有希望。弟弟三番五次在她面前提及离开谭家的事，她也禁不住动了离开的心思，主动离开总比被休体面一些。

可谭廷这次回来后，两个人之间发生了许多事情，她的想法被打乱了。如今他待她越发不同以往，简直令她焦躁不安。

她很想同他扯平，回到之前的状态，待这桩不合时宜的姻缘结束，就谁也不欠谁了。可她越想扯平，欠他的就越多，哪怕她再焦虑、惶恐、抗拒，似乎也没用。如果她继续抗拒他，反倒有些故意为之的意思了。

想到这儿，项宜垂下了眼眸。

她并非不知好歹的人，俗话说"人敬我一尺，我敬人一丈"，他既然有了转变，她领受也就是了。至于她欠了他的那些，再找机会还吧。项家欠的人情太多，也不差这一桩了。

日后他若转了心意，欲娶门当户对的世家女子过门，她也还是不会多耽误他一时一刻的。再者，庶族和世族之间的矛盾愈演愈烈，他们约莫也做不了几年夫妻了吧？

这段由父辈为他们缔结的婚姻虽然没有善始，但若能有个善终，也是好的。

项宜焦虑不安了许多日子，此刻终于想明白了。

世道如洪水，不知何时便会将渺小的人淹没，大家能好生过一天，便也算一天了。

项宜轻轻地舒了口气，推开窗户，看到院中的迎春花不知何时竟悄然绽开了。

春日里，渐渐和暖的风吹得人眉目舒展。

乔荇在这个时候拿了一封信过来，说道："夫人，姜掌柜说前两日青舟来了信，昨日夫人去得匆忙，他忘了给夫人了。"

项宜接过信，问了一下老马的情况，得知姜掌柜的老马安好，萧观还专门从谭家拿了两捆上好的草料送过去，老马亦吃得甚为满足，她才放下心来，打开了信。

这次的信上只有项寓的字迹。

项寓在信中说，书院的一位先生应薄云书院邀约，要去京城，便让他和另外几个想要考进薄云书院的学子一同前去。又道是放心不下项宁独自在家，便也带了她同去，让长姐不必担心。

项宜看着这封信，蓦然笑了。

"夫人笑什么？"乔荇好奇地问她。

项宜还没来得及回答，就见杨蓁突然来了。

杨蓁素来生龙活虎，今日却愁眉苦脸，项宜见了，当即关切地问道："弟妹这是怎么了？"

杨蓁叹了口气，抬头问她："大嫂能帮我一个忙吗？"

项宜自然一口答应："弟妹但说无妨。"

杨蓁苦着脸说道："大嫂快去外院劝劝大哥吧，让大哥别罚二爷了！"

谭廷这些日子颇为忙碌，一时没顾得上谭建，今日心烦意乱，本也不欲理会他，没想到竟然看见他穿得花里胡哨，从外面捧了两大盆花回家。

谭廷当即把他叫住，问他文章写得如何了，没想到他支支吾吾的，说了半天也说不清楚。

谭廷听得来气，冷哼一声，便直接让他把近日作的文章拿到自己书房来。

谭建很快将文章送来了，倒还不少，可谭廷就那么信手一翻，一口气差点儿没上来："好得很，谭建，你就给我交这些凑数的东西？！"

谭建当时听了那话，吓得腿都发抖了。他也不是每天凑数，只是有时候看着娘子、大哥大嫂和小妹都出去骑马，他心痒难耐，迫不及待地也想去骑马，才会敷衍一下。

谭廷正烦闷得紧，当下气得厉害，也懒得同谭建细细理论，直接叫正吉拿了戒尺来，把他那几篇凑数的文章都挑了出来，有几篇便抽了他几下，然后将他撵到了院子里站着反省。

这会儿，院子里寂静无声，谭廷坐在书房里，还是没能消气。父亲之死疑点重重，背后还不知有多少猫儿腻，谭家宗房如今也只有他们兄弟二人，可那不成器的东西还整日只知玩乐，他真是越想越生气。

他正生着气，忽然听见外间传来一阵极轻的脚步声，紧接着，门外响起一道柔和的声音："大爷在书房里吗？"

谭廷怔了怔，还以为自己出现了幻听。

只是下一刻，便有人轻轻地撩了帘子，缓步走了进来。

她穿着一件藕荷色的长袄，手里提了红木雕花的点心盒子。见他看过去，她有几分不好意思地低了低头，轻声说了一句："妾身替大爷拿了些点心来。"

谭廷半晌愣着没动，当真以为自己是被那不成器的弟弟气得出现了幻觉。

直到她缓步走到了茶几旁，他才反应过来，两步走过去，问道："你怎么来了，腿不疼吗？"

项宜道无甚大碍，然后将点心拿出来，放到了茶几上。

谭廷还是有些恍然如梦的感觉，不住地打量妻子。她是不是肯与他和好了？

项宜看了一眼站在外面的谭建，发现他的两只手被打得通红，可怜巴巴地站在院子里，都快哭了。

她不得不开了口："妾身方才过来时，看到院外有两盆花，不知是什么人搬来的，开得那般漂亮，令人赏心悦目。"

她含蓄地说了这么一句，而后淡淡地看了谭廷一眼。

能是什么人搬来的花？自然是谭建了。

谭廷本来以为妻子是来看自己的，万万没想到，她的腿都伤成那样了，她还特意赶过来替谭建说话。

谭廷突然觉得，他打谭建的那几下真是打轻了，该重打那东西几大板！只是他的妻子却在这时说了一句："那花着实赏心悦目，可见把花搬来的人也有一颗悠然自得的心。"

谭廷看着妻子，竟一时间没能说出话来，倒是想起了从前他教导谭建时，父亲对此的态度。

外面的风吹进来，带着些许花香，谭廷陡然失笑，而后起了身，朝着庭院里的人说了一句："看在你大嫂的面子上，饶你一回。还不快走？"

谭建简直如获大赦，眼里都放了光，连忙朝着项宜行礼，说道："多谢大嫂！多谢大嫂！"

他说完，一溜烟儿地跑了，跑到门口时还差点儿被门槛绊倒。

项宜禁不住抿嘴笑了起来。

谭廷也被气笑了，骂道："真是没用的东西。"

谭建一走，此处便只有夫妻二人了。

谭廷看着妻子送来的点心，知道她来看他不过是顺带的，本意是救谭建而已。

他心里叹气，轻轻地拿起一块点心。

这时，项宜突然开口道："大爷准备何日进京？妾身也有不少东西，要提前收拾起来了。"

谭廷闻言一惊，手里的点心险些掉了。他讶然地看向妻子，见她半垂着眼帘，脸上是再柔和不过的笑意。

他愣了片刻，才试探着问道："你答应了？"

项宜微微一笑，轻轻地点了点头。

启程的日子定在了二月初二龙抬头那天。此番走水路，慢是慢些，不过一路向北，风光无限。

杨蓁、谭建早几日就兴奋得睡不着觉了，当下小跑着上了船，谭廷、项宜则还在同赵氏等人辞行。

赵氏一阵一阵地头疼，眼巴巴地看着项宜，在族老们面前说不出个"不"字来。谭蓉也想要跟着去，可赵氏还在替她挑选适婚之人，在这之前，她都不便出远门。

项宜的腿伤好了大半，辞了众人后，谭廷一路护着她上了船。

风吹得船帆鼓了起来，人在船上衣袍如飞。

项宜很久没有坐船了，一时站在船头不愿回舱。

谭廷走过去，问了她一句："宜珍果真不再同寓哥儿说说，让他随我们一道进京？"

项寓早就出发了，眼下约莫都到京城了。项宜笑着谢了他的好意，说道："寓哥儿书院的先生对他另有安排，大爷就不必操心了。"

至于到底另有什么安排，她没有细说，谭廷也不知道，只能点头应了一声。

这时，随同他们上路的秦焦走了过来。

他看了看大爷，又看了看大爷身边的项氏夫人，脸色有一时的怪异，说道："大爷，林大夫人之前传了信过来，道是有两位亲眷也要上京，想请大爷半路上将那两位亲眷接上。大爷看可好？"

谭廷不知那两位是什么亲眷，不过捎人一程这种小事，他自然是点头应了。倒是项宜站在一旁，发现那秦焦似乎飞快地看了她一眼。

第十章
火光乱

沿河一路北上，未等到春江水暖，反而因着北地春寒未退，众人又将厚衣裳穿了起来。

比起窝在清岖小县城里，这一路风光无限，杨蓁似江中的鲤鱼一般，活跃得不行。

谭建也想跟着她一起"活跃"，可自从被重打了一顿手板，他老实了不少，每日偷偷去看自家大哥的脸色，只有在大哥脸色不错的时候，才敢提出一二玩乐之事。好在这两日大哥心情还算不错，今日还下令在前面的沪国县暂停半日。

谭廷停在沪国县还有个旁的原因——此地有一妙音寺，是求姻缘的胜地，他们出发前，赵氏让谭建一定要去一趟那妙音寺，替谭蓉求一枚姻缘石，愿菩萨显灵，让谭蓉的亲事定得顺遂。

谭家只有这位小妹没有成亲了，谭廷自然是极其重视的。此外，本地还盛产一种青玉，最适合做印章。他见项宜的腿伤快好了，便下令在此停上大半日。

今日沪国县恰有集市，以杨蓁的性子，自然是要先去县城里玩一玩的。谭廷如今也甚是知晓这位弟妹的性子，当下就允了。谭建兴高采烈地朝谭廷道谢，又道自己先陪杨蓁转一圈，而后便去妙音寺为谭蓉求姻缘石，两不耽误。

谭廷一听，就忍不住要生气，一遇上这样的事情，他这个弟弟便表现出超于学业五倍的热情，安排得井井有条，甚至比项宜理事还要周全。只是他想到妻子上回的劝慰，只得暂时按下了心口的气。

谭廷已经让人去县城酒楼里定了雅间，当下四个人在城中先逛一番，再去酒楼不迟。

谭建和杨蓁到了集市，便自然而然地牵起了手，两个人边说边走，左看看、右看看，牵着的手一直没有分开。

谭廷目光落在弟弟和弟妹牵着的手上，虽然为那不中用的弟弟一心贪玩而生气，但是又禁不住低头，目光落在了身边妻子的手上。

她的手白皙细长，替他上药的时候灵活轻柔，刻起玉石来又精准有力，只是不晓得握在掌心的感觉会是如何。

这时，几个壮汉在街道上快速穿梭，还撞倒了几个行人，谭廷见状，挡在了项宜身侧。

项宜没有察觉什么，只是饶有兴致地逛着。她多时没有这般出来闲逛了，眼见城中从地摊到商铺，卖玉石的地方竟有近二十家，且对面就有一家门脸儿不小的玉石铺子，便想走过去看看。这时，她垂在身侧的手被人轻轻地碰了一下。

谭廷看了妻子一眼，见她有所察觉，也朝他看了过来，心里不禁有了些许期待。他刚要握住她的手，不想下一刻，她突然缩回了手，跟他行了一礼。

谭廷的手就这么顿在了原处。

街上人来人往，熙熙攘攘，项宜没发觉任何异常，只是同身边的这位大爷说道了一句："大爷能否允我去街上转一转？不出半个时辰，项宜必会回来。"

这么好的机会，她怎能不淘些上好的玉石回来？且这些本地产的玉石一定比京城的玉石便宜不少。她满心想着去淘一番玉石，并未留意到男人的神色僵了僵。

谭廷清了一下嗓子，不得不收回了僵在一旁的手，听见她这般开口征得他的同意，一时都不知道要说什么了。她还不知道吗？他让人停船在此，原本就不是只为了给谭蓉求那什么姻缘石。

他抿着嘴，半晌没有说话，就这么看着她。

项宜不知他是什么意思，难道他还有旁的打算？这样一想，她虽然很想去淘一番玉石，但是也不再强求，便要道算了，只是还未开口，就听见

254

他叹了一口气，口气甚是无奈地说了一句："我陪你去。"

项宜下意识地就要拒绝，这买玉石是她的私事，本与这位大爷无甚关系的。可她还未开口，就见他迈开步子，往对面的玉石铺子走去了。

沪国县不仅产玉，而且会采购各地的玉石在此转卖，因此，虽然县城不大，但是玉石店铺繁多，种类齐全。

项宜刚走进那家门头敞亮的铺子，就看中了好几块玉石。之前她都是让姜掌柜替她留意好玉石，如今终于也有亲自挑选的机会了。

她看中了几块，就去问了价钱，听着价钱尚算公道，便暗暗地算起了自己手上的银钱。去掉给项寓准备的科举盘缠，再去掉给项宁准备的医药费，恰还剩下一笔，能买上五六块好玉石。

她把看中的几块玉石反复挑选了一番，最后定下三块，又同老板讲了讲价，便决定付钱了。

见夫人要付钱了，正吉赶忙走了过来，说道："小的来付。"

项宜惊讶地看了正吉一眼。

正吉见夫人看着自己，连忙问了一句："夫人有什么吩咐？"

项宜摇了摇头，见他当真从钱袋里拿出了银钱，连忙摆了摆手，说道："我带了钱，不必你垫付了。"

说完，她就拿了钱出来。

正吉见自家夫人果真走私账付了钱，不禁有些惊讶，而后不知所措地看向一旁的大爷。

谭廷本还在替她相看一块品相极好的血玉，眼下却禁不住向她看去。而她丝毫没有察觉，利落地拿自己的银钱结了账。

正吉看着自家大爷的脸色，都不敢说话了。

项宜把三块玉石收好，转身便发现谭廷正看着自己。他沉着脸，就这么盯着她，不知道的还以为她也似谭建那般，用凑数的文章糊弄他，可似乎也有些许不同，细品他的神色，倒有点儿像深闺中的怨妇……

下一秒，他一言不发地转过身，大步出了门去。

项宜愣了一下，低声问正吉："大爷怎么了？"

正吉苦着脸，不知该如何回答夫人的问题，思考了半晌才说道："小的猜测，大爷可能是想要小的替夫人付钱。"

他这样猜测，项宜却并不认可，毕竟她分清公私账目这事，谭廷一向是晓得的，又怎么会混淆起来？

见自家夫人摇头，正吉也不知道还能怎么说了，只好看了一眼负手站在铺子门外的大爷。见大爷神色不悦，他顿时不敢近前了，好在夫人走上了前去。

项宜看着脸色极其不好的男人，轻声问道："大爷是不是累了？"

谭廷抿着嘴，没有回答。

项宜看他确实是生气的样子，又不回她的话，顿时有些不解，不知自己哪里惹了他不快。

她想了想，只能又问了一句："大爷是不是渴了？还是饿了？"

谭廷不渴，也不饿，还是那般闷着没有回应。

项宜见自己连着问了两句，他都没有回应，顿时有些明白过来。

她低了低头，脸上的兴致落下三分，淡淡地说了一句："看来是项宜耽误大爷的工夫了，既然如此，还是回酒楼吧。"

听到这话，谭廷急忙转过了头来，说道："不是……"

他怎么可能是这个意思？他巴不得她也似谭建、杨蓁那般，高高兴兴地在这里闲逛。

听见他的话，项宜抬头向他看去，眼中俱是不解，是真的猜不透这位大爷了。

谭廷哀怨地看了她一眼，刚要说什么，忽然有人匆忙而过，撞到了项宜。他急忙伸手揽住她，回头瞪了那人一眼。

那人是个穿着粗布衣裳的汉子，一脸焦急，眼见自己撞到了人，对方又是锦衣华服的贵人，连忙向二人道歉。

谭廷见项宜无碍，便不再追究，只是口气不悦地提醒了一句："走路小心些。"

那人连道是自己的不是，又着急地解释道："实在是因为方才把孩子弄丢了，心里急得发慌……"

他一边说着，一边快速地没入人群，继续找孩子去了。

谭廷和项宜被他这么一打岔，方才的事情便也翻篇儿了，只是项宜被那人丢了孩子的事情影响了情绪，一时没了继续逛的兴致。

"还是先回酒楼吧。"项宜说完，转身向酒楼走去。

谭廷见她果真不欲再逛，连忙快步上前，说道："宜珍，我——"

谁料他的话还没说完，项宜忽地转身向一旁的巷子里跑了过去。谭廷被她吓了一跳，连忙跟了上去。

巷子另一头儿的河里，传来了小孩的呼救声，他们到了小河旁，就见河里的小孩快要沉下去了。

这次不等项宜开口，谭廷就叫了人："快去救人！"

两名护卫当即跳到了河里，不多时就扯着小孩上了岸。

那孩子四五岁的年纪，因溺了水，眼睛都要翻白了。萧观连忙走上前，按压着小孩的胸口，片刻后，那小孩吐了一口水，才算活了过来。

这般冷的天气，小孩身上湿漉漉的，冷得直发抖。项宜见了，直接解了身上的披风，将小孩裹了起来。

这番动静一出，立时围过来不少人，接着，方才撞到项宜的汉子也奔了过来，喊道："木双！我儿！"

落水的小孩正是这汉子的孩子。汉子得知孩子险些溺死，是被谭廷他们救上来的，连忙抱着孩子跪下，就要给他们磕头。

谭廷示意正吉将他扶了起来，说道："举手之劳，不必道谢。"

他这般说了，那汉子还是道谢不止。倒是项宜见那孩子着实可怜，不由得说了一句："城中集市人多，合该更留意小孩才是。"

那汉子听了，连连道是，然后苦着脸说："此番是小人第一次带着孩子来码头做工，做工能给饭吃，孩子在家吃不上饭，只能带他来蹭些饭菜。因不敢让工头瞧见，便令他小心藏身，不想竟丢了……"

他这般一说，项宜才发现他与其他几个帮忙找孩子的汉子穿着相同的粗布衣裳，想是码头上统一发的，不过他们并不像做惯了码头活计的样子，反倒像是庄稼汉。

恰在这时，谭廷问了一句："第一次来码头做事？之前在何处营生？"

那汉子听了这话，重重地叹了口气，说道："因着去岁奇寒，我们只好把各自家里的田地卖了，得来的钱刚好够过冬，可今后再没了田种，没了口粮。买走我们田地的当地大族让我们给他做佃户，但他家发给佃户的口粮着实太少了，还将我们当奴仆一般差遣，我们实在不愿给他家做事，才来了码头。"

他们都是良民，又不是奴隶，怎么甘心被当成奴隶驱使？

那汉子又说道："只是这码头的工也不好做，出来找事做的人多，码头上不差人，也给不了几个钱，不过混一顿饭吃罢了！"

几个没了田地的庄稼汉一脸愁苦，纷纷叹气。

听了他们的话，谭廷和项宜下意识地看向了对方，眼神有一瞬的接触。

因为谭家的存在，清崤一带没有发生这样的事情，可旁处仍在发生。世族借机屯田，庶族越发没了活路，可那奇寒的冬天已经过了，又有谁能让那些世族将吞进去的田地吐出来呢？只怕以后两族积怨会越来越深……

谭廷思考片刻，叫了管事过来，道谭家的船此番要在此地补给，请这些汉子做搬运之事。

管事懂大爷的意思，暗暗给这些人的工钱也提了上来。

这些汉子见有了事可做，哪怕只是临时的活计，还是高兴得不得了，连声道谢，还有人忍不住去说道："无论谭家要多少水米，咱们都能搬！今日没接上往京城送玉料的差事，我等正愁没活儿可做呢，这下好了，总算没闲着！"

所谓往京城送玉料的差事，是槐川李氏家的一桩差事。李氏宗家的嫡长孙庆生，旁支族人便特意订了一块大青玉的玉雕。只是那东西贵重，他们这等刚来的工人，连搬运那好玉的资格都没有。

世家的孩子庆生，半年前就要准备起来；庶族百姓的孩子却为了一顿饭东躲西藏，险些溺死在河中。

项宜和谭廷都沉默了，半晌没说出话来，只是偷偷地给那孩子腰间塞了些银钱。

晚间回到了船上，项宜还是有些走神儿，忍不住去想义兄有没有顺利进京，他们从广西搜集来的证据有没有顺利地呈到太子殿下的案头。

这时，秦焦走了过来，提醒了谭廷一句："大爷，明日咱们的船就到灯河县了，恰能将那两位亲眷接上。"

谭廷没把心思放在这事上面，只是点了点头，反倒是一旁的谭建问了一句："灯河县？灯河黄氏的人？"

秦焦极快地看了项宜一眼，而后答道："正是灯河黄氏宗家的两位姑娘。"

翌日，灯河县码头。

码头被围了起来，只有灯河黄氏的人留在此处。日头晒着河面，河面如同鱼鳞一般反光。

一个绿衣姑娘将手中刻了花纹的核桃扔出去，气势甚足，砸起一片水花。

一旁年长一些的黄衣姑娘看着她，笑了一声，说道："六娘还在生气？不过是同乘一条船，何须介意。"

"哼，百年修得同船渡，我怎么就修得同那样厚脸皮的女人坐同一条船？那谭家也真是的，怎么就把那样的女子立成了宗妇，可见也不是什么好人家……"

年纪长些的姑娘不说话了，倒是她身边的嬷嬷走过来，低声在她的耳边说了一句："四娘莫要似六娘那般想，谭家可是数得上的大族。咱们大老爷也说了，要是您能取代那项氏，做上谭家的宗妇，族里给您的嫁妆必然会添上不少的。"

嬷嬷所说的大老爷，便是黄四娘的伯父——灯河黄氏的宗子族长。

嬷嬷笑着看向黄四娘，继续说道："这可是姑娘的大喜事！"

河面上吹来一阵清冷的风，黄四娘并未说什么，只是往南边来船的方向远远看去。

船行在水面上摇摇晃晃的，醒着的人都极易在这优哉游哉的摇晃中困乏，更不要说睡着的人了。

项宜这一觉睡得很沉，醒来就见日头已升得老高，不由得吃了一惊。

春笋听见动静，笑着走进来，问道："夫人醒了？昨晚睡得可好？"

从前在谭家，项宜作为宗妇，必得做出表率，除非赵氏开口，不然每日的晨昏定省是不能省的。而这几日，船上晃晃悠悠的，使人困乏，又没有丫鬟过来叫醒她，她便醒得越来越迟，今日竟睡到了这个时候。

她低声吩咐春笋，让春笋以后还是按时叫她起来。

春笋有些为难地说道："可大爷吩咐奴婢们不要吵着夫人。"

项宜听了这话顿了片刻，一低头竟看到一个眼生的红木匣子，便问道："这是何物？"

春笋没急着回答，而是将那匣子打开了。

匣子一打开，项宜着实惊了一下。那匣子如同首饰盒子一般分了许多小格，不过里面放的不是首饰，而是大大小小的玉石，形状不一、色泽各异，足有十块。

春笋笑着看了项宜一眼，这才开了口："这是大爷让正吉拿给夫人的。"

这些玉石的成色极好，比起项宜买的那三块，价值不知高了多少倍。

项宜一时没说话，过了许久，才问了一句那位大爷在何处，然后换了衣裳，出了舱门。

疾风掀起碧波，浪头不断打来，船头上，谭建站在自家大哥面前，一边背书，一边偷偷抹了一把手心里的汗。再背下去，他觉得自己可能又要被打手板了……

就在这个时候，有人走了过来。谭建一看见那人，便觉得那人好似救星降临，忍不住提醒道："大哥，大嫂来了。"

见谭建这般随意停止背书，谭廷立刻不悦地皱起了眉，只是听了谭建的话，他禁不住转头看去，一眼就看到了自己的妻子。

妻子今日穿了月白色长袄和丁香色绣如意纹的比甲，发髻上簪了浅紫色丁香花样的簪梳，耳边坠着一对珍珠耳珰。

这次不用谭建提醒，谭廷便开了口："回去继续背你的书。"

"是！"谭建说完，一刻也未停留地跑了，一边跑还一边给项宜作揖。要是没有大嫂，他这一路和大哥朝夕相处，日子可怎么过呀！

谭建一走，谭廷就转了脸色，向前迎了项宜两步，说道："宜珍醒了？"

风吹得项宜耳边落下了一缕碎发，她抬手将碎发别在了耳后，轻轻地点了点头，接着想到那一匣子贵重的玉石，便问道："大爷怎么买了那么多玉石？"

谭廷看了她一眼。昨天是他不该同她生气，弄得她没了兴致，无心继续买玉石。他正想问她喜不喜欢，她却先开口了。

"大爷买的这些玉石，不知价钱几何？"项宜的声音小极了，亦有一种自己其实不该问的预感，可是他们夫妻之间的账目一向分得清楚，那些玉石着实贵重，她实在不能将其视为寻常物件收下。

她这么问了，就见男人的嘴角果然又压了下去。

谭廷一口气闷在胸口，顿时不想说话了。可是他又想到昨日正是因为他没把话说清楚，才惹得她落了兴致。

思及此，他索性豁出去了，直接问她："你是又要记到账上，还是要把钱还给我？"

见她愣住，他忍不住又说了一句："你就非要与我算得如此清楚吗？你我是夫妻，何必如此？"

他总算把昨日没说的话都说了出来。

项宜抬眼看向男人，愣了许久。原来昨日他生气的原因，果真是正吉猜测的那般。

她惊讶了片刻，又暗暗地叹了口气。算得清楚有什么不好？日后总是要省些事的。

不过眼下看着男人怨怪的态度，她也不好再说什么，只能默然地将玉石的这笔账记在心里，而后垂头施了一礼，轻声说道："那项宜就多谢大爷了。"

谭廷不想要她同他这般有礼，立时抬手将她扶了起来。他细细地看着眼前的人，今日她能收下他的东西已属不易，至于礼数的事，他再同她慢慢磨便是了，总归这一世都要做夫妻的……

两个人各有各的念头，一时倒也在这个问题上达到了某种平衡。

清风吹来河面上的凉意，谭廷解了披风，披到了妻子的肩头。

项宜半垂着眼帘，轻声道谢。

正吉远远地看着，都忍不住松了口气，本来想过来送茶，一时间也没有上前相扰。

谭廷忍不住翘起了嘴角，指了前面岸边的小鱼市，说道："天气转暖，鱼市也热闹起来了。"

项宜也向那热闹的集市看了过去，轻轻地笑着点头。

谭廷又想起昨日没能牵成的手了。

这次他悄然靠近，在一阵清风迎面吹来的时候，碰到了身边妻子的手。

今日没有推推搡搡的人群，他略一触碰，项宜就察觉了，朝他看了过来。

谭廷没有迎上她的目光，只是装作在做一件早就做惯了的事情一样，拉住了她有些冰凉的手。

冷和热的交换在一瞬间发生。

项宜不由得暗暗吸了一口气，怔怔地看着男人。

谭廷察觉了她的手略微僵硬，刚要收拢掌心，将她的手完全握在掌中，杨蓁突然跑了过来。

"大嫂！你快帮我看看我刻的玉石！"杨蓁在船上闲得无聊，也开始刻玉了。

听见杨蓁的声音，项宜下意识地快速抽回了自己的手。

谭廷微微睁大眼睛，低头向她看去。

项宜窘迫了一时，没好意思看谭廷，轻声说道："弟妹叫我，我先过去了。"

说完，她连忙转身走了。

谭廷被留在了船头，手里残留着妻子柔软的手上微凉的体温。

他看着项宜匆忙离开的身影，没似之前那般郁闷，反倒有一种感觉：宜珍是不是害羞了？

男人的嘴角止不住上扬了几分。

可是想想不中用的弟弟在与弟妹牵手时是那般自然而然，谭廷不禁觉得，他和项宜原本也该如此。

这时，萧观过来禀报："大爷，再过一刻钟就到灯河县码头了。"

谭廷还沉浸在方才的思绪里，闻言只是点了点头。

灯河县码头。

张嬷嬷是长房派来的嬷嬷，这会儿还在劝说黄四娘，说清嵋谭氏也是出过阁老的世家，只不过这几年因着先任宗子英年早逝，现任的谭家大爷又太过年轻，才没落了些，但比之他们灯河黄氏，也是半分不差的。

黄四娘知道张嬷嬷的意思。黄氏门楣不如清嵋谭氏显赫，本是攀不上亲的，不过谭家大爷当年被迫娶了项氏做原配，那么黄氏之女做个继任倒也够格了。而谭家大爷是宗家宗子，合该用宗家嫡女来配，可黄氏大房的长女夭折了，黄氏没办法，才选了她这个宗家二房的姑娘。

河面泛着刺眼的光，黄四娘眯了眯眼睛。

大伯父谁人都想交结，偏父亲又一味听他的，而她早早没了母亲，亲姐姐也不在身边，只能听任大伯父安排。可她也总得先看看那谭家大爷品行如何，再看看那项氏到底是什么做派，那对夫妻又是如何相处的，才晓得自己要不要嫁……

对黄四娘的几多思量，黄六娘丝毫不知，她此番进京是因为自己的老爹调任了京官，接她过去罢了。

她比四娘小两岁，虽然也到了婚嫁年纪，但是并不着急，反而仍是小儿心性。眼下，她一想到自己要与厚脸皮的贪官之女同船多日，就十分来气，说道："面由心生，那项氏必然丑陋极了，平白耽误了我这一路北上的好风光！"

说话之间，只见一艘轩昂大船自南面河道而来，漆黑船身上描金刻了个大大的"谭"字，等在码头上的人立时活络了起来。

不消片刻，船稳稳地停在了码头前，黄四娘和黄六娘并不急着上船，等着谭家人先出面。两个人向船上看去，只见一个穿着铜绿色锦袍的男子和一个穿着桃红色衣裙的女子并肩走出了船舱。

男子英俊，女子美丽，自船上下来时，二人还低声说笑了两句，十分亲昵。

这景象看得黄四娘和黄六娘都愣了愣。下一秒，来送她们的宗家二哥走上前来，说这对夫妻是谭家二爷和二夫人，黄四娘才暗暗地松了一口气。

黄六娘拍了拍胸口，凑到黄四娘的耳边，说道："我就说嘛，这般靓丽的女子，肯定不是那个项氏，原来是忠庆伯府杨家的小姐。"

众人相互见礼后，谭建便叫黄家人上船，将他们引至船上阔厅。

黄四娘一路暗暗留意周边，没发现什么人，直到进了阔厅，才看到了负手而立的男子。

男子着深蓝色锦袍，腰间束了白玉带，身姿挺拔如松。黄四娘看着男人那比之谭家二爷更加俊逸而稳重的脸，心跳莫名其妙地加快，而后极快地垂下了头。

在堂兄的介绍下，她礼数到位地给男人行了一礼。男人的声音很沉稳，带着些许温和，不多不少刚刚好。

黄家人寒暄一番，又客套地邀请谭廷等人去灯河黄氏小住几日，不过谭廷并没有留下的意思，当即客套地婉拒了。

黄家人只好作罢，拜托他照应两位姑娘。

谭廷自然应下，而后派人送了黄家人下船，又叫人引黄家的两位姑娘去舱内卧房。

一出阔厅，黄六娘就在黄四娘的耳边嘀咕："那位谭家大爷当真相貌堂堂，好可惜啊，怎么娶了那种女人？"

她想到方才并没有看到项宜，忍不住说了一句："那项氏是不是太丑了，不方便见人啊？那谭家大爷还带着她进京作甚？"

这些问题，黄四娘都不好回应，只能让黄六娘谨言慎行，黄氏也是有规矩的人家，莫要在别人的地盘乱讲话。不过她心里也在疑惑，谭家大爷确实有一族宗子的气派，那项氏又是什么样子呢？没出来见客，果真是因为面貌丑陋或者被谭家大爷嫌弃吗？

黄四娘刚进卧房，就有丫鬟过来送了点心："夫人吩咐奴婢给两位姑娘送些点心，解一解乏。"

黄四娘道了谢，收下了点心。倒是黄六娘跑到了她的房中，一脸嫌弃地说道："哼，我才不要吃那种女人送的点心。"

她说着拉了黄四娘，说道："姐姐不趁着天色正好出去转转吗？待会儿天黑了便没什么风光可看了。"

黄四娘还在思量着至今未露面的项氏，就被妹妹拉出了船舱。

姐妹二人刚走到船尾，就与一女子碰上了。女子穿着丁香色的比甲，面色极其柔和，耳边的珍珠耳珰映着水光，风一吹，整个人也似散发着珍珠一般的光泽。

黄四娘和黄六娘看向此人，都愣了一阵。

黄六娘下意识地以为船上还有谭家顺带捎上的别家女眷，黄四娘却有种不安的感觉。

果然，下一秒她就看见谭家二房的夫人快步走了过来，对那女子说道："大嫂方才不是晕船了吗，这会儿怎么又出来了？合该再歇一会儿才是。"

　　项宜刚才在船的启停里晕了一阵，谭廷便让她留在房中睡一会儿。可项宜觉得白日里哪儿能无端睡觉，因此这会儿刚觉得好一些，就走了出来。

　　眼下，她见这两位姑娘眼生，就问了杨蓁一句，晓得是灯河黄氏的姑娘后，便客气地同她们见礼。

　　可这两个人不知怎么的，有些愣怔地看着她，尤其是年纪小些的那位六姑娘，像是丢了魂似的，还是四姑娘先回过神儿来，也同她见了礼。

　　项宜不是世家出身，与她们也并不熟悉，浅言两句便走了。

　　半晌，船尾掠过一阵疾风，黄家姐妹才彻底回了神儿。

　　黄六娘咽了几口唾沫，疑惑不解地挠了挠头，说道："这是怎么回事？不是说面由心生吗，她怎么长得这么好看？啊，说不定那项氏是个蛇蝎美人，当年就是把谭家挟制住了，才嫁进去的！"

　　她觉得这样才解释得通，还自顾自地点了点头，一脸肯定地说道："一定是这样！"

　　黄四娘却一时间没有说话，只是在黄六娘继续嘀咕的时候提醒了一句："好了，别妄议别人家的事情了，小心被人听见。你不是说要趁这个机会练习雕刻核桃吗？快去吧。"

　　黄六娘嘟了嘟嘴，实在没想到项氏竟这般如花似玉，就算同京里的世家贵女相比也是不差的。

　　黄四娘回了卧房，神情有些郁郁寡欢。

　　张嬷嬷如何看不出黄四娘所想，谁能想到项氏竟是这般大家闺秀的做派呢？不过她还是低声劝黄四娘："姑娘莫要被那项氏吓到了，再怎么样，她出身不行，又是贪官的女儿，若是谭家没有为宗子换一位妻子的意思，咱们又怎么会得了消息呢？"

　　她说着，声音压低了一些："这可是咱们家姑夫人从林大夫人口中听来的意思。说实在的，就算没有咱们家，也有旁人家，无论如何，那项氏都不可能长久地坐在谭家大爷正妻的位子上的，姑娘又何必在意她呢？"

　　话是这么说，但这到底是林大夫人的意思，还是谭家大爷自己的意思呢？黄四娘这么想着，便没吭声。

　　张嬷嬷还欲劝两句，忽然听到船舱外面响起脚步声，连忙自窗子缝隙看过去，发现外面经过的人正是项宜。

　　张嬷嬷立刻噤了声，而后听见船的另一边也传来脚步声，接着便是男人的说话声。

"你怎么出来了？"谭廷见妻子没在船舱好生休息，竟走了出来，不禁皱了皱眉。

项宜低声回应："妾身有些闷，想着出来转转。"

可这会儿风大了起来，将她耳边坠着的珍珠都吹得跳动起来。

他怕她着了风，便说道："还是回去吧。"

项宜见这阵风不小，确实不便再留在外面，便没有多言，行了个礼，转身回去了。

谭廷目送妻子回了船舱，才安心地去船头吩咐事情。

夫妻二人在外间说话的具体情形，船舱里的人看不见，可他们说了什么话、是怎样的口气，船舱里的人还是听得清的。

当下两个人一走，张嬷嬷就拉了黄四娘的手，说道："姑娘都听见了，那谭家大爷可一点儿也不想让项氏出来，约莫是嫌弃她丢人，不许她出舱呢！"

黄四娘确实听见了，谭家宗子那般稳重，方才的口气却有些不快，而项氏起初还想辩解，被他训斥一句后，便不敢说话了。看来这对夫妻确实不和，而谭家大爷带着项氏进京，想必是要找机会将她休掉。

黄四娘思绪翻飞，张嬷嬷反倒没有那许多想法，直接说了一句："大老爷不是让姑娘替家中小爷向谭家大爷请教学问吗？姑娘今晚用过饭就去吧，好生说几句话，让那位谭家大爷把姑娘记住。这可是姑娘的好机会！"

黄四娘听了，有些不自在地说道："那谭家大爷到底还没有休妻，若是这般被项氏撞见，我可如何是好？"

就算有请教学问做幌子，她还是觉得有些窘迫。

张嬷嬷连忙说道："姑娘放心，林大夫人既然有这个意思，必然安排了人手在谭家大爷身边，因此，姑娘只管去，不会被项氏撞见的。"

晚间用过饭，众人各自回房休息。

船上单独给谭廷辟了书房，他同项宜说了一声，便去了书房理事。

谭建背完了书，心思又活络起来，见杨蓁忙着学雕刻，没空搭理他，便去钓了一尾大鱼。

他兴致勃勃地吩咐人炖好了鱼羹，想给自家操劳的大哥也送一碗，转念一想，又怕大哥骂他不务正业，便转身去央了大嫂："大嫂替小弟给大哥送去吧，千万别说是我让人炖的，就说是你心疼大哥，你让人炖的。"

项宜哭笑不得，虽然并不认同他的说辞，但是看在他的手心刚好的分儿上，只得替他走上一遭。

入夜的风有些寒冷，远处河岸边的渔火也被寒风吹熄了不少，停在岸边的船影影绰绰，如同鬼魅。

项宜端着鱼羹往书房走去，刚出船舱，便看到一片裙摆从眼前晃过，朝谭廷书房的方向去了。她微微怔了怔，还以为自己眼花了。

风更大了，她加快脚步朝书房走去，谁料就在此时，有人突然挡在了她的身前。

秦焦方才见这位项氏夫人突然出现，便觉得不好，再看她果真是要去大爷的书房，连忙跳出来拦住了她。

林大夫人为大爷挑的这位黄四姑娘，可是显赫世家的宗家嫡女，虽然是二房出身，但是给大爷做继室倒也够格了，又哪里是项氏这等庶族出身的贪官之女能比？大爷这些日子对项氏够好了，项氏若是懂事，也该晓得好聚好散的道理。

思及此，秦焦说道："夫人可是要去大爷的书房？大爷方才累了，这会儿正在小憩，夫人还是不要去打扰了吧？"

项宜没想到谭廷竟在这个时辰小憩，不禁有些奇怪，而后莫名其妙地想起了方才从她眼前一晃而过的裙摆。

恰在此时，书房的方向隐隐有男女说话的声音传过来，声音不大，听不清说的什么，可项宜一下子就明白了过来。

夜风将河边的盏盏渔火倏然吹灭，气死风灯在船上摇晃着，光影变幻。

原来是这样啊。项宜淡笑着垂下眼眸，将鱼羹放到了一旁的小几上，轻声说了一句："这鱼羹就由秦先生端给大爷吧，我就不去打扰了。"

夜风将她耳边的碎发吹起，也送来了书房里那对男女的说话声。

项宜放下鱼羹，抬手将碎发别在耳后，一刻也没有多耽搁，转身就走。

秦焦原本以为项氏少不得要闹腾一番，不想她就这么干脆地走了，不禁愣了一下。不过这样也好，省了他不少事。

他并不是要同项氏过不去，只是想替林大夫人办好差事。他读了半辈子书，至今没能做官，只盼回京后，林大夫人能看在他兢兢业业为她办事的分儿上，给他谋个一官半职。

秦焦正想着，忽然听到书房那边传来开门的声音，转头看去，便见黄家四姑娘出来了。他忍不住惊讶地挑眉，没想到她竟然这么快就出来了，只怕连话都没说上两句吧？

黄四娘从谭廷的书房出来后，极不自在地快步回了自己的卧房。

张嬷嬷刚把黄四娘送走，还没来得及喝口茶，就见她回来了，当即一脸意外地问道："四娘怎么这么快就回来了？"

黄四娘坐到了床边，忽然有些烦躁。她知道大伯父希望她能入谭家大爷的眼，可要她去做这种事，着实有些没脸。

方才她拿着家中兄弟的文章，去了那谭家大爷的书房，那谭家大爷颇感意外地看了她一眼，根本没有正经会客的意思，甚至没让小厮上茶，只是问了她一句："黄姑娘有何事？"

她强忍着不自在，按照大伯父的吩咐，把兄弟们的文章递了上去，请谭家大爷指点。而那谭家大爷见了，也只是点了点头，问候了她大伯父和父亲一句。

黄四娘这般对张嬷嬷说了，张嬷嬷顿时一拍大腿，说道："姑娘也真是，虽然开始不自在些，但这不是说上话了吗？姑娘就留在那儿，继续找话说呀！"

黄四娘本来是要厚着脸皮继续说的，可是她还没开口，那位谭家大爷就疑惑地扫了她一眼，那眼神的意味很明显，是在疑惑她怎么还没走。

这会儿她回想起谭家大爷的那个眼神，还是觉得窘迫得不行，说道："我若再待下去，那谭家大爷就要看出我们的企图了！"

被一个已有妻室的男子看出自己的非分之想，岂不是太不要脸了？所以她只能趁着人家还没察觉异常，迅速地离开了。

见张嬷嬷还要劝说自己，黄四娘抢先开了口："再怎么样，我们灯河黄氏也是有传承的人家，这种违背祖德、败坏名声的事情，嬷嬷还要让我去做不成？"

见自家姑娘把名声和祖德都搬出来了，张嬷嬷就算再得了大老爷的吩咐，此刻也不好再说了。她是有任务在身的，眼下真惹恼了四姑娘又有什么好？还不如徐徐图之。

思及此，张嬷嬷连忙小声说道："四姑娘说得是，是老奴见识短浅了。总归这一路还有好些时日，不急，不急……"

夜风带着潮气，吹得人脊背生寒。

项宜回了卧房，坐在了案台前，让乔荇把她平日制印的东西拿来。如今她不必照管中馈，闲暇的时候多了起来，便想多刻一些印章。

乔荇听了，想起昨日项宜刚刻好了一枚闲章，便问了一句："夫人可是要制新章？要用什么玉石？"

她说着，就把谭家大爷买的那一匣子贵重玉石拿了出来。

项宜制止了她，说道："用我前几日买的玉石吧。"

乔荇有些惊讶，下晌的时候，她还瞧见夫人细细地看了大爷送来的十块好玉石，怎么这会儿却不肯用那些玉石刻印？她想了想，道："夫人是舍不得用吗？夫人如今的技艺比从前好了太多，配得上这些玉料的。"

项宜听了，浅笑了一声，垂下眼眸，一时没有多言。

直到乔荇将她买的玉石拿了过来，她才说道："我的技艺比起真正的大家还差得太远，所以要抓紧时间精进，不然到了京城，刻的章卖不上价，就没了正经进项了。"

乔荇听见这话，神色一时有些落寞，说道："夫人还是如此辛苦……"

项宜却无所谓辛不辛苦，凭自己的本事吃饭总是最稳妥的。

她收拢了心思，安下心来，继续磨炼自己的技艺。

没过多久，外面传来熟悉的脚步声，项宜挑了挑眉，竟是那位大爷回来了。

谭廷理完了族里的事，便没在书房逗留，直接回了卧房。

他刚走进来，就看到项宜有些意外的眼神，不禁有些疑惑，不晓得妻子在意外什么。

"大爷回来了。"项宜说完便起了身，要过来帮他换衣裳。

谭廷早就同她说过好多次了，他不用她这样伺候，当下见她走过来，刚要再一次提醒她不必忙碌，就察觉她身上有几分凉气，便问道："方才出去转了转？"

他说着，不用她动手，自己解了外面的衣裳。

项宜应了一声，道是随便转了转。

谭廷听了，想到了方才的鱼羹，不由得看了妻子一眼，温声说道："那鱼羹甚是美味，是宜珍吩咐的？"

虽然不是她亲自送去的，但是到了晚间还能吃上如此美味的鱼羹，真让人心里暖融融的。

他看向妻子，却见她摇了摇头，说道："是建哥儿。"

她说话的嗓音有些轻飘飘的，谭廷下意识地以为她只是坐船疲乏了，又听她提起了谭建，忍不住笑了一声，说道："从前我总觉得谭建不思进取，可今日看了黄家姑娘送来的几篇文章，竟觉得他也不是那般不中用。"

黄四娘送来请他指点的几篇文章，都是出自黄氏宗家子弟之手，既然送到了他这里来，可见也是挑了几篇像样的，没想到与他那不中用的弟弟用来凑数的文章差不多，一时间竟有些让人不知谭建到底是何水平了。

他这般坦然地将黄四娘找过他的事情说与她知道，项宜忍不住愣了一下，目光落在他的脸上。不过黄家人的事情，她不便评论，于是没有说什么。

她素来话少，可是若说起谭建和杨蓁的事情，总还愿意说上两句，谁知这会儿竟然一言不发。谭廷不由得多看了妻子几眼，却见她神色淡淡的，看不出喜怒来。

项宜身上还有方才在外间沾染的凉气，此时替他拿了条手巾过来，谭廷轻触她的指尖，发现比平日里还要凉上许多。

他禁不住就想要将她发凉的手握在手心里，帮她暖一暖，然而还未动作，她便转身离开了。

谭廷的手顿在了原处。

白天在船头，他轻轻地握了一下她的手，她当时虽然也低头躲闪，脸上却带着三分不自在，就像是害羞了一般。可眼下，她就这么走开了，眼帘半垂着，神色没有一丝的波动。

谭廷没有言语，见她去整理被褥，便起身走到了外面，将春笋他们叫了过来，问道："是谁惹了夫人不快？"

仆从们你看看我、我看看你，谁也回答不上来。

谭廷皱了皱眉，回到房中，却见妻子这就准备就寝了。明明她同平日也没有太多差别，可他怎么都觉得不太对劲，忍不住喊道："宜珍……"

"大爷有什么吩咐？"项宜将灯端到了床边，听见他叫自己，便如常问了一句。

谭廷抿了抿唇，走到了她的身边，细细地去看她的神色，问道："是出了什么事吗？"

他突然这般问，直问得项宜怔了怔。

片刻后，她摇了摇头，无奈地笑了一声，说道："是大爷想多了，什么事都没有。"

她如常笑着，说完便准备就寝了。

谭廷默然，皱着眉头看了妻子好一会儿，想从她身上看出答案，可还是什么都没看出来。

接下来的两日，项宜没再似之前那样时不时去船头或者船尾吹风。谭廷若是不回卧房，几乎见不到自己的妻子。

末了，他干脆让人搬了一张书案到卧房里，除了要见人，其余时间也待在了卧房。船上的卧房并不大，他就这么挤了进来，项宜都不知道该怎么办了。

这日，谭廷刚拆了一封信，便叫了她："广西武鸣科举舞弊案重审了。"

项宜的腰板儿瞬间挺直了。

谭廷就知道她惦记着这件事，索性直接将信拿给了她，说道："东宫的意思十分明确，是当真要彻查此事，不仅责令三司会审，还将涉嫌的几家世族的官员暂时调离，将寒门官员临时调过去审案。"

项宜看着信上的内容，听着谭廷的话语，禁不住激动起来。

这是东宫在给寒门庶族机会，是再大的世家也无法按下去的彻查。今日能翻查广西武鸣科举舞弊案，明日是不是也能重审她父亲的贪污案了？

谭廷见她捏着信的手都有些颤抖了，忍不住上前将人抱在了怀中，说道："岳父的事情，以前是我没看明白。此次进了京，我们便想办法给岳父翻案，可好？"

项直渊的贪污案是惊动了多少人的大案，且已盖棺定论，翻案谈何容易？项宜都不晓得何时才有那样的机会，或许要等到太子继位，可她身后的男人竟开口说了这话。

项宜不由得转头向谭廷看了过去，却见他半分玩笑的意思都没有，反而眼神坚毅地与她对视，和他之前的态度完全不同。

她本想说此事是项家的事情，其实与他无关，只是看着这眼神，她竟一时没能说出口。她虽然没有请他帮忙的意思，但是他的这番好意，她记下了。

广西武鸣科举舞弊案重审了，也就意味着义兄和杨木洪已经安全了，接下来的事情，便要看三司会审的结果了。

此案并不复杂，可是时隔多年，从前朝廷还派了钦差大臣前去审案，都没能将真相公之于众，可见涉案世族的势力有多强大。如今此案就这么翻了出来，虽是好事，但说不好就要引发动荡。

谭廷接了信的当天，便让人给清嶂和谭氏各个旁支传信，令所有谭氏族人谨言慎行，务必不要在这个时候与寒门庶族的百姓发生冲突。

他让人传了信，又吩咐加速行船，早早北上。

之后的几日，广西武鸣科举舞弊案重审一事在各地的寒门学子之间传播开来，还有一些郁郁不得志的寒门秀才不知从哪里听到了消息，将那广西武鸣科举舞弊案的内情半真半假地写了出来，最后连平头百姓也都知道了。

谭廷一行这两日在岸边府县补给的时候，便能感觉到街市上喧闹混乱，渐有一种压不下的势头。

庶族百姓原本就在世家之下忍气吞声地活着，他们可以为世家做佃户、打散工，连吃不饱饭也能忍耐，可世家居然把他们最后的希望也掐灭了！没了科举的上升之路，他们这些人还有什么盼头？难道世世代代只能被世家盘剥，匍匐在世家的脚边为奴为婢吗？

谭氏是有名的世族，近日船只停靠补给的时候，谭廷发现百姓对他们的态度明显不一样了，先前挤过来想要为谭氏做事的人极多，现在却都对他们横眉冷对的。

谭廷见状，当即吩咐船工加速行船，早日进京。不想越是心急，越是出了事——经过领水县时，山上滚下了一块巨石，谭氏的船撞上去了，虽然并无大碍，但必须临时停船修整。

领水县没有特别大的世族，不过小世族还是有的。大世族多半还顾及几分脸面，不会对庶族百姓太过剥削，可小世族就不一样了，压榨百姓时可谓不择手段。

谭廷一行走在领水县城的街道上时，不断听到有百姓低声咒骂本地的冯、薛两家世族。

百姓们戾气颇重，吵闹声不绝于耳，谭廷一行不欲闹出事端，一直低调行事，当晚暂住在了离县衙不远的一家客栈里。

众人全速行了好几日的船，在船上时无聊极了，眼下都想出去转转。谭廷见县衙附近的秩序还算稳定，便道只能在这条县衙大街上走动，不许远离。众人都晓得利害，皆应了谭廷的话。

谭廷想起妻子这几日只在房中篆刻，想必也有些无聊，便放下手头的事情，想陪着她出去转转。

项宜连道不必，说自己和乔荇出去随便转转即可。男人闻言，唇角瞬间压了下来。

项宜无奈，只能应了下来。

然而他们走了没几步，清嶂和京城就都来了信。眼下这个敏感时期，谭廷不能不留意各处消息，项宜便顺势请他先行回去。

谭廷看了妻子一眼，没应她的话，而是在旁边的茶馆落座，打算立马将事情处理了就去寻她。

他既然做了这个决定，项宜也不好多说什么，当下就带着乔荇先行离去了。谭廷不放心，指派了一个护卫跟上她。

项宜逛了一会儿，发现此地有几间不错的笔墨铺子，想必从前学风浓厚，只是眼下，这些笔墨铺子寥落了不少。

她替项寓买了几块墨，便无心再逛，转身往茶馆走去，不想远远地就看到了黄氏的两位姑娘。

那位陪同自家姑娘上京的张嬷嬷不知道同黄六娘说了什么，就让丫鬟带着黄六娘往别处去了。张嬷嬷又将一个点心提盒塞到了黄四娘的手里，而后朝着谭廷在坐的茶馆方向，推了黄四娘一把。

项宜停在了街道上，半晌没有挪动步子。

跟在她身后的护卫眼见天色已晚，便问了一句："夫人不回茶馆吗？"

说话间，那黄四娘提着提盒，身姿娉婷地走进了茶馆，张嬷嬷和秦焦则一左一右地站在茶馆门口。

项宜收回目光，转过身，说道："再去别处转转吧。"

天色越发黑了，黑幕笼罩着有些躁动的县城，给人一种压抑感。

项宜又在附近转了一会儿，街边铺子陆续打了烊。就在她犹豫要不要回去的时候，突然有一道尖厉的声音传了过来："杀人了！杀人了！"

项宜惊诧地朝着那边看了过去，便看到不远处火光冲天，将黑色的夜幕撕开了一道巨大的口子。

下一秒，一群人不知从何处钻了出来，直冲着项宜所处的县衙大街而来，一瞬间便将她和护卫冲散了。

茶馆内，谭廷看完两封信，便借了纸笔，先给清嵋家中写回信。

写完了这封回信，他便打算去街上寻妻子，可一抬头，就看到有女子走了过来。天色昏暗，看不清人，他还以为是妻子回来了，连忙上前两步，而后陡然发现来的人竟然是黄四娘。

黄四娘提着点心提盒，先见着那位谭家大爷看过来的目光甚是温柔，当即心跳加快，不想男人定睛又看了她一眼，那温柔目光转瞬消失了。

谭廷淡淡地开口："黄姑娘？"

黄四娘莫名其妙地就有些怕他，准备好的话怎么都说不出口了。她用余光扫了一眼张嬷嬷，就见张嬷嬷不住地向自己使眼色。

黄四娘无奈，把心一横，刚要上前把点心提盒送给谭廷，就听见一阵骚乱的动静从街道上传来。她惊得手一抖，而眼前的男人则是直接越过她，朝着门口走了过去。

只见方才还安宁祥和的县衙大街上，突然冲过来一群人，这群人慌乱地奔跑着，口中大喊着"杀人了、杀人了"，逃命般冲了过来。而他们身后的方向，火光冲上云霄，不知何时，半个县城已被映得一片通红。

守在茶馆门口的张嬷嬷身子笨重，没来得及躲闪，一下就被人撞倒在地。她刚要开口咒骂，就看到后面竟然还有一大群人奔来，个个红着眼、青筋暴起，有穿着长衫的书生，也有穿着短褐的壮汉，半数的人手里竟还提着刀枪、斧头一类的武器。

生死只在一瞬之间，有两个穿锦衣的男子跑得慢，被追上来的人骤然砍倒在地，鲜血四溅，惊恐的尖叫声顿时响彻夜空。

张嬷嬷哪里还敢再骂人，当即惊叫着向谭家护卫的身后跑去。

萧观就守在附近，见状再不敢有一丝耽搁，当即叫众护卫守住茶馆。

谭廷脸色一沉，知道自己担心许久的事情到底是发生了。

他们拉住了一个惊慌逃窜的本地百姓一问，才知道了这场骚乱的原因。

广西武鸣科举舞弊案被重审之后，各地寒门书生都恼怒起来，为自己多年应考无门而愤愤不平，还有人将一些半真半假的消息写成书报，传播开来。

而这领水县以前学风浓厚，因着这几年科举中第的人越来越少，连笔墨铺子也萧条了，不少寒门书生只能回家种地。谁知去岁严寒，他们无法过活，连仅有的田地也不得不贱卖给世家。

他们心里虽然有气，但世道如此，也只能忍耐下来，压在心中。而这广西武鸣科举舞弊案所暴露的真相，就像是一根针，只消轻轻一挑，便释放了他们心中压抑许久的愤怒。

今日他们聚在了一起，要去县衙讨个公道，不想还没到县衙，就恰好遇上了本地世族冯、薛两家的人正包了酒楼吃酒。两方相见，三言两语就闹了起来。

一个老秀才看到一个中了举人的世家草包也在此，上前就要同那人理论。那人自然不是当真靠自己的本事考来的功名，当下心虚了，恼羞成怒地叫奴仆将那老秀才狠狠打了一顿。

若在往日，就算有人出头，此事也会因为世家的权势而不了了之。但今日不同，寒门书生们本就一腔愤怒，再见世族子弟竟然猖狂到了这种地步，肆无忌惮地当街打人，顿时更是怒火冲天，一时间顾不了许多，一窝蜂冲了上去。

那几个世族子弟嚣张惯了，平日里皮鞭一甩就能让这些庶族百姓缩着脖子走开，当下见他们竟敢冲过来，惊得连忙喊人："你们竟敢闹事？小的们，都往死里打！"

没有人在此时怯场，整个酒楼顿时乱成一团，可谁都没有想到，这么一动手，还真出了人命——那老秀才忽然被人从二楼推了下去，当场就摔死了。

冯、薛两大世族的人还以为庶族百姓这下可要老实了，可老秀才的血直接刺红了众书生的眼。

酒楼附近恰有两个打铁铺子，众书生手无寸铁，打不过冯、薛两家的人，就冲进了打铁铺子拿兵器。打铁铺子的铁匠亦是被压迫多时的庶族百姓，当下直接将铺子里的各样兵器俱散了出去，也大喊着加入了反抗的队伍。

而庶族哪里只有书生和铁匠，放眼望去，那些苟活着的不起眼的商贩匠人、伙计奴仆，皆是庶族！

打杀就这么开始了，酒楼不知被什么人放了一把火，火苗腾地烧上了天，就像是寒门庶族之人心里的火也烧了起来。

世族的人终于察觉不对了，拔腿就跑，向两大家族聚集的地方呼喊报信。而他们越是惊恐奔跑，那些庶族百姓心里的火就烧得越旺盛。

这条街有七成的店铺是那本地世族的铺子，庶族百姓杀红了眼，闯进周边的铺子一通打砸。

茶馆掌柜见状，顿时弃了茶馆，从后门逃了出去。谭廷一行却走不了，干脆将此地围了起来。

谭廷一边吩咐人守住茶馆，一边着人立刻去县衙击鼓报信，又厉声叫了萧观，说道："快去找夫人、二爷、二夫人，还有黄家小姐！"

说完，他不安地向混乱的人群看去。宜珍就在这附近，应该会很快回来吧？

杨蓁和谭建在路边买了两块本地的香糕吃，忽然听到一阵喧哗声，杨蓁下意识地以为附近来了什么热闹，拉着谭建就往喧闹声传来的方向跑了过去，谁想刚跑过去，就看到一大帮人忽地出来，而远处的天空也被火光映得通红。

前面跑过去的人忙于逃命，后面追来的人手持刀枪、火把，所到之处，惊叫连连。

谭建连忙将杨蓁拉到了怀里，急匆匆地往回赶："快！快回去！"

然而两个人跑了没几步，就被人拦住了去路。

拦住他们的人大声喊道："这两个人身着华服，必然是冯、薛两家的人！大家莫要让他们跑了！"

下一秒，那人就提刀冲了过来，仿佛要将二人立刻砍死在街头一般。

谭建和杨蓁皆是一震，幸而皆有功夫在身，谭建一把夺了那人手里的刀，杨蓁则一脚将那人踹翻在地，而后趁着没有更多人过来，匆忙将外衣反过来穿上，急匆匆地向茶馆跑去。

他们也算幸运，跑了不远就遇上了谭家护卫，有惊无险地回到了茶馆。

谭廷见弟弟、弟媳安然回来，稍微松了口气，可是他的妻子到现在还没有回来。

他惊诧地问："为什么夫人还没回来？"

萧观派人去找了三回了，也没有找到项宜的影子。

秦焦抿了抿唇，没敢在此时出声。方才他远远地看见项氏了，项氏本是要回来的，只是瞧见黄四姑娘拿着点心进了茶馆，便转头走开了。

他彼时还意外了半晌，原来项氏真的没有要占着大爷正妻之位的意思，和他从前以为的贪婪妇人大不相同。

眼下，秦焦看着外面那些疯了一样的寒门书生，蓦然想到自己中了举人后，也是无论如何都中不了进士了。不过他总觉得，人在世上就得识时务，要抱上世家的腿，才能谋个一官半职……外面的打打杀杀还在继续，秦焦陷入了沉思。

谭廷又增派了人手出去找项宜。

那张嬷嬷瞧着，嘀咕了一句："项氏夫人也是庶族出身，那些人应该不会对她动手吧？此时还没回来，说不定是同那些庶族百姓走到一处了……"

她觉得这领水县的庶族简直是疯了，竟敢向世族下手了。那项氏也是庶族的人，本不该占着世族宗妇之位，谭家大爷的妻室还得让世家小姐来做才是。

然而她这话还没说完，谭廷冷厉的眼神就落了过来，杨蓁更是直接打断了她："闭嘴！就是因为有你们这样的人在，才逼得他们造了反！你若再敢说我大嫂一句，我割了你的舌头！"

张嬷嬷吓得跟跄了一步，见这位忠庆伯府的姑娘还拿着夺来的刀，当真怕了她，连连退到了黄四娘身后。

黄四娘早就嫌弃张嬷嬷话多，当下也训了张嬷嬷一句："六妹也还没回来，嬷嬷莫要再乱说话了。"

杨蓁见黄四娘训斥了那老嬷嬷，也就没多言了。

可张嬷嬷不知悔改，又在黄四娘的耳边嘀咕起来："老奴就是试一试谭家待那项氏的态度。"

杨蓁的态度自不必说了，黄四娘方才也看到了谭家大爷冷厉的眼神。

"人家到底是夫妻，总还是在意的。"她见谭廷又增派了几人去找项宜，不由得有些失落，低声说道，"端看他连番派人去找项氏，也知道了。"

张嬷嬷却不这么想，说道："人总还是要找的，面子上的事罢了……"

然而话音未落，黄四娘就见那谭家大爷一把拿过了护卫的佩剑，径直往外面走去。

萧观和谭建见谭廷提着剑出门，都晓得他实在耐不住，要去亲自找项宜了。可他到底是一族宗子、谭家最紧要的人，怎么能在此时出去冒险？二人连忙上前劝阻，要替谭廷去找。

谭廷看着外面的人一拨又一拨地跑过，护卫也连番派出去了许多，可就是不见妻子的身影。

等待的时间越久，他的心就越急。妻子连骑马都是刚学会的，不似弟妹那般出身行伍，有功夫在身。她不过是个手无寸铁的弱女子，在这彻底失控的骚乱里，如何自保？

想到这些，谭廷心头焦急得厉害，任谁劝阻都没用，吩咐了谭建守好此地，就带着萧观闯进了混乱的人群。

"宜珍！宜珍！"他连声呼喊着妻子的名字。

茶馆里的黄四娘和张嬷嬷见状，都愣在了原地。谭廷连番派护卫出去寻人，眼下更是不顾自身安危，亲自出去找人，黄四娘就算再傻此时也明白了，这位谭家大爷根本不似旁人说的那般与妻子关系极差，反而是将他的原配放在了心上。

张嬷嬷也语塞了："这……"

"嬷嬷还是别说话了。"黄四娘看着谭廷远去的背影，神色落寞了几分。

那谭家大爷确实很好，比她的父兄要好得多，亦让人心动，可是，他是旁人的良人。

黄六娘原本要回去歇脚了，可张嬷嬷说下船一次不容易，又说街道另一头儿有好玩的，让她再转一转。她累了，其实是不想转的，可一想到去茶馆指不定要碰上那项氏，又犹豫起来。

这几日在船上，项氏还算规矩，待在卧房很少出来，没有坏了她看两岸风景的好心情。只是她也不想同那项氏有任何交集，免得回头到了京城，被其他世家的姑娘笑话。

思及此，她便顺着张嬷嬷的意思，继续闲逛了。谁想这一逛，就遇上了城中骚乱。

黄六娘被那些疯了一样的男人撞得头晕眼花，险些倒在地上，丫鬟也走散了。

见眼前一片混乱，她只能找个角落躲起来，想等这群狂徒跑过去，再想办法回去。谁想许久过去了，街道不仅没有安静下来，反而人更多了，闯进沿街的铺子乱打乱砸。

黄六娘吓坏了，躲着不敢出声。

就在这时，忽然有人一把拉住了她的胳膊。她转头看去，竟是一个满脸横肉的陌生男人。那男人看她的眼神令人不寒而栗，他"啧啧"两声，就怪笑着将她往巷子深处拉去。

黄六娘惊得直叫，谁想又引来一个男子，也两眼放光地朝她扑了过来。拉扯之间，她的衣裳被扯开了许多，钗环也落了一地。没有人能救她了，满街混乱，她如果再尖叫，恐怕只会引来更多的恶人。

那一刻，黄六娘的脑袋一片空白。她是养尊处优的世家小姐，何时遇到过这等事情！

就在这个时候，忽然有人飞身上前，两脚踹倒了那两个壮汉。黄六娘转头一看，竟是谭家的护卫。

那护卫说道："是我家夫人让小人来救姑娘的！"

"你家夫人？"黄六娘一愣，还未想明白这话的意思，就被护卫拉着往巷子的另一头儿跑去。

护卫推开一扇窄小的门，她赶紧跑进去，一眼就看到了站在门后等待的项宜。

项宜轻声问道："六姑娘没事吧？"

她的嗓音依旧淡淡的，没有什么情绪，可黄六娘此时听在耳中，只觉得如闻天籁。

这时，一旁有人跑上前来，正是与她走散的丫鬟，主仆二人禁不住抱头哭了起来。

半晌，黄六娘平静了一些，知道自己算是死里逃生了，而救她的人，正是她看不上的项氏。她看着项宜，眼泪又止不住地流了下来。

下一秒，她向项宜板板正正地行了一礼，再没有一丝轻视，说道："黄氏六娘多谢夫人救命之恩！"

项宜和乔苻见人群冲过来，便觉得要乱了，匆忙找了这个狭窄的地方避难，还顺手救了两个吓坏的孩子以及一个被撞伤的女子。

他们躲在此地不敢出声，幸好之前谭廷指派保护她的护卫很快找了过来，项宜这才松了口气。

可他们这些人不是女人就是孩子，护卫一人根本无法带着他们安全离开，项宜便干脆决定暂且留在这里，等外面消停下来或者谭家的人找过来再说。

不想外面越来越乱，浑水摸鱼的人也越来越多，有打砸的，也有顺手牵羊的，还有人盯上落单的女子。

项宜先救了黄六娘的丫鬟，又听闻黄六娘可能就在附近，便让护卫出去寻找，还真就在危急关头把人救了回来。

眼下，项宜见黄六娘向自己行礼道谢，连忙摆了摆手，道是顺手为之，当不得救命之恩。今日不管是黄六娘还是旁的女子，她都没有不去救的道理。

外面又是一阵打砸声传来，骚乱没有停下来的趋势，反而愈演愈烈了，而县衙不知怎么的，竟毫无动静。

这时，似乎有人想要闯空门，竟在外面撞起了门，门后的人皆惊了惊。项宜急忙示意众人不要出声，死死顶住门板。

外面的人连着撞了好几下，见还是没有撞开，便咒骂了两句，暂时离开了。

门后众人的脸色都难看起来，再这样下去，说不定他们连这个小小的容身之地也没有了。

项宜亦皱起了眉头。

知县恐怕是指望不上了，若是有人能一力接管县衙，出兵镇压骚乱就好了。思及此，项宜禁不住期盼地朝着某个方向看去。

"宜珍！项宜珍！"谭廷嗓子嘶哑，心口焦急得厉害，可来回寻了许久，还是没能寻到妻子的踪迹。

他转过头，忽然看到一队官兵，可那些官兵并未镇压骚乱，反而护着一个弓着身子的男人逃窜。

谭廷一下就明白了，眼睛都瞪了起来，直接叫了人："拦住那狗官的去路！把人给我押过来！"

难怪骚乱了许久，他还让人去敲了衙门前的大鼓，官府却没有一点儿出动官兵的迹象，原来是那知县当了逃兵，让官兵护着自己偷溜！

谭廷的人出其不意，一下就打散了护着知县逃跑的官兵，将那惊恐万状的知县抓了过来。

知县哆嗦着问道："你……你是何人？！"

不等谭廷开口，萧观就走上前去，亮出了清崤谭氏的身份。

清崤谭氏是比本地的冯、薛两家大了不知多少倍的世族，那知县听得一激灵，说道："谭……谭氏？！你们要做什么？"

他和本地的冯、薛两族牵扯颇深，眼见着暴民连世族的人都敢杀，他吓坏了，想要跑出城去，谁知越是想跑就越跑不掉，眼下竟被谭氏的人逮住了。

他看着被谭氏护卫簇拥着的锦衣男子，那男子冷笑一声后开了口："城中乱成这般，你竟只顾自己逃命？今日，就让谭某来教教你如何做个知县！"

谭廷脸色沉到了极点，看了一眼身边的护卫，吩咐道："把这狗官给我押回县衙。"

谭廷强行压下了心头的焦虑。他一时间寻不到他的宜珍了，她那般聪慧，一定是躲了起来，那么他要做的，便是将这场骚乱一力压下去。

骚乱停了，她自然就安全了。

茶馆内，谭建正在发愁，自家大哥和大嫂眼下还没有回来，外面却越发乱了。

清崤有谭氏坐镇，他从没见过这般混乱的场景，而出了清崤，他见到的混乱场景越来越多了。

世道的艰辛一直在，只是太平的年景能给人织一场梦，将人蒙蔽。可梦到底是虚假的，梦醒之后，人便会爆发。

谭建叹了口气，看向县衙，说道："县衙是怎么回事，难道知县不在？"

谭家的人将县衙门前的鼓敲了一遍又一遍，可县衙就像是空了一样，里面一点儿动静都没有。

杨蓁冷哼了一声，说道："狗官指不定跑路了！"

县城大乱，知县还跑了，这场骚乱什么时候才能停止？恐怕不仅不会停止，还会引来周边的匪贼强盗……

就在这个时候，有人忽然喊道："县衙门前来人了！"

茶馆里的众人急急向县衙看了过去，谭建一眼就看到了骑在高头大马上的自家大哥。

只见大哥一个眼神看过去，萧观就拎了个干瘪老头儿出来。那老头儿跟跄着走了几步，拍打着县衙的大门，喊道："快开门！本……本官回来了！"

谭建不由得愣了愣，那老头儿竟就是本地的知县！

县衙大门一开，谭建就带着茶馆里的众人转移了过去，他注意到那干瘪知县一身平头百姓的打扮，一看就是要混在人群里逃出去。太平日子里他作威作福，到了骚乱之时，竟敢就这么跑路！

不等谭建开口，杨蓁就过去将那知县质问了一通，直问得那小老头儿哭丧着脸，再也说不出话来。

这时，谭建发现大嫂并没有回来，杨蓁也发现了，当即问道："大嫂呢？"

谭廷听到问话眸色一沉，眉头皱了起来。

萧观在一旁小声地回答了杨蓁："夫人还没找到。"

"怎么会这样？"杨蓁和谭建顿时惊了惊。

谭廷眸色沉沉地看了一眼远处的火光，又看了知县一眼，说道："把县衙的人手都叫过来。"

知县不敢违忤，连忙让人把官兵都叫过来，又说道："只靠我们县衙这点儿人，只怕也管不住外面的骚乱啊。"

谭廷冷哼了一声。

若是骚乱刚发生时，知县就聚拢人出去管控，情势根本不会变成现在这样。而眼下，这些人手确实不够了。

谭廷也没指望这些人能做什么，只问了一句："离县城最近的卫所是哪一个？"

知县听了，急忙回答道："是湖门千户所！不过来回要一个时辰。"

他在骚乱之初就想过去千户所求助，可一想到那湖门千户所的千户是个不好说话的人，与本地的冯、薛两族也关系平平，甚至还有些不待见，就打消了念头。

可他刚说完，就听见谭氏那位不知是何身份的锦衣男子问了一句："那千户可是魏乾？"

知县惊讶地看着眼前的锦衣男子，答道："正是！"

谭建走上前来，问自家大哥："大哥认识那千户？"

谭廷点了点头，说道："谭氏与他有些交情。"

知县更惊讶了，还没弄明白谭氏这些人的具体身份，就听见锦衣男子直接差遣了县衙里为数不多的官差："五人一队，上街巡逻，以镇压骚乱、赶走匪贼为要。"

最后，锦衣男子还特意强调了一句："不许打杀百姓。"

知县不清楚这位锦衣男子的路数，也不知道他到底是向着庶族百姓还是要替世族出头，只能吆喝着让手下照做。

谭廷看了一眼被火光染红的天空，低声吩咐了萧观继续派人寻找项宜的下落，又转头吩咐谭建守好县衙和众人。做好安排后，他便打算上马，带人去千户所请求支援。

这时，冯、薛两家的人跑了过来，让知县派官差支援他们，说道："那些暴民扬言要烧了世家的宅子，眼看就要攻破我们两家的大门了！"

知县素来与这两家交好，可是此刻县衙不是他做主了，他只能看向了谭廷。

谭廷又是一声冷哼，一点儿要帮衬的意思也没有，说道："他们自己做的孽，让他们自己受着吧。"

谭廷言罢，直接翻身上马，带上人飞奔离去。

项宜等人躲在门后，完全找不到出去的机会。

护卫趁着外面稍安，去路边的摊子上取了被摊主弃下的烧饼，照着项宜的吩咐放了银钱，回来后将饼分给众人吃。

众人虽然饿坏了，但眼看外面成了烧杀抢掠的修罗之地，谁都没有心思吃喝。

官府的人迟迟没有现身，项宜猜想那知县定是逃跑了，他们只能留在此地继续等待时机。

初春的北地甚是寒冷，众人只能挤在一起，幸而此处在高墙下面，算得一个避风之处了。

就这样又过了一阵，项宜隐隐约约听见了官差敲锣的声音，片刻后，其他人也听见了，神色皆是一振。等那官差的锣声靠近，她们就可以离开此地了！

不想就在这时，一旁被锁起来的空院子里好似有了动静。众人你看看我、我看看你，接着便听到隔壁传来一群男人说话的声音。

这些男人自然不是空院子的主人，而是趁乱跑到城中抢劫的强盗，在城中劫掠了一番后，恰找了这个空院子歇脚。

他们低声议论的声音，街道上的人自然听不清，可避在一旁狭窄过道里的项宜等人听得一清二楚。

黄六娘和两个小孩得知隔壁院子里有七八个亡命之徒，顿时吓得大气儿都不敢喘了。

项宜亦不安了起来，他们只等着官差过来便能离开此地了，谁知眼下竟遇到了强盗。

下一瞬，一个小孩突然不慎踩到地上的枯枝，发出了一声脆响。

寂静的狭窄过道间，那声脆响似被无限放大了一般，而隔壁院子里，强盗们低声议论的声音骤然一停。

项宜心里一沉，抬头看去，便见那些亡命之徒极其警觉地从墙的另一边翻了过来。

强盗们翻墙过来后，发现面前的人大多是女人和孩子，脸上的警觉顿时消散。

有两个不正经的强盗看到黄六娘主仆，直接调笑了起来："还有这等送上门来的好事？"

说话间，他们径直朝黄六娘走了过来。

说时迟，那时快，护卫腾地一下跳了出来，说道："小人挡着他们，夫人和姑娘们快跑！"

项宜也深知没有别的办法了，跑上街或许还有生机，留下来只能坐以待毙。下一秒，她一把拉开了通往街道的门，喊道："快跑！"

众人立马从狭窄的过道里跑了出去，护卫则拔剑与强盗们战作一团。可他到底势单力薄，很快就抵挡不住了。

强盗们亡命天涯多年，自然不是吃素的，当下就有几个人越过侍卫，一边朝着项宜等人追了过去，一边喊道："到了嘴的肥肉可不能丢了！"

一眨眼的工夫，其中一人便扯住了黄六娘，另一人则来到了项宜面前，挡住了项宜的去路，淫笑着说道："啧，一个比一个漂亮，今晚可真是享福了。"

项宜惊诧地后退两步，连声喊了起来，却没有得到任何回应，方才明明就在附近的官差的锣声也消失了。

强盗笑了起来，说道："就算那些官差来了，你觉得有用吗？官差若是有用，城中还能乱成这样？"

言罢，此人便扑了过来。

项宜连忙躲闪，还真的躲开了那人的手。可那强盗越发兴奋起来，手下的力道也更重，一把抓住了项宜的肩头。

项宜只觉肩头一痛。

说时迟，那时快，忽然有一道破风之声传了过来，接着便是利器扎进皮肉的声音。

项宜瞪大眼睛的一瞬，有血溅在了她的鼻尖，而方才抓着她的那只手陡然垂下。

她定睛一看，就见强盗的胸口被一箭射中，下一秒，那人目眦尽裂地倒在了地上。

项宜在陡然的变故里怔了一时，而后抬起头，就看到了被火光染红的夜空下，男人手握一张长弓，身姿挺拔地骑在一匹黑色骏马上。

男人的身后，冲天的火光下，乌泱泱全是官兵。

谭廷在方才那一瞬里脑袋一空，手中的箭想都没想就射了出去。而眼下，他更是立时翻身下马，两步冲到了项宜身前。

项宜的鼻尖上还沾着从那强盗身上迸出的鲜血。

男人拉住她的手臂，上上下下地打量着她，半晌，才闭起眼睛大松了一口气。接着，他抬起手来，骨节分明的手指落在她的鼻尖，轻轻地擦掉了那滴鲜血。

他的动作轻柔极了，项宜怔了一瞬，这时才陡然回过神儿来。

见他身后都是他带来的人，她嗓音略哑地问了一句："有官兵前来了？"

男人还在打量她，一时没有回应这个问题。

倒是萧观指派了众人将黄六娘等人救下来后，上前说了一句："回夫人，大爷接管了县衙，又去附近的千户所寻来了官兵支援，城中很快就能无事了！"

项宜听了这番话，忍不住向眼前的男人看了过去。

他的侧脸被火光映得更加坚毅分明，眉头紧锁，眼眸里涌动着项宜说不清楚的情绪。

项宜没想到，自己期盼的能够在这混乱里一力接管县衙、镇压暴乱的人，竟然是眼前的谭家大爷。

她一时间没能挪开看向他的目光。

谭廷迎着妻子难得落在自己身上的目光，轻声问了一句："怎么了？"

风吹来浓烟的气味，项宜沉默了一会儿，转瞬想到了什么，收回目光，轻轻地摇了摇头。

她没开口，谭廷也没再问，只是又低头看了妻子半晌，然后拉了马上前，径直将她抱了起来，放在了马背上，接着翻身上马，坐在了她的身后。

这是他们第三次同乘一骑，只是这一次，他环在项宜腰间的手臂始终没有松开，力道极重，就那么紧紧地将她拥在了怀里。

之前他们同乘一骑时，只有夫妻二人，而眼下，他们的身后跟了几百人，浩浩荡荡地朝县衙的方向而去。

县城不算大，众人没一会儿就到了县衙门前。

县衙里的人听见马蹄声，都迎了出来。

"大嫂！"

项宜听见了谭建和杨蓁高声喊她，正要回应，一转头却看到了黄四娘。那黄四娘的目光亦落在了她和谭廷的身上。

此时，项宜身后的男人翻身下了马，抬手要将她抱下来。

项宜觉得不合适，便要自行从马上下来。

下一秒，谭廷上前，不由分说地当着众人的面，尤其当着那黄四娘的面，双手托住了她的身子，亲自将她从马背上抱了下来。

缔婚

法采 著

下　册

青岛出版集团｜青岛出版社

第十一章
初入京

县衙门前，当着众人的面，项宜就这么被谭家大爷抱了下来。

她窘迫了一时，身边的男人却丝毫未觉不妥，与湖门千户所的千户一道分派人手，镇压城中暴乱。

杨蓁跑过来问项宜有没有受伤，又说道："二爷同我被当成冯、薛两家的人，差点儿就被砍了，幸而我们有功夫在身！"

这话当真吓了项宜一跳，原来城中不仅有强盗为非作歹，连寻常百姓也杀红了眼，不分青红皂白，只要看到身穿绫罗绸缎的人就要痛下杀手。这便是不祥之兆了。

项宜叹了口气，没有说出黄六娘差点儿被玷污的事情，只道自己也遇到了强盗，幸而谭廷来得及时。

黄六娘此时奔向了黄四娘，见到自家姐姐便止不住地掉眼泪。

黄四娘见她衣衫凌乱，钗环掉了大半，不禁吓得脸色都有些发白了，幸而她的衣衫还算完整，想必事情没有太糟。

黄六娘一边哭，一边说道："四姐，要不是项氏夫人救我，我就完了……"

黄四娘愣了愣，还以为自己听错了。

黄六娘哭着继续说道："幸亏项氏夫人派了护卫过来寻我，及时将我救了回去，不然我就……"

黄四娘听了这话，忍不住看向了站在谭家宗子身边的女子。

她站在石阶上，正和她的弟妹说着话，发髻有些凌乱，鬓边的碎发被夜风吹动，明明身姿纤瘦，却给人一种安定之感。

今夜令人惊恐，可她并没有被吓到发抖，只是目露担忧地看着被火点燃的街道。

谭家大爷同千户说了几句话，很快回到了她的身边，低头不知同她说了什么，见她轻轻地点了头，才转身离开。

黄四娘抿了抿嘴唇，方才那二人同乘一骑而来，男人亲手将妻子抱下来的场景还在眼前，她若是继续掩耳盗铃，又同那些故意介入旁人夫妻之间的风尘女子有什么区别？

张嬷嬷也听到了黄六娘的话，却怎么也不肯相信，道："真的假的？她好端端的，救六姑娘做什么？"

这话说得黄六娘险些一口气没上来，她瞪着张嬷嬷说道："嬷嬷这是什么意思？难道没人救我，嬷嬷才高兴？"

张嬷嬷也意识到自己说错话了，连忙赔罪："六姑娘息怒，老奴只是一时不敢相信。咱就是说，那项氏真有这么好心吗？"

黄六娘听了这话，顿时怒了，啐了张嬷嬷一口，斥道："呸！你自己不安好心，别把旁人也不当好人！如今在我眼里，项氏夫人就是菩萨一般的人物，不许你说她半句不好！"

黄六娘越想越后怕，今晚若不是项氏夫人出手相救，自己只怕是回不来了，就算回来了，身子和名声也都毁了。

张嬷嬷虽然是大房大老爷的人，但黄六娘的父亲三老爷才是灯河黄氏官阶最高的人，因此她敢在黄四娘的耳边絮叨，却不敢真的惹恼黄六娘。当下她被黄六娘啐了，也只能捂着老脸低下头，默默地忍了。

千户所的官兵极有威慑力，人数也够多，当下谭廷和千户魏乾一同商议着，连番派人在大街小巷镇压，不多时便听着外面的喧闹声小了不少。

那知县小老头儿在一旁看着，见极难说话的湖门千户所千户竟然跟那谭家的男人有商有量，不禁越发好奇那人的身份了，只怕不是清嶂谭氏的普通族人。不过不管那人是谁，眼下有人替他操心，把他办不了的事情办了，总是好的。

思及此，知县不禁窃喜，还想插嘴给那两个人出出主意，可那两个人连看都不看他一眼，他只好摸着鼻子退到一旁去了。

这时，有人冲到了县衙门前，不是庶族百姓，而依然是冯、薛两家的人。

比起前几次来的人，这次来的人更着急了，哀求道："县太爷，千户大人，快帮我们镇压那些暴民吧！他们杀红了眼，已经伤了不少人，马上就要把我们两家的大门攻破了！"

知县小老头儿根本做不了主，只好向谭廷看了过去，而魏乾也要看谭廷的意思。

项宜也想知道那位大爷是什么意思。场面混乱如斯，不管是世家还是庶族，今晚都不好过，眼下，当地的世家要被庶族百姓攻破了，他准备如何处置？

这是一件棘手的事情，毕竟谭廷的世家身份摆在这里。众人各怀心思，向他看了过去。

谭廷却丝毫没有纠结之色，只是冷哼了一声，状似无意地道："也罢，就去看看吧。"

冯家和薛家盘踞的河道两岸，原本是县城里最尊贵的地方，庶族百姓都不敢走此河道，要绕道而行。而如今，沿河两岸聚满了人，火把连成两条线，将整条河映得熠熠生辉。

两家最初被攻打时，还派出家丁护院与这些庶民战在一处，可这些庶族百姓像疯了一样，越拥越多，打不完、击不退，甚至将整座宅子围了起来。

今日在酒楼当众打了老秀才的，正是冯氏宗家的二老爷，他见那些庶民疯了，连忙在仆从的保护下跑回家，想向大哥求救，谁想庶族的人那么快就追了过来。

他大喊着让大哥派人击退那些庶民，却不仅没能击退，他大哥还被庶民扔进来的石头砸中了胳膊，摔在了地上。他急得连着派人去了五六趟县衙，请求官兵出面镇压，可官兵迟迟不来。

就在他以为那知县老头儿跑路了的时候，一阵锣鼓开道的声音传了过来，接着有人大喊："官兵来了！"

这冯二老爷听了，连忙爬到高台上去看，果然看见长长的官兵队伍直奔此地而来。

他吃了一日的憋屈，眼见着官兵总算来救他们了，当即振臂高呼："都给我打杀出去！官兵在此，这些贱民不敢造次！你们都给我上，便是打死百十个，我冯家也不怕！"

他倒要看看，这些庶族的贱民还能威风几时！

墙外的百姓已打红了眼睛，知道自己今晚若是退了，以后受这两族欺压的时候就更多了。官兵没来，便是没人管，好歹让他们出一口恶气。可他们眼看就要攻破冯、薛两家的大门了，官兵居然来了！而那冯氏看到官兵助阵，也再次得意起来，派人反扑，显然是要仗着官府的势，将他们这些庶族百姓打倒在地。

众百姓素来是晓得官府不会站在他们这边的，尤其如今的县太爷更是与冯、薛两家走得极近，何曾有替他们这些人做主的时候？

眼看着官兵来了，冯、薛两族的人也都冲了出来，众百姓心里顿时充满了悲戚。

冯二老爷站在高台上，看着墙外满脸悲戚的百姓，顿时得意地大笑起来，朝着官兵走来的方向大喊："知县老爷你总算来了！快，抓了这些胆敢犯上作乱的贱民！"

知县早就被架空了，手里一个可用的人都没有，眼见谭廷和魏乾带着人来了此处，没人理会他，他还是自己从县衙牵了马，跟跄着跟过来的。

他隔着老远就听见了冯二老爷这一声大喊，也看见了河道两岸拿着武器的庶族百姓。这般情形，定是这些庶民做得太过了！而那清嶧谭氏也是世家大族，必然不会真的帮衬这些庶族百姓的。

他正想着，忽然听见谭廷一声令下，接着，官兵们迅速出动，直奔冯、薛两家门前，竟然将刚刚冲出来、准备联合官兵打杀百姓的世族人手控制了起来。

情势陡转，冯、薛两族的人齐齐傻了眼，百姓们亦是愣怔不已。

那冯二老爷惊得险些从高台上掉下来，忍不住质问道："官兵缘何帮衬暴民？是他们要冲进来杀人！"

他还忍不住冲了那知县喊道："好个县太爷，平日里给你塞的钱还不够吗？！"

知县骤然被点名，脸色难看到了极点。

这时，谭廷缓步从人群里走了出来，看了看高台上的冯二老爷，又扫过冯、薛两族的人，这才开了口："今日是你们打杀老秀才在先，才引发了这场骚乱。而究其根本，难道不是你们平日里欺压庶族百姓太甚，又与某些官员暗中勾结，仗势欺人，才有今日的下场？"

他沉着镇定地说着，甫一出声，众人便都向他看了过来。

这话说得众百姓心里皆是一阵酸涩，太久没有人替他们出头了！

庶族的百姓们也是被逼无奈了，才有了今日的疯狂之举，但凡能有活路，他们何至于此？谁不想老婆孩子热炕头，本本分分地过自己的日子？谁又想打打杀杀，拼上一条命呢？

只是同样的话落在冯二老爷这样的人的耳朵里，却只觉得不服气。

冯二老爷眯起眼睛，看向负手立在众人前的锦衣男人，并不认识他是谁，只是发现知县和千户都跟在他的身后，便忍不住问了一句："你又是何人？"

与此同时，河对面的薛家也有人这么问。

谭廷只是冷笑一声，并无意回答他们的问题。

冯二老爷见他气势沉稳，又能号令一城官兵，猜想了片刻，说道："难道是寒门出身的官员？难怪要为你的同族出头！"

可他这么猜了，就听见谭廷嗤笑了一声。

与此同时，一旁的知县老头儿连忙同冯二老爷摆手。冯二老爷便又去细看谭廷身边的护卫，见那些护卫衣着整齐如一，分明是世家的做派。

这人既然是世家的人，怎么会向着庶族？他实在弄不清此人的路数了。

这时，冯大老爷将他从高台上叫了下来，搭着胳膊亲自上了高台，说道："这些庶族暴民作乱，我们世族更应该同舟共济！"

冯家虽然只是本地的小世族，但也同大的世族有些往来，当下他便说出了几个交好的大世族的姓氏，欲暗暗拉拢或者压制谭廷。可他连着说了好几个大世族的姓氏，那个锦衣男人始终不为所动，面色也没有丝毫变化。

冯大老爷见状，决定再提一个更大的世族，虽然并不是真的攀上了，但眼下又有谁能证实呢？只要能让那人犹豫便是好的，不然他们两族今晚可就难保了。

思及此，他立马大言不惭地说道："我们亦同灯河黄氏相交甚密！"

这话一说出口，黄四娘和黄六娘便不可思议地对视了一眼。黄四娘还有些犹豫，黄六娘却气极了。正是这些人迫害庶族，才导致了今日的骚乱，眼下竟然还敢拉黄氏下水。

她一步走上前，问道："灯河黄氏？我便出自灯河黄氏宗家，不知你认识我家哪位叔伯兄弟？"

那冯大老爷只是托人给灯河黄氏送过年节礼，可是给灯河黄氏这样的大族送年节礼的人可太多了，大世族根本不会记得。

冯大老爷怎么也没想到此处还真有灯河黄氏的人，并且是黄氏宗家的人，不由得傻了眼。

众人一见他的反应，便都晓得他是在扯谎了。

黄六娘又说道："你们做败坏世族名声的事，莫要攀扯我们灯河黄氏！"

她气势这般足，弄得冯大老爷想圆谎都圆不下去了。可官兵把他们的人压得死死的，这情势不逆转怎么行？看来他得扯一个离此处更远的大世族，免得再出现被戳破的窘况。

思及此，他当即喊道："灯河黄氏便罢了，我们可是与清嵋谭氏来往最多的！"

他不敢攀扯四大家族，便挑了仅次于四大家族又离此处颇远的清嵋谭氏。

冯二老爷深知自己的哥哥是在扯谎罢了，不过这里根本不可能有清嵋谭氏的人，谁都戳破不了。

谁料下一秒，他们就见知县老头儿的脸色陡然变得古怪，还没弄清楚怎么回事，又见那锦衣男子身边的青年突然站了出来，冲着他们说道："你可知我们是谁？我们便是自清嵋北上的谭氏一族！"

而立在那锦衣男子身后的千户魏乾更是笑出了声来，看了号令众人的锦衣男子一眼，而后叫了冯大老爷一声，说道："好叫你知道，这位便是清嵋谭氏的宗子谭大人。"

他的话音落地，人群里先是静了片刻，接着爆发出一阵笑声，众人听了冯大老爷的谎话简直笑破了肚皮。

冯大老爷捂着受伤的手臂，窘得险些从高台上掉下来。

冯二老爷也傻了眼，清嵋谭氏怎么会到这里来，一族宗子又怎会在此？

知县也愣住了。他猜到这个锦衣男子是清嵋谭家说得上话的人，可是没想到竟然就是宗家宗子……

谭廷不想再听他们的废话了，摇头哼笑了一声，说道："今日即便是你们认识'林陈程李'四大家族，也挡不住谭某替天行道。"

说到这里，他回头看向魏乾，说道："今日城中骚乱是冯、薛两族在酒楼打杀引起，还请千户派人将这两族涉事之人通通押去本地府衙。谭某自会修书一封，向知府告知今夜一事的详情。"

他言语素来不多，此时三言两语便将事情理得清清楚楚，交代得明明白白。

魏乾从前便与谭氏出身的官员有过交集，对谭氏颇有好感，只是今日第一次见到这位年轻的宗子，眼下见他处身极正，遇事不慌，言语虽少，但处处点在要害，不由得越发心生好感。

魏乾当即应了下来，说道："谭大人放心，魏某早就看这两族不爽了，此番必将所有闹事之人押往府衙，不会有一条漏网之鱼！"

他一声令下，官兵便趁着两族门户大开，直接冲了进去。

只一瞬的工夫，情形完全翻转了。

庶族百姓无人撑腰，今晚本要豁出一条命，与这两个世族斗到底，没想到竟然有人就这样帮衬了他们。

谭廷的目光落在众百姓身上，缓缓地叹了一口气，说道："世、庶两族本该友好共处，却闹到这般地步，是世族有过。谭某进京后，必会将此间情况俱呈朝廷。东宫极重视此事，还请诸位莫要再胡乱打杀，待广西武鸣科举舞弊案重审完结，太子殿下自会为诸位做主！"

谭廷此番将话说得明明白白，众人闻言，悬着的心总算落了下来。

不少人闭起了眼睛，在这场突如其来的骚乱结束时，倏然落泪。

他们都是小民，在世族的严格管控下，既不能让自己的难处上达天听，也听不见朝廷的声音。可原来，还是会有人看到他们的难处，听到他们的心声，替他们做主啊！

天还未亮，这场原本失控的骚乱便落下了帷幕。

知县见状，连忙装模作样地上前感谢谭廷。

谭廷根本不愿多看他一眼，道："好叫知县晓得，今日是你做知县的最后一日了。"

关于知县逃跑的事情，他也会在写给知府的信里详细告知。这无用的知县，当真是做到头儿了。

听到这话，干瘪的知县老头儿顿时像被抽干了一样，倒在了一旁的衙役身上。他本想着背靠世族怎么都不会有错，可现在看来，竟是大错特错了……

一旁的秦焦看着失魂落魄的知县，也愣了一阵。

人群渐渐散去，县城逐渐恢复宁静，项宜的目光落在了那位谭家大爷的身上。

男人没有察觉，让人找来了纸笔，当场就走笔利落地修书一封，交给了魏乾。

魏乾收好书信，向男人抱拳告辞，而后翻身上马，带着一众人马离开了。

夜风吹拂，男人眼神坚毅，面容棱角分明。

谭廷转过头去，恰好看到了妻子落在他身上的目光。

项宜见他陡然回头，愣了一下，而后别开了目光。

谭廷见状，干脆走过去，站在她的面前，牵住了她的手。

项宜不由得僵了一僵，下意识地看向一旁的黄四娘。那是林大夫人安排给他的人吧？

她想把自己的手从他的手心里抽出来，却未如愿，而后便见那黄四娘带着黄六娘走了过来。

黄四娘走到项宜面前，郑重地给她行了一礼，说道："四娘已听六妹说了，是夫人大义，救了她一命。四娘替六妹，替灯河黄氏，给夫人道谢了。"

项宜不敢当，想要上前扶她，手却被男人紧紧地握住，根本抽不出来，她只能示意乔荇上前扶人。

黄四娘也看到了谭廷和项宜紧握的手。

她慢慢地垂下了眼帘，再没有看谭廷一眼，规规矩矩地退下了。

张嬷嬷还想说什么，就听见黄四娘说道："四娘不会再照着嬷嬷的话做了，嬷嬷就此闭嘴吧。"

见黄四娘心意已决，张嬷嬷不禁愕然，一句话也说不出来了。

众人皆已散去，县城终于恢复了平静。

项宜的手仍然被男人紧紧地握在手心，这是从未有过的奇怪姿势，她不知怎么办才好。

谭廷看了妻子半晌，见她无措，无奈地叹了口气。

她今日遇到了那般危险，他找到她的时候，心里紧绷得如同拉满的弓。然而她在经历那般险情后，似乎还要与他保持距离。

有那么一瞬间，谭廷想着干脆把手松开。可是下一秒，他想到今日她两度落在他身上的目光，忽然又多了一丝勇气。

思及此，他便没有松开她的手，反而问了一句："宜珍可否不要在我手心里握拳，而是将手打开？"

这句问话令项宜的手越发僵硬了。

这般姿态实在让她不习惯，可他难得把话说得如此明白。项宜怔了半晌，到底照着他说的，慢慢地松开了自己的掌心。

她刚一松开，就感觉到男人的指尖探到了她的指缝间，甚至还能感觉到他的指尖有握笔形成的薄茧。

十指交扣的那一瞬，项宜浑身僵了僵。

夜幕下，冷风里，他的手掌却是温热的，一阵一阵的热度传到了她的手上。

谭廷看着两个人交握的手，嘴角微微地扬了起来。

这般掌心紧贴的姿态，是项宜从未经历过的，她只觉手发麻，有一种无法形容的感觉。

她轻轻地清了一下嗓子，可那位大爷没有察觉，也没有松开手，末了，她也只能任他这般握着自己的手了。

两个人一路往客栈走去，看到原本干净整洁的街道变得一片狼藉，周边有不少店铺被火烧毁，店内物品被付之一炬，只剩下几根烧焦的房梁，一片惨不忍睹的景象。

广西武鸣科举舞弊案刚被重审，民间就闹出了这么多事情，之后又会是何种情形？东宫真的能替寒门庶族的百姓撑起一片天吗？世、庶两族的矛盾最终会如何收尾？眼下没人说得清楚。

谭廷看着那些断壁残垣，沉默了许久。项宜亦暗暗地叹了一口气。

离开此地后，谭廷一行继续北上，一路上听闻了不少各地发生骚乱的消息。

天渐暖，一行北上至京畿，弃船走马两日，终于到达了京城。

进了京城，一众人便分道扬镳了。

黄家三老爷任正三品的礼部侍郎，是灯河黄氏官阶最高的人。今日，黄家三老爷的夫人穆氏亲自来城门口接了女儿和侄女。

黄六娘一看到母亲，后怕的眼泪又止不住地落下来。

穆氏在京中也听到了各地骚乱不断的消息，可没想到自家女儿就经历了一场骚乱，眼下听了女儿的话，她脸上血色顿失，吓得半晌没回过神儿。

过了一会儿，她总算回过神儿来，再看项宜时的眼神就不一样了。

这些日子，庶族百姓不断掀起骚乱，京中世家都对此相当反感，连带着对寒门庶族出身的官员也心怀芥蒂。穆氏出门前还想，自己同那谭家的宗妇项氏就不必有什么交集了，毕竟这趟行船是林大夫人安排的，同项氏也没什么关系，可她万万没想到女儿陷入险境时，竟是被项氏救了一命。

穆氏带着黄四娘和黄六娘上前，向项宜道了谢，见她神态落落大方、不卑不亢，不由得对她刮目相看。因着相交尚浅，穆氏此时不便多说什么，却暗暗地记下了这份人情。

项宜倒是没多想，与她们道别后，便随谭廷去了他在京城的宅邸。

这座宅邸是谭廷曾祖父时就在京城置下的，京城居大不易，可此处也是一座两路四进的大宅，谭廷在京中便是居于此处。

去谭家宅邸的路上，项宜突然想到了一件事。

很多官员离家做官，因路途遥远，不便携带妻室同行，便会在安置下来后纳妾。谭廷因年岁不大，又是一族宗子，须得作为表率，不便正经纳妾，不过这并不妨碍他收侍妾、通房在房里。而侍妾、通房并无正经名分，因此收便收了，亦不必告知正室。此前，项宜见他身边只有正吉和几个小厮长随，便没有多想，可眼下一想，他将侍妾、通房留在了京中也不无可能。届时他的侍妾、通房要给她奉茶，她自然也不能置之不理。

一路行至谭家在京城的宅邸，仆从上前迎接主家。项宜特意留心看了，却没有看到任何年轻丫鬟，不禁转头看了那位大爷一眼。

谭廷并不知她想了些什么，只是上前牵了她的手，带她去自己住的院子。

那日在领水县牵手后，他便总是喜欢这般姿态，有时项宜的手明明交握在身前，他却悄然过来，将她的手从她自己的手心里拉开，转而握在他的掌中，且他每回这样做时，绝不说一句话，仿佛这般才是正常的。项宜便是想婉拒都没有话头，也只能由着他了。

他们仍旧住在了正房，将另一路给了谭建和杨蓁。不过杨蓁过几日会挑个黄道吉日回门，谭建也要陪着她去小住几天，因此宅子主要还是谭廷和项宜在住。

当下他们刚到正院，秦焦就过来了。

秦焦是林大夫人的幕僚，虽然在林大夫人那儿不受重用，但也是为林大夫人办事的人。眼下回了京城，他便道此番去清嶍替林大夫人清算了田产，要回林家禀报了。

谭廷对此人无甚感觉，不过因着是姑母身边的人，才携此人同行。他点头应了秦焦，又想到自己回京的消息该告知姑母一声，便又吩咐了自己的人往林府走一趟。

林大夫人是他父亲谭朝宽的长姐，谭家宗房那一辈只有这姐弟二人，感情深厚。后来谭朝宽去世，林大夫人对谭廷这个侄儿也是多有照顾。

林大夫人也是"林陈程李"四大家族之首林氏的当家宗妇，便是宫里的娘娘也要给几分面子。

项宜知道此次来了京城，必得拜见林大夫人，礼盒都让人备好了。得知黄家两位姑娘是林大夫人让谭廷捎上的，项宜也多少晓得了林大夫人的心思。眼下，她见秦焦离开前又看了自己一眼，心里越发明了。

谭廷派去林府的人不多时便回来了，回禀道："姑老爷这几日伤了风，姑夫人怕大爷颠簸了许多日，去林府再过了病气就不好了，因此说是等姑老爷病好了，大爷再过去。"

谭廷有些惊讶，他这位姑父一向身子强健，便是如今上了岁数，仍然是雄姿英发、风度翩翩，看着似是三十岁出头的人一般，不想竟病倒了。

他同项宜说道："姑父待姑母甚好，如今姑父病了，我哪儿有避讳的道理，自当去探望一番。"

他又道项宜不必过去，自己明日先去走一趟，过几日林家无事了，项宜再去不迟。

关于林大老爷待林大夫人极好这件事，项宜在清崤时便有所耳闻。

据说林大夫人嫁进林家后，多年未有身孕，便思量给林大老爷纳妾，可林大老爷立时拒了，不许林大夫人再提此事，只让她安心养好身体。这般过了好些年，林大夫人才有了身孕，给林大老爷生了嫡子，坐稳了宗妇之位。

林大夫人如何，项宜并无意了解，既是长辈，照着长辈尊敬也就是了。至于那位林大夫人有什么其他的安排，她不关心，也不能多说什么。

翌日，谭廷去了一趟林府，发现林大老爷病得不重，过两日就能好了。

他从林府回来后，便同项宜说过几日一同去见姑父姑母。

项宜自是应下。

他们要去拜见尊长，也有人来此处拜见他们——清崤谭氏一族在朝为官的子弟不少，听闻宗子此番带着宗妇来了，当即递了帖子前来拜见。

接见族人是宗妇该做的事情，项宜倒也没有因着这些族人是有身份的人而怯场。连着两日来了好几户人家，项宜连番见了五六位女眷，都是如常招待，寻常言语。

那些谭氏女眷此前没有见过这位出身庶族的宗家夫人，眼下见她温婉却不失气派，虽少言寡语，但不失亲近，不免有些吃惊。

更要紧的是，她们从前都以为宗子待宗妇并不亲近，眼下却亲眼看到宗子待她极好，同她温言软语地说话，便是说事情也都以询问的语气先问过她，并且没有叫过她一声"项氏"，而是轻轻地叫她的闺名。这是宗子在给宗妇撑体面，告诉族人，虽然她出身寒门庶族，但依旧是谭家的宗妇，是他谭廷的妻子。一众族人见状，惊讶得不行。

他们都隐约知道林大夫人的意思，还有消息灵通的，听闻林大夫人特意让宗家大爷接了灯河黄氏的姑娘一同进京。可如今灯河黄氏一点儿动静都没有，宗子待宗妇又是这般亲密，这到底是怎么回事？众人都有点儿弄不清了。不过疑惑归疑惑，他们谁也不敢对项宜不敬，更不敢在她面前提起这事。

项宜刚进京几日，便见了许多人，料理了许多事。

谭廷亦没有闲着，先带着谭建见了几位长辈和友人，眼下又遣了他去薄云书院拜见山长。

项宜听说谭建过些时日陪杨蓁回门后，便要去书院读书了，不禁想到了自家弟弟，也不知道项寓考薄云书院的事有没有下文。

她并不觉得寓哥儿真的能考上，自己的弟弟虽然有志气，但到底年纪太小了。不过试一试总是好的，他也能见见世面。

那薄云书院虽然就在京畿，可路程不近，谭建连着两日都没有回来。

杨蓁嫁到谭家后，便跟谭建形影不离，眼下谭建两日未回，她整个人便蔫了似的，坐在项宜的院子里扯花瓣。半晌，一朵好好的花被她扯秃了，人还没回过神儿来。

眼下刚开春，有几朵花不容易，项宜便叫她放过那花，到房里来说话。

杨蓁苦着脸，说道："大嫂要说什么？"

项宜见她不光神情蔫蔫的，连脸色都不如前些日子红润，不禁有些讶然，道："建哥儿最晚明日就回来了，弟妹明日不就能见到他了吗？"

"明日？！"杨蓁眉头皱了起来，说道，"大嫂也说是明日，还得许多时辰呢，是一整日呢！"

这话就更令项宜惊讶了。

杨蓁却在这时问了她一个问题："大嫂，你有没有那种一天……不，半天没见到一个人，就会浑身不舒服，抓心挠肝地想见到他的感觉？"

她突然问了这么一个奇怪的问题，项宜着实被问住了，一时间愣着没有回应。

谭廷一早被老友李程允约了出去。

李程允出身的槐宁李氏并非四大家族之一的槐川李氏，两家早在老祖宗的时候就分了宗，如今槐宁李氏虽然不如槐川李氏显赫，但也同清嵋谭氏差不多。

现今世家与庶族矛盾频出，李程允和他的那位宗子大哥都想听听谭廷的意思。

谭廷的意思很明确，认为世、庶两族本是同根，不应闹到如此地步。他略过顾衍盛的真实身份不提，把陈氏追杀顾衍盛等人，谭家协助东宫击退陈氏的事情告诉了李程允。

李程允惊讶不已，细细地看了看谭廷，记下了他的意思，说道："待我回去同大哥好生商议。此前我们兄弟多半要听槐川李家那边长辈的意思，如今看来，似乎也该自己做主了。"

听李程允这么说，谭廷点了点头，而后起身看了一眼外面，说道："今日不早了，就先回家吧。"

李程允一愣，看了看外面明亮的天色，眨了眨眼，说道："元直，这会儿才晌午，如何叫不早了？京城开了一家新馆子，我正要请你一同前去呢。"

然而新馆子也拦不住谭廷离去的脚步，他清了一下嗓子，道下次再去不迟，而后不等李程允多言，便径直回了家。

李程允还没回过神儿来，就发现老友谭元直的人影都没了，忍不住嘀咕："元直这是怎么了？"

谭廷没发觉自己有什么异常，只是觉得话说完了，便该回家了。

他进了府邸，便直接问下人："夫人在何处？"

得知项宜就在正院房里，他脚下没有多绕一步，径直去了正院，不想刚到正院门口，撩起门帘，便听见里面传来弟妹的声音。

"大嫂，你有没有那种一天……不，半天没见到一个人，就会浑身不舒服，抓心挠肝地想见到他的感觉？"

这话是问项宜的，谭廷却在门口停住了，不由得想起自己今日晾了李程允，莫名其妙就想回家的事情。

在窗下说话的两个人没有发现他的到来，谭廷的目光不由得落在了妻子的脸上。

她一定懂弟妹这话的意思吧？男人轻快地眨了眨眼，又仔仔细细地看着自己的妻子，谁料下一秒，就见妻子摇了摇头。

"并不曾有。"项宜着实不明白，什么人能重要到半天没见到，就令另一个人浑身难受、抓心挠肝？这未免太夸张了。

她说完，却莫名其妙地想到了一句话——"一日不见，如隔三秋"，而下一秒，脑海中忽然浮现了一道模糊的身影。

她微怔，不想一抬头，就看到那道模糊的身影竟然近在眼前。

杨蓁见大哥回来了，向他行了一礼，便没再停留。

项宜抬起头，看到男人默然看过来的眼神。他抿着嘴不说话，就那么直愣愣地盯着她，眼神里似有不满。

项宜不得不率先开口，说道："呃……大爷回来了？"

那位大爷还是压着嘴角不说话，盯着自己的妻子看了半晌，突然转身出了正房。

项宜有些惊讶，不由得跟在他身后走了几步。

谭廷见妻子跟过来了，心里稍稍一缓，可他走到庭院中间，就发现她的脚步停在了正房门口。

他用余光看过去，见她无措地站在门口，顿时心里一软，本想生气的心思也一下没了，转身走了回去。

她站在台阶上，视线恰恰他平齐，见他一言不发地来了又走、走了又回，不禁疑惑地眨了好几下眼睛。

谭廷无奈到了极点，想要同她说什么，可思来想去，又作罢。

这时，恰好有族人前来拜见，他要说的话只能暂时压了下去，轻轻地同她说道了一句："好了，我先去书房了。"

听他这么说了，项宜才松了口气，说道："好。"

谭廷走后，项宜回到了房中，慢慢地坐了下来。

春笋过来给她上了茶，茶盅里的茶叶在水中轻轻晃荡，而那位大爷方才的神色变化也不由得浮现在她的脑海中，转来转去，不知转了多久。

晚间吃饭的时候，因谭建不在家，整个饭厅显得格外冷清，且三个人里面有两个不想吃饭。

杨蓁不想吃饭，项宜多多少少是能理解的，毕竟杨蓁一心思念着谭建，哪儿有心思吃饭？令她不解的是，那位大爷为什么也不太想吃饭？

不过项宜一时间顾不上他，只能哄着杨蓁多少吃一些，免得谭建回了家，发现自己的新娘子竟然饿瘦了。

谭廷坐在一旁，见自己的妻子只顾着杨蓁，不由得叹了口气。待旁人，她总是细致周到、体贴入微，就好似有七窍玲珑心一般，可到了他这里，不知怎么的，竟还不如待旁人的一半。

他想到今日自己早早地回了家，却在门口听到她那样的答案，不由得又叹了口气，而后默默地夹了一筷子菜，放到她的碗中。她见了，这才也给他夹了两样菜。

谭廷见了，心道罢了，她不是弟妹那般直来直去的性子，且从前是他做得不好，眼下又哪儿能奢望更多呢？

他这样想着，禁不住多看了她一眼。如果他们有了孩子，她会不会同他亲近几分呢？

今日，是逢五的日子了。

晚间，谭廷早早地回了房中。

项宜见他回来了，想到上回送给他的小印刻得着急，有些细节并未刻好，便同他说道："大爷可否把小印拿给我？我再细细地雕琢一下边角。"

这话听得谭廷心里一暖。那小印刻得很好了，可她还想要为他精益求精。

"会否累着眼睛？"他轻声问她。

项宜说道："不会。我近来学到了新的技法，恰能用在那枚小印上面，便想试一试。"

谭廷顿时语塞，原来人家不是为了他，而是为了精进技法。

他不说话了，默然洗漱了一番，坐到了床上看书。

项宜看着早早坐到床上的男人，不由得有些不解，这会儿距离平日歇下的时辰还有好一段时候呢。

她愣了片刻，突然想起今日是逢五的日子了。

上回在清嶋，秋照苑送来了熏香，她照着赵氏的吩咐做了，他却惊到了似的，帮她穿好了衣裳，让她不要那样，又说先不急着要孩子，等离开了清嶋再说。之后便上了路，船舱里不似宅院房内，诸多不便，逢五的日子也消停下来。而现今到了京城，又到了逢五的日子了。

项宜想起了今天是逢五的日子，又见他早早地上了床看书，自然明白了过来，便也放下手头的事情，洗漱一番后上了床。

谭廷悄悄地打量了一下妻子，不禁也想到了上一次熏香的事情。若她仍旧那般不情愿，不想与他亲近，却又不得不那样做，那么他今日依旧不会勉强她。

可她今日神色如常，不知是不是感受到了他的目光，也悄然朝他看了过来。

静悄悄的帐子里，二人目光相接的一瞬，帐外的烛火"噼啪"响了一声。

这一声仿佛震落了两个人轻微的羞涩。

谭廷的目光坦然地落在了妻子的身上。她今日只着了一件米白色的中衣，钗环都取下了，散发着乌黑光泽的青丝披散着，落在她纤薄的肩头。她在他的目光下轻轻地垂下了头，白皙细长的脖颈从衣领处露了出来。

帐外的小灯过于明亮，项宜微有赧色地小声说了一句："大爷把帐外的灯压暗些吧。"

此时她的嗓音去了三分冷意，越发显得温软起来。谭廷不禁心神一荡，立时照着她的话，压下了过亮的灯火……

帷帐内重归宁静时，项宜连说话的力气都没有了，正想强撑着起身去洗漱一番，不想他的大掌再次落在了她的腰间。

项宜惊诧地睁大了眼睛。

男人看到她过于震惊的神色，稍稍停了一下，问道："怎么了？"

项宜难以直白地讲出来，只能问他："大爷不歇下吗？"

男人闻言，思考了一下，说道："那明日再……"

明日？项宜一惊，禁不住脱口而出："明日并非逢五的日子……"

除了赵氏送熏香的那次，他们只在逢五的日子里才有这样的亲密。

谭廷听了，清了一下嗓子，闷闷地看了妻子一眼，忽然说道："宜珍，我们要孩子吧。"

这突如其来的话令项宜一愣。然而她还未回过神儿来，他便已轻按了她的手在耳边，俯身再次压了下来。

不知过了多久，帐中终于安静了下来。谭廷直接抱了妻子去浴房，将她放到了他早就吩咐人备好的浴桶中。

木桶算不得大，谭廷也踏进来后，便有些许拥挤。

项宜不习惯这样与他相对，匆忙洗了一下身上，便撑着发软的身子要离开。

谭廷见她这就要走，不由得愣了一下。

不想下一秒，项宜脚下一滑，不仅没走成，反而落在了男人的臂弯里，再抬头的时候，就看到了他眼中的笑意。

水花被溅起又落下，项宜的脸上也被溅上了一些。

谭廷难得见妻子这般窘迫中带着些许慌乱的样子，忍不住多看了几眼，而后抬手擦掉她眉边、鼻尖的水珠。

见她的唇上也有一颗水珠，他指尖向下，拭去那水珠的同时，亦渐渐地低下了头。

他想，亲吻在夫妻之间是寻常的事吧？她方才在床榻上避开他的唇，应该只是因为有些累了。然而下一秒，他看到妻子再次避开了他的唇。

浴房里的空气霎时有些凝滞，谭廷怔住，而她已匆忙地从他的怀中抽身，快步离开了。

翌日，谭廷在书房里点了安神香。

可安神香的作用显然并不显著，他坐在书案前，还是止不住地想起昨晚她两次避开他的吻，也想起了弟妹问她是否有过思念一个人的感觉时，她回答的那句"并不曾有"。

选官的事情还没有落定，谭廷此番正式入仕，还不知是何官职，这两日便有族中官员来信与他商议此事。这本是一件颇为紧要的事情，可谭廷莫名其妙地没有心情细论此事。

他知道自己不该如此，却还是忍不住走神儿，总想起与项宜有关的事。也许还是因为他之前做得不好，冷落她太久了。

谭建去了薄云书院也有几日了，谭廷想起自己当时欲将项寓也送去薄云书院读书，他们姐弟却没有答应的事情，也不晓得他们姐弟到底是如何考量的。

她应该不至于拒绝了他的帮助，让项寓自己去薄云书院应考吧？他们夫妻虽比不得旁人亲近，但还不至于如此疏离。

谭廷想着等谭建回来，问一问谭建书院的情况，还是将项寓也送过去的好。从前是他做得不好，可如今他与项家姐弟之间也该亲近一些了。

想到妻子，谭廷思绪又散了多时，才慢慢地回过神儿，处理书案上的事情。

京畿，薄云书院。

谭建连着两日留在此地，到第三日时，便完全按捺不住要赶回家的心情了。

他辞了书院山长，刚走几步，就发现书院外面竟被堵得水泄不通，问了一句才晓得，原来今日是薄云书院春考放榜的日子。

薄云书院专门给寒门出身的普通学子留了名额，只要学子有真本事，通过了入院考试，便能进院读书。

谭建虽是有优待的世家子，也不禁佩服前来应考的各地书生，不由得向那大红榜上看了几眼。

大红榜上写着通过了考试的寒门书生的名字，名单不长，几眼就能看到尾。只是谭建这么向下看了几眼，忽然看到了一个熟悉的名字。

他揉了一下眼睛，又看了一遍，还是不敢相信，叫了身边的小厮帮着他也确认了一遍，这才信了，不由得咽了口唾沫，说道："项寓？！寓哥儿也来薄云书院了？怎么还是自己考进来的？！"

他之前听大哥的意思，是想让项寓与他一起来薄云书院读书的，只是后来不知怎么项寓并没有与他一起前来。他还纳闷儿呢，却没想到项寓来了书院应考，名次虽然靠后了些，但还真考上了！

不知道是不是谭建的声音太大，有人向他这边看了过来。那人看了他一眼，挑了挑眉，转头就要走。

谭建连忙上前拉住了他，说道："寓哥儿？果真是你！"

项寓此次通过了薄云书院的春考，刚要回家告诉项宁，再写信告诉长姐，不想在此处碰到了谭建。

他并不想跟谭家人有什么交集，眼下见了谭建，也只是不失礼数地拱了拱手，便要转身离去。

谭建却拦着不让项寓走，问道："你怎么自己来京城参考了？大嫂知道吗？"

他说着，又来拉项寓，道："正好我要回家，你跟我一起走吧。大嫂要是知道你考上薄云书院了，一定很高兴！"

项寓闻言，怔了一下，问道："谭二爷是说，我长姐也来京城了？"

谭建连忙说是，又将大哥专程带着大嫂行船北上的事情说了。

项寓听完，着实愣了一阵，没想到那位谭家大爷真的把他姐姐带在了身边。那位谭家大爷以前不是恨不得十年也不回家吗，不是看不上他们项家的人吗，如今怎么变了？

项寓不想与谭建多言，只道自己晓得了，之后会去京城寻自己的长姐。

谭建诧异地问道："你不跟我去京里住几日吗？"

项寓摇了摇头，冷淡地谢绝了他的邀请，转身就没入了人潮。

谭建摸了摸鼻子，也不敢再纠缠这位对他大哥都没有好脸色的小祖宗，连忙回京城去了。

京城。

谭廷从书房回到正院，看到妻子正在院中浇花，见他来了，还是那句"大爷回来了"。

以往谭廷听见她说这句话，还总觉得心里暖暖的，可昨晚他两次被她避开，如今再听到，只觉得心里闷闷的。

她平日里的举动没有任何异常，在床榻上也没有任何异样，可是在某些亲密的时刻，她突然就避开了他。个中原因，他不知道该不该问她，也不知道该怎么问。

这时，外面忽然喧闹了起来，接着便是一阵脚步声。

杨蓁在外面喊道："大哥、大嫂，二爷回来了！"

谭廷不由得皱了皱眉。弟妹看到弟弟回来，眼睛里都是光亮，明明那是个不中用的东西罢了，她却像见到了什么香饽饽似的。

谭建也高兴得不得了，紧紧地拉着杨蓁的手，过来向谭廷和项宜行礼。

谭廷问了谭建拜访书院山长的情况，听他一一回了，点了点头。

不想这时，谭建忽然看向项宜，说道："大嫂，我看到寓哥儿了。寓哥儿可真争气，通过了薄云书院的春考，榜上有名呢！"

项宜骤然听到关于弟弟的消息，愣了一下，旋即嘴角止不住地翘了上去，笑着问道："当真？"

"当真，我亲眼看到的！我还见到了寓哥儿，"谭建摸了一下鼻子，说道，"可惜他不肯随我一道进京。"

项宜让谭建不必介意，谭建笑着应了。

项宜想到弟弟小小年纪，竟然考上了薄云书院，禁不住打心眼儿里高兴，可下一秒，就看到了谭廷有些震惊的眼神。

谭廷看着妻子，沉默了许久。

她拒绝了他的相帮，居然真的让项寓自己去薄云书院应考了？谭廷心里突然一疼。

项宜也察觉了不妥，不安地向他看了过来。

她觉得她可能要解释一下，说寓哥儿是自己立志要来应考的，也是青舟书院的先生带着他过来的，可话到嘴边，她又莫名其妙地觉得即使说了，也根本解释不清楚。

她一时间没有说话，谭廷也没有问她什么，只是沉默着收回了自己的目光，转身去了书房。

项宜脚下不由得跟了他两步，末了却又停了下来。

谭建一回家，整个谭氏老宅就热闹了起来。

杨蓁也该回门了，这下盼来了谭建，高高兴兴地带着他回了忠庆伯府。

谭建要先回新娘子的娘家，再去拜见林家的姑母，谭廷便先行带着项宜去了林府。

夫妻二人这两日连平日里一半的话都没有了，不过到了林府前，谭廷看了妻子一阵，还是对她嘱咐了一些关于林家的事，又轻声道了一句："若是有什么事，你便让人传话给正吉，我总是在的。"

林大夫人威重，是杀伐果决的性子，在世家里颇有名气，项宜也是有所耳闻的，也做好了心理准备，知道那位林大夫人不会对她有什么亲近的态度。

不过当下听着谭廷这般说，她还是忍不住心里微缓，说道："多谢大爷。"

进了林府后，谭廷去拜见林大老爷，项宜则去了林大夫人院中。这一坐就是半个时辰，她却连林大夫人的人影都没见到。

林大老爷林序在外院书房见了谭廷。谭廷自是先问候了这位姑父的身子状况，得知他好了许多，才说道："听闻姑父是淋了雨才受了寒，姑父怎如此不小心？"

林序捏了捏眉头，笑了一声，说道："是我大意了。"

他并不想在这个话题上多言，而是问起了另一桩事："之前陈氏在清嶋抓人的事情，元直怎么反手助了那道士？"

陈馥有在清嶋抓顾衍盛时，林大老爷可是亲自写了信给谭廷，让他相帮的。谭廷却反过来助了顾衍盛，阻止了陈馥有抓人。这件事情不可能瞒过当今第一世家林氏，谭廷来了京城，自然要对这位姑父有所解释。

谭廷已经知道父亲之死与陈氏有关，不过眼下真相未明，因此虽知这位姑父待自己不薄，他还是留了个心眼儿，没有提及这事，只说那陈馥有以锦衣卫的身份去捉拿人，还道是宫里下的命令，可事实并非如此，乃是那陈馥有假传圣旨。

"假传圣旨是多大的罪过，姑父也晓得。元直未将他此罪告上去，已是手下留情，怎么还敢助他，而去得罪东宫呢？"谭廷顿了顿，又说道，"况且如今广西武鸣科举舞弊案重审，可见确有猫儿腻，倒也算不得那道人祸乱朝纲了。"

谭廷是不想说那顾道士什么好话的，可是总要给林姑父解释一番，顺便看一看林氏对此事的态度。

当下，他不着痕迹地看了林序一眼。

林序了然地点头笑了笑，说道："原来如此。陈氏的人要去清嶋捉拿东宫道士，我自是晓得的，只是没想到他们竟敢假传圣旨。元直也做得不错，毕竟没有实证，两家又有颇多来往，总不能真的将凤岭陈氏告到宫中。"

谭廷听到这里，心思稍稍转了转：彼时林姑父写信给他，真的只是因为不想道士危害东宫吗？

"约莫是陈氏在这桩舞弊案里牵连过深，才如此着急忙慌、不择手段，这也不是什么大事，待重审之后，宫中自有惩罚。倒是那道人……"林序转头向谭廷看来，问道，"元直此番既与那道人有了接触，可晓得此人是何身份？"

林序说完，琢磨了一会儿，补了一句："我总觉得此人是什么旧人。"

谭廷暗道：前大太监顾先英的亲侄儿，如何算不得旧人？

不过这是顾衍盛的事情，既然他并非要祸乱朝纲，谭廷自然不会将他的真实身份揭穿，况且说出顾衍盛的真实身份，多少要牵连家中的妻子。

末了，谭廷只是说了一句事实："只能看出此人深得东宫看重。"

该保留的要保留，该点明的自然也要点明。

林序闻言，点了点头，没有再提此事，转而问起了谭廷此番入仕准备从何位置开始。

谭廷对此事早有思量，谭氏族人和李程允亦与他商讨了多时。毕竟他还年轻，多半还是要从低品级的官位做起，稳扎稳打地往上走，不过不管怎么走，总是官途畅通的，这便是世家的优势了。

林序听了，便道也好，又说了几句旁的事情。

按理说，谭廷来了林府，不能不拜会林老太爷，也就是当今首辅林阁老。可巧的是，林阁老今日接了旨意，入宫面圣去了，并不在家中。谭廷便又同林大老爷说了一时的话，想到林大老爷病中初愈，此刻也疲乏了，就辞了去。

出了书房，谭廷就问正吉："夫人在何处，可有什么事情吗？"

正吉连道没什么事情，又说："夫人早些时候就在花厅等大爷了。"

谭廷略感意外，自己与林姑父相谈的时间并不长，妻子怎么这么快就见完了姑母，还在花厅里等了他多时？

他眉头一皱，问道："夫人在姑夫人处时真没什么事吗？"

正吉连道确实没有，而后脸色古怪地说了一句："姑夫人好似没接见夫人。"

谭廷闻言，脚步顿住了。

项宜在林大夫人处足足坐了半个时辰，都没有见到那位姑夫人的影子，也不好多言，只能安安静静地坐着饮茶。

有人自后门悄悄地瞧了她两眼，而后去了隔壁厢房。

隔壁厢房内，衣着华贵的夫人坐在上首的圈椅上，吩咐了一些琐事，端起茶盅喝了一口。

周嬷嬷走上前来，说道："老奴方才去瞧了项氏夫人，倒是个沉得住气的。"

林大夫人放下了茶盅，说道："她若是沉不住气，也不会在清崡稳稳当当地做了三年谭氏宗妇。"

周嬷嬷道是，而后问了一句："夫人真的不见她吗？"

"不见。"

之前这项氏拿着婚书上门时，林大夫人便觉得这桩婚事不妥，欲让谭廷使钱打发了她，就此了事。可谭廷顾着那是亡父的遗愿，舍不得违背，还是应了这门亲事。

她一直觉得这桩婚事是项氏占了大便宜，后来听到秦焦说此女竟然还为了些小钱做手脚，更是对项氏厌弃得不行。

她不甚清楚谭廷为何要带项氏进京，不过既然来了，倒也方便了日后和离。

既然那项氏总归是要离开谭家的人，她见不见便已经不重要了，重要的是，她得让项氏明白，谭氏并不待见这个庶族出身的宗妇，不要想着能长长久久地将这宗妇之位坐下去。

林大夫人朝着厅堂的方向看了一眼，说道："我不会给她立什么规矩，却也不会见她。但凡她明白好聚好散的道理，不要纠缠，日后大家都好过。"

林大夫人说完，自去料理了几桩家族事务，见外面风吹得急了，便让人去书房给林大老爷和谭廷送些热茶，又让灶上给林大老爷炖煮驱寒的药膳。

诸事料理完毕，眼见着时候不早了，她让周嬷嬷替她走了一趟厅堂里。

项宜被晾了大半个时辰，见周嬷嬷来了，才起了身。

周嬷嬷只是来传话的，当下便说道："夫人回去吧，大夫人今日琐事繁多，不便见夫人了。"

见林大夫人久久不来，项宜已有预感，再听周嬷嬷这般说了，她顿时明白了过来。

这位大夫人倒是爽快人，意思表达得十分清楚，就看项宜能不能明白了。项宜怎么可能不明白呢？当下半垂了眼帘，淡淡地笑了笑，说了两句客气话，便离开了林大夫人的厅堂。

周嬷嬷见她就这么利落地走了，还怔了一下，而后回去告诉了林大夫人："那项氏看着是有些涵养的样子，听了老奴的话，只客气了两句，都没多问便走了。"

林大夫人闻言，微微一顿，而后点了点头，说道："看来是个聪明人，如此倒是好办了。"

谭廷得知林大夫人没有见项宜，当即快步朝花厅走去。

他远远地便看到她安静地坐在花厅里，手上端着茶盅，神色与平日没有什么不同，只是垂着头，不知道在想些什么。

谭廷疾步进了花厅，到了她面前，她才回过神儿来。

项宜见他来了，便要起身。

谭廷连忙按下她，坐到了她的身边，皱着眉问："姑母没见你？"

项宜听到他问了，又见他眉头紧皱，便替林大夫人打圆场："姑夫人临时有些事，抽不开身罢了，不过也派了周嬷嬷过来。"

谭廷抿着嘴，一时没有言语。宜珍在厅里坐了大半个时辰，姑母能有什么事，忙得连见宜珍一面的工夫都没有？

他知道，姑母想必是同以前的他一样，也同大多数人一样，在不了解宜珍的时候，便直接给她扣上了庶族出身、贪官之女的帽子。只有与宜珍真正地相处后，才会晓得那不过是伤人的偏见。可越是偏见，就越难以消除。

谭廷仔细地看着妻子，她越是神态自若，风轻云淡，他便越觉得难受。他想，自己有必要改日再来一趟林家了。

此时，天边响起一道惊雷声。

项宜看了外面一眼，起了身，说道："快下雨了，大爷回家吗？"

空中聚起了厚重的云层，谭廷亦起了身，伸手握住了她的手。

项宜感受到他掌心传来的温热，抬头向他看了过去。

他亦低头看向她，说道："走，我们回家。"

说完，他握紧她的手，丝毫没有避讳旁人的目光，带着她离开了林府。

秦焦此时恰好回到林府，看到了这对夫妻的同时，也听说了林大夫人今次没有接见项氏的消息，不由得想起自己曾给林大夫人写了一封信，说项氏在谭家贪污受贿。

当时他怎么都没想到项氏竟然如此清白，可信早就寄来了京城，大夫人显然也看过信了，他还能说那是个误会吗？若真这么说了，只怕想让林大夫人替他谋个官职的希望也就没了。

秦焦看了看携手离开的谭廷和项宜，又看了看林大夫人住所的方向，本来还想着要去寻大夫人说一说谋官的事，眼下却实在不知怎么开口了，只好垂头丧气地走了。

谭廷和项宜回程时，下起了瓢泼大雨。

京城的雨比清崛的雨要急，雨滴砸在车盖上，发出不小的声音，疾风混着泥土的腥气，自车窗涌进来，将马车内的温度生生降了下去。

谭廷用披风将妻子裹了起来。

项宜瞧了他一眼，轻声说道："大爷也披件衣裳吧。"

听到她淡淡的嗓音，谭廷想到她今日在林府受到的冷遇，心里一酸，再想到昨日自己还同她生气，两个人一整日没好好说话了，又觉得自己真是不好。

她正是因为贪官之女的身份，处处受冷遇，才总要与人保持距离，以保自身，他又怎么好对她要求太多？他心里有一种钝钝的疼痛感，觉得自己该同她道歉。

项宜此时想的却是林大夫人的意思。以林大夫人在京城的权势以及在谭家高高在上的辈分，想要折腾她还不是小事一桩？林大夫人今日这般，是想让她知难而退，和谭廷好聚好散。

项宜当然也想好聚好散，不愿与谭家处成仇敌，当下看着身边的谭家大爷，她也想到了两个人昨日闹出的不快之事。送项寓去薄云书院读书到底是他的好意，她就算没想着依靠他，也该同他说清楚的。

马车转了个弯，两个人同时看向了对方。

"宜珍……"

"大爷……"

二人不约而同地开口，而后都怔了一下。

外面的雨声小了不少。

项宜呆了一下，眨了眨眼睛。

谭廷看着妻子柔和的神色，心里软得不行，说道："你先说吧。"

他既然说了这话，项宜便点了点头，先开了口。

"昨日寓哥儿的事情，其实是我不好。"她想着项寓应考薄云书院前后的事情，虽然觉得可能解释不清楚，但还是试着解释了起来，"寓哥儿想要试一试自己的本事，青舟书院的先生也鼓励了他；我亦觉得毕竟我们是庶族出身，没得和旁的庶族不同，反而走了世族路子的道理，所以就让他应考去了。"

她说着，看了看谭廷的神色，又说道："大爷的好意，项宜心领了，还请大爷莫要因此不快。"

她竟然先解释、先道歉了？谭廷不禁嗓子发涩，顿时说不出话了。

下一秒，他突然伸出手臂，将她整个人抱在了怀里。

项宜讶然地睁大了眼睛。

谭廷更加心疼了，说道："宜珍如何能同我道歉呢？是我该想到的，寓哥儿不似建哥儿那般不中用，他是有志气的人，不愿意走旁的门路，这也是他的骄傲。他想要自己去考，你又怎么能勉强他？"

听见他这样说，项宜更是讶然了，眨着眼睛，半晌没说出话来。

车窗外的雨是变大了还是变小了，只有车外的人晓得，而车子里的人此时已听不到旁的声音了。

悄然地相互冷了一日，两个人原本都不知道还要冷到何时，没想到就在此时忽然将此事说开了。

夫妻俩都不是能说会道的人，眼下突然相互说了许多话，接着要说什么，又都不知道了。

马车里静悄悄的，过了许久，还是谭廷开了口："宜珍以后莫要事事靠自己，靠一靠夫君也是应该的。"

听了这话，项宜将目光轻轻地落在了这位夫君身上，末了，轻轻地点了一下头。

她只是这么轻轻地点头，谭廷见了，嘴角就止不住翘了起来。

项宜亦微微弯了弯嘴角。

虽然她不晓得两个人还剩下多少共处的日子，但能愉悦地度过一日，总比彼此郁郁寡欢强得多。

二人和好了，院子里的春花也盛开了。

杨蓁和谭建还没回来，倒是杨蓁打发了忠庆伯府的人送来了许多花，还让人给项宜带了话："薅秃了大嫂院子里的花，这是我赔给大嫂的，等我回去那一日，会再带一车花！"

项宜哭笑不得，看着满院子的花，让人整理了好半晌，才将这些花安置下来了。

春雨过后的晴朗天气里，整座谭氏老宅显得熠熠生辉。

谭廷这几日总想着姑母没有接见妻子的事情，准备今日再去一趟林府，然而他还没去，林大夫人突然派周嬷嬷来了一趟，给他们送了花笺。

谭廷着意问了周嬷嬷，这花笺邀请的到底是谁。

周嬷嬷想到那日这位大爷是牵着项氏的手离开的，明白他的意思，当下笑着回答了，说林府的春日宴邀请的当然不只大爷，还有项氏夫人。

谭廷闻言，这才点了点头。若姑母先是不见项宜，又不邀请她去春日宴，那么他今日必然要去林府一趟，同自己的姑母好生说说了。

项宜看着林府春日宴的花笺，半晌没有说出话来。

她不觉得林大夫人会突然对她有所改观，而林府林大夫人亲自主持的春日宴，应该也不仅仅是让大家小聚的，兴许还有旁的作用。可林大夫人居然邀请了她，这是什么意思呢？

项宜一时没能想明白林大夫人的用意，不过对方既然邀请了她，她也没有拒绝的道理，半个月后，她去赴宴就是了。

这日，项寓和项宁找了过来，不过二人十足地别扭，还和在清嵋时一样，不肯上谭家的门，而是请了项宜去附近的茶馆说话。

谭廷不在家中，项宜算着他快回来了，就给他留了信，把自己要去附近茶馆见弟弟妹妹的事情说了个清楚。

她换好衣裳出了门，很快就找到了项寓所说的茶馆，刚走进去，就看到了多日不见的弟弟妹妹。

姐弟二人都长高了一些，尤其是项寓，像雨后春笋一样长起来，笔直地立在窗下，玉树临风的样子。项宁似乎也康健了许多，穿着一身桃红色并松绿褶裙，衬得小脸十分红润。

一家人在他乡再见，自然都欣喜不已。项宜先问了项寓考薄云书院的事情，得知当真考上了，连校舍都分好了，心里十分高兴，可下一秒，她又想起了项宁来，便说道：“既然寓哥儿要去书院住了，那宁宁就跟我住在谭家吧。”

这话一说出口，项宁和项寓都十分惊讶。从前在清嵋，他们是从不依靠谭家的。

“姐姐同谭家大爷的关系好了一些？”项宁打量着项宜，猜测着问道。

项宜想了想，点了点头。

项寓却冷哼一声，说道：“他今日同长姐好，谁知道明日又是怎样？如今世庶之间闹成这样，说不定明日便因牵扯了他们谭家又冷待长姐，长姐可不要心软信了他！"

项宜与谭廷如今是怎样的关系，没有人比身在其中的人更清楚。听到项寓的话，她没有赞同，也没有否定，只是说道："我只是觉得你们如今大了，是不好再总在一处了，况且寓哥儿要去书院读书了。"

薄云书院可不比青舟书院，必不会让项寓随意上下学，回家照看体弱多病的项宁。

项宁这时也想到这一点了，像煞有介事地点了点头，说道："这倒也是……"

可她还没说完，就被项寓打断了。

项寓说道："这并不是什么大事，我已经托了青舟书院的先生帮忙，跟薄云书院的人说了此事。宁宁跟我没必要分开。"

听了这话，项宜定定地看了弟弟一眼。而项寓明显不想多言此事，岔开了话题。

京城谭家。

谭廷今日又早早地回了家，却发现家中没人，妻子既不在案前篆刻，也不在院中浇花，更没在花厅做事。

他叫了丫鬟，一问之下才晓得夫人出门了，给他留了信。

项宜这次的信写得很详细，连项寓定了哪家茶馆都写得一清二楚。

谭廷看完，当即叫了正吉，转身就出了门去，说道："去寻夫人。"

茶馆内，姐弟三人又说了几句话，项寓突然看向门口，站了起来。项宜和项宁见状，亦转头看了过去。

三姐弟见了来人，都忍不住露出了惊讶的神色。

那人身着大红袍子，一身倜傥扮相，在三人惊讶不已的注视下走上前来。

走近后，他轻笑一声，打量着项寓和项宁，最后目光落在了项宜身上，温声说道："怎么，都不知道叫一声大哥了？"

第十二章
天子臣

"怎么，都不知道叫一声大哥了？"顾衍盛说完，就坐到了项宜身边。

见他坐了下来，姐弟三人这才回了神儿。不要说许久没见过他的项寓、项宁了，连上个月刚见过他的项宜都忍不住打量着他。

义兄确实有些本事在身上，这面相明明是他原本的面相，可看起来好像又不那么一样。大概是因为他在东宫以道士的身份行事，并没有将真实身份暴露，所以相貌也有所遮掩。

想到这儿，项宜连忙说道："这茶馆大厅人多，说话不方便，要不我们去楼上雅间？"

她这般一提，顾衍盛不禁想到绝处逢生的那一晚，她孤身引开陈馥有的人，让他脱逃。若是她彼时有个三长两短，他可怎么办才好？

顾衍盛目色越发柔和，微笑着说道："进了京便是到了我的地盘，合该由我做东，宜珍莫要忙碌。"

他这边说完，秋鹰便出去了一趟，回来后便引着他们去了一家较为偏僻的茶院。

项宜没想到要临时换地方，走在大街上，还往先前的那家茶馆门前看了一眼。

项寓和项宁没有项宜那么多思量，更好奇义兄本人，对着他又是一通细看。

顾衍盛忍不住笑了起来，问项宜："我没有从前好看了？"

"怎会？"项宜连连摆手，目光在顾衍盛俊美的脸上微落，抿嘴笑了笑，说道，"大哥还是那么风姿绰约。"

顾衍盛听见她打趣自己，眼中顿时盛满了笑意。

项寓终于开了口，说道："大哥为何在京城，又怎么知道我们在此处？听你和长姐说话的语气，似乎你们近日还见过面。"

他一连问了好几个问题，问得顾衍盛和项宜都笑了两声。这事颇为复杂，顾衍盛长话短说，简单地回答了他。

一旁的项宁听完，便说道："没想到大哥的经历如此跌宕起伏。"

小姑娘只把此事当稀罕事听，项寓却听出了冷汗来。

他不禁看向项宜，说道："这样大的事，长姐竟不同我说一声！"

项宁也反应了过来，噘着嘴说道："就是！长姐都没同我们说一声！"

项宜连忙安抚弟弟妹妹，解释了几句。

项寓又问了一个问题："所以谭家大爷也知晓此事了，并且没有替凤岭陈氏捉拿大哥吗？"

谭廷在这件事情上转变立场，切切实实地帮了顾衍盛等人，顾衍盛自然不会遮掩。他看了项宜一眼，说道："谭家大爷确实帮了我们。"

项寓闻言，惊讶得不行。

在他看来，谭廷是世族的宗子，就算不至于祸害庶族，也必然不会出手帮忙，谁知最后竟是那位谭家宗子救了大哥。个中缘由，他真是想不明白。

兄弟姐妹四人太久没有团聚了，项寓也不想多提那位谭家大爷，便说起了自己要去薄云书院读书的事情，又说到了四月春闱在即，外地的读书人陆续来到了京畿的州县。

眼下广西武鸣科举舞弊案的事情被翻出来，各地寒门书生尽皆不满，连薄云书院里的寒门书生也和世家子弟产生明面上的隔阂了。

项宜之前听谭廷说过对此的担忧，毕竟科举之路是庶族百姓向上走的道路，科举若是不公，庶族百姓便没了向上走的通道，还怎么按捺得住。

她不由得问了顾衍盛一句："大哥，这案子由三司会审，还没审完吗？"

顾衍盛摇了摇头，说道："此案牵涉甚广，非是短时间内能审完的，还得再等一等。"

这案子牵连的人太多，从当地小世族到凤岭陈氏，还有彼时的钦差和一众官员，谁是主谋，谁是从犯，各自做了什么，一桩一桩都要查清，并非易事。况且凤岭陈氏绝不会轻易就范，陈氏虽然没有出过阁臣，但是前后出了两位封疆大吏，就算朝廷想要动陈氏，也得思量三分。而太子到底只是太子，皇上也不是完全不问朝中事的。

顾衍盛看了看项宜，问了她几句，见她对眼下的时局颇为清楚，很显然是那位谭家大爷没少同她论起此事。

他们是不是越发要好了？若是世庶之间的矛盾继续激化，他们还能似这般要好吗？或者说，到那个时候，谭廷还会放宜珍离开吗？

谭廷到了项宜在信中所说的茶馆，却连一个项家人都没瞧见，不由得愣了一下，然后让正吉去询问掌柜。

茶楼诸事繁忙，掌柜只说确实有姓项的客人来喝了茶，后来结账走了，至于去了哪里，那他就不知道了。

无缘无故的，项家姐弟怎么会突然走了呢？谭廷皱起了眉，将小二叫了过来，问道："姓项的客人坐的是哪一桌？"他顿了顿，补了一句，"共有几人？"

小二比掌柜记得清楚一些，张口就说道："本是两个人，之后来了一位夫人，没过多久，又来了一位穿着红袍、相貌甚是俊美的爷。几个人聊了没一会儿，先到的那三人便跟着那位爷走了，至于去了哪里，小人着实不知道。"

谭廷闻言，忍不住挑了挑眉。他就知道那顾道士在京城为东宫做事，不可能不在宜珍面前露面。可她怎么只说同弟弟妹妹吃茶，丝毫没有提及顾衍盛？他不想让自己想太多，却还是忍不住多想，脸色阴沉得不像话，嘴角紧紧地抿着。

正吉看着自家大爷的脸色，小声地问了一句："要不大爷先回家，小的再让人去寻？"

谭廷没有言语，想起了顾衍盛的身份，琢磨了一会儿，说道："去后面巷子里的茶院看看。"

正吉不知道大爷是如何想的，只好随着大爷往后巷的茶院走去，谁知刚走到茶院门前，就看到里面陆陆续续走出来几个人，走在前头的便是项家小爷。

项家小爷正同二姑娘说话，似是在拌嘴，你一言、我一语的。接着走出来一个穿着大红色锦袍的男子，身材高挑儿，眉眼之间自有一股倜傥风流的气质。

男子正低着头同最后走出来的女子轻声言语，若不是那二人中间还隔了一步的距离，正吉都要替自家大爷头皮发麻了。

他偷偷地去看大爷的神色，只是还没瞧清，就见大爷一步走上了前。

正吉心里一紧，生怕大爷没那么能言善辩，在这种场合吃暗亏，却听大爷开了口："宜珍也真是，怎么不叫舅兄和阿寓、宁宁到家里去呢？"

项宜闻言一惊，这时才看到了谭廷。

谭廷礼数周全又不失亲昵地笑着，三两步走到了顾衍盛和项宜的中间，自然而然地牵起了项宜的手。

他近来总喜欢这般动作，项宜一时间也没觉得有什么不对，只是问道："大爷怎么来了？"

谭廷有些苦闷地看了她一眼，嘴上却说道："你给我留了信，不就是让我寻来吗？"

"我……"项宜倒也不是这个意思。

谭廷却没让她说下去，转而看向一旁的顾衍盛，说道："舅兄也在。"

听见这个新称呼，顾衍盛先是一愣，目光落在面前两个人紧牵着的手上，半晌才说道："谭大人别来无恙。"

谭廷注意到了顾衍盛的目光，越发牵紧了项宜的手，又朝项寓、项宁看过去，说道："阿寓和宁宁又长高了。"

他叫得亲昵，仿佛真是与妻弟、妻妹关系极好的大姐夫一样，弄得项寓和项宁都不好意思不搭理他了。姐弟俩只好不情不愿地跟他行礼，说道："谭大人安好。"

这称呼……谭廷一时间有些尴尬。

项宜怕自己的弟弟又犯轴，不给这位大爷面子，连忙岔开了话题，朝着顾衍盛说道："义兄不是要回去吗？"

他们原本还想说些时候的，可东宫来人寻顾衍盛了，今日的相聚便只能结束了。

"嗯，我是要回去了。"顾衍盛朝谭廷拱了拱手，说道："上次之事，顾某多谢谭大人了。"

"举手之劳。"谭廷顿了顿，还是提醒了他一句，"那案子还不知要审到何时，若太子殿下能授意三司早点儿结案，便是再好不过。"

顾衍盛知道他的意思。看来他确实不想世庶之间的矛盾太激烈，至于原因，也许是他忧国忧民，也许是为宜珍敏感的身份考量。

顾衍盛的目光再次落到谭廷和项宜紧牵着的手上，半晌才挪开。

他应下了谭廷的话，又叫了项宜一声，说道："宜珍，我们改日再叙。"

说完，他着意看了谭廷一眼。

谭廷礼数周全的笑意快挂不住了，可他身边的妻子没有他这般感觉，只是问项寓、项宁："你们这会儿也要回去了吗？"

两个人点头，都说要走了。

项宜还是想让项宁跟着自己住，当下露了这个意思，便去看谭廷。

谭廷当然答应，这是多好的修复与他们姐弟关系的机会，当即便说道："家中恰有一个花开四季的院子，最适合休养，宁宁今日便搬过来吧。"

他是盛情邀请，项寓却瞪着眼，果断地说道："不劳谭大人费心，宁宁自有我照看。"

项寓的拒绝倒也在谭廷意料之中，反而是项宜多看了弟弟一眼。

项寓不想再纠缠此事，项宁也道不用麻烦了："谭大人的好意，宁宁心领了，只要长姐过得好就好，我同阿寓从娘胎便在一处，都习惯了。"

听见这话，项寓想说什么，不过最终没有说。两个人见天色不早了，便跟项宜和谭廷行了礼，也离开了。

谭廷见妻子看着弟弟妹妹离开的方向，半晌没有回头，不由得问了她一句："宜珍来见舅兄，为何没有同我说？"

项宜连忙跟他解释，说大哥是突然自行找过来的。

谭廷对此已经猜到了，可想到顾衍盛的话，还是说了一句："下次宜珍再见舅兄，千万要告诉我。"

项宜应了，说道："好。"

京城的天气渐渐热了起来，只是今岁的暖风带着一股躁动与不安。

项宜在某天同谭廷说了一桩事，道是自己的父亲从前有一位亦师亦友的老师，就住在京郊，如今她来了京城，没有不去探望长辈的道理。

那位长辈是海东齐氏的六老太爷。海东齐氏的族人喜好自由自在的生活，入仕的人并不多，所以在诸多世家里并不算声名显赫，可也确是相当古老的世家，历经三朝而不败不散。

当年项直渊出事，齐老太爷还站出来替他说了话，可惜还是没能替他摆脱恶名。

项宜同谭廷说了自己要去拜会这位齐老太爷，本意是自己带着弟弟妹妹前去，没想到那位大爷却说道："海东齐氏的六老太爷？这可巧了，我这两日正思量着前去拜访。"

齐老太爷恰是谭朝宽刚入仕时同衙门的上级，对谭朝宽颇多关照，因此谭廷这几年在京里，年年要去拜会老太爷。

两个人这么一说，都有些惊讶，便挑了个好日子，一同去了。

齐老太爷见了他们，直接就说道："我还寻思着你们小夫妻会不会各来各的呢！"

各来各的……谭廷觉得若是以前，还真有可能这般。可如今不同了，他悄悄看了看妻子，忍不住嘴角微翘，如今她什么事情都会与他说清楚的。

各自寒暄了几句，谭廷发现一年没见，老太爷头发白了大半，精神也是强撑着的样子。

他想到去年老太爷身体就不太好，不料今岁越发没精神了，不由得问道："老太爷没有寻太医院的太医看一看吗？"

老太爷笑着摆手，说道："看了，不过生老病死本是人之常情，活几年算几年就是了。"

他说完，外面恰有人通禀，道是老夫人过来了。

项宜想到自己还没来得及去拜见老夫人，老夫人却先来见她了，不由得深感抱歉。

老夫人却完全不在意，不似旁的人家威严老祖母的做派，反而笑着对项宜和谭廷说道："来了小辈，那可正好，快帮我劝劝老太爷，让他先把药吃了。"

老太爷一听，当即捂了嘴，别过了头去。

老夫人见了，直接便说道："怎么，当着小辈的面还要耍脾气不吃药？是不是恨不能快点儿死，离我远点儿？"

听了这话，项宜和谭廷不由得相互看了一眼。

老太爷却不在意似的，捂着嘴的手松了一下，说了一句："就算你说这些狠话，我也不要吃这苦汤子！我本就没几年好活了，你又何必糟践我？"

他说完，又把嘴捂上了。

老夫人气得上前要去掰他的手，还叫了愣在一旁的项宜，说道："快帮我把药端过来，给他灌下去！"

老太爷却急得叫了谭廷："元直拉住你媳妇，不许过来帮忙！"

项宜："……"

谭廷："……"

老太爷最终还是吃了那碗苦药汁。老夫人抹了一把头上的汗，说道：

"每天要来这一出，你没死，先把我累死了……"

老太爷连道不会："我觉得你一天比一天力气大！"

老两口儿说完，看着对方，都笑出了声来。

项宜怔怔地看着两位老人。谭廷则看了妻子一眼，心道：若是他与她白首时也能如此恩爱，该有多好。

老夫人看向谭廷，想到老太爷刚才叫他"元直"，便问："是谭家那个做宗子的孩子？"

老太爷道是，谭廷连忙上前行礼。

老夫人又看到了项宜身上，问道："你是项家的姑娘吧？"

项宜连忙点头，也行了礼。

老太爷却问老夫人："咦，你倒是知道她是谁？"

"我怎么能知道她是谁？只能看出来她是个端庄有礼的大家闺秀。"老夫人笑着解释，"我记得当年项直渊拿不定女儿的亲事，写信来向你询问过，而谭朝宽听说后，也写了信来，请你说些好话，项直渊这才答应了这门亲事。后来两家各给你送了一车酒。"

老太爷拊掌大笑，说道："你记得当真清楚，是有这么回事。"

老太爷说着，还同项宜嘀咕了一句："你爹送的酒比他爹送的好喝许多！"

项宜抿嘴笑了起来，轻声说道："老太爷喜欢就好。"

谭廷则失笑摇头，说："那我改日再给您送些好喝的来。"

老太爷却说不要："你们家的酒喝起来总是闷头闷脑的不痛快，况且老婆子如今也不许我吃酒了！"

"那确实。"老夫人点头。

两个人的婚约还有这样的往事，谭廷和项宜都没想到。老太爷说要把当年的信拿出来给他们看，问老夫人信在何处，可惜过了太久了，老夫人也记不清了，翻了许多收信的箱子，还是没有找出来。

老夫人说道："回头我找到了，再拿给你们小两口儿看。"

谭廷和项宜连声道好。傍晚，二人就留在齐家吃了饭。

老太爷趁着有客人，要求喝点儿酒。老夫人没拗过他，同意了。

谭廷便陪着老太爷喝了几杯。

三杯酒下肚，老夫人就叫停了老太爷，说什么都不许他再喝了："你要是再喝，明天、后天就再给你加两碗苦药汁。"

老太爷却把心一横，说："我今天就要和元直喝到底了，他小子的酒量跟他爹一样，深不可测！还是项家人好，项直渊一杯就倒。"

项宜闻言，呛了一下。她爹确实酒量浅，每次和人喝酒，都是走着去，躺着回来的。

可任是老太爷怎么说，老夫人也不许他再喝了，说道："你忘了你的毛病是怎么来的了？"

项宜听了这话，看向一旁神色如常、脸上连一点儿酡色都没有的谭家大爷，莫名其妙地就小声地问了一句："大爷还能喝吗？"

谭廷听见妻子主动问了自己，眼睛亮了亮，可未及回答，就听见老太爷跟老夫人商量："我可以不喝，那谭元直可以喝吧，我用茶跟他喝总行吧？我今日非要测一测他们谭家人的酒量有多深。"

老夫人："……"

谭廷笑出了声来，只好无奈地看了妻子一眼，笑着用唇语同她说了两个字："没事。"

他说没事，看起来就真的没事似的，又喝了几杯。

后来应老太爷的要求，饭桌改摆到了院子里。刚长出新芽的葡萄藤下，傍晚的微风夹杂着春日的暖意，酒香阵阵，一轮半隐半现的明月悬在半空。

最后，老太爷连茶都喝不下去了，谭廷仍旧脸色如常，连说话吐字都是清晰的。

老太爷喝了一肚子茶，生了气，说道："谭家人好没意思。"

谭廷笑着摇头，安抚了几句后，提到了当下的局势。

老太爷收起了玩笑的神色，叹了口气，说道："我们海东齐氏历经三朝，头一次见到世、庶两族闹到如此境地。世族也好，庶族也罢，不都是人吗，谁还比谁尊贵不成？我想，两族终归还是要友好共处的，只是眼下大概有一只手在搅弄风云。"

是了。谭廷也是如此觉得，之前还与本家的五老太爷提过此事。

他又想到了自己父亲突然被调任的事以及岳父项直渊的死。不知道到底是什么人的手在拨弄这盘大棋。

老夫人算着时辰，提醒两个人快些回去，又叫了项宜："我看你家元直也未必没喝醉，你回去后给他煮些解酒汤吧！"

项宜应了，谢过老夫人，同谭廷登车离开，刚好赶在城门关闭前回了京中。

月亮挂在天上，十分明亮，那位大爷的眼睛也是明亮的，乍一看好似毫无醉意。项宜却察觉他周身的气息仿佛是在酒里滚了一圈，落在她耳畔的气息也灼热得很，便说道："大爷回去还是喝点儿醒酒汤吧。"

谭廷歪头看了她一眼，说道："看不起我？"

"怎么会？"项宜连忙摇了摇头，说，"是齐老夫人吩咐的。"

谭廷"哦"了一声，又轻轻地叹了口气。

项宜不知道他叹什么气，正想着要不要询问一句，马车恰在此时停下了。她便下了马车，吩咐灶上做醒酒汤去了。

不多时，她端着醒酒汤进了屋子，看到他用手支着额头，正闭眼小憩，她还没走近，便闻到了他身上的酒气。

她把醒酒汤放到谭廷手边的案上，轻声说道："大爷醒醒酒吧。"

男人睁开了眼睛，那眸子在这一瞬明亮得有些异常。下一秒，他滚烫的手臂将项宜圈进了怀里。

项宜被他吓得顿时不敢动了，问道："大爷不喝醒酒汤吗？"

他没有回答她，反而问了她一个问题："宜珍，我们今晚也要孩子，好不好？"

项宜一愣，说道："可今日不逢五……"

男人嘴巴抿了一抿，转瞬又开了口："以后都不逢五了，逢双怎么样？"

项宜："……"

这不太好吧？

是夜，京城谭家老宅祥和一片，距离京城不远的几处州县却并非如此。

进京赶考的外地考生在这几处州县聚集，闷躁了许多日，这晚突然像被投入了火星一般，终于闹了起来。大批的人拥上街头，有两座书院被大火烧毁，还有一处府衙被围了起来。

知府看着乌泱泱拥过来的考生，惊恐不已地说道："你们……你们是要造反吗？！"

人群里一阵沸腾，不知谁在这时说了一句："若是反了便能换来我们这些寒门庶族的出路，那就反了吧！"

京城谭家老宅。

项宜看着庭院里明亮的日光，难以相信自己也有睡到日上三竿的时候，还以为自己在做梦。

春笋偷笑着走过去，乔荇却嘟了嘴，走到项宜身边，仔细瞧了瞧她眼下的乌青，说道："奴婢给夫人剥个蛋来滚一滚。"

项宜清了一下嗓子，尴尬地走到了一旁的水缸前，对着水面瞧了瞧，发现自己的眼下竟真的有些发青。她越发觉得尴尬，其实她也不晓得自己昨晚几时睡下的。

微风吹来，水面泛起了一丝波纹，项宜莫名其妙地就想到了那位大爷昨日的提议。逢双，这也太不合规矩了。

她正想着，眼前的大水缸里竟又映出了另一张面孔。

那人精神饱满，眼中含着笑意，从她身后探了脑袋出来，呼出的气息轻轻地落在她的耳畔，轻声说道："醒了？"

项宜被他吓了一跳，想着昨晚的闹腾，没好意思回头，只是说了一句："大爷来了。"

谭廷却没什么不自在，笑着点了点头，看着水面映出的妻子的样子。

水面被风吹起一丝波纹，他不由得想起了昨天夜间，他抱着她从浴房出来，她闭着眼睛，迷迷糊糊地靠在他的肩头，白皙的脸上湿漉漉的，泛着一层潮红……

谭廷思绪飘飞，项宜却在这时开了口。

她依旧没有回头，只是看着水面映出的男人的面容，说道："大爷该好生休息才是。"

谭廷还以为她在关心自己睡的时辰不足，便笑着说道："宜珍放心，我睡足了。"

水中的影子动了一下，项宜轻咬了一下唇，更加明确地说了一句："大爷应该好生休息十日才是。"

谭廷下意识地就要点头，可再一想，反应了过来。

十日？她的意思是，不能逢双，只能逢五？

谭廷怔了一会儿，想细细地看一看妻子的神色，可她始终没有回头，他只能看着水面，闷声闷气地问了一句："可是，我们不是打算要孩子吗？"

项宜不自在地清了一下嗓子，道："就算是要孩子，大爷也该休息充足才是。"

谭廷："……"

她是在怀疑他的身子不够强健吗？可经了昨日，他体力如何，她也该晓得才是。那么是因为她不喜欢？

谭廷抿了抿唇，半晌没出声。

乔荇在这时剥了鸡蛋回来了，骤然看到夫人和大爷一前一后地紧挨着站在水缸前，还愣了一下。

片刻后，她想到夫人眼下的乌青，还是走上了前来，说道："夫人用鸡蛋滚一滚眼下吧，今日下晌还有两位族中女眷要过来的。"

谭廷愣了一下，走到水缸的另一侧，再一看项宜眼下，果然青了。

都怪自己昨日喝多了酒，这下好了，逢双没了。可逢五也太不近人情了……

谭廷像学堂里犯了错的小学童，呆呆地站在旁边，不安地看着自己的妻子。等乔荇用鸡蛋帮项宜滚过眼下，转身离开了，他才走上前来，说道："昨日是我的不是，以后绝不如此了。"

听见他为这种事赔礼道歉，项宜不由得脸上微热了一下。可他所说的逢双实在荒唐，她便只是摇了摇头，没有出声。

谭廷知道都是自己的不是，逢双是不敢奢望了，于是悄悄地看了一下妻子，试探地问道："宜珍说逢双不妥，那就逢五、逢十可好？"

项宜一愣，讶然地看了他一眼。

谭廷亦不自在地咳了一声。

这时，正吉过来通传："大爷，萧观从京畿回来了，有要事禀告大爷。"

谭廷没等项宜回应，极快地同她说了一声，就快步出了屋子。

项宜一愣，想说不合适都来不及了。

今日，萧观应了谭廷的吩咐，去了一趟薄云书院附近，查看项寓、项宁住得妥不妥当。

那对姐弟住在书院附近的县城里，还算稳妥。

有许多世家子弟虽然在薄云书院读书，吃住都在书院里，但还是会在城中置办一座宅子，以便放假时有个去处，好好休歇几日。他们不是寻常百姓，县衙甚是看重，每日巡逻不断，因此那一带还算安全。

此外，县城不远处便是绿水青山，景色宜人，因此也有不少京中高门将别院建在那里，连官道也比旁处宽阔许多。

项寓、项宁典下的院子隔壁，恰好住着项寓一位同窗的寡母，也算相互有个照应。以后项寓便每五日下山一次，回城中看望项宁。

谭廷知道，哪怕项宜、项宁都不再同他计较，项寓也是没那么轻易松口的。他叹了口气，思量着只能过段时间再同项宜提及此事了。

听萧观将这事回过，谭廷又问："还有旁的事吗？"

萧观点了点头，上前回道："大爷，昨晚周边州县的寒门考生闹起来了，差点儿冲进府衙，要不是卫所来人压制，这些考生也终归不敢拿自己的功名胡来，可就真要反了，当时甚至有人直接喊出了大逆不道之言。"

因着广西武鸣科举舞弊案迟迟没有审出结果，这些寒门考生本就烦躁不安，都觉得接下来的京中春闱也会有世家子弟作弊，让他们的十年寒窗成为一场空。在这般躁动的情况下，不知是谁传了个消息出来，道是涉案的凤岭陈氏让族中的两位封疆大吏上折子说情，而皇上已经允了，案子迟迟没有审完便是因为没有找到合适的替罪羊，暂时无法将此事大事化小、小事化了。

这消息一传出来，就在寒门考生中炸开了锅。这么大的案子，太子亲自下令审查，都有可能被世族大事化小、小事化了，朝廷对此还睁一只眼、闭一只眼，那往后世族岂不是更要只手遮天，他们这些庶族百姓还有什么活路？

这个消息就像是往干柴中扔进的火星，一瞬间就点燃了寒门考生躁动不安的情绪。当晚，连着几个州县都闹了起来，还有一名知县被打伤了。要不是知府此前听说了领水县发生的事情，有了预备，而卫所又及时赶来，兴许那些考生就要举旗造反了。

萧观是拿了第一手的消息赶来报信的，而此事必然捂不住，很快就会上达天听。

谭廷沉思着，不晓得宫中会如何反应，若是宫中忌惮那些考生竟然在京畿闹事，那么他们的十年寒窗可就真的要成为一场空了。

这一系列操作，可真和他父亲治疫时的传言有异曲同工之妙，目的恐怕就是要故意引发这些人的愤怒，把事情闹大。而一旦事情闹大，这些寒门考生绝没有好果子吃。那么谁能得到好处呢？

思及此，谭廷忽然问道："那个关于凤岭陈氏的消息，能否查到是谁放出去的？"

萧观摇了摇头，说好几个州县同时出现了这样的传言，而消息的来源完全不可考。

谭廷闻言，眉头皱了起来。看来是有人故意放消息了。且不说凤岭陈氏眼下还没有上折子求情的动作，便是想这么做，在这件事之后，恐怕也没法儿这么做了。由此可见，放消息的人也没有将陈氏的安危考虑在内。这倒是和他父亲彼时的情况又有所不同了……

谭廷又问了萧观几句，思量了一阵。

下晌，京郊几个州县昨晚发生冲突的事情便在京城传开了，一时间人心惶惶，生怕那些考生真的反了，闹到京城来。

连百姓都如此想，可见宫中如何思量。

这事在这个时候闹出来，其实对前来应考的寒门子弟伤害最大，极有可能导致本届春闱后延，而这些闹事的考生可能被永久禁止参加考试。这样一来，通过读书改变命运的寒门子弟就更少了。

当下最好是能按下此事，安抚寒门考生的情绪，让春闱如期举办。这也是反击那个在背后制造矛盾的人最好的办法。

李程允原本是要来同谭廷讨论此事的，可是他的妻子这两日就要生产了，他不敢离家，只得作罢。

谭廷知道后，也没让他出门，只是让族人留意朝中动向。

第二天，多日未上朝的皇上出现在了金銮殿上。

当即就有朝臣提起了京畿州县的混乱，说要禁止这些闹事的寒门考生参加考试。

皇上闻言，并未言语。

太子在一阵沉默后，反问了一句："难不成非要将他们逼到造反？"

此话一说出口，那人顿时不敢说话了。这时皇上才开了口，问起有谁愿意前去安抚。

寒门出身的官员并不多，在场的寒门官员虽然跟那些考生同根同族，但官位都不高，并不能代表世族在此事上的态度，而位高权重的几位封疆大吏此时又都不在京中。可若是让世族出身的官员去劝，只怕那些考生也不会听。

谭廷倒是愿意去，可惜他尚在补官之中，官位未定。

是以，一时间竟然没能定下前去安抚的人选，只得散朝。

到了晚间，有人毛遂自荐。翌日，朝中便将此人定为安抚使。

谭廷接到消息的时候，眼皮跳了一下——朝中没人应这差事，最后竟是在京郊养病的齐老太爷毛遂自荐，愿意前往。

齐老太爷确实是最佳人选，他虽然出身海东齐氏这样的世族，但是曾在翰林院任职，还曾在国子监任教，教过许多寒门出身的书生，亦是有名的大儒。

谭廷想到齐老太爷的身体状况，又同项宜去了一趟齐家。

齐老太爷并没有把谭廷的担忧当一回事，还同他小声说："正好能避开老婆子几天，不用喝苦药汁了。"

谭廷无奈地摇头，同他老人家说了彼时在领水县发生的事情，让他老人家务必要多加注意。人的情绪最难控制，更不要说一群人的情绪了。

老太爷笑着说道："放心，我过的桥比你走的路还多。"

老夫人不知怎么的，今日有些沉默，直到听他说了这句话，才瞪了他一眼，说道："休要说大话，早点儿回家要紧！"

老太爷连声道好，在上马车时，又跟谭廷和项宜得意地嘀咕了一句："老两口儿在一起一辈子了，她怎么还那么黏我？"

谭廷险些笑出声来，项宜也扬起了嘴角。

老太爷还问了谭廷一句："你家小娘子是不是也这般黏你？"

这话问得谭廷哽了一时。他倒是没有老太爷这福气了。

送走了前去安抚考生的老太爷，谭廷和项宜便辞了老夫人，坐马车回家了。路上，谭廷看了看垂着眼眸的妻子，想到老太爷刚才的问话，又想到了被她拒绝的逢双提议，不禁叹了口气。

也许再过一两年，等他们有了孩子，她的眼里就会有他了吧？

下一秒，谭廷突然又想到了另一种可能：如果他们有了孩子，她的眼里还可能有他吗？

一时间，他竟回答不上来这个问题。

这时，正吉脚步轻快地到了车窗前，说李程允的妻子生了个男孩。

槐宁李氏宗家只有李程允和他大哥李程许两个，而李程许身子不好，多年以来，膝下只有一女。世家里也不是没有宗女当家的，可宗女总要比宗子更辛苦艰难。眼下世道不太平，李程许舍不得女儿被架在火上烤，便和李程允商议，若是自己始终无子，就让李程允的长子做宗子。没想到李程允的妻子这头一胎，还真的生了个男孩。

不过无论是男是女，都是槐宁李氏的大喜事。前些日子谭廷便同李程允打过招呼，到时候办孩子洗三礼，让项宜也过去，同各家女眷见见面。

林大夫人亲自举办的春日宴，场面必然是极大的，而项宜初来京城，拢共没认识几个人，如果能在洗三礼上先结识一些女眷，届时到了春日宴上，便能自在许多了。

当下，他便把此事同项宜说了："程允的夫人和大嫂都是好说话的性子，也并非出身世家大族，你不必担心。"

李程允的妻子是宗室县主；大嫂则是西南一个小世族出身的女子，因着对李程允的大哥有救命之恩才嫁进来的。俩妯娌都不是难说话的人。

谭廷对各家女眷的了解有限，只好拜托李氏妯娌做项宜的引路人。他伸手握住了她的手，温声说道："别怕。"

他的声音温润而轻柔，似温泉流淌。项宜听到这位大爷的话语，莫名其妙地心安了不少，轻轻地点了点头。

这时，有几个小孩从巷子里突然冲了出来，车夫吓了一跳，急忙拉了马。车身陡然颠簸了一下，项宜险些从凳子上滑下去，谭廷急忙伸手揽住了她。

下一秒，马车又是一颠，车夫忍不住发怒，压着声音训斥调皮的小孩。

这一颠，几乎把项宜颠进了谭廷的怀里。

谭廷看着臂弯里的妻子，又想起了齐老太爷说的那句话："你家小娘子是不是也这般黏你？"

他状似无意地提醒了项宜一句："宜珍可以搂住我的腰，免得再颠簸。"

他说得甚是正经，项宜一时间还以为他是让她搂住柱子、车梁之类的东西。

下一秒，车子又颠了一下，这次是反向的力道，项宜顺势就从他的臂膀里抽身，坐到了原来的位置，而后握住了车厢上的手柄，说道："多谢大爷，这会儿坐稳了。"

谭廷："……"

谭廷闷声看了看自己的腰。

他非是五大三粗的身材，这劲瘦的腰搂着不是正合适？不比一些柱子、车梁、手柄强？

他又想到之前自己欲吻她，她却受到惊吓似的转头避开，而眼下，她居然还不肯与他稍稍搂抱一下！思及此，谭廷顿时有些郁闷。

项宜却并未发现他的异样，只因这位大爷擅长掩饰自己的情绪变化，他不说，旁人便难以察觉。

几日后，项宜认真打点了一番，去参加了李程允长子的洗三礼，发现果真如那位大爷所言，李氏妯娌都极好说话。

李程许的妻子苗氏并非典型的宗妇派头，反而极其亲和，说话的声音似百灵鸟一般悦耳，见了项宜便拉了她的手，絮絮叨叨地问了她许多话。

苗氏这样的性子做宗妇，自然缺了一些威严。而李程允的妻子秋阳县主性子偏冷，管得住人、立得住威，便是坐着月子，也帮着苗氏打理中馈。妯娌二人有商有量，甚是相合。

当下秋阳县主替苗氏打理了几件事，也同项宜说起话来。她同下面的人说话时是夫人的派头，而转头跟项宜说话时便柔和了许多，还拿了一件小儿衣裳送给项宜。

项宜有些不解，一般是到了百日或者周岁，主家才会给友人送小儿衣裳，怎么这会儿就送给她了？不过她也只是暗自疑惑，不好意思问那位话不多的县主。

倒是苗氏捂着嘴笑了一声，说道："是你们家大爷的意思，着急忙慌地便跟我们要小儿衣裳。"

项宜听了，顿时有些不好意思了，只好将小儿衣裳收了起来，心想：回头就放在那位大爷的枕头上好了。

除了槐宁李氏本家的女眷，槐川李氏的女眷也来了不少。两家本是同根，走得近也是寻常。

不同于好说话的槐宁李氏女眷，槐川李氏的女眷倒是有些自恃身份的意思。她们见了项宜，都多打量了两眼，然后说了两句客气话，就坐到了一旁，眼神却时不时落在项宜身上。

项宜当然不会自找不痛快地讨好她们，便在不近不远的地方安静地坐着。

槐川李氏的女眷中，有一人面色偏凶，目光落在项宜身上好几回，一旁的几个女眷不知说了什么，那人冷哼一声，说道："卑贱的庶族惯会耍手段罢了。"

那人的声音不算小，不少人听见了，霎时向项宜看来。秋阳县主在此时叫了婢女上茶，才将这一阵眼风压了下去。

苗氏将项宜叫到了自己身边坐着，在婢女们鱼贯进来上茶后，才同项宜说了一句："那是槐川李氏的三小姐，原先不知你有婚约，想同谭家议亲。后来她嫁了人，夫婿去岁从马上摔下来，把腿摔断了，眼下她的日子过得不太如意。"

苗氏的意思是让项宜不要跟那位李三小姐计较。

项宜当然不会计较，只是也忍不住暗想，在她拿着婚书强求这段姻缘前，应该有不少人家想同谭家议亲吧？在她们心里，她自然是挡了她们的道的。

项宜谢过苗氏提点，也没准备与那些女眷有什么来往。

这时，陆续进来几个婢女，各自在自家主子面前说了什么，下一秒，众人脸色一变，原本还算神色平和的人皆露出了几分怒气，而本就对项宜暗含敌意的人骤然变得明显起来。

那位李三小姐更是直接说道："我就知道，卑劣的庶族没有好人！"

众人闻言，目光不由得落在了项宜身上。

项宜一怔，看见春笋也快步走了进来，连忙问她："是出了什么事吗？"

春笋绷着脸点了点头，回答道："是齐老太爷出事了。齐老太爷前去安抚寒门考生，却被那些人从高坡上推下来，摔在了一块石头上，恐要不成了！"

项宜闻言，心里陡然一痛。齐老太爷出发那天，她和谭廷专程去看了他老人家，还说起了领水县发生的混乱之事，他老人家只道放心，出不了事，谁知眼下竟是这般遭遇。

项宜脑中空了一时，而后着急地问道："所以老太爷到底怎么样了？"

春笋摇了摇头，刚要说什么，就听见厅里有人压着声音说："也不知道假惺惺地装些什么。到底非我族类，其心必异。"

这话实在阴阳怪气，项宜看了过去，发现李三小姐本来姣好的面孔在刻薄的神色下显得扭曲了几分。

项宜没有说话，亦不想同这样的人争论，只一心想着老太爷出了事情，老夫人在家得到消息，还不知道会怎么样。老两口儿的一儿一女都不在京城，在京为官的海东齐氏族人也不多，眼下出了事，身边连个人都没有。

项宜想着这些，就有些坐不住了，神色露出几分焦虑。她焦虑的神色落在旁人眼中，却有些不一样的意味。

李三小姐初看到项宜的时候，甚是惊讶。她原以为能拿着婚书自己上门的女人必是粗鄙不堪的人，没想到项氏竟是端庄秀美、落落大方。可若不是项氏没脸没皮地挡了她的道，说不定她当时就嫁进谭家了，哪儿有后来夫婿坠马摔成废人的事？因此，她在短暂的惊讶后，便陷入了深深的怨恨和忌妒之中。当下齐老太爷的事情传来，见这庶族出身的项氏果然坐不住了，她心里总算痛快了一些。可这一点儿痛快，根本不足以抵消她这几年来的难过和煎熬。

这会儿见苗氏和秋阳县主又要给项氏解围，还将孩子抱到了项氏手边，李三小姐当即哼了一声，状似无意地同各位女眷说了起来："齐老太爷这样德高望重的人，桃李满天下，那些人可怎么舍得下手？他们连对齐老太爷都是这般恶劣的态度，对我们这些世族子弟还不知恨到什么地步呢，说不定便要使阴招儿，咱们可得小心，免得被害了也不知道。"

听了这番话，众人的目光都看向了项宜，而项宜正准备接过孩子，手指刚碰到小孩的手。

项宜知道苗氏和秋阳县主都不会介意，可还是看着孩子笑了笑，慢慢地将手收了回去。

李三小姐越发得意，说起话来也更不客气了："那些卑劣的庶族之人不知藏着怎样毒辣的心思，便是科举中第做了官，也必是贪官污吏吧。"

在座的谁不知道项直渊便是庶族出身的贪官，而谭夫人项宜就是项直渊的女儿。

秋阳县主第一个听不下去了，想要为项宜出头，可她还在坐月子，嬷嬷不许她出内室。而苗氏因出身小世家，素来不怎么在这些大世族的女眷面前说话，此刻有些愣住了。

这时，忽然有人走了进来，说道："我来晚了。大伙儿在说什么呢？"

那人说着，目光从众人身上掠过，最后落到了李三小姐身上。

项宜朝那人看过去，只见那人年纪比她们稍长，穿着秋香色绣万字纹的对襟长袄，眸色冷淡，又暗含了几分威严。她不认识那人，却觉得眼熟，再听那李三小姐和李家众人上前叫了那人一声"二嫂"，一下明白了过来。

原来此人便是槐川李氏的宗家二夫人，也是灯河黄氏的二小姐、黄四娘一奶同胞的亲姐姐黄二娘。槐川李氏的宗妇在槐川老家，因此族中在京城的一应事宜都是由二夫人黄二娘打点，在座的槐川李氏的女眷也都十分尊敬她。

项宜在知道了她的身份后，沉默了一阵。

林姑母特意让谭廷去接黄四娘一同进京，很显然是要撮合他和黄四娘，只是最后没成。而黄二娘是黄四娘的亲姐姐，说不定也想让黄四娘嫁到谭家。

项宜知道自己早晚是要走的，无意久占谭家宗妇的位子，也无意与黄二娘有什么交集，便一时没有说话。

李三小姐却凑到黄二娘身边，说道："我是在为齐老太爷打抱不平，顺便提醒大家小心些，免得被庶族的人害了。"

黄四娘坐谭家的船进京的事情，李三小姐是听说了的，因此她料想黄二娘必然会向着自己说话。

众人也看着黄二娘，猜测着她的态度。

谁想黄二娘忽然笑了一声，说道："照三妹这么说，以后咱们也别上街了，即便上了街，那些酒楼、茶馆、绸缎铺子也都没法儿进了。"

李三小姐闻言，一脸不可思议地愣在了那里。

黄二娘又说道："两族之人都是肉体凡胎的寻常人，谁又想赔上自己，故意去害旁人呢？"

她这话说得直白，把李三小姐方才的言语有理有据地驳了回去。

李三小姐在婆家的日子不好过，大多时候是黄二娘帮衬她，眼下黄二娘这么说了，她想反驳都张不开嘴了。李氏的族人也不好再说什么，纷纷闭了嘴。

项宜一怔，向黄二娘看了过去。恰好黄二娘也看了过来，冷淡的神色不知何时转成了柔和，朝她轻轻地点了点头，而后坐了下来。

苗氏连忙走上前来，把话题岔开了，这事暂时消停了下来。

洗三礼自是一番热闹，李程允和秋阳县主的儿子嗓门儿洪亮，嗷嗷哭了好几声。一众女眷在一旁看着，也都觉得欢喜。

这时，项宜听到有人叫了自己一声，转过头去，便看到了站在树丛里的黄二娘。

项宜上前跟她行礼，正要谢她方才的解围之恩，却听见她先开了口。

黄二娘声音不大，可措辞甚是稳妥，说道："舍妹年纪小，不懂事，家父又一味听从伯父安排，小妹亦不知推拒。项夫人大人大量，没有同她计较，让她难堪，二娘心里甚是感激。"

前不久，黄二娘听胞妹黄四娘脸色尴尬地说了船上的事情，不禁后怕连连。若项氏是那等心思深沉的妇人，此番稍稍使些手段，就能把四娘的名声毁得一干二净。可项氏没有那样做，反而在骚乱中救了六娘一命。这是何等人品？

黄二娘当时就训斥了妹妹，又将这份人情牢牢地记在了心中。

此番洗三礼，黄二娘猜到以李三小姐的气量，今次必然要与项宜不痛快，便早早地出门赶来，只是中途被一件事情绊了一下，这才来晚了。

眼下，她郑重地谢了项宜，甚至要给项宜正经行上一礼。

项宜只觉得自己放过黄四娘也好，救黄六娘也罢，不过是凭着本心为之，当不得大礼，于是连忙扶了黄二娘，说道："二夫人不必如此客气，小事罢了。"

她越是这样的气度，黄二娘越是打心里敬佩，当即好心给她提了个醒："齐老太爷的事情，我亦听说了。接下来几日，夫人只怕不好过。也不晓得这般闹腾什么时候是个头儿。"

项宜暗暗地叹了口气，谢过了她的提醒。

这时，李家的一个女眷找了过来。项宜和黄二娘不约而同地对视了一眼，都在对方眼中看到了一些使人感到温暖的东西。

之后，两个人谁都没有多言，在众人面前仍旧是不甚相熟的李夫人和谭夫人。

洗三礼很快就结束了，秋阳县主也累了，婴儿哭了一场，这会儿也躺在母亲怀里睡着了。

众人渐渐散去，项宜也辞了秋阳县主。

苗氏一路将项宜送到了门外，说道："今日人太多了，我改日再请你过来玩。"

项宜笑着应了。

这时，正吉匆匆忙忙赶了过来，说道："夫人，齐老太爷出事，大爷担心齐老夫人，便临时赶去了京外的齐家。夫人先坐车回家吧。"

项宜闻言，点了点头。

众人的马车是排着队依次离开的，那些人互相认识，有说有笑地结伴离开，项宜不便插队，就在一旁静静地等着。

谭廷匆忙去了一趟齐家，看望老夫人。

老夫人得了消息，果然伤心得不行，却还强撑着说道："老头子还没有两只脚都踏进鬼门关里，我总不能在他前面死了。你放心，我撑得住！"

谭廷见老夫人这般，心里顿生敬意。他帮着齐家安排了人手，又派了自己的人赶去老太爷出事的地方。忙完这些，眼见着天色不早了，他才急急忙忙地打马赶回京城。

他琢磨着李家的洗三这会儿可能刚散，便直奔李府去了，等到了李府，发现果然刚散场，众宾客正陆续离开。

他牵了马从人群里走过去，正要找人问一下妻子在何处，就看到了站在墙下的妻子。旁人三五成群，结伴而行，只有她落了单，独自在墙边等候。

那些世家女眷分明看到了她，可谁都没有上前跟她说话。她们只是极快地看了她一眼，便回过了头，小声议论着。有人说着谭家大爷与项氏身份的差别，也有人说起她是贪官之女，还有人说起她曾拿着婚书上谭家的门……

一阵风吹来，将她耳边的碎发吹乱，她这才微微动了一下，安静地抬手将碎发别到了耳后。

谭廷心里蓦然一酸，逆着人流，快步向她走了过去。

众人看到谭廷，不免对他与项氏的关系有些好奇，当即停下了脚步，

331

向二人看了过去。

项宜听见熟悉的脚步声，抬起头来，轻声说道："大爷……"

话音未落，谭廷大步走上前来。

众人都等着看谭家宗子要如何对待项氏，却见他解下披风，轻轻地披在了女子的肩头。恰在这时，谭家的马车过来了，他握住女子的手，携着她上了马车。

路上很快没有了谭家马车的影子，众人这才议论起来，有惊诧的，有羡慕的，有说项氏好手段的。半晌，众人才上了自家的马车，陆陆续续地离开了。

谭家的马车里，项宜率先开了口，问道："大爷怎么赶回来了？"

谭廷没有着急回答，而是抿着嘴，低头看了看妻子。

项宜神态平和，又问道："老夫人怎么样了？"

他默默地叹了口气，说道："老夫人没事，还撑得住。"

项宜又问起了老太爷的情况。谭廷没有回应，老太爷毕竟年纪大了，又从那么高的坡上摔下来，此番能不能治好，谁也说不好。而推他老人家的那个人，当即消失在了人群里，找不到了。

老太爷身边有不少官兵保护，却还是受了伤，恐怕不是官兵无能，也不是寒门考生临时起意，而是有人预谋已久，蓄意为之。这一闹，局面更加复杂了。

谭廷默默地握紧了妻子的手，两个人一时间都没有说话。

这时，马车外面传来了一阵喧闹声。

有一家客栈突然将住店的寒门考生全部撵了出去，说以后再也不做庶族之人的生意了，有钱也别想进来。寒门考生自然不服，聚在客栈门前闹起来。

客栈的掌柜振振有词地说道："我们是世族的产业，你们连齐老太爷这样的大儒都要下手，就别怪我们与你们划清界限！"

双方各有立场，谁都不肯让谁。客栈门前被堵得水泄不通，有吵闹的，也有看热闹的。

原本只是潜藏在水下的矛盾，如今被接连的浪头一波又一波地翻了出来，若说之前还只是庶族单方面的躁动不安，眼下却是真正的针锋相对了。

谭廷越发握紧了项宜的手。

温暖的力道传了过来，项宜禁不住抬头向男人看了过去。

他像那天在齐老太爷家中一样，用唇语同她说了两个字："没事。"

项宜心头忽地一热。

车外喧闹不安，车内却有一种安定的气息在慢慢流淌。

此事一出，翌日的早朝又热闹起来，要禁止这些寒门考生参加考试的声音一浪高过一浪。

太子皱着眉，一时间没有言语。

皇上问了林阁老一句："林阁老如何看？"

首辅林阁老留了美髯，一把年纪了，胡须和头发还是黑亮的。他半垂着眼，细细地思量了一阵，才说道："臣亦觉得不该将他们逼上绝路，可齐老大人这般，必然是不能安抚那些考生了，也不知道还有什么人能担此重任。"

林阁老倒是遵照了太子之前的意思，可是如果要继续安抚寒门考生，那么让什么人去安抚，也的确是个难题。

直到散朝，众人也没能定下合适的人选。毕竟齐老太爷出了事，世庶之间的关系更加紧张，谁又愿意去冒这个风险，安抚庶族，为庶族说话？

下晌，顾衍盛、徐远明以及其他东宫辅臣聚在了太子的书房。

太子仍然不欲让朝廷禁考庶族考生，说道："还是要派人前去才行。"

徐远明上前说道："臣愿意去。"

徐远明不是庶族出身，也不是世族出身，而是军户出身，又是太子近臣，总也有些分量。

这时，有一位辅臣说道："之前齐老太爷前去，代表的是世、庶两方的态度。此次若是只有徐大人前往，只怕这层意思要差一些。"

两族越闹越僵，若是只有一方现身，着实不能完全说明朝中各方的态度。那些寒门考生不比寻常百姓好说话，徐远明去了，可能还是会让他们不安。可身份能代表世家，又愿意在这种危急时刻出头，还恰在京中的人，打着灯笼也找不出来了。

太子想了想，提了一个人，即灯河黄氏的黄三老爷。灯河黄氏是大世族，黄三老爷也为官多年，颇有些名声，且眼下就在京城。

然而有人当即摇了摇头，说道："臣去探过黄家的意思了，那位黄大人倒是愿意去，可是他的宗子长兄不愿意插手这件事，特意写了信给他，让他不要出京。"

听了这番话，太子不禁冷笑了一声，说道："这些世家的权力真是够大的，朝廷的官员不听朝廷的，反倒要看他们的意思。"

这便是他肯为庶族发声的原因。没有了寒门出身的官员，朝中都是世家子弟，才是朝廷最大的隐患。

顾衍盛倒是有个人选在嘴边，可是在这般紧张的情形下，他也只是想了想，没有开口。

那谭家大爷谭廷毕竟是谭氏一族的宗子，真的敢去蹚这浑水吗？若是谭廷出了事，宜珍又要怎么办？

思及此，顾衍盛最终没有开口。除非谭廷自荐，不然他亦不会提出。

可谭廷尚在补官之中，目前并无官职，又怎么会自荐去做这等不合身份的差事？

太子重重地叹了口气，捏了捏眉心。若没有能代表世家的人，徐远明一人并不能成行。

书房一时间陷入了寂静。

恰在这时，有太监疾步上前，骤然打破了寂静："殿下，有人递牌子求见。"

顾衍盛闻言，眼皮莫名其妙地一跳。

太子抬起头，问道："何人？"

"回殿下，是清崤谭氏的宗子，谭廷谭大人。"

紫禁城高大的红墙下，谭廷转过头，看到了跟上来的某位道士。

他在宫中当真是道士打扮，穿着青色长袍，一副清心寡欲的样子，同上回穿一身亮眼大红袍的样子可真是不一样。

谭廷见了顾衍盛，同他浅行一礼。

顾衍盛见谭廷着意打量了一眼自己的道袍，知道对方在想什么，不过他没有回应，只是说道："谭大人好魄力。"

世族在朝为官的人不下百人，未有敢出头之人，他却在此时递牌子求见，自荐东宫。

方才太子听闻谭廷自荐前往，顿时看他的眼神都不一样了。顾衍盛亦多看了他一眼。

谭廷拱手说道："道长能舍命千里查案，谭某亦敢挺身有所作为。"

他又换了对顾衍盛的称呼，一边说着，一边看了顾衍盛一眼，声音压低了几分："说起来，谭某也有一点儿私心。"

他说完，目光又在顾衍盛身上落了一下。

顾衍盛知道他说的是什么意思。他为了让宜珍在世族站住脚，无论如何也要将这矛盾压下去。当然，这只是他的第一层意思，至于第二层，恐怕是在提醒自己，他不在京城的时候，自己也要继续做个清心寡欲的道士。

顾衍盛忍不住笑了一声，看了一眼谭廷，见他负手立着，一本正经的样子，不禁心想，到了这种紧要关头，他倒是还记得这些事。

顾衍盛亦想到了那日在茶院门前，谭廷牵着宜珍的手，而宜珍甚是习惯的模样。他嘴角的笑意微敛，不过还是点了点头，说道："贫道晓得了。"

一个没有直接说，另一个也没有直接答，只靠双方心领神会，达成了某种协定。

谭廷嘴角微翘，同顾衍盛拱手，转身离开了。

回家的路上恰好经过一家新开的玉石铺子，谭廷不禁停下来多看了一眼，见那铺子里的东西十分齐全，颇有些像样的玉石，便想挑上几件带回去，不想突然有人找了过来。

来人衣衫上有用青线规整地绣着的"林"字，上前便说道："大爷，我们大夫人请您过府一叙。"

"眼下？"

来人点头。

谭廷只能暂时将手中的玉石放回原处，暗道，他刚从宫里出来，姑母便着人请他过府，可见林氏果然消息灵通。

他倒也并未推拒，随那人往林府而去。反正过不了多久，他今日此举，满朝文武、庶族世族便皆会知晓，倒不如提前去林家说一声。

林府。

林大夫人问周嬷嬷："元直还没到？"

周嬷嬷摇了摇头，答道："夫人也太心急了，这才多大会儿？"

"我怎么能不心急？"林大夫人揉了揉额头，深感烦闷地说道，"旁人避讳还来不及，他倒好，亲自递牌子到东宫。这会儿递牌子，还能是什么意思？必是自荐去了！"

这时，林大夫人的独子下了学，过来请安了。

林大夫人曾经多年未孕，膝下无子，可无论是林阁老，还是林大老爷，没有一个人为难她。林大老爷更是连通房丫鬟都没有，让她安心调养，不要着急，万一真的没有子嗣，过继一个便是。

林家待她如此，她越发为子嗣上心，好在上天开眼，终于让她怀上一胎，恰是个男孩。如今这孩子才十岁，便有了一族宗家嫡子嫡孙的样子，林大夫人自然喜爱得不得了。

这几年，林大夫人过得十分如意，夫妻恩爱，家事顺遂，儿子好学，连娘家侄儿也一举登科，成了本朝最年轻的进士，娘家也越来越好。她如今的日子，全京城的女眷都羡慕，她自己也晓得惜福。谁知眼下侄儿突然不对劲起来，好端端的，竟要舍身为寒门庶族奔走。

林大夫人刚问了儿子在学中的事情，院中便来了通传，说是谭廷来了。她心里着急，因此只让儿子同他大表哥打了个招呼，就遣了众人，只留下谭廷在厅里开窗叙话。

她也不同谭廷绕弯子，开门见山地说道："你递牌子进东宫是做什么去了？"

谭廷直言道："姑母应能猜到，自是为京畿考生之事而去。"

听了这话，林大夫人就皱起了眉头，说道："你这是怎么了？这些事情同我们有什么关系？闹出事了是那些庶族自己担着，顶多凤岭陈氏和一些人家因着广西武鸣科举舞弊案被牵扯其中。林氏都不掺和，元直你怎么掺和上了？"

谭廷摇了摇头，说道："林氏是四大家族之首，世家之楷模，本该插手此事才对。"

可林阁老表现得颇为中立，还带着些回避的意思。

谭廷又说道："元直不知阁老如何思量，可此事不能这般下去了，总要有世家的人出面，缘何不能是侄儿？"

林大夫人并不想与他论此事是非，只是说道："我先前还同你姑父商议，刑部恰有五品的空缺，让他为你留下。刑部里世家官员众多，你此番回护庶族，庶族领不领情还不知道，反而会让世家之人对你心生隔阂。这可是你正经做的第一任官，上任就是五品，以后官途坦荡，若是因此受挫，岂非因小失大？"

林大夫人不是寻常内宅女子，而是林氏的宗妇，对朝中事了解甚深，为侄儿筹谋也不是一日两日了。

谭廷谢了姑母的心意，却还是摇了摇头，说道："若是为了官位，有意在各个世家面前讨巧，而丢了原有的立场，姑母觉得，那还是谭家吗？"

清嶭谭氏素来是朝中清流，身为宗子的谭廷若为了官位而舍了立场，便是把祖宗打下的名声也舍了去。

这话说得林大夫人哽了一时。她皱着眉头看了谭廷一眼，说道："你可真同你父亲、祖父一样，总有你们的道理。当年你爹要去治疫，我便百般拦着，可他还是去了，结果你也看见了。"

谭廷突然听到与父亲有关的事，怔了一下，抬头看向姑母，一时间想要告诉她，父亲的死其实另有文章，可是稍稍一顿，还是没有将此事说出口。

他已安排了人手着力调查此事，在调查结果没有出来前，最好还是不要有太多人知晓。

这时，林大夫人想到了什么，问道："是不是项氏怂恿你去的？"

那日他牵着项氏的手从林家离开的事，她可都听说了。眼下她想起这事，不快地说了一句："你倒是瞧得上她。"

谭廷听林大夫人这般说，立时说道："宜珍没有怂恿我，也根本不晓得此事。姑母勿将此事归在她的身上。"

听他这么一说，林大夫人的脸色顿时变得不太好。

谭廷也想起了那日在林家的事情。很显然姑母对项宜不喜，若是他在这个时候替项宜分说，只怕姑母更要怪罪项宜了。

时机不对，他便也没有多言，只是说了一句："她很好，出身庶族也没有错，姑母日后会晓得的。"

林大夫人皱了皱眉头，倒也没再说什么。

这会儿不早了，林大老爷临时有事出了京，谭廷也不便拜会林阁老，便向林大夫人拜别。

林大夫人见侄儿去意已决，只能叮嘱他莫要为庶族全抛一片心，多少要提防着那些人，便让儿子送了他离开。

谭廷一走，林大夫人便重重地叹了口气，对周嬷嬷说道："他对项氏的态度，可真是出乎我的意料。"

周嬷嬷不敢议论朝中事，只是顺着林大夫人的话，提了一句春日宴的事，说道："大夫人的春日宴还特意请了好些人家的姑娘，这可怎么好？"

林大夫人亦头疼了一下，可想想侄儿才二十出头的年纪，自己这般为他着想绝没有错，便说道："他还年轻，不晓得轻重，如此越发要有个世家出身的妻子在身边了。"

一阵风吹来，林大夫人朝窗外看去，又说道："别看眼下那些庶族之人闹得欢，没用的，世家崛起才是必然，庶族只能沦为下层，无法翻身。而世族的地位亦有高低之分，小世族向大世族靠拢，层层堆叠，站在山尖上的便是四大世家。谭家虽然不复往日光彩，但也仅在四大世家之下，只要好好地与各个世家维系关系，总还是数得上的大族……"

林大夫人实在不能理解侄儿的抉择，忍不住叹了一口气，说道："我真得尽快为他寻一位世家出身的妻子了，总不能看着他把路越走越窄。至于那个项氏，我暂且不知她到底是怎样的人，若老实听话便是最好，我亦不会亏待她。"

谭廷回去的路上，发现那家新开的玉石铺子打烊了，只得暂且作罢。

走到家门口时，他停了一下，转头同正吉说道："我明日要出京的事，不要告诉夫人。"

正吉连忙应了下来。

项宜没想到他这么晚才回来，连忙叫人将备好的饭菜端上来。谭廷见妻子挽了袖子为他盛汤，只觉得那热汤还没下肚，便已浑身暖了起来。

他让她别忙，叫了丫鬟做事，便携了她的手坐在桌边，说道："京里新开了一家玉石铺子，宜珍得闲过去看看吧。"

项宜道好。

谭廷蓦然想到了之前乘船路过沪国县，她买玉石不肯让他代为付钱的事情，便状似无意地说了一句："结账的时候让正吉去。"

他这么说了，就见她果然停顿了一下，露出犹豫之色。

谭廷不说话了，轻轻地放下了筷子。

项宜不由得看过去，看到了男人不怎么轻快的目光。他这是又生气了吗？可她还没来得及说出一个"不"字呢。

她隐约明白了他的意思，只好在那目光的注视下无奈地轻声说了一句："晓得了。"

谭廷眼中便恢复了愉悦的光亮，重新拿起筷子，给妻子连着夹了好几样菜。

项宜见碗里就要装不下了，连说不用，他才停下来。

谭建和杨蓁还得过两日才回谭家，因此饭桌上只有夫妻二人。两个人倒是守着食不言的规矩，之后都没说话了，只有筷碟轻碰之间偶尔发出的清脆声音。

项宜这顿饭吃撑了，主要是谭廷夹到她碗里的菜实在太多。

谭廷给她夹菜的时候没觉得多，眼下见妻子撑着了，怕她晚间积食，便拉了她的手去后院散步。

项宜想起安抚考生的事情，问了谭廷一句："朝廷定下人选了吗？"

谭廷闻言，微微低下头，看了妻子一眼。

月上柳梢，淡淡的光亮落在她的脸上，衬着她温柔清丽的面庞。

半晌，谭廷轻声说："定了。"

"是什么人？"项宜的神色正了几分。肯在这时前去的，必不是一般人了。

她看向身边的那位大爷，见他似是浅笑了一下才说道："是灯河黄氏的黄三老爷。"

原来是黄六娘的父亲。项宜想了想那位三老爷的身份，确实合适，只是她没想到以黄氏宗子的做派，竟然肯让那位三老爷前去。

不过既然有了人选，她便未多问了，只说了盼望齐老太爷身体无恙的话，就继续安静地走在庭院里。

天气越来越暖和了，庭院里的花次第开放，便是夜间看不清娇艳的颜色，也能闻到阵阵花香。

两个人牵着手走了一阵，项宜觉得舒服了许多，便站在水池边歇脚。见池中有鱼儿摇头摆尾地游过来，她接了丫鬟递过来的鱼食，喂起鱼来。天上的月和水里映出的月齐齐散发出光亮，波光流转，照在她的脸上。

她伸手给远处的鱼儿也撒了一把鱼食，露出白皙的手腕来。有鱼在这时打了个挺，搅碎了水中的月亮，溅起一片水花，恰巧落在那只细白的手腕上。

项宜轻轻地"呀"了一声，正欲抽出手帕擦拭，不想有人快她一步地掏出了帕子，大掌握住她的手，替她细细地擦了手腕。

他离得极近，项宜甚至能听到他的呼吸声。她一时愣怔，而后抬头向他看去，却被他恰恰捕捉到了目光。

男人吐气在她的耳边，轻言了一句："宜珍，今日逢十。"

项宜从没答应过逢十的规矩，可那位大爷似是当这规矩早早就定了下来一样。

正房里，项宜全然没了力气。这时，那位大爷忽然执起她的手，放到了他的腰间。

项宜讶然地向他看去。

谭廷神色坦然，略清了一下发哑的嗓子，说道："可以扶着我。"

这话一下将项宜的思绪拉到了那日在马车里的情形，他当时也是说了这话。手下的温度滚烫，她惊得急忙收回了手，说道："不……不用了……"

项宜的脸上涌起了些许热意，一片红云。只是帷帐内太过昏暗，谭廷看不清她脸上的变化，只知道妻子再次婉拒了他，还侧开了面庞，就没再出声了。

他同她之间的亲密，总是差了一些什么。

项宜迷迷糊糊间，似乎听见了一句话："也不晓得宜珍会不会想我。"

想谁？她有些不解，却已无力思考了。

翌日，项宜一觉睡到了天色大亮，而那位大爷这会儿也不知去了何处，并未在家中。

项宜问了一句，只听见下人说大爷一早出门去了，便以为他同平日一般出门做事了，没再细问。

她料理了几件琐事，见今日恰有空闲，便让人套车，当真去了一趟谭廷说的那家新开的玉石铺子，可巧的是，在街上竟然遇到了黄四娘和黄六娘。

黄四娘跟她行了礼，就规规矩矩地退到了一旁，倒是黄六娘甚是热络地问道："谭夫人今日怎么有闲心出门了？"

这话正是项宜想要问黄六娘的。她看了一眼黄六娘的神色，想了想，还是问了一句："听说令尊出京安抚考生去了？"

黄六娘闻言，和黄四娘对视了一眼。下一秒，黄四娘说道："我三叔没有出京。"

项宜讶然，却听见黄六娘问了她一句："夫人不知道是谁去了吗？"

项宜自然不知道，可眼皮莫名其妙地跳了一下，问道："谁？"

黄六娘一脸不可思议地看着她，回答道："今日去安抚考生的是您家大爷呀！"

项宜当场呆住了。

第十三章
望君回

辞了黄氏姐妹，项宜仍然有些愣神儿。

正吉小心地看着夫人的神色，不得不上前替自家大爷解释了一句："大爷是怕夫人担忧，才没有将此事告诉夫人的。京畿几个州县离得近，大爷三五日后就能回来了。"

正吉说完，小心翼翼地看着夫人。

项宜轻轻地叹了口气，说道："我晓得了。"

言罢，她也没再去新开的玉石铺子，直接回了家。不想她刚到家，就看到了谭建和杨蓁，才知道这两个人提前一日结束归宁，从伯府回来了。

当下杨蓁便走上前来，说道："大嫂别担心，我爹说朝廷给大哥配备了不少人手，东宫辅臣徐大人也一同前往。"

谭建也安抚着大嫂，却还是忍不住道了一句："大哥可真是的，跟谁都没商量，就应了这差事。要不我过去看看？"

正吉连忙上前说道："二爷万万不能去，大爷可是吩咐了您留在家中照看的，若是您私自去了，大爷恐要生气的。"

谭建最怕自家大哥生气，也晓得大哥专门给他在薄云书院告了假，让他这几日待在家中。思及此，他也只能不再提出门的事，摸了摸鼻子，看向项宜，说道："大嫂别着急，兴许大哥晚间就来家书了。"

项宜点了点头，没说什么，回了房里。

京城老宅的正房比清嵋谭氏宗家的正房要小一些，却也温馨了许多，满满当当地摆着东西。风从西面的窗子吹进来，又自东面的窗子溜走，将整间房吹得泛起凉气来。

项宜站在门前，被穿堂而过的凉风吹着，一时间没有动，半晌，才缓步走到了桌案前。

她打开装着篆刻器具的匣子，看到了她给那位大爷刻的小印。此前她将那枚小印要了回来，细细地重新打磨了一番，还没来得及给他。

每次那位大爷想要把小印拿回去，问她刻完了没有，她都觉得还差一点儿，没有把小印给他。而今次她终于把小印刻好了，他倒是不在家了。

项宜用小印蘸了大红印泥，印在宣纸上，利利落落地印下了两个字：元直。

她静默地坐在书案前，看了那两个字不知多久。

晚间，京城谭家饭厅里只有三个人吃饭。杨蓁总觉得大嫂比平日里更加安静了，虽然大嫂总是少言寡语的，但是今日她莫名其妙地就感觉大嫂是真的一个字都不想说。

这时，正吉领着一个风尘仆仆的护卫进来了，上前禀道："大爷来家书了。"

杨蓁看到大嫂的眼睛似乎亮了一瞬。

谭廷写的这封书信不长，没有什么复杂的内容，只是说他此行没来得及与族人商议，让谭建替他同族人交代一二，免得清嵋那边的母亲、妹妹、族老们担心，又嘱咐谭建就算没去书院，也不许荒废了学业。

谭建看完信，默默地看了大嫂一眼。这封信和大哥往日的家书没有什么区别，仍然没有提及大嫂。厅中寂静异常，连正吉都忍不住咽了一口唾沫。

项宜沉默了一会儿，稍稍一愣，便又回过了神儿来。他的家书不肯提她也不是一天两天了，今日这封信没有提及，也没什么奇怪的。

风从厅堂里径直穿过，她没有言语，只是眼眸垂了下来。

就在这时，外面送信的人突然开了口："夫人，大爷另外给夫人写了封信。"

言罢，那人将信呈了上来。信封上走笔沉稳地写了四个字："吾妻亲启"。

信放到了手上，项宜还愣愣的，没回过神儿来。

他与她从来没有传过书信，甚至连他的家书中也不会提及她，今日却专门有一封信，是他写给她的。

杨蓁非常适时地凑了过来，说道："呀，大哥有悄悄话要跟大嫂说呀！写的什么呀？"

这话让项宜不自在了一瞬，她忽然不晓得要不要当着众人的面打开这封信。

谭建倒是懂事，一把将自家娘子扯了过去，说道："你也晓得是悄悄话，还问写了什么？"

"也对！"杨蓁一下子反应过来，不好意思地笑了起来，同项宜说道，"大嫂，那我们就不打扰你看信了，我们走了！"

她说完，拉着谭建的手，笑着跑走了。

项宜："……"

厅里竟然有些热起来了，项宜将窗子都打开，坐到了书案前，拆开了信。这是只写给她的信，竟也同写给众人的家书字数相仿。

项宜从头到尾地看了信，发了一阵呆，又看了两眼，才回过神儿来。

信上，他先说此事因为时间紧张，便没有同众人商议，又怕她过于担心，所以昨日没有相告。他给她道了歉，然后问她昨晚睡得可好。

项宜看到这句问话，不免想到了昨晚的情形，亦想到了他昨晚忽然拉着她的手，放在了他的腰上……

她把这句话略了过去，继续看信。

他又问她可有去新开的玉石铺子，可挑到像样的玉石，又嘱咐她晚间不要熬太久，以免累着眼睛。最后，他写了一句："吾妻不必担心，为夫会赶在下月初十前归家。"

下月初十……

项宜坐在书案前，看着那位大爷的书信，默然了好半晌。他平日里那般话少，没想到信上的话却不少。

这时，正吉过来问了一句："夫人要给大爷回信吗？"

项宜愣了一下，书信是该有来有往，可那位大爷信中提及的事情，除了与玉石铺子相关的，其他的可怎么回？而玉石铺子她还没来得及去。

她想了想，禁不住朝南面京畿州县的方向遥遥地看了一眼，只见天上繁星闪烁，明月高悬。

半晌，她同正吉说了一句："明日再去趟玉石铺子吧。"

京畿。

谭廷到了地方便去看了齐老太爷。齐老太爷年纪大了，本就有病在身，这一次从高坡上摔落，人一直没能清醒，不过好在留了一口气。

谭廷问了宫里派来的太医，太医说药都用了，就看老太爷明日能不能醒，若明日能醒，这条命就算保住了，若是不能，恐怕就要通知齐家准备后事了。

这话让谭廷的心立马悬了起来，鼻间也酸了一时。他老人家一生豁达坦荡、与人为善，怎么能落得这样的结局，抱憾离世呢？

谭廷在老太爷床前守了许久，待到此地的官员都过来了，才走了出来。

东宫辅臣徐远明与他一同前来，当下与他说了一句："我方才问了众人，这些考生里有几个人是领头的，出身寒门，颇有才学。眼下齐老太爷出了事，咱们的人也去劝解了多次，这几个人还是没有松口，咬定了要为千万寒门考生讨个说法。"

谭廷默然，与徐远明一道进了厅里，见了当地的一众官员。

众人一致认为这些领头的考生十分关键，只要能让他们改变态度，剩下的事便好办了。可怎么才能让这些人改变态度，谁也说不出个办法来。

一众官员离开后，徐远明便问了一旁沉默许久的谭廷："谭大人怎么说？"

"自然还是得从这些人入手。"谭廷顿了一下，继续说道，"既然劝解无用，便不必劝解了，最好是让他们看清眼下的复杂境况，明白怎么做才是对他们最好的。"

"那怎么才能让他们明白？他们可都是钻了牛角尖的读书人。"

读书人钻牛角尖是最难办的，徐远明发起愁来。他本来是想请几位大儒前来说话，慢慢劝解，不过听身边这位谭家宗子的意思，似乎另有办法。

见谭廷向他使了个眼色，他连忙附耳过去，听着听着，便睁大了眼睛，说道："真能暴露不成？"

谭廷笑了一声，说道："不试试怎么晓得呢？"

徐远明连道正是，万一此法成了，他们可是一举两得了。他抬起头，再去看那位谭家大爷的时候，目光便有些不同。不愧是年纪轻轻便做了一族宗子的人，同一般的文臣还当真不一样。

徐远明应了下来，便出去安排了。谭廷送徐远明离开后，又去看了齐老太爷，然而老太爷还是没醒，他只得先回了自己的下榻处。

天色已晚，天边的两片云聚了又散、散了又聚。

谭廷遥遥地向京城的方向看了过去。妻子这会儿应该收到他的家信了，只是他不晓得她会不会给他回信，毕竟过去的三年里，二人从未有书信往来。

谭廷想到以前的种种，重重地叹了口气，而想到现在，又有些自己也说不清的期盼。

他就这般站在夜幕下向北看了许久，才回了房中。

翌日一早，徐远明就来寻他了，说道："咱们今日就去见那几个人吧。我连夜着人同他们说了，好说歹说，总算让他们答应了见咱们。"

谭廷点头，正欲出门，忽然听见老太爷的院子闹腾了起来，连忙转身往那边赶去。到了门前，他脚步一顿，一时间竟没敢跨进去。

这时，里面传来太医的声音："醒了，老太爷是真的醒了！"

谭廷听见这话，再不犹豫，疾步进了房中，一眼就看到老太爷果然睁开了眼睛。

太医一边给他老人家施针，一边说道："醒了就好，醒了就能回京慢慢调养了！"

谭廷两步到了老太爷的床前。可惜他老人家过于虚弱，眼下只能睁开眼睛看人，还不能张口说话。

谭廷立时便把自己是来接任他老人家的事情说了，又说道："您安心回京养病，此处有元直在。"

听见谭廷这般说，老太爷忽然用力地拉住了他的衣裳，想要说些什么，却又说不出话来，不禁眉头紧皱起来。

虽然老太爷什么言语都没有，但谭廷立时明白了过来。

他握住老太爷的手，声音低了下来，说道："此间有恶人作祟，我心里有数，必不会让他们再得手！"

听见他说了这话，老太爷又直直地看了他片刻，才终于放心地闭上了眼睛，点了点头。

徐远明见状，立刻安排了人送老太爷回京养病，而后同谭廷去见了那五个领头的考生。

这五个考生颇有才气，又有众人保着，谁都不便动他们，他们便铆足了劲儿要为寒门考生讨公道。当下见了谭廷和徐远明，其中一人便说道："听闻那位齐老大人醒了过来，看来是无事了，那么我们也算放心了。一码归一码，朝廷维护世族，迫害寒门的事情，要怎么算？"

他们口气甚是强硬，约莫是觉得朝廷也不能奈何他们，听得徐远明直皱眉。

谭廷没有回答他们的问题，反而问了一句："各位怎么这么快就得知了齐老太爷醒过来的消息？"

　　这几个人被他这么一问，都愣了一下，其中一个叫何冠福的男子开口说："我们自有消息的来处，就不劳谭大人费心了。"

　　谭廷瞧了瞧说话的这个人。此人名叫何冠福，已到而立之年，虽然是庶族出身，但家中颇有资产，因此说起话来也比另外四个人硬气不少。

　　谭廷并不想与他们纠缠这个问题，只是和徐远明一起，先把朝廷劝解他们不要继续闹事的话说了。

　　这样的车轱辘话，官府同他们说了不知道多少回，他们也都听腻味了，当即便说道："我们此番是要为寒门庶族争得应有的利益，若是这么轻易就退却，还争得来什么？"

　　徐远明一听，便忍不住说道："你们的意思，朝廷都知道了，太子殿下也甚是体恤，可此事急不来，要从长计议。你们若是这样闹下去，闹得人心惶惶，与世族水火不容，甚至起了兵祸，太子殿下便是想保你们也保不了。"

　　这些人并没有把徐远明的话听进去，只说道："太子殿下的体恤之情，我们自然晓得，可是文武百官如何想，世族如何想，谁又知道呢？总该让他们晓得，我们这些寒门也不是好欺负的！"

　　说来说去，他们就是不肯停止闹腾。

　　何冠福看了谭廷一眼，说道："就算世家出身的谭大人能体谅我们，也不代表其他世家亦能如此。只说齐老大人摔下高坡一事，老大人到底是怎么摔下去的，我们也不知道，谁知道是不是老大人没有站稳，才意外摔倒的？可世家未经调查，便一致认为是我们这些寒门考生所为，这难道不是故意针对寒门庶族吗？"

　　谭廷听见这话，默然地看着何冠福，突然笑了一声，说道："这真是个好问题。"

　　他说着，目光从那几个人身上一一掠了过去，问道："你们有没有想过，老大人摔倒既不是因为没有站稳，也不是因为寒门考生推搡，而是因为有一股藏在暗处的力道将他推了下去，故意造成此等局面？"

　　此言一出，众人怔了一下。

　　那何冠福不由得问道："谭大人这话是什么意思？"

　　谭廷看了这五个人一眼，说道："各位是身家清白的读书人，为寒门庶族争取权益本没错，可若是被人利用，行差踏错，以后会如何，恐怕谁都不晓得了。谭某不为朝廷和世族开脱，只是希望各位为自己着想，也为天下寒门的今后着想。"

他说着，声音轻了几分："各位好生想一想，这些日子以来，身边是否有可疑之人打着替你们拿主意的幌子，借机将他们的意思加于你们身上？说白了，就是暗地里撺掇众人闹事、刻意煽动众人心绪的人。"

那五个寒门考生闻言一愣，你看看我、我看看你，厅堂里静得落针可闻。

徐远明适时提醒了一句："若是各位看到可疑之人，最好不要打草惊蛇，只需静静地看着他们，看他们到底意欲何为。到时候，我们再想办法让他们露出马脚，让事情真相大白。各位以为呢？"

那五个人一时间未有言语。

徐远明和谭廷便也不再说了，先行离开，留下他们私下商议此事。

两位朝廷官员一走，何冠福等人你看看我、我看看你，眼神慢慢地有了变化。

五个人散会后，何冠福和另一个领头的考生赵立回了客栈。二人住在同一家客栈，何冠福住在一等房，晓得赵立家中没什么钱财，便时常请他来自己房里喝茶，今日也不例外。

两个人到了何冠福的房间，刚把水烧开，就有人来了。

此人也是考生，名唤李木友，是西北来的。因西北考生不多，李木友一时间没有找到同乡，便多与何冠福来往。

李木友倒也不绕弯，直接就说道："听闻二位仁兄去见了朝廷命官，这次又如何说？据说来的还是东宫辅臣和世家宗主，想必又有新的说辞了。"

何冠福听了，点了点头，确实是新说辞，让他都禁不住犹豫了起来。他与这李木友相交不久，不过此人脑子好使，他下意识地就想找此人参谋，便打算把谭廷和徐远明的话说出来。

这时，一旁的赵立急忙给他使了个眼色。

何冠福一顿，想说的话骤然停在了嘴边，而后想起了那位谭氏宗子的话。

何冠福冷静下来，看向李木友的眼神顿时不一样了。

不会真让那位清嶂谭氏的宗子说中了吧？何冠福和赵立都被自己的想法吓到了。

二人打发走了李木友，相互看了一眼，然后不约而同地用只有彼此能听到的声音说话。

何冠福还是有些难以相信，低声说道："会不会是咱们想多了？也许这根本就是那谭、徐二人的离间之计。"

这也不是没有可能。赵立想了想，说道："可万一李木友真的有问题呢？咱们不妨就照着那两位安抚使说的，跟在李木友身后看看好了。"

何冠福本不想做这样遮遮掩掩的事情，觉得不符合读书人的身份，可紧要关头也顾不了这么多了，便同意了赵立的建议。

两个人对着李木友的房间盯了一个下午，却始终没发现李木友有什么动静。何冠福悄悄地跟赵立说："你看，李兄根本没有什么可疑之处，咱们若是再盯着他，被他发现了，反而显得咱们不信任兄弟了。"

赵立也犹豫了一下，末了还是说道："说不定等到夜深人静时，他就有动静了，再等两刻钟吧。"

不想还真被他说中了，不到两刻钟，那李木友便换了一身深色的衣裳，悄然出了门。李木友家中贫寒，住的是客栈下等房，衣裳来回也就这几件，两天未必会换上一身，这会儿倒是换了衣裳出门了。

李木友的暗色衣衫与夜色融为一体，若不是何冠福和赵立两双眼睛盯紧了他，他们便要丢了他的行踪。

两个人不敢打草惊蛇，不远不近地跟着，不多时就来到了一片无人的荒地。他们还想跟近一点儿，谁知树丛里突然轻手轻脚地走出来好几个人，仔细看去，竟都是平时喜欢在人群里说话的人，还有一个人最会辩论，常常说得旁人哑口无言。

何冠福和赵立顿时不敢乱动了，躲在不远不近的树丛里细看。

李木友似是这些人的头头儿，众人都在听他言语。他低声吩咐了一些什么，然后绕到了一棵大树后面，从树根下取了个包袱出来，那包袱沉甸甸的，看着比一块大石还重。

他不紧不慢地叫那些人依次上前，从包袱里拿了东西分给他们，说道："一人五吊钱，你们回去后便发给下面的人，让这些人继续言语，只要听见有利于安抚众人的说辞，就立马上去辩驳。有辩得好的，你们要记得加钱。"说到此处，他的语气严肃了几分，"务必将水搅浑，把人心搅散。"

风将李木友的话送到了何冠福和赵立的耳朵里，二人对视一眼，惊诧不已。

何冠福当场就有些按捺不住了，他救济李木友不是一日两日了，总以为此人没钱，可眼下看来，李木友哪里没钱，那个包袱里的钱比他所有的盘缠还多！枉他如此信任李木友，没想到此人竟是表里不一的恶鬼。

思及此，他忍不住就要冲上前去，问问那李木友到底要做什么。

赵立一把抓住了他，低声说道："你想死不成？眼下看来，李木友绝非善类，你这么冲上前去，还想不想活了？你忘了谭、徐二位大人怎么嘱咐我们的？冷静一点儿，不要打草惊蛇！"

听赵立这么一说，何冠福乱哄哄的脑子才冷静下来。

两个人躲在暗处，等李木友和那群人各自散去了，才从暗处走出来，后背皆是冷汗。

半晌，何冠福才回过了神儿，说道："怎么会这样？"

翌日，何冠福和赵立就去寻了另外三个领头考生，得知有两个人也察觉了身边似有拱火之人。

五个人交换了一下信息，都害怕了起来。这些人不可能是谭、徐二人派来的，因为这些人混在他们身边早就不知多少日子了。

"他们是什么人，想干什么啊？还有那么多钱！"

有人问了这个问题，可谁都没能答上来。

五个人心有余悸，后怕不已，这下不用别人再来劝说，也晓得冷静思量了。

赵立说道："要不我们把这事告诉两位安抚使吧？"

他这么提议了，众人还是有一时的犹豫，毕竟若是把此事告诉了安抚使，也就失去了继续闹事的理由。

街市上一阵喧闹，不停地有人争吵议论，挑起话头。李木友混在人群里冷眼看着。

身边的手下见他朝安抚使落脚的宅院看了过去，便问了他一句："头儿，咱们要向新来的两位下手吗？"

李木友没有立刻回应，而是思索了片刻，才慢慢地摇了摇头，说道："今次来的人不一般。没有主子的命令，我等不能轻举妄动。"

手下想了想两位安抚使的身份，了然地点了点头。

只是李木友这话说完不到一个时辰，突然就收到了一封信。他看完信，立刻将信烧毁了。

手下问道："头儿，上面怎么说？是不是让咱们不要动手了？"

毕竟新来的安抚使可比齐老太爷的来头大多了，若是他们贸然下手，只怕会出大乱子。

李木友却摇了摇头，说道："不，要动。"

说到这儿，他顿了顿，看向不远处的宅院，而后缓缓地说道："主子的新令，要下杀手。"

何冠福等人犹豫到了傍晚，还是没有想好要怎么办，之前闹事的时候斩钉截铁，这会儿倒是拿不定主意了。

五个人聚在何冠福的宽敞客房里说话，说来说去，逐渐有些动摇了，有人说道："那李木友到底是什么来历，咱们并不晓得，还得是两位安抚使才能查明。不管怎么说，那两位并非朝中佞臣，一位来自东宫，一位是世家宗子，也不是不能相信……"

真的要把李木友的事告诉两位安抚使吗？众人又是一阵犹豫。

这时，外面忽然传来一阵喧闹声，五个人连忙起身跑下了楼，就听见有人喊道："那边的学舍塌了，砸死人了！"

学舍是由本地官府修建的，专供进京赶考的学子们居住。有钱的考生自然不会住在此地，可还有很多贫寒的考生愿意在此凑合。

学舍虽然简陋，但也是一砖一瓦建起来的，怎么会突然塌了？若是从前，五个人肯定立马义愤填膺地跑去官府质问，可今次他们只是愣了愣，没有轻举妄动。

然而哪怕此次没有他们带头，考生们还是闹了起来，聚到了街头，朝两位安抚使的住处冲了过去，还有人不停地引着大家大喊："讨个公道，讨个公道！"

何冠福一眼看到了带头喊口号的人，惊呼道："是李木友！"

在李木友及其手下的撺掇下，那些考生一下就撞开了安抚使住处的大门，人群里不知是谁喊了一句："他们不让我们活，我们便拉他们一同见阎王好了！"

听了这话，何冠福等人顿时脸色煞白，说道："徐大人和谭大人怎么办？"

京城。

项宜去了一趟那位大爷说的玉石铺子，在里面挑拣了一阵，还真看上两件不错的玉石，下意识便要付钱。

正吉急急忙忙地上了前，眼巴巴地看着她，说道："夫人，让小的来付吧！"

项宜这才想起自己答应了那位大爷什么，只能让正吉把玉石的钱付了。

回去的路上有些颠簸，项宜坐在车里，想要小憩一会儿，只是闭起眼睛没多久，耳朵里便钻入了一阵喧闹声。

她立时醒了过来，朝车窗外看了过去，却发现街道上一切如常，行人有序，官府的人也在照常巡逻，根本无人喧闹。

原来她只是做了个梦。

她再次闭起眼睛，半梦半醒间，脑海中竟浮现了一片混乱的场面，而谭家大爷就陷在混乱之中，有人从人群里跳出来，将火把朝他身上扔了过去。

项宜一下醒了个彻底，马车也恰好到了家门口。

"大爷回来了吗？"项宜突然问。

正吉被她问得一愣，答道："夫人，大爷没那么快回来。"

项宜这才回了神儿，心道也是。

她回了房，将新买的玉石放到了他的信旁，看了一会儿，拿出纸张，提笔写起了回信。

项宜实在没有什么话说，努力写了几句，字数也不到他那封信的一半。她想了想，只能嘱咐他当心着凉，早些回家。写着写着，她莫名其妙地想到了他在信中写的那句"吾妻不必担心，为夫会赶在下月初十前归家"。

项宜无奈地沉默了一阵，还是没办法也说这样的话，就作了罢。

写完信，她落了自己的款，又想了想，将乔荇叫了过来，问道："我的小印呢？"

"夫人说的是给小爷和姑娘写家书时用的小印吗？"

项宜"嗯"了一声。

因着前段时间刚与弟弟妹妹见过面，项宜最近与他们没有书信往来，小印便被乔荇收了起来。

乔荇又问了一句："夫人要给小爷和姑娘写家书，不知让奴婢送去何处？"

之前她都是把夫人的家书送去吉祥印铺的，可京城没有吉祥印铺。

项宜轻轻地清了一下嗓子，摇了摇头，说道："把小印拿过来吧，不必你去送信。"

乔荇一愣，这才看到书案上没有自家小爷和姑娘的信，反而放着大爷前一日让人送回来的信。她惊讶地眨了眨眼，把项宜的小印送了过来。

项宜拿着小印愣了一会儿，见自己写的这封信着实简短，便将小印盖在了末尾，总算也能好看一些。

她将信放在一旁晾着，抬头往南边的方向看去。

不知道他怎么样了……

京畿。

安抚使住处的大门被撞开的那一瞬间，何冠福等人都被吓到了，继而都想到了齐老大人突然从高坡上摔下来的事情。若是今次两位安抚使也出了事，他们这些寒门庶族可就真的摘不清了。况且那两位是真心为他们着想的，他们又怎能见死不救？

思及此，五个人立刻朝安抚使的宅院跑了过去，边跑边喊道："不要闹！不要闹！闹出人命就完了！"

可五个人的声音太小了，完全被混在人群里刻意制造混乱的人的声音盖了下去。

何冠福急得头都大了，见喊声无用，当即闷头向院子里跑去，想着好歹报信提醒一句！

他着急忙慌地闯进宅院，却见那宅院里根本没有人，随后闯进来的众人也都傻了眼，不知那些朝廷官员去了何处。

下一秒，官府的人马突然出现，从后面包抄了过来。

骚动的人群里立马传来质问声："你们这是什么意思，要把我们全部抓走吗？我们只是为学舍的学子讨个公道，你们也要抓人吗？"

这话一说出口，立刻就有人跟着起哄。

从前都是何冠福带领众人声讨官府，如今他在一旁看着，不禁有些发怔。

这时，有人从官兵身后走上前来。

何冠福看过去，发现正是那位谭大人，顿时心里一安，接着就听见他开了口："官府要抓的，是人群里的恶鬼，与诸位无关。"

听见安抚使的话，考生们皆是怔了怔，不明其意。

下一秒，徐远明一声令下，官兵立马冲进人群，一下就将躲在人群里拱火的那些人抓了起来。

众考生面面相觑，何冠福却睁大了眼睛，什么都明白了。原来谭、徐两位大人真的发现了藏在人群里的恶鬼！

李木友不肯就范，装模作样地冷笑起来，说道："什么恶鬼？我们都是进京赶考的读书人，要为天下读书人讨个公道！你们却将我们抓起来，这般野蛮行径，到底是何用意？"

他正说着，突然看到了何冠福，连忙喊道："冠福兄，你快为我出头！他们竟然说我是恶鬼！"

李木友没想到谭、徐二人竟然有所准备，不过亦不害怕，见何冠福就在一旁，立刻叫了何冠福。何冠福在一众考生里相当有威望，他只要将此人的愤怒挑起来，事情自然会越闹越大，他便能坐享其成。

然而何冠福一开口，李木友当即傻眼了。

"别装了，你就是恶鬼！你分发钱财，让人挑唆生事，我昨晚看得一清二楚！"何冠福说着，看向了众人，大声说道："他们不是好人，也根本不是进京赶考的考生，而是被别有用心的坏人派来撺掇咱们闹事的！大家千万不要听他们的！"

李木友闻言，彻底愣住了。

站在官府兵马前的谭廷淡笑了一声，说道："尔等还欲狡辩吗？"

明晃晃的火把照亮他的脸，他沉声下了令："给我拿下，留活口！"

若说李木友方才还有侥幸心理，眼下变故突生，他便知道自己已被识破了。

"撤！"

他高呼一声后，人群里陡然爆发了一阵骚动。何冠福眼看着从前弱不禁风的李木友突然从衣袖里抽出短刀，招式凌厉地打杀了起来，和他一起被抓的人亦是如此。

可是官兵众多，他们不过是困兽犹斗，根本无法逃脱天罗地网。

李木友目眦尽裂，在绳索往他身上套来时，忽然喊了一句"不成功，便成仁"，便一刀插在了自己的胸口。

一瞬的工夫，李木友及其手下都倒在了院子里。

在场的考生全部僵住了。

徐远明上前查看了一番，皱起了眉，回来同谭廷说道："都死了。"

谭廷默然，其实也料到了。

他让人把李木友等人的尸体拉到了院子中间，堆叠起来，而后朝僵住的寒门考生们看了过去，说道："看到了吗？你们中间有这么多来历不明的死士。"

这些日子吵闹不停的考生这下全部闭了嘴，难以置信地看着眼前的一切。

事实就是最好的言语，谭廷没有多言，只是看了何冠福一眼，说道："何举人，明日咱们再议此事吧。"

这次他提出议事，何冠福简直一秒都没有多想，立刻点着头应道："好，好！"

人群散去后，徐远明对谭廷说道："可惜没能留下活口，不知道他们到底是些什么人。"

谭廷说道："无妨，那些人恐怕还有后手，届时再查出他们的身份也不迟。至于眼下，先安抚了考生再说吧。"

徐远明点了点头，说道："这下考生们应该老实了。"

如徐远明所言，没了恶鬼作祟，附近几个州县安静了不少，原本吵闹的人群也消停了下来，没有了前些日子那种闹腾的欲望。

谭廷和徐远明要去其他州县安抚考生，顺势叫上了何冠福等五个人。

何冠福等人虽然还是要给寒门争取权益，但也都和缓了态度，帮衬着谭、徐二人在几个州县间一起安抚考生："其实我们也可以相信朝廷，相信太子殿下，相信谭大人这样的世族官员！"

谭廷缓缓地点头，沉声说道："正是。"

迟迟无法推进的安抚之事，终于在这场喧闹后顺利地推进了。

谭廷算算日子，发现自己兴许能在初五前赶回家。只是不知为何，他此前送回家的家书迟迟没有回音。

他正想着，送信的人便到了，将家书递到了他的手上。他拿到信，立刻拆开看了起来。

信上是他那不中用的弟弟的笔迹，如常说了几件家中事，让他不必担心。

谭廷顿感欣慰，弟弟虽然还是不中用，好在也有些长进。

他看完了信，又看了送信的人一眼，问道："就这一封吗？"

说着，他朝送信人的手中看去，追问道："夫人的回信呢？"

他专门给她写了一封信，她不可能不回信吧？

送信的人面露为难之色，答道："回爷，夫人她没有回信，只是给大爷带了口信，让大爷珍重自身，早日归家。"

那人说完，小心翼翼地看了自家大爷一眼，发现大爷垂下眼眸，眼中的光亮不见了，半晌没有说话。

东宫辅臣徐远明觉得，可能是出了什么自己不知道的事，因为连着两日，那位谭家宗子的一张俊脸阴沉着，本就不多的话又减了三成。

旁人或许看不出谭廷的异样，可他日日与谭廷一起做事，多少还是能察觉的。要不是那些制造骚乱的人已被揪出来，安抚工作进行得十分顺利，他都要怀疑这位谭家宗子这样不说话，到底是来安抚考生的，还是来吓唬考生的……

徐远明试着问了谭廷两句，却没有问出什么来，转而询问了一下周边的人，既没听说朝中有事，也没听说谭家有事。这就让他有些搞不懂了。不过之前抓那些潜伏的恶鬼时，大半的功劳是这位谭家宗子的，因此这会儿安抚考生，他觉得自己代谭廷多说几句话也是应该的。

这阵子，寒门考生安静了不少，不再像前些日子那样，每天似是喝了三碗鸡血一般，利弊轻重完全计较不得，只想着不能停，必须闹。如今众人冷静下来，回想之前的行径，只觉得冷汗频出。

习得文武艺，卖与帝王家。这些考生都想有朝一日考中进士，一展宏图抱负，自然不甘心寒门唯一能向上走的通道被世家断掉。

徐远明晓得他们的担忧，连番安抚道："诸位放心，太子殿下心系寒门，必不会让这种情况出现。"

如此这般，众考生也渐渐地放下心来。

两天过去，徐远明发现谭家宗子的情绪一点儿好转都没有，晚间吃饭的时候，他夹了两筷子菜后，便开始走神儿。

徐远明比谭廷年长许多，也晓得太子殿下非常看重这位谭家宗子，待他回京，必然要将他安置在东宫，当下便思量着好歹弄明白这位谭家宗子到底是怎么了，于是亲自盛了一碗粥，端到了他的面前。

"元直若是胃口不好，可多喝点儿粥。"两个人熟络后，徐远明便改了对谭廷的称呼。

谭廷回过神儿，跟他道谢。

徐远明见状，笑着问了一句："咱们这趟差事办得顺畅，不日便能回京，元直为何还是满腹心事的样子？"

他问了这话，便是没把谭廷当外人的意思。

谭廷微微顿了一下，无奈地摇了摇头，说道："让徐兄操心了。在下只是有点儿事没想明白。"

徐远明也猜测约莫只是一件不大不小的事，见这会儿没有外人，便说道："元直不如同我说一说？"

他这么说了，就见那位年轻的宗子十分认真地思量了一下，而后问他："徐兄往家中写信，家中可会回信？"

这是个什么问题？徐远明一脸疑惑，不过还是回答道："那自然是会回信的。难道元直寄了家书，家中却没有回信？"

徐远明心道，不能吧？没听说谭家出了什么事啊。

谭廷见他没有理解自己的意思，一时也不晓得再怎么说，端起粥喝了两口，才又问了一句："听闻徐兄的妻女都不在京城？"

徐远明说："是，家父、家母身子不好，小女又年幼，拙荆便留在老家照看他们了，说来亦十分辛苦。"

他说完这话，就听谭家宗子又问了一句："不知徐兄可曾单独给令正写信？"

徐远明愣了一下，说道："这……这倒也没有。家书便是给家中所有人的，何须单独写信？"

徐远明说的是事实，也正是大多数人的做法，丈夫和妻子说白了也是家人，夫妻之间要讲的事情自然也就写在家书里了。

谭廷默然地思考起来，虽然他给妻子单独写了信，但也许他的妻子是徐远明这般想法，觉得没必要多写一封？况且，她还是给他单独捎了口信的，也算是家书之外的单独回应了吧？这么一想，他闷闷不乐了好些天的心情顿时松快了一些。

她不习惯收到单独的书信，所以才没有给他写回信，一定是这样。

谭廷就这样说服了自己，而后也盛了一碗粥给徐远明，说道："徐兄说得有理，这几日辛苦了。"

这话可说到了徐远明的心坎上，他连忙说道："不辛苦。"

只是徐远明见谭廷连眸色都亮了些许，暗暗惊奇起来。难道谭家宗子这几日郁郁寡欢，就是因为他给妻子写了信，而妻子没有回信？

徐远明挠了挠头，不太能理解。让谭家宗子郁闷了好几天的，就是这点儿事？

不过别人夫妻之间的事情，他也不好多问，只能默默地喝起粥来。

两个人正各自进食，东宫让人传了信来，说是再过几天，众考生情绪稳定下来，他们就能回京了。

谭廷想着能回京了，心情大好，吃过饭便去街市上转了转，没走几步，便看中了一对白梅玉簪。他让人将白梅玉簪细细包好，握在了掌心，嘴角微微翘了翘。

嗯，他就快回去了。

京城。

项宜看着书案上晾干的信，发现字迹已经模糊不清了。

那日她写完信，就等着谭建的信，打算让人把两封信一道给那位大爷送去。

翌日，杨蓁拉着她出门，去银楼取参加林府春日宴要戴的头面时，恰在银楼里遇到了一位姑娘。

那位姑娘身材高挑儿匀称，容貌明艳动人，年岁不似寻常待字闺中的姑娘家那般小，十八九岁的样子，举手投足颇有大家闺秀的气质。

彼时项宜并不识得她，只觉得她必不是寻常出身。

杨蓁却是识得那人的，一边同那人见礼，一边向她介绍："大嫂，这位是程大小姐。"

原来是程氏的宗家大小姐程云献。项宜与她见了礼。

程云献因母孝闭门三载，近日孝期结束，这才出了门。今日她来银楼的目的与杨蓁一样，是来取过几日去春日宴时要戴的首饰的。

杨蓁虽然与她识得，但是并不熟悉，因此与她没有什么话可讲。倒是那位程大小姐听到了项宜的身份，着实看了项宜两眼，不过也没有多说什么。

回家的路上，项宜一贯的安静，而杨蓁不知道想到了什么，突然笑了两声。

项宜问她笑什么，她歪着头说道："大嫂你说好不好笑，之前京里的人都不晓得大嫂和大哥有婚约，竟还思量着将待字闺中的女儿许配给大哥。我记得我娘说过，彼时京里不少人家以为，大哥这样年轻的大家宗子，若是不娶李家三小姐，那便是要娶程家大小姐。方才那位程大小姐彼时的呼声，可比李三小姐要高呢！"

杨蓁越说越觉得好笑，捂了肚子，说道："他们都没弄清楚大哥有没有婚约，就急于许配女儿，还是世家大族的人呢，怎么还犯这种蠢呀，太好笑了！"

杨蓁一向觉得京里的世家大族之人行事古板，没有意思，这会儿又嘲笑了他们几句。

项宜看了弟妹一眼，见她嫌弃那些人犯蠢，也微微地笑了笑。

不过，未必就是人家犯了蠢。

"好了，别笑了，小心肚子疼。"

杨蓁已经觉得肚子疼了，捂着肚子趴在了项宜的胳膊上，说道："大嫂，我听说林府的春日宴请了好些姑娘，程大小姐也在受邀之列。说起来，程大小姐的年岁也不小了。不知道谁能娶得她那样拔尖的高门贵女。"

项宜没有回答这个问题，只是听着马车走在街道上的声音。

两个人不多时就回了家，刚好在门口碰上了谭建。谭建刚去了一趟齐老太爷府上，看望了老太爷。

项宜向他问起老太爷和老夫人的状况。

谭建笑道："老天保佑，老太爷能说话了。老夫人道是阎王爷嫌弃他，将他从鬼门关撵了出来。"

一听这话，项宜就忍不住默念了一声"阿弥陀佛"。

杨蓁问了一句："不晓得大哥怎么样了。大哥还要多久才能回来？"

谭建说不知道，而后看向项宜，说道："我把家书写好了。大嫂也有信吧？这会儿一并让人给大哥送过去。"

项宜早就写好回信了，闻言点了点头，便回房中拿信。只是她刚拿起那封给谭廷的回信，程大小姐明艳不俗的样子就浮现在了她的脑海里。

她拿着信的手顿了一下，不想那信便从她的手中滑落，径直落进了水盆。她看着信上的墨迹逐渐在水中晕开，就那么站在水盆前，沉默了半晌。

那天，她没有再写回信，只传了一句口信，便作罢了。

眼下，那封信已经晾干了。项宜看着卷曲如枯叶一般的信，暗暗地叹了口气，将它放到了抽屉深处。

一间幽暗的书房里，坐在书案前的人将手边的信拨到了一旁，缓缓地笑了一声。

下首立着一人，见他笑了，反而有些紧张起来，说道："都是他们办事不力，竟然被人发现了，要不是了结得利落，事情可真是麻烦了！"

上首的人笑了笑，不予置评。

下首的人看着那两封被拨到一旁的信，问道："他们是何意？您待如何？"

上首的人直接将信往前推了推，示意他自己去看。

那人看了，皱起眉来，说道："只怕那谭、徐二人早有防备，即便咱们再派人去，也不可能再让那些寒门考生闹出什么名堂了，反而可能露出更大的马脚。依我之见，不能再派人去了。"

上首的人却摇了摇头。

下首的人讶然地说道："这……您当真要再派人去鼓动考生闹事吗？"

"不。"上首的人看向远处，缓声开了口，"近期不必闹事了，以后再寻机会吧。不过，有个人，我想最好不要留了。"

他没明说这个人是谁，可下首立着的人还是一下就明白了，皱着眉问道："还要对他下手吗？"

上首的人又是一笑，目光不知看向了何处，说道："野火烧不尽，春风吹又生。这个道理早该想明白啊……"

他这话也不知是说给下首的人听的，还是说给自己听的。

下首的人只沉默了一瞬，便点了点头，说道："我晓得了。"

言罢，他转身离开，快步向书房外走去。

谭家。

杨蓁回到京城后，胃口开了不少，午间吃了两碗饭。

项宜怕她积食，便叫了她去花园散步。谭廷不在家，谭建肩上的事情便多了起来，项宜自然要照顾好弟妹。

杨蓁觉得自己没什么事，走了几步就嫌太热了，在池塘边停了下来。

丫鬟照旧拿了些鱼食供她们喂鱼，今次也有鱼儿跳出了水面，把池水都溅了起来。

项宜拿了帕子给杨蓁擦溅在身上的水，不由得想起了那天晚间的情形。彼时，鱼儿打挺，溅了水在她的手腕上，不等她抽出帕子，那位大爷便将她的手腕攥在了手心，替她擦起了水珠……

项宜这么神思恍惚了一下，就听杨蓁问了一句："大嫂想什么呢？我的手腕上没有水珠，大嫂怎么擦我的手腕呢？"

项宜："……"

她轻咳一声，收了帕子。

杨蓁细细地看了她两眼，突然问了她一个问题："大哥好些天没在家了，大嫂是不是想他想得抓心挠肝了？"

项宜闻言，险些呛了一下，连忙道："弟妹想多了。"

她说完，转身想去凉亭里坐着，却被杨蓁一把拉住了手。

"真的是我想多了吗？我怎么不信？"杨蓁冲着项宜眨了眨眼，说道，"就算没到抓心挠肝的程度，也总还是会想大哥的吧？算起来，大哥离家好些天了。"

他确实走了好些天了。不过听闻他已经揪出了那些别有用心的闹事者，之后京畿那几个州县就不会出乱子了。事情办得漂亮又顺利，他应该快回来了吧？可能不到初五就回来了……项宜又走神儿了。

杨蓁此时想到了另一件事情，说道："过些天就是林府的春日宴了，我甚是不喜欢那些夫人、小姐的宴请，礼数怪多、怪麻烦的，一句话说不好就得罪了人。"

她说着，拉了项宜的手，说道："大嫂，咱们到时候找个僻静处消遣吧，我只和你关系好，不和旁人好！"

项宜笑了起来。可能林大夫人也想让她找个安静的地方待着吧？她淡淡地笑着，又慢慢地将笑意敛了。

杨蓁又说了一堆京里历年宴会上的事情，那些人钩心斗角，她总是弄不清楚，还得回家后由她娘解释给她听她才能明白，说到这她不由得抱怨了一句："若是人人都长十个心眼儿，烦都烦死了。"

项宜无奈地看了她一眼，能像她这样简单快乐的人，着实不多。

两个人喂完了鱼，就回了前院，不想刚走到门前，就见谭建疾步走了过来。

项宜眼皮一跳，直接问了一句："是出了什么事吗？"

"大哥他们在回京的路上遇到了一伙强劲的流寇！目前大哥和徐大人都下落不明！"谭建焦灼万分，脸色也有些青白。

听闻此话，项宜的脚下晃了晃。

"徐兄还能走吗？"

京畿一处谷底，夜色正浓，谭廷扶着树走到徐远明身前，看他跌坐在地上喘着粗气，伸了手过去。

徐远明握着谭廷的手起了身，动了动自己的腿，说道："还能凑合走几步。"

两个人跌落山谷，没有受太重的伤已经是幸事。这个时节的夜晚，山谷里湿冷之气甚重，二人不便在此久留，只能摸索着往外走。

徐远明在黑暗中警惕地看着四周，轻声问了谭廷一句："元直以为，这些流寇是什么来头，竟然敢冲撞朝廷命官的车马？"

"自然不是一般的来头了。"谭廷冷哼一声，说道，"里面有几个人身手甚好，根本不是流寇能有的身手。"

亏得他们一个是军户出身，另一个是受过严苛的宗子之教，也学了防身的功夫，不然难逃此劫。

徐远明不解地说道："那些鼓动考生的人都自尽了，我们并没有查到什么线索，那背后之人为何还要置我们于死地？"

眼下大局已定，世庶之间的矛盾暂且压了下来，今岁春闱也会如期举行，那些人一时半会儿也掀不起什么浪了，却在这个时候动手杀人，实在令人费解。

徐远明说道："难道是计划失败，恼羞成怒了不成？"

"那倒不至于。"谭廷摇了摇头。

能暗中部署良久，鼓动考生冲在前面，自己却隐在背后的人，不是会恼羞成怒的人。可那些人再次对他们下手的原因到底是什么呢？谭廷沉思着。

徐远明又说了一句："可能此次要杀我们的不是鼓动考生的人，而是旁的人？真是想不明白。"

这时，不远处传来一阵动静，谭廷立时按住了徐远明的肩头，带着他悄声退到了一旁的石头后面。

不多时，有人拿着火折子走了过来，说道："会不会掉到后面去了？头儿说了，我们找到人后不要动手，要让那些黑衣人亲自处置。"

谭廷和徐远明闻言，对视了一眼。

那些人又说道："说实在的，我们只是流寇，还不敢动朝廷命官，这到底是京畿，离京城多近啊！可那些黑衣人竟然敢动朝廷命官。也不知道头儿收了那些人多少钱，能答应干这桩事。"

"不过这回麻烦了，咱们把人弄丢了，是死是活也不知道……"

流寇们说着，拿着火折子朝谭、徐二人藏身的大石照了过来，却什么也没发现，便往另一边的山洞里寻去了。

谭廷和徐远明躲在大石后面，都松了口气，此时又听见一个流寇说了一句："这次是非要置人于死地了，也不知道那人的命够不够硬，能不能脱身。"

"那人"？谭廷和徐远明都有些惊讶，所以这群人要杀的只是他们二人中的一个？是谁？

两个人皆是屏气凝神，就听见另一个流寇开了口："说起来，那位谭家宗子也算是个年轻有为的好官吧？至少肯替我们这些没名没姓的人说话。也不知是什么人非要弄死他……"

话音落地，徐远明睁大了眼睛，看向了谭廷。

见那些流寇走远了，谭廷才淡笑了一声，朝徐远明看了过去，说道："看来是谭某拖累徐兄了。"

"元直莫要这般说！"徐远明连连摇头，说道，"元直也是为百姓做事，才引来杀身之祸！"

谭廷没有出声，看向了徐远明受伤的腿。

这时，忽然银光一闪，黑暗中蹿出一个黑衣人，举刀朝着谭廷砍了过来。

说时迟，那时快，谭廷猛地侧身向一旁闪去。

黑衣人见一刀砍空，再次举刀砍了过来。

谭廷再不给此人机会，抽出腰间佩剑反击。

黑衣人虽然功夫不低，但是谭廷有徐远明帮衬，因此他无法得手，反而被二人步步紧逼。他见势头不妙，连忙吹出一声哨响，就要抽身逃遁。然而下一瞬，破空之声传来，谭廷的剑架在了他的颈边。

"不要动。我只问一句话，"谭廷眯了眯眼睛，说道，"是谁派你们来杀我的？"

"是……是……"

黑衣人还没说完，一阵急促的脚步声突然逼近，正是他方才吹哨引来的救援。下一秒，他骤然从腰间抽出匕首，向谭廷的脖颈处刺了过去。

"元直小心！"

下一秒，匕首刺破皮肤，鲜血而出。

幽深的山谷树丛间，夜色浓重，谭廷立在那里没动，而眼前的黑衣人倒在了地上。

谭廷收回了沾满那人鲜血的佩剑，拔下扎进自己手臂的匕首，在黑衣人的同伙到来前，与徐远明飞快地离去了。

京城谭家灯火通明，谭建陆陆续续派出了好几拨人马去寻谭廷。

林大夫人亦听说了谭廷出事的消息，同林大老爷商议后，调了林府的人马去找人。

杨蓁困得不得了，趴在茶几上睡了一阵，这会儿睁开眼睛，就看见自家大嫂一动不动地站在门前，双手交握着。

她睡下前，大嫂就这般站在门口，眼下她醒过来，大嫂竟还这般站着。

天色渐渐亮了，薄雾却未散去，显得庭院里冷冷清清的，连春花也似乎在雾中淡去了色彩一般。

杨蓁看着一动不动地站在门前的大嫂，不由得走上前去，劝道："大嫂还是歇一歇吧，站了一夜了。"

项宜立着没动，眼帘垂落了几分。除了谭家、林家，东宫太子也亲自派人去找谭廷了，然而一夜过去，京城的天都亮了，他还是没有回来。

一阵风吹来，冷气灌进人的衣领、袖口，项宜有些发冷，却也只是抱了抱自己的手臂，继续站在门前等着，轻声说了一句："没事，我再等他一会儿。"

他就快回来了吧？今日是初五，他定会赶在初五前回来的吧？

项宜攥紧了交握在身前的手。

就在这时，院外响起了一声甚是嘹亮的大喊，猛然划破了冷清庭院里的寂静："大爷回来了！"

话音落地的一瞬，项宜紧握在身前的手突然松开了。

下一秒，她一步向外跨了出去。

谭廷没受太重的伤，萧观赶在那些黑衣人前面找到了他。

他还没进家门，谭建便赶了过来，围着他转了三圈，说道："大哥真没事？吓死我了！吓死我了！"

谭廷瞥了弟弟一眼，说道："就这点儿出息。"

他下意识地又要骂弟弟不中用，可想到管事说二爷在家处事周全，万事料理妥当，此番派去找他的人也在东宫和林府的人前面赶到了，那句"不中用"便没有说出口。

他瞥了弟弟一眼，语气和缓了几分，说道："我不在家时，你做得不错。"

谭建当场呆住了，而后一脸不可思议地掏了掏耳朵，说道："大哥夸我了？大哥夸我了！"

谭廷没再理他，却在一眼看到庭院里的来人时，心脏飞快地跳了两下。

他方才还在想，妻子应该是在正院里等着他，以她矜持的性子，想必不会出来接他。可眼下，他竟看到了朝他快步走来的人。

她穿了米白色长袄并浅红色比甲，衣衫不知怎么有些皱，裙摆被风扬起，头上只簪了一支珍珠簪子，因着发髻有些松散，簪子也垂下了几分。

她这般模样，似与平日的矜持端庄不那么相同。谭廷怔怔地看着她。

她步子极快地走上前来，抬起头，向他看过来。

谭廷看到了妻子眼中的血丝，愣住了，说道："宜珍……"

而她只是反复打量着他，蹙着眉问道："大爷伤在哪儿了，可伤得厉害？"

一阵清风拂过，将满院的花香吹了过来。谭廷的心头也似被春风拂过一般，霎时春暖花开。

他低头看着妻子，嗓音极其轻柔地说："我没事。你看，好着呢。"

他抬了手臂给她看，只是右臂刚抬起来，被匕首扎到的伤口便是一疼。

他微微一皱眉，项宜便看了出来，一把按住了他的手，说道："大爷莫要再动了！"

她的语速快极了，透露着浓浓的关心。

谭廷又愣了一下，而后翻转手腕，将她微凉的手握在了手心，止不住勾起嘴角，在她的耳畔轻声说道："我都听你的。"

京城谭家老宅终于热闹了起来，谭建这一日也不知道说了多少遍"大哥夸我了"。

吃过晚饭，项宜净了手，准备给谭廷换药时，谭建突然过来了，送了好些从杨家带来的药膏。

谭建将药膏放下，忍不住对项宜说道："大嫂你知不知道，大哥今早夸我了！说我在家做得极好！"

项宜早就听说了，当下很给面子地笑着点了点头，说道："是，二爷近来做得确实不错，大爷也是看在眼里的。"

谭建只觉得大嫂这话说到了自己的心坎上，当即凑上前，还要同她说几句，不想突然有人清了一下嗓子。他抬起头，就看见自家大哥皱起了眉头。

谭廷冷冷地说道："一点儿小事还要说多少遍？没一点儿出息。还不去读书！"

原本兴高采烈的谭建一下就呆住了，不敢再出声。

项宜眼见谭建高兴的神色变得可怜巴巴的，有些无奈地开了口："二爷也没说几句话，大爷何必如此严厉？"

谭建见大嫂替自己说话了，立刻投去万分感谢的目光。

谭廷一下子不言语了，绷着嘴角，看了一眼自己的妻子。她倒是总疼惜他这没用的弟弟，也不想想他还等着她换药呢。

好在谭建还是有眼力见儿的，行了个礼就跑了。

到了里间，谭廷还是绷着嘴角，直直地看着妻子。

项宜也不晓得说什么好了，便让他将衣衫脱了，把手臂上的伤口露出来。

谭廷伤在大臂，伤口极深，匕首差点儿扎到骨头。

项宜还没处理过如此严重的伤，当下也管不了他的情绪了，照着太医的吩咐，仔仔细细地替他清理了伤口上的血污，涂了药膏，慢慢地包扎起来。

她做事本就细致认真，这会儿手下更是小心谨慎，连鼻尖都渗出了汗珠来。

谭廷一眼伤口都没看，目光只落在了妻子的脸上，不由得就想到清晨他回到家时的情形。彼时，她竟然来大门前迎他，脚步那样地快，还反复地打量着他。

思及此，谭廷的心跳不由得又快了起来。

项宜坐在床边，替他处理好伤口，又替他将衣裳拢起来，才松了口气。她抬起头来，刚要问问他疼不疼，忽然有温热而柔软的东西贴在了她的额头上。

她像是被施了定身术一般，定在了当场。

夜静悄悄的，连一丝风也没有了。

项宜没有乱动，男人却在一阵紧张后意识到了什么。此前他想贴面与她亲近，她总要侧头避开，可今日，他不由自主地靠近她，将唇贴在了她的额头上，她却没有动。

她没有避开他。

谭廷的眼眸渐渐亮了起来，映着床边明烛的光。

项宜有些紧张，身体也绷直了，直到他的唇离开了她的额头，才小小地松了一口气。然而下一秒，男人温热的唇又落在了她的眼角。

这下，项宜连眼睛都不敢眨一下了，紧张得连脊背也挺直了。而男人的唇在她的眼角留下他的温度后，又落在了她的鼻尖上。

房中安静得只有彼此的呼吸声。一股暖流在两个人紧贴的面庞中间打着转，让项宜的每一寸肌肤都忍不住战栗起来。

项宜听见了剧烈的心跳声，可是错乱的大脑令她分不清这阵心跳声是谁的。

烛火微晃，"噼啪"响了一声，下一秒，男人的唇轻轻地贴在了她的唇瓣上。

京城的春夜，清凉中带着些微暖意，房中静到了极点，只有烛火时不时发出一声轻响。

或许是因为他的掌心紧贴在她的脊背上，或许是因为他受了伤，又或许是因为别的什么，项宜竟未敢动弹分毫。

谭廷没想到今夜妻子竟异常地乖顺，不由得将她抱得更紧，加深了这个吻。

项宜一紧张，下意识地抬手按住了他的手臂，却恰好碰到了他的伤处。

伤口传来一阵痛意，谭廷微微顿了一下。

项宜察觉了，连忙收回手，而后侧过头去，结束了这个吻，着急地问他："大爷没事吧？"

谭廷摇了摇头，嘴角微微翘着，垂眸看着她，温声说了一句："没事。"他的声音轻轻的，似是怕惊走了此刻极其难得的美好气氛。

烛火摇晃了一下，影影绰绰。

项宜松了口气，不想下一瞬，他嘴角含着笑意，细细地看了她一眼，再次低头向她的唇边靠近。

这时，一道火急火燎的声音忽然传了进来："大嫂，大嫂！阿蓁吐了，难受得不行，大嫂快去看看！"

谭建这一句喊出来，谭家大爷生怕惊跑的美好气氛顿时跑没了影儿。

项宜彻底回了神儿，急急忙忙地从那位大爷的腿上站了起来，甚至不敢回头看他一眼，只说了一句"我去看看"，就匆忙出了房间。

转瞬的工夫，房中便只剩下受伤的谭家大爷。

他抿着嘴沉默了一会儿，半晌才叹了口气，抬手捏了捏眉心，而方才那一瞬的甜美似还在唇边残留一般……

西跨院。

杨蓁吐了好一阵，却什么也没有吐出来。谭建急得要请大夫，可这会儿京城已经宵禁了，大夫并不好请。

项宜和卢嬷嬷相互看了一眼，下一秒，卢嬷嬷的脸上禁不住露出喜色来。

"大夫人是不是也觉得——"卢嬷嬷说着，压低了声音，附在项宜的耳边说道，"二夫人有喜了？"

项宜微笑着点了点头。

算起来，杨蓁和谭建已成亲半年了，素来形影不离，两个人恩爱有加，因此杨蓁这会儿怀了身孕也是正常。

不过那两个人还不明就里，一个回想自己有没有吃错东西，另一个只当是生了大病。

项宜无奈地走过去，说道："眼下宵禁了，不便请大夫，明日我再请个大夫来给弟妹好生瞧瞧。"

她说着，着意看了二人一眼，微笑着说道："我想，未必就是坏事。"

一听这话，杨蓁的嘴巴张得能塞个鸡蛋了，而谭建在一愣之后，一把将杨蓁抱了起来，急急忙忙地放到了床上，说道："快到床上躺好！娘子想要吃什么、玩什么，尽管吩咐我！"

项宜看见那两个人的夸张样子，只觉得好笑得不行，嘱咐了杨蓁好生休息，明日看大夫怎么说，又给谭建讲了一些要注意的事情，便回了正院。

正院房中安安静静的，空气里弥漫着药香和安神香的气味。项宜莫名其妙地想到了方才自己与那位大爷的事情，一时悄声立在门口，没有走进去。

谭廷明明听见了妻子的脚步声，却半天没瞧见人，忍不住喊了一声："宜珍？"

项宜被他这么一喊，只得状似无意地应了一声，走了进去。

她没有看向那位大爷，而是去茶几前给自己倒了水喝，说起了西跨院里的事情："弟妹许是有喜了，明日我会请大夫进府替她把脉。"

谭廷猜到了，说道："是件喜事，正好也能让谭建安心去薄云书院读书了。"

免得他在家里净做些扰人兴致的事情。

项宜听了这话，替可怜的二爷难过了一秒。

谭廷见妻子坐在外间自顾自地吃茶，迟迟不过来，不知她是何意，便悄悄地看着她，暗暗猜测了一番。半晌，他见她还不肯过来，不由得说道："宜珍可否帮我也倒杯茶来？"

项宜这才起了身，应了声好，倒了杯茶水送了过来。

谭廷瞧了瞧妻子的神色，示意她坐下，问道："来回走了一趟，累吗？"

项宜摇了摇头，将茶水递给了他，才坐了下来。

谭廷喝了一口茶水，目光掠过茶杯边缘，而后瞧了妻子一眼，极轻地说了一句："二弟和弟妹都要有孩子了。"

没头没脑的一句话落到了项宜的耳中，他的目光亦轻轻地落在了她的身上。

项宜晓得他的意思，只是"嗯"了一声，什么也没说。

两个人之间又安静了下来。

谭廷放下茶杯。他比不中用的弟弟先成亲了好几年，没想到反倒是弟弟先有了子嗣。

他看着妻子白皙的脸庞，想着方才被打断的亲密，忍不住伸出手，将她拉到了他的腿上来。

项宜还没反应过来，就坐到了他的腿上，被他搂在了怀里。他的掌心贴在了她的腰间，看向她的眼眸里，染了似明烛一般的火光。

他刚探身靠近，项宜便抬手抵住了他的胸膛，说道："大爷不可……"

谭廷被她拒绝，愣了一下，眸色暗了三分，闷闷地说道："可今日是初五……"

今日是初五不错，可他受了伤，那么深的伤口就在右臂上。项宜看向他的伤口，低声道："大爷伤得这么重，怎能不知节制？"

谭廷听了这话，神色黯然，说道："弟弟和弟妹都要有孩子了，我们……"

他没有说下去，试探地看着妻子的脸色。

项宜却垂下了眼眸，侧过了头去，轻声问道："大爷就这么想要子嗣吗？"

谭廷点了点头，回答道："那是自然。"

他当然想跟她有自己的孩子。

"可……"项宜顿了顿，没有说下去。

谭廷看着她，问道："你想说什么？"

床边的烛火燃尽了，室内幽暗了下来。

"没什么。"项宜摇了摇头，说道，"还是等大爷的伤好了，再说这些事吧。"

她说完，从谭廷的腿上站了起来。谭廷想要拦她，却没有拦住。他看着自己受伤的手臂，心道，伤得真不是时候。

项宜一边收拾着外间的杂物，一边岔开了子嗣的话题，问道："大爷也不晓得昨日是何人刺杀大爷和徐大人吗？"

关于昨晚的事情，明面上是流寇作祟，实则另有文章，这一点，项宜还是知道的。

谭廷确实还不晓得那些黑衣人是受何人指使，不过，那些人是专门冲着他来的，徐远明只是受他连累。

想到这儿，他便同项宜说了一句："敌暗我明，在幕后之人落网前，宜珍也要多加小心才是。他们兴许是奔着我来的。"

这话一说出口，项宜惊了惊，追问道："奔着大爷来的？难道和老爷之事有关？"

她说的是谭廷的父亲谭朝宽之死。

谭廷点了点头，沉声说道："极有可能。"

项宜皱起了眉。

谭廷却哼笑了一声，说道："我正愁寻不到他们的踪迹，他们倒是主动现身了。可惜此次没能从黑衣人身上得到什么线索，不过黑衣人亦没能杀了我。我想，他们恐怕还会伺机再来。"

项宜闻言，身形一僵。

谭廷见妻子有些紧张，赶紧开口安慰："不用怕，他们对父亲下手也好，对我下手也罢，都伪装得甚是隐蔽，可见是小心谨慎的人。若是没有掩人耳目的好机会，他们应该是不会贸然向我下手的。"

这倒也是，项宜点了点头，不由得默默地看了谭廷一眼。所以他是真的想要子嗣了，谭家宗房至今还只有他们兄弟二人。

想到这儿，她暗暗地叹了口气。

翌日，大夫上门给杨蓁把了脉，起身便给众人道喜："恭喜恭喜，确实是喜脉！"

"真的？！"谭建听了，差点儿一蹦三尺高。

谭廷见他又是这般轻浮之态，想要训斥他，不过念及有这样的喜事，还是忍了下去，哼了一声，连撵他去书院的话也一时没说了。

杨蓁闻言，不可思议地看着自己的肚子。

项宜和卢嬷嬷见杨蓁一切如常，终于放心了。

谭廷趁着大夫没走，低声问了项宜一句："宜珍也让大夫把把脉吧？"

项宜顿了一下，而后摇了摇头，说道："不必了，妾身前几日刚来过月事。"

"这样啊……"谭廷不免有几分失落，转瞬又想到了什么，连忙牵了她的手，贴在她的耳畔说了一句，"莫急，我们也很快就会有的。"

他说完，还有些不自在地清了一下嗓子。

项宜淡淡地笑了笑，没有说话。

回正院的路上，谭廷想起了一桩事，便叫正吉去取一样东西来。正吉很快回来了，将东西递到谭廷手上，是个巴掌大小的红木小匣子。

谭廷将那样东西放到了项宜的掌心，说道："打开看看。"

项宜打开小匣子，发现里面竟是一对镶金白梅簪，金玉相配，毫不俗气，反而显出白梅的高贵来，甚是精致。

她看着簪子，问道："给我的？"

"那是自然。"谭廷笑起来。

项宜拿着簪子，不由得多看了男人一眼。那位大爷笑着任她打量。

"多谢大爷。"

"只要你喜欢便好。"

一阵风吹来，带着些微的凉意，项宜看着白梅簪子，半晌没有说话。

当日下晌，项宜借口给杨蓁买些吃的玩的，上了一趟街。谭廷本要跟着，被她以养伤为重的理由拦了回去。

到了街上，她先替杨蓁买了几样小玩意儿，就去了一家药铺。

大夫是个须眉皆白的老郎中，见了项宜便问："这位夫人有何不适？"

项宜没有什么不适，只是伸出手腕来，说道："劳烦您帮我看一看……孕事。"

老郎中在京中行医多年，虽不及太医院的太医，但也有些真本事。他来回把了把项宜的脉，皱起了眉来，说道："夫人这是有宫寒之症啊，于孕事上恐有难处了。"

听老郎中如此说了，项宜缓缓地闭了闭眼睛。

她嫁到谭家的第二年，偶感风寒，请大夫前来问诊，才晓得自己有宫寒之症。她不知这病症从何而来，大夫便问她是否受过大寒。

项宜听了大夫的问话，一下想了起来——

那一年，父亲项直渊被定为贪官，在流放途中死去，他们姐弟三人闭门守孝，却还是有人前来欺凌他们姐弟。寓哥儿气不过，瞒着她出了门，与那些人打了一场，事后被人报复，绑起来扔到了结冰的河面上。

项宜听说后，顿时吓坏了。当时夜色已深，妹妹项宁在黑夜中无法视物，项宜只能独自提着灯笼去找寓哥儿。她在冰面上发现寓哥儿的时候，他几乎冻僵了。

她急得不行，连忙拉着冻昏过去的寓哥儿离开，不想冰面忽然破裂。她急忙一把将寓哥儿推到了岸上，自己却落到了冰水里。数九寒天，冰水将人的四肢浸透，她在冰水里泡了近半个时辰，才得以脱身。

彼时，谭家的大夫便说道："夫人这是落下寒征了，于孕事上要艰难了。"

这事旁人并不晓得，而那大夫也说这病症并非不能痊愈，只不过须得养些年月，她便没有对谭家人提起，甚至觉得自己有这宫寒之症也不错，反正她与那位大爷终究是要分开的，如果没有孩子，离开的时候总会好过许多。

可现在她的想法变了……

当下，项宜问了京中的老郎中："您能否瞧出来，我这病症比之从前，是转好了还是没有什么变化？"

老郎中诊了又诊，一时无法给出定论，说道："老夫给夫人几颗药丸，夫人每日早晚服用了，三日后再来看诊，约莫就能看出来了。"

项宜缓缓地点了点头，谢过老郎中，给了诊金，而后回了谭家。

她刚到家，便发现家中一派喜气洋洋的景象，比上午得知杨蓁怀孕时还要多喜庆三分，不禁问道："这是怎么了？"

正吉跑过来告诉她："夫人，双喜临门！大爷的任命下来了，是通政司右通政，正四品！"

通政司右通政，皇帝近臣！项宜不由得吃了一惊。

之前谭廷与族人商议，认为此番能补到五品或六品的官位就算不错了，没想到任命下来，竟然是正四品的通政司右通政。看来是他这次安抚考生立了大功，宫中表彰的意思。

项宜不由得快步回了正院，刚进院子，就看到了满面红光的大爷。

"恭喜大爷。"项宜上前给他行了一礼。

谭廷连忙扶了她，握住了她的手，笑道："夫人同喜。"

接下来几日，整个谭家喜气洋洋，连庭院里的春花也开得更加缤纷夺目了。

第十四章
春日宴

因着杨蓁怀孕，谭家老宅热闹了起来。

杨蓁的妊娠反应着实厉害，吃什么都会吐，口味也怪了起来，要吃些稀罕玩意儿。谭建便每日进进出出地跑上一百回，变着法儿地弄好吃的给她吃。

这一怀孕，杨蓁也不敢舞剑、骑马了，只能老老实实地在院子里走动一下，甚是无趣。谭建见了，更是使出浑身解数，逗她开心，但凡有个芝麻绿豆大点儿的事拿不定主意，还要来正院寻项宜。

谭廷知道谭建刚有了孩子，兴奋些也是正常的，可见他近日书也不读了，文章也不写了，便忍不住将他叫到了书房去，沉声说道："我看你还是早早去书院，非放假不得回。"

谭建眉开眼笑了好几天的脸色一下就僵住了，说道："大哥，阿蓁刚怀孕，离不开我……"

谭廷哼了一声，斜了弟弟一眼，问道："是她离不开你，还是你离不开她？"

谭建被这么一问，只好实话实说："是……是我离不开她……"

一想到要同怀了身孕的娘子分开许多日子，谭建便难受得很。

薄云书院离京城算不上近，有大、小两种放假制度。小放假放半日，学子们能下山去转转，晚间也可以宿在外面，第二日一早赶回书院上课即可。这样的小放假，每五日便有一次，可谭建要是想回一趟家，时间可就不够了，除非像项寓那般，把家安在书院的山脚下。而放两日的大假，每半月才有一次。

谭建一脸委屈地看着自家大哥，说道："大哥，能不能再缓……"

他的话还没说完，就被大哥一眼瞪了回去。

"男子汉大丈夫，建功立业的年岁，岂能耽于情爱？"谭廷看了一眼不争气的弟弟，说道，"你好生想想，想好了告诉我。"

他说完，便甩手出了门去。

谭建弯了腰、佝了背，可怜巴巴地站在书房里，半晌没动。

正吉看着可怜的二爷，劝了一句："二爷先回去吧，回去再想也不迟。"

谭建点了点头，垂头丧气地走了。

当晚，谭建好好琢磨了一番。大哥在他这个年纪时已是举人，且没过多久就考中进士了，反观自己，连中举都没有什么把握。他把大哥的话来来回回地想了一晚上，终于想通了。

翌日，趁着大哥、大嫂还没有离家去赴宴，谭建去了一趟正院。

正院。

项宜今日穿了湖蓝色的衣裙。林府每年的春日宴是仅次于宫中的大宴会，她不能不郑重一些，可又不想穿小姑娘们爱穿的娇艳衣衫，便挑了这颜色。

谭廷走过来瞧了一眼，见妻子穿得素了一些，便问道："不是新做了两套正红色的衣衫吗，宜珍何不穿一穿？"

正红是正室的颜色，项宜穿着倒也没有逾越，可她想到今日的场合不宜惹眼，便说道："不了，妾身觉得这套湖蓝色的衣衫更好看。"

她既然这么说了，谭廷自然不会再劝她穿别的，反而瞧了一眼自己的衣裳，将身上的黄棕色锦袍换了下来。

项宜看过去，只见他将黄棕色锦袍脱了，竟然也换了湖蓝色的衣衫，还恰恰和她身上这件是同一匹料子，连团纹都是一样的，不由得愣了一下。

男人利落地换好衣裳，笑着看了妻子一眼，问道："宜珍看我这样穿可好？"

项宜愣了一下，见他拿了玉带过来，这才回了神儿，亲手替他将玉带束在了那窄窄的腰上。

男人平日里多穿些暗沉颜色的衣裳，今日穿了这般稍显明亮的颜色，更显得丰神俊朗，项宜忍不住多看了他两眼。

谭廷留意到妻子的目光，忍不住扬起了嘴角。

项宜坐到了梳妆台前，乔荇利落地给她梳了个发髻，又拿了螺黛出来，替她染眉。她的眉色稍浅，染一染能显得更精神。

可乔荇昨日不慎扭到了手腕，染眉这样细致的活儿竟做不得了，刚碰到项宜的眉毛，手就抖了一下，她连忙说道："呀，奴婢怕一会儿失手，把夫人的妆弄花了。"

项宜便说罢了，刚要说"今日不必染眉了"，就听见有人说道："我来吧。"

她抬起头，就看到锦衣玉带的那位大爷径直走过来，接过了乔荇手里的螺黛。她不禁睁大了眼睛，刚要说"不必麻烦了"，他就坐到了她的身边。

没等她开口，男人就探手到她脑后，让她的脸正对着他。他没有说话，只是仔仔细细地看着她的眉，而后似她平日里雕刻印章那般精细地用螺黛为她画眉。

项宜顿时呼吸一屏。

丫鬟们退了下去，安静的正房内外，只剩雕花窗下晨起画眉的夫妻。

项宜轻轻地看了那位大爷一眼，垂下了眼眸，未敢乱动。

谭建觉得自己想好了。

他是要当爹的人了，总不能连孩子都有了，却还什么功名都没有，他也要给杨蓁赚来凤冠霞帔才对。

谭建这般想着，就走到了大哥、大嫂的正院里。

正院里静悄悄的，只有一双黄鹂鸟在庭院里的桂花树上小声鸣叫着。而下一秒，他就一眼看见了正房大开的雕花窗子旁，一个穿着湖蓝色锦袍的男子正一只手扶着大嫂的后颈，一只手轻轻地替她画眉。

他还以为自己眼花了，使劲儿揉了一下眼睛，又看了过去，只见那穿着湖蓝色锦袍的男人不是旁人，正是他那"不能耽于情爱"的大哥。

大哥极轻柔地替大嫂画好了眉，手掌便从大嫂的后颈滑到了大嫂的下巴，径直捧住了大嫂的脸，细细地看了许久，看得大嫂都不好意思了，不自在地转开了目光。而后，大哥微微低头，将唇轻点在了大嫂的眉间。

谭建彻底睁大了眼睛，忍不住说道："这……"

大哥不是说，男子汉大丈夫，建功立业的年岁，不能耽于情爱吗？！

这时，项宜看到了院中立着的谭建，在谭建直直看过来的目光中一窘，连忙推开了身前的男人，急急地低声提醒他："大爷，二爷在院中……"

谭廷一顿，转头看了过去，一眼就看到了总能挑好时机出现的弟弟。

谭建想问一下大哥为什么要骗他——明明大哥也耽于情爱！顺便把自

己原本想说的话换一下，说他暂时不去书院了，等杨蓁的妊娠反应减轻一些了再说。

可他还没说，就被大哥的眼神吓到了，立刻把那些硬气的话咽了下去，说道："我……我明天就去书院！"

谭廷冷哼了一声，连话都没说，只用眼神示意他立刻消失。

谭建大着胆子，还是在消失前为自己争取了一下，问道："那我今日不去林府，在家陪阿蓁，行吗？"

看见他那副可怜的样子，项宜都有些不忍心了，不由得看了谭廷一眼，说道："大爷就答应了吧。"

她既开了口，谭廷自然不会反驳，又哼了一声，算是应了谭建。

谭建一秒都不敢停留，连忙跑了。他跑到了院外，脑中闪过刚才看到的那一幕，还觉得惊奇。

见时辰差不多了，项宜和谭廷便出了门。

谭廷本该骑马的，却只让人牵着马，自己同项宜一道坐进了马车。

马车里，谭廷同项宜说了一些有可能在春日宴上见到的人，项宜也都一一记下了。

不多时，马车路过了一家药铺，车帘恰好被风卷起，谭廷向外看了一眼，问道："你昨日来这家药铺了？"

项宜一顿，自己昨日确实来了。她想了想，说是给妹妹项宁换方子。

谭廷便没多想，只问了项宁的身子如何了。

项宜答道："好似京城的气候更适合她，她的身体近来好了不少。"

谭廷点了点头，转而说起自己替她在一家书肆里买到了一本记载古法篆刻技艺的古书，因着书在外地，要过几天才能到。

项宜听得一愣，问道："是孤本？"

记载篆刻技艺的书并不多，古书就更少了。

谭廷笑着点了点头，见她有些惊讶，又怕她多想，连忙说了一句："其实不贵。"

其实不贵，那便是贵了。项宜轻声道了谢，抬眸向他看去，自他线条流畅的下颌看到他的眼眸，许久才收回了目光。

林府门外的街道挤满了车马。谭廷与项宜来得还算早，找到了地方停车，后面来的人就不知要将马车停到何处了。

二人进了林府，先去拜见了姑母林大夫人。谭廷一路与项宜同行，到了厅里，同林大夫人行了礼，也没有立刻离开。

林大夫人见这对夫妻穿着同色的衣裳，不禁有些讶异。男子样貌英俊，身姿挺拔，着湖蓝色锦袍，配白玉腰带，俊逸非凡；女子温婉清丽，身子稍显单薄，穿了湖蓝色镶银边的直领对襟长衫，下着月白色褶裙，端庄而不失柔美。

林大夫人一眼看过去，愣了一下，才回过神儿来，目光不由得在项宜身上打量起来。

这是林大夫人第一次见项宜。此前她只觉得此女顶多是个相貌不错的小家碧玉，后来看了秦焦的信，又觉得此女约莫有些姿色，只是行事不端，想必多少有些恶相。而今次见到了本人，她恍惚间还以为这是哪个大世家出身的姑娘，如此出尘，让人见之忘俗。

林大夫人沉默了一会儿，才开口同两个人说了几句客气话。

谭廷并不是要听客气话的。照理说，项宜是林大夫人的娘家侄媳，这么大的宴会，林大夫人没有儿媳，侄媳自然要跟在身边帮衬的，这是正经的体面。

谭廷一时没走，等着姑母的态度，心道，若是姑母不提，自己便只能提醒一下了，然而下一秒，就听姑母对项宜说："你这会儿就留在我身边吧。"

谭廷闻言，一颗心放了下来。他偷偷地看了项宜一眼，见她神色如常，越发放心了。

倒是林大夫人看了看侄儿，见他时不时就要看项氏一眼，不禁皱了皱眉头，说道："好了，你去寻你姑父吧。"

她说着，目光在项宜身上扫了一下，又同谭廷说道："待会儿会叫你过来的。"

谭廷自是要去拜见姑父的，也没多想什么，只是同安静地站着的妻子低声嘱咐了一句："宜珍若是有事，就让人去找我，我立马过来。"

见妻子点头应了，他才放下心来，转身向外走去。

项宜看着他阔步离开的背影，突然想到了什么，默默地收回了目光。

林大夫人见状，没有同她多说什么，也没有立什么规矩，带着她迎了一阵客人。

大多数客人是第一次见到项宜这位清崚谭氏的宗妇，林大夫人也给足了自己娘家侄媳面子，众人见了都点头称赞。

这般迎了近一个时辰，客人终于都到了，各自在厅中落座，或在花园中赏花吃茶。

林大夫人转过身，打算回房换衣，对项宜说道："你随我过来，我有话跟你说。"

这还是迎客近一个时辰，林大夫人第一次单独跟项宜说话。不过项宜并没有感到意外，只是神色平静地跟着林大夫人去了房中。

林大夫人很快换好了衣裳，挥手让丫鬟们都下去了，而后认真地看了项宜一眼，道："你可知我今日为何带着你见客？"

项宜淡淡地答道："是大夫人在给娘家侄媳妇、给谭家宗妇面子。"

林大夫人一听，便晓得此女果然是聪明人，不由得点了点头，说道："你很聪明，我也不同你绕圈子了。"

她将手边的茶水端起来饮了两口，放下茶盅，直接说了一句："你同元直本不该成婚。"

林大夫人说了这话，又看向了项宜，见她神色仍旧无波无澜，便一口气将自己的意思说了出来："从前你拿着婚书上门，谭家履行了婚约，也不算不仁义了。只是你如今也看到了，世庶之间矛盾不断，这次元直看似安抚有功，实则在世族圈子里颇受非议。他到底是世家大族的宗子，之前他为何要替庶族说话，我不想追究，可你们这桩婚事也确实没必要继续了，不如趁着没有孩子，择个时机散了的好，于你、于他都没有坏处。你以为呢？"

这番话说得清楚极了，项宜一时没有开口，只是抿了抿嘴唇。

林大夫人见她的脸上终于有了些微变化，便又说了一句："我知道和离对女子而言总是有损失的，不过你放心，我不是将人逼上绝路的恶人。我给你备了一百亩良田，你日后另嫁也好，自立门户也罢，这些田地够你使了。"

她说着，将备好的田契从袖中拿了出来，放到了项宜的面前。

项宜看着田契，没有出声。

林大夫人喝了口茶，容她思量了一阵，才又说了一句："我的意思你眼下也晓得了，其实今日的春日宴，便是想安排元直与世家女子们见一见。你若是答应，我今日另给你安排一个僻静去处，你先避一避。至于这些田产的事情，我会替你打点好，不会让你吃亏。"

她利落地把话都同项宜明说了，抬头向这位侄媳看了过去，问道："你意下如何？"

林大夫人的房里闷闷的，让人有些透不过气来。项宜在这种气息里，

377

突然就想起了自己昨日去药铺复诊的情形。

彼时，她照着老郎中的嘱咐，连着三日早晚吃了药丸，然后去复诊。老郎中仔仔细细地切了她双手的脉，半晌，叹了一口气，说道："夫人这宫寒之症，眼下实在看不出好转的迹象啊。"

林大夫人的房中点了极名贵的熏香，与闷室不通的气息混在一起，让项宜有些喘不过气来。

半晌，项宜迎着林大夫人看过来的目光，轻声回答了她。

每年的春日宴是林府极其看重的日子，因此花园早在两个月前便翻了新，此时桃红柳绿，河边、林间、假山上下皆错落有致地摆放着品种名贵的花草，或含苞待放，或娇羞初开，又或盛放开来，春花争奇斗艳，人行其间，与花草一并融在春色里，端的是一幅胜景。

不过也有人缺乏闲情逸致，无心赏景。李三小姐名唤李莲姑，名中虽有花的名字，可她尚在闺阁时，便没有闲情逸致赏花，只觉得这些花草还不如胭脂水粉、锦衣华服实在。后来她嫁了人，夫君又意外坠马，摔断了腿，她的日子变得灰扑扑的，眼中都是枯槁，哪里还有娇艳花草。

此刻，她叫了一旁与她相貌有几分相近的女孩，说道："你仔细留意着与你年岁相近的未婚女子，到时候要表现得与她们不同些才好。"

那女孩听了，便笑起来，一双眼睛又大又亮，说道："三姐放心，蓉娘心里有数，早就让人备好了东西。"

李蓉娘在槐川李氏宗房行七，和李三小姐李莲姑一样，也是李氏宗家的女子，不过李蓉娘的父亲是宗房庶出。李氏宗家打听到林大夫人有想换儿媳妇的意思，合计了一番，就把李蓉娘送进了京，赶在春日宴前到了。

三年前，谭家宗子尚未成婚，李氏便想与谭家结亲，可惜未能成。不过，此番若能成，倒是更好，毕竟此时的谭家宗子更年轻有为，起步就是正四品的通政官。

李莲姑看着七妹李蓉娘如花朵般娇嫩的容貌，想到自己被耽误了的青春，郁闷了一时。

她一抬头，看到了不远处的人，不由得定定地看了那人好一会儿。几年过去了，那人倒是没什么变化，若说有变化，便是更加有气质了。

"那是谁呀？"李蓉娘顺着李莲姑的目光看了过去，看到了一个穿着柳黄色华服的女子，便说道，"她也是姑娘家的打扮，不过看起来比我年长不少。"

李莲姑点了点头，说道："确实，她与我年岁相仿，是程家大小姐程云献。"

李蓉娘愣了愣。她听过程大小姐的名头，程大小姐当年也是京中拔尖的贵女。

程家起初有意让程云献入东宫为继太子妃，可惜太子殿下因原配去世而伤心不已，一时并无另娶的打算。后来，程家便想要同谭家联姻，谁知谭家宗子照着旧日婚约迎娶了项氏女，程云献又因母亲病逝而闭门守孝三年，刚刚出了孝期。如此耽误了几年，她的年岁自然比寻常待字闺中的姑娘稍长。

"她不会也是来相看的吧？"李蓉娘紧张了起来。

李莲姑并未否认，轻哼了一声，说道："她蹉跎了三年，倒是正遇上时候了。"

她说着，又看了自己的七妹一眼，说道："你不必被她吓到，程云献出身虽高，但林大夫人和谭家大爷看中你也不是不可能，毕竟我们槐川李氏也是四大家族之一，不比他们衡北程氏差，况且还有族里的老夫人们替你说话。届时见了谭家大爷，你只需要……"

李莲姑附在七妹的耳边说了些话，声音极低，没有旁人能听到。

与女眷聚集地隔着一条河的高地，是男子们谈天说地的地方。谭廷亦先随林大老爷迎了一阵子宾客，眼下宾客都到了，才得以歇下来。

林大老爷叫了谭廷去书房里喝茶，稍做休息，而后仔细瞧了瞧谭廷，说道："看来你身上的伤恢复得很快。"

谭廷点头说是，又说道："没伤到要害，算是幸事了。"

林序捋了捋胡须，说道："你姑母听闻你受伤失踪，心急得两日都没歇好，眼下你没事就好，可见平日里读书之余，也没少锻炼身体。"

他须长而黑亮，端的是一把美髯，这般姿态浅捋着胡须，更显儒雅。

谭廷说是："孔子尚善剑保身，何况如今的读书人。"

"正是。我年轻的时候亦时常练功，只是如今上了年纪，折腾不动了。你这般是对的。"林序说着，对谭廷点了点头，看了他一眼，又着意提醒了他一句，"有人藏在暗处，你以后更得小心才是。"

谭廷应下了这话，见林大老爷欲起身换衣了，便告辞离了书房。他从后门离开书房所在的院落，出去便是一片竹林，可巧看见李程许、李程允兄弟正在林中说话。

李程许是槐宁李氏的宗子，与谭廷一样，年纪轻轻就坐了宗子之位，不过身子不似谭廷这样康健——多年前他去西南，意外坠入山涧，受了重伤，若不是被偶然经过的苗氏所救，早已没命了。正因如此，他回到宗家后便力排众议，将寂寂无名的小世族出身的苗氏娶回了家。

这会儿李程许坐在竹椅上晒着太阳，腿上盖了毯子，见谭廷来了，当即就要起身。

谭廷连忙跟他摆手，让他不必客气，说道："好生歇着要紧。"

李程允见谭廷行走如常，笑着说道："元直这伤好得挺快。"

谭廷说是，略微动了动手臂，发现没有明显的痛感了。今日有不少人惊讶于他的伤好得快，此刻李程允也说了，他便道了一句："拙荆心细，手又灵巧，每日给我换两次药，我的伤自然好得快。"

谭廷说着，便想起了妻子来，不由得往女眷聚集的方向看了几眼，可惜隔着院墙、树丛，什么也看不见。

李程许和李程允见他这般，笑着对视了一眼。李程允不由得问了一句："元直莫不是想念自家妻子了？"

谭廷听了，收回了目光，清了一下嗓子，看了李程允一眼，倒也坦荡，说道："拙荆没来过京中这般大宴请，我怕她迷路。"

"迷路？"李程允直接笑了起来，说道，"项夫人又不似我大嫂那般，怎么会迷路？"

苗氏来自西南山中的小世族，嫁进李家前，从没来过京城。第一次到别家赴宴时，她便在庭院里的假山、树丛、溪流间迷了路，在人家后花园里兜了五圈，最后还是李程许亲自出马，把她从树丛里找了出来。出来时，她还惊奇地说道："这家的花园怎么这么大？我真是好一番走！"

苗氏初来乍到时闹的笑话，京城里的人都知道，这会儿李程允说了，李程许也只是无奈地笑着摇头。

李程允的意思是，项宜到底是官宦人家出身，怎么可能在园子里迷路呢。

谭廷并没有接老友的话，只是觉得他话太多，瞥了他一眼。

李程允没有会意，反而笑着又问了一句："元直既然这么看重家中妻子，缘何之前三年没将她接来京中呢？"

他说完这话，便见谭元直转过头，十分不悦地皱眉看了过来，对他说道："往事休要再提。"

李程允险些笑出声来，坐在竹椅上的李程许亦弯了一下嘴角。

恰在此时，有丫鬟过来寻谭廷，说是大夫人有请。谭廷正好也不想同日渐絮叨的老友多言，当即与那兄弟二人行了礼，去了林大夫人会客的花厅。

不多时，谭廷便到了花厅。林大夫人请他过来，是因为谭家的一位老姑奶奶这两日正好随做官的儿孙到了京城。谭廷虽是宗子，但到底是小辈，这位姑奶奶又是高寿年纪，他前来拜见也是应该的。

谭廷见过了老姑奶奶，林大夫人便将他留在厅里说话。厅里坐了不少夫人、老夫人，谭廷是小辈，也不便说什么，只是看了一圈，没看到自己的妻子。

此处都是上了年纪的夫人，妻子年轻，或许在别处，因此他并没有多想。倒是那些夫人不知怎么的，对他颇感兴趣，你一言、我一语地问了他好些话，才让他走了。

谭廷自不会多留，立时出了花厅，对正吉说："去问问夫人现在何处。"

然而正吉打听了一圈回来，对谭廷摇了摇头，说道："大爷，有人看到夫人离了大夫人处，往花园里去了。至于夫人眼下在何处，一时没人知道。"

林府的花园很大，景致复杂多变，一时间打听不出来也是有的。不过谭廷想到了苗氏在别人家花园里迷路兜圈子的事情，便吩咐正吉打点几个小丫鬟，让她们一看到项宜就来告诉他。

谭廷吩咐了正吉，便要回林大老爷那边，却突然被林大夫人身边的丫鬟挡住了去路。

那丫鬟说道："大爷勿怪，方才大爷过来的路这会儿被戏班子占了。大夫人的意思是让大爷从另外的路回去。"

谭廷并不怎么听戏，对戏班子里的人也无甚兴趣，便点了点头，让那丫鬟引路。

这路初时还好，可走着走着，就到了一条僻静的小路上。谭廷并不介意，一来能避开花园里的众多女眷；二来他的妻子不是爱热闹的性子，说不定就在某个僻静处。

可他并没有遇到他的妻子，反而撞上了许多姑娘，先是在一处花坛旁遇到了两位对坐抚琴的女子，接着在古树下碰上三个吟诗作赋的女子，又在水畔见到一位正在作画的女子……

谭廷与这些姑娘并不认识，可她们都上前同他行礼，报出家族名号，说起家中父兄，他便也不得不客气地回应两句再离开。

一条路还没走完，他遇上不少世家女子，反倒是自己的妻子连个人影也没有。

谭廷紧紧地抿着嘴角，眼见前面的路口又有女眷经过，便直接负手停在了小路上，没往那边走了。

他站在原地，下意识地四下看了几眼。园中尽是穿着花花绿绿各色衣裳的女眷，并无衣着素淡的项宜。正吉也问了附近的小丫鬟们几句，还是没人晓得项宜在哪里。

宜珍能去何处，难道真的似苗氏那般迷了路吗？

谭廷的眉头皱了起来。

林府另一处。

阴凉潮湿的书阁内，湿气甚是浓重，约莫是为了防止起火，还特意放了几个盛满了水的水缸。小丫鬟开了门就走了，此时书阁内只有项宜和春笋。

春笋打开窗子通了通风，还是觉得潮气太重了，说道："夫人若要抄写戏文，不如去这书阁的三楼，兴许还通透些。"

项宜点了点头，没有说话，拿着林大夫人让她抄写的戏文册子，安静地去了三楼。三楼果然没有太多潮气，春笋把窗子打开，清凉的风吹了进来。

林府的书阁坐落在花园北边，位置偏僻，连戏班子试戏的声音都听不见。项宜朝窗外看了一眼，见天上聚拢了厚重的云层，日头被挡了起来，不知会不会下雨。

她微微低头，往林府花园的方向看去。此处并不能看到男子聚集的地方，只能看到女眷聚集的地方，柳绿桃红间，穿梭着许多衣着鲜亮的姑娘。

风从耳边吹过，项宜刚要收回目光，忽然在一片鲜艳颜色中看到了一个穿着湖蓝色锦袍的高挑儿男人。

她愣了一下，目光不由自主地定在了他的身上，随他一路前行了起来。只见他走在小路上，走不了几步便要停下来，同路边的女眷行礼。那些女眷都是年轻的小姑娘，见了他似还有些羞怯，垂着头，说了些什么。他亦同她们回了些什么。

四周静悄悄的，只有风拍打着窗子的声音。项宜静静地立在书阁三楼，又向远处看了几眼，便慢慢地收回了目光。

春笋摆好了桌子，铺好了纸笔，抬头向夫人看去，却见夫人站在窗边不知在想些什么，眼眸垂着，嘴角带着淡淡的笑意。

不知怎么的，春笋看着她那淡淡的笑意，心里竟慌了一下，不由得问道："夫人怎么了？"

项宜这时才抬起眼眸，缓缓地摇了摇头，说道："没什么。"

这些不都是她已经预料到的吗？项宜反手关上了身后的窗子，将远处吹来的风和花园里的景象一并关在了窗外。

后花园内，谭廷暂停在小路旁，避开前方经过的女眷。

正吉又去打听了一圈，回来后还是摇了摇头，说道："爷，没人见到夫人。"

谭廷皱起了眉头，抬头看到厚厚的云层聚拢在头顶。

妻子性子安静，又同众人并不相熟，是不是寻了什么僻静处待着？他心里想着，目光从不远处的三层书阁上掠了过去，不过那书阁窗子关着，不似有人的样子。

谭廷只能让正吉再去找人，又让他留意苗氏。秋阳县主还在坐月子，没来春日宴，宜珍也只同苗氏相熟了，这会儿说不定与苗氏在一起。

方才路过的女眷走远了，谭廷无意再在各家的女眷之间停留，叫了那丫鬟快速领路离开。不想刚走几步，绕过一处树丛，又撞见了人。两名女眷背对着他，似乎没有发现他的到来，却挡住了他的去路。

谭廷皱眉背了手，示意丫鬟上前让那两名女眷让一让路。

那两个人不知说到什么笑话，忽然轻声笑了起来。丫鬟一时间没有上前打扰，而二人恰在这时转过身来，不是旁人，正是李氏姐妹。

李莲姑倒没什么特别，不过她身侧的小姑娘甚是娇艳动人，脸上挂着笑意，手里还拿着一枝杏花。

她们似是这时才发现了身后的男人，李莲姑"呀"了一声，李蓉娘则娇羞地低下了头，一枝杏花半遮脸。

此情此景此人，连正吉和领路的丫鬟见了，都忍不住愣了一下神儿。

可这两个人的反应并不重要，李莲姑和李蓉娘只在乎谭廷的反应，都用余光偷偷地向他看了过去。谁料那位谭家宗子神色未变分毫，只是淡淡地说道："原来是李家小姐在此。谭某有事在身，借过。"

谭廷说完，便用眼神示意正吉开道，没有多看她们一眼。

李氏姐妹俱是一怔，直到谭廷离开了此处，才回过神儿来。李蓉娘不解地说道："我方才是不是没表现好？缘何那位谭家宗子如此冷淡？……"

李莲姑也回答不上来，只能安慰妹妹一句："方才他从那边过来，一路遇见不少姑娘，不也没有跟她们多说什么吗？兴许他就是这般性子吧，对谁都一样……"

李蓉娘却看向她的身后，问了一句："那他对程家大小姐也那样吗？"

李莲姑注意到李蓉娘的视线，立刻也转头看了过去，一眼就看到谭家宗子走到了桥边，停在了程大小姐身边。

谭廷这一路寻不到妻子，反而遇到众多女眷，莫名其妙地有些烦闷。

眼下，他往前走了没几步，又遇见一个女子，顿时觉得自己这一路遇见的女子着实多了些。他一眼从那女子拿着的书上扫过去，忽然顿了一下。

他一时未动，倒是那女子转过头来看见了他，不紧不慢地叫了他一声"谭大爷"。

谭廷愣了一下才认出对方是谁，说道："程大小姐。"

两个人客气地行了一礼。

程云献并未急着说什么，也没有额外的表现，只是任由这位谭家大爷的目光落在她手中的书上。

片刻后，谭廷开口问了一句："程大小姐这本书是从何处买来的？"

程云献听见这句问话，眸中闪过一丝让人不易察觉的光亮，而后将手上的前朝篆刻图谱翻了一下，说道："谭大爷说这个？这是云献在来的路上偶然瞧见有人摆摊儿卖书，便挑了一本。这本书虽是小摊儿上所卖，我瞧着却似是前朝孤本。"

她说着，伸手将书往前送了送，说道："云献眼力有限，谭大爷若懂篆刻，不知能否帮云献辨一辨此书真伪？"

谭廷果然接过书翻看起来，她不由得弯了一下嘴角。目光从旁边扫过，她一眼便看到了不远处的李氏姐妹。

李氏姐妹自然也看到了程云献这边的情景。李蓉娘直接傻了眼，说道："这……那程云献的待遇缘何同我们不一样啊？"

在槐川李氏的一众未嫁女中，她李蓉娘可是最拔尖儿的宗家女，多少人踏破门槛想要娶她，怎么到了这里，却比不上一个上了年纪的女子？她顿时觉得又委屈又不甘。

李莲姑也想起了当年她和程云献都想嫁到谭家做宗妇，虽然最后都没有嫁成，但是程云献比她更被众人看好。

眼下，姐妹俩都十分不甘心，定定地看向程云献。而程云献注意到她们的目光后，只是不动声色地笑了笑。

她可是特意打听了，得知这位谭家宗子正在寻人购置篆刻孤本，且刚刚花高价买下了一本，似是还没被送到京城来。既然谭家宗子如此在篆刻上用心，她没有不投其所好的道理。毕竟，她和那些姑娘可不一样，她不求谭家宗子有多喜欢她，她只是没什么时间等下去了。

程云献见谭廷仔细翻着那本书，心里越发定了下来，便问了一句："谭大爷定然善于篆刻吧？云献近来也想学习篆刻，不知能否向您请教？"

她将目光定在谭廷身上，等待着他的回答，谁知他忽然笑着摇了摇头，对她说道："谭某并不会篆刻，善于篆刻的乃是拙荆。"

程云献愣了愣，却又听他说了一句："谭某想为拙荆买下此书，不知程大小姐可愿割爱？"

桥边的风有些凉，程云献半晌没说出话来，许久才回了神儿，说道："谭大爷说笑了。云献并不怎么懂篆刻，既然谭大爷想要这本书，便赠予令正好了。"

谭廷闻言，这才抬头看了程云献一眼，接着同她行了一礼，说道："多谢程大小姐。"

两个人说了什么，旁人并不能听到。而李氏姐妹完全不能相信，那位谭家宗子竟然同程大小姐说了这么久的话。

李蓉娘年纪小，沉不住气，说道："不成，我不能坐以待毙！我得再想个办法，让那位谭家宗子留意我才行！"

她来京城前，她爹还嘱咐她，说谭家同往日不一样了，若是她能坐上谭家宗妇的位子，他们庶出的这一房就能在宗家面前抬起头来了。眼下见谭廷似是同那程云献相谈甚欢，她当即沉不住气了。

李莲姑听了她的话，点了点头，说道："也是，我们李家凭什么输给程家？"

二人正要上前，忽然被人叫住了。李莲姑回头看去，见是黄二娘，便说道："二嫂有什么吩咐吗？我们还有些事，想要先行一步。"

黄二娘仔细瞧了她们姐妹两眼，才开了口："你们不会还要去纠缠谭大爷吧？我劝你们还是不要去了，有失身份。"

李氏姐妹闻言，脸色俱是一僵。

黄二娘看向李莲姑，用敲打的口吻说道："上次槐宁李家洗三那天的事情你忘了？项氏未必就要离开谭家，你们这是去做什么？"

李莲姑知道黄二娘说的是谭家大爷亲自接了项氏回家的事，可她并没有被说服，反而一哼，说道："世庶有别，别看眼下消停了，日后怎样还不知道呢。我们也是按宗家的意思办事，二嫂就不要多管闲事了吧。"

听见李莲姑这么说，黄二娘笑着摇了摇头，说道："我言尽于此。你们若是丢了脸面，可别怪我这做嫂子的没有提醒。"

黄二娘说完，转身离开了。

李莲姑又在她的背后哼了一声，而后带着李蓉娘去了另一条小道，说道："她到底不是我们李家的人，七妹不必理会她。"

二人说完，就钻进了小道。

谭廷别了程云献，没走两步又碰上了女眷，那种不对劲的感觉越发明显了。宜珍不知所终，他倒是莫名其妙地撞上了这么多女眷，且多半是未出阁的姑娘。

这时，他忽然听见草丛里传来一声尖叫："啊！蛇！"

接着，有人慌张地从草丛里跑了出来，没等谭廷反应过来，就朝着他身上撞了过来。

谭廷连忙闪身避让。那个从草丛里跑出来的女子没碰到他，倒是险些跟跄倒地。

正吉惊讶地说道："李七小姐？"

谭廷也认出了她，正要让正吉夫看看蛇在何处，却被那李七小姐一下拉住了右臂。

"谭大爷，草丛里有蛇！"李蓉娘一副惊慌失措的样子，扯着谭廷的手也有些用力，心道，这样一来，这位谭家宗子总该注意到她了吧？

不想这位谭家宗子忽然闷哼一声，而小厮立刻走上前来，对她说道："李七小姐快松手，您扯到我们大爷的伤处了！"

李蓉娘一怔，这次是真的慌乱了，连忙松开了谭廷，说道："蓉娘……蓉娘不知情……"

藏在一旁的李莲姑也没想到竟出了这种岔子，可转念一想，又走上前来，说道："蓉娘怎么如此笨拙？还不快扶大爷去那边坐下，看看大爷的伤！"

她说着，便朝李蓉娘眨了一下眼睛。而这一眼恰好落到了谭廷眼中。

这一路遇上这么多未出阁的姑娘，方才他还只是觉得奇怪，眼下见李氏姐妹又跳了出来，还说起这样没有规矩的话来，他顿时明白这是怎么回事了。

见李蓉娘竟然真的走上前来，他冷冷地开了口："没想到槐川李氏竟是这样的规矩，姑娘见了外男不避开，反而走上前来攀扯。"

这样的事情在富贵人家的宴会里不算少见，本来讲究的就是半知半解、顺水推舟。李氏姐妹怎么都没想到，这位谭家宗子竟然将她们的用意一语道破了，脸色顿时变得青白。

李莲姑还想给自己打个圆场，不想那谭氏宗子连听她们解释的耐心都没有，一转身便甩袖离去了。

李蓉娘毕竟是世家大族教养长大的姑娘，第一次舍下脸面做这种事，竟被当场说破了，只觉得脸上火辣辣地疼了起来。

李莲姑一眼看到了不远处的黄二娘，隐隐听见黄二娘啧了两声，顿时脸上也火辣辣的，匆忙避开了黄二娘含笑看过来的目光。

谭廷没再让丫鬟领路，自顾自走到了一处无人的空旷地带，转头看了一眼丫鬟。

丫鬟这会儿冷汗都流了下来，吓得直哆嗦，差点儿就要跪下来。

谭廷晓得她不过是奉命办差，因此只是沉着脸，同那丫鬟说了一句："立刻去把你们大夫人请过来！"

丫鬟一脸惊慌地应了，立马往林大夫人处跑去。

伤处隐隐作痛，谭廷不由得攥紧了负在身后的双手。姑母这般作为，置宜珍于何地？而宜珍眼下又在何处？

林大夫人听了丫鬟传话，便寻了个借口出了花厅，去了谭廷等她的地方。

她素来晓得侄儿不重这些后宅之事，要不然他当年也不会跟谁都不商量，就直接履约娶了项家女儿进门。而今日之事，她若是提前告知了他，他是不会答应的，因此她想等着相看完了再说。只是她没有想到，他竟然这么快就瞧出了端倪。

见林大夫人走近，谭廷皱眉看向她，沉声问道："姑母这是何意，难道要给我换个妻子不成？"

"你既然瞧出来了，我也不用专门挑时机跟你说了。"林大夫人直白地说，"项氏不适合做谭家的宗妇。且不说她是贪官之女，只说世庶有别，就算你眼下平息了一些动乱，可长久来看，世庶之间的矛盾只会越来越严重。近来已有许多世族对你所做之事极不认可，若是你再有一庶族出身的妻子在身侧，于你仕途实在不利，因此，早日散了这桩婚事也好。"

谭廷听见自己的姑母一本正经地说这些话，只觉得荒唐到了极点。他和宜珍好不容易才缓和了关系，姑母竟然想让他停妻再娶？

他正要反驳，不想林大夫人又说了一句话："此事我已同项氏讲过了，亦备了一百亩良田补偿她，不会让她吃亏。"

谭廷听见这话，脑中忽然一空，心里慌了起来。

她知道姑母要给他换一位妻子的事情了？！

谭廷在那一刻心慌到了极点，愣愣地问了一句："她要那些良田了？"

他说完，紧紧地盯着自己的姑母。

林大夫人想到了方才的事情。

彼时，房中只有她和项氏两个人，她说了一番劝项氏离开的话，也拿出了田契。她想，项氏若是聪明人，便会一口答应，而项氏若是不肯答应，她也自有手段。

项氏点了点头，却又摇了摇头，淡淡地说道："大夫人不必给我什么田产。项家虽名声不好，亦落魄了些，但也不会要这样的补偿，我只要带走我的嫁妆即可。"

那仅仅八抬的嫁妆？她看着项氏，一时没有言语。

项氏垂下眼帘，声音轻了一些，说道："与大爷好聚好散，本也是应该。"

项氏说完，便没再多言了，而她亦沉默了许久。

她看向项氏，莫名其妙地在这个贪官之女身上看到了几分风骨。

事情的走向和林大夫人所想有些差池，她不由得捏了捏眉心，回答了谭廷："没有，她没要那些田产。"

谭廷悬着的心一下子放了下来。

"她不会要的……"他重复了一遍，不知是说给旁人还是说给自己，"我就知道她不会要的。"

天上聚拢的乌云里，"轰隆"传出两声雷响，周边顿时暗了几分。这时，正吉快步走了过来。

"大爷，小的打听到夫人的去处了。"他小心地看了林大夫人一眼，小声说道，"夫人在书阁里。"

"是我让她去书阁的。"林大夫人倒也不避讳，皱眉看了侄儿一眼，说道，"我实在觉得她不该嫁进谭家，亦与你不能长久……"

她的话还没说完，就被谭廷打断了。

谭廷忽然转身，正正经经地跟她行了一礼，再直起身的时候，他十分郑重地说了一句："宜珍是父亲为我定下的，也是我明媒正娶的妻子。以后侄儿的婚事，还请您不要再费心。"

他说完，便在簌簌落下的一阵急雨里，快步向偏僻的书阁而去。

突然落下的急雨敲打着书阁的窗棂，顶楼的雨声异常清晰，项宜却仿佛没有听见，仍旧抄写着林大夫人吩咐她写的戏文。

可是不知怎么的，她总是写了不到半页，就写错字，旁边已叠放了一堆废纸，抄了半天，竟没有一张是完整抄好的。

她拿了一张空白的纸，又从头抄写起来，刚写到第十个字，神思一恍惚，再低头看去，笔尖晕开了一大片墨迹，这张纸又废了。

她看着那些被自己写废了的纸，苦涩而无奈地笑了笑。

这时，春笋端了茶水过来。

项宜抬起头，这才听见了雨声，轻声问道："下雨了？"

春笋说是阵急雨："约莫等云散了，雨就停了。"

项宜点了点头，端起茶盅喝了一口茶水，深吸了一口气，又缓缓地呼了出来，而后重新拿了一张空白的纸，放到了面前。

这回不能再写错了啊。她自嘲地笑了笑，再次提起笔来。

下一秒，天上"轰隆"传来一声雷鸣，楼下也传来一阵响动，似是有人一把推开了门，快步走了进来。

项宜听到熟悉的脚步声由远及近，提笔的动作顿住了。她抬头向楼梯口看了过去，下一秒，男人的身影一下就出现在了楼梯口。

笔尖刚蘸好的墨一下滴落在空白的纸上，晕开了一片。项宜看着男人大步走近，心跳莫名其妙地快了起来。

谭廷也看到了他的妻子。疾风骤然将她身后的窗子吹开，外面的雨从她身后卷了进来。

旁人都在花园里，或抚琴下棋，或吟诗作对，只有她在这潮湿而发闷的书阁里，一个人抄写着无关紧要的东西。

谭廷一步走上前去，看到了她写废的一摞纸，心里忽然一酸，抽出她手中的笔扔到了一旁，然后将她从书案前拉了起来，说道："好了，我们不写了，一个字都不写了。"

疾风吹着窗棂，雨丝亦随风轻舞。

项宜不知道他怎么突然来了，还没有问他，就听他先开了口，对她说道："姑母的话，你不要放在心上，好不好？那是她一厢情愿的主张，我并不知道，也从未点头。"

他认认真真地跟她解释，声音低低的、哑哑的。窗外的急雨似乎打在了项宜的心头，打得她心头颤了几分。

她应了他，轻声说道："我晓得的。"

谭廷听了妻子这话，握着她的手紧了紧，温声说道："那我们走，好不好？"

项宜想要说什么，却被他紧紧地握着手，随着他下了楼。

外面的急雨好似就要停下来了。

谭廷拉着妻子的手，正要离开此地，突然听见她低声叫了他一声，似是有话要跟他说。

"大爷……"

谭廷脚步微顿，然后才回过头，声音极轻地问了一句："你想说什么？"

雨势小了一些，一楼的书阁安静异常。

项宜觉得自己有必要跟他说一些话了。

他却在这时低头看着她的眼睛，闷闷地又问了她一句："宜珍不会是……不想要我了吧？"

项宜看着他的眼睛，张了张口，盘旋在嘴边的话最终没能说出口。

她摇了摇头，轻声答道："不是……"

"那就好。"谭廷看着妻子，越发攥紧了她的手。

这时，门外有脚步声渐近。

谭廷拉着项宜走到了门前。

急雨停了下来，林大夫人一眼看见了两个人，也看到了谭廷拉着项宜的手。

她连声叹气，见侄儿脸上还有未散的怒意，只好说了一句："好了，今日是春日宴，宾客众多，有什么事情回头再说吧。"

她可不想让别人看了笑话。

谭廷的目光从她身上掠过，往不远处人影绰绰的树丛里扫了过去，而后陡然开了口，声音不大不小，恰好能让附近的人都听见。

"回头也不必再说。"他一字一顿地说道，"谭廷只有这一个妻子，不会休妻，亦不会停妻另娶。"

树丛里的人影、树影都静止了。

"你……"林大夫人有些头疼，可也不好再说什么了。

项宜听了这话，脑中顿时一片混乱，诸多思量肆意盘旋。她抬头向身前高大挺拔的男人看了过去，定定地看了许久。

回到花园后，谭廷便找来了苗氏陪着项宜。

苗氏性子和顺，也没有什么心机，虽然不是合格的宗妇模样，但是能让人心生好感，使人愿意亲近。她和春日宴上的大多数人一样，并不晓得林大夫人的打算，自然也不知道项宜遭遇了什么，只是同项宜说说笑笑，又说起今日是她第一次见到程大小姐，没想到如此气质出众，又道槐川李家的两位小姐不知怎么了，脸色甚是不好看，宴会还没结束就回了家。

这种在宴会上早退的事情，总是不免要被人注意、被人猜测。正因如此，谭廷才忍着不快，留在了宴会上，没有立马带项宜回家。

苗氏见项宜性子柔和、平易近人，又与自己同是小门小户出身的宗妇，不免同她说起了心里话："要不是我家大爷说救命之恩无以为报，必须以身相许，我想李氏一族定然不会同意他娶我。我爹娘当时也甚是担心，不想我远嫁，亏得大爷待我很好……"

项宜听说过苗氏的事情，知道她只身把坠入山涧受了重伤的李氏宗子李程许救了回来。

宴会一结束，谭廷就让人来花厅接了项宜，甚至没有当面向林大夫人辞行，只让丫鬟通禀了一声，就带着妻子回了家。

马车上，项宜想到今日的事情，悄悄地看了身边的男人好几回。可他没有说话，只是绷着脸，攥着她的手。

项宜暗暗叹气。今日林大夫人的意思，她其实是应了的，只是不知为何，他好似并不晓得她应了。

她想了想，又看了他一眼，谁知他忽然转过头，眼神隐约含着不悦，低低地问了她一句："你难道有什么话要说？"

这话让项宜莫名其妙地想到了他在书阁里说的那句话——

"宜珍不会是……不想要我了吧？"

思及此，她将想说的话吞了回去，只是摇了摇头。

男人松了口气似的，瞧了瞧她，又想到了什么，开了口："我今日见到了程大小姐。"

程大小姐亦来了今日宴会，应该也是来相看的吧？项宜没有出声，不知道他怎么突然提起这个，却见他忽然从怀中拿出了一本书，竟是一本篆刻的图谱。

他淡淡地说道："是程大小姐割爱赠给宜珍的。"

项宜接过他手里的书，半晌没说出话来。

书上还有隐隐的香气。那位程大小姐怎么可能特意赠一本书给她？定然是他当着程大小姐的面提起了自己，程大小姐无奈才赠了书。

他却一副受之坦然的样子，还说了一句："不知是不是前朝真本。"

薄薄的一本书，项宜拿在手上却觉得沉甸甸的。

他又说起自己替她搜罗了几本书，过两日就能到京城了。

项宜拿着沉甸甸的书，耳边回荡着他的话，心里乱糟糟的，关于她其实应了林大夫人的事情，怎么都不忍说出口了。

她的目光轻轻地落在身边的这位大爷身上，而他又跟她开了口："此事是姑母太自作主张了。"

谭廷想到自己的姑母竟做出这种越俎代庖的事情，不由得说道："林家算得上世家之首，姑母又是林家的宗妇，兴许是掌权久了，便觉得什么事情都该由着她的想法处置。不过说起来，她这样强硬的行事作风倒是颇得林家看重，姑父似是从未因与她意见相左而吵闹过，或许正因如此，姑母越发喜欢万事自己做主了。"

他并不想替自己的姑母开脱，只是想到姑母竟然同项宜说了那些话，心里不免有些慌乱，想要宽慰一下妻子。

他解释了这些，又看向项宜，温声说道："宜珍万万不要把今日之事放在心上，可好？"

项宜默默地叹了口气，点了点头，应道："好。"

晚间，项宜给谭廷换药的时候，发现他好不容易长好的伤口竟然扯开了些许，连忙问道："大爷怎么把伤口扯开了？"

谭廷抿了抿嘴，看了妻子一眼，才说道："被不相干的人扯到了。"

他这么一说，项宜便猜到了，当下也不说话，只是替他解开沾了血的绷带，小心地替他擦拭了一番，重新上了药，包扎了起来。

夫妻二人都没说话。春夜里静悄悄的，只有庭院里的小虫子偶尔轻鸣两声。

项宜替他换了药，又净了手，见时辰不早了，便打算就寝。她刚坐到床上，忽然有人从后面环住了她，她顿时身子一僵。

男人将她抱了起来，在她的耳边轻言一句："宜珍，今日逢十了。"

项宜不知道他怎么总能把这种事情记得这么清楚。她刚要提醒他伤口未愈，他便抢先开口，在她的耳边说了一句："你上了药，我的伤就好了。"

外面虫鸣阵阵，窗缝间挤进了深春温暖的风。

她听见他又开了口，嗓音有些发哑。

"宜珍，我想要……"

项宜微顿。他又想要孩子了？

他却在片刻的停顿后，将这句话说完了："项宜珍，我想要……你。"

夜深人静，纱帐垂落着，帐内湿热之气盘旋。

不同于以往那般倒头就睡，今夜项宜不知怎么的，并没有什么睡意，在床上躺了两刻钟，还清醒着。倒是深更鼓响，明日是谭廷第一日上任，他不得不先歇下了。

绵长的呼吸声在耳边起伏，项宜见他睡熟了，慢慢地坐起身来，绕过他下了床。

天渐渐暖了起来，她倒了杯茶水，拿着杯子轻手轻脚地走到门外，只穿着单衣，竟也不觉得外间风凉。

谭家老宅的人都睡熟了，只有初生的夏虫还在啾鸣。

项宜坐在廊下的红漆围栏上，目光自院中葱郁的花草一路往上，看到尖角弯弯的房檐，看到天上明亮的月。

今日发生的事情从她眼前闪过。林大夫人提出那意思的时候，她并没有任何意外的感觉，因为她一直晓得自己和谭廷不会长久。她答应了，亦避开了林大夫人给他安排的相看。

那时，她以为他们就能这样慢慢地分开了，自己会在一个合适的时候离开谭家，离开京城，也不会再去清峤，而是返回老家，与弟弟妹妹一起生活。他则会在她离开后重新娶妻，娶一个世家大族出身的女子。他想要子嗣，他们也一定很快就会有孩子。而她与他，各安天涯，此生不会再相见了。

可他陡然闯进了书阁里。

他扔了她手中的笔，拉着她的手下了楼，当着林大夫人和旁人的面，没有一点儿犹豫地告诉他们，也告诉她，他只有她这一个妻子，不会休妻，亦不会停妻另娶。

他的那些话说得她的脑子都乱了起来，也说得她的心快跳了许久。

她晓得他对她有愧疚，有补偿心理，甚至也有些情意，亦对她说过不会休妻，可今日他当着众人的面，牵着她的手，就这么坦诚地说了这些话，一下子就把她这些年所幻想的好聚好散的情景打破了。

原来他的情意，不只是她以为的那些而已。她突然就有些迷茫了，不知道与他的前路在哪里。

他们确实世庶有别，她贪官之女的名声也确实于他仕途有碍；他还是一族宗子，背负着传宗接代的责任，而她身有宫寒之症，子嗣艰难。如果不能好聚好散，她该怎么办呢？

一阵风自庭院深处的树丛里吹了过来，吹得树叶"沙沙"作响，吹得项宜单薄的衣衫轻晃，也吹得人冷了起来。

她也不知道该怎么办了。他直直地看着她，问她是不是有话要说的时候，她原本要说的话实在没能说出口。

泛着凉意的风又大了一些，庭院前后寂静无声。

项宜端起茶杯，饮了一口温热的茶。

她身有宫寒之症的事情，是必然要告诉他的，可如果现在就告诉他，那么不用他回应，项宜也能猜出他的答案。他能说出不会休妻、不会停妻再娶的话，也就不会因为子嗣而立刻跟她好聚好散。

南面檐角上悬着的一颗星闪了闪。

项宜忽然有点儿鼻子发酸。这么多年来，母亲病逝的时候，父亲获罪流放身死的时候，弟弟不能科举被人欺凌的时候，妹妹卧病在床命悬一线的时候，甚至她第一次去谭家，却一个人都没见到，只能无功而返的时候，她都没有像此刻这么无措过。

眼下，他定是不肯放她走了，她亦不能留下一封书信便一走了之，可他们这样的状况，又能怎么办呢？

树丛深处的冷风不断吹来，项宜抽出帕子揉了揉鼻子，半晌才觉得好了一些。也许，她只能等了，等他们都冷静一些，再把这些事摊开来说，好好地做一个决定。

想到这里，项宜深吸了一口气，缓缓地呼了出来。

风小了许多，夹带着一丝竹子的清香。

没有人，也没有事相扰，项宜半垂着头，轻轻地靠在一旁的木柱上，抱住了自己的手臂，缓缓地闭上眼睛。

不知过了多久，忽然有件衣裳披在了她的肩头。项宜一怔，转头向身后看了过去，才发现原本熟睡的大爷不知什么时候来到了她的身后。

谭廷方才醒了，却没发现枕边的妻子，便起身去寻，竟在屋外的廊下看到了她。她独自坐着，闭着眼睛，不知道在想些什么。

这会儿见她朝自己看过来，谭廷便观察着她的脸色，问道："怎么坐在这儿，不冷吗？"

她摇了摇头，说："不冷。妾身只是睡不着。"

为什么睡不着呢？谭廷疑惑地看着她，可她没再说话了。忽然间，他察觉有一只微微发凉的手碰到了他的手，不禁一怔，而后低下头，就看到自己的手被一只纤细的手握住。

谭廷只觉得自己的心跳都停了，不由得睁大眼睛看向身边的妻子。

她有些不好意思地清了一下嗓子，而后极轻地拉了一下他的手，道："大爷明日还要上衙，快回去睡吧。"

天上的星光亮了一时，夜风化作无数柔软的情丝，丝丝缕缕地缠绕在了谭廷的心间。这一瞬，他心里的疑问尽数消散。

他低头向妻子看去，见她轻轻地垂着眸子，嘴角却含着温柔的浅笑。

他立刻反手将她的手握在了掌心，问道："那你呢？"

"我亦回去睡了。"

谭廷笑了起来，温声说道："好。"

翌日，谭建遵照大哥的意旨，必须前去薄云书院读书了，非放假不能回。

他使了些小性，早间要求在西跨院单独与杨蓁吃饭。谭廷同意了，正好自己也能单独同项宜用早饭。

今日是谭廷第一天去上衙，穿了四品文官的绯红绣云雁官袍。项宜环着他的腰，为他束了腰带。他挺拔地立在那儿，整个人英姿勃发、神采奕奕。

通政官下通万民、上达天听，是人少却紧要的衙门。谭廷这会儿还没上任，便得了不少消息，吃饭的时候还同项宜说起广西武鸣科举舞弊案查得差不多了，凤岭陈氏这次难辞其咎，就算有封疆大吏在朝，也要被重罚了。不过春闱就在这两日，朝廷想等春闱结束后再行处置。

这对寒门庶族来说是莫大的好事，项宜听了自是高兴。

时候不早了，谭建和杨蓁也吃完饭了，特意从西跨院过来，一同送谭廷出门上衙。

谭廷瞥了一眼自家弟弟，难得没有训斥，而是勉励了一句："勤勉用功，日后这绯袍自然也会穿在你身上。"

谭建本来还有些郁闷，眼下听了这话，那点儿郁闷便一扫而空了。他看着大哥身上颇具官威的绯袍，正正经经地应了一句："是！大哥的话，弟弟记下了。"

谭廷朝他点了点头，"嗯"了一声。

项宜将谭廷送到门口的时候，他突然想起什么，嘱咐了一句："晚间不必等我，我今晚多半要与同僚饮酒了。"

去衙门入职的第一天，确实有这样的规矩。项宜点了点头，末了还是忍不住提醒了一句："大爷少喝些。"

谭廷笑了起来，说道："你还不晓得我的酒量吗？"

项宜晓得，却还是无奈地又说了一句："那也少喝些。"

她的嗓音十分轻柔，谭廷听了，再说不出旁的话来了，亦轻柔地应了她："好，我都听你的。"

这般说着，正吉着急地催促起来，他才出了家门，翻身上马，同众人挥了挥手，上衙去了。

项宜在门前站了一会儿，转头正要问谭建几时出发，不想有人快马加鞭地到了门前。她不认识那人，却见那人穿着谭府暗卫的衣裳，不禁微怔。

那人走上前来，跟她行了礼，而后说道："夫人，属下是大爷吩咐留在寓少爷和宁姑娘身边的人。"

项宜一听，心跳快了一拍，连忙说道："怎么了？"

那人答道："宁姑娘出了些事，您还是过去看一下吧。"

第十五章
探卿心

昨日下晌，项宁在家门口发现了一个走失的孩子，怕孩子家里着急，就带着孩子去寻路，将那小孩送回了家。

项宁回家的时候天色有些晚了，她夜里瞧不见东西，只能匆忙往家里赶，不想撞到了几个路过的行商。

那几个行商见她年轻貌美，又是独自夜行，便言语调戏起来，还向她动手动脚。

项宁吓得转头就跑，好不容易把那几个行商甩开了，却因夜里看不清路，不慎掉进了水沟里。

眼下，谭家的暗卫连连告罪："是属下失职！因为宁姑娘甚少出门，属下以为没什么事就去吃饭了，没想到回来就发现宁姑娘不见了。好在有一位世家公子恰好路过，把宁姑娘从水沟里拉了上来。姑娘崴了脚，擦伤了几处，倒没什么别的伤处了，不过也确实受了惊吓。"

项宜听到妹妹有惊无险，提上来的一口气总算松了下去。倒是萧观听完回禀，脸色冷肃地将那暗卫叫去了一旁。

谭建闻言也吃了一惊，杨蓁更是说道："大嫂不如把宁妹妹接来府里吧，正好也能与我做个伴儿。"

县城和书院之间有段距离，项宜便没让谭建陪自己，遣了他去书院，独自去了项寓和项宁租住的小院。

她走到小院的门前，就见屋内走出一个上了年岁的老妇人。

那老妇人见了她，上下打量了一番，问道："这位夫人是……？"

项宜想起弟弟说过，他们租下的院子隔壁恰好住着项寓一位同窗的寡母，约莫就是这位老妇人了。

她回答道："我是宁宁的长姐。"

老妇人"呀"了一声，一边说自己是隔壁邻居，一边多看了项宜一眼，忍不住说道："恕老婆子眼拙，没想到您和宁姑娘长得不甚相像，因此一眼没认出来。"

她说着，又惊奇地看了项宜一眼，说道："说起来，您和寓哥儿倒是有六七分相像。"

项宜并未回应这话，只是朝她笑了笑。

项宁受的伤不算严重，不过瞧起来着实狼狈，脸上有几道擦伤，最紧要的是崴了脚，近期不能走动了。

项宜看着她，再次说起接她去京城谭家住。

项宁连忙摆了摆手，说道："姐姐别担心，我没什么大事，此次不过是个意外，日后我定然不乱走了。"

她本就身子不好，又有夜盲之症，一年到头也出不了几回门。之前项寓在青舟书院读书，每日都能回家，还能带着她出门转转，如今项寓每隔五日才回一趟家，她只能待在院中不出门了。

项宜还是想带她去京城，说道："你一个人住在这儿，姐姐怎么放心？"

项宁想了想，说道："要不等寓哥儿放假回来再说吧，不然他下次回家岂不是要扑空了？"

项宜看了妹妹一眼，却见妹妹打量着她，而后笑着对她说道："姐姐同谭家大爷是不是越发好了呀？从前姐姐可是不提谭家的。"

项宜之前确实不会提谭家，项寓和项宁也没有去过清崛谭家的府邸。

项宜不自在地清了一下嗓子，看了她一眼，说道："你想听我说什么？"

项宁不答，只是捂着嘴偷笑起来。项宜被她笑得脸都有些热了。

好在项宁很快想起了别的事，说道："谭家大爷还派了暗卫护着我，改日我会专程同谭家大爷道谢。只是阿寓是个爱记仇的，未必肯领他的情。"

项宜叹了口气，她同那位大爷的关系尚且没理清楚，更不要说项寓了。

她想了想，也没再说立刻带着项宁进京的话了，转而说道："我这几日就留下来，等寓哥儿回来再说吧。"

京城。

谭廷晚间与同僚饮了不少酒，走出酒楼的时候，脚下还晃了晃。

正吉不敢让大爷骑马，连忙叫了马车来。

谭廷在马车上小憩了一会儿，待进了家门，突然想起妻子早上的嘱咐，不由得打起几分精神来，询问正吉："我看起来像喝多了吗？"

正吉答道："回大爷，有点儿像。"

谭廷一阵无言，又小声地问了一句："不知道夫人会不会生气？"

他想到她昨夜在廊下主动握了他的手，早间更是嘱咐他少喝些……这会儿他喝得有一点点多了，她是不是也会有一点点生他的气？不过应该不会不理他。

酒意上头，谭廷胡乱猜着，嘴角越发扬了起来。然而下一秒，正吉回答了他的问题："不会的，夫人不会生气的。"

"不会？"谭廷脚下一顿，转头看了正吉一眼，皱起了眉。

正吉被这眼神惊得一怔，却还是实话实说："回大爷，夫人今日没在家呀。"

"嗯？"谭廷向正房瞧去，就见房中果然没有光亮。

他抬脚快步进了房中，发现房中冷冷清清的，不由得愣了一下，酒醒了大半，问道："夫人呢？"

正吉这才把项宁受伤的事情说了，又说道："夫人留在那儿照看宁姑娘了，道是过几天再回来。"

"那怎么行？"谭廷拧眉吩咐正吉，"明日你去一趟，将夫人和宁姑娘都接到府里来。"

谭廷如今是正经官身，除了放假日，其他日子里是要按时上衙的，不然他倒是想亲自去接人。

这晚妻子不在家，他只能自己洗洗睡了。

第二日，谭廷一散衙就回了家，却发现妻子还是没回来，连忙问正吉："这又是何故？"

"回爷的话，宁姑娘伤了脚，不便行动，夫人也说等寓少爷放假，同他商议了再说。"

谭廷听了，遥遥地往薄云书院的方向看了一眼，却只看到自家的四角庭院。他闷闷地不说话了，半晌才想起了什么，吩咐正吉请一位老到的郎中去给项宁看脚伤，然后一个人回了房里。

西跨院也比往日寥落了许多。谭廷听说自从谭建去了书院，弟妹便心绪不宁，每日让人来回传信，甚是想念他那没出息的弟弟。

同样是父亲生前为他们兄弟定下的妻子，弟弟的妻子对夫君思之如狂；他的妻子却气定神闲，一点儿回来的意思都没有。

明日就是春闱了，谭廷吩咐了人把今次进京赶考的谭氏族人安置妥当，待考试结束便将他们接回住处歇着，等待放榜。之前在京畿带头闹事的何冠福等人也递了帖子过来，说是考试结束后想来拜会他，他自然答应了。

世庶两族本该如此共处，这次春闱便是个契机。太子那边的意思亦是借此机会让寒门出身的考生安心，朝廷并没有弃他们于不顾，科举也一直为他们留着青云之路。

可惜的是，挑唆闹事的人和刺杀谭廷的人都还没有找到，谭朝宽一事一时半会儿也没有线索。

谭廷翻了翻邸报，就回房中睡下了。

他做了一个梦，梦里不知怎么乱糟糟的，一时是在清峋老家的河边，陈氏的兵马在狂奔，而他拿着一封休书，怎么也找不到项宜；一时又到了突然闹事的领水县，百姓们冲了上来，他转过身，却看不到身边的人，只看到火光漫天。

下一秒，周遭骤然安静了下来，四下里潮湿而烦闷，是林府的书阁。他一路寻过去，终于看到了妻子，却看见她和姑母站在一处，见他来了，只是回头看了他一眼，便转身出了门去。他一怔，立刻追了过去，可外面黑黢黢的，她走得悄无声息，一点儿影子也没有了。

"宜珍！"

谭廷突然睁开了眼睛，看见月光从窗外照进来，不由得恍惚了一下，才发现刚才只是做了个梦。

他怔了一时，起身下床点了灯，给自己倒了一杯水喝，不由得就想到了春日宴归来的那天晚上，他们燕好之后，总是很快入睡的她却半夜起身去了外面，一个人坐在廊下，不知在想什么。

夜已经深了，烛光晃了一晃。

明日还要上衙，谭廷便没再耽搁，吹熄了蜡烛，回到了床边。见床榻靠里的那半边空空的，他抿着嘴，也不知道是说给谁听，低语道："还不快些回家。"

翌日，项宜一早起来就打了几个喷嚏，不由得想到了京里的那位大爷，便往门外看了几眼，不想还真的有人上门来了。

见正吉又来了，项宜眼睛亮了几分，问道："大爷怎么又让你过来了？我不是说了过几日就回去吗？"

正吉笑道："大爷记挂着夫人，也记挂着宁姑娘的脚伤，让小的从京中请了一位大夫过来。"

项宜眸中越发闪动起柔和的光亮来，嘴角亦挂了些笑意。项宁坐在旁边看着她，不由得愣了一阵。

正吉请来的老大夫曾跟着太医修习过两年，医术颇为高明。他先为项宁看了看脚伤和各处擦伤，又切了她的脉，然后惊奇地问了一句："姑娘是否有夜盲之症？"

项宁点了点头。

项宜顺着他的话问了一句："您可有治这夜盲的办法？小妹这次摔伤，便是因为这夜盲之症。"

老大夫再次为项宁切了切脉，又看了看她的眼睛和气色，然后竟把项宜的眼睛也看了看。

项宜从前也带妹妹看过大夫，只是治来治去都未见好转，而面前的这位老大夫连她的眼睛也看了，她顿时觉得此人不一般，妹妹的眼睛想必能治了。

老大夫诊完了项宜，捋着胡子问了项家众人的情形，听闻一奶同胞的项寓和项家爹娘都没有此症，不由得愣了一下，半天没说话。

项宁眨了眨眼，问道："大夫，是不是我这病不好治？其实只要晚间不出门，倒也没事。"

老大夫捋着胡子，还是没说话。

项宜想到了什么，眼皮跳了一下，当即请了大夫到外间无人处说话："您是不是有什么顾虑？"

老大夫看了她一眼，说道："不瞒夫人，二姑娘这病不是寻常的夜盲之症，恐怕是娘胎里带来的，换句话说，二姑娘的祖辈、父母辈必然也有人身患此病。"

项宜愣了一下，却没有多言，只是问了一句："不晓得这样祖辈传下来的夜盲症能否治好？"

老大夫脸色凝重，说道："老朽还没治过这种病，只是听闻有一地方常见此病，还需要回京再问一问才行。"

项宜点了点头，往项宁房中看了一眼，而后，低声同老大夫说了一句："小妹这病便劳烦您了，也请您万万不要告诉任何人。"

老大夫常在京中富贵门庭走动，怎能不知道此间道理，当即便说道："夫人放心，老朽必然守口如瓶。"

老大夫留下方子和药膏，便先行离开了。

项宁宽慰项宜道："治不好也没关系，姐姐莫要担忧。"

项宜对她笑了笑。

项宁又想起了什么，算了算日子，说了一句："寓哥儿过两日就要回来了，姐姐莫要告诉他，我是因为被行商骚扰而慌不择路地掉进水沟，不然他定要去寻人家晦气的。"

那些行商已经被绑到衙门挨了板子，项宁不想将事情闹大。

项宜晓得她的意思，也知道自家弟弟的脾气，又想到了什么，便说道："不让寓哥儿知道也好。"

薄云书院。

谭建入学的第二天，便见到了他异父异母的"亲兄弟"，当即喊道："呀，寓哥儿！"

项寓正在竹林里的石桌旁背书，见是谭建，不怎么想搭理，只行了一礼便罢了。谭建偏偏走了过来，上来就拍着他的肩头说了一句："别担心，你姐姐没事的，你在此安心读书即可。"

他一听就瞪了眼，怒道："你们谭家又把我长姐怎么了？！"

谭建吓得退了一步，连忙说道："没有，我们没把大嫂怎样！我……我说的是你二姐……"

谁知他这么一说，项寓的眼睛瞪得更大了。

"宁宁？宁宁怎么了？！"

项宁扭伤了脚，坐在床上不得动弹，便暗暗想着该编个什么谎话，才能不被项寓看穿。

这时，院子里突然响起一阵急匆匆的脚步声。

项宁一愣，坐直了身子向窗外看去，竟然瞧见穿着靛蓝色长袍的少年快步走了过来。

她眨了好几下眼睛，就见门帘被人撩起来，有人一步踏进了屋子，还带进来一阵风。静悄悄的房中，少年急促的呼吸声显得异常清晰。

项寓看着项宁，在看到她一脸的伤时，眉头紧紧地皱了起来。

"阿寓，你怎么回来了？今日不放假啊……"

项寓没有说话，两步走到了床前，坐在了床边的凳子上，定定地看着她。原本好端端的一张脸，此刻却像被猫挠花了似的，多了好几道血痕。

"还疼吗？"他的嗓音有些低沉。

"不疼了。"

他将手放到了她的脚踝上，又问道："崴得厉害吗？"

项宁愣愣地摇了摇头，没有出声。今日不放假，他却突然跑了回来，进了门就连着问她，她根本反应不过来。

项寓的眉头越皱越紧了，目光落到了她的眼睛上。下一秒，他又说道："为什么要乱跑？不是跟你说过，过了申正就不要出门了吗？"

过了申正便是黄昏了，项宁在夜间看不见东西，不便出门。她一向是听话的，从不乱跑，只是那日那个走失的小孩出现的时候，恰好还没过申正。

项宁道："那会儿还差半刻钟……"

听她这么说，项寓眼睛都瞪了起来，对她说道："半刻钟？你知不知道北地天黑得早，天转眼就黑了？"

项宁不知道他为什么会这么生气，连忙说道："其实那小孩家不远。"

"你……"项寓觉得自己跟她没什么可说的了，直接说道，"那你以后老实些，过了申时就不要出门了。"

他往前提了半个时辰。

"那也太早了吧！其实天越来越热了，黑得也越来越晚了。"项宁不乐意了。

"你不晓得自己在晚上看不见吗？我不在家，你再出了事怎么办？我看你以后连下晌也不要出门了！"

项宁听见这话，也生了气，说道："你这也太小题大做了吧？"

谁料项寓因着她这话更生气了，说道："我小题大做？你到底知不知道外面有多危险？！"

项宁也急了，说："我知道呀，我会小心的，你这么凶做什么呀？"

"我……"

这时，项宁一眼看到了走进来的人，委屈地说道："姐姐！你看阿寓，那么凶，还专门从书院跑回家来训斥我！"

403

项寓这才察觉项宜来了，愣了一下，连忙起身给项宜行礼，说道："长姐也在？"

项宜点了点头，说道："宁宁的伤还没好，我留下来照看她几天。"

项宜方才就听到了院中急促的脚步声，到了门外更是听见两个人你一言、我一语地吵了起来。她看了一眼满脸不快的弟弟，问道："你怎么从书院回来了？"

"我听谭二爷说了此事，就跟先生请了半天假，赶回来了。"他恨恨地说道，"那些行商在何处？只打他们几板子，也太便宜他们了！"

项宜本想瞒着弟弟，没想到千算万算，把谭建算漏了。这会儿见他知道了，她只好劝道："那些人挨了板子，都离开此地了，你还要天南地北地找人寻仇不成？好了，我会留下来照看好宁宁，你回书院读书去吧。"

项宁也委屈地说道："快去吧，免得在家吵我。"

项寓听见项宁这话，忍不住瞥了她一眼，道："没良心！你——"

话没说完，他留意到了长姐定定地落在自己身上的目光，倏然闭了嘴。

房中静了一下，项宜看着项寓，不由得想起自己几次提起让项宁跟她一起住，都被项寓否了。她起初以为弟弟是对大爷心有芥蒂，可后来在京城一道吃茶的那次，大爷亲口说了让妹妹去谭家住，项寓还是不肯同意。

彼时她只觉得是两个人住在一起久了，怕分开了不适应，可眼下看来……

项宜疑惑地又看了项寓一眼，对他说道："说起来，宁宁一个人住在这里确实不合适，待你下次放假，就把房子退了，宁宁搬到谭家与我同住。"

她这么一说，项寓便说道："谭家不合适。"

项宜看着他，说道："那怎么办？宁宁又不能搬到书院与你同住。"

项寓不出声了。

他看了看受伤的项宁，又看了看自己的长姐，见长姐若有所思，不得不收敛了神色，说道："我知道了，就按长姐说的办吧。"

见他答应了，项宜不由得松了口气，说道："那你下次放假时，就把房子退了，往后放假就同建哥儿一道回谭家吧。"

她听见弟弟嘀咕了一句："长姐倒是同谭家大爷和好了。"

项宜并没有回应弟弟酸溜溜的话，不管她和那位大爷以后怎样，先把眼前的事情处理好再说。好在弟弟也没有多说什么，看来对谭家的态度也有所缓和。

她算了一下时辰，没有再留项寓，催促他回了书院。

翌日下了雨，雨后天气越发热了，项宜正不知京城如何了，就见正吉又来了一趟，不由得一愣，问道："怎么又来了？我过些日子自然会回去的。"

她拢共才来了五日，正吉就来回跑了三趟。

正吉却说道："夫人，是二夫人胎好像不太稳，想请夫人回家照看一二。"

项宜听了这话，才恍然想起家中还有一个无人照看的孕妇弟妹。

项宁在屋檐下晒太阳，听了也说道："姐姐还是回去吧。我好多了，这几日慢慢收拾一下东西，过些天搬走便是。"

项宜思量了一下，想到谭廷派来保护项宁的护卫已由暗转明，妹妹应该不会出什么事，就把乔荇留下来照看妹妹，自己跟着正吉回了京城。

项宜回到谭家后，却见杨蓁好端端地在花园里钓鱼，虽然是无聊了些，但是身体什么事都没有，一会儿的工夫就钓了两三条鱼上来。

项宜看了一眼把自己接回来的正吉。

正吉："……"

项宜还没问话，正吉就缩着脑袋跑开了。

天色不早了，项宜回房换了身衣裳，就有人散衙回了家。那人快步到了廊下，隔着竹帘还没瞧见她，便向房内唤了一声："宜珍！"

项宜听了，掀了帘子走出来，就见男人已到了她身前。她瞧见他满脸的笑意，想到今日正吉扯谎将她接回来的事情，不由得轻轻地瞪了这位大爷一眼。

谭廷自然不会提这件事，只是低头看着眼前的人，声音低低地说道："上衙有些日子了，今日还是第一次在散衙后见到夫人。"

没头没脑的一句话，带着些微的怨怪。他的目光一直落在项宜的脸上，项宜听了这怨怪、感受到落在自己脸上的目光，耳根不由得有些发热。

"天热了，大爷还是先换衣裳吧。"

谁想他说了一句："我不热，是夫人热了吗？"

说完，他的目光定在了她有些发红的耳垂上。

项宜："……"

晚饭时，因项宜回来了，杨蓁的话就多了一些，听说项宁就要搬过来了，项寓也要和谭建一起来回书院，她连连道好。然而不知道是不是太兴奋了，她吃着吃着，突然难受了起来，总是要吐，卢嬷嬷只能扶着她回了西跨院。

饭桌上只剩下谭廷和项宜。项宜想着自己的弟弟妹妹，吃饭就有些心不在焉了。

谭廷瞧了瞧妻子，见她不知在想什么，连他给她夹菜也没注意，不由得问她："在想什么？"

项宜在想那日项寓匆忙赶回家，同宁宁说话的样子。她有一个很不可思议的猜测，只是暂时不能确定，也不便说出来，便摇了摇头，说道："没什么。"

她说完，给谭廷夹了一筷子菜，有些掩饰的意味。

饭厅外的檐角有黄鹂驻留，叫了两声，却显得厅里更安静了。

谭廷看了身边的妻子一眼，见她不肯告诉他，便也没有开口了，只是垂下眸子，又给她夹了一筷子菜。

罢了，只要她没有把他全然抛在脑后也就是了。今日是什么日子，她应该不会忘吧？

晚间，项宜还在琢磨弟弟妹妹的事情。

弟弟妹妹年纪不小了，项寓还好，当下应以学业为重，可妹妹项宁确实到了该订婚的年纪。这些年，因着父亲的名声，他们姐弟过得艰难，项宜便没怎么想过弟弟妹妹的婚事，如今看来，却是不能耽误下去了。她思量着回头同项宁商量一下，问问小姑娘自己的意思。

项宜料理完家中琐事，就洗漱了一番，准备睡下了。

谭廷看着妻子，见她一晚上都没有主动跟他说话，而是陷在自己的思绪里，完全不知在想些什么，这会儿更是盖好了被子，就要直接睡了，不由得闷闷地问了她一句："宜珍还记得今日是什么日子吗？"

被他这么一问，项宜才转头看了他一眼，反问道："什么日子？"

谭廷抿着嘴没有说话，站在床前，低头看着她，慢慢地解起了衣裳。他今晚穿了一件青色暗纹锦袍，劲瘦的腰间束了皮质金边镶翡翠腰带。

项宜愣了一下，直直地看着他。

他脸色稍沉，嘴角下压着，目光一错不错地看着她，解开了腰间的皮质腰带，随手扔到了一旁的交椅上，而后拉开了锦袍系带。

窗外的月亮圆圆的，洒下满院的清辉，亦悄然洒进了房中。

项宜心里一跳，终于想起今日是什么日子了。

"大爷……"

男人歪着头看了她一眼，脸色不变，嗓音却哑了几分，带着些微的不满，问道："想起来了？"

项宜抬眼看着他，莫名其妙地有些想退缩，可男人已伸手将她搂到了怀里……

许久过去，骤雨停歇，项宜纷杂的思绪亦一扫而空，沉沉地睡着了。

谭廷用一件薄衫将她纤瘦的身子裹起来，拢在怀中，才稍稍地松了口气。只是她到底在想些什么，缘何从来不肯同他说一说呢？

京城一处宽阔宅院内，寂静无声，连鸟鸣、虫鸣也无。程云献跪在只有气死风灯照出白光的庭院里，向廊下看了过去。

廊下站着一个身着锦袍、腰束玉带的中年男人，下半张脸被黑色纱巾遮住，让人看不到全貌。

男人居高临下地看着她，半晌才嗓音阴沉地说了一句："要么进谭家，要么就入后宫跟你姑母做伴儿，你自己选吧。"

入后宫……皇帝都年过五旬了。

那人说完，瞥了一眼跪在庭院里的程云献，甩手回了房中。

气死风灯被风吹动，惨淡的白光照着整个院子。半晌，程云献才缓缓地站起身来，离开了这座院子。

丫鬟早就等在外面了，见她出来，连忙拿了披风上前，说道："老爷怎么又让姑娘跪这么久？"

明明姑娘是老爷亲生的女儿，这几年老爷却没有给过她一丝好脸色。

程云献却已习惯了，面无表情地拢了拢披风，说道："所以，我们得快些了。"

天色未大亮，谭廷就要早起上衙了。

他不舍得扰了妻子的清梦，轻轻地抽出手臂，将她的脑袋放到了枕头上，替她拢了拢锦被。只是他越想轻声些，越是弄出了声响，去找昨日随手扔到一旁的皮质腰带时，竟撞了一下床边的交椅。

项宜一惊，从梦中醒了过来，直愣愣地坐起了身子。

谭廷抱歉地看向妻子，轻声说道："你再睡会儿吧。"

说着，他便去扶她重新躺下，只是他指尖刚碰到她的肩头，她就下意识地缩了一下。

谭廷晓得昨夜自己带着些情绪，颇为用力，才这般吓到了她，当下少不得又软下了口气，温声说道："这会儿还早，我去上衙，你再睡会儿。"

项宜昨日怎么睡下的已记不清楚了，只晓得他不知道怎么了，同她过不去似的，在帐中纠缠了许久。

这会儿他好生说话了，她只是看了他一眼，没有出声。

见她不言语，谭廷这才慌了神儿，连忙低声同她道歉："昨日是我不好，你别生气。待二十那日，我必不这般了。"

项宜见他还想着下一次，忍不住说道："大爷近来实在无有节制，合该休歇两月。"

休歇两月？谭廷听了，惊讶地看了妻子一眼，接着目光一暗，说道："看来宜珍不想同我亲近……"

"妾身不是此意，只是……"

这次没等项宜说完，谭廷便说道："我以后不那般了。"

他都这么说了，项宜也没什么可说了，只好拢起了身上的衣裳，提醒他时候不早了。

谭廷松了口气，又瞧了妻子一眼。他昨日那般，还不是因为她总是心里藏着事似的，什么都不肯告诉他。

他一时没走，静静地坐在床边，直到妻子不甚明了地看了他一眼，他才开了口："宜珍要记得，你我是夫妻。"

到了放假的时间，项宜提前一日去了弟弟妹妹租下的院子，想着帮着收拾一番，退了房子，把妹妹接到身边来。可她到了那小院，竟然发现弟弟项寓也提前回了家。

项寓一边收拾着院子里的东西，一边低着头解释："我有些感染风寒，先生便让我提前回家歇一歇。"

项宜好生打量了弟弟两眼，还是没看出他有任何病态。

项宁脸上的伤好了，只剩下些许浅红色的印子，脚伤也好了许多，她听见项宜的声音，便从房中走出来了。

她刚走出来，项寓就回头看了她一眼，说道："你又走动做什么？还不快回屋坐着！"

项宁不肯，说："再坐在屋子里，我就要发霉了。"

听她这么说，项寓皱了皱眉，却也没再说什么，只是拿了个机凳放到她身后，说道："那就坐在屋外吧，别乱走动就是了。"

项宁这会儿倒是没反驳他，听话地坐了下来，还同项宜笑道："姐姐你看，阿寓是个操心的命。"

项寓瞥了她一眼，没说什么，继续收拾着院中的东西，见项宜目光落在他的身上，才顿了一下，说要把几张凳子送给邻居，便转身出了院子，往隔壁去了。

项宜看了弟弟好几眼，才收回了目光。

外面忽然传来了敲门声，项宜打开院门一看，竟是一位十七八岁的锦衣公子，穿着得体，相貌堂堂。

项宁站了起来，说道："赵公子怎么来了？"

原来这就是那日把项宁从水沟里救起来的人。

这位赵公子名唤赵嘉，出身江南一个不大不小的世家，如今同项寓一样是秀才，走了京中亲戚的关系到薄云书院来读书。因着初到北地，水土不服，便先在书院外调养半月，前几日出门散步，恰好撞见了落入水沟的项宁。

他见了项宜，倒是一眼就认了出来，说道："是谭夫人吧？"

他通报了姓名，同项宜行了礼。

项宜亦还了礼。可惜他们正要搬家，家里乱糟糟的，也没法好生招待恩人一番。

赵嘉并不介意，先问了项宁好些了没有，见他们要搬走，又问："夫人是要把姑娘带去京城谭家吗？"

项宜点了点头，说道："妹妹独自住在这处到底不方便。"

赵嘉又要说什么，恰好项寓从隔壁回来了。他一看见赵嘉就目露三分防备，直到听说是赵嘉救了项宁的人，才上前正经行了礼。

赵嘉不晓得项寓是谁，听到项宁说了，才惊讶地打量着他，说道："没想到是宁姑娘的双生弟弟！今次一见，真是一表人才！"

他如此客气，项寓自然也不能缺了礼数，便也客套了两句。

项宜吩咐乔荇把桌椅收拾出来，好歹泡一壶茶招待人家。那赵嘉对此倒是不在意，反倒同项寓攀谈起来，说起了薄云书院的事情。

听闻项寓是自己考进去的，他惊讶得不行，说道："我还以为是谭大人帮衬，没想到贤弟竟是凭着自己的本事！"

他看向项寓的目光一时间亮了几分。

项寓见惯了这般目光，没有多说什么。

赵嘉忽然话锋一转，声音小了几分，似是有些羞赧，问了项寓一句："其实我今日来是想问一问，宁姑娘有无婚约在身？"

他问了这话，脸色红了些许。

赵嘉那日从水沟里救起那狼狈姑娘的时候，便有些心动了。这些日子，他先让人打听了一下项家的事，又加急往家中送了信，得了家中首肯，才上门来问的。

只是他这么一问，却见项寓神色一僵，没有回答。他以为项寓是收拾东西累着了，又见院子里乱糟糟的，今日确实不便聊这件事，便拿出江南特制的去疤药膏给了项宁，偷偷地看了她几眼，先行告辞了。

赵嘉离开后，乔荇就跟项宜说了赵嘉打听项宁是否婚配的事情。

项宜方才从赵嘉的举动也瞧出几分来了，眼下听了乔荇的话，若有所思地说道："说起来，宁宁确实不小了。"

都十六了，正是定亲相看的年纪。

"夫人觉得那位赵公子如何？若赵家当真上门提亲，您答应吗？"

谁料项宜还没有回答，项寓突然走了过来，说道："姐姐不要答应！"

项宜讶然回头，看到了脸色青白的弟弟，不由得沉默了一会儿，让乔荇先下去了。

见四下无人，她低声问项寓："为何不能答应，寓哥儿可有个正经理由？"

项寓目光闪了一下，说道："那赵嘉怎么说也是个世家公子，我们项家却恶名在外、落魄潦倒，他想娶宁宁并不是因为不在乎这些，而是因为长姐在谭家做宗妇。纵然我们项家名声不好，可是有谭家做靠山，他便觉得宁宁的出身也不算太差了。"

说到这里，他抬头看了项宜一眼，才继续说道："若哪天长姐不是谭家的宗妇了，他也能好好地待宁宁吗？"

项宜本想听听他能编出什么理由，没想到他还真说得有道理。项家是什么名声，在世家眼中又是怎样的存在，她心里还是有数的。

她看了项寓一眼，没有否定他的话，只是说道："我会好生思量的，这些事情就不用你操心了。"

项寓闻言，脸色僵了僵，不过到底没再说什么，转身离开了。

因为赵嘉的事情，项家姐弟今日便没有搬成家，又在此地住了一晚。

晚间，项宜状似无意地同妹妹说了赵嘉的意思。

项宁吓了一跳，说道："可我同那赵公子根本不熟啊。"

这话的意思便是无意了。项宜点了点头，又问了妹妹一句："你怎么想自己的婚事？"

关于这件事，项宁还真没有想过，毕竟项家名声太糟，长姐又嫁得坎坷。眼下听到项宜的问话，她想了想，不答反问："缘何要急着嫁人呢？"

项宜听了这话，多看了妹妹一眼，问道："宁宁不准备嫁人了吗？"

项宁笑了一声，说："我的意思是不着急，过两年再嫁也不迟，总之，我都听长姐的就是了。"

妹妹言语间十分坦荡，毫无掩藏之意，项宜听了，暗暗地松了口气，可一想到自己的弟弟，又觉得有些头疼。

项宁非是亲生的事情，她也是六年前才知道的。彼时，父亲即将被流放，才将此事告诉了她，又让她务必保密。至于项宁的身份，父亲只说是母亲一位故交之女，而那位故交是什么人，又在何处，连他也不知道。

难道六年前，项寓无意中听到了这件事吗？

翌日，项宜姐弟便搬去了京城谭家，谭建亦回来了，京城谭家老宅顿时热闹了起来。

谭廷自是热情招待，让人在后花园的凉亭里摆了饭。

见他这么热情，十分不想来谭家的项寓也收敛了神色，还给他敬了杯酒。

谭廷眼角都弯了起来，低下头凑到项宜的耳边，轻声说道："寓哥儿给我敬酒了。"

都坐一张桌子，项宜还能没看见吗？她"嗯"了一声，笑着应了他。

项宜瞧了一眼谭廷眉眼含笑的样子，又看了一眼项寓，只见项寓神色淡淡的，余光轻轻地落在正和杨蓁说话的项宁身上，却又在她看向他的时候，立刻收回了目光，若无其事地和谭建说起了话。

项宜默然，心里有些发沉，吃饭也有些心不在焉了。而她稍有些心不在焉，谭廷就看了出来。

不多时，家宴散了，项宁住到了谭廷之前便备给她的四季开花的院子，项寓去了前院，谭建和杨蓁则形影不离地回了西跨院，凉亭里只剩下谭廷和项宜两个人。

夜风习习，谭廷拉着项宜的手，在凉亭外的池塘边走了一圈。他想知道她到底在想些什么，可是一圈走下来，她只是低头看着水面，还是什么都没说。

谭廷忍不住了，正要开口问一问她，她却先开了口，对他说道："大爷，今晚早些睡了吧，妾身有些累了。"

她看起来确实有些疲惫，谭廷只得点了点头，不过还是问了一句："缘何如此疲惫？"

项宜满腹愁思，却一个字都说不出口，只是捏了捏眉心，说道："兴许是因为天热了起来，有些闷吧。"

真是个拙劣的借口。谭廷看着妻子，见她转身往正院的方向去了，一时没有跟着她回去，而是又坐到了凉亭里，给自己倒了杯酒。

他低头看着酒中映出的月亮，半晌才举起杯子，仰头饮尽了。

这一晚，正房里异常沉闷，是这么多日子以来最沉闷的一夜。夫妻二人谁都没有多说什么，任凭长夜在更鼓声中悄然滑过。

翌日，谭廷早早地出门上衙了，项宜在家中料理了一些琐事。

门房的小厮忽然跑了过来，对项宜禀道："有人送这个给夫人。"

是一封信。项宜拆开，发现里面不是一张完整的信纸，而是被火烧过的几块碎纸片。她皱了皱眉，挑出字最多的一块碎纸片看了，不由得指尖一颤，连忙问门房是何人送信。

门房却摇了摇头，答道："回夫人，不知是何人。"

项宜回了房中，把几块碎纸片拼了起来，看完纸上的内容，脑中一下子乱了。

信中，写信人让收信人尽快在朝中安排人手，伺机与写信人的人手一道掀起一桩"证据确凿"的贪腐大案，并道务必要把这桩案子坐实，让那个陷在贪腐风波里的人再不能翻身。

而那个被针对的人，名字出现在了被烧得发黄的纸片边缘：项直渊。

房中静悄悄的，项宜坐在桌案前，看着这封残缺不全的信，身子一动没动，心却一下比一下跳得更快。

是谁送了这封信，目的又是什么？

项宜一直知道父亲是被人冤枉的，可当时弹劾他的人太多了，她根本理不出头绪来。

她深吸一口气，细细地又把信看了一遍，忽然在两块碎纸片上看到了暗红色的印章痕迹。这是写信人在落款处留下的印，若能破解，立刻就能知道写信人的身份。

纸页发黄，又被烧过，印章痕迹不太好辨认了，不过项宜最擅长的就是制印。她当即把这两块碎纸片拼在一起，仔细将纸上的印章痕迹描绘了出来，又按照制印的技法，沉下心来勾勒了一番。

残缺难辨的印章痕迹渐渐变得清晰，项宜的笔下出现了三个字：昌明林。

项宜在看到这三个字的时候，浑身有些发凉。

昌明林氏，四大世家之首，林大夫人的婆家，她前些日子才应邀去过的林家，也是谭家最紧密的姻亲——谭廷的姑父、姑母家。

房中一时间静得让人发慌。

信是某个匿名的人特意送到她手上的，若是那人料定了她能看出"昌明林"的玄机，那么是想离间谭家和林家，还是想离间她和谭家大爷呢？这封信又到底是不是真的呢？项宜一时间想不出答案。

这时，项寓从外院过来了。弟弟年少，项宜没准备将此事告诉他，将信收了起来，才去见了他。

项寓说道："大哥听说我们搬来了谭家，想请我们去酒楼聚一聚。"

确实有些日子没有见到大哥了。项宜想起大哥说过，这些年他在调查伯父顾先英葬身火场之事的同时，也在暗中调查她父亲的冤案。

思及此，她立时应了，让人叫了项宁，自己也换了一身衣裳，同谭建和杨蓁打了声招呼，便带着弟弟妹妹出门了。

兄弟姐妹四人见了面，顾衍盛见他们姐弟三个只有受了伤的项宁一如往常，另外两人不知怎么的，一个蹙着眉头心不在焉，一个垂着眼帘沉默无语。

"这是怎么了？"他惊奇地看了看项宜，又看了看项寓，先笑着问了项寓："被书院的先生骂了？"

一旁的项宁也眨着眼睛问项寓："对呀，阿寓你这两天怎么了？我又惹你生气了吗？"

项寓默默地看了她一眼，却又立刻收回了目光，说道："同你没什么关系。"

项宁追问道："那同什么有关系呀？"

项寓不想说话了，夹了一块豌豆糕放到她的碗里，说道："吃饭吧。"

见他不肯说，顾衍盛也不好勉强，转而瞧了瞧项宜，也夹了一块豌豆糕给她，笑道："都吃饭吧，有什么事等吃完饭再说。"

项宜自然不能当着弟弟妹妹的面说起那封信的事，便也收了心思开始吃饭。

吃完饭，四个人聊了几句，项宜便同项宁说附近有个花圃，让她过去瞧瞧；又对项寓道另一头儿有家书肆，让他过去看看书。项宜想，会试结束了，不日要出榜，近来京城书肆里尽是文人墨客，让弟弟去看看也好。

项寓看了看项宁，又看了看长姐，只好应了。

两个人前脚一走，顾衍盛便靠在了椅背上，问道："这两个人是怎么了？"

项宁的身世，连义兄也是不知道的，她不便详说，便转而说起了另一件事："大哥近来可查到了与我父亲有关的事？"

顾衍盛歪头看了她一眼，说道："还真有。当时义父贪污之事一出，朝中弹劾的人看似多而杂，实则似有人操控一般，言论甚是有序，所谓的证据也是一个接一个地拿出来，使得想为义父说话的人措手不及。我近来留意了那些弹劾义父之人的升迁调派，多少有些眉目了。"

项宜一听，当即直起了身子，问道："是不是和林氏有关？"

顾衍盛认真地看了她一眼，问道："你知道什么了？"

项宜立刻将那封残信拿了出来，待顾衍盛看完信，便伸手点在了碎纸片的印章痕迹上，说道："这落款的印，是昌明林氏的。"

顾衍盛收起了脸上的笑意，眉头轻皱，沉声问道："信是谁给的？"

"不知。"

顾衍盛愣了一下，倏然又笑了起来，说道："这可就有意思了。"

不远处便是街道，时不时有说话声、车马声传来，而这偏僻酒楼的雅间里异常安静。

项宜叹了口气。父亲被冤一事已过去六七年，手中有此信的人今日才突然把信送来，究竟是什么意思？

她不由得想到了谭廷，轻轻地咬了咬唇，道："大爷还不知道这件事。"

顾衍盛看了她一眼，问了一句："你要告诉他吗？"

项宜沉默了一会儿，低声说道："如果这件事是真的，我想……我早晚是要告诉他，把话挑明的。"

见她这般表了态，顾衍盛默默地看着她，一时没有说话。

她待谭廷，真的不一样了。如果信上这件事是真的，那么她和林家便有血海深仇，谭廷则夹在她和林家中间，陷入两难的境地。若是之前，她一定会选择好聚好散，直接离开谭家，这样的局面也就扭转了。可她现在选择跟谭廷说清楚……

她如此信任那位谭家宗子吗？

半晌，顾衍盛才开了口："可以晚些再告诉谭家大爷。"

项宜看过去，就见义兄笑了一下。

"这封信是否为真，我们首先得证实一下。"他指着残信上提及的两个名字，说道，"这两个人当年虽然弹劾了义父，态度并不强硬，这封信上却特意提及了他们。如果此信为真，那么这两个人恐怕在其中有重要作用，待我去查实一番，也就知道真假了。"

他说着，微微顿了顿，才继续说道："谭家大爷到底是世家的宗子，也是林家的姻亲，宜珍不如等查到了实证，再将此事告知他。"

项宜听了，沉默了半晌。她不认为那位大爷会参与林家对她父亲的恶行，可诚如义兄所说，谭家是林家的姻亲，而世家之间的关系盘根错节，难保不会打草惊蛇。

窗外的车马川流不息，一时有些喧闹。项宜看着手中的残信，点了点头，应了下来。

顾衍盛看着她，轻轻地拍了拍她的肩头，说道："莫要因此焦虑，我一有消息就会告诉你的。"

下晌，谭廷散衙回了家，就听说了项宜带着弟弟妹妹出过门的事情。他问了一句，萧观便过来小声回了他："夫人今日去见了顾道长。"

谭廷眼皮莫名其妙地跳了一下，回正院的步子也快了些许。

正院里，项宜坐在窗下做针线活儿，刚把要给谭廷做夏裳的衣料裁剪好，就见那位大爷脚步匆忙地进来了。

她吓了一跳，说道："大爷散衙了？是有什么事吗？"

谭廷定睛看了看坐在窗下的妻子，见她神情安然，一如平常，才稍稍地松了口气，说："没事。"

说完，他走过去坐到了她的身侧，从茶几上拿了她的茶杯，喝了一口茶。

项宜没察觉他用了自己的杯子，只是想起了那封残信的事情。也不知道义兄什么时候能查出来。她用余光看着身边的男人，暗暗地叹了口气。

如果真是林家所为，她告诉了他，他会如何呢？她晓得他待她与从前不同了，也晓得他是想跟她做夫妻的，可那到底是帮衬他良多的林家……

项宜思绪杂乱，手下的针线活儿也做得有些心不在焉了。

她稍有变化，谭廷便看了出来。方才他看她神色安然，还以为她这次去见那道士只是如常小聚，可当下看起来，似乎并不是那样。

他想起萧观方才说的话。萧观说，四人用完饭后，项宁和项寓都从雅间离开了一段时间，只剩下她和那顾道士在雅间说话。

谭廷心里一跳，见她这会儿又走了神儿似的，手下的针线活儿也慢了起来，不由得问道："宜珍今日见舅兄了？"

项宜本也没瞒他，顺着他的话点了点头。

谭廷又问了一句："我没能去，不知道宜珍同舅兄都聊了些什么？"

他紧紧地盯着她，问得颇为直接。他们是夫妻，她能同顾衍盛说的话，也总能告诉他吧？

项宜飞快地看了他一眼，却答道："没说什么，寻常吃饭罢了。"

她的话音落地，整间正房陷入了凝滞的氛围。

谭廷顿了一下，低了低头，竟然莫名其妙地有些想笑。

"是吗？"他的嗓音淡了许多。

项宜还以为他上衙一日有些累了，便起了身，说道："妾身伺候大爷换身衣裳吧。"

这些日子以来，谭廷多半不需要她伺候的，今日却没有拒绝，低声说了一句："好。"

项宜给他拿了一件居家穿的铜绿色常服，搭在了一旁的衣架上，然后走上前，想要替他解开腰带，只是刚刚走近，就被他一下揽住了后腰，带进了怀中。

他的动作突如其来，臂膀的力道亦很大，项宜被他惊得睁大了眼睛。

谭廷却在看到她受惊的神色时，心里蓦然一沉，没等她开口，便捧住她的头，低头吻了下去。

这一吻不同于往日蜻蜓点水的小心翼翼，没有任何气氛的铺垫，亦没有动情的温柔，就这么重重地落了下来。

项宜愣了一下，欲别过头去，却因被他捧住了头而动弹不得。她终于察觉了男人的不对劲，伸手抵住了他的胸膛。

只是她一动，男人的吻更凶了。

就在她扛不住他的攻势的时候，他忽然停了下来。

项宜一愣，立刻别过了脸，问道："大爷这是做什么？"

她眉头皱了起来，眼睛也有些发红，嘴唇有些痛，低着头不说话了。

谭廷低头看向妻子，见她不肯看自己了，心里顿时泛起一阵酸涩，问道："宜珍就这么不想要我吗？"

项宜不知道他这话是什么意思，困惑不解地朝他看了过去，说道："这又是在说什么？"

针线筐里还放着她亲手给他做的夏裳，然而谭廷没有留意到，只是低下了头，自嘲地笑了一声，说道："没什么。"

说完，他也不换衣裳了，看了一眼转过身去的妻子，就快步离开了正房。

谭建和项寓要明日才回书院，因此今日众人都在，谭廷和项宜作为家中兄嫂，无论如何还是要与众人一起吃饭的。今日的晚饭设在了正院，比前一日设在凉亭里的那顿饭沉闷了许多，连二房的小夫妻也因为谭建即将返回书院而安静了下来。

　　倒是项宁伤势好了许多，又同谭家的人熟了一些，因此比平日开朗了几分，还笑着打趣项寓："阿寓怎么都不同我说话了？是不是终于能一个人住了，感到万分自在？"

　　项寓无语地瞥了她一眼，说道："我看是你万分自在了吧？"

　　"那确实是。不过你不同我斗嘴了，我还有点儿不习惯。"

　　项宁只是随口说了这么一句，项寓却禁不住多瞧了她两眼。

　　项宁没有察觉，转头看向项宜，皱了皱眉，问道："姐姐的唇怎么破了？"

　　这话说得席间一静，众人都向项宜的脸上看了过来。谭廷亦是一怔，转头看了一眼妻子，见她有些红肿的唇上确实有一点儿伤痕，不由得心里一紧。

　　项宜没有看他，只是沉默了一会儿，才道是方才吃鱼的时候被鱼刺划伤了，将这件事掩了过去。

　　吃完饭，项宜亦没有多停留，吩咐人收拾了碗筷，送走了众人，就回了房中，坐到了窗下。

　　嘴唇隐隐作痛，项宜轻轻地抿了一口茶水，擦了擦破了皮的唇。

　　窗下的针线筐里还放着她给他做的衣裳。她不晓得他怎么了，方才竟是那般强硬的姿态，可她问了，他又只说没什么。

　　项宜心里有些发酸，却还是拿起了衣裳，继续穿针引线，不想房门口又响起了熟悉的脚步声。

　　谭廷撩开帘子，进了房中，便向窗下的妻子看了过去。平日她总会回头看他一眼，问他一句，今日却背着身子坐着，听见他进来，也只是把手下的针线活儿停了一停，便又低头做起来。

　　谭廷想到自己不知怎么竟弄破了她的唇，心里亦有些难受，当下见她不理会自己，心里更是一阵酸涩。

　　他走上前去，站在她身边，垂头看了看她，见她的唇还是有些红肿，破损的地方似被她擦了擦，没有了明显的血痕，可还是能瞧出些许。

　　她还是不理他，不过也没有做针线活儿了。谭廷见了，便坐在了她的身边，默默地从袖中掏出一个白瓷瓶，放到了小几上。

隐隐的药香自白瓷瓶中散发出来，在安静的房中小心地探头探脑。

项宜不知道他要做什么，余光在他身上轻落，只见他打开白瓷瓶，伸手蘸取了些许蜜色药膏，欲要涂在她的唇瓣上。

她愣了一下，想到了他方才的强硬，忍不住将破了皮的唇抿了起来。

谭廷见她微微侧了头，还抿起了唇，不禁心头一酸。他晓得，她真的同他生气了，他方才那般确实不对。可是，她不是也什么都不肯告诉他吗？

房中一时静默无声，夫妻二人都没有说话，一个侧身坐着，抿着受了伤的嘴，另一个闷声看了她一眼，收回了手，低头重新蘸取了些许药膏。

药香若有若无地在二人中间飘着。

谭廷再次伸出了手，对妻子极轻地道了一句："擦一些药膏，你明日就能好了。"

他这么说了，项宜看了他一眼，这才松开了紧抿的唇。

谭廷指尖轻轻地点在了她的伤处，温热的指腹与她微凉的嘴唇触及，慢慢地将蜜色药膏涂在了她的唇上。

项宜掀抬眼帘，又看了他一眼。谭廷也在此时看向了妻子的眼睛。

她素来清亮的眼眸隐隐发红，又在他看过去的时候垂下了眸子。

谭廷心里发涩，后悔方才不该一时冲动，弄伤了她，也弄得她不高兴了。可是想到她什么都不肯跟他说，反而同那顾道士单独说了许久的话，他心里又是一阵复杂难言的难受。

她却在此时开了口："大爷到底怎么了？"

她的声音很轻，可到底是她先开了口，先问了他，轻柔的嗓音里透着疑问，也透着关切。

她只是这么一问，便把谭廷复杂酸涩的情绪问得消散了些。

她还是有些许在意他的吧？可她为何什么事都不肯同他说呢？她虽然这般问了他，但是如果他照实回答，她就能把她的心事告诉他了吗？恐怕还是不能。如果她愿意说，那么早在他之前多番问及的时候就说了。既然不能，那么捅破这层窗户纸也没有意义。

思及此，谭廷心里叹气，沉默地看了她几眼，说道："是我这几日太累了。"

别计较那么多，就这么稀里糊涂地过，好像也没什么。

接下来的几日，还算风平浪静。

项寓和谭建回了书院；没人再送什么奇怪的信件过来；顾衍盛处暂时

没有消息；谭廷小休了一日，又如常每日上衙，与项宜之间恢复了看似正常的状态。

杨蓁渐渐习惯了妊娠反应，恢复了活力，这日便同项宜提了一件事，说是自己娘家有两位叔伯家的弟弟，虽然分了家，不是伯府出身，但也都是杨家人，在军中亦有头衔，且都尚未婚配。

"大嫂介不介意让宁妹妹嫁到我们这种行伍之家啊？"

这几日，项宜在重新整理父亲的遗物，试图发现父亲和林家之间是否有过什么过节儿，可惜还没有眉目，便也一时没有心思去想妹妹的婚事。倒是眼下被杨蓁这么一提，她心里动了动。

项家名声不好，项宁若是嫁到世家，那么正如之前项寓说赵嘉的那般，人家多半是看她在谭家做宗妇，才愿意娶项宁。一旦项宜不再是宗妇，或者世庶两族闹到了水火不容的地步，这样的婚姻便不再稳固。而似杨家这样的行伍人家，在京中不算少，他们对世庶之间的矛盾并没有那么在意，就算世庶两族闹起来，也与他们干系不大。

以项宁的身份，她若想与忠庆伯府的嫡系子弟成婚，确实有些高攀，与伯府的旁支子弟却算相配。日后项寓若能中举、中进士，对项宁的婚事是锦上添花，中不了也没什么。

思及此，项宜一口就应了下来。

杨蓁是个风风火火的性子，当天就让人回了一趟杨家，晚间便同项宜说，恰好两位弟弟都在家，明日众人去城中寺庙上香，就算是相看了。

因着天色已晚，项宜便没有跟项宁提及详情，只说第二日带她去上香。

第二日一早，项宜和杨蓁就带着项宁去了城中的红香寺。红香寺中人不多，大多数人去了隔着一条街的文昌庙，祈祷明日放榜能榜上有名。

杨蓁娘家的两个弟弟早早就到了，二人身形相仿，相貌也相似，身上都是行伍人家子弟的英气。

项宜觉得这两个人都很好，心里暗暗点头，找机会问了项宁一句："宁宁今日见了那两位杨家小爷，觉得如何？"

"啊？"项宁这才反应过来，说道，"长姐这就给我相看了吗？可是……可是宁宁还没有正经想过嫁人的事。"

项宜见她一脸懵懂，只得叹了口气，还想说些什么，不想谭建突然冒了出来。

杨蓁见了他，一脸难以置信地问道："你怎么来了？"

谭建眼角眉梢都是笑意，拉了妻子的手，同她们说，因着明日放榜，有不少学生和先生心思都在榜上，书院干脆给大家放了三日的假。

"我和寓哥儿听说你们在红香寺，就直接过来了。"

项宜一听，眼皮跳了一下，下一秒果真看到了朝这边走过来的弟弟。

项寓今日穿了一件竹青色长袍，少年的稚嫩感消退了许多，身形挺拔，从人群里走上前来，似竹如松，路过的几个女子都多看了他好几眼。

他一出现，项宁便笑了起来，还同他招手，喊道："阿寓！"

项寓听见她的声音，眼眸亮了起来，目光定在她的脸上，快步走了过来。

当着众人的面，项宜也不好说什么，只是皱起了眉。

这时，谭建发现了那两个杨家妻弟，还说甚是巧，要叫那两个人一起去酒楼吃饭，颇有姐夫做派。

杨蓁见状，不禁捂着嘴偷笑。

项寓这时也看见那两个人了，愣了一下，而后明白了什么。

项宜看见弟弟脸上的笑意倏然消失，变成了极其严肃的戒备，顿时一颗心直往下沉。

听见谭建要叫上那二人一道去酒楼吃饭，项寓当即转身对着项宁说："你的脚还没好利索吧？若是累了，我先送你回去？"

没等项宁开口，项宜直接将项寓叫到了一旁，说道："是不是你累了？要不你先回去吧。"

项寓看着她，用带着几分倔强又带着几分委屈的语气问道："长姐又是怎么看出我累了？"

项宜听见弟弟这般语气，心里也跟着酸了一下，不过她还是深吸一口气，重重地呼了出来，而后沉声说道："寓哥儿，你要知道，宁宁姓项，是我们项家的女儿。我是她长姐，而你是她双生的弟弟。"

她的话音落地，整个红香寺似静了下来一般，项寓再听不到任何声音了。

寺庙大殿里的菩萨站在高高的莲台上，俯瞰着底下穿梭的善男信女，目光含着悲悯。

项宜叫了怔怔定住的弟弟一声，轻声说道："我看你真的累了。你先回家吧。"

回去的路上，项宜见到了给项宁诊治夜盲之症的那位老大夫，便走过去请教。

老大夫同她说，他私下问了一些同行，听闻这京畿就有一个镇子，镇子里的好几户人家有天生的夜盲之症，又说道："可巧那镇子附近有个杏林世家，因着住得近，对这种夜盲之症治得多、琢磨得深，虽不能治愈，但也能改善一二。夫人若是方便，最好能带姑娘亲自过去看看眼睛。"

项宜心里一动。夜盲之症一日两日是治不好的，若是宁宁留在那里治上一年半载，恰好能同寓哥儿隔开了。

她暗暗觉得此法甚好，又陡然想起了父亲的嘱咐。

父亲曾说，母亲的故交不想将女儿留在身边，便托给了即将临盆的母亲，干脆说是龙凤胎，将女儿就此留在了项家。项宁的身份是极隐秘的事情，那位故交担心女儿身份暴露，便再没联系项家人，索性断了联系。

项宜想不通母亲的故交为何会将女儿托给他人，不过按照老大夫所说，当地有不少天生的夜盲病患，妹妹如果直接过去，万一恰好遇到血亲，便相当于暴露了身份，最后再被人找到项家和谭家来，便同她生母的意愿完全违背了。

项宜既想给妹妹看病，又不欲她身份暴露，思来想去，想到了一个人。在隐藏身份这方面，恐怕没人比义兄更擅长了，毕竟朝中那些反对东宫道士的官员至今没能查出义兄到底是何身份。

让义兄把宁宁的身份做个遮掩，再送宁宁过去看病，恰能顺理成章地与寓哥儿隔开。而她把宁宁送过去，安置好了再回来，也能一心一意地调查父亲和林家的事情。

最近发生的事情实在太多了……

项宜思量稳妥，松了口气，便让人给义兄送了信，约了翌日见面。

这几日过得还算平稳，谭廷心里难言的烦闷也消减了几分。

可这日他散了衙，就听到萧观禀报了一个消息："爷，夫人今日去见顾道长了。"

谭廷一愣，问道："是顾衍盛找的她？"

萧观看了自家大爷一眼，脸色为难地摇了摇头，答道："是夫人找的顾道长。"

他说完，便听见自家大爷竟然轻笑了一声，抬头看过去，就见大爷嘴角扬起淡淡的笑来，目光不知落在了何处。

这般情形下，萧观也不敢乱说话了，只得轻声说了一句："爷，回家吧。"

谁想话音未落，他就听见自家大爷问了一句："回家？家中有人在意吗？"

萧观想说夫人是在意的，方才他来接大爷下衙，夫人瞧着天上黑沉沉的，似是要下雨了，还特意嘱咐他带着伞。可他还没来得及说，就见自家大爷转了身，往府邸的反方向而去。

天空轰隆隆地响了几道雷声，黑云压城，闷热的街道上，行人的脚步都快了起来。

谭廷脚步沉重地走在街道上，丝毫没有加快。又是一声雷鸣，空气中的湿气一下子重了起来，下一秒，豆大的雨滴纷纷砸落。

行人们惊呼着跑开了，街道上瞬间空荡下来，雨水砸得石缝里的泥土四溅。

谭廷立在瓢泼大雨里没动，萧观急得连忙撑开了伞，劝道："爷快回家吧，莫在这儿淋雨了！"

男人没有回应，在雨里静立半晌，一言不发地去了一旁的酒楼。

李程允冒雨赶到，还以为出了什么大事，着急地问道："元直叫我来有什么事？"

谭廷一张俊脸冷若冰霜，拿了一个空酒杯，提起酒壶斟满，而后说了两个字："喝酒。"

"啊？"李程允有点儿疑惑，回头看了萧观一眼。

萧观脸色为难地摇了摇头。

李程允看了看桌上的两个空酒壶，又看了一眼脸色毫无变化的男人，心里有点儿发虚，问道："元直怎么了？"

"没事。"谭廷拿起酒杯，仰头将酒饮尽了。

李程允又问："林家的春日宴上，你一滴酒都不肯喝，这会儿是起了什么兴致？"

谭廷倏然听到"春日宴"三个字，想到什么，眉头皱了起来。

此时，突然有人隔着屏风问了一句："是谭家大爷和李家二爷在此吗？"

谭廷对那人是谁毫无兴趣，连头都没抬，又给自己倒了杯酒。

李程允倒是起身走过去看了一下，有些意外地说道："这么巧，程大小姐也在此？"

第十六章
诉衷情

　　窗外的滂沱大雨转成了绵绵细雨，却没有停下来的迹象。

　　谭廷看着酒杯里的波光，顺着李程允的话，想到了春日宴的事情。

　　那天，姑母自作主张，要给他相看别的女子，而他的妻子被支开到了书阁里。当他发现不对，找姑母询问时，姑母却告诉他，要替他重新相一门亲事，且已将此事告诉他的妻子了，还说要补偿她一百亩田产。

　　他当时一听，心里就慌了，直接便问姑母，她有没有要那些田产。姑母说她没要时，他悬起的心才落了回来。

　　后来正吉跑了过来，说夫人被关在书阁里，他急于去找她，便没有在这件事情上深究。

　　只是如今想来……

　　酒液的辛辣之气熏着人眼，谭廷想到了妻子的性子。

　　以她的性子，田产她是一定不会要的，可这并不代表她不会答应离开。以她的骄傲，可能根本不需要姑母苦劝或者威胁，她就会直接应下，与他好聚好散。

　　想到这儿，谭廷手中的酒杯晃了一下，酒中映着的灯光破碎了一时。

　　恰在此时，外面有人问话，李程允过去看了一下，回来后便说："元直，程大小姐恰在此处避雨。"

　　他说外间有几个醉汉，吵吵闹闹的，程大小姐一个女子在那处有些不合适，想来他们这边坐一会儿，等雨停了就走。

都是世族宗家的子弟，互相还是认识的，尤其谭家和林家是姻亲，而林大老爷的妹妹正嫁给了程云献的父亲程骆做继室，只是平日不太出门。彼时林阁老嫁女，林府可是陪送了一百零八抬满满当当的嫁妆，至今还被人在茶余饭后说起。

谭廷不便拒绝，不过他今日实在没有心情同人交际，只跟程云献相互行礼便罢了，继续陷在自己的思绪里。

程云献瞧了他一眼，先同李程允说了几句话，然后才问了谭廷一句："上次云献赠给谭夫人的书，不知是不是真的古本？若是假的，倒是云献不好意思了。云献确实想学些篆刻之技，就是不知道谭夫人有没有时间指点一二？"

谭廷听她说起项宜，这才强打起三分精神，想到妻子近来满腹心事，便委婉地拒绝了："拙荆近来有些忙碌，程大小姐勿怪。"

程云献先道无妨，又说可惜，说道："之前在林府的春日宴上，云献远远地看见谭夫人，便有亲近之意了，不过当时谭夫人跟在林大夫人身边，云献不好上前打扰。后来林大夫人同谭夫人说了什么，谭夫人点头应着，就去了书阁的方向，云献之后便没见到谭夫人了。"

她似是随口一说，说完项宜的事情，又同李程允说起了秋阳县主的事情。她和秋阳县主同在京中长大，还是颇为熟悉的。

不多时，雨停了下来，程云献未多停留，向谭廷和李程允行礼道了谢，便转身离开了。

她自进来到离开，拢共不到一盏茶的工夫，谭廷却在听了她状似无意的话后，心里有些复杂。

按照程大小姐的描述，彼时他的妻子听了姑母劝离的话，并没有抗拒，就径直去了书阁。所以，那天他莫名其妙与人相看的事，她其实是知道的，只是一个字都没有告诉他。

谭廷把桌上的五个空酒杯都拿到了面前，一口气斟满了，一杯接一杯地倒入口中。

苦酒入喉，烧得他的胃都火辣辣的。

李程允被他吓到了，见他的眼神有些不对劲了，连忙说道："元直这是怎么了？别喝了，赶紧回家去吧，有什么事明日再说。"

李程允说完，便上前扶他，本以为以他这喝酒的劲头儿，多半是劝不走的，没想到他倒是顺从地站了起来。

· 424 ·

李程允连忙示意萧观："快送你家大爷回家。"

萧观急忙上前。

谭廷却抬头瞧了李程允一眼，说道："我不回家，去你家。"

李程允："……"

他也不能不答应，只好吩咐萧观："那你去告诉你家夫人，你家大爷今晚去我府上了，让夫人莫要担心。"

他这么说了，不想谭廷"哼"了一声，嗓音哑了几分，说道："不必告诉她，她才不会担心。"

李程允看了萧观一眼，问道："你家大爷同夫人吵架了？"

萧观摇了摇头，答道："那倒没有。"

"那是怎么了？"李程允小声问萧观，"你家大爷从前可不是这样的，他从前哪里喝过这样的闷酒，今日到底是怎么……"

他还没说完，就被谭廷打断了："你怎么越来越絮叨了？"

李程允无语，只能闭了嘴，叫了马车，把老友带回了自己家里。

隔壁茶馆内，程云献站在窗边，目送李家的马车没在夜色里，才缓缓地转过身，坐到了椅子上。

丫鬟绿幽走过来，问道："姑娘这样做真的能行吗？"

绿幽想到了那封被自己遮遮掩掩送出去的残信。那信是她从自家老爷的书房里捡来的，是老爷看了没能烧完的东西。

她想到老爷阴沉严厉的样子，有些替程云献担心，说道："姑娘同谭家大爷的事情若是没成，反而被老爷知道那封信的事，可怎么办呀？"

程云献往对面的酒楼看了看，想到谭廷买醉的样子，说道："我想多半是能成的。"

她说着，看了看绿幽，笑了一声，有几分悲戚地说道："若真像你说的那样，没能成事，反而被他知道了那封信的事，又怎么样呢，他还能把我打死吗？这都是他逼我的……"

谭廷当晚没有回家，第二天恰好是放假，不用上衙，李程允便让人别叫他，让他好生睡一觉。只是他不知为何，一早就起了身，便要离开。

李程允匆匆赶过来，衣裳都还没穿好，问道："你这一早要去哪儿，回家吗？"

谭廷今日正常了许多，只是嗓音有些哑地说了一句："去趟林府。"

去林府又是做什么？李程允没来得及问，谭廷便上马离去了。

谭廷骑在马上，面色凝重。他胡乱猜的，或是程云献说的，都作不得数。至于事实到底是怎样的，他去问一问姑母，自然就知道了。

院中刚摆上早饭，林大夫人见谭廷来了，便让人添了碗筷。

谭廷坐下来，发现姑父林序并不在家。

林大夫人说道："你姑父去京郊别院了，他总是嫌京城闷得慌，上衙处理政事又太累，一遇放假日就要过去的。"

谭廷这才想起确实有这么回事，姑父林序经常出京，去京郊别院休歇。他没有言语，却不由得想到前两日手下传回来的一个消息。根据手下调查，此前派杀手刺杀他的人来头不小，很有可能是京中的大族。

京中有不少世族，可称得上是大族的，宗家又常年在京城的，只有两家——程家和林家。

林大夫人见他一副心事重重的样子，便也不再吃了，叫了他去内院的书房说话。

"这么早过来，有什么事？"她上下打量了侄儿一眼，说道，"你昨晚没回家，喝酒去了？"

谭廷没有回答她，只是问了一句："姑母那日在春日宴上同我说的话，也都同宜珍说了？"

一提起这件事，林大夫人还是有些生气，瞥了侄儿一眼，说道："正是。人家倒是比你明白，虽然不要我给她的良田，但是也没有纠缠的意思，愿意与你好聚好散。你说……"

她还没说完，谭廷就怔住了，只有下唇轻轻地颤了一下。

林大夫人不由得多看了他几眼，想到他之前对项氏的用心，不免叹了一声，说道："其实项氏这般才是对的，你们的婚事简直如同硬捏在一起一般，根本不合适。只有似我与你姑父这样门当户对，才能长久。"

她还要再劝几句，却见谭廷起了身，跟她行了一礼，便转身向外走去。

林大夫人正要叫住他，可想了想，又没叫了。这件事总要他自己想明白才好。

京城谭家老宅。

谭廷一夜未归，萧观是让人来送了信的，可今日他放假，还是没有回来。

项宜问下面的人："知道大爷去哪儿了吗？"

下面的人都说不知道。

项宜无法，先理了理事，然后坐在窗下继续为他做那件夏裳。

她拿起针线不久，便听到了庭院里的脚步声。男人熟悉的脚步声不多时就到了门前，她转头看去，就见他撩开帘子走了进来。

四目相对的一瞬，项宜发现他眼下发青，看向她的眼神也与平日不同。她不知道他怎么了，便问道："大爷去哪里了，怎么才回来？"

她的嗓音同往日没有什么分别，淡淡的，可听在谭廷的耳中，只觉得清冷如冰水一般。

他默然地看了她片刻，才开了口："我去了林家。"

她从来没想同他过一辈子，要跟他好聚好散的事情，他已经晓得了。

只是他这话落在项宜的耳中，却是另外的意思。她想到那封残信上的"昌明林"三个字，沉默着点了点头。

他同林家亲近也不是一日两日了。

她没讲话，室内又静了下来。

谭廷看着坐在窗下陷入沉默的妻子，这些日子以来的画面倏然浮现在他的眼前。

在清嶂的时候，她初次学骑马便出了事，他策马上前，坐到了她的马上，因怕她害怕，便将她圈在怀中，可她绷紧了身子，连在马上也要与他拉开距离。

顾衍盛行踪泄露，她宁愿替他写下休妻书，夜间跑马去给顾衍盛报信，也没有让他出手相帮的意思。

他想着他们总要做一世夫妻的，不想再同她分隔两地，带着她进了京。在京城的这些日子，他以为他们和从前不一样了，可现下看来，这不过是他的一厢情愿。

他去京畿安抚考生，给家里寄信的同时，还单单给她写了一封信，而她只是让人捎了口信，根本就没有在意他单独给她写的信，也没有想过给他回信。

她的事情从来都不与他讲，桩桩件件藏在心里也就罢了，可她宁愿去找顾衍盛，也不来找他。

姑母希望他们好聚好散，她立刻就答应了。连姑母都夸她想得明白，那是得有多明白呢？

谭廷突然觉得有些好笑。她想得如此明白，是因为从来就对他没有一点儿喜欢吧？

他看着垂着头的妻子，半晌没有说话。

项宜却在这时想到了另外的事情，说了一句："大爷，我后日要带宁宁出京看病，要在外面住些日子了。"

她说完，便看见那位大爷笑了一下，笑得极淡。

他问了她一句："不知宜珍还回来吗？"

听到这话，项宜惊讶地看了他一眼。

他又说了一句："不回来了是吧？"

他说着，点了点头，嗓音变得低哑，说道："好歹我们也夫妻一场，我给你准备五百亩良田吧，以后……"

他顿了顿，没能说下去。而项宜听了这话，愣了半晌，不知道他这是在说什么。

半晌，她问道："大爷这是什么意思？"

谭廷自她身上收回了目光，摇了摇头，说道："没什么意思，我只是想着你嫁进来的时候，我没给你添妆，让你受委屈了，如今你要走，这些都是我该补偿你的。五百亩良田并不多，你收下……"

话音未落，他便听见了项宜冷淡的声音："我不需要。"

项宜看着面前的男人，从他这几句话里终于厘清了什么。他去了林府，是想明白了，要与她结束这段婚姻了。

她鼻头酸了酸，转过了头，没有再看他，只是轻声说道："大爷的意思我明白了，只是项宜不要谭家的东西，只要带走自己的东西就行了。"

她说完，从窗边的小炕上下来了。

谭廷不由得又把目光落在了她的身上，就见她直接叫了乔荇和春笋进来。

"帮我把我的东西都收拾了。"她吩咐了二人，嗓音不知怎么也有些哑。

"夫人，是所有的东西吗？"

项宜点了点头。

谭廷见她说完，就让两个丫鬟去收拾东西，她自己亦是半分停顿都没有，走到桌案前收拾了起来。

项宜从前是不会把自己的东西放在桌案上的，如今却放了零七八碎的东西。她把这些东西都收拾了，忽然看到了一旁的一匣子玉石。

这一匣子玉石都不是俗品，是她辛辛苦苦攒上好些年的钱也买不起的。

她最后看了一眼这一匣子玉石，抿了抿唇，捧着匣子到了谭廷面前，放在了他身边的桌案上，嗓音发哑地开了口："这些都是大爷的东西，项宜就不带走了。只是项宜动了其中一块玉石，没法儿原样奉还，待改日卖了钱，再还给大爷，还请大爷不要嫌弃。"

她说完就要离开，不想一转身，忽然被人抓住了手腕，那力道大极了。

她惊诧地转头看去，就看到男人目光轻颤。

他紧紧地盯着她，从牙缝里蹦出几个字来，嗓音低沉得不像样："谁让你还了？"

两个丫鬟都被这一幕吓到了，乔荇正要上前，却被春笋急急地拉着退下了。房中一时静了下来，只剩下谭廷和项宜两个人。

他掌心的力道极重，项宜手腕发痛，却还是说了一句："既然要走，账总是要算清楚的。"

她还没说完，就听见男人开了口："那你可以不走！"

项宜听了这话，又惊讶又莫名其妙，鼻头越发酸了，眼眶也跟着酸了起来，问道："不是你让我走的吗？"

她这么一问，反而轮到谭廷又惊又气，连抓着她手腕的力道也更加重了，却没察觉分毫。

他紧紧地盯着眼前的人，说道："项宜珍，你讲不讲理，谁让你走了？"

项宜被他说得脑袋都转不过来了，突然让她离开的是他，现在问她讲不讲理的又是他。

她抿紧了嘴，一时没有说话，可他掌心的力道那么重，捏得她的手腕都痛了。痛意和说不清道不明的情绪一起涌来，她不禁眼睛一酸，倏然落下了一行泪。

那眼泪"吧嗒"一下砸下来的瞬间，谭廷突然松开了她的手，一把将她抱了起来，放在了炕上的茶桌上面。

他俯身向前，将她完全困在了茶桌上，让她哪儿也去不了，视线也被迫与他平齐。

项宜不知道他这又是做什么，突然就似那日他将她的嘴唇弄破那般莫名其妙地强硬。

她想起那日的情形，越是想要控制住眼泪，眼泪就越是不争气地往下掉，不由得问道："你这又是想做什么？"

她眼睛红得厉害，眼泪"吧嗒"又落了下来。谭廷看着，心头都颤了起来。

他哪里见得她这般，不由得伸出手指，用指腹替她擦泪。

两个人一时都没有说话，房中静悄悄的，却又好似有什么在被打破一般，发出碎裂的声响。

谭廷想到她这些日子以来的作为，忍不住说了一句："你还哭？是你说不要我就不要我的，我都知道了……"

项宜听了这话，明白了过来，说道："可我什么时候真不要你了？只是世道艰难，还有许多事夹在我们中间，我亦不知道该怎么办……"

"世道是艰难，可根本还没到那般地步。至于那许多事情，你告诉我，我替你办不行吗？"他突然说了这话。

项宜不由得看了他一眼，却一时没有开口。

谭廷一眼看出她的犹豫，几乎要气笑了，说道："你还是不肯说吗？你宁愿告诉顾衍盛，也不肯告诉我！到底他是你夫君，还是我是你夫君？！"

男人眼睛都红了起来，项宜与他近在咫尺，岂能不知他的怒气有多重？她想了想那些突然而至的复杂事情，事已至此，恐怕不得不告诉他了。

她沉默了一会儿，想到林家的事，认真地看了男人一眼，问道："大爷真的要听吗？"

谭廷看着她的眼睛，立时应了她，说道："要听。你跟顾衍盛说的话，每一个字都要说给我听！"

项宜不知他扯到义兄做什么，却还是点了点头，说道："好，我桩桩件件都告诉大爷便是了。"

她说了这句话，谭廷高悬的心终于落定。时至今日，他们夫妻终于也能坦诚一回了。

谭廷仍将她困在炕上的茶桌上。项宜哪里与他有过这般怪异姿态，要下来，可他没有答应她。

她不禁恼怒了一时，却又没法儿从他怀中离开，只好妥协道："大爷要我从哪里开始说？"

谭廷盯着她，说道："你先告诉我，你要离家好几日，带宁宁去看病，是真的还是假的？"

房檐上的鸟儿方才都吓跑了，这会儿见房中渐渐安定下来，便落了回来，发出清脆的鸣叫声。

项宜答道："带宁宁去看病是真的。宁宁夜盲的病症同旁人不一样，我近日才打听到了专治她这种病的去处。"

谭廷细细地看了她一眼，见妻子确实没有骗他的意思，这才松了口气，又问道："那要给宁宁看病，宜珍缘何去找顾衍盛？难道这点儿事你夫君做不得，还得他帮忙不成？"

项宜不想违背项宁生母的意愿，可如果她不说实话，眼下就过不去这关。她看了这位难缠的大爷一眼，发现男人也看着她，非要听她的答案。

末了，她无可奈何地放低了声音，说道："宁宁的病症和旁人不一样，是遗传的病，可我们项家的人并没有此病。她其实不是项家的女儿……"

事已至此，项宜只能把项宁的身世和父亲的嘱咐都说了，又说道："只要她的生母不来将她认走，那她就是项家的孩子，我总要替她保密的，所以我才想着找义兄帮忙，替她隐藏一番。"

关于这件事情，项宜都还没想好怎么跟项宁说，倒是被这位难伺候的大爷先问出来了。

她看向男人，见男人一脸意外。

谭廷从前只觉得项宁的长相确实与项宜、项寓不太像，不过他也没有见过岳父、岳母，不晓得项家人到底都是怎样的相貌，万万没想到，项寓的双胞胎姐姐竟然不是项家人。

他终于知道了她的一点儿秘密，心里好受了一点儿，又闷声闷气地说了一句："说到底，宜珍还是不信我。难道我会将此事告诉旁人不成？你倒是只找顾衍盛办此事。"

项宜找义兄当然不只是为了这一件事。她不由得看了谭廷一眼，没有回应他的话，只是轻声问了他一句："大爷今日去林家做什么？"

谭廷瞥了她一眼，答道："自然是去问明白你到底有没有答应姑母。"

项宜听了他的答案，一时无言，却也心里稍松，半垂着眼眸，思量着什么。

谭廷见她这般，圈着她的胳膊又紧了起来，迫使她与他靠得更近，追问道："你可还没说清楚，为何只找他，而不找我？"

见他又扯到义兄了，项宜被他弄得没办法，只能将声音越发压低，说了一句："另有一事，我是要告诉大爷的，不过尚未查实，所以才央了大哥替我调查，待查明白了，我再同大爷说。"

谭廷闻言，睁大了眼睛。

项宜叹了口气，欲拿出那封残信给他看，却又被他困着下不去，只好说道："你先放我下来，我自然都会说明白的。"

谭廷瞧了妻子半晌，才将她从茶桌上抱了下来。

项宜总算脱了困，走到床边的柜子前，将夹在一本旧书里的残信取了出来，递给了谭廷，说道："看看吧。"

谭廷利落地拆开信看了一遍，脸色沉了下来，目光落在了印章痕迹上。

项宜问他："大爷见过这印章吗？"

谭廷摇了摇头，答道："这倒是没有。"

他瞧着那难以辨别的印章痕迹，莫名其妙地有一种不好的预感，皱眉问了项宜一句："宜珍能辨出来吗？"

项宜缓缓地点头，指尖点在印章痕迹上，轻声说了三个字："昌明林。"

谭廷拿着那封残信的手僵在了那里，半晌没动。外面鸟雀"叽叽喳喳"的声音也短暂地消失了，室内一片寂静，气氛几近凝滞。

项宜没有再言语，等待着谭廷的回应。

半晌，谭廷僵住的手动了动，他又看了看那封信，低声说了一句："确实像林姑父的字迹……"

听他这么说，项宜看了过去。

谭廷看向她，问道："你从何处得来此信？"

如果这封信真是林家人写的，那么也是写给共同密谋之人。是什么人泄露了这封信呢？

项宜答道："前几日有人让门房把这封信送到我的手上，没有留下姓名。"

谭廷挑了挑眉，陷入了短暂的沉默。

项宜当时没将这封信的事告诉他，便是因为觉得那到底是他一直信赖的姑父、姑母的家族。他同林家认识多少年，同她成亲才几年？此时她说了，心里还是有些没底。

谭廷在一时的沉默后，握住了她的手，说道："我晓得了。"

他没有说更多的话，项宜却从他手掌的力道中得到了言语以外的回应。

她恍惚了一下，看了看他。他此刻的反应，与她想象中的好像有些不同。

谭廷却像是一下看穿了她的心思似的，握着她的手，认真地说了一句："宜珍要记得，我们是夫妻。"

窗外起了一阵风，吹得庭院里的葱郁老树"簌簌"作响。

谭廷终于明白妻子这些日子为何心神不宁了，信中透露的信息令她惊讶，送信人的目的也不得不令人深思。

不过那人既然送了信过来，便不可能没有后续，此刻没有动作，大概是要先看看他们的反应。如此说来，倒也可以想个办法，顺势将此人诱出来……谭廷心里极快地有了主意。

他看向妻子，发现她双手握在了一起，眼眸也垂了下去。

他还没来得及问一句怎么了，她便先开了口："还有一件事情，我想，我得告诉大爷。"

不同于方才说那两件事时的无奈与犹疑，此时她的神色有些落寞。谭廷见了，眼皮跳了几下，将她拉到了身前来，轻声说道："你说。"

项宜慢慢地呼出一口气，看向他，淡淡地笑了笑，说道："大爷问我为何答应林大夫人，其实并不是因为林大夫人想让我走，而是因为我总觉得我与大爷不能长久。至于我为什么会这么觉得，其一是世庶两族不断闹出事情，其二是……"

谭廷难得听她主动开口说这么多话，却又在看到她淡淡的笑容时有些发慌。

"什么？"

"我有宫寒之症，至今未能好转，恐怕难有子嗣了。"

谭廷耳边轰响了一下，又在看到眼前的人垂下眸子时，心口骤然一疼。原来是这样，竟然是这样……

他一把将妻子单薄的身子抱到了怀里。

项宜讶然抬头，看到了他温柔的目光。

"那又如何，那又如何？咱们可以请宫里的太医看病，若是当真没有子嗣缘，便让谭建多生几个，过继到我们膝下来就是了……"

项宜愣住了。

谭廷不禁想起自己总是缠着她，说些想要子嗣的话，还从李程允家里要来了小孩的衣裳……那些时候，她听见他说的话，看见小孩的衣裳，心里又是如何想？

谭廷抱紧了怀里的人，看见她发红的眼睛，心口一阵一阵地抽疼。他伸手捧住了她的脸，她微微躲了一下，却没能避开。

项宜侧着脸，说了一句："我们这婚姻，真的能长久吗？"

在初婚三年的冷漠后，还有这么多事情横亘在二人之间，这场由父辈替他们缔结的婚姻，就像是易碎的冰一样。

项宜问出了内心最深处的疑问，说不清是在问谭廷、问自己，还是问在天上看着他们的两位父亲。

项宜不知道答案，父辈亦不会告诉她，可将她紧紧地抱在怀里的男人开了口："能！如何不能？一定能！"

男人的语气异常地坚定，项宜原本恍惚的心思都在听到他掷地有声的话语后坚定了起来，心跳也不由得快了起来。

谭廷抱紧她，郑重地说道："宁宁的事情，你不必再让旁人帮忙，我来处置便是，必不让别人查出分毫。岳父和林家之间的事情，我倒是可以和顾衍盛一起查，想来他也有不少手段。"

谭家和林家这些年来往甚密，他确实需要顾衍盛的手段，补上谭家不便出面的部分。

他说着，又瞧了自己的妻子一眼，说道："只是宜珍要见他，须同我一道才行。"

他对义兄还真是十二分的防备，项宜无言了片刻，点头应了。

见妻子没说什么就应了，谭廷心里安稳了许多，这才又放柔了声音，与她说起了第三件事："子嗣的事情，宜珍也不要太放在心上，一来你我才成婚不到四年，过去的三年还因异地而蹉跎了，如今慢慢来就是；二来就算我们没有子嗣，谭建也是有的，他读书不成，多生几个孩子还不成吗？"

不知道二爷听了他大哥这话会怎么想。项宜听着谭廷的话，莫名其妙地放下了心，又听他说了一句："外面的大夫再好，比不得太医院的太医，明日我便请一位太医来家里，替你仔细调理调理。"

项宜把三件事全部告诉了他，他亦把三件事都妥帖地回应了。

此刻没有人打扰，也没有另生事端，成婚三年多的夫妻终于坦诚地把话一点儿一点儿都说开了。

项宜被他扣在怀中，觉得这般姿态实在不成体统，便转了一下身子，想要挣脱，可他不肯，反而将她箍得更紧了。

他这一用力，项宜手腕倏然一痛，忍不住低哼了一声。

谭廷愣了一下，连忙低头看过去，这才发现她细细的手腕上红了一圈，正是她要还他玉石的时候，他气急握住她的地方。当时用了几分的力，他也说不清，可现下看来，恐怕一不小心就力道过重了。

"弄疼你了？"他立刻松开了妻子，有些紧张地看着她发红的手腕，一开口，方才暗含几分强硬的口气便软了下来。

项宜手腕一阵阵发疼，想起之前他便弄破了她的嘴唇，今次又如此用力地弄疼了她的手腕。思及此，她转过身，没有理会他，径直走到了另一边。

谭廷怔了怔，见妻子低着头走到水盆边，沉默地用凉水洗着发红的手腕，不禁暗暗后悔，说道："要不要让人打点儿井水过来？"

他问完，见妻子仍旧低头洗着手腕，还是不说话，他终于慌乱了起来，嗓音闷闷地说道："刚才是我不对，宜珍莫要同我生气，可好？"

他这么问了，却听见妻子说了四个字："项宜不敢。"

谭廷听见这四个字，顿时有些无措了。

这时，丫鬟过来说项宁和杨蓁过来了，两个人想去后花园钓鱼，问项宜要不要一起去消遣。

谭廷轻轻地叫了妻子一声，说道："日头挺大的，你要不别去了吧？"

他刚说完，就听妻子反过来问了他一句："大爷是要将我强留在房里吗？"

谭廷万没有这意思，只是见她生他的气了，想再跟她说说话罢了。听见她这么说，他连忙解释道："自然不是！我只是看今日太热了……"

可妻子听了他的解释，只说一句："既然不是，那妾身走了。"

谭廷不知道说什么才好了，捏着眉心一阵头疼。

项宜用余光看向男人，见他捏着眉心苦恼，忍不住扬了一下嘴角，又在他看过来的时候，极快地收回了目光。

天热了起来，初夏的风吹动着池塘里初绽的荷花。

项宜同妹妹、弟妹去了后花园，刚到不久，就察觉有人跟了过来。

因着池边都是女眷，妹妹和弟妹又在嬉闹着，他一个大男人走过来不方便，便只能站在不远处的树下，朝项宜这边看过来。

项宜其实瞧见他了，却只当没看见，暗暗笑着，同弟妹、妹妹说着话。

见她坐在凉亭里，没有似另外两个人那般忙着钓鱼，谭廷便想到了她被他弄疼的手腕，不禁有些担忧，想问问她，却又不便上前，也不晓得她这会儿还生不生气了。

末了，他只能让个小丫鬟过去，问问她累不累，若是累了，就尽快回正院。可她听了小丫鬟的话，只是摇了摇头，甚至没有回头看他一眼。

谭廷叹了口气，站在树下又看了半晌，见妻子一点儿要回头的意思都没有，只能吩咐人给她们送了些瓜果，便独自去了外院书房。

今次春闱放榜，相比前几次世家大族的子弟在春闱榜上占绝大部分，此次有东宫授意，寒门中第的人多了起来。谭廷之前在京畿见过的寒门书生何冠福和赵立便都中了进士，等着几日后的殿试。

有了这般好的开头，庶族的怒气渐渐地平息了下来。不过有人欢喜有人愁，会试名额有限，寒门的人多了，世族的人便少了。

谭家有两名族人中了进士，还算是不错的，有些大族连一个中第的族人也没有，就比如凤岭陈氏。这约莫也是宫中的意思了。

陈氏涉及广西武鸣科举舞弊案，又干扰东宫派人查证，犯了大错，即便是有在朝的封疆大吏，也难逃罪责。倒是程氏和林氏一如往日般安稳。

谭廷静静地坐在书案前，想到了项宜拿给他看的那封残信。

如果确实是林氏和程氏联手陷害项直渊，导致项直渊含冤而死，那么他们的目的只是残害一位忠良吗？林家的事情，他姑母又知道多少呢？还是说，姑母对林家所做的事情也不知道？

他想到那位上了年纪却依然丰神俊朗的姑父林序，又想到那位在林家顺风顺水的姑母，隐隐觉得不对劲，可又说不上来哪里不对劲。

这些事情摆在他面前，他尚且觉得复杂难办，更不要说前些日子都藏在妻子心中了。

谭廷沉下心来，重新理了理这些事，叫了人进来，细细地吩咐了一番。

杨蓁钓了一会儿鱼，出了好些汗，觉得颇为难受，便回西跨院洗漱更衣了。

项宁坐在池边逗着鱼，项宜不禁多看了妹妹几眼。小姑娘因着常年身子不好，肤色偏白，五官精致小巧，是典型的江南女子的相貌。

项宜的母亲梁氏也是南方人，据父亲所言，宁宁的生母是她母亲的故人，想必也是南方人了。也不知道那位故人为什么要将女儿留在项家，甚至在项家当年落难，朝不保夕，很可能护不住宁宁的时候，都没有找上门来。

那人是忘了自己的女儿，还是已经不在人世，又或者身不由己呢？项宜也不知道答案。

她叫了项宁一声，说了要带她去治夜盲之症的事情，又说道："但有一桩，到时候姐姐可能安排宁宁用旁人的身份看病，宁宁莫要说漏了嘴。"

小姑娘惊讶地问道："这是为何？"

项宜不欲她晓得自己的身世，便说道："宁宁以后要谈婚论嫁的，为了避免旁人对这病症有偏见，还是稍稍遮掩为好。"

项宁笑起来，说道："姐姐也太多虑了，一来我还不知道什么时候才能成亲呢；二来人家若是对我这病有偏见，我们更不能骗人家，大不了我不嫁了便是。"

项宜充满爱怜地看了妹妹一眼，突然觉得妹妹能做一辈子项家女儿也挺好，她会替妹妹安排好一切。妹妹的生身父母还不知是怎样的情形，认了亲也未必是什么好事，如果能一辈子都不见，那也不错。只是她又禁不住想到了弟弟项寓，默默地叹了一口气。

项宜又跟妹妹说了会儿话，便带着她去吃午饭了。

谭廷当着妻妹和弟妹的面不好说什么，又担心妻子手腕上的红痕露出来，被人发现了，于是不停地替妻子夹菜。

见项宁和杨蓁笑着对眼色，项宜都有点儿不好意思了，说道："大爷好好吃饭就是。"

谭廷小心地看了她一眼，用极低的声音在她的耳边问了一句："那你不生我的气了？"

项宜没有回答，直到晚间也没同那位大爷好好说话。

见她这般，谭廷实在不知道怎么好了，站在房中，无措地看着她。

这会儿见她洗漱好了，他也连忙去洗漱，出来时只着了中衣，坐到了床边。

项宜见他过来，转过了身，还是不理他。

见她转了身，谭廷无奈地低头叹气，说道："别生气了。"

他说着，见她微微顿了一下，连忙又说了一句："也别说不敢生气这样的话……"

项宜听着，嘴角抽动了一下，问道："那大爷到底是让我生气还是不让呢？"

她说着，这才转过了身子，看了他一眼，又说道："大爷那般厉害，以后项宜都不敢说话了。"

她这话简直如同一根刺扎向了谭廷，算不上疼，却也绝对不好受。谭廷不免着急起来，转身上了床，就将她抱到了怀里。

他的动作大了一点儿，便察觉妻子抬眼看了过来。这下，他真不知道怎么办才好了，只能虚虚地圈着她，低声求她："我以后再不那般就是了。"

听了这话，项宜才顺了气，谁想他又道了一句："这两次是我不好，可你也别和顾衍盛走得那么近，行吗？"

项宜被他说得一哽，不禁问道："不知义兄又哪里得罪了大爷？"

谭廷哼哼了两声，有的话不好明说，显得他怪小气似的，而妻子和那人到底只是义兄义妹的名分。

见他不说，还有些委屈似的，项宜虽闹不清，但也不忍再难为他。

房中有安息香的舒缓气息缓慢地流淌着。

项宜想到他恼怒地将她困在茶桌上，非要她把什么事都说给他听，而她此前不知道怎么开口的那些话，还真的在他的追问下都说了出来。他听完倍感意外，却也一桩桩地接受了，且都扛到了自己肩头，没有再让她一个人担着。

她眼前不禁浮现她说起自己难以有孕，问他们的婚姻能否长久的场景。

他那时斩钉截铁地给了她答案："能！如何不能？一定能！"

想到这儿，项宜伸出手，轻轻地将掌心贴在了他的手背上，说道："好了，我不跟大爷生气就是了。"

她的嗓音柔和温软，落在谭廷的耳中，如同一股温泉流过一般。

"你真的不生气了？"

项宜嘴角噙着笑意，缓缓地点了点头。

她那样子，仿佛夜间庭院里悄然绽开的花一般，谭廷不禁在妻子温柔的笑意中恍惚了一下。下一秒，他不由得捧住了妻子的脸。

她的脸上还有些凉意，可那凉意在遇上他温热的手掌时立时消散了。

谭廷低下头，凑在了她的唇边，突然想起了什么，低声问了她一句："我可以吗？"

他的嗓音极其轻柔，仿佛生怕惊走了立在花骨朵儿上的蜻蜓似的。

他突然问了，项宜反而有点儿不习惯了，脸蛋儿蓦然一热。片刻后，她轻轻地点了点头。

得了妻子的应允，谭廷再没了顾忌，低头含住了那柔软的唇瓣。

直到男人一下扯开了自己的衣带，项宜才清醒了一瞬，说道："今日不逢五，也不逢十……"

男人嗓音低哑地说道："还要什么逢五逢十，逢双也不要了，宜珍觉得好吗？"

"啊？"项宜不禁愣了一下。

下一秒，她听见了男人更加低哑的嗓音："项宜珍，我只要你。"

初夏的夜里，悄然逝去的春光重现帐中。

许久许久，项宜微喘着睡了过去。男人替她擦了擦湿漉漉的发，在她的额间落下一吻。

安静的帐中响起了一道声音："你我夫妻怎么可能不长久呢？都会好的，都会安定下来的，放心吧……"

翌日，项宜起来的时候，当真日上三竿了，而某人一早就去了衙门。

项宜见到弟妹和妹妹的时候，那两个人都在偷笑。

中午，家里来了一位太医，那位去了衙门的大爷竟也趁着休歇的工夫，暂时回了趟家。项宜这才想起他说今日要替她找一位太医调理身子，没想到果真找来了。

老太医一把年纪了，见项宜身子单薄纤瘦，便说道："且不论别的，夫人当先要把身子养得健壮一些才好。"

项宜点头应下。

老太医一番望闻问切，又问了她此前找其他郎中瞧病的情形，才说道："夫人这寒征确实有些严重，又因着没有及时调理，多拖了好些年。"

听他这般说，夫妻二人的脸色都有点儿不好看。

老太医又说道："夫人到底还年轻，以后能不能有子嗣，就看调理得如何了。"

"不知如何调理？"谭廷连忙问了一句，又看向自己的妻子，说道，"若是太难为的话，顺其自然也就罢了。"

她吃了不少苦了，他不想她再因为这个而受罪。

项宜不由得多瞧了他一眼。

老太医却捋着胡子笑了一声，说道："除了汤药难免苦一些，老朽倒觉得这对谭大人来说是一桩美差。"

"美差？"谭廷和项宜都愣了一下。

老太医笑着看向谭廷，说道："不知道谭大人在京外可有温泉山庄？若是没有，便置一座，隔三岔五地带夫人过去泡一泡，效果恐怕比吃药还要好。"

谭廷听着，眼中都放了光，惊喜地说道："您这办法当真是好！谭某还真有一座温泉山庄，闲置许久了。"

"那便好了，老朽留个方子，夫人再好生泡些日子，过一阵子老朽再来看诊，看看到底如何了。"

谭廷连声道谢，还同项宜轻声说了一句："我到时候陪你一起……"

当着老太医的面，项宜可不好说什么，倒是想起了夜盲的妹妹。太医院的太医来一趟不易，若能顺便帮妹妹看一下就好了。

思及此，她便把项宁叫了过来。

老太医原本没太在意，却在给项宁诊了脉后，着意看了她一眼，问道："姑娘还有些弱症，也是娘胎里带来的吧？"

项宜替项宁回答道："她从小身子就不太好，后因家道中落，险些连药都吃不起了，又耽搁了许久……"

老太医摇了摇头，说道："既是娘胎里带来的弱症，总是不那么容易好的，吃不吃药倒也是其次了。"

项宜听了，又问了一句夜盲之事。趁着项宁不注意，她同老太医说，自己打算带妹妹去一趟京郊，听说那里有个杏林世家，善看此病。

老太医听了，笑了一声，说道："夫人不用去了，老朽便是那杏林世家出身。"

项宜又惊又喜，连忙问道："那您看小妹这病怎么治？"

老太医开了一个方子，又不由得看了项宁一眼，才低声说："老朽治过不少患有夜盲之症的病人，其中有一位，老朽治了十几年，至今未能痊愈，不过长年累月的也有些好转。夫人用这个方子给姑娘抓药即可，慢慢养起来也就是了。"

项宜不晓得他说的那位病人是什么情形，老太医不多说，她也不便问，因此只是连声道谢，将方子收了起来。

项宜不用带项宁去外地看病，自然也就不用顾衍盛帮忙遮掩了。

下午，谭廷原本要回衙门，却见项宜收到了顾衍盛的消息，邀她出去商议事情，他便让人往衙门里替他请了半日的假。好在衙门并不严苛，请假放假也是常事。

顾衍盛在约好的地方等着项宜，没想到等来了两个人，忍不住挑了挑眉。谭廷则在他看过来时，伸手牵起了身边妻子的手，待三个人见面行礼，才把手松开了。

顾衍盛不动声色地问了一句："谭大人今日没有上衙？"

谭廷没想到这道士还记着自己今天本是要上衙的，不禁哼了一声，说道："不劳舅兄费心，谭某近来不忙。"

近来不忙的意思，便是有更多的时间在家了。顾衍盛没说话，只是轻轻地看了项宜一眼。

项宜只好同他解释了一句："大爷都晓得了。"

顾衍盛无话可说，目光微落。

这家茶馆以茶盅沏茶为特色，各人可挑自己想喝的茶，项宜便问他们想喝什么茶。

项宜一问，顾衍盛就听见那位谭家大爷轻轻地对项宜说道："宜珍，我要喝龙井，你知道的，最清、最香的那种。"

言语间尽是夫妻之间的亲昵。

顾衍盛没说话，只是让人将自己刚才饮的茶撤了下去。

"大哥要喝什么？"

谭廷眼帘微微动了一下，就听见顾衍盛极其温柔地对他的妻子说道："我与宜珍喝同一种茶就好。"

那道士说得状似无意，可目光从他身上掠了过去，嘴角微带笑意。

谭廷："……"

狡猾的妖道！

他见妻子也应了那人，忍不住就问了一句："那宜珍喝什么茶？"

说这话时，他的嗓音又有隐隐的闷闷不乐之感了。

项宜看了他一眼，隐约明白了他的心思，暗暗笑了笑，说道："那就都上龙井吧。"

她这么一说，才看见这位难伺候的大爷翘了翘唇角。

顾衍盛同谭廷正经说起了话来。当先就是项宁的事情，谭廷请太医看过了，不用顾衍盛再操心了。接着便是那封残信的事情。

先不说是谁送来的信，只看信上所言，十有八九是真的。

顾衍盛这几日打听过了，信中提及的两个人，彼时看起来没有什么紧要，可前后站出来弹劾项直渊的人都与他们有关。这两个人虽然都不是林家人，但一个是林家的姻亲，另一个曾是林阁老的学生。如此这般，可见林、程两家同项直渊的死脱不开干系了。

项宜的眼睛红了起来，谭廷看着不由得心里一疼。

顾衍盛此时问了谭廷一句："谭大人准备怎么办？"

谭廷当然不会包庇林家，当即便答道："此事如果为真，那么接下来就该查明林氏和程氏陷害岳父的目的。"

他说到这里，看了顾衍盛一眼。不必他开口，顾衍盛和项宜都想到了另一件事：项直渊生前走得最近的人便是顾衍盛的伯父——大太监顾先英，而项直渊亦是在顾先英失势后遭遇了这般迫害。

那么顾先英的失势和项直渊的死，是不是同为林、程两家所为，其目的又是什么？

三个人一时间都没有说话，屋内陷入了静默。

半晌，谭廷才又开了口："还要查出把信送到宜珍手上的人是谁以及此人想做什么。"

这个人也是个关键人物，好在谭廷已经有了办法。不过没等他开口，顾衍盛便说了一句："我想，谭大人应该可以设计引诱，让此人现身。"

如今看来，那人把信送给项宜，很有可能是为了离间他们夫妻。

顾衍盛想了想，又补了一句："这人多半是奔着谭大人来的，谭大人接下来还是先同宜珍分开为好。"

谭廷也是这样打算的，可是这办法从顾衍盛的嘴里说出来，一下子就不对味了，尤其顾衍盛还说那人是奔着他来的……

谭廷没同这道士在言语上纠缠，只是难免不快，因此快速地同他分好了各自要做的事情，就带着妻子回了家。

回家的路上，项宜说道："那我还是照着原计划，带宁宁出去看病好了。"

谭廷不同意，又想到道士总是不怀好意，便说道："正好老太医说了温泉暖身的法子，你就带着宁宁去京郊的温泉山庄住几日吧。待我诱出那人，就去温泉山庄寻你。"

谭廷从书房回来的时候，就见房中一派祥和轻快，两个丫鬟替项宜收拾好了出门要带的东西，甚至连篆刻的一应器具也带上了，似是要去避暑休歇一般，好不快乐。

妻子要走，他可走不了。谭廷想到顾衍盛出的好主意，忍不住腹诽了一句，而后坐到一旁默默地喝茶。

项宜抬眼见他这般，不知他又怎么了，只能让丫鬟们先下去，而后问他："大爷怎么了？"

谭廷不能出尔反尔，便一时没有回应，倒是想起了他在清嵋时就提过的一件事情，便看向妻子，问道："宜珍可否别叫我'大爷'了？"

"那叫什么？"项宜歪头看了这位大爷一眼，黛眉微挑，说道，"难道叫老爷吗？"

谭廷险些被茶水呛到。

他转过头去，就见她的嘴角含着些许笑意，不禁又是一阵心动。

"我哪里老了？"他轻瞥了她一眼，说道，"宜珍就不能叫我的表字吗？"

项宜就知道他说的是这个，当下忍不住在心里偷笑了一下。

她斟酌了一下，说道："表字……"

谭廷见她还是没答应，抿了抿嘴，突然想到了什么，又说了一句："若是叫不惯表字，叫夫君也是可以的。"

说到后半句时，他的嗓音里暗含三分愉悦。

说完，谭廷就一脸希冀地向妻子看了过去，等着她叫他一声"元直"或者"夫君"。

可她就是不说话。谭廷干脆目不转睛地看着她，看得她不得不开了口。

他看见她红唇微动，下一秒，就听见她说了一句："晓得了……谭大人。"

项宜说完，立刻就要快步出门去，不想身后卷来一阵疾风。她讶然转身，那风迎面扑了过来，接着，她就被男人压在了花格架子上。

架子上的瓶瓶罐罐轻轻地晃了几下，发出了细碎又悦耳的声响。

项宜后背靠着花格架子，被人抵着动弹不得，只好说道："大爷做什么？"

男人低头看了她一眼，似笑非笑地问道："怎么不叫谭大人了？"

项宜没说话，脸上却热了起来。

他抵着她，低头在她的耳边问道："到底叫我什么？"

湿热的气息扑到她的耳中，她再经不得他这般了，可"夫君"二字又实在叫不出口，末了，她只好低低地道："把我放开……元直……"

那两个字从她的口中说出来，似温水般淌进了谭廷的耳中。他顿时有些把持不住了，不仅没有放开她，反而一把将她抱了起来，直将她抱得比自己的视线还要高。

项宜惊得连忙搂住了他的脖颈，听见他嗓音发哑地说了一句："宜珍，在温泉山庄等我。"

翌日恰是殿试，项宜还没来得及走，谭廷就临时回了一趟家，说是殿试的一甲三位都出来了。

不同于往年世家子弟占据鳌头的情形，今次的一甲三位中，状元是军户出身，榜眼乃寒门子弟，探花则是一个小世族出身的读书人。

与此同时，广西武鸣科举舞弊案的重审结果也出来了。

项宜闻言，顿时直起了身子。

谭廷说，宫里对凤岭陈氏丝毫没有网开一面，尤其东宫的态度十分强硬，处置结果可谓大快人心：涉及此事的人都被捉拿归案，严惩不贷；涉及此事的世族，在广西当地的，子弟全部禁考十年，不在当地的族中旁支，子弟禁考五年；涉事世族出身的在朝官员，五年内不得升迁。最后这一条，连陈氏那两位封疆大吏也逃不过了。

这是东宫的雷霆之怒，以儆效尤，震慑那些不安分的世家，不得再占据高位，压榨寒门庶族。

有了这件事豁开重审旧日冤假错案的口子，项宜只觉得替父亲洗刷冤情的日子也不远了。不过事涉林、程两族，他们暂时不能轻举妄动。

谭廷握住了项宜的手，说道："你放心，都会好起来的。"

京城程家。

绿树环绕的幽暗花园里，没有一丝夏日应有的暖意。

程云献一早去亡母的牌位前上了香，回来时从那片花园路过，虽然加快了脚步，但还是遇见了坐在林中幽池旁的父亲程骆。

父亲似乎正在看朝中刚送来的消息，不知看到了什么，冷冷地笑了一声，轻声说了一句："庶族，寒门，嗬，太子可真有意思……可那又怎么样呢？"

恰在这时，有人过来了，低声在他的耳边说了一句："……约您见一面。"

因隔着一段距离，程云献没有听清那人说的话，只是见父亲微微抬头，算是应了。

这时，风将父亲脸上常年戴着的面纱吹开些许，程云献只看了一眼，便禁不住颤抖了一下，而父亲恰在这时抬眼看了过来。

她连忙低下头，只听见父亲跟她说了一句："顾好你自己。"

她知道他说的是什么事，这是让她快些的意思了。

待父亲走远了，程云献才从那种阴冷如地狱一般的情形中脱离。她看向周遭的阳光，有一种恍若隔世的感觉。

她是世家大族的宗家大小姐，被万人羡慕，谁又能想到她过的是这样的日子？

她回到自己的院中，便有人上前禀报："大小姐，谭家那边有动静了。谭夫人今日晌午带着妹妹离开谭家了，似是去了京郊。谭大人刚散了衙，不过没有回家，而是又去了酒楼。"

不等程云献回应，一旁的丫鬟绿幽便握住了程云献的手臂，问道："姑娘，是不是成了？"

程云献闻言，深吸一口气，慢慢地呼了出来，脸上露出三分笑意，说道："十有八九是了。"

言罢，她就让绿幽替自己换了衣裳，精心理了妆容，立时出了门去，直奔谭廷所在的酒楼。

那酒楼今日恰好请了人唱戏，台上锣鼓喧天，台下人潮涌动。程云献不知那位谭家大爷怎么寻了这么吵闹的地方喝酒，不过他这会儿就坐在离戏台不远的桌子旁，身边亦没有别人，倒是让她不必另找借口，只说是来看戏就行了。

她暗暗道好，立时去了谭廷的桌边，而后似是恰好遇见一般，半惊半喜地说了一句："这么巧，谭大爷也来此听戏？"

她说完，就见捏着酒杯的男人抬头看了她一眼。

程云献在他看过来时，露出些许女儿家的娇羞来。若是她能嫁给他，就算他对她没有用情极深，也好过继续待在程家那样幽冷如冥界的地方吧？

"这会儿人太多，没有座位了，云献能在此坐一会儿吗？"

她说完，就见男人点了点头。

程云献放下心来，先夸了两句戏台上的戏如何好，然后话题一转，状似无意地说道："云献今日出门，恰在街上遇到了谭夫人。谭夫人怎么好似离京去了？"

谭廷看了她一眼，说道："没想到程大小姐对拙荆如此上心。"

程云献还以为他说这话是因为对那项氏心有怨怪，便说道："只是恰巧碰到。"

"是吗？"男人突然反问了一句。

程云献听到他这般口气，愣了一下，朝他看过去，却见他忽然笑了一下，从袖中拿出一封信来，放到了桌上。

谭廷说道："程大小姐若是不上心，怎么还特意给拙荆送了这封残信呢？"

程云献彻底怔住了。

谭廷看着近来总在特殊时机出现的程大小姐，修长有力的手指点在了信封上，冷声问了一句："不知程大小姐意欲何为？"

戏台上下一片喧嚣，好不热闹，程云献却陷入了沉默。

她方才还想，自己或许能就此脱离苦海了，可万万没想到，原来自己这个设局的人，已成了别人局里的人。

否认或者强辩都没了意思。程云献看着那封信，着实沉默了一阵，而后自嘲地笑了一声，说道："没想到谭大爷和夫人情比金坚，云献羡慕，亦十分佩服。"

谭廷见她果然不怀好意，又想到妻子那天险些离家，脸色顿时冷了下来。

程云献向谭廷看了过去，在看到男人英俊的面容和沉稳的气度时，想到他对妻子项氏的情意，不禁恍惚了一瞬。

她再没有机会得到这样的男人了，可她更不想任父亲摆布。

半晌，程云献开了口，声音低了几分："关于这封信提到的事，我想谭大爷应该想知道更多内情吧？"

谭廷冷着脸，看着程云献，指尖在桌上轻轻地点了几下。

"程大小姐可以让谭某知道些什么？"他直截了当地说道，"谭某或许可以用程大小姐想要的东西做交换。"

见他一眼就看穿了自己的意思，程云献不由得又看了这个男人几眼，才缓缓地说道："家父身上有件秘事，涉及与项大人有关的另一人，谭大爷想必会有兴趣知道。云献可以找个机会，让谭大爷亲眼看到这件秘事。"

她开口便提到了她的父亲，程氏的族长程骆。程骆并不在朝中为官，且深居简出，在人前露面的次数屈指可数。谭廷从前便觉得此人与旁的世家大族掌舵人不太相同，如今看来，恐怕是深不可测之人。

他不禁又看了一眼程云献，说道："令尊的秘事，程大小姐竟然肯让谭某这个外人知道，不知是想让谭某以什么为交换？"

程云献到底是程家的人，若是程家出了状况，她又怎能撇清干系？然而他这么问了，就听到那位程大小姐极淡地笑了一声，对他说道："谭大爷不必顾虑许多，云献只有一个要求。"

"你讲。"

程云献深吸一口气，说道："事成之后，还请谭大爷替我改名换姓，送我远走高飞！"

谭廷一愣，再看向程云献时，眼中多了几分思量。

"谭大爷肯答应吗？"程云献紧张地攥紧了手。她最后的机会，便系在这位谭家宗子身上了。

她晓得自己得不到他的情意，也得不到他正妻的位置，可若能以秘密交换，让他帮她从程家脱身，她想，他或许比那些与她同根同源的程家人更可靠、更值得信任。

她紧紧地攥着双手，半晌，终于见那位谭家大爷缓缓地点了点头。

谭廷收起方才的疑问语气，认真地说道："谭某应下了，言出必行。"

程云献重重地松了口气。如果他真的能说到做到，她就再也不用在那个令人窒息的家族里多留一天了！

她起了身，给谭廷行了一礼，说道："谭大人请放心，云献会尽快找到机会，让谭大人一睹究竟的。"

她说完，没有多停留，快速地离开了酒楼。

谭廷收起那封残信，转了转手里的酒盅，却并未饮下，只是捏着酒盅思量了一阵。

程云献说程骆的秘事涉及和他岳父有关的另一个人，那人是谁？……

谭廷默然思量，却见旁边来了一个着绛紫锦袍的人。他并不怎么想理会这个人，这个人偏坐了下来。

当着他妻子的面，这人一副彬彬有礼的样子，这会儿他妻子不在，这人便无礼起来了。

谭廷看了不请自来的顾衍盛一眼，没有说话。

倒是顾衍盛一边听着戏，一边状似无意地问了一句："程大小姐？"

谭廷也往戏台上看了一眼，随口应了一声。

顾衍盛似笑非笑地说了一句："果然是奔着谭大人来的。"

谭廷斜了顾衍盛一眼，又庆幸妻子不在此处，不然此事是他招来的桃花，实在令人尴尬。

"顾道长就不必替谭某操心了，只要宜珍不在意就行。"谭廷想，他的妻子才不会因为这点儿事就生他的气。

顾衍盛轻笑了一声，点了点头，说道："那是，宜珍当然不在意。"

道士专门加重了"在意"两个字的语气。

此在意非彼在意……

谭廷一哽，心里来气，又想了想自己妻子的性子，确实不像会拈酸吃醋的样子……

思及此，谭廷不由得郁闷起来，不过他也不能让旁人看出来，便又哼了一声，说道："不管在不在意，宜珍都是谭某明媒正娶的妻子。"

这话一说出口，那道士没话说了。

戏台上传来唱戏声，调子轻快。

谭廷倒也准备同顾衍盛斗到底，神色一凛，低声问道："你可察觉程家有什么不对劲之处？"

顾衍盛闻言，点了点头，压低嗓音说道："不瞒谭大人，我伯父的事情，恐怕与程家脱不了干系。"

他暗中调查顾先英的失势和项直渊的死，不是一日两日了。

顾先英失势的时候，他年纪太小，又因为伯父得罪过不少人，日子过得十分艰难。后来伯父意外葬身火海，连尸骨都未能找全，他也只能将伯父仅有的遗骸匆忙下葬。

近些年，他有了自保之力，便去翻查当年之事。虽然那事过去许久了，但还是被他查到了一些蛛丝马迹。

听见顾衍盛这么说，谭廷缓缓地点了点头，问道："程大小姐过几日会请我去看程家的秘事，不知道长可愿同往？"

顾衍盛闻言，朝他看了一眼，只见这位谭氏宗子神情舒展、眼神坦荡，不由得微顿，而后郑重地说道："多谢。"

项宜和项宁一走，谭府冷清了不少。

翌日，谭廷早早散了衙，回到家就见到了放假回来的谭建和项寓。

谭建自不必说，回了西跨院就不出来了，剩下项寓独自面对谭廷。

谭廷发现妻弟似乎清瘦了不少，神色亦有些落寞，还以为他是因为项宜和项宁不在家，跟自己这个姐夫实在是没话说，便试探着说了一句："若是寓哥儿也想去温泉山庄，这会儿骑快马过去，能赶在天黑前到。"

谭廷早就算好了时辰，若不是明日一早要上衙，他早就去了。

然而他这么说了，却见项寓摇了摇头，神色也越发落寞了。

"我回房读书就好。"项寓谢过谭廷的好意，低头回了房中。

长姐怎么可能无缘无故带着宁宁去温泉山庄？定是故意为之，不想让他与宁宁见面。他若是去了，长姐必然会生气的。

项寓在房中心不在焉地看了一阵子书，天色暗了下来。

谭家老宅处处掌了灯，亮堂堂的，光亮洒在青石板上，不用提灯照路也能走动。

项寓目光落在窗外，思绪纷乱。

不晓得温泉山庄是否也如此亮堂，让夜间看不清路的人也能安安稳稳地走一走……

京郊，温泉山庄。

谭廷从前独自在京城，没什么心思消遣，后来带着项宜过来了，事情一件接着一件，若不是此次老太医提及，他根本想不起来谭家在此处还有个温泉山庄。

温泉山庄是早早就置办了的，地势颇高，在水的上游，山庄里雕梁画栋，有五六个大小不一的温泉池。便是项宜从前跟着父亲在京居住的时候，也没有见过这样的地方，可见是世家大族才能拥有的。

项宜和项宁到此处的当天，便选了个小池子进去泡了一会儿。今日围着山庄走了一圈，姐妹俩吃过饭，又坐到了池边泡脚。

天色渐渐暗了下来，项宁下意识地不想在外面多停留了，怕看不清路，对这里的地形又不熟，万一再失足跌进池子就不好了。

项宜爱怜地看着妹妹，不舍得她早早回房，便让人把院子里的灯全部点亮了，又在她身边多放了两盏灯。

灯光映在温泉池的水面上，四下亮如白昼，项宁的眼睛亦亮了起来。

"好亮堂呀，就像逢年过节的时候一样！"她说着，笑着挽住了项宜的手臂。

"逢年过节？"项宜有点儿出神，随口问了一句。

项宁笑道："姐姐嫁到谭家后，家里就只剩下我和阿寓两个人了，而我到了晚上就看不见了，只好早早歇息，因此即便是逢年过节的时候，家里也比旁人家更显得冷清。阿寓见了，就在院子里点上灯，墙头、桌上、地上全是他点的灯，院子里亮得像白天一样，我连墙脚的耗子洞都能看见了！后来隔壁邻居还来敲门，问我们是不是家里着火了……"

她说着，开心地笑起来，又说道："我让阿寓省着点儿灯油蜡烛，他却不肯，我便也没办法了，他可不像听长姐的话一样听我的话。柿子净拣软的捏，真是个坏弟弟……"

项宜纷乱的思绪被项宁的话拉了回来。

她低头向小姑娘看去，见小姑娘说着说着就不笑了，目光朝着京城的方向看了过去。

"今日阿寓放假了吧？这里多好呀，阿寓要是也能过来就好了……"

温泉的水光照到了项宜眼中，项宜的眼睛酸了一下。

看来弟弟真的在很早以前就知道宁宁不是项家人了。可是他又能怎么样呢？除非宁宁的生母现身，把女儿认回去，兴许弟弟还有一点儿机会，如若不然，他今生今世都别想了……

项宜揉了揉眼睛，暗暗地叹了口气。

这时，有人过来通传，说是京城府里来人了。

项宁飞快地站了起来，一脸期待地说道："啊？不会是阿寓听说我们在此，赶过来了吧？"

那人摇了摇头，答道："不是寓少爷，是大爷派人给夫人送了口信，说是让夫人放心，大爷过两天放假了就过来。"

听到那人这么说了，项宁有些失落地坐了回去。

倒是项宜听出了那位大爷的意思。

看来他诱出送信的人了。

竟这么快，那他过两日放假，还真的就要来了。

姐妹俩又在池边泡了一会儿脚，说了一会儿话，才各自回了房里。

京中和京畿的谭氏族人也不少，有两家正逢婚丧事宜，项宜作为宗妇，就算不出面，也要打发人去，因此她回房后还理了一会儿事，才去歇下。

项宁因着夜里看不见东西，向来是天黑不久便睡下了，自然也醒得早。翌日天刚亮，她就醒了，而项宜房中还没有动静。

天气渐渐转热，也就清晨清凉一些，项宁见姐姐还没醒，就叫了小丫鬟一起从后门出去，往后面的小山上走一走。

此处都是贵人门庭的别院山庄，除了早间进出的仆从，倒也没什么人。

项宁同丫鬟一道往上走，走到了山腰，便见房舍少了许多，只有两个地势颇高的庄院。她自然不会往别人家的院子里去，这会儿累了，就挑了一块大石头，坐在石头上歇脚。

丫鬟见她暂时没有回家的意思，便说往上走两步，替她探探路。

项宁点头道好，独自坐在石头上，捡了一片大叶子扇风。

从此处向下看去，山脚延绵着的村庄和小湖尽收眼底。她看得认真，听见身后似有脚步声和嘀咕的声音时也没太在意，想着大概是谁家的仆从路过罢了，没想到那两串急匆匆的脚步声忽然就到了身后，她还没反应过来，就被两个人一把架了起来。

那两个人架着她，不由分说地就拉着她走，还说道："太太怎么可以一个人在此？真是要了奴婢们的命了！"

项宁这才看见对方是两个丫鬟模样的人，不由得愣了一下，说道："你们是谁呀，认错人了吧？"

她一开口，那两个人皆是一怔，这才转头看向项宁脸上。

两个人这一看，都似眼睛花了似的，揉了揉眼睛，待回了神儿来，才相互对了个眼神。

"怎么这么像……"

两个人发现自己真的认错了人，赶紧松开了项宁。

项宁觉得有些莫名其妙，又有些好笑，便问道："你们是谁家的人呀？是你们太太与我相貌相近吗？"

她并没有生气，只是觉得这桩巧合甚是有趣，还笑着问了那两个人。

那两个丫鬟模样的人却完全笑不出来，连声道歉，也没回应她的话，转身就跑远了。

项宁只觉得奇奇怪怪的，不多时从山上下来，回了谭家的温泉山庄，与项宜一道吃早饭的时候，就说起了这件事。

项宜正在给她盛粥，听她说完，差点儿打翻手里的粥碗，幸好被乔荇抬手扶住了。

乔荇说道："夫人小心些。"

项宁也惊讶了一下，长姐素来做事很稳当的，怎么差点儿打翻了粥碗？她想了想，问了项宜一句："姐姐是从宁宁说的事情里听出什么不对劲了吗？"

见妹妹察觉了异常，项宜不由得愣了一下，不过事情还没有弄清楚，她并不打算将此事立马告诉妹妹。毕竟妹妹从小到大都以为自己是项家的孩子，若是突然得知自己另有身世，只怕不能接受。

思及此，项宜看了项宁一眼，而后说道："没什么，我还以为是拍花子的来了，要把宁宁拐走。我们刚到此处，对四周还不熟悉，宁宁这几日就在山庄里，先不要出门了，万一真有拍花子的，姐姐可要担心了。"

项宁的生母是什么情况，她也不知道，可如果那人真的在附近，母女俩又长得这么相像，说不准就要出什么乱子。思及此，她便不敢让项宁出门了，嘱咐了项宁好生留在山庄里，哪里都不要去。

项宁甚是意外，不知道姐姐怎么如此小心，不过也没有多说什么，只是悄悄地看了姐姐两眼。

项宜心里隐隐不安起来，吃完饭就叫来了山庄里的仆从，好生询问了一番附近人家的情况。

第十七章
风云涌

　　这里是京郊有名的温泉地段，有颇多世家大族在此处建了宅院，项宜总不能直接上门询问，暴露了自身，便叫了灶上的厨娘过来，吩咐道："你去做些咱们清嵋老家的点心，然后让人送给周边邻居，就道谭家要在此处住些日子，同邻里走动一下。"

　　项宜吃过饭就吩咐了一连串事情，心里只想着项宁今日的奇遇，没太留意项宁这会儿在做什么，倒是项宁偷偷地看了看她。

　　一座不起眼的宅院中，方才认错了人的两个丫鬟一回来，便不放心地跑到了自家太太门前，想亲眼看看太太到底在不在。

　　两个人小心地探头往屋内看去，却完全没有看到人影。

　　其中一人说道："太太呢，怎么没在？"

　　另一个丫鬟咽了口唾沫，想到从前因着太太不见而遭受的惩罚，虚汗都冒了出来，说道："刚才那个人不会就是太太吧？"

　　"胡说什么呢？那个姑娘那么年轻，纵使相貌与太太有八分相像，年岁也对不上呀！别胡扯了，快找人问问。"

　　"也是……"

　　不想两个人刚回头，就看到了站在她们身后的妇人。

　　妇人拿着作画用的颜料，青的、黄的、蓝的，缤纷的色彩倒是衬得她上了些年岁的面容重新焕发了年轻时的光彩。她肤白细腻，有着灵动的江南美人的相貌，令人看一眼便忍不住心生亲近之意。

妇人的目光落在两个丫鬟身上，问道："你们刚才说，有一个小姑娘长得与我有八分相像？"

她这样问了，两个丫鬟就算不想多说也不得不点了点头，又说道："是奴婢们认错了人，还以为……"

拿着颜料的妇人轻轻地哼笑了一声，一边往房里走，一边说道："还以为我又跑了出去，是吗？你们以后仔细些，别吓着人家姑娘。"

两个丫鬟一脸尴尬，进了房中便跪到了画案前，请罪道："是奴婢们冒昧了！好在那位姑娘没有生气。太太恕罪。"

妇人没再理会她们，只是拿起了案上未完成的画像。那画像上画着一个十五六岁的小姑娘，穿着淡粉色的衣裙，捏着一朵花，安安静静地坐在花丛里。

妇人看着画像，目光柔和到了极点，又暗含了些许水光。片刻后，她似是想到了什么，开口问道："你们见到的那个姑娘，与这画里人有几分相像？"

两个丫鬟抬头朝画像看了过去，都在下一瞬瞪大了眼睛。她们方才见到的那个姑娘，竟如同从这幅画像中走出来的一样！

妇人挑眉看了她们一眼，问道："怎么，很像吗？"

"简直有十分相像！"

妇人怔了一下，又问了一句："年岁也相仿？"

两个人都说是，说那位姑娘正是十五六岁的年纪，说完，就见自家太太不说话了，怔怔的，不知想着什么。

半晌，妇人轻哼了一声，背过了身去，淡淡地说道："这世间相似的人多了，你们以后莫要再看花了眼，平白无故吓到了旁人，反而是我的罪过了。我已这般年岁，早就认了命，知道自己这辈子是走不掉了，只希望你们莫要再祸害旁人就是。"

她说完，挥手让那两个丫鬟下去了。

两个丫鬟一走，妇人拿着画的手陡然颤抖了起来。

她看着画像上想象出来的女儿的样子，半晌，朝窗外看了过去，喃喃道："宁宁，是你吗？"

不多时，门房提着一个点心盒子走了过来，禀道："太太，附近山庄里有贵人搬了过来，给邻居们都送了些点心，这是给咱们的。"

丫鬟走过来说了一句："太太若是不想收，奴婢替您处置了就是。"

妇人抬手止住了她，说道："不知道是什么新奇点心？打开看看。"

丫鬟没再多言，立刻打开了那点心盒子。

妇人见盒子里面放着几样外地式样的点心，便问："是谁家送来的？"

"是谭家。"

"清崤谭氏？宗家夫人姓项的那家？"

门房连声说是："正是项氏夫人到了山庄，吩咐人给邻里送点心的。"

妇人闻言，一时没说话了。

丫鬟朝她看过去，问道："太太要尝尝吗？"

妇人不动声色地看了那些点心一眼，说："尝不尝倒是无所谓，只不过总要礼尚往来。你让灶上也将我常吃的江南点心做上一匣子，明日作为还礼，送到谭家去吧。"

她说完，便如真的并不在意那些点心一般，转身回了房中。

第二日一早，刚用过饭，项宜让人送了点心的各家就都有了回应，有回赠花卉的，也有回赠点心或者一些瓜果的。

项宜把各家的回礼仔仔细细地看了一遍。

项宁也过来看了看，说道："姐姐倒是把这些回礼看得仔细。"

项宜笑了笑，没说什么。

项宁打开了一个匣子，"呀"了一声。

"怎么了？"

项宁推了匣子给她看，说道："这家竟送了江南的点心给咱们！这些点心的样式，和娘亲从前爱吃的那些家乡点心一样呢！"

项宜看着那些江南点心，问道："这是谁家回的礼？"

下人说，回礼的人家姓张，是一个皇商人家，宅院里住着的是那位皇商常年养病的太太。

项宜又问了详细情况，下人却不晓得了，只说那位太太似乎身子非常不好，从不出门。

项宜闻言，心跳快了一拍，看着那盒点心，陷入了沉思。

京城。

谭廷连着几日留在衙门的时间长了起来，几位通政司老大人见他如此上进，都说他前途不可限量。

谭廷不敢领受，也没有告诉他们，自己在衙门逗留，主要是因为家中冷冷清清的，没人挑灯坐在窗下，一边做衣裳，一边等他。

话说回来，他的妻子一离了家，就像泥牛入海一样，一点儿音信都没有了。他完全不知道她在山庄忙些什么，若不是他派人过去看了，鬼晓得她到底在不在那里。

想到这儿，他看着一个人影都没有的正房，忍不住坐在她常坐的窗下，生了一会儿气。

这时，浆洗房的人送洗好的衣裳过来。谭廷抬眼瞧见其中有一件未见过的新衣裳，愣了一下，问道："这件衣裳也是我的？"

别是谭建或者寓哥儿的吧？

浆洗房万不敢将主子的衣裳弄混了，连忙说道："这是夫人前些日子亲手给您做的新夏裳，奴婢们刚洗好的。"

谭廷惊喜地睁大了眼睛，刚才同妻子生的那点儿气也没了影儿。

"夫人总是对我上心的。"他说道。

下面的人无不应和，道："那是自然。"

谭廷翘了翘嘴角。

翌日下了衙，他就将妻子给他做的新衣裳穿在了身上，立在项宜的梳妆镜前，瞧了好一会儿。

这时，程云献突然让人送了消息过来。

谭廷立时打起了精神，把新衣裳脱下，换了一身不起眼的黑衣，又让人通知了顾衍盛，便悄然出了门。

程云献给的地点在京外的一个湖泊附近。谭廷并不晓得程家还有这么一座院落，竟建在湖上，而顾衍盛对程氏暗中留意多一些，倒不觉得奇怪，说道："那程大老爷程骆甚是喜欢这个地方，时常过来。"

程云献让他换上程家小厮的衣裳，从不起眼的偏门进入那湖上宅院。她提前几日就到了此处，为两个人今日的潜入准备好了一切。

谭廷话少，顾衍盛却问了一句："程大小姐如何料到令尊这几日会来这里呢？"

程云献没见过顾衍盛，还以为是谭廷身边的紧要人，便回了一句："父亲常来这里，尤其是五月。而每年这几日前后，父亲必来此湖，甚至整日整日地泡在水中。我便是依着他往年的习惯猜测罢了。"

"每年五月的这几日都来？"

程云献点头。

谭廷想到了什么，回头看了顾衍盛一眼，便见他收起了嘴角惯有的笑意，脸色阴冷了几分。

这毕竟是程骆的地盘，程云献能做的十分有限，便没再让他们停留，送两个人往湖边去了。

程氏小厮打扮的二人很快到了湖边的竹林中，佯装收拾着竹林里的落叶。

风从湖面吹过来，在竹林里穿过，阴风阵阵。两个人往湖上看过去，并没有见到程骆的影子，只看见湖边站着两个暗卫模样的男子，紧紧地盯着湖面。

难道程骆潜在湖中？谭廷和顾衍盛对视一眼，都有一种怪异之感。

这时，湖面突然泛起波澜，有人从水下游了上来。

二人定睛看去，只见湖边站着的那两个人都立刻朝那人行了礼，而那人侧对着他们，虽然看不清面目，但是看身形，是程骆无疑。

这时，顾衍盛低声同谭廷说了一句："程骆常年戴着面纱，今日却没戴……"

话音未落，那程骆恰好转过了身。两个人的目光俱落在他的脸上，只见他上半张脸与常人无异，下半张脸却扭曲诡异，定睛细看，竟是烧伤！

这般景象极其骇人，若是寻常人，必要被这景象惊得弄出响动，好在谭廷和顾衍盛都非常人，当下沉住了气。

谭廷皱起了眉，如果他没记错，顾衍盛的伯父顾先英当年就是在五月葬身火场的。

程骆脸上有严重的烧伤，又在五月频繁来此处沉于水下，是不是意味着当年的阴影未退，而顾先英之事正是他所为呢？

谭廷一时没有言语。如果真是程骆弄死了顾先英，那他是为了什么呢？

谭廷看向顾衍盛，就见顾衍盛默默地攥紧了双手。

他刚要说"节哀"，却见程骆忽然上了岸。

程骆上岸后，便对手下说道："五日后，把那阉人给我带至此处，今岁我也要亲自动手。"

他一边说着，一边裹了衣裳走远了。

谭廷愣在当场，一旁的顾衍盛亦睁大了眼睛，不可思议地看向程骆离开的背影。程骆方才阴冷诡异的声音似乎还在他们的耳边回荡。

离开程家的时候，谭廷特意给程云献留了话："程大小姐放心，谭某言出必行。"

程云献向他郑重道了谢，嗓音哑了一时。

没有人知道，那年她父亲被烧烂了半张脸后，性情大变到何种程度。之后，母亲担惊受怕，病重而死；继母嫁进来后，便深居简出，甚少露面；

哥哥更是孝期一过，就主动向朝廷申请外放，离开了京城。而她因为要给母亲守孝，不得不日日面对这个父亲……

谭廷与顾衍盛出了程家的湖上宅院，顾衍盛便要先行离去。谭廷晓得他另有打算了，便说道："道长有用得到谭某的地方，尽管开口。"

顾衍盛看了他一眼，跟他行了一礼，这才离去。

程家、林家还不晓得有多少事潜在水下，让人无法看清，谭廷回了京里，便找了人吩咐了一番。

第二日，谭廷照旧上衙，下衙后就离了京城，快马加鞭地去了京郊的温泉山庄。

谭廷到达温泉山庄时，夜幕四合，山庄里面点起了灯火。

门房见自家大爷竟然这会儿到了，吓了一跳，这就要去给夫人通报。

谭廷抬手止住了门房，眸中带着温和的笑意，说道："夫人在何处？我直接过去便是。"

门房连忙说夫人刚从温泉池中上来，这会儿正在花园假山那边拧头发。

谭廷闻言，立刻去了花园，甫一走近，便看到一个穿着淡红色薄衫的人坐在假山旁边，被风吹起三千青丝。

头发似都吹干了，她正不急不缓地用梳子将发丝梳理起来。发轻柔，风轻柔，她的一举一动更是如风一般轻柔。

谭廷一颗心都柔了下来，不由得走上前去，拿起了一旁木架上的另一把木梳，握住她的一头青丝，也梳了起来。

她这才惊奇地看了过来，在看到他的一瞬，连眸子都亮了，笑道："大爷什么时候来的？"

他亦笑了起来，垂眸看着妻子，极轻地问了一句："想我了吗？"

第一句话就问得这般直白，项宜不由得无奈地看了他一眼，没有回答他，只是柔声说道："大爷快换了衣裳去吃饭吧。"

说完，她连忙转身走了，轻咬着唇，翘起了嘴角。

谭廷没瞧见妻子的笑，也没听到她说想他，不禁哼哼了两声，有了一些思量。

项宁见这位大爷骤然出现，难免惊了惊，不过看着这位大爷满心满眼都是姐姐，她还是很高兴的。想想姐姐刚嫁进谭家的那些日子，过得多辛苦啊，那会儿别说阿寓了，连她都觉得姐姐若能早早从这婚姻里解脱就好了。

想到这儿，她不免又想到了项寓。阿寓下次放假时，能不能也来这里呢？……

饭桌摆在了温泉池边的葡萄架下，氛围颇好，不过项宜吃得异常艰难——
她只有一只手能在桌上动弹，另一只手被人握在了掌心，完全抽不出来。

她在桌子下面挣了挣手腕，可他不肯松开，还若无其事地让项宁多吃些。

项宜觉得，他根本就是在欺负妹妹晚上看不清东西，才这么肆无忌惮。

而项宁吃着饭，全程就没抬起头来。这么亮的灯光，谁看不见呀？

晚饭一结束，小姑娘立刻跑了。

项宜无语了一阵，忍不住瞪了他一眼。

男人仍然牵着她的手，笑道："要不要再泡一会儿温泉？"

项宜摇了摇头，说道："妾身的头发好不容易干了，就算了吧。"她说
着，也劝了劝谭廷，"这会儿不早了，爷的头发若是湿了，也不好弄干。"

男人平日里梳发髻，戴发冠，可若是放下来，头发亦不短，且又密又
硬，是不太好干的。

谭廷却说道："我跑马累了，还不得解解乏吗？宜珍若是不想，那就
算了。"

他说着，放开了她的手，背着手自顾自地走到了一处又大又深的池子
旁，看起来像是生气了。

项宜不知道为了这点儿小事有什么好生气的，只好暗暗笑着跟上去了，
问道："大爷要取下发冠吗？"

谭廷用余光看了妻子一眼，"嗯"了一声，却未停下脚步，而是走到了
一旁的汉白玉净面池旁，三下两下将外衣脱了，只着一件白色单衣立在池
边，捧起池水洗了把脸。

可他今日洗脸的动作与平时完全不同，十分恣意，简直是捧起水来泼
在自己的脸上。那水在脸上轻碰了一下，便滚落到他的胸前，一下将他胸
前薄薄的布料打湿了。

项宜讶然，正要拿了手巾递给他擦一擦，却一下看到了他被水打湿的
上半身，不禁耳朵微红，急忙移开了目光。

她稍有害羞，谭廷便瞧了出来，紧抿着的嘴角顿时翘了翘。

"宜珍帮我拆发冠吧。"他说完，坐到了一旁的白玉石凳上。

项宜不得不走近了一些，替他拆了发冠，便要走开，却被男人一把搂
住了腰。

项宜小小地吸了一口气，耳朵更热了，轻声说道："大爷不是要下水吗？"

谭廷抬头看了一眼妻子红红的耳垂，眸色染了笑意，"嗯"了一声，便
起身朝温泉池子走去，还不忘嘱咐她："你可以不下水，不过要站在池边守

着我，我怕我溺水。"

项宜："……"

她可是听说这位大爷在冬日里横渡过大江的。

"扑通"一声，池中一个猛浪掀起，他整个人没入了池水。

项宜起初并没有在意，然而好一会儿过去，男人还是没有浮出水面。

"大爷？"她试着唤了他两声，可是没有得到回应。

项宜觉得有些奇怪，虽然不觉得他会溺水，但还是走到了池子边缘，想看看怎么回事。就在她又要唤他的时候，裙摆忽然被人拽了一下，整个人顿时重心不稳，一下滑进了池子。

她禁不住惊叫了一声，下一秒，便落进了一个结实的怀抱中。

水面泛起清波一片，项宜的衣裳和头发下都湿了。她抬起头，就看到了男人含着浓重笑意的眼眸。

男人轻轻地"呀"了一声，说道："宜珍缘何这么不小心？好不容易吹干的头发都湿了，可怎么好？"

项宜都不知道要说什么了，又气又好笑地瞥了他一眼，说道："妾身怎么能想到这池子里有水鬼呢？"

男人笑出了声来，干脆将她整个人拉到了池中，拥着她在池水里漂荡。

项宜见衣裳和头发湿透了，也不想计较了，只好说了一句："身上的衣裳浸了水，太重了，大爷好歹让我上岸脱下来……"

话没说完，便听男人说道："何必这么麻烦？"

话音一落，他的手在水中极快地动了几下，三两下就帮项宜脱掉了外衣，只剩薄薄的中衣贴在她的身上。

他低头看了她半晌，哑声说了一句："宜珍当真如珍宝般动人……"

项宜被他这么一说，耳朵更热了，不由得微微低了低头。

男人不知何时将自己的衣裳也脱掉了，伸手环住了她的腰……

许久，池中水浪平静了下来，谭廷抱着完全失了力的项宜，换了另一个清水小池，披了湿漉漉的衣裳在她的肩头，拥着她安静地坐了一会儿。

夜空中繁星点点，月亮挂在树梢，映在清水池中，夜风习习。

谭廷问起了项宜这几日在温泉山庄过得如何，说道："听说还同邻里走动了一番？"

妻子并不是长袖善舞的性子，难得有闲心同邻居认真走动。

他提了这件事，见项宜似乎有话要说的样子，便问道："是有什么事吗？"

今时不同往日了，项宜知道自己若是不说，这位大爷只怕又要发起脾气来，只好将事情说了，又说道："那人十有八九是宁宁的生母。"

谭廷挑眉说道："那赵富商的具体身份，要不要我帮着打听一下？"

项宜摇了摇头，说道："大爷不要打听，免得打草惊蛇。我想先看看那位太太自己的意思，如果她果真是被人困在此地，想要脱身，我便全力助她脱困。"

谭廷低头吻在了她的头顶，亦同她说起了自己这几日的事情。他把程云献和程骆父女的事都讲了，也说到了那个身份不明的"阉人"，说道："我想，兴许太太监顾先英还没有死。"

项宜闻言，大吃一惊。

谭廷又说道："我同舅兄说了，他若需帮助，我必会助他。"

项宜听得激动起来。父亲生前同顾先英走得极近，若那人真是顾先英，只要义兄和大爷将他救出来，那么很多事情就能真相大白了。

深夜，一座幽静的宅院中，程骆应邀而来。

他如往日一般戴了面纱，沉默地往宅院深处走去，渐渐听到了凉亭里传来的说话声。

"太子可真是个好储君啊，这些日子，当真让那些庶族耀武扬威了一番。咱们再不反击，万一真让卑贱的庶族站到上面，我们这些人岂不是要被他们踩在脚下？"

另一个嗓音略显苍老的人也缓声说了一句："是啊，不能这般下去了。"

程骆走上前去。众人见了他，纷纷起身行礼。他亦回了礼，又给坐在上首的那位老人浅行一礼，就坐到了一旁给他留好的位子上。

众人继续说起方才的话题，有人说道："从前咱们是文火慢炖，反而给了他们机会，现在看来，咱们是得快些了。"

有人冷哼了一声，用阴阳怪气的腔调说道："再不快些，我这一族可真是要被压住了，全族十年不能参加科考，五年不能晋升，可真不是好滋味。"

此人一开口，另外几个人便都不好言语了，一时间各有心思。

末了，上首的老人安抚了他一句："权宜之计罢了，总得让东宫和寒门庶族出一口气才是。"

上首的人说完这话，方才那人便哼哼了两声，倒也没有反驳，只是说道："为了后世大计，我这一族自然可以忍辱负重，可各位千万不能退却！庶族若是站了起来，我们多年来的辛苦谋划可就作废了。那些卑贱的杂姓庶民只配匍匐在世族脚下，只要我们做成了此事，往后千百年，贵贱尊卑也就跟着姓氏定下来了，便是改朝换代也无所谓。"

听了他这般说辞，大多数人连连点头认可，只有一人说道："若是各个世家都如我等一般齐心协力就好了，不然似清嵎谭氏、槐宁李氏那般，与庶族往来密切，替那些卑贱之人说话，真是令我等十分难为。这次春闱，正是那谭氏宗子与东宫联手，才让我们失了机会，说起来，合该除掉此人才是。"

这人说着，往坐在上首身边的那人看了过去。

那人注意到众人朝自己看过来的目光，却只是淡淡地说了一句："没找到机会罢了。"

话音落下，亭内静了下来。

一阵劲风吹来，程骆面纱下的半张脸顿时有一种微痛之感。他有些不耐烦了，说道："直说接下来要如何吧。"

程骆在顾先英一事后性子大变，十分阴冷，众人自然不会与他过不去，便都顺着他的话，正经说起了今次聚集的目的。

京郊温泉山庄。

项宜醒来的时候，男人早没了影儿。

她撑着身子坐起来，还有些疲乏之感。春笋过来伺候她，拿了一件立领的纱衫过来。

这两日热了起来，这个时节穿立领多少闷了些，她摆了摆手，说道："换件交领的来。"

春笋却显得有些为难，说道："夫人，是爷吩咐让您穿立领的。"

"嗯？"项宜一怔，就见春笋的目光往自己的脖颈上落了落。她想到了什么，看了一眼梳妆台上的铜镜，一口气差点儿没上来。

当着春笋的面，项宜脸上顿时一热，连忙将这件立领的衣裳穿了，好歹遮掩一些。

那位大爷走了，山庄里总算恢复了清静。

项宁还是有些想出门转转，便对项宜说道："山上的风一定凉爽，姐姐何不趁着清晨无事，去山上吹吹风？"

往山上走，便要路过那位赵富商的山庄，项宜不敢冒这个风险，便让人在井里镇两个凉瓜，给妹妹消暑。

谭廷放假过来的这两日，那赵富商的山庄里没有一点儿动静。而她在收下那家送过来的江南点心后，也让人上门道谢了，还说点心十分合胃口，想要讨教一二，却被那家的管事娘子用客套话打发了。

项宜不敢轻举妄动，只能让人继续盯着那位赵富商的山庄。

京城。

一大早，谭廷连家都没回，直接去了衙门，还是晚了两刻钟。好在通政司的几位老大人都笑眯眯地捋着胡子，对他这般年轻人的行为表示理解。

谭廷倒是有些不好意思起来，当天着意多做了不少事情。

通政司有收集民意上达天听的责任，谭廷刚走马上任，恰安排在此处。他看着下面的官员递上来的公文，发现还是有人对广西武鸣科举舞弊案和今岁春闱的事情有异议。

广西武鸣科举舞弊案是太子亲自大力惩治的，今岁春闱也提高了寒门书生中榜的比例，只是还是有人不满意。

谭廷晚间下了衙，就将何冠福和赵立请到了茶楼说话。

这两个人中了进士，如今都留在京城选官。谭廷刚提起民间尚有异议的事情，何冠福便说道："前两日就要来找谭大人的，可惜门房说您不在家。"

谭廷这两日确实不在家，就连今日也还没来得及回府一趟。他清了一下嗓子，绕过这个话题，直接问是怎么回事。

赵立口齿更伶俐，当即告诉谭廷，因着广西武鸣科举舞弊案重审一事和今岁春闱恰好撞在同一时间，有不少落榜的寒门考生认为，今次的中榜名额都该给寒门庶族才是，朝廷不能光罚了涉案的世族，却没有给寒门任何优待和补偿。似广西武鸣科举舞弊案那般的事情，何止一件两件？这些年来，寒门书生在世族的严控之下，步履维艰，屡试不中。现今只是罚了世族根本不够，他们要朝廷给予更多的补偿，以平息多年来的愤怒与委屈。

谭廷听着，揉了一下太阳穴，问道："有这般想法的人多吗？可有闹出什么事来？"

何冠福告诉他，闹事倒是不至于，不过有不少考生在京畿滞留，没有回乡，他们多聚集于寒门书院，而各地寒门书院之间素有往来，势必还有不少外地的寒门书生也生出这般想法。

赵立补了一句："说起来，寒门不是不信任朝廷，而是不信任世族了。"

寒门庶族看不惯世族，相应的，世族又怎么看得惯要与他们分庭抗礼的寒门庶族呢？所以，惩治恣意妄为的世族只是第一步，接下来还要缓和两族关系，才是长久之计。

谭廷又问了一些情况，揣着满腹心思回了家。

没两日，这件事情便被更多官员反映到了通政司。谭廷以为不能当作没看见，于是与通政司的老大人们商议，将折子呈到了御前。

皇上当天便叫了太子商议此事。

关于维护庶族权益的主张，太子一直在尽心尽力，此次也不例外。翌日朝堂上，太子便主动问起应当如何弥合两族关系，问了世族，也问了寒门。

接下来的三日，朝中百官纷纷献计献策，倒是一扫往日混乱立场，似乎想要顺着太子之意，为两族尽力一样。

谭廷不晓得幕后搅动风云的人这次缘何如此消停，没有出手令东宫再次为难。

又过了几日，太子在众人献上的计策中看中了一条，令东宫辅臣徐远明请了各世家大族的掌舵人商议，试行此计策。

谭廷自然应邀前往，一同前往的还有各世族的宗子、族老或者高官。

太子开门见山地道，眼前世、庶之间的主要矛盾便是互不信任，朝廷居中调和也很难快速弥补两族裂痕，倒不如加强两族之间的直接交流。

太子的意思是，让各世家大族的族学对寒门书生开放，给寒门庶族更多投靠的机会。而投靠不同于卖身为奴，只是前来依附，不改变出身原籍，照旧可以读书科考。如此一来，世家大族算是主动帮衬了寒门，两族也就慢慢地缓和关系了。

太子说了此计，便询问各世族的意思。

这些事情，其实谭家一直在做，不过没有刻意为之，也没有广而告之，因此谭廷觉得此计没什么不好。不过在这个节骨眼儿上，突然让两族亲近，庶族的人会不会买账，世族的族人又如何看待，就不好说了。

谭廷离开东宫的时候遇到了顾衍盛，发现他看起来清瘦了许多，可见这些日子十分忙碌。

顾衍盛对这一弥合之计的看法同谭廷一样，觉得计策不错，只是可行性尚待商榷。不过他不是来说这件事的，而是要说程骆口中的那个"阉人"。

他眸光颤了颤，哑声说了一句："我亲眼见了，那人是我伯父，只是几乎没有人形了……"

谭廷心里沉了沉，问了顾衍盛可要帮衬。

顾衍盛点了点头，说道："我虽见到了伯父，但程家对他的看守极严，我根本找不到机会救人。好在近日程家有一位族老过世，程骆因着此事忙碌，无暇折磨伯父，伯父一时无性命之虞。顾某不想伯父再遭罪，会尽快找机会救伯父出囹圄，盼着万无一失，只能请谭大人襄助。"

谭廷早已替他备好了人，当下就唤了萧观派一队人马，为顾衍盛所用。

顾衍盛离去后，谭廷又想到了项宜。他此前给她留了不少人手，可眼下想了想，又悄悄地派了些人过去。

温泉山庄。

项宜静待了几日，还是没有得到那位太太进一步的消息，便让人给邻里各家送了些石榴。

各家翌日照旧回了些瓜果点心，可那位太太还是没有动静。就在项宜忍不住担心的时候，那家的人来了，同上次一样，带着一匣子江南点心。

只不过这次来了个管事娘子，特意同项宜说自家太太身子不好，无暇理事，还望谭家不要见怪，然后拿了个点心方子出来。

项宜回了房里，从袖中拿出了那张点心方子。纸上的字迹是娟秀的簪花小楷，看上去没有什么异样。她又把那张纸对着日光和水影瞧了瞧，还是没瞧出什么来。

这时，项宁恰好过来了，瞧见了那张点心方子，"呀"了一声，问道："姐姐怎么有这种纸？"

项宜没有回答，反而问她："这种纸怎么了？"

项宁将那张纸拿过来仔细看了看，说："之前阿寓在书院见到这种纸，拿给我玩过。这纸初看只是寻常，可是若用水写字，到了漆黑的夜间，字迹就会发光，即便是我这等夜盲的人也能看到。这纸甚是昂贵呢，阿寓还说等以后有钱了就买给我，让我在夜间也能写字……"

项宜立刻往房中的阴影处走去，果然见那平平无奇的纸上慢慢地现出了字来。

项宁跟了过来，一眼看到上面的字，吃了一惊，问道："姐姐，怎么有人给你传密信？"

她说完，就见自家长姐微顿，接着转头看了她一眼。

项宜静静地看着妹妹，眸色平添了三分怜惜，片刻后才说道："宁宁，姐姐有话同你说。"

庭院里的人都清了，项宜带着妹妹去了后院开阔花园里的凉亭中，说道："宁宁，上次你在后山听说的那个与你相貌相似的人，恐怕与你有些关系。"

项宁闻言，抬起了眼帘，有些不安地问道："什么……什么关系？"

项宜再不忍看到妹妹这般提心吊胆的模样，干脆直接告诉了她："宁宁并不是父亲和母亲亲生的孩子，那个与你相貌相似的太太可能才是你的生母。"

半空中有飞鸟倏然飞过，扯着嗓子鸣叫了一声。项宁耳中空空的，脑中却喧闹到了极点。

这些日子以来的诸多怪异之处，好像都随着长姐这句话有了解释一般。

项宁有些惊诧，可更多的是恍惚和惶恐。

她慢慢地抱住了自己，说道："所以我和姐姐、阿寓不一样，不是爹娘的孩子，而是别人家的孩子，是吗？姐姐是要把宁宁送走了吗？"

话音落地，她的眼泪亦落了下来。

项宜闻言，心头一阵酸涩，说道："怎么可能？宁宁别害怕，姐姐一直当你是亲妹妹，现在把这件事告诉你，不过是让你知道自己的身世。无论如何，只要你愿意，就永远是项家人。"

项宁从小就觉得自己和姐姐、弟弟不那么一样。姐姐、弟弟的身子都很好，不像她那样三天两头儿地生病，到了晚上就什么都看不见了。而且她和姐姐长得不像，和阿寓也不像，走到外面，别人都不敢相信她和阿寓是一奶同胞的双生子。

她有时候太失落了也会胡思乱想，猜测自己会不会是爹娘捡来的，可是姐姐、弟弟对她从来没有一点儿见外。尤其父亲出事后，家里没了银钱，全靠父亲从前的友人接济。而她病得太厉害了，又没钱吃药，有一天，大夫将昏迷的她从黄泉路上拉了回来，说这般下去，不出一个月，她就要不行了，翌日，长姐那样矜持内敛的性子，竟拿着一纸婚书，主动登了谭家的门……

想到这些，项宁眼泪掉得更凶了，不禁伸手抱住了项宜，说道："我知道的，我知道的，姐姐从来没有把我当成别人家的孩子，一直对我那么好……"

项宜也红了眼睛，说道："傻姑娘，你是我的妹妹，这辈子都是！不许再乱想了。"

一片寂静中，姐妹俩又簌簌地落了许多眼泪。

半晌，项宁想到了另一件事，问道："姐姐，阿寓知不知道我的身世？"

项宜低头看了她一眼，轻声说道："阿寓早就知道了。"

项宁闻言，一阵讶然。

项宜却没有将这个话题说下去，转而说起了项宁的生母："那位太太被困在那座山庄里了，今日这密信就是她送出来的。"

"竟是如此？"项宁没想到那天无意间碰到的事情竟同自己有这样的关系，不由得惊讶地问道，"那是什么人把她关在那里的？"

项宜目前也不知道，便说道："等把那位太太救出来就都明白了。"

那封密信上写了接头的时辰和地点，也描述了接头之人的特征，是一位瘸腿的姑娘。

项宜不知那位太太到底处于怎样的状态，不过为防万一，还是悄悄地唤来了人。

好在那位大爷派来的人相当多，而且颇为能干，甚至不用她操心，便自发安排好了接头的事情。

第二日傍晚，项宜亲自去了密信上写的接头地点，在树丛里等了不久，果真见一位瘸了腿的姑娘跟跄着出现了。

谭家的人立刻上前露了面。而那姑娘见果真有人来接头，表现得颇为激动。

两方言语极快，不多时便说完了话，谭家的人快速离开，那姑娘也很快不见了人影。

项宜见这般成功接上了头，悬着的心落了一半，当即叫了人问话，得知那姑娘传了太太的意思，说有个干脆利落的法子，便是让项宜直接半夜放火，烧了那座山庄，趁乱救人。

项宜有些惊讶，不过那座山庄的防范甚是严密，眼下恐怕也只有这么一个办法了。不过那姑娘还说了，今夜万不可放火救人。

这又是什么意思，难道今夜有什么人会去那座山庄？会是宁宁的生父吗？

距离谭家温泉山庄不远的一座山庄里，一个瘸腿的姑娘趁着无人发现，快步返回，不多时就到了主子房间的窗下。

"太太？"她轻唤了一声，就见一个妇人快步走了过来。

主仆二人极快地对了个眼神，瘸腿的姑娘眼睛亮亮的，连连朝房中的妇人点头，声音极轻地说道："见到了，都应了！"

那妇人一听，禁不住双手合十，念了声"阿弥陀佛"。

外面似有脚步声靠近了，妇人连忙使眼色示意。瘸腿的姑娘会意，当即消失在了窗下。

妇人收敛了激动的神色，听着那熟悉的脚步声到了房门口，立刻拿起画笔来，装模作样地要给画案上的画像上色。然而她这一笔还没落下来，脚步声就到了她的身后。

男人从后面揽住了她的腰，顺着她的视线看向了她手下的这幅画，嗓音听起来温柔又儒雅："雁雁的笔力越发好了，咱们的女儿就像是要从画中走出来似的。"

他说着，唇角在妇人的耳边轻碰。

沈雁立刻别过了头，与他拉开了距离。

男人丝毫不觉恼怒，反而柔和地笑了笑，当作什么都没发生一样，又细细地看了看沈雁手下的画，说道："我晓得你想女儿了，你就不能告诉我孩子现在何处吗？我立刻就能派人把她接过来，我们一家三口从此团聚，这样不好吗？"

他说得情真意切，沈雁却听得冷笑了起来，说道："你这辈子也别想找到女儿。你祸害我一辈子还不够，还要祸害她吗？她是能上你家的族谱，还是能自由地在这里出入？你也想像圈养我一样，圈养她一辈子？"

男人沉默了片刻，又笑了笑，说道："她是我的女儿，我不会亏待她的，自然会处理好一切，给她弄一个合适的身份，让她留在我们身边……"

话音未落，沈雁一口啐到了男人的脸上。男人不由得身形一僵。

沈雁恨恨地说道："你们家族看不起我的出身，说我是卑贱的庶族，如今又怎么可能真心对待我的女儿？你嫌弃我出身卑贱，我无所谓，可你又为何要将我囚困在此？你们才是卑劣低贱的人，我绝不愿我的女儿与你们这些人为伍，被你们祸害！"

她说着，转身看向了男人的脸。

男人如今位高权重，却丝毫没有变得脑满肥肠，而是如昔日一般风流倜傥。

沈雁却根本不想多看他一眼，立马移开了目光，说道："你们肮脏恶心，可我的女儿干净纯洁，我宁愿自己一辈子见不到她，也不会让她认你林序这个爹！"

林序拿出帕子，不紧不慢地擦了擦脸，在身边女子的唾弃辱骂里苦笑了一声，眼眸微垂，轻声说道："你又骂我……我是给不了你正妻之位，可我心里这辈子只有你，你还不知道吗？"

沈雁闭起眼睛，想到与他纠缠的半生，又想到自己可能很快就能见到女儿了，心情顿时一阵复杂。末了，她有些疲累了，也不想多说了，只是说道："不重要了。"

林序不知道她的想法，可还是顺着她的话说道："是，不重要了，反正这辈子你都是我林序的人。"

最后，他说下次放假再来看她，便转身离去了。

沈雁没有回头，只是在他渐行渐远的脚步声中闭了闭眼睛。她这次是真的决定离开了。

就此离开他，此生不复相见。

翌日傍晚，沈雁所在的山庄忽然起了大火。

后院的六个丫鬟躺在地上昏迷不醒，沈雁和瘸腿的姑娘都不见了。仆从们吓坏了，一边救火，一边找人，一边快马加鞭地赶往京城通知林大老爷。

谭家也同众邻居一样，派了人过去帮忙救火，不过项宜对火势一点儿都不关心，只是带着项宁到了安置沈雁的院落前。

她们刚走到庭院里，房门便"吱呀"一声打开了。

沈雁听到并不熟悉却又声声落在她心上的脚步声时，心脏急速地跳了起来。

当年，她被林序养在京畿的另一处地方，还没有像后来这样被他严加看管。她早想好了，等孩子一出生就立刻送走，送到手帕之交梁氏处。梁氏当时亦怀了身孕，月份与她相差不大。她知道自己难以跑掉，可是只要能把女儿送走，能让女儿有个干净的身份，在项家这样知书达理的人家平安长大，那么她做出怎样的牺牲都可以。

眼下，沈雁一把推开了门，朝庭院里看了过去。

项宜特意让人点了一院子的灯，灯火通明中，沈雁看到了有些害怕地躲在项宜身后的小姑娘。

她看着小姑娘那张和画像上相差无几的脸，眼泪一下就流了下来，喊道："宁宁？！"

小姑娘有些怯生生的，简直与自己少时一模一样。

项宁看着眼前的妇人，怯怯地开了口："您……您真是我的生母吗？"

项宜转身出了庭院，让那对母女单独叙话。

两刻钟后，她才重新走了进去，见两个人眼睛都红红的，长相简直是一个模子里刻出来的，实在令人吃惊。

项宜安抚了几句，让人给她们都上了安神茶。

比起沈雁，项宁明显跟项宜更亲近，见她来了，便紧紧地靠在她身边。

项宜爱怜又无奈地给沈雁递了个眼神，说道："太太别介意，宁宁年纪小，从小就跟在我身边，难免有些依赖我。"

尤其母亲梁氏去世后，项宁可以说是项宜一手带大的。

沈雁对此完全不介意，反而起身要给项宜行大礼，说道："若是没有项家照料，以宁宁的身子，恐怕早就不成了……"

项宜哪里敢受她的大礼，一把扶住了她，说道："您是家母的知交故旧，亦是项宜的长辈，怎能对我行此大礼？"

见她行事这般周全又落落大方，真如梁氏从前一般，沈雁忍不住又落下了泪来。

项宜同她说了几句有关亡母的事情，便没有再兜圈子，直接问道："不知道囚困太太在此的是什么人？"

方才项宁也问了这个问题，不过沈雁没有回答。这会儿，她看了看项宜，又看了看女儿，最终决定据实以告，低声说道："是宁宁的生父。"

项宁讶然，然而项宜已猜到了。

项宜又看了沈雁一眼，追问道："不知道宁宁的生父到底是何人？"

沈雁的目光在她的身上落了落，又移到了门廊挂着的灯笼上，那灯笼上写了一个字：谭。

片刻后，沈雁缓缓地叹了口气，说道："我知道，这件事总要说出来的。宁宁的生父便是谭家姑夫人的夫婿，林大老爷林序。"

听了这话，项宁身子颤了颤，连项宜也忍不住倒抽了一口凉气。

沈雁看向项宜，认真地说道："我不想我和宁宁被林序找回去，所以这件事要不要告诉谭家大爷，还是交给你来决定吧。"

她信任项宜，就看项宜信不信任自己的夫婿谭廷了。

那林大夫人到底是谭廷的姑母，而沈雁这般情况，显然是林序的外室了。项宜略微思量，便回房亲笔写了信。

京城。

谭廷午间休歇的时候，竟见到了从温泉山庄来的人。

他的第一反应是出事了，立刻问了那人，听那人说一切都好，这才放下心来。

那人拿了一封信出来，说道："是夫人给您的亲笔书信。"

谭廷有些惊喜，宜珍竟然给他写信了，还是主动写给他的！

他想要立刻拆开，又觉得就这么拆，实在对不住妻子写给他的第一封信，便找了个空房间，净了手，这才打开了妻子的亲笔书信。

他展信一眼看到底，整个人顿时愣了愣。

宜珍在信中说，他们将那位太太顺利地救出来了，万万没想到那位太太竟是被人囚困的外室。而囚困她的人，是林序。

谭廷看着信，只觉得眼睛仿佛被针扎了一下。

姑母与林序年少成婚，相敬如宾，即便姑母多年未有身孕，林序也从来没有为难过姑母。先不说旁人如何艳羡他们夫妻的感情，只说谭家人，也不免对林家的包容心生感激。可现在呢？姑母还以为自己的婚姻是门当户对，最能长久，结果事实恰恰相反，林序竟早有外室，骗了她近二十年之久。

谭廷突然觉得有些好笑，不由得想到了那封残信。

儒雅尊长的皮囊下，林序到底是怎样的人？林阁老和昌明林氏又有几分清白呢？

下衙后，谭廷便径直回府，不想路上恰好遇到了那位林姑父。

街上人来人往，谭廷甚至一度下马，牵着马慢慢地走，免得撞到行人，而那位林姑父竟然在街上打马奔驰，险些撞到没来得及躲避的小孩。

他这般匆匆赶路，自然是看不到谭廷的，可谭廷看得到他，只见他平日里温和慈爱的脸今次紧紧地绷着，脸上阴云密布。

谭廷负手回了自家府邸。这层窗户纸，他还没想立刻捅破，所以暂时不便告诉姑母。再者，姑母不知道此事，继续活在林序制造的假象中，反而安稳。

只是想想他那位姑父的手段和势力，他又怕妻子露出马脚来。

翌日，谭廷向衙门请了假，乔装打扮了一番，悄悄地去了一趟温泉山庄。他还没上山，便察觉了十足的戒备，不过这毕竟是林序的隐秘事，林序的人四处搜查时，倒也没有过于大张旗鼓。

项宜正在门前同门房交代事情，忽然看见一个穿粗衣布衫的长须男人走了过来，便甚是谨慎地让门房过去问他是何人，来做何事。

谭廷："……"

他瞥了门房一眼，门房顿时反应了过来。他向她走了过去，她却还是谨慎地盯着他，完全没认出他来。

末了，他只得低声说了一句："宜珍缘何连自己的夫君都不认识了？"

项宜实在没想到这位大爷还没放假就过来了，说道："呃，是妾身眼拙了。大爷怎么突然过来了？"

"自然是担心你。我派了人悄悄盯着林姑父，得知他这两日因着找不到人，性子暴躁了不少，怕他察觉什么，对你们不利，所以赶来了。"

他的言语比从前多了些，项宜听了他的话安心了不少。

她甚至不晓得自己是从何时开始竟这么信任他了。

谭廷去房中换了衣裳，便去见了沈雁，问她接下来准备怎么办。

沈雁知道自己这身份再不能用了，说道："若是可以改名换姓，去一个人烟稀少的地方度过后半生，我就心满意足了。"

这事并不难办，谭廷一口应了下来，又问起了另一件事："太太知不知道我岳父那个案子和林序有什么关系？"

这个问题，项宜此前也问过了。

沈雁直言林序就是陷害项直渊的人之一，又说道："他陷害过的忠臣良将何止一个两个？不过害了项大人的不止他一人，他们是紧密相连的一群人！"

可惜林序并不会把此类事情告诉沈雁，因此，至于那群人到底有谁，她便不晓得了。

谭廷隐隐猜到了，作乱的根本不只林氏和程氏，他们必然还有不少朋党。

他没有继续问，沉默地思量起来。

沈雁看向女儿，见她的神色有些迷茫，便说了一句："我想，我一个人隐姓埋名就够了。宁宁有项家女儿的身份，就继续留在项家吧。"

小姑娘还是有些无措，而项宜听了沈雁的话，不由得暗暗地叹了口气。她也觉得宁宁继续做她的妹妹很好，只是这样一来，弟弟这辈子都不会有机会了。他既一厢情愿，这口苦汁他也只能默默地咽下去了。

晚间，谭廷和项宜单独吃了饭。

说起要给沈雁安排新身份的事，谭廷也提及了同样需要离开的程大小姐程云献。

程云献还没有离开程家，不过已经在收拾母亲的遗物，为自己铺垫后路了。她明明是程家大小姐，却对程家毫无留恋。

项宜和谭廷皆是一阵感慨。

正是因为林序、程骆滥用权势，他们身边的人才不能安稳自由地生活。

这样的族长，这样的家族，又能行什么善呢？

林家的人还在严密监视山上的各家庄院，项宜担心沈雁迟早会暴露，可是给沈雁安排一个稳妥的新身份也不是立刻就能办成的。

谭廷想了想，说道："你明日带她们回京城吧，先给沈太太安排一个专司宁宁药膳的嬷嬷身份，等之后稳妥了，再将她送出京城去。"

项宜觉得这个主意不错，便吩咐人收拾行装，准备翌日回京城。

谭廷第二日还要上衙，因此今晚就得离开了。

项宜送他去了门口，见他又贴起了胡须来，觉得他这副样子甚是有趣。

他却哼哼了两声，说了一句："宜珍下次若是再认不出夫君，我可是不饶的。"

他说到后面的几个字时，似乎别有深意。

项宜两腮热了几分，连忙推着他走了。

朝中近来事情颇多，先是黄河地区今岁降水极其丰沛，地方衙门认为须得加固河堤，以防黄河水量暴涨，决堤泛滥。一旦黄河泛滥成灾，百姓艰难维系生存的口粮就全部没了，流民会立刻多起来，接下来的事情便更为复杂。再就是北面的鞑子今岁也不消停，频繁骚扰边境。

更不巧的是，皇上竟然病了。虽说皇上多年龙体欠安，但也慢慢养在宫中，尚算稳妥，谁知他昨日突然晕倒在地，惊得紫禁城颤了一颤，好在经过太医诊治，眼下醒过来了。

通政司的消息最是灵通，几位老大人都说："今岁恐是个酷暑，再有许多事情聚在一起，说不准要出事啊。"

谭廷亦有些担忧。世族和庶族的事情，如今只是堪堪压了下去，尚未从根本上解决问题，只怕还有有心人在暗中盯着，伺机搅弄风云。

他本想今日早早回家，可还是在衙门做了半晌的事，眼见着老大人们都离开了，才快马加鞭回了家。

妻子果然回来了，谭廷进了正院，就看到了窗下坐着的人。她还没有看到他，正给一盆茶花修剪枝杈。

谭廷没有让人通禀，只是这样看着坐在窗下的妻子，便觉得自己一颗因着朝中繁杂事务而高悬的心放了放，缓了下来。

项宜看到了他，便说今日她回了府，恰遇到了族人："是替宣二老爷来的，说是宣二老爷家添了长孙，要上族谱。我又问了一句，得知这位二老爷孝期已经过了，好似要来京起复了。"

她说了这话，就见谭廷刚才和缓的神色冷淡了几分。

他嗓音没有什么起伏地说道："上族谱的事情，照着族规来办就是。至于他要起复，既没来同我商议，我们便也不要管了。"

项宜明白他的意思。

这位宣二老爷的情况和旁的族人不同，守孝之前，他官至正三品的工部侍郎。前任族长谭朝宽突然身死，谭廷彼时年纪尚轻，还没有进士功名在身，族人不免轻看，更有人提出谭氏宗子应该易位，由同样出自嫡系的二老爷谭朝宣来做。而谭朝宣本人也颇有此意，甚至来信暗示谭廷将位子让给自己，大家都便宜。

说起来，谭朝宣亦出自嫡系，与谭朝宽是叔伯兄弟的关系，只不过因着他父亲一意孤行，在外经商时出事没了，他那一支才没落了。不过这位宣二老爷仕途极其顺畅，与谭廷争夺宗子之位时，已是工部看好的接替侍郎的人选。若非谭廷出身更加名正言顺，又在不久后考中了进士，亦有三老太爷、五老太爷这两位德高望重的族老力挺，嫡亲的姑母又是昌明林氏的宗妇，只怕这宗子之位早就被宣二老爷夺去了。

谭廷做了谭氏宗子后，那宣二老爷就不太同清崛谭氏本家联系了，可是也没有另立门户。若是谭廷哪天没了，谭建又没有建树，那么这宗子之位还是要落在宣二老爷头上的。换句话说，宣二老爷仍旧对宗子之位虎视眈眈。

谭廷对此没什么好说的，只是冷冷地说道："他不认我做宗家，我也不必上赶着认他做堂叔，日后再见真章便是了。"

他不欲多说此事，便同项宜说起了要给沈雁安排的去处，说道："林序还在找她，我们得确保万无一失。"

两个人又说了一阵子话，谭廷因着朝中的事情多起来，吃过饭就去了外院的书房，给清崛和几个谭氏旁支的聚集地去了信。

因谭氏旁支的聚集地距黄河不远，他便让族人尽早准备粮食、水以及一些防身兵器，一旦黄河水患出现，他们也能有个应对，甚至还能接济周边庶族一二。

他是一族之长，处处须得操心，有备无患。这般忙碌了好几个时辰，待到项宜亲自过来看他了，他才意识到深夜的更鼓都响了起来。

接下来几日，谭廷甚是忙碌。项宜看在眼里，便尽量从旁帮衬他一二。

这日谭廷下了衙，项宜在院门口见到他的时候，却见他的脸色十分阴沉。

"今日的加急奏报，黄河到底是决堤了，不要说周边府县，连清嵋都要受灾了。"

"怎会如此？"

谭廷安抚地拍了拍妻子的肩头，说道："没事。皇上卧病，太子监国，想派钦差前去治理水患，安置灾民……"

他说到这里，朝项宜看了过来。

项宜看到男人的眼眸中映着天光。

下一秒，男人沉声说道："我已自荐前往。"

第十八章
针锋对

项宜听到他说出这句话的时候，并没有太意外，可心口还是缩了一下。

她不由得想起了谭廷的父亲谭朝宽。他正是在那次旁人都莫名其妙没有去的治疫之事上染病没了，只不过这次不是治疫，而是治水。

项宜怔怔地看着眼前的男人，没有说话，下唇却轻轻地颤了颤。

她是如何神色，谭廷俱看在眼里。

他牵着她的手去了外书房，看着妻子静静地看向他的目光，心里软得不行，伸手帮她将耳边的碎发别在耳后，温声说道："莫怕。我也晓得那些人多半不会放过这次机会，可是你夫君心里有数，会万分谨慎地行事，暗中做好安排，不会让他们得逞。"

他越是这么说，项宜便越觉得眼睛发酸。

治理黄河泛滥，安置灾民一事，本身就很难了，而清嵋也在受灾之列，他作为一族宗子，还得照看家族。这些也就罢了，偏偏还有人在暗中盯着他，随时可能行刺。

她嗓音哑了起来，说道："大爷还记不记得，从京畿安抚考生回来的路上，有人要取你性命，那是多凶险？"

她低哑着声音说完这话，眼泪"吧嗒"就落了下来。

谭廷看得心都颤了，伸手将妻子抱在了怀里。她身上总是泛着微微的凉气，纤瘦的身子此刻还在因落泪而抖动。

谭廷只想把自己的温度尽数给她，就留在她身边，替她遮风挡雨，可外面的事情一日不平息，他们就一日过得提心吊胆。他也知道今次出京会有许多危险，可是若经了这一次波折，便能就此安稳下来，那如何不值得他顶风冒雨地走一遭呢？

谭廷心疼地抱紧了妻子。半晌，两个人才平静下来，慢慢地说起话来。

宅院里的鸟雀安静地停驻在枝头，探头探脑地看着书房里的那对夫妻，听他们说许多它们听不懂的话。庭院里静静的，微风习习。

翌日，谭廷并未一早启程，而是先应召去了东宫。

太子心系黄河水患，记挂着灾区的黎民百姓，特意嘱咐了谭廷许多话。

谭廷一一记下，说道："殿下心系百姓，臣必会让灾区百姓明白殿下的恩泽。"

他说完，想起了皇上近来龙体欠安，病情加重，已经无法上朝的事情，便低声提醒了一句："殿下也当谨慎小心。殿下安康，臣等才能安稳。"

太子听了，笑着对他点了点头，说道："孤晓得，卿放心吧。"

谭廷这才行礼告退。皇上身子不济，东宫只有安稳坐镇京城，那些另有图谋的人才不至于翻起什么大浪来。

离了东宫，谭廷又见到了顾衍盛。

顾衍盛一直没有好的时机出手救出顾先英，还在等待机会。此番谭廷又要出京，他是特来送行的。

谭廷上次出京时，还着意让这道士清心寡欲些，可是这一次，他不由得同顾衍盛说了一句："还请舅兄帮忙看顾拙荆。"他顿了顿，还是补了一句，"看顾一二即可。"

谁想他这样客气地说了，却听见那道士笑道："宜珍自是要看顾的，至于看顾多少，贫道也说不好了。"

这妖道！谭廷气闷。

顾衍盛又笑了笑，说道："不过谭大人若是早日回来，贫道还是可以收敛一下的。"

谭廷闻言，更是半晌不想说话。不过他也隐隐明白道士的意思，便说道："道长不用操心，谭某自然会早日回来！"

他说完，哼哼两声，同顾衍盛行了礼，打马离去了。

今日薄云书院恰好放假，谭建和项寓都到了家。谭建听说了大哥又要出京的事情，见大哥回来，立刻上前行礼，急急地说道："要不弟弟请假与大哥同去？好歹帮衬一二。"

听弟弟这么说，谭廷着意多看了他两眼，才发现他的身高快要与自己齐平了，身子也健壮起来，有了些能支应门庭的男人的感觉。

谭廷暗暗点头，看了弟弟一眼，说道："算了，你还是不要跟过去帮倒忙了。"

谭建听见大哥说了这话，不由得有些失落，自己实在不如大哥。

谁想下一秒，大哥特意叫了他，对他说道："我不在家的日子，你要留在家中代我行事，料理庶务，照顾亲眷族人，自身读书亦不可懈怠，能做到吗？"

大哥虽然是在问他，但也是因为觉得他能做到，才会这样问他。谭建一个激灵，挺直了脊背，说道："哥，我能做到！"

他答得洪亮有力，连谭廷也不由得与他一道提起了气来。

他又看了看弟弟，缓缓地点了点头，说："好，记着你的话。"

他说着，目光落在了一旁的妻子和怀孕的弟妹身上，又特意叮嘱了一句："照顾好你妻子，亦照看好你大嫂，若有什么为难的事情，等我回来再说。"

谭建俱应下了。

谭廷不能再停留，交代完了事情，便收拾行囊要离开了。项寓和项宁亦来给他送行，项宜更是一路将他送到了城门口。

谭廷再不许妻子出城了，让她止步在城门口，同她说了一句："宜珍记得多念着你夫君些，你夫君亦念着你。"

他这般言语，将离别的悲伤冲淡了不少。项宜都不知道该说什么了，男人倒是笑着上了马。

谭廷打马的那一刻，忽然听见马下的妻子应道："好，我听夫君的。"

然而他那一鞭子已抽出去了，马吃痛，狂奔出了城，他想多看一眼她的神色都没来得及。

马带着谭廷跑远了，可妻子温软的嗓音还在他的耳边回荡。

项宜回了府，看见弟弟拿了换洗的衣裳要离开，便问道："寓哥儿去哪里？这两日不是放假吗？"

项寓说道："我与几个同窗约好，要在京城小聚。他们也是凭本事考进薄云书院的寒门学子，原本因着父亲的事，对我有些不喜，后来见我有真才实学，才与我走近了。我与他们说了父亲极有可能是被陷害的，便有几人信了我，说自己在京城还有些关系，可以帮我收集证据，为父亲翻案。我想这也许是个好机会，能查到我们之前查不到的事情。"

关于父亲项直渊的事情，项宜查到一些眉目了，不过若是弟弟能找到更多证据，亦是好事，况且弟弟这样的年纪，只读书也不好，借此机会了解一下朝中事，也算得上历练了。

思及此，项宜点了头，又叫乔荇拿了些钱来，好让项寓在外行事方便一些。不过少年没要那些钱，跟她行了礼，就出了门去。

项宜在门口张望，看到了不少与项寓一般年岁的书生。这么多男子在，她也不好多说什么，只能回了府里。

那些书生见了项寓，拍着他的肩头说道："那是你一奶同胞的姐姐吗？她真的是世家的宗妇吗？你们项家竟然和世家走得这么近，还能结亲？"

他们年岁小，懂事的时候，世家和寒门已经疏远了，寒门女子嫁进世家做宗妇的事情，掰着手指头也数不出几桩来。

项寓无意多言，淡淡地说道："这是家父早年给长姐定下的婚事。"

下一秒，又有人说了一句："这么看来，项大人在世的时候，与世家走得很近，那缘何出事之时，没有世家大族的人替他说话？"

项寓说不好父亲与世家的关系到底近不近，也回答不出同窗的问题。

这几个书生都是寒门庶族出身，眼下见项寓的长姐是世家的宗妇，说着说着，言语之间就有些不和善了。

不过项寓的人品还是有目共睹的，便有人站出来说了一句："好了，婚约是以前定的，你们现在议论这个做什么？咱们既然都觉得项大人是被冤枉的，那么现在最重要的事情就是找证据，别忘了咱们的目的！"

被这个人这么一提醒，大家才回了神儿，意识到自己刚才说的话对项寓有些冒犯。好在他们都是热血又爽直的年轻人，立时就向项寓道了歉，转而说起找证据的事了。

项寓抿着唇，眸色沉郁。世庶关系如此紧张，长姐在世家难为，在寒门之人的眼中也是异类，实在辛苦。好在这些同窗不再说起此事了，他这才松了口气。

项宜回了府里，就见谭建有模有样地开始吩咐做事了，第一件事便是让人去书院替他请了假，说他这些日子要替长兄在家理事了。

她暗暗好笑，可看着二弟确实是大人模样了，也觉得安心。

杨蓁肚子挺了起来，不过精神甚好，也在旁帮衬。

项宜放下心来，就去了妹妹的院子。谭廷安排好了人手，明日就要送沈雁离开。

她到了妹妹的院子门前，看见小姑娘正坐在院中的荷花池旁走神儿，不由得有些惊奇。

沈雁瞧见了她，走过来与她小声说了一句："宁宁不知怎么了，在那荷花池旁坐了半晌了。"

沈雁舍不得惊扰了女儿，只在旁边看着她，怕她掉到池子里。

项宜想到了项寓今日回来的事情，略一思量，走上前去，在项宁身边坐了下来，看着池水里映着的小姑娘的影子，轻声问道："在想什么？"

项宁这才回了神儿，说道："姐姐来了？"

项宜点了点头，又问道："是不是有什么事情？要不要跟姐姐说说？"

项宁被姐姐这么一问，方才的思绪又翻了上来。今日她见到阿寓回来，便忍不住如往常一样急忙朝他招手。他向她看了过来，却没有走上前来，反而垂下了眼眸，规规矩矩地跟她行了礼，叫了她一声"二姐"。

这一声把她叫愣了。她以前老是抱怨臭弟弟不肯叫她姐姐，可他今日叫了，她竟十分不习惯。

她正要把他叫过来，问问他这是要弄什么幺蛾子吓唬她，他却没多看她一眼，低着头说了句"我先去外院了"，就转身走了。

他转身离开的那一瞬，她莫名其妙地就有些委屈，却又突然意识到，他待她够好、够亲近了，她还能让他怎么样呢？毕竟，自己和他其实一点儿血缘关系也没有。

可是她这样想着，并没有安慰到自己，反而突然升起一种失落之感。以后她和阿寓，再也不能像从前那样亲密，那样打闹拌嘴、无话不说了……

只是这些心思，项宁莫名其妙地不想说出来。她想了想，说起了别的事："姐姐，咱们明日就要送我母亲离开了，是吗？"

项宜点了点头，又说道："只是暂时送走，而且宁宁随时可以过去住些日子，不必担心。"

她这么说了，却见小姑娘摇了摇头。

"姐姐，我想和母亲一起过去。"项宁说完这句，生怕姐姐误会，连忙又说道，"我不是想要离开姐姐和项家，只是觉得自己可能需要一点儿时间适应一下。"

在母亲和姐姐的呵护下，她的生活看起来没有什么变化，可到底不一样了，她要适应自己原本的身份以及和身边这些人的新关系。

项宜没想到妹妹是这样想的，当即便说道："你想去，那就去吧。"

她见妹妹的眼眸里还是有些迷茫，又说了一句："如今这些事情都是我和你母亲替你安排的，你若是不习惯，想怎么改都可以。若你想要改姓沈，姐姐也是同意的。总之，你别让自己太为难。"

项宁没有想过改姓，可眼下听了这话，不由得若有所思。她"嗯"了一声，决定陪沈雁离开，也算是让她的母亲不要太孤单。

沈雁听了，眼泪都落了下来。

谭廷奔赴灾区的当晚，另有一队人马往同一个方向奔驰而去。当头的人比从前瘦削不少，眼窝深深地凹陷了。

他已经失了锦衣卫的差事，这半年来被囚禁惩罚，直到昨日，才得到了出来的机会。

陈馥有快马加鞭地驰骋着，知道这是宗家给他戴罪立功的机会。之前他被谭家干扰，未能抓捕东宫道士，受尽了惩罚，今次，宗家给了他新的差事，正与那谭家宗子有关。他若是再失利，恐怕就不用回家了……

沈雁和项宁离开的这天，项宜特意换了打扮，出京送了她们一程。

谭廷给她们找了一个热闹的县城，县城来往人口颇多，正好能掩藏她们母女的身份。他还甚是谨慎，给她们和保护她们的谭家人手都安排了新的身份，让人既找不到沈雁和项宁，也不会查到谭家和项家头上。

项宜还没将沈雁带着项宁离开的事情告诉寓哥儿，一来还没想好怎么说，怕他听到这个消息后有什么冲动行径；二来寓哥儿近日总是同薄云书院的寒门同窗在一起，她也没有找到机会。

她想着这些事情，坐着马车回京了。

进了京，街道上恰好有新店开张，进出的人占了半条路，不巧的是，对面也来了一辆马车，同项宜的马车对上了。路上行人太多，两辆马车迎面碰上，进是没法儿进了，退也不好退。

车夫瞧见了对面马车上刻着的姓氏，有些意外地说道："夫人，对面好像也是咱们谭氏的马车！"

在京城为官的谭姓官员，绝大多数是清崛谭氏的族人。思及此，项宜问车夫："不知道是哪一支？"

照理说，项宜的车夫要通报自己是宗家的马车，对面也通报一声，大家谁让、谁退都无所谓，总归是一家人，不能让路人看了笑话。

谁知对面的车夫没下车，高高地坐在马车上，甚至不问项宜这边是谁，只说了一句:"我们是宣二老爷家的马车,此番可是接了我们夫人进京的。"

宣二老爷谭朝宣是如今清嵋谭氏里官位最高的人,大名如宗家一般响亮,若是寻常谭家族人,听到宣二老爷的名号,此刻必然退让了。所以宣二老爷的车夫才如此趾高气扬,说完了话,就等着项宜这边让。

项宜坐在车里,一时间没有出声。倒是项宜这边的车夫愣了一下,不可思议地看着宣二老爷的车夫。

宣二老爷的车夫还以为他怕了,越发抬起了下巴,不想听见他说了一句:"那又怎样?我们可是宗家的马车,宗家夫人就在车里。"

宣二老爷的车夫瞬间怔在了那里。

世族的规矩,宗家为大,谭氏宗家虽然不是难为族人的宗家,但是族人也必得敬着,毕竟得罪了宗家,被逐出宗祠可不是开玩笑的。

思及此,宣二老爷的车夫不敢乱说话了,连忙去请马车里的人。

车帘被风吹动,马车里的妇人即使在这般热的天气里,也穿戴得整整齐齐,规矩、仪态便是在无人处也保持着。

妇人闭着眼睛听了车夫的话,这才缓缓地睁眼,说道:"难道让我下去给一个落魄的庶族女子行礼吗?"

说着,她往外看了一眼,发现街道两旁站了不少人,朝这两辆马车看过来了。她抿了抿嘴,说道:"不论怎么说,我总是她的长辈。"

她这么说了,便是不让的意思了。宣二老爷的车夫听了,便一动不动地坐在马车上,但看项宜这边要如何。

项宜这边的车夫还没遇到过这般情况,愣了一下,赶紧请示项宜:"夫人,他们态度高傲得很,还是不让路。"

项宜闻言,低声笑了一声。

眼见好些路人看了过来,议论着两辆谭姓马车谁都不让谁,不知是什么情况,项宜想了想,低头吩咐了车夫,又转头对一旁的乔荇嘱咐了两句。

宣二老爷的车夫正想着今次少不得要对峙一阵,不想就看见对面的马车主动退了,一口气退了七八丈远,把道路让了出来。

他眼睛一亮,立马对车内的宣二夫人说了一声:"夫人,宗家那边让了!说不定那位宗家夫人还要过来给您行礼呢。"

宣二夫人也没有想到项宜让得这么爽快,不过转念一想,那女子虽然占了个宗妇之位,但出身太低,在她面前如何抬得起头来,低头让路也是应该。

她正这般想着,忽然有一道声音从外面传了过来,那声音着实不小,周围的人都能听得一清二楚。

"今日天热，宣二夫人又是刚进京，一路舟车劳顿，想必也是累了。夫人请您早早回去歇着，改日再递帖子到宗家拜会不迟。夫人还说了，一笔写不出两个'谭'字，都是自家人，让您不必客气。"

话音落地，围观的路人立刻恍然大悟，纷纷说道："原来是宗家和高官旁支对上了。谭氏的宗妇可真有气度，二话不说就让旁支的夫人先走，又把话说得这么客气、漂亮，不愧是做宗妇的人。"

"是啊，反观旁支的夫人，就有些……"

那人没有把话说完，不过大家都听懂了。

宣二夫人坐在闷热的车里，哪怕穿着体面厚重的衣裳也没觉得热，可眼下听见外面的闲言碎语，脸上立时热辣辣的。她没想到那庶族女子竟是个厉害角色，一分都不肯向她低头！

事已至此，宣二夫人若是多说多做，就更难堪了，只能让车夫立刻驾车离去。路过项宜马车的时候，她禁不住稍稍地撩了撩帘子，往项宜这边看了一眼，就见一个娴静大方的年轻女子不失气度地坐在马车里，目不斜视，根本连与她对个眼神的意思都没有。

那一瞬，宣二夫人不禁心口一堵，脸色也变得有些难看。

丫鬟见状，赶忙递了凉茶让宣二夫人顺顺气，劝道："您何必要跟一个庶族女子一般见识呢？生气伤身，万不值得。"

宣二夫人将一盏凉茶饮下，才觉得舒缓了些，说道："也是，我就看看她那宗妇还能做几天。"

项宜乘坐的马车也跑起来了，风也清凉了几分，从外面吹进来。项宜没怎么在意那位宣二夫人，倒是想起了自家大爷。

公爹谭朝宽去世后，族里支持谭朝宣继任族长的呼声最高，而从这位宣二夫人的态度，也能看出谭朝宣是什么样的人了。彼时谭廷不过是束发年纪，该是受了多少刁难，才一路挺过来的。他这宗子之位，坐得当真不易。

想到这儿，项宜心绪涌动，也不知道他在灾区如何了……

谭廷到任的当日，便同当地各府州县衙的官员会面，细问了一遍灾情，接着亲自去了下面巡视河道和被淹的粮田、村庄。

灾区百姓流离失所，还有好些人被洪水冲走，没了下落。如今水还没退，官府只能搭起棚子，让灾民暂住，可是各地粮食有限，纷纷告急。去岁岁末奇寒，地里产出本就不多，各地百姓卖田卖地才能过日子，还没缓过这口气来，今岁又遭遇洪水，当真是流年不利，不少人连续饿了好几日，才喝上一口汤水。

好在谭廷思虑周全，一路从各地征调粮食，先行的一批粮食在他抵达后的次日就到了灾区，缓了当下之急。这一通忙下来，当地大小官员都累坏了，谭廷更是近三日没有合眼。

正吉催着他吃完了饭，又劝道："这会儿总算是无事了，爷快睡会儿吧！"

谭廷摇了摇头。若说无事，却还差得远呢，接下来灾民怎么安置，粮食从哪里调配，黄河水引去何处，都是待解决的问题。

他吃过了饭，又同当地治水的能手谈了一阵，直到天黑透了，众人疲累得不行了，他才歇了一歇。

一阵夜风吹来，还带着洪水泛滥的潮腥味，谭廷坐在树下，蚊虫在周边乱飞，暑热之气阵阵袭来。

他从腰间佩囊中取出一枚小印，那小印光滑圆润，质地细腻，上面的"元直"二字更不是一般的刻法，而是她多次改功打磨出来的，专门替他设计的式样。

谭廷将那小印握在手中，感受到了丝丝凉意，就如妻子的身子总是微凉的一样。

若是她此时在他身边该有多好……

又是几天过去，赈灾的事情还算顺利，只是日头一天比一天大起来，火辣辣的，人间似乎成了火场。此外，谭廷带来的第一批粮食也消耗殆尽了。

没有赈济粮，安抚灾民无从谈起。谭廷只能让人去催促后面的粮食，盼着能尽快运来。

不想当天晚上又下起了雨来。蒸人的暑热消减了一些，可谭廷看着头顶密布的乌云，不免忧虑地问道："决堤的地方可都堵上了？会不会又被冲开？"

当地的治水官员说道："这雨也不是很大，应当不会再次决堤。"

谁想第二天一早，洪水似从天河而来一般，大坝再次决堤了。

谭廷衣裳都没来得及换，就赶到了沿河前线。这次决堤的倒不是之前的地方了，而是另外一处，奇怪的是，此处的堤坝并不薄弱，也没有提前开裂，竟然也决堤了。而这一带突然决堤，不仅把后面粮食的运输路线给截断了，还有一队运粮车马直接被洪水冲没了影儿。

谭廷听到这个消息的时候，脸色变得铁青。明明粮食快到了，这一下突然就没了着落，灾民要么被饿死，要么只能流窜各地。灾民变成流民，往后会不会变成流寇，都不好说。

从各地运来的赈济粮还没到，当地公家的粮食又用光了，若是本地还有粮食没动，那就只能是各个世家储备的粮食了。

谭廷当即给清嶓谭氏写了信，要调粮过来应急，谁知信还没送出去，竟然就有当地的大世族主动找了过来，表示可以拿出族内的粮食，赈济灾民。

谭廷很是惊讶，据他了解，这些世族平日并不是心系黎民的做派。

他不动声色，问他们希望官府用什么样的市价买粮。这种情形，他们多半是要抬价的，世族怎么可能愿意吃这么大的亏？谁知他们竟然都说愿意主动献出粮食，不仅没有抬价，而且不要钱。

谭廷看了他们半晌，笑了一声，说道："诸位宗子、族长能有这般心胸，可真是天下人的福气！那就从明日开始放粮吧，你们放出多少粮，谭某俱会照实禀报朝廷，朝廷定会记你们一大功的！"

他要按放粮量给他们记功，这样一来，他们便不能少放了。

话音落下，谭廷就看到他们的脸色变了变。不过他们也没有退缩，都说这是世族该为庶族做的，接着又问谭廷："不知道谭大人的家族清嶓谭氏准备放多少粮啊？"

谭廷说道："自然是有多少放多少。"

众人皆说佩服，又说道："其实我等手里的粮食也有限，谭大人若能率领宗族身先士卒地赈济百姓，定能引来各个中、小世族效仿，届时粮食必然不缺了。"

受到灾情影响的各个世族中，谭氏是最大的世族，当然要身先士卒，谭廷当时就应下了，接着便同各路赈灾的官员知会了一声，说自己要去一趟清嶓县，调配谭氏宗族的粮食，一部分留在本地赈济，一部分运到灾情最严重的地方。

他是钦差，众人自然听他安排。

亏得谭廷之前便安排族人囤了不少粮米，这次真是派上大用场了。不过他想着今次这些世族突发好心，竟主动要帮庶族渡过难关，实在有些异常，便先派人又去了一趟河道，看看第二次决堤是不是有什么猫儿腻，这才启程回清嶓。

谭廷一动身，就有人收到了消息。

陈馥有把手中的红缨枪磨得锃光瓦亮。他曾经是想上边疆作战，保家卫国的，可如今，这枪也只能听从宗家的调令，刺向自己的同胞了。他不过是一名小卒，作为宗家的庶子，只能听从宗家的安排，毫无反驳的余地。

收到谭廷去了清峭的消息，陈馥有当即叫了人，也向清峭奔去。

清峭县。

大水淹了县城，如今洪水退去，四处一片狼藉，不少房屋坍塌，百姓无处可住，只能沿街搭棚，在热辣辣的日头下苟活。

老天爷不会因为人的富有和权势而眷顾一二，万物皆为刍狗。清峭谭家的宅子也受灾严重，尤其是地势偏低的那几家，至今房中还有水。亏得宗家的府邸地势偏高，没有进水，老夫人赵氏只能把族人安排到宗家暂住。才几天的工夫，赵氏忙得头晕目眩，请了好几次大夫。

因着谭家陆陆续续施了好几次粥，县衙才能勉强支撑，至于能撑多久，知县本尊也不晓得。

水患退去，人有死伤，牲畜也有死伤，不少人得了病，知县最担心的就是再有疫病传播开来。他站在县衙门口，看着流离失所的百姓，惆怅不已。偏他这里不是受灾最严重的地方，朝廷就是派人来赈灾，他也得排在其他府县后面。

不想就在这个时候，一个衙役飞奔过来通报，说是有一队人马向县城飞奔而来。知县吓了一大跳，若此时还有流寇进县城打劫，那可真是雪上加霜了。

他吓得不轻，立时就让人赶紧去关上城门，不想那衙役一口气喘上来，又道了一句："看着好似是谭氏宗子谭大人回来了！"

知县连忙催人备马，要亲自出城迎接。

知县眉飞色舞，然而不等他的马备好，便听到街上传来一阵急促的开道之声。他朝着城门口的方向望去，正见着一人策马飞奔而来。

街道两旁的百姓见有骑着高头大马、穿着大红官袍的人到了城中，眼睛里都迸出了光亮来，纷纷主动让开道路，退避两旁。有一些饥肠辘辘的人直接跪在了路边，喊道："钦差来了！钦差大人来给我们做主了！"

谭廷感受到了百姓们的激动，当即翻身下了马，说道："大家快快请起，谭某领朝廷之命救灾，必不让大家继续受苦。朝廷的赈灾粮马上就到了，在赈灾粮抵达清峭前，谭某会放出谭家囤粮，接济大家！"

众人听了他的话，非但没有起身，反而全部跪了下来，一边给他磕头，一边喊道："不是钦差，是天神来了！"

一时间声浪如沸。

谭廷连忙让众人起身，说道："都是皇上和太子殿下的福泽，谭某居不得功。"

他说完，就请知县先派人将粥棚搭起来，再派官差去谭家领粮。

知县还没开口，难处便一下子少了大半，一时间激动万分，正想说些感谢的话，却见这位谭大人甚是雷厉风行，转身回谭家调粮去了。

天气热，事又多，赵氏吃了药，打了一会儿盹儿，就梦见了项宜。若是儿媳在，这些让人为难的事情早就料理好了，她想，自己以后可得待儿媳再好些才行。

迷迷糊糊中，她听见有人喊"回来了、回来了"，下意识地以为是项宜回来了，不过下一秒，就听见嬷嬷说了句："是大爷回来了！"

赵氏"呀"了一声，瞬间醒了过来，急忙换了衣裳出去了。

谭廷这会儿就在外院，赵氏到的时候，不少族人也闻讯到了。

一众族人见宗子回来了，一颗因着受灾而悬起的心顿时放了下来，纷纷上前给谭廷行礼，将他层层围在了中间。

谭廷当即就把朝廷接下来的安置举措告知了众人，并说朝廷赈济的粮食也很快就要到了。

有他在，又听见他说了这些安排，众人原本愁苦的脸上都露出了欣喜的神色。

谭廷又提及了暂时调出谭家的囤粮，赈济周边百姓的事情。谭家不缺粮食，事先谭廷也嘱咐族人多囤粮食，因此众人听到他说要拿出谭家的粮食去赈济百姓，都甚是淡定。

谭氏一向与邻为善，连灾难年月都不曾压价屯田，此时让粮于民，大家也都可以接受。况且，若是只有谭家安然无事，而外面的庶族百姓吃不饱饭，流离失所，有一天成了流寇盗贼，谭家又怎么可能不受其害？

不过还是有人提出了异议："万一我们拿出了粮食，却引起他们的忌妒，不问三七二十一就来抢怎么办？"

这人问了，就有人回答："我们谭家囤粮又不是一天两天了，他们能不知道吗？要抢早就抢了，还会等到现在吗？"

也有人说道："庶族吃了我们的粮，还会抢我们吗？那也太没良心了。相反，我们捂着粮食不放出去，才有可能招来抢粮的人。"

提出异议的那个人嘀咕了一句："总要防他们一手，毕竟世族和庶族还是隔着一层的……"

那人说到这里，声音很快就被众人的议论声盖过去了。

谭廷见大多数族人能够接受放粮一事，不禁大松了一口气。比起旁的世族，尤其是那些心怀不轨的世族，清嵋谭氏才是世家大族该有的样子。

他当即派了人手去和衙门对接施粥一事，今天先让城中百姓吃上一顿，明日再说接济城外百姓的事情。

将此事安排好了，谭廷总算歇了口气，却又想起了另一件事情。他从京城离开好些天了，这些天多半与灾民在一处吃住，照理说最好下手，可暗中盯着他的人一点儿动静都没有。是因为没有找到好的时机吗？还是有什么别的打算？

清嵋谭氏放出囤粮赈济百姓的事情一出，清嵋谭氏盛极一时，不少世家大族也陆陆续续地放了粮。

大世家带了头，小世族自然纷纷效仿，一时间，因着洪水泛滥而受灾的这片土地反倒实现了世庶关系的和解。

谭廷收集着各路消息，亦做了些旁人皆不知道的安排。

陈馥有在一处不起眼的田庄里停留了好些日子，天气酷热，他也有些急躁了，觉得不如早早下手，定下胜负，总比在这酷暑里煎熬好一些。

有人见他焦虑起来，走过来瞧了瞧，安慰了他一句："我们为宗家做事，还是要沉下心来，把事情办成最要紧，慢些、等些、难些都不重要。"

这人说着，叹了一口气，又说道："我们这些做旁支、做庶子的人，一辈子也就是为宗家嫡系办事罢了。"

陈馥有转头看了这人一眼。这个上了年岁的人叫陈胡燕，他该称呼一声"七叔"。

陈胡燕从前也是宗家的人，只是后来他们那一支逐渐成了旁支，而他又是庶出，因此无权无势。如今他连鬓角都发白了，却还是没能逃脱为宗家做事的命运，宗家让他做什么，他就得做什么，一辈子都是这样。

陈馥有似乎在他身上看到了自己的命运，这一瞬，竟有些难言的迷茫。恐怕能如这位七叔一般还是好的，若是不能呢？他今次若是又败在了谭家手里，只怕再无生路。

陈胡燕似乎读懂了他的些许心思，说道："清嵋谭氏倒是不错，就是做宗子的人仁慈了些，总要为庶族说话。如今的谭氏宗子是这般，他那英年早逝的父亲更是如此……"

陈胡燕没有说下去，似乎是想到了什么陈年旧事，神色有了些变化。

恰在这时，有人过来禀报："清嵋的人传来消息，明日会有几个镇子里的流民到县城讨饭吃，届时城门大开，无有阻拦！"

陈馥有一听，整个人精神一振，看了一眼陈胡燕。

一旁的陈胡燕慢慢地点了点头，说道："明日正是我们的机会。"

项宜和谭建坐镇京城谭氏，除了暑热让人有些不好过，诸事还算平顺。

因消息有滞后，项宜尚不晓得那位大爷到了何处，也不好连连写信打扰他做事，便另外扯了布，提前给他做起了秋日的衣裳。

若是衣裳能顺顺利利地一件一件做下去，也算她给他做齐四季衣裳了，免得他又暗暗地闹脾气，闷声闷气地指责她待他不好，顺便要求另外的补偿……

想到这儿，项宜不禁有些想笑，又禁不住向外看了一眼，然而视线被四角庭院阻隔，她是如何都看不见那位大爷的。

这时，谭建和杨蓁忽然来了。

杨蓁的肚子挺了起来，项宜怕她不便，连忙起身出门去迎接。

那小两口儿倒是不在意这些，谭建见了她便说道："大嫂，方才杨家伯府、林府姑母还有在京的族人都传了信过来，"他说着，声音压低了一些，"皇上今早又昏迷了，至今未能醒过来。"

项宜讶然，这会儿太阳快下山了，皇上早间昏迷，这会儿还没醒，只怕要麻烦了。

杨蓁从小住在京城，对这样的事情略知一二，说道："大嫂不必担心，皇上早早就立了东宫，一旦薨逝，自然有东宫坐镇。咱们只要不乱来，便没什么相干。"

一来，其余几位皇子年纪尚小，照理说不会有什么夺嫡大乱；二来，皇上未必就在这时薨了，说不定太医妙手回春，能将皇上救回来。

项宜点了点头，叮嘱谭建近日务必小心谨慎，守好门户，一旦紫禁城里有变，他们也有个应对之策。

那小两口儿走了，项宜独自留在正院。傍晚闷热，她却有一种冷冷清清的感觉。

她坐回窗下，继续做衣裳，可不知怎么的，就有些心神不宁起来。

皇上薨了，还有太子，可太子殿下仁和，是一位明君，那些人真的能让与他们意见相左的太子上位吗？若是太子出事，这朝野又会是什么样的光景？

项宜想，太子应该也能想到这一层，而那些人也未必有那样大的胆子去谋害太子。

她乱七八糟地想了许多近来的人和事，天色渐渐晚了。好在紫禁城里没有不好的消息传出来，京城亦没有响起丧钟，她稍稍地松了口气，早早地歇了下来。

项宜这一觉睡得极其不好，恍惚之间梦见自己不知为何，站在了谭家的门前，却分不清那是清崎谭氏的门前，还是京城谭家老宅的门前。她迷惑地站在门外，看着门匾上硕大的"谭"字，可渐渐地，那"谭"字扭曲得不成样了。

下一秒，大门忽然被人打开，着一身华服锦缎的宣二夫人走了出来，居高临下地看着她，冷笑了一声，说道："谭廷已经不是谭氏的宗子了，如今是我们家老爷做宗子，你还想赖在谭家做什么宗妇吗？若是识相，快快走开！"

她怔住了，一时头脑混乱得不行，急急地问了一句："大爷怎么了？你们缘何能取代他的宗子之位？"

宣二夫人听见她的话，目光落在她的身上，笑了起来，说道："这就要问你们庶族了。反正他不能再做这谭家的宗子，我家老爷才是命定的宗子。谭廷就等着被宗族除名吧！"

宣二夫人说完，就转过头叫了人。许多人冲了出来，凶神恶煞地赶她离开。

一阵喧闹声中，项宜骤然清醒过来。

偌大的正房，她独自坐在床榻上，往旁边探手摸去，空的。

窗外不知何时下起了暴雨，雨滴如冰雹一般，砸得屋檐"咚咚"作响。雨声之外，还有电闪雷鸣的声音。

项宜从方才乱七八糟的梦境里回过神儿，起身给自己倒了一杯茶。

她这边有了动静，守夜的春笋就醒了，询问了一声。

项宜叫了她进来研墨，说道："我给大爷写封信。"

春笋挑起一盏如豆小灯，未及光亮大盛，项宜便蘸了墨落笔。

清崎县。

洪水过后，潮气似是被无形的幕布裹住，沉沉地压在半空。

谭廷毕竟是钦差大臣，不能只留在自己族中，见放粮还算顺利，他便决定翌日一早去灾情最严重的地方。

这日清早，谭廷先去了一趟宗族祠堂。

天刚放亮，空气闷得令人透不过气来。谭廷没有让人跟随，请了守祠堂的族中老人开了门，正经向着祠中行了礼，才踏了进去。

他给先人们上了香，便走到了父亲谭朝宽的牌位前。父亲骤然离世的那年，他刚刚束发，听到父亲突然生了重病的消息时，还想着以父亲的身体，不至于出什么大事。那时他还不晓得，父亲根本不是生病，而是有人想要父亲的命。

他一直以为是杨木洪散播的谣言导致父亲积劳成疾，染病离世，后来看了杨木洪的信，才晓得父亲的死同凤岭陈氏及其朋党脱不开干系。

如今他多少知道到底是什么人在背后兴风作浪了，可惜手里暂时没有证据。

当年故意误导杨木洪传播谣言的人，他已经查出来了，可那到底是陈氏的人，须得等那人再次替陈氏行坏事，他才有机会抓现行。

他抬头看向父亲的牌位。

只要他把那人抓个现行，审问一番，父亲之死的真相就可以大白了。父亲一定愿意看到那些暗中作祟的人一败涂地，而站在天光下的人永沐天光！

谭廷的手攥了起来。

宁静的祠堂里，点燃的香火升起袅袅烟雾，谭廷站在一排一排的先人牌位前，一颗心慢慢地沉静下来。

半晌，他看了一眼外面的天光，没再停留，再次行了礼，便退出了祠堂。

他刚走到院门前，萧观便匆匆来报："爷，有人混在来领粮的灾民里进城了！"

陈馥有和陈胡燕穿了灾民的衣裳，一前一后地进了清崛县城。

他们的人手倒是不少，不过不敢张扬，免得还没有行动便露出了马脚，是以陆陆续续地分批进城，一个时辰后才到齐。

陈馥有和陈胡燕早已约好，陈馥有打头，带人直冲谭家的粮仓，在谭家开仓放粮时，把粮食全部散出来，然后在陈胡燕煽动那些灾民抢夺粮食时放火杀人，引起喧闹，再趁乱率人冲进谭家，杀了治水钦差谭廷。

这便是宗家给他们的任务。

陈馥有和陈胡燕碰了头，见一切如他们预料的那般发展，并没有被人发现，便立时分头行动起来。

陈馥有带人赶往谭家的粮仓，不想还没走近，就见那谭家宗子谭廷竟站在粮仓前，亲自给前来领粮的灾民放粮。

他连忙躲了起来，见没人发现自己，暗暗松了一口气的同时，又有些惊喜。他率人作乱容易，可是想要趁乱找到这位宗子，取其性命，就有难度了。而眼下这位宗子就在粮仓前，倒省去他找人的麻烦了。

陈馥有这次比上次更加小心谨慎，又记着七叔陈胡燕的话，沉下心，四处安排清点了一番。

来领粮食的灾民越发多了，陈馥有瞅准时机，趁着官差换班时，一声令下，灾民队伍里立刻喧闹了起来。

陈氏的人手早就在灾民中传播谭氏粮食多，只要抢了谭氏，粮食就都是灾民的了。谁知那些灾民都道谭家是好人家，他们万不能这般不讲规矩，做出忘恩负义的事情。

陈馥有没想到清峋的百姓竟对谭氏如此友善，可他又觉得这些百姓说是这么说，等到谭家粮仓里的粮食散出来，他们饿了这么多天，见到粮食，怎么可能不抢？

当下，陈馥有一声令下，他手下的人立马推挤着前来领粮的百姓，在一片喧闹中朝着粮仓扑了过去。那些百姓被他们这么一闹，也毫无章法地乱了起来。

陈馥有见一切顺利进行，而粮仓前的谭家宗子还没有离开，立刻叫了身边的高手，直奔谭廷而去。

眨眼间，陈馥有和另外两名高手就到了谭廷身后，齐齐拔出刀剑，向谭廷砍去。

说时迟，那时快，只见万分混乱的人群里忽然跳出六七个人来，不等陈馥有三人反应过来，这六七个人便提刀上前，直奔他们三人而来。

陈馥有大惊，喊道："有埋伏！"

可他这话已经晚了，下一秒，刀架在了他的脖子上，而那位谭家宗子信步走了过来，笑着哼然一声，对他说道："陈五爷，许久不见。"

陈馥有刺杀谭廷没能成功，甚至连冲了谭家粮仓的事情都没有做成，就被提前有所提防的谭氏众人直接押了下去。

陈馥有听着外面的灾民有条不紊地领粮、道谢的声音，知道自己败露了。他不禁看向那位胸有成竹的谭家宗子，想到自己两次在他手中落败，竟然有些想笑。

谭廷走到陈馥有面前，说道："是你宗家让你来的？你们陈氏想冲了谭家的粮仓，然后嫁祸给灾区的百姓，激化世族和庶族之间的矛盾，对吗？"

他都猜对了。陈馥有禁不住有些悲凉地笑了，说道："既然谭大人都知道了，要杀要剐随意吧。"

就算谭廷放了他，陈氏宗家只怕也不会饶了他。他虽然出身世族，甚至生在宗家，但也不过是宗家嫡支的仆人。他倒是羡慕谭家的族人，因为谭氏宗家绝不会强迫族人做坏事。可惜他不姓谭啊……

然而他那样说了，却见谭廷摇了摇头。

陈馥有不知他是何意，下一秒，就见自己的人都被抓了过来，七叔陈胡燕也没能幸免，而后就看见这位谭氏宗子的脸色陡然一变。

谭廷猜到这次放粮会有人趁机作乱，当他知道对方是陈馥有的时候，心里就有一种特别的预感，眼下，他见到了陈馥有的同伙，忽然就笑出了声。这个陈胡燕，正是当年误导杨木洪传播谣言、害死他父亲谭朝宽的人！

谭廷紧紧地盯着陈胡燕。

陈胡燕在看到谭廷的一瞬，也晓得自己多年来为陈氏做了那么多阴暗之事，终究逃不脱命运的锁链。他垂下头，低声说了一句："我有罪啊……"

谭廷看着陈胡燕，沉默了良久，才沉声说道："将此人押去祠堂外，令他跪在谭氏祠堂前。"

这么多年了，他终于查获了当年陈氏谋害父亲的罪证。

陈胡燕也晓得自己逃不过被问罪的结局了，反复念着："这是我的命啊，我早该想到了……"

陈馥有听了陈胡燕的话，觉得从他身上看到了自己的未来，忽然生出不甘之心。陈胡燕一辈子都在为宗家做阴暗的坏事，到头来却还是宗家的弃子，宗家不会来救他的，说不定还会设法灭口。而自己年纪轻轻就成了弃子，接下来又要如何？

思及此，陈馥有叫住了谭廷。

谭廷心思一动，不动声色地问道："陈五爷可是有什么话要说？"

陈胡燕猜到了什么，立刻叫了陈馥有，说道："你可别傻！坏了宗家的大事，有你受的！"

陈馥有却已看透了，道："我如今没有办成宗家吩咐的事，已经有得受了，还有什么可怕的？左不过一个死罢了！至少在死前，我不想再为他们保守秘密！"

陈胡燕闻言，张口结舌。

陈馥有转头看向谭廷，说道："我若能说出紧要之事，还请谭大人放我一条生路。"

谭廷二话不说，直接应了："谭某说一不二，你讲便是。"

他的话掷地有声，陈馥有听得怔了怔，没想到他会如此爽快。比之陈氏的宗家，这样的宗子才更令人心悦诚服。可惜自己这辈子没有机会生在谭家。

陈馥有说道："谭大人有先见之明，能料到我等会作乱，只是不晓得谭大人有没有料到，还有旁的人会在旁的地方作乱呢？"

谭廷立刻意识到了什么，神思一震。

陈氏的人今次若是事成，以庶族灾民的名义抢了谭家的粮仓，冲进谭氏的府里，再杀了他这宗子，那么好意放粮的世族立刻就会与庶族灾民成敌对之势！世庶矛盾被激化，届时只怕整个朝野会出大乱子。

谭廷之前猜到了这一点，所以才安排了族人小心防范。只是他没有料到，那些人铁了心要破坏世庶关系，未必只安排了攻破谭氏一族。

这次有不少大世族主动放粮，现在想来，必然是受了陈氏及其朋党的指使。而后来那些效仿大世族放粮的小世族，是真心救济灾民也好，是被大世族引导、迫于形势才放粮也罢，都切实地做了有益庶族的事情。此时若有人伪装成庶族灾民，哄抢世族的粮食，世族的人不知真相，必会仇视庶族。

而在灾区无粮的关头，吃不上饭的庶族灾民未必能坚守仁义，只要稍稍有人引导，便可能伙同流寇盗贼，冲向各地小世族，杀人抢粮……

谭廷已经能想到那场景有多可怕了。

他此前只想到陈氏及其朋党会来害他，万万没想到他们已经泯灭了良知与人性，连与他们一样出身世族的人都不肯放过，竟以这些小世族的人命为饵！

谭廷脸色沉到了极点，没敢耽搁一秒，厉声叫了人来，说道："去，告知官府和各地世族，小心有人以灾民的名义抢粮作乱！"

接下来三日，毒辣的日头炙烤着洪水退去后的大地。

谭廷在那消息发出去后的第二日，急急地赶回了重灾区坐镇。

各地官府刚听到谭廷派人传来的消息时，都觉得不可思议，什么人会不择手段到这种地步？可是两三日后，众人听到有两家小世族被灭的消息时，皆震惊不已。

　　谭廷派出去的人知会了不少人家，大部分世族因此提前防范，幸免于难。可是有两个偏远一些的小世族还没能接到消息，就被灭了。

　　一夜之间，那两个好心放粮救济百姓的小世族被流寇和灾民攻破，粮食被哄抢一空，所有房屋被烧毁，大部分族人被打杀或者烧死在了自家的庭院中，只有小部分族人跪地求饶，并奉出所有的金银，才侥幸保住性命。

　　谭廷知道，那些人根本不是流寇，而是陈氏及其朋党的人。可是饿极了的灾民跟在那些人后面一起抢粮，也是事实。

　　两个小世族被灭的消息传后，世族官员都一脸惊怒，还有人忍不住辱骂出声。

　　庶族灾民听闻消息后，也都惊怕不已，不过他们怕的不是流寇和抢粮的灾民，而是世族。这些世族会不会就此恨上了他们，不愿意继续放粮了？就算世族愿意放粮，他们还能安心吃世族放出来的粮食吗？一时间，众人都惊惧起来。

　　两个小世族被灭的事情一出，朝野皆惊。若非谭廷提前布置，让谭家逃过一劫，又及时传信，让各世族小心防备，只怕会出更大的乱子。届时世、庶两族是怎样的光景，像项宜、谭廷这般夹在两族之间的人又如何自处，就不得而知了。好在当下的形势还没有坏到那种程度。

　　谭廷担心那些人不达目的不肯罢休，想着之前二次决堤阻隔了救济粮的事情，便特意调出人手去暗中盯着河堤。

　　一众官员不知道他这是何意，还觉得他有些小题大做了。不想就在谭廷派人暗中守堤的第二天，竟抓到了一拨蓄意破坏河堤的人。

　　那些破坏河堤的人在被抓时就畏罪自杀了，而越是这般，就越令人生疑。

　　灾区官员们听闻此事，惊得说不出话来了，并产生了疑问：是什么人要祸国殃民？灭了小世族的事，是不是也是这些人做的？

　　谭廷并没有回答他们的疑问，而是想到了岳父项直渊任上的潮云河决堤一事。潮云河决堤是不是也并非被大水冲垮，而是被人为破坏？所以早在那时，那些人就开始谋划了，对吗？

　　他知道，藏在暗处搅弄风云的那只黑手，逐渐暴露在人前了。

　　谭廷阻拦了破坏大堤的人，顺利地接收了朝廷给的赈济粮。世族不用心惊胆战地继续放粮，庶族也不用再吃世族给的粮食，双方的防备心理总算稍有缓解。

不过谭廷不敢松懈，写了长长的折子详述此事，递去了东宫。那些人要做的事被谭廷拦下了七七八八，他们达不到目的，还不晓得有什么后招儿。

河堤守住，洪水退去，灾民有粮可吃，谭廷亦让各地惠民药局放药防疫，还安排了各地官员派人修缮百姓房屋，灾情总算是缓了下来。

谭廷近日有些担心京城里的妻子，毕竟她的身份太敏感了，这会儿他好不容易有了空闲，便准备回一趟住处，写信询问一下她的近况。不想有几位官员正在论事，见了谭廷就想问问他的意思。

然而这几位官员还没来得及说话，就见谭家的仆从匆匆跑来了，手里还拿着一封信。

谭廷一眼看到了信封上娟秀的字迹，心跳都快了起来，不由得朝着仆从招手，说道："我在此处。"

几位官员见他着急，还以为是什么紧要的事情，连忙问了一句："谭大人，是不是有京里的消息？"

拿到信的谭大人却头也没抬，只是看着信说了一句："是拙荆的家书。你们论你们的，我先去了。"

说完，他便抬脚走了。

几位官员闻言，不禁愣了一下，疑惑地相互看了几眼，再看向钦差谭大人离开的方向，人影都没了。

灾区简陋，谭廷无处洗手，不过还是用丝帕擦了手心的汗，才在一处僻静的地方拆开了妻子写来的信。

信甫一拆开，便有清凉的风从树荫下掠过。谭廷眼中映出那些干净娟秀的字，看见第一句便是："大爷安否？赈灾之事是否顺利？暑热正盛，大爷记得及时消暑。"

只不过两句问话、一句叮嘱，便使谭廷一颗焦灼的心都柔和舒展了。

上次的口信不算，这次才是她第一遭给他写信。谭廷一连把第一行字看了三遍，嘴角禁不住翘了起来。

信的内容不少，谭廷往下看去，见她说了近来发生的一些事情，倒是和谭建此前来信告诉他的内容差不多。不过她另外说了一件事情：谭朝宣提前进了京，而后宣二夫人也带着儿女、仆从到了京城，还在街头与她碰上了。

宜珍不是会计较的性子，却在信里特意提及了宣二夫人的傲慢。谭廷知道她并不是向他告状，虽然他倒希望是这样。

她在信上写道："恐他们夫妇对宗子之位另有打算，大爷务必上心。"

见妻子对自己如此上心，专门写信来提醒，谭廷心里顿时柔软得不行。

她又说了一件事：皇上昏迷不醒，情况不容乐观。

说起来，她这封信先是到了他坐镇的重灾区，可惜他彼时去了清峤，送信人便也赶去了清峤，不巧那人赶到清峤时，他已返回了这里，所以迟了几日才看到信。

谭廷想到妻子的信晚了好几天才到，不禁有些郁闷。不过这么多天了，他并没有听到皇上薨逝的消息，看来还在诊治。

皇上不能理事倒也算不得大事，只要太子稳妥就好。不过这多事之秋，他最好还是尽快料理完手上的事情，早早返回京城。

他想着，目光就落在了信的尾处。

信的结尾，妻子的字迹似乎越发柔和了，纸上写着："庭院墙角的一簇早菊含苞待放，盼元直勿误花期。"

谭廷看着信，仿佛看到了妻子娴静地坐在庭院廊下赏花的模样。风从她的脚边拂过，轻轻地吹动她的裙角，墙角的早菊悄然开了，她微微低头，闻着那菊花的第一缕清香……

思及此，谭廷的心都要飞回家了。可惜他一时间还走不了，只能将信妥帖地收起来，贴身放好，给她写了回信。

京城。

漆黑的深夜里，有人再次悄然聚在一起。

程骁刚到，便听见有人说了一句："陈氏这次算是把事情办砸了，只灭了两个小世族，其他世族可一点儿也没受影响。"

上回还哼哼着提醒别人不要退缩的人这次不敢说大话了，讪讪地说道："谁能想到那谭廷竟是个难办的。"

他说着，看了一眼上首的老者，又看了一眼老者身边的人，说道："若是早早地除了这谭氏宗子，就没有这么多事了。"

程骁听了，嗤笑一声。陈氏无能，还怪旁人，不过那位"旁人"也实在没办成事。在座的人里，办不成事的可真不少……

陈氏那人如何想，上首的老者并不在意，只是缓缓地说了一句："事已至此，再从旁处下手也是一样的。"

他一说这话，众人都向他看了过去。

那老者浅笑一声，声音在漆黑的厅中显得有些阴冷："皇上昏迷近半月了，后日，太子可得去城外的药王庙祈福了。"

话音落地，厅中众人皆眸中一亮。

项宜连着几日睡得不太好，时常梦到一些乱糟糟的场景。

这日，她梦见了初春进京时经过的领水县。混乱的梦境里，到处是烧杀抢掠的暴行，有人一把火烧了半个县城，有人喊着世庶势不两立，还有人在路中央画了一道长线。这一笔画完，一条路竟被劈成了两半，世族和庶族各占一边，没有人可以越过那条线。她不知道自己身在何处，只觉得耳边乱哄哄的，好像是在让她决定到底站在哪一边。

项宜一急，从梦中惊醒了，不由得双手合十，祈祷千万不要出什么事。

这几日还算平静，只是杨蓁肚子越来越大，受不住火辣辣的天气，又不敢大量用冰。项宜见她难受得紧，就想着让她搬到后面一个绿树环绕的院子里去，好歹阴凉一些。

今日是个黄道吉日，连太子都选在了今日去城外的药王庙给皇上祈福。皇上昏迷多日，无论是挺得过来还是挺不过来，太子必得有祈福这一举动才行。

项宜也选在今日收拾了后面的院子，亲自陪着杨蓁过去，只是她刚坐下，就见谭建突然疾步来了，连忙问道："怎么了？"

见谭建不敢声张，项宜便令仆从全部下去。

谭建这才开了口："出事了！不知从哪儿冒出来一股流寇，竟要刺杀太子殿下。太子大驾被冲散，如今下落不明。"

消息是两路传来的，一路是谭家在朝中的族人，另一路是杨蓁的娘家。这种事情不敢乱传，可见太子确实被流寇冲撞，祈福不成，反而失踪了。

闷热的空气里，项宜忽然觉得有些喘不过气来，脑中一片空白。

皇上昏迷，太子失踪，这朝廷又该由谁执掌？

杨蓁甚是惊诧地说道："京畿怎么会有这么厉害的流寇？这不对啊，东宫出京，那得是多大的阵仗，京畿各地怎么敢放这般厉害的流寇进来？"

她是武将人家出身，对京畿防卫还是有所了解的。

谭建摇了摇头，说："我也不太清楚。倒是出了事，那些当官的才想到去抓人。可太子殿下人在何处，确实没人知道。"

项宜半晌没说话。流寇不会凭空出现，必然是有人精心策划，埋伏了多时。那些人挑这个时候谋害太子，想必是想接管朝政，而眼下太子失踪，朝野只怕要动荡了。

项宜所虑果然不差，接下来的两日，太子依旧下落不明，朝野的声音越发杂乱，被抓的流寇竟然还声称朝廷气数已尽，所以灾害频出，只有改朝换代，才能让百姓过上好日子。

这些流寇自然不是世家大族出身，都是百姓草莽，一心想要改朝换代，才行刺太子，至于太子如今身在何处，他们并不晓得，只说道："定是老天爷都看不下去了，收了狗皇帝父子的命，让我们这些草民翻身！"

这般言论传得快极了，只一两日的工夫，就传遍了京城的大街小巷，一石激起千层浪。

世人皆知太子心怀天下，宁愿与盘根错节的世家对抗，也要为庶族争取利益，可这些庶族出身的流寇如今竟要杀害太子。

不少世族之人直接闹了起来，说道："太子处处为这些庶族贱民着想，却落得这样的下场！朝廷若是还护着这些庶族贱民，不严加惩治，他们岂不是真的要造反，把我们这些世族人也全部害死？"

本就不肯接受寒门庶族的世家子弟们一下子有了合适的理由，纷纷跳出来指责庶族以怨报德、毫无良知、居心叵测。

而庶族又怎么肯背这样的恶名，纷纷反驳道："百姓是百姓，贼寇是贼寇，怎能混为一谈？若是你们世族想要趁机打压庶族，不妨直言，何须弄这些借口？"

皇上昏迷，太子失踪，东宫辅臣们失踪的失踪、受伤的受伤，还有一些人在极力寻找太子下落，再没有人来极力平息两族矛盾。朝中无人当政，只有素来不理事的一位王爷临时监国，也拿不出什么好的举措。而其他官员要么各有立场，要么持中不言、明哲保身。

无人从中调和，不过几日的工夫，两族之间潜藏已久的矛盾终于彻底地摆在了明面上。

谭建遵从大哥的意思，一连几日给族人传信，让谭氏族人不要搅和到这件事情里面来。

谭氏不搅和，旁的世族却未必了。

此前东宫为了弥合两族关系，出了不少举措，比如让世族开办的族学接收寒门学子，雇用庶族匠人、农户等。两族之间建立和谐互助的联系，才能真正缓和关系。

如今太子被刺的事情一出，两族关系迅速恶化，不少世族直接将投靠在自家的寒门子弟撵了出去。而这些寒门子弟多半是在外面没了出路，才投靠到世家来，如今被世家撵出去，顿时陷入了走投无路的境地。

如此也就罢了，竟然还有世族不再雇用佃户，并说除非这些佃户愿意卖身为奴，世世代代地做世族的奴隶，不然就等着饿死街头。

项宜听了消息，只觉得这样的事情简直如挑破了脓疮一般，以最恶心、最丑陋的方式暴露了人性。

谭建和杨蓁听了，都有些难以置信，可世族的确将庶族之人赶出了自己的领地，且行动之快，如同得到了授意一样，令人咋舌。

而寒门庶族又怎么会愿意背黑锅、咽苦果，向世族低头？当先就有薄云书院的寒门学子罢了课，将那些深受世族欺凌的人聚拢起来，一边写万民书状告世族，一边在京畿呼喊游行，坚决与世族斗争到底。

不知为何，京畿大部分官员竟然对此袖手旁观，只有少数官员劝他们不要在这个时候闹事，可还是挡不住这些热血青年的势头。

事态愈演愈烈，连以前领头闹事的何冠福等人都觉得这般势头实在不对劲，来到谭家想找谭廷商议，可惜谭廷外出赈灾，根本不在家。

项宜得知此事，想到了弟弟项寓，第二日便亲自去了一趟薄云书院。

项寓一宿没有睡觉了，与志同道合的寒门同窗商量着要如何从京畿扩大开来，让寒门庶族的学子都加入他们，为寒门抗争，与世族分庭抗礼。

这些年轻人一个个眼里似冒火一般，便是一夜未睡，也十分精神。

项宜看见他们，便觉得不好，连忙把项寓叫了出来，径直问道："寓哥儿要同他们一起抗争？"

少年浑身散发着腾腾的热气，说："那是自然。长姐可能不晓得，我们前些日子查到了不少当年与父亲不对付的人，那些人都是压死父亲的稻草，也都是世族的人！世族害我们不是一日两日了，我们怎能任由他们迫害？"

项宜对他的反应并不意外，可还是禁不住问了他一句："寓哥儿有没有想过，这只是一部分居心叵测的世族之人在作祟，而你们现在这样闹事，或许正中他们的下怀？长姐希望你冷静下来，好好地想一想。"

项寓闻言，不由得愣了愣。两族的矛盾爆发后，他和寒门同窗都是满腔热血，发誓要为庶族争取利益。没有人跟他说过，他们的行为可能正是有些人期盼的事。

他看向自己的长姐，问道："长姐说的，是真的吗？"

项宜见他还听得进自己的话，大松了一口气，说道："世家大族是什么样，你那些同窗不晓得，你还不晓得吗？似清嶂谭氏、海东齐氏、槐宁李氏这样的人家，何曾欺压过庶族？世族之人并非都是坏人，只是一部分人为了自身利益，暗中布局。你要好生思量，把世族和居心叵测的人分开来看……"

只是她这话还没说完，便有几个少年冲了过来，朝项寓说道："你长姐是清嶙谭氏的宗妇，对吧？果然是嫁出去的女儿泼出去的水，她竟一心向着世家大族，罔顾庶族的利益！"

他们说着，便要撵项宜走，说道："你可以向着你的世族，可项寓是正经的寒门学子，你还想要祸害他不成？快走快走！这里再不欢迎你！"

说完，他们竟还要推搡项宜。

项寓一把将长姐护在了自己的身后，急声说道："你们这是做什么？就算世家有罪，我长姐又有什么罪？我不许你们这样说她！"

少年不知何时已高过了项宜许多，项宜看着他的后背，一瞬间似看到了从前将他们护在身后的父亲一般，不由得鼻子一酸。

那些寒门书生的怒气渐渐地从项宜身上转移到了项寓身上，项寓独自与他们对峙。

项宜并不想在这个节骨眼儿上闹出事情，连忙拍了拍项寓，说道："弟弟，无妨。"

她说着，正经看了那些年轻的书生一眼，说道："我是庶族出身，那么这辈子都是庶族之人。我并非为世族说话，而是朝中纷乱复杂，确实有人包藏祸心。你们要好生思量，万事三思而后行！"

项宜已经尽力提点了，可这些寒门书生完全听不进去。她只能又点了项寓一句："冷静一些，别被冲昏了头脑。"

她说完，晓得此地再不欢迎她，若是强行带走项寓，只怕又要生事，只好留下了人手保护项寓，独自离开了。

回京的路上，项宜发现平日在路边卖瓜、卖茶的人都不见了，到处乱糟糟的，人人都心浮气躁起来。她亦有些心神不宁，不知那位大爷到底能不能在这个关头回京。

这时，李家的马车迎面过来了，马车里的人是槐宁李氏的大夫人苗氏。苗氏不知怎么的，好像被吓到了一样，神色有些不对劲，愣了半晌才认出项宜。

苗氏说自己染了风寒，怕过病给家中的孩子们，所以暂时去庄子上避一避。

项宜见她神色甚是不好，似是有些惊慌，便邀了她去路边的茅亭下说话。

项宜还没问起苗氏病情如何，反倒听见苗氏问了她一句："你在谭家还好吗？你家大爷不在家，谭氏族人有没有为难你？"

听见苗氏这么问，项宜倒也不太意外。她已听说了，有不少人家将庶族出身的妻妾送了旁处，又将嫁到庶族的姐妹、女儿接回了世族。世庶矛盾闹到这个地步，这种事情是必然会出现的。

项宜说："谭家的族人还算敬着大爷，并没有人前来闹事。"

她说完这话，忽然想到了谭朝宣夫妇，他们倒是也没有动静，这就有些奇怪了。

苗氏听了她的话，不知道想到了什么，看了她半晌，才支支吾吾地说道："若是……若是谭家的族人都不敬着你家大爷了，甚至因为你的出身，认为你家大爷不配做宗子了，你……你会怎么办？"

她说着，似乎觉得自己这个问题实在不好听，又急忙说道："宜珍，我不是说你出身不好的意思，只是……"

项宜知道苗氏没有恶意，给了她一个安慰的眼神。不过苗氏的问题，她一时间也回答不上来。

项宜辞了苗氏，回了京城。谭家如前几日一样，尚算平静。

没过几天，两族之间的状况又有了变化，竟有一地的庶族百姓集结队伍，攻破了当地的世家大族，抢了金银散给百姓，还号召更多的人加入他们。他们要征讨罪恶的世族，为庶族争取更多的利益，哪怕被扣上造反的帽子也在所不惜！

第一支造反军就这么出现了。此事一出，满京哗然。

项宜只觉得一颗心跌至谷底，这恐怕是世族那些包藏祸心的人最想见到的事情了。

第十九章
良缘尽

造反军甫一出现，便在京城引起轩然大波。

翌日，监国的王爷便在朝中问及如何处置。若是派兵全力围剿造反军，必然会引起庶族百姓更大的反抗，一支造反军倒下，万千支造反军形成；可若是不管不问，任其成了气候，撼动皇权，更是大患。

寒门官员主张派人劝说，和平解决，尽量不伤及百姓性命；世族官员却认为绝不能手软，必须杀鸡吓猴，以绝后患。

监国的王爷召集阁臣商议此事，最终决定铁腕镇压。

项宜从谭建口中听说这个消息的时候，脚底有些打晃儿。

这般关头，铁腕镇压只怕会彻底激起民变，将寒门庶族的人都卷到造反的波涛中，届时朝廷必会对所有寒门庶族施以毁灭性打击。这就是那些人想要的结果吗？

项宜问道："朝廷缘何这么快就做了这个决定？"

谭建答道："听说这个决定是首辅林阁老亲自提的。"

项宜闻言，竟然并不意外。这等关键时刻，林阁老无法继续稳居幕后，自然要出手了。

她禁不住想到了谭廷，便问了谭建。然而谭建也不知大哥目前身在何处，只听到从清嶂过来的族人说，他似是要回京了。

项宜听到这话，才稍稍地放心了。

太子至今没有下落，林阁老等人完全控制了朝政。世庶之间的对立越发严重，连京城坊间都闹到了要划清地界的地步。

有一个世家的院落位于寒门聚集的地段，被庶族之人半夜放了火，幸亏宅院里没人，没有闹出人命。不过隔壁的寒门邻人家受到了大火波及，便去衙门报案，要严查纵火之人。庶族之人得知消息后，反而纷纷指责那个寒门邻人，说他不过是挨着那世族人家住，偶尔得些施舍，便一心向着世族，忘掉了自己的出身，像丧家之犬一样攀附世族。他们一边骂那个寒门邻人，一边将他绑起来，扔出了京城。

此事一出，便有不少庶族的人宣扬起来，凡是在这般时刻还要维护世族的人，无论是世族之人还是庶族之人，庶族都必不容他。如此一来，世族也不敢再收留寒门的人，不少人家连教书的寒门西席都辞退了，寒门书生亦不敢再认世族先生为师。

两族之间的那道线越来越清晰了。

沈雁和项宁听说了此事，写信来问项宜有没有被谭家为难。

说到这件事，项宜也觉得疑惑，不知怎么的，谭家一片寂静，谭朝宣夫妇也没有趁机作乱。

这日，李程允的妻子秋阳县主亲自上门，来到了谭家。

项宜见她急得嘴角都起了燎泡，下意识就想起了她的长嫂苗氏，便问道："是不是苗姐姐出什么事了？"

秋阳县主一步上前，握住了项宜的手，连忙问她是不是见到了苗氏，又说道："大嫂不告而别，大哥寻她都快寻疯了！"

可惜项宜见到苗氏是好几天前的事情了，当时苗氏只说自己病了，怕过病气给孩子们，所以出京暂避。

这件事情，秋阳县主也是知道的，不禁连声叹起气来，说道："大哥那几日不在家，大嫂说要去庄子上养病，我便也没多想，谁知她竟是怕自己的出身连累我们……"

秋阳县主说这都是槐川李氏在暗中使坏。

苗氏一直自称是西南一个小世族的族人。李程许是槐宁李氏的宗子，若非苗氏好歹也算世族之女，只凭救命之恩这一条，族里绝不会同意宗子娶她。谁知槐川李氏近日请来了西南苗氏的族人，一下子就戳破了苗氏的身份，原来苗氏根本不是世族之女，而是一个无根无蒂的孤女，连自己姓什么都不知道。这下槐宁李氏族人都发了怒，要求李程许立刻休妻！

项宜听了，一脸愕然，一时间不知该说什么。

秋阳县主又说道："大哥自然不愿意休妻，其实大哥早就知道大嫂不是苗氏的人了，可大嫂确实是他的救命恩人，两个人恩爱相伴多年，和她是不是世族出身有什么关系？"

见李程许不肯休妻，李氏族人便闹着要换宗子。而四大家族之一的槐川李氏早就想把槐宁李氏并到自己的族里来，那样的话，槐川李氏就能越过林阁老的林氏，成为当今最庞大的世族。他们用心险恶，在其中搅弄起来。

苗氏得了消息，知道是自己的身世造成了这等局面，便独自离开了，只留了一句口信，让李程许照顾好自己，也照顾好他们的女儿。

"眼下兵荒马乱的，大哥都快急疯了，今日一早还咯了血……"

项宜从前听谭廷说过，李程许在西南山间坠崖的事情并不是意外，十有八九是槐川李氏所为。槐川李氏欺李程许、李程允兄弟年纪轻、辈分小，早就想将他们一族并进自己的家族，而李程许不答应，紧接着就出了意外。

苗氏定是知道李氏兄弟的困境，又不想连累自己唯一的女儿，这才一走了之。

项宜想到那日见到苗氏时，苗氏害怕又恍惚的样子，不禁有些感慨。

本来好好的一个家，就因那些人用心险恶，竟生生被拆散。以林、陈、程、李四大家族为首的大世家们，眼中除了自身的利益，再没有旁的东西了。

项宜不知道苗氏的下落，只能把当时偶遇苗氏的情形给秋阳县主细述了一遍。

秋阳县主还得继续找人，离开前拉住了项宜的手，说道："姐姐千万保重。"

项宜的身世又能比苗氏好到哪里去呢？可奇怪的是，谭家至今没有什么动静。

铁腕镇压造反军的事情定了下来，兵部征调的是离造反之地最近的两个千户所的兵力，而这两个千户所的兵将都是杨蓁娘家忠庆伯府带出来的杨家军。可林阁老用心极细，特意点了与林氏交好的镇国公府领兵，反而将熟悉兵将的忠庆伯府防在了外面。

忠庆伯府一向中立，这次更是认为朝廷不该立刻出兵，应该徐徐图之。林阁老自然不会让这般态度的人领兵。那临时监国的王爷无能，事事拿不定主意，只能请内阁做主，而他是阁臣首辅，深受王爷依赖，谁又能将他告发，说他居心险恶？

不过半月的工夫，四大家族的人便掌控了朝政，而无论太子还是谭廷，都没有消息。

项宜焦急起来，却又无计可施，现今能做的只有等。谁知她没能等来谭廷，却在这日一早，等来了一个不速之客。

该来的，终是避不开的。

这是项宜第一次见到谭朝宣。

这位宣二老爷今日竟然将京城及京畿的所有谭氏族人请了过来，还不知从哪里请来了两位族老坐镇。

他们今日来这里只有一件事，就是要换掉谭氏宗子！

谭建一步走上前去，说道："谭氏一族延续上百年，从未有中途换掉宗子的事，敢问我兄长做错了什么，竟让诸位起了此心？"

谭朝宣轻蔑地看了一眼谭建，想到自己当年与谭廷争夺宗子之位时，谭廷正是谭建眼下这般年岁，自己却最终败给一个毛头小子，心中多年的耻辱滋味顿时泛了上来。

"谭廷若是稳稳当当地做他的宗子，必不会有人要将他换下。可是他做了什么，你们还不知道吧？"他说着，将目光从谭建和杨蓁身上掠过，直直地落在项宜身上，说道，"他如今就在那造反之地，干扰朝廷出兵镇压反军，还为那些造反的庶族说话，请宫中三思。他这是要置谭氏一族于死地！"

项宜倒是没想到谭廷会这么做，可再一想，又觉得并不奇怪。

林阁老匆忙下令出兵，铁腕镇压庶族，若是没有人站出来制止，一旦在这个关头激起民愤，后果不堪设想。项宜知道必然会有人站出来，只是没想到这个人就是自家大爷。

她一时间有种说不出的感觉。

谭朝宣的目光从谭氏族人身上扫过，说道："谭家宗子谭廷多次为寒门庶族奔走呼号，罔顾家族利益，此次又挺身阻拦朝廷镇压反军，其身不正，其行有缺，如何能继续做一族宗子？私以为，谭廷自从娶了这个贪官门庭出身的庶族女子，便不再适合做宗子了，更不要说如今又将此女带到京城，放于身边。有庶族女子在他的耳边扰乱，他如何还能一心一意领好族人？谭氏已经没了昔日光辉，若由谭廷继续当宗子，家族迟早会分崩离析，甚至全族遭难也未可知！"

谭朝宣说了这么长一段话，最后归于一句话："今日，谭氏必须换了他这宗子！"

听了这话，不少族人皱起了眉，隐隐露出赞同之意，也认为谭廷作为

505

一族宗子，为家族利益着想才是最应该做的事情。

谭建见状，脸色青了几分，杨蓁则禁不住看了自家大嫂一眼。

项宜眼眸垂了下来，立在一旁没有言语。

宣二夫人看见项宜的反应，得意地翘了翘嘴角，扬着下巴，睨着眼前的庶族女子。一个污名在身、拿着婚书上门的庶族女子，当初在京城路上与她的马车相遇，竟还拿出宗妇的架势，在她面前耀武扬威，活该有今日。

思及此，宣二夫人看向身边的丈夫。她的丈夫亦是宗家出身，也是谭氏一族目前官位最高的人，更是四大家族都看好的新任谭氏宗子。

谭朝宣悠闲地喝起茶来，由着在座的族人好生想明白，接下来应该选谁来当谭氏宗子。四大家族要将寒门庶族彻底踩在脚下，让他们就此成为世族的奴隶，而他那堂侄谭廷什么都不懂，还顺着东宫的意思，妄想替寒门做主。如今东宫失踪了，那谭廷还能依靠谁呢？

四大家族只要能在此次斗争中站稳脚跟，以后便是这片土地上最尊贵的存在，谭氏不跟紧四大家族，难道要与他们作对，沦落成卑贱的庶族吗？

思及此，谭朝宣再次提醒在座的族人："不说旁的，只说世道如此，谭家怎么也不能让一个娶了庶族女子的人做宗子吧？"

其他世家连寒门出身的西席先生都撵了出去，而他们的宗子竟还将庶族女子留在身边做正妻。

众人纷纷看向项宜，目光里的敌意逐渐加深。

谭建连忙走上前，将自己的大嫂挡在了身后，杨蓁也握紧了项宜的手。即便如此，他们也挡不住旁人质疑的眼光。

项宜心里有什么决定渐渐地形成了，只是她还没有说话，恰有护卫过来通禀。得知是有关项寓的事情，她立刻示意护卫去一旁说话。

她一走，众人便低声讨论起来。世庶之间如今是何情形，他们心里都有数。

谭朝宣见状，越发信心满满。他必须趁此时机，一举拿下宗子之位，到时候谭廷就算回来了，也无计可施了。

他此次做了十足的准备，无意再拖，便与特意请来的族老暗暗地对了一个眼神，而后走到了堂中，说道："诸位，今次谭氏可是站在了风口浪尖，稍有不慎，便是灭族之灾。诸位想好了没有，可还容得那与庶族来往过密的谭廷继续做宗子？"

这话一说完，原本还在犹豫的族人都有了决定。

谭建夫妻见状，连声让族人们再三思量。可再怎么思量，宗子谭廷与庶族来往过密也是事实。

宣二夫人一脸得意，就等着看项氏知道谭廷被革除宗子之位后的表情了，想必一定能让她心满意足。

她正想着，谭朝宣就让人拿了两个匣子上前，一个红木匣子为空，另一个鸡翅木匣子则装满了刻有谭氏字样的木牌。

"各位族人，凡是同意革除谭廷宗子之位的，请亲手将木牌放到红木匣子里。若红木匣子里的木牌超过半数，那谭廷的宗子之位今日就坐到了头儿。"说着，谭朝宣胸有成竹地伸出了手，说道，"诸位请吧。"

他说完，便用眼神示意那两位族老先来。族老的抉择是能无形中影响族人的，这样一来，他的计划就更是板上钉钉了。

谁料就在此时，忽然有人说："且慢！"

众人纷纷看过去，目光落到了项宜的身上。

谭朝宣眯起了眼睛，冷笑道："怎么，我们世族做事，你这个庶族女子还想横插一杠子？还是说，无知妇人要哭哭啼啼，干扰家族大事？"

杨蓁闻言，便要上前与他争吵，却被项宜抬手止住了。

项宜自然没有哭哭啼啼，也没有吵闹，而是不紧不慢地开了口："宗子谭廷到底配不配当这个宗子，又为谭氏一族做了多少事，谭氏这些年在朝野有着怎样的名声，谭氏子弟又有怎样的进益，我想各位应该比我清楚吧？"

一众谭氏族人听了她的话，脸色有了几分变化。

谭廷确实做了不少当下看起来不利于世族、只利于庶族的事情，可是他做宗子这些年为族里尽心尽力，谨守祖训，带领宗族一次又一次避过灾难，稳中求进，大家也都看在眼里。

堂中静了一时。

谭朝宣绝不许小小庶族女子坏了自己的大事，连忙说道："可那都是他作为宗子该做的事，弥补不了他犯下的大错。诸位，谭廷与庶族来往过密，在当今就是大罪，你们可要想明白！"

他这么一说，众人又有些摇摆不定了。

谭朝宣心里稍宽，瞥了项宜一眼，却见那身形纤瘦的女子立在堂中，在众人复杂的目光里安之若素，没有哭闹，反而轻轻地笑了起来。

"其实，此事很好解决。"项宜抬起眼眸，看向了众人，说道，"宗子谭廷不该因为这种事情便被革除。我愿与谭廷和离，就此离开谭氏，不再相扰。"

谭建和杨蓁都慌了神儿，齐齐喊道："大嫂不可！"

一众族人也十分惊讶。这样一来，谭廷就还是他们的宗子，他们其实是认可这位年轻有为的宗子的。这下，连两个族老也没什么好说的了。

宣二夫人一脸不可思议地看着项宜，一个好不容易攀上谭家的卑贱女子竟然会主动和离？她急急地去拉自己的丈夫，却被他烦躁地一把甩开了。

谭朝宣沉声说道："就算如此，谭廷也还是在为庶族说话，当不得宗子……"

这时，谭建出声打断了他的话，说道："宣二叔如此迫不及待，都不敢等我大哥回来当面说话，到底是何居心？！"

谭建在人前一向是温润的性子，此时骤然疾言厉色，反倒把谭朝宣堵得说不出话来了。

项宜看向这个她看着长大的弟弟，嘴角露出了淡淡的笑意。

众族人也陆陆续续地点了头，说道："确实，至少要等宗子回来，当面讨论此事。宗子并未犯下大错，我们亦不能伤了他的心。"

他们说完这话，便都看向了项宜。

虽然他们没说什么，但是项宜明白他们的意思。如今世族对庶族是怎样的看法，她比任何人都清楚。

她半垂了眼眸，轻声道："诸位放心，今日我便离去。"

听她如此说了，一众族人便没有多言，陆陆续续地离开了谭家老宅。那两位族老见没能成事，也连忙走了。

谭朝宣夫妇一心想着今日必能换下宗子，如何能料到这般情形？眼下大势已去，两个人心有不甘，却也不得不在谭建夫妻的怒目而视中快步离开。

众人一走，谭建和杨蓁就急忙看向项宜，道："大嫂真的要与大哥和离，离开谭家吗？"

项宜温和地笑了笑，轻声说道："要走的。"

她决定离开，不仅是为了那位大爷，也是为了自家弟弟。刚才护卫来传了信，说项寓与人起了口角，那些寒门书生翻出她在谭家做宗妇的事情，认为项寓也算半个世族之人，还讥讽项直渊的死不值得可惜，话越说越过，甚至要将项寓绑起来游街。

项宜的声音越发低了下来，说道："我必须从谭家离开了。"

她说完，便让丫鬟拿了纸笔来。

窗户大开着，风从四面八方吹进来，将厅堂中的浊气一扫而空。

项宜默然提起笔来，右手却止不住地发颤。她用左手握住了右手的手腕，强行稳住了自己的手。

风吹起浓郁的墨香，冲进人的鼻腔，又冲进了眼睛。项宜极快地眨了一下眼，尽力让视线清晰一些，而后提笔写下三个大字：和离书。

杨蓁要去提剑砍了外面的人，谭建一边拉她，一边劝项宜："大嫂，大哥出发前专门叮嘱我照看好你，如今……"

项宜轻声说道："你们不要生气，也不必自责，怪不得你们。我离开后，你们要守好门庭，一切等大爷回来再说吧。"

她已经做了保证，若是不离开，反而落了口实。

说完，她转身离开了大堂，吩咐了乔荇去给她收拾东西。

项宜眼前闪过从前的事，不由得有些想笑。乔荇帮她收拾了那么多次东西，又都被那位大爷勒令放回原处了。只是今次她是真的要走了，真的要离开谭家、离开他了。

正房内，项宜看着满屋子的东西，不禁怔了半晌。

不知道从什么时候起，她在这个家里的东西越来越多，越放越零散。她嫁进谭家时带来的八抬嫁妆箱子，早就放不下如今的东西了。

她的眼中泛起了泪花，被她压了下去；再泛起，又被她压了下去。

项宜定了定心神，转身去收拾柜子里的玉石、小印，忽然发现了一个小匣子，匣子里用丝绸盖着一枚小印。她从细滑的丝绸下取出那枚小印，顿时整个人怔在了那里。

那是一枚用黄色玉石刻成的小印，玉石不怎么名贵，不过雕花十分细致，刻的是一个不甚常见的古体字：和。

竟是她去年托吉祥印铺卖出去的那枚"和"字印。

彼时姜掌柜告诉她，买印的人十分珍爱这印，特意开了一个高价。她知道后，还暗暗地开心了好久。

她怎么也没有想到，买下"和"字印的识宝之人，竟然就是那位大爷。

项宜看着她亲手刻下的那个"和"字，眼眶酸到了极点，再也忍不住眼中的泪，一颗泪珠倏然滚落。

乔荇进来的时候，看见自家夫人坐在了柜子边的绣墩上。高高大大的木柜下，她低头坐在小小的绣墩上，眼睛红得不行。

乔荇打小儿跟着姑娘，从老爷离世后，看着她吃了多少的苦，受了多少的委屈，还以为如今终于苦尽甘来了，万万想不到……

项宜听见乔荇走进来的声音，急忙擦掉了眼泪，装作若无其事的样子，继续收拾东西。

这时，乔苻拿出了两封信，说道："这是齐老夫人给夫人的，说是好不容易找出来的，是两位老爷当年写的信。"

项宜接过信，想起来了。

那天，她和谭廷去齐家，齐老太爷想起了她和谭廷这段姻缘的由来，还说彼时父亲拿不定主意，专门写了信给他，想问问他的意思；而谭廷的父亲知道后，也写了一封信给他，想让他帮忙撮合。后来两家结成了亲事，还都给老太爷送了一车的酒。老太爷还笑着同她说："你爹送的酒比他爹送的好喝许多！"

项宜缓缓地拆开了这两封泛黄的书信。两位父亲的身影伴着完全不一样的字迹，就这么出现在了她的眼前。

那是十三年前的某一天，突然下起一场大雨，项直渊和谭朝宽先后走进一家茶馆避雨，因着客桌已满，不得不坐到了同一桌。

项直渊话少，低头品茗，不怎么言语。谭朝宽并不介意，反倒点了两盘茶点，主动开了个话头儿，与他攀谈起来。

两个人起初不过聊些闲事，毕竟出身完全不同，在朝中也不熟悉。后来他们聊到了齐老太爷身上，聊着聊着，共同的话题就多了起来。

那天的雨"淅淅沥沥"下个不停，他们干脆去酒楼开了个雅间，项直渊点了满桌子的菜，谭朝宽要了一长排的酒。

二人聊着学问，聊着时局，聊着朝中事，又聊起世族和庶族矛盾渐起，都发出了感叹，并惊奇地发现双方观点竟暗暗相合。他们聊了许多，半晌，也聊起了各自的子女。

谭朝宽突然问了一句："项兄有没有女儿？"

项直渊点了点头，说道："我有两颗明珠，小明珠才三岁，大明珠八岁了。"他说起大女儿，眸中满是爱怜，"可怜她母亲没了，她才这般年岁，便要照看弟弟妹妹，帮我操持家中……"

说到这里，项直渊独自饮了一杯。

谭朝宽听了，眼眸亮了亮，说道："项兄的长女小小年纪便如此通透懂事、善解人意，不知项兄日后想为女儿择一个什么样的夫婿？"

项直渊还没有想过这事，听谭朝宽问起女儿嫁人的事，一时间还有些不舍与不快，不过他还是顺着这话想了想，说道："她同我一样，是个寡言的性子，偏偏心思通透，事事看得明白，又只肯将诸事往自己肩头扛。我总怕她活得太累，若能为她找一个稳重可靠、能替她撑起一片天的夫婿，我想我的宜珍便能松快多了。"

说实话，他也不知道这样的女婿要去哪儿找。不想他说完这话，就见谭朝宽突然站了起来，正经给他行了一礼。

窗外的雨不知何时停了，日头从云层后悄然跳了出来。

谭朝宽正经行了一礼后，便郑重地说道："愚弟的长子谭廷，恰比令千金年长两岁，尚未定亲。他是我谭氏一族继我之后的宗子，还算得上是可靠稳重的性子，只是脾气硬些，不善变通。我只盼能为他聘一位温柔通透、善解人意的姑娘为妻，夫妻恩爱，琴瑟和鸣。今日见了项兄，一见如故，再听闻项兄家中千金正同犬子性子互补，愚弟更是欣喜。不如你我两家结为亲家，项兄意下如何？"

"啊？"项直渊可没想过这事，一时间都被他说蒙了，说道，"可令郎未来的妻子便是世家宗妇，你难道不为他聘一位世家之女吗？"

谭朝宽摆了摆手，说道："正因如此，更该娶寒门女子才对。只有这般以身作则，世族和庶族的关系才能慢慢调和。"

这话说得项直渊动了心。

那天，他们喝了一宿的酒，项直渊都喝迷糊了，就见谭朝宽推过来一张纸。

"这是我拟的两家结亲之婚书，项兄回去好好看看。此番若能缔结良缘，必是两族之喜！"

谭朝宽说完，因还要赶路，不便多留，便转身走了。

项直渊拿着那纸婚书，恍惚着看了良久，似乎看到了自己的长女宜珍穿着大红嫁衣，站在一个高挺的男子身边。雨幕里，男人为她撑起伞，护着她，将风雨悉数挡在了自己的身后……

项直渊不由得笑了起来，自言自语道："看来，正是我家宜珍的良缘了。"

闷热到了极点的天气，不知何时下起了细密的小雨。

项宜的眼泪再也忍不住了，似断了线的珠子，"噼里啪啦"地滚落。她捂住眼睛，趴在了书案上，将脸埋进了自己的手臂间，抑制不住地哭出了声来。

她的哭声与窗外的雨声混在了一起，又被雨声掩盖。

项宜不知道自己哭了多久，抬起头时，只见外面的天色都要暗下来了。

她知道，有许多眼睛在暗中盯着她，她不能再留了。

她站起身来，慢慢地收好两位父亲的信，而后从怀中掏出另一封信，颤抖着手放在了书案上。

那是一封和离书。

两位父亲在十三年前为他们缔结的这段婚姻，终究还是走到了尽头。

项宜一遍又一遍地擦掉不停滚落的眼泪，看着自己写下的和离书，嗓音嘶哑地轻声说了一句："谭元直，别生气……"

话音落在寂静无声的房间里，融于寂静之中。

项宜不敢再停留，最后看了这间屋子一眼，转身快步离开了。

门"咣当"一声关上了，原本属于两个人的房间顿时变得空荡荡的，只有书案上放着一封和离书。

黑色骏马驰骋在无边的旷野上，有人快马加鞭，赶往京城。

造反军和当地官兵暂时休战，谭廷身上另有君令，自然不能多留，须得尽快返回京城。

他回京这一路，遇上了三宗世庶两族的冲突，其中一宗是世家将招来的寒门赘婿撵出了门去，寒门庶族却不愿接纳那人，反而嗤笑那人当年攀附世族，如今自食恶果。

事情到了这般地步，太多人被卷入了世庶两族的冲突。有些人是自以为是，有些人是盲目跟随，有些人则是暗藏私心、故意为之。那些暗藏私心的人高举正义的大旗，实则借机清除异己，凡是与他们意见不同的，便是恶人恶鬼，完全不容。

连京畿都成了这般，被四大家族临时掌控的京城如今是何模样，谭廷难以想象。

谭廷进京时，发现城门口的盘查变得极其严格，待进了城，更是发现平日里车水马龙的街道空荡荡的，店面要么关门，要么只留一条缝隙。

他来不及细看这些，急忙回了谭家老宅。

门房见自家大爷回来了，又惊又喜，急着往里面通报："快快告诉二爷，大爷回来了！"

谭廷一听谭建稳坐家中，顿时放心不少。他此前猜想堂叔谭朝宣可能会趁他不在府里时上门闹事，生怕谭建没经历过这样的事，处理不好，如今看来，谭朝宣也没有掀起什么浪来。

谭廷担心家中的妻子日子不好过，便也没耐心在门口等着谭建，径直往正院走去。

他刚才在城门口遇到了槐宁李氏的人，见李家仆从在各处找人，便询问了一句，才得知槐川李氏搞鬼，逼得苗氏不辞而别，而李程许连着找了好些天，至今没有苗氏的下落。

想到这儿，谭廷回正院的脚步更快了。不过他刚走到正院门口，就看见弟弟谭建跑了过来。

谭建又惊又喜地喊道："大哥？大哥回来了！"

谭廷见弟弟安然无恙，松了口气，说道："看来没出什么大事。"

弟弟都听说他回来了，宜珍一定也知道了，谭廷不由得往院子里看了一眼。

院子里一如寻常般安静，庭院墙角里，她说的那簇早菊果然含苞待放，只是他并没有看见她赏花的身影。正房的窗子关着，他亦看不到她在窗下的样子。

"宜珍？"

他喊了一声，却无人回应。

谭廷心跳快了一拍，转头问了谭建一句："你大嫂呢？"

谭建有些紧张地回了他大哥："大嫂没……没在家……"

"你把她送走了？"谭廷皱起了眉来，禁不住往正院内走去，问道，"是送去温泉山庄了吗？"

谭建听到大哥这般问话，要说的话都不敢说出来了。可是他也知道，这事是根本瞒不住大哥的。

"哥。"他叫了谭廷一声。

谭廷心头忽然涌上了一种极其不安的感觉，问道："你要说什么？"

他的声音有些低，嗓音沙哑。

谭建脸色难看极了，硬着头皮说道："大嫂她……她走了，留下和离书走了……"

整个庭院里安静到了极点。

谭廷僵硬地一顿，片刻后回过神儿，一把推开了正房的门。

房间里空荡荡的，属于她的东西，她都带走了，只留下了那封和离书。

谭廷怔怔地立在原地，耳边"轰隆隆"一阵乱响，喉咙发紧。

她又在给他留信后一走了之了……

他们这段婚姻，成得艰难，过得坎坷，如今两个人终于心心相印，却还是走到了和离的地步。父亲当年早早为他定下这桩婚事，应该就是盼着世族和庶族能越来越和睦，可是事与愿违，两族越走越远，他们的婚姻也如履薄冰，终是在这一日碎裂了……

谭廷心头一痛。

可他不甘心！

若是之前，谭廷恐怕会以为她是真的不再看好这段婚姻，退缩了，又想离开他。可如今，他想到她给自己写的那封信，她明明说，庭院的早菊就要开了，盼他勿误花期，又怎么会随意抛夫？

谭廷心口一紧，不禁想到了什么，沉声问道："是不是谭朝宣来过了？"

"是！"谭建时时回应了他，愤怒地说道，"正是谭朝宣欲取代大哥坐上宗子之位，口口声声称大哥与庶族来往过密，大嫂这才……"

"果然。"谭廷攥紧了手。

谭建把当时的情形都说了，说起京城疯魔一般的状况，说起谭朝宣招来了许多族人，针对项宜，鄙视她庶族的身份……

谭廷听着，完全可以想象到当时的画面，他的妻子挺着单薄的脊背，就那么站在一群世族人的面前，没有人替她撑腰，她只能被谭朝宣等人恶语相向，最后不得不在那些人的逼迫下离开谭家。

谭廷心口一阵一阵地酸涩发疼，双手紧紧地攥了起来。

他只想立刻把她接回来，可这个关头把她接回来，更相当于把她架到火上烤。

谭廷紧绷着脸，先问了谭朝宣夫妻的情况，又问了谭朝宣请来的两位族老是谁，还问了当时在大堂里替谭朝宣说话的是哪些人。

谭建早就把那些人的名字记好了，当下一个不落地告诉了他大哥。

谭廷冷笑一声，说道："拿纸记好他们的名字。真劳烦他们记挂我这么多年，依旧贼心不死。过些时日，我必让他们知道，谭氏宗子到底有怎样的权柄！"

他说完这些话，沉默了片刻，才问道："那你大嫂离家去了何处？你可派人跟着了？可还稳妥？"

"大嫂去薄云书院了。寓哥儿因为替书院里世家出身的先生说话，与那些同窗吵了几句，又被人提到了大嫂在我们家做宗妇的事情，最后被那些发了疯的学子绑起来游街。大嫂怕寓哥儿出事，离开咱们家后，就急忙赶去书院了。"

谭廷皱起眉来。他也听说了，薄云书院里有不少世家出身的先生，他们不受四大家族的挑唆，冒着与各自宗家作对的风险，在这个节骨眼儿上还尽力说和，却被一部分癫狂的寒门学子认为是猫哭耗子假慈悲。项寓许就是为这些保持理智的先生说了几句话，才被挑了错处，绑了起来。宜珍素来把自己的弟弟

514

妹妹当作眼珠子一般珍爱，如何能不心急，赶紧去救弟弟？

谭建又说了些话，见大哥的脸色一直不好，便快步退了下去。

房中只剩下谭廷了，他一直盯着那封和离书，嘴角抿成了一条直直的线。

前些日子她给他写的那封信，他来来回回看了好些遍，心里还想着，她的字写得那么好看，话说得那般好听，缘何不多给他写几封？日后在家中，他也要让她多写一些心里的话给他才行。

谁想到，他再次见到她写给他的书信，竟然是和离书。

他知道她这是无奈之举，亦知道她受了好些委屈，只是，她就不能再等他几日？等他回来，一切自有他想办法。可她没等他回来，就独自走了。

谭廷心里郁闷，不晓得她这般与他和离，究竟有多少是为了项寓，有多少是为了他。

想到这儿，男人声音低沉地喃喃了一句："项宜珍，你有没有想过，我会生气？"

谭廷增派了人手去护着他离家的妻子，在谭建问他接下来怎么办的时候，他没有回答。当天，他接到了一个特殊的传信，换了衣裳，悄然出城去了。

项宜去了薄云书院。

她是以和离之人的身份出现的，那些要绑着项寓游街的人见了，竟也无话可说了。

而项寓听说了长姐和离的事，震惊不已。从前长姐在谭家过得不顺，他天天想着早早中举，把长姐接回来，可后来看到谭家大爷对长姐有了真情，他那个念头早就没了。

他看着项宜，有些忐忑地问道："是不是我连累长姐了？"

项宜连说不是，一边拿了帕子替他擦被打伤的脸，一边简略地说了两句谭家的事情。

"阿寓做得对，那几位世族的先生能在这般关头保持理智，不顾宗族的干涉，尽力弥合两族关系，难能可贵。他们被寒门学子冷眼看待，若是再没有人肯替他们说话，该是何其寒心？"项宜拍了拍弟弟的肩膀，接着说道，"我的阿寓能替先生们说话，可见并没有被冲昏头脑。你年纪虽轻，却看得清事情，长姐自是欣慰的。"

弟弟从小就是冲动的性子，而这一次，那么多人被愤怒冲昏了头脑，他却还能保持理智。她护在羽翼下多年的弟弟，到底是长大了！

不过项家姐弟的身份太敏感，项宜一来，便有书院的先生提醒他们姐弟不要多停留，免得被人盯上，再遭无妄之灾。

见项寓身上有多处青紫伤痕，项宜决定立马带着弟弟一起走，道："我们暂避风头，静观其变吧。"

"那宁……不，二姐呢？她没有跟着你离开谭家吗？"

项宁早就离开谭家了，只是项宜还没来得及告诉项寓。她此番见项寓已经能分清大是大非了，想了想，索性实话实说了。

她说了项宁的身世，又说了在温泉山庄找到项宁的生母，并将其顺利救出来的事情。

少年听到这里，眼睛一下亮了，说道："她母亲将她认回去了？她不是我们家的人了？！"

项宜给弟弟泼了一盆冷水，说道："她母亲没有将她认走，宁宁还是姓项。"

话音落地，项寓身体僵了僵。项宜见了，不禁暗暗叹气，莫名其妙地想到了自己那日写下和离书的情形。

她眼睛有些红，拍了拍项寓，说道："姻缘不能强求。就算身份不成问题，宁宁能不能接受你，还是另外的事。我想，等你大一些再说吧。"

她说完，怕弟弟还是心有不甘，不愿接受，正欲再劝两句，却听见少年说道："我晓得的，本就是我妄想了不该想的事。以后，我会将更多心思放在举业上的，长姐不用担心我。"

他的嗓音不知何时发生了变化，变得沉稳起来。

项宜听得心头一软，轻轻地抚了抚弟弟的肩头。

项宜准备带着项寓回老家，眼下情形未明，若能让弟弟在老家安稳地闭门读书，也不失为一个渡过难关的办法。

她想到了那位大爷，朝京城的方向看了一眼。不知道他回来了没有，看到她留下的和离书，他会不会生气……

片刻后，项宜又提了一件事："我想去看看宁宁母女，顺便同她们辞行。"

她这般说了，就见弟弟垂下了眼眸。

项寓说道："届时我就不进去了，在外面等长姐就好。"

姐弟二人离开薄云书院，换了装扮，去了沈雁和项宁住的地方。

谭家暗中保护的人手都乔装打扮，沈雁和项宁更是改名换姓，项宜此番前去，也做了多番遮掩。

前些日子，沈雁母女还写了信给项宜，问她有没有被为难，若是被为难了，就与她们一起暂住些日子。项宜彼时觉得，她们母女在此处应该过得不错，可谁想她到了此处，竟发现院子空了。

这时，突然有人从暗处走了出来，正是谭廷安排在此处保护沈雁母女的人。

护卫受了重伤，认出了项宜，连忙行礼，说道："夫人恕罪，昨夜来了一伙儿人，人手是我们的三倍，我们实在没抵挡住。他们打伤我们后，把太太和姑娘掠走了！我们不知夫人今日前来，早间也回京传了信。"

项宜只觉得头晕目眩，问道："是林府的人？"

护卫点了点头，说道："请夫人恕罪。"

项宜倒也不怪他们，如今乱成这样，京城又是四大家族掌权，林序重权在握，要找到沈雁只是时间问题。只是没想到这次连项宁也被抓走了。

京城，一处门头上没有匾额的隐秘院落。

林序看着眼前的小姑娘，发现她白净的小脸与沈雁年轻的时候极其相似，而细细看去，她的眼睛又生得与他一般无二。他又惊又喜，都不知道要说什么了。

见小姑娘看着自己，他忍不住放柔了声音，说道："宁宁，我是爹爹。快到爹爹这儿来。"

他一副儒雅模样，又这般柔声说话，小姑娘却惊怕地连退了两步。

沈雁冷声说道："林序，你要把我们怎么样？快放了我，放了宁宁！"

林序却只是摇了摇头。

她自温泉山庄逃走后，他这些天把京畿翻遍了，怎么也找不到她，直到最近各处乱了起来，他借机派出更多人手，才发现了她的踪迹。

林序怎么也没想到，她逃离后竟然找到了女儿，还和女儿住在一起。

他目光极其温柔地看着她们，说道："雁雁，你知道的，我不可能再让你走了。你倒不如告诉我，是什么人把你们安置在那里？暗卫可都同我说了，护着你们的人也是暗卫，虽然人手不多，但是功夫都厉害得很。"

沈雁"呸"了一声，说道："我不会告诉你的，你别想再害人！"

沈雁怒起来，林序却一点儿都不生气，温声说道："你别这样，小心吓着孩子。"

他说着，走到了项宁身边，仔仔细细地看着他找了十几年的孩子，说道："宁宁，爹爹不是你娘亲说的那种人，爹爹找你很久了。你告诉爹爹，是谁将你养大的？爹爹不会害人的，而是要感谢他们把我的女儿养得好好的……"

他越是这样说，项宁就越觉得害怕，遍体生寒。

她为什么是林序的女儿？

她不想留在这里，她想回家，回到项家，回到姐姐和阿寓身边！

她看着面前的人，说道："我是不会告诉你的。"

女儿的口气冷淡极了，林序心中顿时有一种说不出的感觉。

当年，他身为世家嫡子，父亲不许他娶沈雁这样的庶族女子上门，而他也无法反抗，因为脱离了林家，他什么都不是。最后，他只能遵照父亲的意思，娶了谭家大小姐谭朝丽。

谭朝丽性子太要强，固然适合做一个出色的宗妇，可他并不喜欢。他还想着若是谭朝丽始终不能生下孩子，而沈雁又能替他生下儿女，天长日久，父亲或许会同意他将沈雁带回去，至少做个平妻。

可他的雁雁是宁折不弯的性子，在生下女儿的当日，就想方设法地将孩子送了出去，而她因为生产伤了身子，再不能生育了。即便如此，他还是不舍得将她放走，她越是想走，他就越是将她困在身边。

十几年过去了，林序实在没想到她能逃走，甚至还能找到女儿，隐姓埋名地生活。

一定是有不简单的人在帮衬这对母女，若不除掉，恐怕还会找上门来，令他坐卧不安。不过他也知道，就算再问，母女二人也不会告诉他的，而他还想在女儿面前做一个好爹爹。

"不想说也没关系。"他和蔼地笑了笑。

反正以林家的势力，他早晚能查出来。

沈雁情绪甚是激动，林序不欲与她争吵，也怕吓着好不容易找回来的女儿，便回了林府。

林大夫人谭朝丽正在陪儿子做功课。儿子聪慧，小小年纪，书读得很不错，加上昌明林氏的声望为他保驾护航，他日后只会比他那资质稍显平庸的父亲更有造化。

谭朝丽嫁进来多年，只有这么一个儿子，好在林序亦没有侍妾、通房，家中干干净净，她虽然时常觉得与丈夫不算志趣相投，不能无话不谈，但也是举案齐眉、和和睦睦。只是丈夫近来不知怎么了，脾气有些暴躁，前些日子就因为儿子向他多问了一些学问上的事情，他便烦躁起来，呵斥儿子愚钝。而她当时没忍住回了他两句，他便好些日子没有回家。尤其近些日子太子出了事，公爹林阁老多半时候留在宫中，丈夫更是忙碌得不见人影。

谭朝丽倒也不想与自己的丈夫赌气，准备与他好生说些事情。当下听说他回了家，她就留下儿子好好做功课，自己去迎了林序。

她一瞧见他，便禁不住问了一句："老爷是有什么喜事吗？"

林序一愣，掩饰地笑了一声，说道："我只是听说皇上的病情有所好转，故而高兴。"

谭朝丽惊讶地说道："是吗？"

林序嘴上说是，心里暗暗摇头。皇上的病情怎么可能好转呢？太子失踪，皇上也快要归天了，他父亲可是选好了人，要扶小皇子上位了。不过这些事情，他不会告诉谭朝丽。

谭朝丽不由得想到了侄儿谭廷。

她那侄儿与太子最是亲近，如今太子俨然是失势了，他又为太子做了许多事情，日后其他皇子登基，他可怎么办？

谭朝丽都听说了，谭朝宣带着人逼上门去，要换宗子。若是自己的侄儿在朝中失势，又失了宗子之位，以后的路该是多艰难？亏得项宜识大体，竟在紧要时刻自愿和离，保下了侄儿的宗子之位，也不枉侄儿对她情意深重。

想到这儿，谭朝丽不由得柔声地叫了林序一声，替侄儿说起了好话："老爷，元直就要回来了。他年纪轻，多少有拎不清的时候，老爷提点提点元直吧？"

林序一听，在心中冷哼了一声。

谭元直可了不得。他父亲林阁老下令剿灭庶族的造反军，谭元直却不知是如何调和的，竟令双方临时休战。

林序不动声色地看了谭朝丽一眼，知道她一心挂念娘家侄儿，宁愿放下傲气，低声与自己言语。可惜他不会告诉她，谭廷不中用了，以后她的娘家谭氏只会成为四大家族稳固利益的垫脚石。

"夫人放心，我自会提点元直的。"

谭廷要么率领全族跪拜在林氏脚下，要么整族覆灭，只能二选一了。

京郊一处隐秘的树林中，谭廷见到了前来迎他的顾衍盛。

二人见面，先上下打量了对方一番。谭廷在外做事，又连日赶路，人比之前更显精瘦；顾衍盛则受了伤，脸颊上有一道伤口未愈，好在两个人都精神尚好。

顾衍盛当先说了一句："听说宜珍离开谭家了？"

这话刚说出口，谭廷就拉下了脸，道："谭某出发前还拜托道长照看一二，道长就是这样照看的？"

不想顾衍盛说了一句："宜珍离开谭家，也没什么不好。"

谭廷瞪眼。

顾衍盛低声一笑，又道："我倒也不是那个意思。"

谭廷听见他都不自称"贫道"，而是自称"我"了，心道，这道士还有旁的意思吗？

不过这里并非二人斗嘴的地方，顾衍盛吩咐了人手守在外面，便带着谭廷在密林里转了许久，而后进了一个土地庙，下了密道，又走了好一段路，才来到了一个院中。

院落戒备森严，守卫的人皆是大内高手，这里正是太子暂时落脚的地方。

来的路上，顾衍盛同谭廷说了此间情况。太子决定出宫祈福时，确实没有想到四大家族的人竟然敢在京郊动手。好在祈福的前一日，谭廷恰好传信东宫，说起有人蓄意破坏堤坝，妄图令洪水泛滥不停，太子得知后，便加强了防卫，虽然还是受了伤，但伤势算不得重。

那些人既然连太子都敢刺杀，想必是不达目的绝不罢休，太子若是此时回宫，只怕是自投罗网。太子想到这一点，便决定干脆留在皇室密院养伤，并传信镇守边关的国舅定国公，让他以找寻太子下落为由，速速领兵回京。

林阁老虽多番阻挠定国公回京，但他控制得了京城，控制得了世家，甚至控制得了朝堂上的多数文官，却控制不了勋贵武官。

忠庆伯府杨家与定国公府相交甚密，此番亦秘密调动京畿防卫，只等定国公的人马到来，立时就能反攻京城，拿下林阁老等人。

谭廷此前也接到了太子的密令，让他想尽办法压下造反军与林阁老指派的朝廷兵之间的一战，免得激起民愤。若是激起民愤，朝廷与庶民便会成为对立的状态，而这也正是四大家族的目的。

谭廷那时便晓得，太子只是一时陷入困境，实则已备后招儿。

如今看来，以林阁老为首的四大家族的阴谋，必然不能得逞了。

谭廷一边想着，一边跟着顾衍盛进了别院。

太子只是受了轻伤，见到谭廷来了，还亲自上前扶他起身，说道："多亏谭卿提醒于孤，不然孤命休矣。"

谭廷不敢居功，问起太子伤势，见太子果然并无大碍，这才彻底放下心来。

太子随即召了身边众臣议事。

四大家族的罪名已经坐实，只是他们是从何时有了这般算计的，倒是让人说不清了。他们一心压制庶族，暗暗把控朝政，甚至隐隐有架空皇室之意。凡是为寒门庶族说话的人，皆被他们视为障碍，项直渊也好，谭朝宽也罢，只怕都是他们的眼中钉。

众人说起四大家族的野心和罪行，都愤慨不已。

太子在此时想起了什么，问了顾衍盛一句："顾大伴醒了吗？"

谭廷听得愣了愣。能被太子称呼大伴的，也就只有在东宫照顾过太子殿下的大太监顾先英了。看来他没在京城的这段时间，顾衍盛已将其伯父顾先英救了出来。

下一秒，顾衍盛果然应了一句："伯父今早有苏醒之兆，只是不知眼下如何了。"

不想话音刚落，就有太监来传话，说是顾先英醒了，听闻太子殿下在此，求见太子殿下。

太子立时说道："快快有请！"

都说大太监顾先英相貌出众，风度不逊文人墨客，便只从其侄儿顾衍盛身上，也能看出一二。可如今走上前来的人，佝偻着身子，脚下发颤，形容枯槁。

太子看了都不禁心生不忍，沉声说道："程骆竟折磨大伴至此，真是该杀！"

扶着顾先英的顾衍盛亦红了眼睛。

倒是顾先英还算平和，跪下来行礼，请太子不要气坏了身子。

太子急忙将他扶起，说道："程骆、林阁老以及他们背后的四大家族的所作所为，你应该都知道吧？"

顾先英缓缓点头，那些事情，没有人比他更清楚。他咳嗽了两声，用嘶哑的嗓音慢慢地说起了当年的事。

那时候，林阁老刚刚进入内阁，做的第一件事便是设下计谋，调走了不少寒门出身的官员。之后，他逐渐操控吏部，操控内阁，将顺从自己的世家官员提拔到紧要位置，不断打压那些有才能、有主张，又肯为寒门庶族做主的官员，而项直渊便是其中之一。

以项直渊的才干，早该身居高位，却一直在维平府知府这样的位置上。他好不容易升任京官，不过一年的工夫，就被找了错处，贬到了京外。

不过恰就在这一年，大太监顾先英与项直渊因同乡之谊结识。二人虽身份有别，但都是穷苦出身，因此颇有共同语言，细细论起朝中事，这才发现了以林阁老为首的世家的不对劲之处。

之后，顾先英与项直渊联合其他寒门官员留意起来，才发现四大家族之人在朝中的官职越来越高，动作越来越大，大到连清嶙谭氏、海东齐氏这等世家大族也看不下去的程度。

顾先英想起这些年四大家族不知谋害了多少寒门官员，不禁一时悲戚，深深地吸了一口气，才继续说道："四大家族眼高于顶，几十年前谭氏为世家之首的时候，他们便露出鄙夷庶族之意，好在谭氏不与他们为伍，甚至暗暗压着他们，不许他们乱来，免得闹起世庶矛盾，乱了朝纲。后来他们联手压倒了谭氏，这才形成了以'林陈程李'为世家之首的局面。

"他们看不起寒门庶族，还想榨干这些平民百姓身上的价值，可是有朝廷替寒门庶族撑腰，他们无法过于欺压庶族，便想要一点儿一点儿地挑起世庶矛盾，再安排世家出身的官员扰乱朝纲，将矛盾转移到庶族和朝廷之间。

"当朝廷和庶族有了矛盾，庶族便会造反，那么他们就可以用朝廷的名义出兵镇压！而庶族如何打得过一国之力的朝廷？届时林阁老等人再撺掇朝廷废除科举，严惩庶族，那么没有根基也没有希望的庶族百姓就会完全成为世家的奴隶。

"以后千千万万年，这片土地便都以姓氏来区分高低贵贱，一个人从一出生，便注定了这一辈子的命运。而掌控了一切的四大家族，只怕连皇族也不再放在眼里，把持朝政，架空皇家，把自己变成真正的皇族！"

顾先英一口气说出了这些年来的事，心力交瘁，剧烈地咳嗽起来。

在座的众人听完，彻底冷了脸色。

谁能想到，四大家族的野心根本不在一朝一代，而是要为自身牟利千百年？

太子紧紧地攥住了手，目光向远处看去，沉声说道："孤再不许他们这般残害忠良、奴役百姓、肆意妄为！"

话音落地，众人心头激起一阵巨浪。连根拔起四大家族，还天下一片海晏河清！

天色渐晚，谭廷不便在此多留，议事结束，便由大内护卫送出了此地。

太子如今完全知晓了四大家族的阴谋，也在暗中调兵，准备回击，并有定国公府千万兵马护身，有天下万民臣服。想那四大家族纵然争得一时时机，最终也逃不过落败的结局，定会被斩杀殆尽。

届时，谭家自然是功臣，可嫁到林家做了多年宗妇的姑母，还有他那年幼的表弟，又该怎么办？思及此，谭廷不禁有些头疼。

这时，有护卫快马加鞭前来，禀报了一桩要事："爷，属下们无能，沈太太和宁姑娘被林序的人带走了！"

谭廷讶然，连忙问了彼时情况。

听了护卫的详述，他沉默了一会儿，问道："林序知道是谭家的人在暗中护着她们母女吗？"

护卫摇了摇头，说道："属下们并未暴露身份，林氏应当还不知晓。"

谭廷听了，左思右想，最后让人匿名给林大夫人递了一条消息。

谭朝丽正同林序和儿子吃午饭，看到纸条上的消息时，脸倏然白了，筷子也拿不稳了。

林序自顾自想着什么，神情愉悦，并未在意她。只有她年少的儿子看了她一眼，问道："娘，你怎么了？"

谭朝丽连忙摇头，收起脸上的惊诧之色，同孩子说了句"无事"，目光却暗暗地看向了与她举案齐眉多年的丈夫。

林序吃过饭，便说朝中有事，要出门一趟。

谭朝丽不动声色，换了不起眼的衣裳，悄悄地跟在了林序身后。

林序这十几年来在外面养着别的女子，从来没有被发现，便也不似最初那般谨慎，稍做辗转就去了那座宅院。

谭朝丽悄悄跟在丈夫身后，看见他进了一座院子。给他开门的人讨好地喊了一声"老爷"，又道："太太和姑娘方才吃过饭了，老爷放心吧。"

太太？姑娘？谭朝丽不由得身体一晃。

她怔了许久，才让人去打探一番，没过多久便得了消息，里面住着一个漂亮的妇人，还有一个十五六岁的女孩。

谭朝丽突然有些想笑，原来看似与她门当户对、琴瑟和鸣十几年的丈夫，竟在外面养了旁的女子多年，还有一个十五六岁的女儿！

当年，她迟迟未有身孕，多次问过林序要不要通房、要不要侍妾，他直接地拒了。那时候她心里不知道有多感动，觉得这辈子为林氏再苦、再累也值了。如今想来，自己竟是一个笑话。

盛夏的炎热天气里，谭朝丽忽然遍身泛寒。

她没有上门去揭穿林序，只是冷得抱紧手臂，向外走去。

她这些年为林序、为林家尽心尽力地做事，就得到这样的回报吗？她公爹林阁老应该也知道此事吧？是不是因为那女子身份低微，进不了林家高贵的门庭，所以林序只能把人养在外面，然后娶了她，还让她给他生了孩子，算是完成了他在家族里的使命？

谭朝丽没有再坐林家的马车，而是神情恍惚地走在大街上。

她要回到林家，继续做那个众人艳羡的林大夫人吗？若是去拆穿林序，除了争吵，又能怎么样呢？还是说，她干脆帮着丈夫纳那女子进门呢？可就算如此，林序也不会感激她的，对自己和儿子也一点儿益处都没有。

谭朝丽缓慢地走在街道上，脑海里闪过太多思绪。若她没有孩子，当下就会和离，不再让任何人恶心自己。可是她有个儿子，儿子身上还流着林氏的血脉。

她忽然想到了另一桩事，到底是什么人给她送了这封信，又有何目的？

这时，临街的茶馆里走出一个小厮，朝她走了过来。

"正吉？"谭朝丽一愣，说道，"你怎会在此？你家大爷呢？"

正吉同谭朝丽行了礼，说道："姑夫人，大爷就在茶馆，令小的来请姑夫人一叙。"

谭朝丽怔了一下，隐隐明白了什么。

茶馆的雅间里，谭廷看着自己的姑母。一向明艳夺目的她仍然穿着绮丽华服，可是脸色苍白，有了憔悴之色，眼中再没了凌厉的光亮。

谭廷还没开口，便听见姑母问他："是你让人给我传的信？你是什么时候知道的？"

谭廷见姑母即便经历了这般事情，还是保持着理智与冷静，倒有几分佩服了，说道："侄儿知道此事有些日子了，只是林氏还有许多秘事，侄儿忙于查证，便没有当即告知姑母。"

谭朝丽并不怪他。在众人眼里，她是维护林氏尊贵门庭的林大夫人，即便她姓谭，也是那林氏的人，侄儿自然不会轻易让她知道他在暗中调查林家。

她自嘲地笑了一声，问道："林氏的秘事？你查到了什么？"

事已至此，谭廷无意再隐瞒了，说道："姑母不知道吧？四大世家多年来残害忠良，我岳父项直渊、大太监顾先英，还有……"

他说到这里，顿了一下，看向姑母谭朝丽。

那一瞬，谭朝丽心跳停了一拍，而后听见了侄儿的话："还有我父亲，都是被他们联手害死的。"

四大世家联手，有意选了好几个不能上任的人，就是为了将谭朝宽派去凤水州治疫，再由陈氏悄悄下手，造成谭朝宽"意外"身亡。他们弄死了谭朝宽，也就等同于压下了整个清嶋谭氏。而这正是林阁老的授意。

若不是有三老太爷、五老太爷力挺谭廷，一旦宗子之位落到谭朝宣手里，谭家就会彻底成为四大家族的附庸。

听谭廷说完，谭朝丽无力地闭起了眼睛。

她以为琴瑟相合的丈夫，十几年来深爱着旁人；而她从小最疼爱的弟弟，正是被她的夫家与旁人联手害死的。可笑她什么都不知道，任凭林氏父子摆弄，还替林家延续血脉。

那一瞬，谭朝丽恨到了极点，从牙缝里挤出几个字来："林氏竟骗我至此！"

谭廷手下亦攥了起来。林氏即将大祸临头，不可能翻身了，可是被林氏祸害的姑母怎么办？

他不禁想起太子议事的时候，众人没能议出办法的一桩难办之事：皇上尚在宫中，太子若带兵回宫，四大家族必会阻拦，兴许还会倒打一耙，造谣太子是要造反逼宫。即便四大家族最终不能成事，可太子是子、是臣，皇上是父、是君，这样的说辞一旦传出去，多少对太子的仁德名声不利。

眼下，谭廷看着自己的姑母，想到姑母与林氏难以分割的关系，一个计策悄然形成了。

林序在沈雁和女儿那里没有讨到半分好脸，还想劝劝她们母女，却被自己的父亲叫回了林府。

林阁老一眼就瞧见了儿子颈边的抓伤，说道："你可真是有出息，一辈子就只顾着这一个女人。"

林序并不想与父亲说这件事，父亲鄙夷庶族，他说什么都没有用。

林阁老也不想多说那个女人，说道："行了，这般紧要关头，你把心思都放到正事上来。太子活不见人、死不见尸，定国公又率军前来找人，我心里实在不安稳。眼下我的人找好了一个替身，过两日就会道发现了太子的尸首。届时你亲自将那具尸首带回京城安葬，并昭告天下，那么就算太子没死，也别想回来继承大统了。"

林阁老做好了安排，心里稍觉安稳，又想到儿子并不似自己这般雷厉风行，总被男女之事牵绊，便忍不住提醒了一句："你在外面养人的事，我可以不管，可你不能坏了我的大事，也不要在这个关头被谭氏发觉。等日后万事定下来，谭家自然会溃败，届时你把沈氏纳进家里也无所谓，终归谭氏也硬气不起来。"

他说着，又交代了林序几句，父子二人便各自离去了。

不远处的葱郁树丛后，谭朝丽听完那父子二人的对话，冷笑连连。

谭廷接到姑母传过来的消息后，立刻去了太子藏身的别院，禀报了林阁老欲在两日后以替身坐实太子之死的事。

太子听了，笑道："真不巧，孤的大军今夜就会到来，等不得林阁老找好的替身上场了。"

众人听了在这句话，齐齐振奋了精神。

是夜，京城内外同平日没有什么区别，仍由程氏一族镇守城门。

因着定国公人马的到来，程骆亲自登上了城门，不过并没有太过担心。定国公的人马刚抵京城，而四大家族这么多年来把事情做得十分隐秘，定国公又怎么会知道太子的失踪其实另有文章。

他此刻想的是另一件事：有一伙身份不明之人趁他不备，从他手中抢走了那阉人，好些日子过去，那阉人就跟失踪的太子一样，泥牛入海，不见踪影了。

想到这儿，程骆有些不安，回想起那伙人前来劫走顾先英的情形，脑海中突然闪过一个想法：其中一人的身形，似乎和太子身边的道士有些相像！

太子身边的道士……顾先英……

程骆眼皮一跳，一下想了起来，顾先英有个亲侄儿，给项直渊做了义子，后来又从项家离开，杳无音信了。

城楼之上，夜风"呼呼"地刮过，城内城外一片漆黑，只有城楼之上火把遍布，被风吹得火光摇晃。

程骆有些口干舌燥，便叫了身边的人，说道："倒杯茶水来。"

近身护卫去了，可不知怎么的，半晌没有返回。

程骆并未太在意，只是不断琢磨着一个大胆的猜测，而当他朝漆黑的城外看去时，就看到黑暗之中似乎有什么在动，再定睛一看，只见暗处好似走出密密麻麻的大军。

城楼上的官兵也看到了，大声喊道："什么人？是什么人在城外？！"

话音未落，程骆便看到一个穿着明黄色蟒袍的人出现在大军前。

"太子？！"程骆愣了愣，城楼上的官兵也是一片哗然。

太子出现，这城门是开还是不开？

程骆惊诧地立时转身叫人，恰好看到一个护卫端着茶水走了过来。他正要让护卫去给林阁老报信，不想护卫突然抽出了佩剑，一剑刺了过来。

那一剑发出破空的声响，那人随即抬起头来。程骆目眦尽裂，在摇晃的火光中看到了和顾先英年轻时极其相像的眉眼。

那人容貌出众，嘴角含着笑意，眼眸却如他手中的剑一般，闪着冷光。

那一剑径直刺了过来，程骆急急闪避，却被挑开了面纱，面纱下被火烧烂的脸狰狞可怖。

程骆恨得咬牙，骤然纵身反击。可那人剑法极快，再没有一丝犹疑，一剑刺穿了他的肩头。

程骆轰然倒了下来。

顾衍盛睥睨着程骆，冷冷地说道："你折辱我伯父顾先英的时候，就该想到你会有这般下场。我在太子身边多年，就等今日了！"

程骆目眦尽裂，原来东宫道士真的是顾先英的侄儿！可是他知道得太晚了。

顾衍盛深吸一口气，缓缓地呼了出来。

程氏也好，林氏也罢，多行不义必自毙，今夜一过，谁都别想翻身！

程氏的守城士兵要给林阁老传消息，只是还没传出去，就被阻断在了路上，是以林府尚不清楚发生了何事。

今夜林阁老本来是要留在皇宫的，可是谭朝丽急匆匆地派人给他传信，说是林序突然晕倒，请他回家。他只有林序这一个儿子，只好安排了宫里的事情，赶回了家。

林序突然晕倒，太医诊治后也没看出什么，这会儿倒是自己醒了。

林阁老上了年岁，经不起折腾，便也不回宫了，留在了家里。晚间吃过饭，他觉得疲累，便回了房中歇息。定国公兵马的到来着实令他不安，好在儿媳谭氏倒也算体贴，给他炖了一盅安神汤，亲自送了过来。

谭氏将安神汤递给他，说道："父亲辛苦了。"

林阁老客气地同她摆了摆手，便让她回去照看林序，把太医开的药熬给林序吃。

谭氏点头应了，说道："父亲放心，儿媳定亲手熬制。"

林阁老并未察觉任何异常，毕竟谭氏是嫁进来十几年的儿媳妇了，为林氏做事从不马虎，算得合格的宗妇。

夜间，林序突然觉得腹中一阵绞痛，在疼痛中醒了过来。谭氏不知怎么的，并没有睡在他的旁边，他只好强撑着叫人。

外面有些吵闹，本该一片黑暗的夜空也亮了起来，浓重的烟味随风而来。林序觉得不太对劲，连着朝外面喊了两声。

有人推开门，缓缓地走了进来。

月光下，林序一眼看到了自己的妻子谭氏。谭氏盛装打扮，穿了一身如血的红衣，明艳的眉眼上了精致的妆，红唇如红衣一般艳丽刺眼。

谭朝丽笑了一声，缓步走上前来，红裙轻摇，在忽明忽暗的灯光下显得魅人而又诡异。

林序有些惊怕，加上腹痛难忍，忍不住大声问道："你要做什么，为什么不给我请太医来？"

"请太医？"谭朝丽冷笑了一声。

林序疼得滚在了地上，突然意识到了什么，说道："你……你是不是给我下了药？你要害我？！"

谭朝丽走到他的面前，居高临下地看着他，道："林序，你骗了我这么多年，如今也该尝尝这苦果了。为了谭家，为了儿子，也为了自己，我必须这么做。你的好日子到头儿了！"

她说完，抬脚踩在了他的俊脸上。

将林序踩在脚下的那一瞬，有眼泪从谭朝丽的眼角滚落。下一秒，她一把抹掉了眼泪，笑出了声来，充满鄙夷地看着脚下的林序，说道："太子就要进城了，过了今日，林家就要败了，不过你放心，我和儿子会相安无事的，入黄泉的人只有你和你父亲！"

"贱人，贱人！"林序惊叫起来，又说道，"我父亲可不是那么容易被摆布的，谁死谁活还未可知……"

谭朝丽用脚狠狠地踩着他的脸，冷笑着说道："是吗？那我也告诉你好了，我谭家人也不是吃素的！"

第二十章

万事定

　　谭朝丽令人将林序绑了起来，之后交给朝廷处置，便转身出了门去，直奔林阁老所在的院子。

　　林阁老的院子已然喧闹了起来，谭朝丽的亲信丫鬟匆匆来报："老太爷的暗卫都现身了，正在往府里调集人马！"

　　林阁老夜间腹痛难忍，醒来便察觉了不对，忍住腹痛起身，就听见暗卫来报，说是京城乱起来了。

　　林阁老闻言，当即大惊。京城乱起来，驻守京城的程氏一族却没有给他报信，难道程骆反水了不成？不，程骆不可能反水，那么就是被太子的人控制住了。

　　他忍着腹痛，让暗卫去找人，却被告知今夜值守府中的护卫竟都昏迷不醒。

　　林阁老惊得顿时出了冷汗，明白自己府里定然是出内鬼了。

　　他到底是在朝中浸淫多年的老臣，一下就想到了儿子林序突然晕倒的事，又想到了儿媳亲手端给他的那碗安神汤。

　　他之前没有怀疑过儿媳，觉得一个无知妇人能有什么能耐，可谭朝丽到底姓谭！

　　林阁老强打着精神，让暗卫立刻发出密信，将轮休的林府护卫全部调过来，护他离开。

只要太子还没有进入皇城，他就能以东宫意图谋反为由，下令让朝廷兵马对抗太子！

一刻钟的工夫过去，就在林阁老疼得快要昏厥的时候，护卫们终于到了。他连忙让护卫们架着他离开林府，进宫调兵遣将。

然而下一秒，谭朝丽出现在了门口。

见她身边只有数个丫鬟、婆子，林阁老根本不惧，反而嗤笑一声，说道："你以为自己能有多大能耐，治得住老夫？"

他的话音一落，林阁老多年养起来的暗卫似从天而降一般，倏然出现在院子里，竟有百人之数。

这么多暗卫，别说带着林阁老出林府了，就是闯出京城，也不是没有可能。

见林阁老的暗卫纷纷现身，气势逼人，谭朝丽却没有一丝害怕，反而哼笑了一声，说道："您老人家又以为自己有多大能耐，能翻天覆地？"

听她反问了这么一句，林阁老的眼皮跳了起来。

就在此时，四面八方忽然传来震耳欲聋的脚步声，似是向着林府而来。眨眼的工夫，昏暗的林府周围便亮了起来。

林阁老一愣，而后听见了谭朝丽响亮的笑声。

谭朝丽说道："我为林氏执掌门户十年有余，做牛做马，可你们是怎么对我的？从今以后，我便不再是你们林家的人了。今夜，你们谁都别想逃！"

纷杂的脚步声和刺眼的火把光亮离林府越来越近，数不清的士兵从四面八方拥了进来，林阁老身边的百余名暗卫顿时显得稀少得可怜。

林阁老睁大了眼睛，看到一人提着剑，带着身后黑压压的人马，走上了前来。

火把将那人年轻的脸庞映得无比清晰，有那么一瞬，林阁老仿佛看到了那个年轻人的父亲、祖父、曾祖父。而那人的曾祖父，还曾做过他的老师。

那时候，昌明林氏还只是清嵋谭氏光辉之下的一个寻常小世族……

林阁老恍恍惚惚，谭廷却走上前来。

他看着这位煊赫一时的林阁老，淡淡地说了一句："程氏已被俘虏，陈氏、李氏投降，太子殿下此时想必到了皇城门下。林阁老还有什么想做的，倒是可以明确告知谭某。"

话音落地，林阁老瞬间苍老，一双精明了几十年的眼睛骤然失掉了光彩，变得混浊起来。

大势已去，他汲汲营营几十年，想要为子孙后代建立的一切，都在今晚土崩瓦解了。

"你们是怎么做到的？"他怔怔地问了一句。

谭廷看着眼前苍老的人，神色平静到了极点，淡淡地说道："太子是仁德之君，世家大族也并非都如你们四大家族一般贪婪残暴。科举是万世百姓的希望，谁都不能剥夺。更重要的是，没有谁天生就该低贱，你们妄想以姓氏来区分高低贵贱，又怎么可能成事呢？！"

更不要说他们这些年残害了这么多忠良。

人人心里都有一笔账，人人手中都有抗争的力量，这才令他们早早发现了四大家族的企图。而太子是仁德之君，更是天命所归、万民所向，回京归位，镇压四族，再没有什么难处。

事已至此，林阁老知道自己不必再做无谓的反抗了。他看着被谭朝丽命人押过来的儿子林序，看着偌大的林氏府邸，回想起从前的气象，似乎也看到了日后颓败的断壁残垣。

败了，他彻底败了。

他看向谭廷，谭廷也坦荡地迎上他的目光。

年轻的谭氏宗子神色刚毅，周身是谭氏一族自来的宽仁正气，立在无边夜色下的火光之中，仿佛数千火把的光亮都因他而更加明亮。

腹痛一阵又一阵地传来，林阁老忽地气血翻涌，一口血吐在了青石板上。他极力压下的世族之首清嵋谭氏，最后还是踩在了他们林家身上。

他声嘶力竭地喊道："谭氏赢了，庶族赢了，你们都赢了！只有我败了……"

他膝下一弯，跪在了青石板上，昏倒在地。

没有人上前搀扶他，周遭静到了极点，只有林序发出了一阵似哭似笑的声音。

谭廷抬头看向了星空。今夜月光暗淡，不过星光正亮，银河似乎在寂静的夜空中奔腾着，忽明忽暗，无声地注视着人间的一切。

谭廷静静地闭起了眼睛。

父亲，岳父，还有所有被四大家族残害的忠良先辈们，此刻，请瞑目。

四大家族的人被抓捕殆尽，太子顺利地返回了皇宫。

谭廷亲手缚了林氏父子，将人送进了大理寺牢狱。

京城重归宁静，一切混乱似退潮一般，快速地平复下来了。

谭廷从大理寺出来，正要回府，却被东宫的人请进了宫。而他刚到东宫，就看见了一路向宫外走去的顾衍盛。

见那人脚步又轻又快，谭廷不禁隐有不妙之感，忍不住问了他一句："道长这是去哪儿？"

顾衍盛嘴角笑意不减，客气地行了礼，说出来的话却一点儿都不客气："宜珍给我传了消息，我自然要去宫外寻她。"他说着，摆了一个优雅的手势，又说道，"谭大人自便。"

谭廷一口气差点儿没上来。

他的妻子给他留了一封和离书就走了，此时在哪儿他都不知道，可她竟然给顾衍盛传了消息！而他这会儿还出不了皇宫！

谭廷嘴角压成了一道下弯的弧线，抿嘴气了半晌，最后叫了正吉，吩咐道："立刻出宫，去接夫人回家！"

这日一早，城门一开，项宜和项寓就匆忙进了京城。

项宜已经从谭家护卫口中得知了沈雁和项宁在何处，眼下林氏一族轰然倒塌，林序被俘，她只想尽快找到沈雁和项宁，免得她们母女被牵涉到林氏的事情里。

林序的秘密院落。

项宁听见外面喧闹了一夜，便晓得不对劲了，而说好了今日一早过来的林序也没有来。

她同沈雁商量："娘，京城是不是变天了？我看那些护卫也都魂不守舍的，我们要不要伺机逃走？"

沈雁也察觉了不对，便让人去外面打听昨晚京里发生了什么事情。

然而此处的护卫是听命于林序的，又担心沈雁耍花招儿，便不肯出去打听。

沈雁连声训斥了他们，才差遣了两个人出门。她假装和项宁在房中小憩，准备伺机打倒后门的两名护卫，然后逃离。

可林府的护卫哪儿有这么容易被两个女子制住，她们刚击倒了第一个人，第二个人就跑了过来，喊道："太太！姑娘！老爷有令，二位不能离开！"

他这么一喊，立刻就响起了一阵脚步声，其他护卫在往此处赶来。

沈雁再不想女儿被关在此处，直接上前扯住了那个护卫，冲着项宁喊道："宁宁，快跑！快跑出去！"

项宁见状，晓得好歹跑出去一人，再想办法回来救人，便径直去拔门闩，想要开门跑出去。

然而护卫有功夫在身，一下就制住了沈雁，上前拦住了项宁的去路。

小姑娘惊得倒吸一口气。

此时，门忽然被人一脚踹开，穿堂风倏然扑到了项宁的脸上。

那风里竟夹杂着某种熟悉的气味，她抬头看了过去，只见一个清瘦挺秀的少年似从天而降一般，就这么出现在她的眼前。

"宁宁……"

"阿寓！"

就在那护卫伸手拉住小姑娘的时候，横空出现的少年一脚踢开了那人的手，而后张开双臂，一把将受了惊吓的小姑娘紧紧地抱到了怀里。

熟悉的少年的气息瞬间将项宁彻底地环住。

这些天来，她经历了更换身份，藏于他乡，又被捉回京城，关在陌生的宅院里……不安的情绪无时无刻不纠缠着她的心。

她不知道自己以后会怎样，也不知道自己会和什么人在一起，过什么样的生活。

这些事情陌生得令她不安。可这些不安，在她被少年紧紧地抱住的一瞬，骤然消失了。

她不由自主地紧贴着他的胸口，落下眼泪来。

而项寓看着怀里不断落泪的小姑娘，又心急又心疼，抬手就要替她擦掉眼泪。只是他刚抬起手，就听见姐姐项宜的脚步声到了一旁。

两个人意识到了什么，对视一眼，皆是一顿。项宁瞬间转开了身子，而项寓也只能松开手，后退了一步，尴尬地拉开了与她的距离。

他们再不是从前那般亲密无间的姐弟，再不能似以前那样无所顾忌了。

微风穿堂而过，有了些许初秋的寂寥。

他们分开的一幕落到了项宜的眼中，她欲言又止。不过此时并不是说这种事情的时候，林序留下的护卫正朝此处赶来，项宜连声让两个人快些离开。

顾衍盛人手充足，很快控制住了整个院子，林府的护卫不可能将沈雁和项宁强留下来了。

沈雁和项宁都无恙，只是项宜说起林家谋逆，林序父子被抓的时候，沈雁禁不住捂住了嘴。

难怪林序今日没有出现，原来，他已经不可能自由地出现了。

沈雁和项宁身份敏感，顾衍盛提议大家不要在京城过多停留，最好快快离京。他在城外有一个庄子，可以暂时安置众人。

众人离开的时候，恰逢大理寺押着囚犯前往皇宫，而囚车里坐着的，正是林阁老和林序。

林序一眼就在人群里看到了沈雁，也看到了一旁的女儿，忍不住喃喃道："雁雁，宁宁……"

他激动起来，却不敢出声，只能呢喃着，从前有多潇洒俊美，此刻就有多狼狈不堪。

十几年来，沈雁被他囚困在身边，每天都想着逃离这个男人，可如今看着他坐在囚车里，再也不可能似从前那般将她困住时，她竟莫名其妙地落下了眼泪。

看见她倏然落泪，囚车里的林序顿时心口一阵剧痛。

终究是他错了。

当年，他在一次年少游学时遇见了沈雁。他不在乎什么身份之别，只知道沈雁提笔作画的样子印在了他的心里。自那时起，他发誓今生今世只爱她，也只娶她为妻。

可父亲瞧不上他带回来的庶族女子，让他要么迎娶谭大小姐，舍弃沈雁；要么脱离林家，做个没有高贵身份的庶族平民。在这样两难的抉择下，他迷失了，而这一迷失，就是近二十年……

若他那时候能像个真正的男人一样，弃了林氏继承人的身份，和雁雁远走高飞，该有多好啊！可惜一切都不会重来了。

他害了雁雁，听从父亲的话，做了父亲的刽子手，到头来，什么都没有了。他知道自己死有余辜，只是眼下这狼狈丑陋的样子，再不想被雁雁和女儿看到。

他最后看了一眼自己的心上人和女儿，便转过了身去。可是下一秒，他陡然听到吵闹的人群里传来了一道微哑的声音。

那个被他困了一辈子的女子对他说道："林序，认罪伏法，也算正途。"

眼泪忽地从眼眶滑落，林序没有回头，只是应了她："好。"

押着林氏父子的囚车渐渐地远去了。沈雁擦掉不住滚落的泪水，转头看到了女儿。小姑娘对这个生父的感情很复杂，只是随着这一切的结束，都不重要了。

沈雁想让女儿姓项，做干干净净的项家人，只是当她看到目光不住落在女儿身上的少年，便想起了女儿常将少年挂在嘴边，却在某天后突然闭口不提了。

她有了些旁的想法，于是叫了项宜。

"您有什么话要同我讲吗？"项宜问她。

沈雁将目光落在女儿身上，说道："宜珍，我想宁宁能大大方方地恢复自己的身份了，她和别人没什么关系，是我一个人的女儿，就让她跟我姓沈吧。"

沈宁。

项宜在沈雁的眼中隐约读懂了什么，微笑着说道："好，沈宁当真是个极好听的名字！"

为自身牟利的四大家族及其朋党被清理殆尽，似项直渊这等被迫害的官员也终于可以重获清白。

项宜心头掀起了一阵又一阵的波涛。父亲在天有灵，一定也看到了吧？

一行人继续向城外而去，看见谭朝宣的宅邸亦被官差围住。

谭朝宣站在门前，连声说自己没有与四大家族合谋，还说自己姓谭，是清峭谭氏的人，却被官差无情嘲笑："恐怕谭侍郎还不晓得自己已经被宗族除名，可不是清峭谭氏的人了！"

摇摇欲坠的谭朝宣便被官差押走了。

谭朝宣被除名了，而能在这等关头直接将他逐出宗族的，只有宗子谭廷了。

项宜想到了那位大爷，就见正吉竟然一路找了过来。

正吉看见了她，匆忙跑上前来，说道："夫人！小的终于找到夫人了！"

"正吉？"项宜见到他，不由得问道，"大爷呢？"

正吉连忙说大爷被太子殿下宣进了宫，又说道："大爷让小的来接夫人回府！"

他说完这话，就见夫人微怔，而那位顾道长走了过来。

顾衍盛叫了项宜一声，说道："宜珍还是去我那儿吧，到底是和离了，如何还能回谭家？"

正吉急得汗都冒了出来，可也知道顾衍盛说的是事实。

项宜也沉思起来。谭氏一族的人都晓得她离开了谭家，如今她这样回去，算什么呢？她和那位大爷，到底是和离了啊。

即便混乱消散，柳暗花明，项宜还是有一种说不出来的复杂感觉。末了，她叹了口气，让正吉回去，说道："你去跟大爷说，我不便去谭家了。"

"夫人！大爷真的让小的来接您回家啊……"

项宜还是摇了摇头，对正吉笑了笑，便同弟弟妹妹跟着义兄顾衍盛离开了。

谭廷着一身亮眼的绯袍，刚离开皇宫，就见到了等在宫门口的正吉，连忙问道："你怎么在这儿，这么快就把夫人接回家了吗？"

正吉一脸为难地说道："回爷，夫人她……她说你们和离了，自己不便回谭家，然后随顾道长走了。"

"什么？！"谭廷只觉得烈日晒得他头顶冒青烟。

他只当她和离是权宜之计，可她还真要跟他离了不成？她怎能如此？！

谭廷又气又急，待正吉牵了马过来，他当即翻身上马，往城外赶去，从自家府邸门前经过时也没有停下来。

谭建刚从杨家回来，一眼看见了自家大哥的身影，喃喃道："大哥这是往何处去？"

他见大哥十分着急，像是有什么紧要事，连忙拍马追去。

到了城门口盘查处，谭建终于追上了自家大哥，问道："哥，怎么了？"

谭廷这才瞧见弟弟，见他来了，便道："正好你随我去，接你大嫂回家！"

原来是这事，谭建还以为是什么火烧眉毛的急事。不过他一向敬重大嫂，自然是愿意同去的。

两个人一路追到一座宅院外，谭建一眼就看到一个身形挺拔的男子走在小河边的柳树下，与自家大嫂说着话。

那处没有旁人，两个人倒也大大方方地边走边说。只是谭建发现那容貌出众的男子待自家大嫂十分体贴，目光时不时地在大嫂身上停顿一阵，低着头跟她说话，还替她拨开柳树垂下的枝条。

谭建也是娶了妻的人，怎么会看不出什么。他转头看向一旁的大哥，就见大哥脸色黑如锅底，仇视一般紧盯着那个男子。

"哥，那人是谁呀？"

打虎英雄盛故他没见过，项家姐弟的义兄他也不认识，当下只听见大哥从牙缝里挤出来四个字："一个妖道。"

谭建："……"

他觉得他哥怒目而视的样子当真有点儿吓人。

谭廷按捺不住了，脚步重重地往前走去。项宜背对着这边，没有看到他，反而是顾衍盛抬头瞧了过来，那一眼极快，轻轻一瞥就收了回去。

谭廷顿觉不对，正要开口说话，不想道士竟然先开了口，声音顺着河边的风飘了过来："宜珍有没有想过再嫁？"

谭廷一愣，脚步定住了，不由得看向项宜。

项宜被问得怔了怔，说道："再嫁？"

顾衍盛点了点头，说道："你才二十岁出头，又没有孩子，再嫁给谁都可以。"

这话说得项宜沉默了。

见她果真思考了一下，谭廷只觉得头上的青烟又冒起来了。

下一秒，她淡笑着朝顾衍盛摇了摇头，说道："我没想过这么多。"

听到这话，谭廷便觉得甘露降在头顶，烦躁的心情总算缓和了一些，河边吹来的风也清新了许多，似乎还伴着妻子惯用的安神香的气息。

顾衍盛笑了一声，看了项宜很久。

"那宜珍考虑考虑吧。"他的嗓音十分柔和，似清风拂过岸边垂柳一般轻缓，说道，"或许还有别人也倾慕着宜珍，会把你放在心上，哪怕相隔千万里，也时时盼着与你朝暮相见，常伴身边。"

听到这番话，项宜惊讶又迷惑地顿住了。

见她似在思考一般垂下了头，谭廷只觉得眼前一黑，不由得压低声音，有些郁闷地说道："道士这是什么意思？"

谭建战战兢兢地说："虽然那人没直说，但应该是向大嫂表明心迹的意思。大哥，大嫂以后不会成为别人家的人吧？"

他的话音未落，就被自家大哥冷峻的目光瞪了一眼。

谭廷喝道："闭嘴，你大嫂没答应他！"

谭建在自家大哥的淫威下，下意识地就要点头。他点头倒是没什么，只是万一大嫂被道士迷惑，也点头了怎么办？

他觉得这事不是闹着玩的，轻声问了他哥一句："大哥是否也对大嫂说过这般表明心迹的话？"

好歹让大嫂在听见道士的话时，能够想起他哥，好生思量一下。

然而谭廷听了弟弟的问话，愣了愣。他好像从来没对她说过这样的话。

见大哥不出声，谭建就明白了，只觉得头顶火辣辣的太阳把他烤得直冒汗。

老天爷，怎么会有人没跟自己的妻子说过情话？谭建不可思议地直抹额头上的汗。

烈日下，谭廷看着站在顾衍盛身边的妻子，突然觉得有点儿委屈，说道："我待她是怎样的心意，她还不知道吗？"

他满心满眼只有她，再没有旁人，做了那么多，难道还敌不过道士的两句话？

"哥，做是一回事，说是另一回事。谁不喜欢听令人心悦的甜言蜜语？"谭建急得脑门儿直冒汗，催促了谭廷一句，"大哥别犹豫了，也上前去说呀！"

万一大嫂真的跟人家走了，可怎么得了？！

谁想他大哥——本朝最年轻的进士、清峤谭氏一族宗子年纪轻轻就当上了四品官的太子近臣，此刻听了他的话，竟原地顿住了，刚毅英俊的脸上露出了些许迷茫。

谭廷问道："我说什么？"

谭建闻言，差点儿仰倒，恨铁不成钢地说道："当然是说甜言蜜语呀！"

谭廷烦躁地瞥了他一眼，追问道："那到底要说什么？"

谭建："……"

自家大哥怎么这么笨啊！谭建简直不敢相信。

见大哥果真不知道上前说什么话，谭建只怕一会儿大嫂就要答复那道士了，连忙把看家本领拿了出来，将娶妻以来说过的令杨蓁嘴角高高翘起的悦耳情话全部说了出来，教了他大哥一遍。

谭廷转过头，有些尴尬又不可置信地看了谭建一眼，问道："你平时就是这样说话的？"

难怪弟妹拿他这个不中用的弟弟当香饽饽。

谭建："……"

不过他管不了这么多了，当下不知道从哪里来的胆子，竟推了他哥一把，说道："大哥快去！"

谭廷被自家弟弟这样一推，往前走了两步。

项宜察觉有人来了，转身看了过来，就看到了穿着绯红朝服，似是刚从宫里打马至此的男人。炎炎烈日下，男人的额角还挂着汗珠。

"大爷？"项宜讶然。

谭廷见她只是惊讶地看着他，都没有上前迎他，不禁有些郁闷。休夫的人是她，不肯回家的人也是她，在这里听顾衍盛说情话的人还是她。是不是两位老父亲不在了，她就不认他们的婚事了？

思及此，谭廷走上前来，声音闷得不行，问道："项宜珍，你不会真的不要我了吧？"

河边的风都停了下来。

谭建几欲昏厥。人家道士说的是动人情话，他大哥倒好，还敢"质问"大嫂！完了完了，合着刚才他都白教了。

顾衍盛看了一眼谭廷，而后将目光落在了项宜的脸上，等着她的回答。

谭廷也在等着她的回答。

项宜却只是看着那位大爷。好些日子不见，他黑了，也瘦了，不过精神不减，绯色朝服衬得他眼眸发亮，在日光下异常耀眼。只是不知道怎么的，他一脸怨气，似是有些生气，却又不敢真的发脾气，只得有些委屈地向她看过来。

项宜都不知道说什么好了，末了，轻声说了一句："我……我没有不要大爷。"

他眼睛一亮，立时向前走了一步，说道："那你跟我回家。"

听见他这样说，项宜无奈地看了他一眼，说道："可是，我已经在族人面前与大爷和离了。"

事已至此，如何能出尔反尔？

然而话音未落，男人一步走到了她的面前。项宜抬头向他看去，他一丝犹疑也没有地开口了。

"那我就再娶你一次！"他用坚毅的目光看着她，说道，"项宜珍，嫁给我。"

河畔吹来一阵风，清澈的河水潺潺流动，翠绿的柳条随风摆动，男人绯色的衣袍也随风轻扬。

项宜忽地鼻头一酸，泪意涌到了眼眶。

顾衍盛站在一旁，目光闪了闪。

谭建忽然觉得他大哥在他眼里又高大了起来。比起动人的情话，这样坚定不移的态度何其珍贵。

项宜红着眼，再看不见其他人，清澈的眼眸里只映着丈夫俊逸的脸庞。

谭廷在妻子的目光中读懂了什么，心里大定，伸手牵起了项宜的手。

"项宜珍，你听好，不许听错，也不许忘了——"不等项宜点头，他便一字一顿地说道，"我谭廷此生，仅认项宜一人为妻，只愿与她厮守终生、白首偕老、再不相离！"

河边的风温暖又清新，阳光耀眼又明媚。男人的声音顺着风，顺着日光，也顺着他与她紧握的手，传到了她的耳边："再嫁我一次，好不好？"

项宜闻言，眼泪倏然如泉涌一般滑落，在男人直直看过来时，她轻轻地点了头。

"好。"

那一瞬，小河清澈的水波映着日光，明媚到了极点。

谭廷一把将失而复得的妻子抱到了怀里，一颗悬着的心也终于落了地。

操碎了心的谭建见状，也大松了一口气。

顾衍盛嘴角的笑意仍旧挂着，眼帘却垂了下来，默默地往一旁退开了两步。

谭廷看着自己朝思暮想的妻子，只想捧住她的脸细细亲吻，可是当着众人的面，多少有些不好意思。他抬起头来，看到了顾衍盛。

顾衍盛亦看到了他看向自己的眼神，不由得轻轻地摇了摇头，笑了一声，而后说道："宜珍，大哥祝福你。"

项宜察觉自己有些失态了，连忙从那位大爷怀中站直了身子，擦了擦眼泪，转过身来，正正经经地给顾衍盛行了一礼，说道："多谢大哥。"

不管怎样，他们都是最亲近的兄妹。

谭廷见状，亦上前给顾衍盛行了一礼，大大方方地说道："我与宜珍大喜之日，必备佳酿请大哥前来。"

他如此大大方方地邀请，顾衍盛也坦坦荡荡地点头应了。只是下一秒，那道士又说了一句："自然是要去的，以后顾某也会常去谭府做客。"

谭廷当即顿住，只是看到妻子的目光投向他，只好努力保持着笑意，回敬一句："也好，正好能让宜珍帮大哥相看京中贵女了。"

烦请这位义兄快快成亲。

谁想顾衍盛摆了摆手，笑道："不急，我一个道士，娶妻全看缘分，一点儿不用强求。"

谭廷闻言，眼睛都瞪大了。这个妖道！

顾衍盛却不多言了，微笑着转身离去了。这一刻，他洒脱离开的身影隐隐有了仙风道骨的意味。

谭建也适时地消失了。柳树下，只剩下谭廷和项宜两个人，河面映着二人相对而立的身影。

　　谭廷看着自己的妻子，忽然想到了李程许夫妻。他方才过来的路上，看见李程许也骑快马出京，两个人还匆忙说了两句话。他要来找妻子，李程许亦是。这么多日过去，李程许终于找到不告而别的妻子苗氏了。

　　想到苗氏的不告而别，谭廷又看向项宜，说道："宜珍要立下契约。"

　　听见他没头没脑地说了这么一句，项宜一时没反应过来，问道："什么契约？"

　　谭廷哼哼两声，紧紧地盯着眼前的人，说："鉴于你休夫两次了，我要你立下契约，保证以后再不休夫。不然，我可是要惩罚的。"

　　项宜从来没有真正地休夫，眼下听着他这般说辞，莫名其妙地就咬住了下唇，脸颊也有些发热。片刻后，她才说道："大爷休要胡言乱语。"

　　"好叫宜珍知道，我可没胡言乱语。"

　　枝头的鸟儿似是听到了什么不该听的话一般，羞怯地扑棱着翅膀飞走了。四下一片安静，只有清风拂过柳梢。

　　谭廷看着妻子红彤彤的脸颊，只觉得她柔软的唇瓣在波光的映照下有一种特殊的美，娇艳无比。

　　此间再没了旁人，他禁不住伸出手，捧住了妻子的脸颊。下一秒，他低下头，轻轻地吻住了她娇嫩的唇。

　　一路坎坷走来的夫妻，终于在这一刻拥有了世间最宝贵的安稳。

　　天地静谧，万物谐美。

勿误期

谭氏宗家的大姑娘即将成婚，整个清峋谭氏喜气洋洋。

谭蓉出嫁这样的大事，项宜自然早早地从京城赶回了清峋。谭建、杨蓁和孩子们也回来了，唯独谭廷还在京中任职，一时回不来。

唯一的亲生女儿成亲，赵氏从半年前就操办起来，如何上心自不用说，眼下也是亲力亲为，倒是让项宜落了个清闲，没几日的工夫，便刻了一枚闲章出来。

早秋时节，庭院墙角已有早菊含苞待放，这枚闲章刻的便是"东篱菊"三字了。

今时不同往日，项宜这几年不必急着刻章赚钱，便沉淀下来研究技艺，刀工越发精进。她做好闲章，突然很想知道，以她如今的技艺，这枚名叫"东篱菊"的闲章能卖多少银子。

如此想着，她便让乔荐拿着闲章去了吉祥印铺。不想没几日就有了回音，说是有不少人相中了这枚闲章，有人出价五十两，还有人询问是不是哪位隐姓埋名的大家从清峋路过。

项宜闻言，欣喜不已。

姜掌柜让她不必心急，因着有好几拨人想买，他干脆决定把他们拉到一处，让他们竞价，地方就定在印铺旁边的茶馆。

到了竞价的日子，项宜也去了茶馆，想看看自己这枚闲章到底能卖上什么样的价钱，花落谁家。

来竞价的共有四拨人，姜掌柜包了茶楼里的一整排雅间，让客人们各自坐进去了，谁也不知道里面的人是谁。

竞价是从四十八两开始的，不一会儿的工夫就被叫到了五十八两。项宜觉得五十八两很不少了，以她眼下的技艺，确实称不上大家。谁料这时，突然又有人叫了价，叫了六十两。

项宜没看清是哪一拨人出的价，只听见姜掌柜身边的小厮说道："是个刚来的客人，听说咱们在竞价，便也想凑个热闹。"

人多是好事，姜掌柜越发高兴了。

见新来的客人叫价叫得这么干脆，那四拨人又活络起来，有人叫了六十二两，有人叫了六十六两。这时，那新来的客人又叫了价，竟叫了七十两。

这下别说项宜，连姜掌柜都觉得不可思议起来，说道："看来这位客人是个阔绰的。"

再阔绰，也不必如此抬价。项宜觉得有点儿奇怪，便向小伙计询问那新客人是从哪里来的。

小伙计回道："像是刚从外地过来的，马还在后面大口饮水呢！"

项宜心里一动，轻手轻脚地绕到了那位客人的雅间门口。谁料她还没站定，雅间里忽地伸出一只手来，径直将她扯了进去。

一阵天旋地转后，她被人放了下来，而后听见一道略有几分郁闷的声音："怎么才发现是我？"

项宜："……"

她认为自己发现得不算晚了，是这位大爷对她的要求太高了。

她要站起来，他却不让，仍紧紧地揽着她，把正吉吓得跑出了雅间。

项宜脸上有些热，抬眼向他看去，见他面上略带疲惫，不过精神尚好。

谭廷略为不满地瞥了她两眼，听见外面有人把价钱叫上了七十二两，便直接叫了外面的正吉，吩咐道："七十五两。"

项宜连忙扯了一下他的衣裳，说道："大爷一回来就捣乱。你我这样一唱一和地抬价，岂不是骗人？"

"这怎么就骗人了？"谭廷低头看着怀里的妻子，想看看她清瘦没有，见她好似还圆润了两分，顿时嘴角弯弯。

项宜说这就是骗人，又说道："你帮我把价钱叫了上去，难道不是托儿吗？"

说话间，又有人出了高价："七十八两。"

比起最初的四十八两，眼下的叫价已高出三十两。

项宜准备让姜掌柜叫停，谁想她刚起身，就听见身后的大爷再次叫了价："我出八十八两。"

这价钱一出，终于把所有参加竞价的买家压倒了，众人叹着气，说东西再好，也只能拱手相让了。

他却还笑着问她："这个价钱好不好？"

项宜都快被他气笑了，说道："还好呢？你这托儿当的，把好好的一单生意搅和没了。"她忍不住说他，"你又不是真的要买。"

男人却哼哼着说："谁说我不是真买？价钱都出了，我还能食言？"

项宜有些迷糊了，问道："大爷花钱买这做什么？"

他又不高兴起来，瞥她："这可是你亲手刻的'东篱菊'的闲章，不是旁的。就是叫到八百八十两，我也得要。"

项宜愣了愣，谭廷看着她。他说他是特意提前回来的："我还记得世道大乱那年，我在黄河边治水，你给我写的那封信。"

项宜定在了原地，想起来了。

在那封信的末尾，她给他写了这样一句话："庭院墙角的一簇早菊含苞待放，盼元直勿误花期。"

早菊、勿误花期……他还记得，他一直记得。

项宜眼眶微热，看着快马加鞭赶回来的男人。

今岁早秋，他终是赶在花期前回来了。

这位大爷将崭新的闲章放在荷包里，一只手牵着马，一只手还要拉着她，好在路上熙熙攘攘，袖摆又长，没什么人看见。

两个人如这街市上的所有寻常夫妻一样，走走停停，在夕阳洒金般的光亮中，踩着长长的影子回家。

走着走着，谭廷在一个卖花摊子前停了下来，说道："这一车秋菊都不错，恰应了今日的景。"

项宜以为他要选上两盆，不想他大手一挥，直接说道："这一车我都要了。"

项宜禁不住戗了他一句："大爷是在哪里发了财，这般阔绰？"

谁想他转头问了她一句："那宜珍的意思是，这钱你替我花？"他一本正经地琢磨着，而后说道，"倒也不是不行，毕竟宜珍刚从我这儿赚了八十八两。"

项宜愣住了。他这是在同她说笑话吗？

男人眼底映着黄昏渐次燃起的灯光，粲然似星光。项宜还愣着，他忽地攥紧了她的手。

早秋的夜风清爽宜人，柔和地吹着他们的衣摆。

他轻笑一声，低声说道："宜珍，我们回家吧，我想你了。"

【全文完】